A. J. KAZINSKI

DER SCHLAF UND DER TOD

THRILLER

Aus dem Dänischen
von Günther Frauenlob

HEYNE‹

Die Originalausgabe erschien unter dem Titel
Søvnen og Døden bei Politikens Forlag, Kopenhagen

Verlagsgruppe Random House FSC® N001967
Das für dieses Buch verwendete
FSC®-zertifizierte Papier *Super Snowbright*
liefert Hellefoss AS, Hokksund, Norwegen.

Copyright © 2012 by A. J. Kazinski
und JP/Politikens Forlagshus A/S 2012
Copyright © 2013 der deutschen Ausgabe
by Wilhelm Heyne Verlag, München
in der Verlagsgruppe Random House GmbH
Redaktion: Nike Müller
Das Zitat auf Seite 96 stammt aus:
Albert Camus, Der Fremde, Rowohlt Verlag, Reinbek 2012
Relief Seite 606: Bertel Thorvaldsens *Dagen. Aurora med lysets genius.* 1815
Umschlagabbildung: © Ric Frazier/Masterfile
Umschlaggestaltung: Eisele Grafik·Design, München
Satz: Leingärtner, Nabburg
Druck und Bindung: GGP Media GmbH, Pößneck
Printed in Germany

ISBN 978-3-453-26793-0

www.heyne.de

TEIL I

Das Buch des Blutes

Du Menschenkind, willst du nicht strafen die mörderische Stadt und ihr anzeigen alle ihre Gräuel? Sprich: So spricht der Herr, Herr: O Stadt, die du der Deinen Blut vergießest, auf dass deine Zeit komme.

Hesekiel Kapitel 22, 2–3

1.

Tot. Sie war tot. Auf der anderen Seite des Lebens. Zurück wollte sie nicht. Nie wieder, es gab nichts und niemanden, zu dem sie sich zurücksehnte. Trotzdem würde er sie holen, bald, das wusste sie, und sie gegen ihren Willen durch Zeit und Raum zerren. Er würde ihr 2 000 Volt durch die Brust jagen, und dann würde sie auch wieder die Hölle spüren, zu der ihr Körper geworden war. Er würde alles tun, um sie wiederzubeleben. Sollte sie versuchen, Kontakt zu bekommen? Um Frieden zu finden. Und um ihm Frieden zu geben.

Sie hörte einen Schrei. War das hinter ihr? Oder war sie es, die schrie? Sie sah den silbernen Streifen, der sich unendlich verspielt vor ihren Augen abzeichnete, ihre Seele aber noch immer mit ihrer irdischen Hülle verband. Wie eine Nabelschnur, etwas, das durchtrennt werden musste. Sie musste kämpfen – so viel stand fest. Er durfte sie nicht wieder zu fassen bekommen, sie zurück ins Leben zerren, foltern und wieder und wieder umbringen. Sie wollte ins Licht. Sie wollte weg. Er zog jetzt an ihr, hatte die Wiederbelebung begonnen. Sie sah auf den silbernen Streifen, der sich wie ein Gummi spannte.

Lass mich rein. Ich flehe dich an.

Und in dem Moment, als sie die Wärme des Lichts spüren konnte, bekam sie eine Antwort.

Du bist es, die festhält, nicht wir.

Nein. Sie irrten sich. Wer auch immer sie waren. Sie war bereit, wollte weiter und nicht zurück in ihren gequälten Körper.
Das ist er. Nicht ich. Ihr müsst mir helfen.
Im gleichen Moment wurde sie zurückgezogen, wie ein Fisch, der am Haken durchs Wasser gekurbelt wurde. Die Welt entschwand ihr. Das wunderbare Netz, das die Erde umgab, war das Letzte, was sie sah, bevor alles dunkel wurde.

Dann kamen die Schmerzen. Unglaubliche Schmerzen.

»Kannst du mich hören?«

Sie erkannte die Stimme wieder. War das ihr Vater? Nein, er würde ihr so etwas nicht antun. Sie wachte auf.

»Kannst du mich hören?«

Seine Stimme war ruhig, angenehm, besorgt – eine Stimme, die nicht zu seinen Taten passte.

»Ich gebe dir jetzt einen Schluck Saft, versuch den Mund zu öffnen.«

Himbeersaft, der gleiche, den sie mal im Krankenhaus bekommen hatte, als sie mit einem gebrochenen Knöchel eingeliefert worden war und operiert werden sollte.

»Es tut so weh«, flüsterte sie.

»Wenn du trinkst?«

»Ja.«

»Deine Muskeln waren einem starken Schock ausgesetzt, als ich dich wiederbelebt habe. Das geht aber schnell vorbei. Ich habe dem Saft ein schmerzstillendes Mittel beigesetzt. Versuch ein bisschen mehr zu trinken.«

Sie trank, die Flüssigkeit wirkte zäh, als sie sich an ihrem Kehlkopf vorbeikämpfte. Endlich konnte sie die Augen öffnen und erkannte ihre Wohnung. Das Bett, den Ventilator unter der Decke. Jetzt stand er still. Von hier unten, flach auf dem Boden liegend, hatte sie ihre Wohnung noch nie gesehen. Festgebunden.

Sie konnte weder Arme noch Beine bewegen. Ein Fisch, dachte sie und erinnerte sich an ein Spiel aus ihrer Kindheit. Vogel oder Fisch. Ein seltsamer Gedanke, gerade jetzt. Andererseits auch wieder nicht. Vogel oder Fisch? Ich bin irgendwo dazwischen, sagte sie zu sich selbst. Zwischen den Toten und den Lebenden, in dem Raum, den die Katholiken als Fegefeuer bezeichnen, der aber alles andere als übel und schlimm ist. Jetzt bin ich ein Fisch, dabei sollte ich ein Vogel sein.

Er stand auf. Legte ein Buch auf die Kommode und lief ungeduldig durch das Zimmer. Hatte er wirklich gelesen, während sie tot war? Und noch dazu in ihrem Buch, ihrer Bibel, mit dem simplen Titel *Phaidon*. Hätte sie dieses Buch nicht gelesen und hätten sie Sokrates' Gedanken über die Unsterblichkeit der Seele nicht so fasziniert, würde sie jetzt nicht hier liegen. *Curiosity killed the cat.*

»Kannst du sprechen?«

»Ja.«

»Hast du Kontakt bekommen?«

Vielleicht sollte sie einfach irgendetwas erfinden. Was wollte er hören? Was würde ihn stoppen, damit er ihr diese Spritze zum letzten Mal gab?

»Ja, ich hatte Kontakt. Aber nur ganz kurz«, flüsterte sie.

»Wirklich? Du darfst mich nicht anlügen.«

Tränen traten ihr in die Augen. »Nein, vielleicht, ich weiß es nicht.«

Sie wollte die Tränen wegwischen, aber ihre Hände waren noch immer auf dem Rücken gefesselt, weich, mit einem Seidentuch, damit es keine Spuren hinterließ. Dessen hatte er sich vorher versichert.

»Ich kann nichts sehen.«

Er wischte ihr das Wasser aus den Augen.

»Kannst du meinen Kopf losmachen, es tut so weh.«

»Nein, du musst wieder zurück. Wir machen weiter, bis es klappt. Verstehst du nicht, wie wichtig das hier ist?«

»Nein, das darfst du nicht«, sagte sie, aber die Tränen erstickten ihre Proteste.

»Es ist das letzte Mal, das verspreche ich.«

Sie roch den Zimt in seinem Atem. Zimt und Tee. Hatte er einen Tee getrunken und *Phaidon* gelesen, während sie tot war? Wie ein britischer General im Krieg: unbeeindruckt, kalt. Stoisch. War es für ihn in Ordnung, sie wieder und wieder umzubringen? Weil Sokrates persönlich bewiesen hatte, dass die Seele der Menschen unsterblich ist?

Sie räusperte sich: »Es ist nicht so, wie du glaubst.«

»Doch. Es muss möglich sein. Außerdem war das deine eigene Idee.«

Klingelte es an der Tür? Sie schaute ihn an. Und sah die Angst, den flackernden Blick. Es klingelte wieder. Dieses Mal hörte sie es mit Sicherheit. Sie wollte schreien, konnte aber nicht, weil er ihr die Hand auf den Mund presste. Sekunden vergingen. Dann Stille.

»Sicher jemand von der Arbeit«, flüsterte sie, als er seine Hand wegnahm. »Die wundern sich, dass ich ...«

Schmerzen auf Höhe des Kehlkopfs. Die Worte nahmen in ihrem Hals viel zu viel Platz ein. Dann sah sie ihn an und erkannte, welche Gedanken durch seinen Kopf spukten: Wann schlagen sie die Tür ein?

Es mussten ein oder zwei Tage vergangen sein, seit er gekommen war, dachte sie. Anderthalb vielleicht. Anderthalb Tage, in denen sie in ihrer eigenen Wohnung gefangen gehalten wurde. Er hatte es eilig. Das sah sie ihm an, als er aufstand, ein paarmal im Kreis lief und auf die Uhr sah. Dann schaltete er sein

Handy ein. Zwei Nachrichten waren eingegangen. »Ich habe keine Zeit«, flüsterte er vor sich hin und ging mit dem Telefon in die Küche.

In diesem Moment spürte sie, dass sich die Fesseln an ihren Handgelenken so weit gelöst hatten, dass sie die linke Hand befreien und schließlich ihr schmales Handgelenk aus der seidenen Fessel ziehen konnte. Sie hörte ihn in der Küche sprechen:

»Nein, es ist gut, dass du angerufen hast. Aber kann ich dich zurückrufen, wenn ich wieder zu Hause bin?«

Zu Hause, dachte sie. Hat der Teufel ein Zuhause? Sie versuchte, sich zu konzentrieren, aber die Medikamente in ihrem Hirn kämpften dagegen an. All das Zeug, was er im Laufe der letzten Stunden in sie gepumpt hatte. Mit der freien linken Hand löste sie auch ihre andere Hand aus der Fessel. Und mit den beiden freien Händen fand sie schließlich die Schrauben des Apparates, der ihren Kopf am Boden fixierte. Währenddessen hörte sie ihn noch immer aus der Küche:

»Das macht nichts. Wirklich, ich meine das so, wie ich es sage.«

Seine Stimme klang viel zu freundlich. Gott hätte die Stimme als ein Maß für die Bosheit konzipieren sollen, die in der Seele eines Menschen steckt. Dann wäre sie jetzt nicht hier. Dann hätte sie schon bei ihrer ersten Begegnung einen Teufel fauchen hören. Denn sie kannte ihn. Eigentlich kannte sie ihn gut. Möglicherweise gab es keinen Menschen, dem sie sich mehr anvertraut hatte. Ihre tiefsten Geheimnisse. Sie hatte ihm vertraut. Und trotzdem tat er ihr das an.

»Ich kann morgen früh kommen«, sagte er aus der Küche.

Sie hatte die erste Schraube gelöst, und der dicke Stoff zwischen dem Bügel und ihrem Kopf fiel zu Boden. Schraube Nummer zwei ging einfacher.

»Glaubst du wirklich, dass das hilft?«

Sie konnte es nicht schaffen. Tränen pressten sich in ihre Augen. Nützte es etwas, um Hilfe zu rufen? Wohl kaum. Außerdem fürchtete sie, gar nicht mehr schreien zu können, überdies wäre er dann gleich bei ihr gewesen.

»Kannst du einen Moment warten?«, fragte er ins Telefon.

Sie hörte seine Schritte. Sie versteckte ihre Hände wieder auf dem Rücken und sah starr nach oben. Aus dem Augenwinkel sah sie, dass er seinen Kopf durch die Küchentür steckte, um nach ihr zu sehen. Dann schloss er die Tür hinter sich.

Jetzt. Mit beiden Händen löste sie gleichzeitig die Schrauben an ihren Schläfen, die anderen spielten keine Rolle.

»Ihr wollt, dass ich jetzt komme?«

Er hatte nicht vor, sie am Leben zu lassen, das wusste sie. Sie hatte keine Angst vor dem Tod – wollte aber trotzdem kämpfen. Ihr Körper wollte kämpfen.

»Kann ich dich gleich zurückrufen?«

Ihr Kopf war frei, jetzt fehlten nur noch die Knöchel. Er hatte das Gespräch beendet. Sie würde es nicht schaffen, aber sie wollte kämpfen, schreien und schlagen. Die Knöchelfessel war ein einfacher Klettverschluss, wie man sie auch in der Irrenanstalt benutzte oder an Kinderschuhen. Aber wenn man die beiden Stoffe zum Öffnen auseinanderriss, entstand ein durchdringender, charakteristischer Laut.

Als sie ihn in der Küche hörte, riss sie die letzte Fessel auf und stand auf. Sie stieß mit dem Fuß gegen etwas, als sie zur Tür taumelte. Ein Buch? Es rutschte bis ins Schlafzimmer. Die Tür ging auf, und er stand direkt vor ihr. Perplex.

»Aber das hier muss doch gar nicht übel enden«, sagte er, wobei sie deutlich die Nervosität in seiner Stimme hörte. Als er zu seiner schwarzen Tasche mit all den Spritzen und Betäubungsmitteln schaute, stürmte sie zur Wohnungstür. Er versuchte, sie zu packen, aber sie schlug wild um sich und traf ihn.

»Nein!«

Er fasste sich an den Kopf, hatte die andere Hand aber um ihr Handgelenk gelegt und sah zu seiner Tasche. Ja, ohne kommst du nicht zurecht, dachte sie. Und tatsächlich ließ er sie los. Sie stürzte zur Tür, um dann aber festzustellen, dass sie mit einem Zahlenschloss verriegelt war, das sie verzweifelt zu öffnen versuchte.

»Hilfe!«, schrie sie, aber ihre Stimme war geschwächt.

Er stand im Wohnzimmer, nur wenige Meter entfernt, und bereitete mit professioneller Geschwindigkeit eine Spritze vor. Er war im gleichen Moment fertig, als sie die Kette geöffnet und die Tür aufgerissen hatte. Doch er holte sie ein, bevor sie aus der Wohnung schlüpfen konnte, und packte ihren Nacken. Sie versuchte noch einmal, um Hilfe zu schreien, aber seine breite Hand hielt ihren Kiefer, während er ihr irgendwo zwischen Hals und Schulter das Betäubungsmittel spritzte. Es tat weh. Vielleicht fand ihr Körper deshalb die Kraft, sich zu einem letzten Protest aufzubäumen: Mit beiden Armen schlug sie nach hinten und traf irgendetwas. Vielleicht war das sein Kopf, denn er ließ sie erneut los. Sie öffnete die Tür, taumelte die Treppe nach unten und klopfte an eine Tür.

»Helfen Sie mir!«

Sie hörte ihn hinter sich. Ohne sich umzublicken, lief sie die Treppe weiter nach unten. Sie war schneller als er, das wusste sie, andererseits spürte sie bereits das betäubende, halluzinogene Mittel, mit dem er ihren Körper verunreinigt hatte. Seine schweren Schritte, die sie hinter sich hörte, gaben ihr die Kraft, die Haustür aufzureißen und auf den Bürgersteig zu laufen. Erst jetzt wurde ihr bewusst, dass sie keine Kleider trug, nicht einmal

Unterwäsche. Die vergeudete Sekunde reichte ihm, um sie einzuholen. Dicht hinter sich hörte sie seine Stimme:

»Ich tu dir doch nichts«, sagte er. »Du kannst doch so nicht rausgehen.«

Sie rannte los, aber er hielt sie an den Haaren fest, sodass sie fiel. Sie schrie, trat nach ihm und hielt ihn etwas auf Abstand. Wo war er hin? Sie sah zu den geparkten Lastwagen hinüber. Irgendjemand rief etwas in einer fremden Sprache. Sie rappelte sich wieder auf und rannte weiter, spürte aber, wie schwer ihre Beine bereits geworden waren. Sie durfte nicht fallen, nicht nachgeben, das wäre fatal. Dann hätte er sie, würde sie zurück in die Wohnung tragen und den Leuten weismachen, dass alles in Ordnung war und er schon allein zurechtkam.

»Heh, Darling, hast du nicht was vergessen?«

Jemand lachte. Sie wusste, dass er irgendwo hinter ihr war und nur darauf wartete, dass die Betäubung wirkte. Die Menschen trauten ihm. Auch sie hatte ihm vertraut, ihn als »wirklich netten Menschen« eingestuft. Er hätte sie zu allem nur Erdenklichen überreden können.

»Pass auf, du geile Schlampe, und zieh dir was über!«

Sie musste langsamer laufen. Das rote Licht an der Kreuzung hob wie ein Flugzeug in Kastrup ab. Nein. Das war nicht wirklich so. Das wusste sie. Auch bei den letzten Malen hatte die Betäubung mit Halluzinationen begonnen, der Boden hatte zu schwimmen angefangen, und auch die Zimmerdecke hatte sich bewegt. Sie hatte ihn bitten müssen, den Ventilator auszuschalten.

»Du wirst noch überfahren. So lass mich dir doch helfen«, rief er.

Sie drehte sich um. Ein Echo aus weiter Ferne. Einige Autos hielten am Straßenrand an. Vielleicht wegen der Wärme, dachte sie. In dieser Hitze kann doch niemand fahren. Sie schlug nach ihm und taumelte über die Straße. Sah einen Zug, der direkt durch sie hindurchfuhr. Nein, er war irgendwo unter der Brücke. Sie lachte über sich selbst, lange, und hielt sich mit zwei Fingern das linke Augenlid auf, während sie sich der Brücke näherte. Von hier aus konnte sie bis in die Ewigkeit blicken, bis nach Tåstrup und wieder zurück, sagte sie, oder vielleicht dachte sie das auch nur. In einem flüchtigen Augenblick erkannte sie, was mit ihr geschah. Sie hatte nicht mehr lang, dann würde sie das Bewusstsein verlieren. Alles, was sie erlebte, war wie in Nebel gehüllt, sie konnte ihren eigenen Sinnen nicht mehr trauen.

»Das Geländer«, flüsterte sie heiser und sackte auf die Knie. »Dybbøl«, las sie noch auf einem Schild, bevor ihre Finger das kalte Metall zu fassen bekamen. Sie blickte sich um. »Lasst mich in Ruhe.«

Menschen waren zusammengelaufen. Entweder waren das wirklich mehrere, oder er hatte sich aufgeteilt.

»Lasst mich in Ruhe!«, schrie sie.

Ein Zug fuhr unter ihr hindurch in den Bahnhof ein. Ja, dachte sie. Ich will auch weiter. Das Metall des Brückengeländers wirkte für ein paar Sekunden wie ein Gegengift auf die beklemmende Unwirklichkeit. Metall auf der Haut. Schwarz auf weiß.

»Rost«, sagte sie und kletterte wieder nach oben. Wann wohl ihr Zug kam? »Geht weg!«, schrie sie, als sich jemand näherte. War das der, vor dem sie geflohen war? Der Teufel. Egal. Gleich würde sie auf den Zug aufspringen. Den Zug in die Ewigkeit.

2.

Islands Brygge, 23.35 Uhr

Was ist Mord, und was wissen wir überhaupt über das Leben? Oder den Tod?, fragte Hannah Lund sich, als sie kurz vor Mitternacht draußen auf dem Balkon stand. Sie konnte nicht schlafen. Vorsichtig schloss sie die Balkontür. Sie wollte Niels nicht wecken. Obwohl er bestimmt längst wach war und sich denken konnte, was ihr fehlte. Niels bemerkte alles, all ihre kleinen Gemütsschwankungen, die winzigen Signale, die man in die Welt hinaussandte, ohne dies überhaupt selbst zu merken. Deshalb war er bei der Polizei der Spezialist für die Verhandlungen bei Geiselnahmen. Einer der Besten, wenn es darum ging, verzweifelten Menschen fürchterliche Taten auszureden. Und genau deshalb war er auch für sie genau der Richtige, denn auch sie war ein verzweifelter Mensch.

Farbige Lampen, rot und grün, spiegelten sich auf dem schwarzen Wasser. Sie hingen drüben auf der anderen Seite des Hafens. Warum nur rote und grüne?, fragte Hannah sich und zündete sich eine weitere Zigarette an. Sie sollte sich in ihr Kajak setzen und durch die Nacht paddeln – hinüber auf die andere Seite. Mitfeiern.

Das wichtigste Mittel gegen Schlaflosigkeit und all die dummen unbeantworteten Fragen, die sich einem stellen, wenn der Körper sich zu schlafen weigerte, war das Durchbrechen der festgefahrenen Muster. Es war wesentlich, die dunklen Stunden nicht als Gegner anzusehen, nicht der Feind des Schlafs zu werden. Man musste etwas Vernünftiges tun. Sie hatte gelesen, dass man seine Sorgen mental bearbeiten sollte. Okay. Meine Sorgen, dachte sie und hoffte darauf, sie an einer Hand abzählen zu können: Erstens, ich bin schwanger, habe meinem Mann davon aber nichts gesagt, weil ich abtreiben will. Den Fötus umbringen. Einen *Mord* begehen. Ich weiß nicht, ob ich in der Lage bin, ein normales Kind auf die Welt zu bringen. Das einzige, das ich jemals bekommen habe, war gestört, krank im Kopf, und hat schließlich Selbstmord begangen. Auf der einen Seite war dieses Kind gesegnet gewesen mit einer außergewöhnlichen Begabung, auf der anderen hatte diese außerordentliche Begabung aber auch wie ein Fluch auf ihm gelegen. Wie auf mir, dachte sie.

Hannahs Eltern hatten sich immer ihretwegen geschämt, als sie klein war, und versucht, aus ihr ein ganz normales Kind zu machen. »Jetzt tu doch nicht so klug«, hatte ihr Vater immer gesagt. Erst als sie als Jugendliche am Niels-Bohr-Institut angenommen worden war, hatte sie das Gefühl gehabt, ihren Platz in der Welt gefunden zu haben. Sie hatte sich zwischen all den anderen Verrückten zu Hause gefühlt. Auch diesen Menschen entging manchmal, dass Essensreste an ihrem Mundwinkel klebten, sie das Hemd falsch zugeknöpft hatten oder sie zwei verschiedene Schuhe trugen. Andere Menschen konnten einfach nicht verstehen, wie die »normale« Welt so in den Hintergrund rücken konnte und einem nur noch Gleichungen, Lösungen und Zahlen durch den Kopf gingen, und das mit einer solchen Geschwindigkeit, dass man nicht merkte, dass man noch den Fahrradhelm trug, obwohl man schon drei Stunden im Institut war.

War das ein Problem, oder waren das mehrere?, fragte sie sich selbst, als sie ihr Spiegelbild im Fenster betrachtete. Du bist die schönste Frau, die ich jemals gesehen habe, sagte Niels immer, wenn er auf ihr lag und ihr in die Augen blickte. Sie sah an sich nichts Schönes. Nur eine Frau Mitte vierzig mit halblangen, dunkelbraunen Haaren. Als kleines Kind hatte sie Sommersprossen gehabt, im ganzen Gesicht. Mittlerweile schienen sie weggewaschen zu sein, nur im Sommer waren sie noch ganz vage zu erahnen. Sie setzte ihre nächtliche Studie fort: Ihre Formen waren schön, und sie war groß, fast so groß wie Niels. Schlank, vielleicht eine Spur zu dünn. Sie hatte abgenommen, seit sie schwanger war. Das waren die Sorgen, dabei hätte sie doch eigentlich zunehmen sollen. Nur ihre Brüste waren größer geworden. Ein bisschen. Sie hielt die Kerze dichter vor das Fenster, damit sie ihre Augen sah. Angst. Ich habe eine Scheißangst, dachte sie. Und ich weiß nicht, ob ich ihn noch liebe. Niels. Ich weiß gar nicht, ob ich in der Lage bin zu lieben. Vielleicht ist diese Gabe ja nicht allen vergönnt?

Sie brauchte noch eine Gauloise und vielleicht einen Schnaps. Wollte ihre Sorgen noch einmal durchgehen, bevor sie wieder ins Bett ging.

3.

Islands Brygge, 23.37 Uhr

Das Telefon vibrierte auf dem Küchentisch. Niels Bentzon sah auf seine Uhr. Das konnte nur die Arbeit sein. Irgendeine arme Seele, die sich oder andere umbringen wollte und zur Vernunft gebracht werden musste. Aber nicht heute Nacht, dachte Niels. Er hatte frei, sollten sie doch den Nächsten auf der Liste anrufen.

Das Telefon brummte weiter.

Hannah war weniger als vier Meter von ihm entfernt, trotzdem schien ein ganzes Universum sie zu trennen. Er hatte sie beobachtet, als sie ihr eigenes Spiegelbild betrachtet hatte. Sie war unzufrieden, das sah er ihr an. Niels Bentzon gab vor zu schlafen, als sie ins Zimmer kam, um ihre Zigaretten und den Mückenspray zu holen. Sie gab sich Mühe, leise zu sein, aber trotzdem hatte er sie draußen auf dem Balkon mit sich selbst reden gehört. Wie auch gestern und viele andere Nächte davor. Und er wusste, dass es nur noch schlimmer werden würde, wenn sie wüsste, dass ihre Schlaflosigkeit auch ihn wach hielt. Aber so war es.

In der letzten Zeit hatte Hannah sich immer mehr in sich selbst zurückgezogen. Vielleicht hatten sie sich zuvor zu impulsiv ins Leben gestürzt und zu früh geheiratet. Niels dachte oft darüber nach. Hatten sie ihre jugendliche Verliebtheit mit richtiger Liebe verwechselt? War das der Grund?

Hannah schloss vorsichtig die Tür hinter sich und verschwand nach draußen auf den Balkon. Niels sah immer wieder die Glut der Zigarette aufglimmen. Wie ein Puls, der Puls der Nacht. Wüsste er es nicht besser, würde er annehmen, dass sie schwanger ist. Ihre Brüste waren in der letzten Zeit angeschwollen. Aufgefallen war ihm das eines Tages in der Küche, als er sie von hinten umarmt hatte. Sie hatte ihn abgewiesen, ihren Po nach hinten gedrückt und sich aus seiner Umarmung gewunden. Etwas von Kopfschmerzen gesagt. Wirklich, wüsste er nicht, dass sie keine Kinder bekommen konnte, wäre er sich beinahe sicher. Aber so war es.

Er sah sich in der Dreizimmerwohnung um. Versuchte noch immer, dieses verfluchte Telefon zu ignorieren. Warum hatten sie diese Wohnung gekauft? Er mochte sie eigentlich nicht, die Aussicht über den Kopenhagener Hafen war schön, durchaus, aber der beinahe klinische Stil dieses Neubaus störte ihn, all das kalte Weiß. Wie in einem Krankenhaus. Aber vielleicht war es ja so, dass alle Frischverliebten ihr gemeinsames Schicksal mit einem dummen Kauf besiegeln mussten. Einem viel zu alten Auto, einer etwas zu kleinen Wohnung, einem baufälligen Sommerhäuschen. Er dachte an Kathrine, seine Exfrau, während die Glut von Hannahs Zigarette draußen glimmte. Vermisste er sie, oder vermisste er das Gefühl der Nähe? Wirklich schwer zu sagen, schloss er. Nähe, Zweisamkeit. All das, was man mit seiner Frau haben sollte, was er mit Hannah aber nicht mehr hatte. Vielleicht hatten sie in einem Anfall von Wahnsinn geheiratet? Ja, verdammt. Aber ist die Verliebtheit nicht der letzte Ort, wo man sich kriminell verhalten durfte, ohne bestraft zu werden? Wo ein bisschen Wahnsinn durchaus angebracht war? Nein, Niels zog den Gedanken zurück und versuchte es erneut: Wir werden trotzdem bestraft, nur nicht vom Staat. Die Strafe bestand in Schlaflosigkeit, Herzschmerzen, wortlosen Abenden, einem nach dem anderen ... ging das jetzt schon zwei Monate so? Er versuchte nachzurechnen. Wann war das geschehen? Vor anderthalb Monaten? Oder einem Monat? Anfühlen tat es sich wie ein Jahr. Er sollte ausziehen. Sich eine kleine Wohnung suchen. Niels überzeugte sich selbst davon, dass er das finanziell schaffen konnte. Außerdem herrschten überall Krisenzeiten. Denn wenn die Krise an dem kleinen Land zog und zerrte, bedeutete das Hochbetrieb für Niels und all die anderen Unterhändler der Polizei, die dazu ausgebildet worden waren, mit Bürgern zu sprechen, die sich oder andere oder die ganze Welt erschießen wollten. Ihre Zahl nahm gewaltig zu, wenn die Konjunktur auf Talfahrt war. Ja, er hatte genug zu tun, vorläufig würde ihn niemand vor die Tür setzen. Ergo konnte er auch ausziehen. Von vorne anfangen. Sich vielleicht eine neue Geliebte suchen? An seinem Aussehen war nichts auszusetzen, das wusste er. Er war größer als die meisten, mit einem etwas kantigen Körper, der zu seinem markanten Gesicht passte. Und auch wenn er nicht gerade in Topform war, hatte er physisch noch einiges zu bieten. Und er konnte mit den Menschen reden – auch mit den Frauen. Oder sollte er nach Kapstadt zu Kathrine fahren? Kapstadt war eine tolle Stadt. Vielleicht konnten sie es ja noch einmal probieren? Jedenfalls hatte sie ihn nie mit Schweigen und Verschlossenheit gestraft. Was würde sie sagen, wenn er morgen mit seinem Koffer in der Hand und einem Lächeln auf den Lippen in Kapstadt auf dem internationalen Flughafen stand? Aber wenn er neben ihr lag, würde er dann an Hannah denken? Und sie vermissen? Vielleicht hatte er eine Sünde gegen irgendeinen Gott begangen, so dass es seine Strafe war, immer die zu vermissen, mit der er nicht zusammen war.

Blödsinn.

Er richtete sich auf. Alles war gut gewesen, bis Hannah in sich selbst verschwunden war. Er musste seinen Koffer finden. In ein

Hotel einchecken. Sich auf den Weg machen. Und schlafen – überzogene Gefühle und sommerliche Hitze waren keine gute Kombination.

»Habe ich dich geweckt?«, fragte Hannah, als Niels auf den Balkon trat und eine Zigarette aus dem Päckchen auf dem Tisch nahm.

»Nein.«

»Sicher?«

Er klatschte eine Mücke, die sich auf seine Hand gesetzt hatte. Statt Hannah anzusehen, studierte er das Blut des Mückenstichs auf seinem Handgelenk. Es war genau an der Stelle, an der seine Adern sich zu einem Delta zu verzweigen schienen.

»Stimmt was nicht?«, fragte sie.

»Hannah«, sagte er einleitend, machte eine kurze Pause und horchte ein letztes Mal in sich hinein. Ja, er war bereit.

»Das klingt nicht gut«, sagte sie.

Das Telefon in der Küche klingelte noch immer. Niels drehte sich um. Sie nahm seine Hand und hielt ihn fest.

»Was wolltest du sagen?«

»Ich muss da rangehen. Das kann nur die Arbeit sein«, sagte Niels und zog seine Hand zu sich.

In der Küche lag das Telefon und strahlte ihm bläulich entgegen. Auf dem hellen Display zeichneten sich vier Buchstaben ab: Leon.

»Bentzon hier.«

»Bentzon, ich habe was für dich.« Leons Stimme hatte immer einen seltsam aggressiven, fast drohenden Unterton, an den Niels sich einfach nicht gewöhnen konnte. Aber so sprach er mit allen. Als Einsatzleiter der Polizei war er es gewohnt, seine Leute herumzukommandieren.

»Um was geht es, Leon?«

»Du musst in den Krieg, Bentzon. Die Schlacht bei Dybbøl.«
»Krieg?«
»Genau. Irgendeine nackte Drogenbraut steht draußen auf der Dybbølsbrücke und glaubt, fliegen zu können.«

Niels zögerte. Er sah zu Hannah, die seinen Blick erwiderte.

»Ist jemand draußen bei ihr?« Niels hörte seiner Stimme plötzlich an, dass er vor dem Schlafengehen einen Schnaps getrunken hatte.

»Du bist da, Bentzon, hoffentlich bald. Wenn sie springt, riskieren wir hässliche Beulen in den Zügen. Und das wollen wir doch nicht, die Bahn ist pleite, die können sich das im Moment gar nicht leisten.«

»Ich habe einen Gutenachtschnaps getrunken.«

Leon überhörte ihn. »Fahr mit Blaulicht. Wir sehen uns in drei Minuten. Bis dahin versuche ich, sie zu unterhalten.«

23.43 Uhr

Niels fuhr rückwärts auf die Straße und hatte wie bei ihrer ersten Begegnung das Gefühl, dass Hannah ihm nachblickte. Er spürte, dass in ihrem Kopf vieles war, was sie ihm noch nicht gesagt hatte. Aber das war klar. Sie war Astrophysikerin, und ihre Gedanken fuhren in einer ganz anderen Gangart – nein, falsches Bild: Während ihre Gedanken Ferrari fuhren, hockten Niels' Gedanken in einem Trabi. »Wie ist es eigentlich, mit einer Frau verheiratet zu sein, die klüger als man selbst ist?«, hatte ihn sein Kollege Damsbo neckend gefragt, als Niels der ganzen Abteilung von seiner heimlichen Hochzeit mit Hannah im Rathaus erzählt hatte. »Das ist toll«, hatte Niels geantwortet und dann hinzugefügt: »Intelligenz ist sexy, aber deine Frau scheint das ja anders zu sehen, Damsbo.«

Im Moment war es eher nicht so toll. Hannah war ein Rätsel, verpackt in einem Mysterium und verschlüsselt von einem Enigma. Wer hatte das gesagt? Churchill? Nein, jetzt hör auf, Niels, konzentrier dich auf deine Aufgabe. Dybbølsbrücke, eine Frau will springen. Er musste Leon erreichen, brauchte ein paar Hintergrundinformationen über sie, etwas, worüber er sich auf seinem Weg Gedanken machen konnte. Aber immer wieder sah er nur Hannah. Ihre physischen Veränderungen. Irgendetwas stimmte da nicht. Glückliche Erinnerungen trieben ihm Tränen in die Augen: das erste Mal, als sie ihm das Niels-Bohr-Institut gezeigt hatte. Da waren sie gerade erst zusammengekommen. Ein Wochenende im Bett, und danach, am Montag, hatten sie sich ihr jeweiliges Leben zeigen wollen. Sie hatte ihm von der dunklen Materie des Universums erzählt und ihm Niels Bohrs Pfeife gezeigt. Und sie hatte sich auf den Tisch des alten Meisters gesetzt, als Niels die Tür des Büros geschlossen hatte, und etwas von der Quantenmechanik gemurmelt, während Niels sie geküsst und seinen Körper an sie gedrückt hatte.

Ein Bus bremste plötzlich vor ihm, und nur um Haaresbreite konnte Niels noch ausweichen. Er rieb sich das Gesicht und versuchte noch einmal, sich auf seine Arbeit zu konzentrieren: Dybbølsbrücke. Was hatte Leon gesagt: Eine Drogenabhängige? Nackt? Mehr wusste er nicht. Niels wunderte sich über ihre Wahl, während er am Tivoli abbog. Die Dybbølsbrücke war nicht sonderlich hoch, andererseits aber hoch genug, um für ein One-Way-Ticket in den Himmel oder die Hölle zu reichen. Warum waren es immer die technischen Details bei diesen Selbstmordversuchen, die Niels ins Grübeln brachten? Wie sie es machen wollten. Welchen Turm sie wählten oder welche Pillen sie schluckten. Benutzten sie ein Seil oder ein Kabel, wenn sie sich zu Hause in ihrem Esszimmer erhängten? Tranken sie Salpetersäure, oder zogen sie ihr Brautkleid an, bevor sie sich die Pulsadern aufschnitten? Seine Gedanken kreisten nie – wie die der anderen Kollegen – um das Warum. Wieso jemand auf den Gedanken gekommen war, dass sein Leben nicht mehr lebenswert war. Vielleicht weil dieser Gedanke auch Niels schon einmal gestreift hatte?

Der Polizeifunk knackte. Es war Leon.

»Ja?«

»Wo bleibst du denn, Bentzon?«

»Zwei Minuten.«

»Zwei Minuten? Bis dahin ist sie gesprungen. Gib mir einen guten Rat.«

»Einen guten Rat?«

»Irgendetwas, das ich ihr sagen kann.«

Niels dachte nach. Was konnte Leon einem Menschen sagen, der sich aus dem Leben verabschieden wollte? Gute Reise? Es musste ja ehrlich sein. Das lernte man als Erstes bei diesen Gesprächskursen. Ehrlichkeit war die Regel Nummer eins.

»Denkst du nach, oder was?«, fragte Leon durch den Funk.

»Nur das sagen, was du wirklich meinst. Das ist das Alpha und Omega.«

»Etwas, das ich meine? Ich meine, dass sie sich etwas anziehen und sofort von diesem Turm kommen sollte. Und ich hätte auch nichts dagegen, wenn sie sich ein bisschen normaler verhalten würde.«

Leons Ungeduld war legendär. Vielleicht aufgrund seiner beinahe übernatürlichen Fähigkeiten auszurücken, wenn etwas geschah. Egal, was los war oder wo es geschah, man konnte immer damit rechnen, dass Leon als Erster da war. Mit entsicherter Pistole und der eingebauten Hoffnung, dass sich die Dinge ohne Machtanwendung nicht regeln ließen. Die jungen Beamten machten darüber schon Witze. Niels hatte das mehrmals mitbekommen, natürlich immer hinter Leons Rücken. Mit einer Mischung aus Verachtung und Faszination – Angst und Respekt – bezeichneten sie Leon als eine Einmannarmee, mit der man immer rechnen konnte. Aber mögen tat ihn niemand. Das war schlichtweg unmöglich. Wobei Leon das egal war. Er wollte es so, alles andere würde ihn schwach machen. Im Übrigen hatte er allem Anschein nach eine hingebungsvolle Frau und ein paar süße Kinder – so gesehen war das Leben wirklich voller rätselhafter Widersprüche.

Niels fuhr bei Rot über die Kreuzung am Fischmarkt, überholte ein Taxi und raste in Richtung Hafen. Eine Minute noch, dann war er da. Die Dybbølsbrücke unweit des Fischmarkts, nicht gerade ein charmanter Rahmen, um mit alldem Schluss zu machen. Aber vielleicht machte man sich in einer solchen Situation darüber ja keine Gedanken und ließ Ästhetik und Schönheit außen vor. Dass man Brücken wählte, war hingegen ganz normal. Die Storebœltsbrücke, die Øresundbrücke oder die Brücke über den Vejlefjord. Die Unterhändler und Psychologen der Polizei machten sich schon darüber lustig. Der Bau der nächsten großen Brücke solle eigentlich von den Vereinigten Dänischen Pfaffen subventioniert werden, wenn es denn eine solche Vereinigung gab. Die Unterhändler jubelten jedes Mal, wenn sich die Politiker für einen Tunnel und nicht für eine Brücke entschieden. Die Golden Gate war natürlich die absolute Königin. Der populärste Ort der Welt, um in den Tod zu springen. Etwa 25 Menschen beendeten jedes Jahr ihr Leben in der San Francisco Bay. War es das Wasser unter der Brücke, das sie so anzog? Stellte man sich vor, dass der Tod dann weicher war? Welch ein Irrglaube! Aus einer solchen Höhe entsprach die Härte einer Wasserfläche in etwa der einer Straße. Vielleicht lag es aber auch an der mystischen Kraft des Wassers? Das Gefühl, in einem Meer der Emotionen zu landen und überzusetzen in das Reich des Todes?

Noch ein kleines Stückchen die Rampe hoch, und Niels bremste scharf und hielt an. Streifenwagen, Rettungswagen, Absperrband, Beamte, die Ruhe und Überblick auszustrahlen versuchten, und natürlich: die unvermeidbaren Schaulustigen, die immer dann zusammenliefen, wenn sich irgendwo eine Tragödie anbahnte. Auf sie konnte man zählen, immer, egal wo und zu welcher Tageszeit. Niels hatte immer wieder Lust, zu ihnen hinüberzubrüllen, dass sie verschwinden sollen, zurück nach Hause vor den Fernseher, zu Feierabendbier und Pflichtsex mit Mama. Das hier, das war keine Kinovorstellung, das war eine echte menschliche Tragödie. Aber was würde das nützen? Beim nächsten Mal würden sie doch wieder da stehen, einige sogar mit gezückten Kameras.

Bevor er ausstieg, warf er kurz einen Blick in den Rückspiegel. Man musste ordentlich aussehen, wenn man diesen verzweifelten Menschen gegenübertrat. Ein ernsthafter Blick begegnete ihm, grüne Augen und Sorgenfalten, die im letzten Jahr sicher noch nicht da gewesen waren.

Niels stieg aus und fand Leon. Die Wärme legte sich gleich wie eine klebrige Hülle um seinen Körper, Schweiß lief seinen Rücken hinab, als Leon rief:

»Ich habe den Schienenverkehr komplett gestoppt. Aber wir sind in Zeitnot.«

»Was wissen wir über sie?«, fragte Niels und reichte Leon die Autoschlüssel.

»Jemand hat beobachtet, wie sie die Skelbækgade hochgelaufen ist«, sagte er und wandte sich in Richtung Brücke. Erst konnte Niels nichts erkennen. Doch dann folgte er Leons ausgestrecktem Zeigefinger den Aufzugturm hinauf, der sich ein paar Meter über der Brücke erhob.

»Wie ist sie denn da hochgekommen?«

»Das fragst du sie am besten selbst.«

»Haben wir einen Namen?«

Leon schüttelte den Kopf: »Niels. Das ist keine große Sache. Geh zu ihr und bring das zu Ende, da steht auch eine Leiter für dich. Tu dein Bestes. Und sollte es schiefgehen, habe ich bereits Leute parat stehen. In sieben Stunden haben wir es mit ein paar Hunderttausend Kopenhagenern zu tun, die diese Schienen nutzen wollen.«

Niels nickte. Leute parat stehen. Was für ein neutraler, undramatischer Ausdruck für die Spezialisten der Tatortreinigung, die nach derartigen Unfällen immer ausrücken mussten, um die Leichenteile zu entfernen und Blut und Gehirnmasse wegzuwaschen. Leon hatte den Kopf gedreht und starrte Niels an.

»Hast du getrunken, Bentzon?«

Niels nickte. »Drei Schnäpse und ein Bier.«

»Du riechst wie eine Kneipe.«

»Das hatte ich dir aber gesagt.«

»Hast du das?«

»Wenn du lieber einen anderen anrufen willst, ich würde das verstehen.«

»Das dauert dann ja noch einmal eine halbe Stunde.«

»Du bist der Einsatzleiter. Es ist deine Entscheidung.«

»Sieh zu, dass du zu ihr kommst. Damit wir das hinter uns bringen und endlich wieder nach Hause können. Auf Eurosport läuft Boxen.«

Einer der Techniker reichte Niels einen schwarzen Plastikzylinder, kaum größer als eine Tablette. »Für Ihr Ohr. Dann können wir mit Ihnen reden«, sagte er.

»Um was zu sagen?«

Der Mann überhörte die Frage. Stattdessen befestigte er einen ebenso winzigen Gegenstand an Niels' durchnässtem Hemdkragen. »Wir können auch Sie hören«, sagte der Techniker und verschwand.

Leon nickte Niels auffordernd zu. Er freute sich, Niels sah ihm das an. Das war echte, kindliche Freude.

»Diese Ausrüstung, ich fühle mich damit nicht so gut«, sagte Niels.

Leon zuckte mit den Schultern: »Die moderne Welt, gewöhn dich dran.«

Niels tauchte unter der Polizeiabsperrung hindurch und lief auf die Brücke, er sah die nackte Frau, die oben auf dem Aufzugturm balancierte, jetzt besser. Wie eine Statue, dachte Niels. Dünn. Ein Mädchenkörper mit dem Gesicht einer Frau. Haut und Knochen. Dann legte sie sich hin.

»Bentzon?«

Er drehte sich zu Leon, der ganz dicht an ihn herantrat, damit keiner der anderen Beamten ihn hörte:

»Das wird schon gut gehen. Du hast doch nie wen verloren, und das wirst du auch heute Abend nicht«, flüsterte Leon und rundete seine Aussage mit einem seltenen, ehrlichen Lächeln ab, während er Niels' Arm leicht drückte. Vielleicht war er einfach nur froh darüber, nicht selbst dort hinaufzumüssen.

4.

Bahnhof Dybbølsbrücke, 23.51 Uhr
Nein, sie durfte jetzt nicht schlafen. Das Bild kehrte zurück: der Fisch am Haken. Wenn sie jetzt einschlief, würde er sie holen und wieder sein Spiel mit ihr treiben. Sie töten und zurückholen. Wieder und wieder. Eine ganze Ewigkeit lang.
Ewigkeit.
Das Wort weckte sie. Sie richtete sich auf, nicht ganz sicher, wo sie war. Oder warum sie hier war. Ein unfreiwilliges Lachen kam beim Anblick der Zuschauer über ihre Lippen. Einen Augenblick lang verwechselte sie das kalte Gitter des Fahrstuhldachs mit einer Bühne. Wirklich? Sie stand wieder auf. Die Leute riefen ihr etwas zu. Sie wusste, dass es der Stoff war, den er ihr injiziert hatte, der ihre Wahrnehmung und ihren Gehörsinn beeinträchtigte. Dann sah sie ihn. Er stand unten bei den anderen Zuschauern. Der Teufel. Winkte er ihr nicht sogar lächelnd zu? Sie wich instinktiv einen kleinen Schritt zurück.
»Ich komme jetzt zu Ihnen hoch«, sagte eine Stimme hinter ihr.
War er das? Oder war das ein anderer? Wie konnte er sowohl dort unten als auch hier sein? Aber die Antwort lag auf der Hand: Die Medikamente in ihrem Körper machten es ihr unmöglich, das zu unterscheiden. Du darfst deinen Augen nicht trauen, sagte sie zu sich selbst. Darfst nicht glauben, was du hörst. Nicht einschlafen. Um Gottes willen. Halt dich wach.

5.

Bahnhof Dybbølsbrücke, 23.53 Uhr

»Ich komme jetzt zu Ihnen hoch«, sagte Niels und wartete noch ein paar Sekunden. Er atmete tief durch und ließ den üblichen Gedanken kommen und gehen: Wieder mischte er sich jetzt in einen tiefen, persönlichen Beschluss ein, wozu er eigentlich kein Recht hatte. Die Situation an sich war im Grunde banal: Eine Frau hatte genug vom Leben und wollte nicht mehr. Das war ihr gutes Recht. Und sie war nicht die Erste, die zu einem solchen Entschluss gekommen war. Die Gesellschaft kann so etwas aber nicht akzeptieren. Es ist nicht richtig, seine Probleme auf diese Art zu lösen. Sich das Leben zu nehmen ist eine unzivilisierte Handlung. Wir haben dazu sogar die Rechtsprechung bemüht. Selbstmord ist verboten. So ist es. Man darf essen, trinken, lieben, hassen, schlagen, rauchen, vor die Hunde gehen, Erfolg haben, im Großen und Ganzen leben, wie man will. Man darf sogar aufhören, den zu lieben, mit dem man verheiratet ist, dachte Niels und spürte einen Stich in seiner Brust. Aber sterben, sterben durfte man nicht. Nicht durch die eigene Hand. Das war verboten. Und an dieser Stelle kam ich ins Bild. Die letzte Waffe der Zivilisation. Zu der man griff, wenn Psychologen, Psychiater, Arbeitsamt, Entwöhnungskliniken, Paartherapeuten und wer sich in unserer Gesellschaft sonst noch alles dafür einsetzte, dass Menschen nicht in einer warmen Sommernacht mitten auf der

Dybbølsbrücke standen, um in den Tod zu springen, versagt hatten. Ich wurde gerufen, wenn sich die Situation so zugespitzt hatte, dass die Entscheidung für Leben oder Tod im wahrsten Sinne des Wortes nur noch Zentimeter auseinanderlag.

Gut fünfzehn Jahre arbeitete Niels jetzt schon in der Mordkommission, zwei Drittel der Zeit davon als Unterhändler. Der Grund dafür war einfach, er verstand sich auf die Menschen. Er konnte zuhören, sich in seine Gegenüber hineindenken, sie ergründen. Auch wenn es sich um Extremsituationen handelte. Geiselnahmen, Selbstmörder, psychische Wracks.

»Beeilen Sie sich, sie springt«, rief ihm einer der Schaulustigen zu.

Niels schüttelte den Kopf. Es kam nicht darauf an, sich zu beeilen. Im Gegenteil. Man musste Zeit gewinnen. Signalisieren, dass die Zeit nicht knapp war. Man Ruhe und Muße hatte. War das hier erst einmal überstanden, versuchte Niels auszustrahlen, lag ein langes Leben vor dem Menschen, das darauf wartete, gelebt zu werden. Er hielt auf der Leiter inne, bevor er so hoch war, dass er sie sehen konnte.

»Ich heiße Niels«, rief er. »Ich bin Polizist. Ich bin unbewaffnet. Und ich will nur mit Ihnen reden, sonst nichts.«

Er lauschte. Hörte aber nur den Lärm der Straße, die Besoffenen und einen Junkie, der zu ihnen hinüberschrie: »Spring doch, du Nutte.«

Niels blickte sich auf der Leiter stehend um. Leons Stimme klang ihm im Ohr, ein atemloses Flüstern: »Denk nicht dran, Bentzon, geh weiter. Den bring ich zum Schweigen.«

Niels warf noch einmal einen Blick in die Menge und sah, wie Leon jemanden mit dem Knie auf den Boden drückte und in Handschellen legte. Denk dran: Nur die Wahrheit sagen.

»Hören Sie nicht auf diese Leute. Sie sind besoffen und dumm«, sagte Niels und stieg vorsichtig einen weiteren Schritt nach oben. Jetzt sah er sie deutlich. Erster Eindruck: selbstsicher. Sie hatte Stil, und ihre Ausstrahlung wirkte schon fast arrogant. Sie hatte nicht viel Platz dort oben. Ein kleiner Schritt nach rechts oder links, und sie würde abstürzen. Trotzdem war ihr Rücken gerade. Der Körper ruhig. Diese Frau sollte Drogen nehmen? Sie war dünn. Ihre Haut wirkte fein, fast wie Seide. Gepflegt. Schön. Er war jetzt oben auf dem Turm. Vermied den Blickkontakt mit ihr. Es kam ihm vor, als stünden sie auf dem Sprungbrett in einem Schwimmbad.

»Ich heiße Niels. Ich bin direkt hinter Ihnen.«

Sie drehte sich um und starrte Niels an. Sie hatten Augenkontakt. Lang genug, damit sie sich nicht ignoriert fühlte. Sie kämpft gegen den Schlaf an, gegen das Betäubungsmittel in ihrem Blut. Heroin vielleicht, dachte Niels.

»Bleib dran, Bentzon, fünf Minuten«, krächzte Leons Stimme in Niels' linkem Ohr. Es war störend, und einen Augenblick lang erwog Niels, sich den kleinen Ohrhörer herauszunehmen, aber die Bewegung würde sie verunsichern. Sie musste wissen, dass es in seiner Welt jetzt nur sie gab. Niels spürte, wie sein Hemd sich an seinen Rücken klebte.

»Vier Minuten, dann sind meine Leute bereit, sie zu schnappen«, flüsterte Leon.

Dieser Knopf im Ohr – das ging nicht. In den vielen Jahren, die Niels bereits mit Geiselnehmern und Selbstmördern verhandelte, hatte er nie jemanden verloren. Er hatte keine Formel, aber er wusste, was ging und was nicht ging. Und Leons Stimme in seinem Ohr ging nicht.

Sie sah wieder nach unten auf die Schienen, dann in die Menge. Suchte sie jemanden?

»Verstehen Sie Dänisch?« Seine Frage überraschte ihn. Doch

trotz der ganz hellen Haut hatte sie etwas Fremdartiges. Fast Überirdisches.

»Ein guter Gedanke, Bentzon. Versuch es auf Englisch.«

Niels hätte Leon am liebsten zugeschrien, er solle die Klappe halten.

»English?«, fragte Niels. »Do you understand? Where are you from? Poland? Russia? Ukraine?«

Schüttelte sie den Kopf? Ganz leicht? Englisch schien auf jeden Fall richtig zu sein.

»Listen. Just tell me your name. Ihren Namen. Verstehen Sie Dänisch?«

»Versuch es mit Rumänien, Bentzon. Die Hauptstadt heißt Bukarest«, sagte Leon.

Niels schloss die Augen und versuchte, die Stimme in seinem Ohr zu ignorieren.

»Pack sie doch einfach«, rief einer der Schaulustigen.

Die Frau reagierte und sah sich um, als stünde sie unten auf der Straße und nicht oben auf dem Aufzugturm. Sie hat Angst einzuschlafen, dachte Niels. Angst, was jemand tun könnte, wenn die Medikamente oder Drogen ihr die Selbstkontrolle genommen hatten.

»Hören Sie nicht auf die«, sagte er. »Sehen Sie mich an. Ich will Ihnen nichts Böses. Ich bin Polizist. Ich möchte mit Ihnen reden. Sie beschützen. *Protect.*«

Leons Stimme in seinem Ohr, wie ein Windhauch in Orkanstärke: »Zwei Minuten, Bentzon.«

Niels trat einen Schritt vor. Sie hockte sich hin, versuchte mit aller Macht, die Augen offen zu halten. Die Frau stieß einen Schrei aus und sah Niels dabei direkt an. Sie hatte Angst vor ihm, hatte Angst vor dem Schlaf. Fürchtete sie ihn mehr als den Tod?, wunderte Niels sich.

»Ich bin Polizist. Sie sind jetzt sicher. Ich werde auf Sie aufpassen, wenn Sie schlafen«, sagte er.

Die Frau sah ihn an, ihre Augen sahen aber nicht Niels. Wen sahen sie? Einen Exmann? Einen Verfolger? Niels tippte auf Letzteres.

»Du!« Er hob seinen Blick, um Kontakt zu bekommen und die Schaulustigen zu übertönen. »Wie heißt du? Ich heiße Niels. Niels«, wiederholte er und schlug sich leicht auf die Brust. Wie Livingstone, der zum ersten Mal einem Eingeborenen begegnete.

Sie blinzelte, konnte ihre Lider nicht mehr offen halten. Sie trat einen Schritt nach hinten zur Kante, während sie unten zwischen den Leuten irgendjemanden zu finden versuchte. Einen Moment lang dachte Niels, dass es zu spät war, doch sie blieb ruhig vor der Kante des Aufzugturms stehen. Von hier aus ging es zehn, zwölf Meter senkrecht nach unten. Er musterte ihr Gesicht. Das war nicht das Gesicht einer Drogenabhängigen.

»Please. Let me protect you. Hold you …«

Sie war vielleicht Ende zwanzig, sah aber etwas älter aus. Ein schmales Gesicht. Dunkle Augen. Ein ernsthafter, intelligenter Blick. Feine Züge, hohe Wangenknochen, Augenbrauen, die einen perfekten Bogen beschrieben. Sie passte in keines der Bilder, die er in seiner Erinnerung hatte. Dabei hatte Niels schon so viel gesehen. Nach Hause zurückgekehrte Soldaten, die Amok liefen und ihre Familie erschossen. Psychisch Kranke, die die falschen Medikamente bekamen und gewöhnliche Supermarktkunden für die Dämonen aus ihren Albträumen hielten. Soziale Verlierer, die ihren Frust an ihren Sachbearbeitern ausließen. Drogenabhängige, die zu viel von irgendeinem Scheiß genommen hatten. Aber das alles passte hier nicht – niemand, mit dem er je verhandelt hatte, hatte ausgesehen wie sie.

»Verdammt, Bentzon, red mit dem Mädchen«, sagte Leon. »Halt sie noch eine Minute hin.«

»Du bist müde, das sehe ich dir an. Du möchtest schlafen. Aber du hast Angst vor dem, was passiert, wenn du schläfst, nicht wahr? Stimmt das? Aber es wird dir nichts passieren, ich werde bei dir sein«, sagte Niels. »Ich will dir helfen.«

Die Frau sagte nichts. Niels wiederholte seine Worte auf Englisch, während ihre Augenlider gegen das Unausweichliche ankämpften: *den Schlaf.*

»Hast du Angst? Sag mir, vor was? Somebody following you?«

Er blickte auf ihre linke Hand. Ein Tattoo. Vom Unterarm bis auf den Handrücken. War das ein Herz? Oder ein Name?

»Darf ich näher kommen? Closer?«

Keine Antwort. Er sah auf ihre nackten Füße. Ihre Ferse ragte über den Rand, wie bei einem Turmspringer, der sich auf die Olympiade vorbereitete.

»Willst du etwas über mich wissen?«

Er rückte beim Sprechen kaum merkbar einen kleinen Schritt näher.

»Es gibt immer etwas, wofür es sich zu leben lohnt.«

Warum sagte er das? Man durfte nicht lügen. Man musste immer die Wahrheit sagen. Er richtete seinen Blick nach innen. Meinte er das wirklich so? Hatte er nicht selbst manchmal das Gefühl, dass man all die Gründe, hier zu sein, aufgebraucht haben konnte? Doch, dieses Gefühl kannte er nur zu gut. Aber so etwas konnte er ihr jetzt ja nicht sagen. Die Ehrlichkeit hatte ihre Grenzen. Als er wieder aufblickte, musterte sie ihn.

»Rede mit mir. Wie heißt du? Just tell me your name. That's all. Name? Nome?«

Niels trat an den Rand, weit genug von ihr entfernt. Die Feuerwehr machte unter ihnen alles bereit. Er musste ihre Aufmerksamkeit nur noch ein paar Sekunden in Beschlag nehmen. Sein Knie bewegte sich, unsicher, als fürchtete es sich, unter seinem Gewicht nachgeben zu können. Er lauschte auf ihren Atem: hektisch, stoßweise.

»Denk dran: Wenn du springst, bin ich der Letzte, der dich lebend gesehen hat. Ich bin dein Abschiedsbrief. Gibt es jemanden, dem du noch eine letzte Nachricht zukommen lassen willst?« Er streckte seine Hand in ihre Richtung aus, und sie schlug nach ihm. Vage, aber trotzdem traf sie ihn mit ihren gepflegten Nägeln. Niels spürte, wie die Haut auf seinem Arm sich öffnete, ohne dass es wehtat. Blut sickerte heraus, rann unter seine Armbanduhr und tropfte von da auf die Brücke. Dann wurde die Luft von dem Schrei der nackten Frau zerrissen.

»Bentzon!«, rief Leon. »Soll ich hochkommen?«

Sie sah zu den Schaulustigen unten auf den Bahnsteigen und hatte jemanden erkannt. Jemanden, vor dem sie Angst hatte.

»Sieh mich an! Sieh nicht nach da unten. Bei mir kann dir nichts passieren. Ich will dir helfen.«

Sie bewegte sich von Niels weg, kleine Schritte entlang der Kante. Ihre Bewegungen wirkten elegant. Schritt für Schritt. Zentimeter für Zentimeter. Dann blieb sie stehen. Sah Niels in die Augen. Plötzlich hatte sie die Kraft, sie weit zu öffnen. Eine Supernova, die vor dem Unausweichlichen aufleuchtet.

»Nein«, sagte Niels. »Tu das nicht.«

»Zwanzig Sekunden, Bentzon«, sagte Leon.

Sie hob das eine Bein ganz leicht und balancierte nur auf den Zehenspitzen des rechten Fußes.

»Wenn du springst, springe ich auch.«

Dann sagte sie etwas, ein einzelnes Wort, das in den Schreien unten vom Bahnsteig unterging. Aber das Wort schien ihr Frieden zu geben, und Hoffnung. Als glaubte sie für einen Moment wieder an das Leben. Dann ließ sie sich nach hinten über die Kante kippen. Niels stürzte vor. Einen Augenblick lang war er drauf und dran, sein Versprechen zu halten und ihr hinterherzuspringen und mit ihr durch die Luft zu schweben, doch stattdessen versuchte seine Hand, sie festzuhalten. Seine Fingerspitzen glitten aber nur noch über die feine Haut ihres Rückens. *Wenn du springst, springe ich auch.* Er sah nach unten. Registrierte mechanisch das unnatürliche Zucken ihres Körpers, als Rücken und Nacken auf den rostbraunen Schienen aufschlugen. Mehr sah er nicht, denn er lag jetzt am Rand des Turms, und sein Bein rutschte über den Rand. Als er wieder nach unten sah, breitete sich unter ihrem zerschmetterten Hinterkopf das Blut aus. Ihre Beine waren gespreizt, ein Arm lag über ihrem Kopf, der andere seitlich am Körper. Dann hörte er die Schreie, sie kamen vom Bahnsteig und oben von der Brücke. Er hing mit beiden Händen am Rand des Turms. Er sollte loslassen, ihr hinterherspringen. Das hatte er versprochen. »Du musst einfach nur loslassen, Niels«, flüsterte er. Die Bewegung der Bewegungen: Loslassen. Tu es endlich, dachte er, als sich eine kräftige Hand um sein Handgelenk legte.

6.

Bahnhof Dybbølsbrücke, 23.57 Uhr

Für einen Augenblick hatte er alle Hoffnung aufgegeben, als der Polizist oben bei ihr stand. Und dann geschah das Wunder: Sie sprang. Er sah sie. Sah sie fallen. Die alte Frau, die neben ihm auf dem Bahnsteig stand, nahm vor Entsetzen seine Hand. Als fiele sie selbst. In der anderen hielt sie ihre schwarze Tasche. Während die Menschen schrien, kam ihm seine Ausrüstung in den Sinn. Seine Sachen in ihrer Wohnung. Aber erst wollte er sie sehen und bahnte sich einen Weg durch die Menge. Viele weinten, und er versuchte, wie sie auszusehen. Aufgewühlt, schockiert, bestürzt. Sein Körper aber zitterte vor Erleichterung.

Jetzt war er so dicht bei ihr wie nur eben möglich. Ihre Augen waren offen, sie sahen ihn direkt an, bis ein Arzt vor sie trat. Alle schienen mit einem Mal Zeit zu haben, sogar die Ärzte und Sanitäter. Sie war tot. Ihr Genick war gebrochen, und das Blut versickerte im Schotter unter ihrem Kopf. Trotzdem ging er noch einen Schritt näher, als sich die Gelegenheit bot. Sollte er ein schlechtes Gewissen haben? Er untersuchte seine Gefühle. Schließlich war sie jetzt an einem besseren Ort, dachte er. Das hatte sie ihm selbst erzählt.

»Achtung bitte!«

Polizeibeamte schoben die Schaulustigen zurück. Der Mann, der oben auf dem Turm gewesen war und versucht hatte, sie vom Springen abzuhalten, lief jetzt zwischen den anderen herum. Er schien sie zu mustern. Einen Augenblick lang sah er dem Mann in die Augen, dann senkte er seinen Blick und ging weg.

Die Müdigkeit kam mit der Erleichterung. Aber er musste noch ein wenig durchhalten und einen klaren Kopf behalten. Er musste seine Sachen holen, bevor die Polizei herausfand, wer sie war, und in ihre Wohnung kam. Ritalin. Sein Körper schrie danach. Bei ihm wirkte der Stoff am besten intravenös, aber er hatte keine Chance, sich zu spritzen. Stattdessen schluckte er ein paar Pillen. Wie lange hatte er nicht geschlafen? Zwei Tage? Mindestens. Trotzdem spürte er die Müdigkeit nur in seinen Augen. Das Ritalin und möglicherweise auch das Modafilin, das er am frühen Abend genommen hatte, hielten ihn auf den Beinen. Eigentlich setzte man diese Medikamente ein, um Menschen mit Narkolepsie davor zu bewahren, plötzlich einzuschlafen. Und er nahm sie, weil er ganz einfach keine Zeit zum Schlafen hatte. In den letzten Tagen hatte er nur einzelne kurze Nickerchen gemacht, im Auto oder zu Hause auf dem Sofa. Er musste sich beeilen, musste weitermachen, bis er die Antwort kannte. Nur das war von Bedeutung. *Die Antwort.*

7.

Bahnhof Dybbølsbrücke, 23.58 Uhr

Niels war die letzten vier Stufen der Treppe nach unten gesprungen. Jetzt stand er auf dem Bahnsteig. Zuerst beobachtete er diejenigen, die sich vom Ort des Geschehens entfernten. Er nahm an, dass derjenige, der sie in den Tod getrieben hatte, sich beeilen würde. Aber nur Frauen stürmten über die Treppe nach oben – weg vom Bahnhof. Und es konnte keine Frau sein. Das Opfer war splitterfasernackt gewesen. So etwas würde nur ein Mann tun. Ein atemloser Leon nahm Niels' Arm.

»Bentzon, was zum Henker ist da geschehen? Warum hast du gesagt, dass ...«

Niels unterbrach ihn: »Sie hat ihn gesehen.«

»Ihn?«

Niels ging weiter, schob den Mann vor sich zur Seite und studierte die Gesichter der Entgegenkommenden.

»Bentzon!«

Auf der anderen Seite der Schienen standen zwei Mädchen, die noch immer schrien. Warum gingen sie nicht nach Hause, wenn sie den Anblick des Blutes nicht ertrugen?, fragte Niels sich. Er sah in ihre Gesichter, eins nach dem anderen, als er Leons Hand auf seiner Schulter spürte.

»Es ist vorbei, Niels. Sie ist gesprungen.«

»Irgendjemand war hinter ihr her.«

»Sehen wir zu, dass wir sie identifiziert bekommen.«

Niels unterbrach ihn: »Nein, Leon. Hör mir zu. Sie hatte Angst einzuschlafen. Fürchtete, das Bewusstsein zu verlieren. Sie hatte panische Angst vor dem, was ihr im Schlaf drohte, wenn es ihr nicht gelang, sich wach zu halten.«

»Niels ...«

»Hör mir zu. Sie ist gestorben, um dem Schlaf zu entgehen. Um ihm zu entkommen. Er ist hier irgendwo unter den Schaulustigen.«

Leon sah sich um. Es hatten sich mindestens hundert Personen versammelt. Über die Hälfte davon waren Männer.

»Was stellst du dir vor?«

»Wir nehmen die mit, alle.«

Leon schüttelte den Kopf.

»Doch, das ist die einzige Möglichkeit, wenn ...«

»Niels, wir sind hier fertig, komm.«

Niels spürte seine Wut bis in die Fingerspitzen. Am liebsten hätte er Leon eine geklebt. Stattdessen betrachtete er die Gesichter auf der anderen Seite der Absperrung. Viele davon waren ihm zugewandt. Angetrunkene Jugendliche auf dem Rückweg aus der Stadt. Ein paar Geschäftsleute, die hier runtergekommen waren, um sich Sex zu kaufen. Stimmte das? Oder war das nur wieder das tief in Niels verankerte Misstrauen gegenüber Männern mittleren Alters, die graue Anzüge trugen und um diese Uhrzeit noch in der Stadt unterwegs waren?

»Komm!«

Leon zog ihn hinter sich her. Niels gab den Widerstand auf und folgte dem Einsatzleiter wie ein braver Junge. Dann sah er ihren Kopf. Zerschmettert, das Blut hatte den hellen Schotter um sie herum dunkel gefärbt. *Blut*. Der Saft des Lebens, der aus ihr sickerte – vorbei an Steinen und rostigem Stahl, bis er von der trockenen Erde der Stadt aufgesaugt wurde. Niels richtete seinen Blick noch einmal auf die Leute. Auf sie alle. Und spürte, dass es das war, was diese Frau so unter Druck gesetzt hatte. Das da draußen. *Die Stadt.* Tränen stiegen ihm in die Augen. Niemand – niemand sollte ihn weinen sehen, weshalb er den Blick senkte. Sie gingen zurück auf die Brücke, wo noch immer zahllose Menschen hinter der Absperrung standen. Eine junge Mutter beschimpfte einen Beamten, weil sie den Vorfall nicht besser abgeschirmt hatten: Ihre Tochter hätte einen Schock bekommen, und die Mutter verlangte auf der Stelle die Hilfe eines Psychologen. Niels blickte noch immer zu Boden und erlebte die Welt durch Leon – das hier war Leons Wirklichkeit. Der Einsatzleiter, der die Bevölkerung schützen und für alles den Buckel hinhalten musste. *Warum rennst du denn um diese Uhrzeit noch mit deiner Scheißtochter durch die Gegend?*, hätte Niels der Mutter am liebsten zugerufen.

Auf dem ganzen Weg zum Auto sah Niels nicht ein einziges Mal auf. Leon briefte seine Leute, die sich um ihn geschart hatten. »Drogen«, hörte er, bevor Leon sich aus der Menge befreite und wieder Niels' Arm nahm.

»Da hörst du es: eine Drogenabhängige auf einem schlechten Trip. Nicht einmal Gandhi hätte sie davon abbringen können.«

»Das war kein Selbstmord.«

»Niels? Ich weiß, dass das schwer ist.«

»Da war irgendeiner, den sie gefürchtet hat. Mehr als den Tod.«

»Das ist so, wenn man auf einem schlechten Trip ist. Das kennen wir doch«, sagte Leon ungeduldig und holte tief Luft. »Niels. Sie ist vor den Augen von weit mehr als hundert Menschen gesprungen. Da können wir von nichts anderem als einem Selbstmord ausgehen.«

Leon zögerte.

»Hast du gesagt, dass du auch springst, wenn sie es tut?«

Niels sah Leon an. Er fühlte sich schlecht. »Ich weiß nicht. Es war verdammt schwer mit deiner Stimme im Ohr.«

»Wie meinst du das?«

»Ach nichts.«

Irgendjemand unterbrach sie und flüsterte Leon etwas zu. Dann wandte sich der Einsatzleiter wieder Niels zu.

»Bentzon, du verstehst dich aufs Reden. Deshalb bist du ja so gut bei dem Job, nicht wahr? Wir anderen können das nicht. Wir sind mit den Worten nicht so geschickt wie du. Sind wie hölzerne Puppen, an denen man sich ständig stößt.«

Er lächelte, und für einen Augenblick kam es Niels so vor, als wäre er klüger als jemals zuvor, voller Weisheit und Liebe. »Ich werde jemanden bitten, dich nach Hause zu fahren«, schloss Leon. Und dann war er weg – an einem Abend wie diesem mussten Tausende von Entschlüssen gefällt werden. Ein Abend, an dem Niels auf dem Weg nach unten war. Im freien Fall nach einem Versprechen, das er einem Menschen gegeben hatte, den es jetzt nicht mehr *gab*. Die Kriminaltechniker hatten ihren Leichnam abgedeckt. Einige Menschen weinten noch immer. Niels musterte die Leute auf dem Bahnsteig. Irgendwo dort unten versteckte sich derjenige, der sie zu dieser Handlung getrieben hatte. Niels hatte die Furcht in ihren Augen gesehen. Nicht Angst. Angst ist unkonkret. Furcht ist reell. Man kann sie fühlen. Wir haben Angst vor Raubtieren, Autos, dem Verkehr, Krankheiten. Angst ist etwas anderes. Man kann sie nicht fassen, sie weicht aus wie Wasser. Bei der Frau aber war alles sehr konkret gewesen: Sie hatte sich umgesehen, nach dem Tier Ausschau gehalten, das in der viel zu heißen Stadt auf sie lauerte, und es so sehr gefürchtet, dass sie lieber in den Tod gesprungen war. Niels ging zu seinem Wagen. Er wollte selbst fahren. Seine eigenen

Gedanken denken. Einen Sinn in alldem finden. Er sah den Mann, als er die Autotür öffnete. Eine Silhouette. Jemand, der sich umdrehte und dann eilig den Ort des Geschehens verließ. Niels warf die Autotür zu und lief ihm nach.

8.

Vesterbro, 23.59 Uhr

Die Wachmacher in seinem Blut ließen die Straße ein bisschen schwanken. Wie hatte dieser Polizist ihn erkennen können? Nur weil er sich umgedreht hatte? Wie Lots Frau, als sie aus Sodom geflohen war.

Sein Vorsprung war groß, das wusste er. Trotzdem fürchtete er das Schlimmste. Dieser Mann wirkte irgendwie besessen. Sollte er weiterlaufen oder sich irgendwo verstecken? Nein, er brauchte sein Material. Andernfalls würde ihn das entlarven. Er ging das Risiko ein und warf einen Blick nach hinten. Es war niemand da. Aber gleich würde der Mann um die Ecke biegen und ihn sehen. Die Tür ihres Hauses ging auf. Ein verdammt früher Zeitungsbote. Er nickte ihm zu und trat in den Hausflur. Lief die Treppe nach oben und hörte die Tür ins Schloss fallen.

Ihre Wohnungstür war noch immer angelehnt. In der Küche brannte Licht. Er ging ins Wohnzimmer und packte seine Sachen zusammen. Auf dem Boden war Wasser. Vielleicht sollte er ein Fenster öffnen, damit es schneller trocknete. Nein, es kam jetzt in erster Linie darauf an, zu verschwinden. Er warf einen letzten Blick ins Wohnzimmer, schaltete das Licht aus und schloss die Tür hinter sich.

Am Fenster des Treppenhauses wartete er im Dunkeln. Er wollte erst all die Streifenwagen und Ambulanzen vorbeifahren lassen.

Plötzlich sah er ihn durch die leicht matten Scheiben unten auf der Straße. Die Bewegungen dieses Polizisten wirkten fast schon manisch. Er sah unter die Autos, suchte alles ab, blickte in alle Seitenstraßen. Dann verschwand er.

Er blieb eine ganze Stunde im Treppenhaus stehen, bevor er das Haus verließ. Stand im Dunkeln da und dachte, wie schnell an diesem Abend alles hätte schiefgehen können. Die Müdigkeit. Sie lag die ganze Zeit auf der Lauer und wartete darauf, ihn zu überfallen. Er hastete zu seinem Auto, das er ein ganzes Stück von ihrer Wohnung entfernt geparkt hatte, und stieg ein. Es war noch immer Polizei in der Gegend. Dann ließ er den Motor an und fuhr los. Er wollte raus aus der Stadt, musste am Fælledparken aber noch einmal anhalten. Einen Moment einfach dasitzen, bevor er weiterfahren konnte. Seine Hände zitterten wegen der Stoffe in seinem Blut. Sein ganzer Körper. Er konnte die Unruhe jetzt nicht mehr im Zaum halten. Musste sein Hirn reinigen und nachdenken. Es war noch nicht vorbei, auch wenn es beim ersten Versuch nicht geklappt hatte. Das spürte er. Bestimmte Dinge musste man einfach wieder und wieder probieren. Er nahm seine Liste zur Hand. Die Liste derjenigen, die schon einmal tot gewesen waren. Lange. Und die doch zurückgeholt werden konnten. Diese Menschen hatten bewiesen, dass sie einige Minuten im Reich der Toten aushalten konnten. Sie hatten den Tod erlebt und waren mit der Nachricht zurückgekehrt, dass es dort nichts zu fürchten gab. Er strich den obersten Namen durch und blickte auf den nächsten. Die Nummer zwei auf seiner Liste: Hannah Lund.

MONTAG

9.

Bispebjerg-Klinik – Zentrum für Kinder- und Jugendpsychiatrie, 13. Juni 2011, 08.55 Uhr

Das Blut. Es ist das Blut, an das ich denke. Das Blut auf dem Boden, an den Wänden und auf ihrem Gesicht. Das Blut auf dem Messer und an ihren Händen und Fingern und Nägeln. Als hätte sie sich selbst mit roter Farbe angemalt.

Doch bis dahin denke ich an Kakao.
    Seit damals habe ich nie wieder Kakao getrunken, nicht einen Tropfen. Allein wenn ich an den Geschmack denke, dreht sich mir der Magen um. Es ist ein Geschmack von Trauer. Trauer über das Geschehene. Das Gefühl des Versagens, der Ohnmacht. Das dann gleich abgelöst wird von einem unheimlichen Drang nach Rache.
    Ich bin gerade erst aufgewacht. Die Sonne scheint durch die Jalousien. Weiße Wände umgeben mich. So frisch gestrichen, dass ich die Lösungsmittel noch riechen kann. Es hängt nichts an den Wänden. Rauputz in gebrochenem Weiß. Sie nennen es Klinik, dabei ist es in Wahrheit eine Zelle. Vier Wände, herausgerissen aus der übrigen Welt. So lebe ich. Und so will ich leben. Jenseits der Welt. Nur eine Sache kann das ändern: Sie müssen den Schuldigen finden und ihn für die fürchterliche Untat bestrafen, die er begangen hat, als er vor acht Jahren meine Mama umbrachte.

Kakao. Ich stehe unter der Dusche und habe den Geschmack noch immer auf der Zunge. Und dann kommt die Übelkeit. Warum hat Mutter sich für Kakao entschieden? Weil der intensive Geschmack der Schokolade jedweden Beigeschmack der Betäubungsmittel überlagerte? Ich bin nie misstrauisch geworden. Es war das gleiche Muster wie immer: Mama klopfte, und ich nahm das Glas und trank es aus, ohne darüber nachzudenken. Wie vermutlich alle anderen Fünfjährigen auch. Oder war da doch so etwas wie Misstrauen? Vermutlich. Schließlich hatte ich irgendwann damit begonnen, den Kakao in die Blumentöpfe zu gießen. Warum wollte ich immer wach in meinem Zimmer liegen und den Geräuschen lauschen, die mir schon damals nicht ganz geheuer waren? Kinder wissen genau, wenn etwas nicht stimmt. Und eigentlich brauchte ich mir auch nur Vater anzuschauen und mich zu fragen, was er wohl sagen würde, wenn er wüsste, was ich wusste. Die Antwort wäre unerträglich gewesen. Das wusste ich schon damals. Ebenso unerträglich, wie es für mich war, die Geräusche zu hören, die Mutter und der Schuldige im Schlafzimmer machten. Und vorher das Warten auf das Klingeln und die Stimmen im Flur, wenn Mutter den Schuldigen empfing, während ich in meinem Zimmer lag, den Geschmack von Kakao auf der Zunge, und merkte – ja, wirklich merkte –, dass etwas nicht stimmte. Wie oft kam er? Wie viele Tage ging das? Ich habe nicht gezählt, aber zwei oder drei Monate können es durchaus gewesen sein. Wusste Vater, was da vor sich ging? Das ist eine der Fragen, die ich mir immer wieder stelle. Ich glaube aber nicht. Ich glaube, dass er jeden Tag von der Arbeit nach Hause kam und Mutter und mich in dem Glauben küsste, dass alles so war, wie es sein sollte.

Eine dünne Schicht Staub liegt auf den Jalousien. Wie frisch gefallener Schnee. Ich ziehe sie hoch, sitze eine Weile am Fenster.

Ein paar der anderen Patienten frühstücken unten im Park. Ich erkenne einen Jungen, er ist vielleicht zwölf Jahre alt und hat gestern den ganzen Tag über im Speisesaal gesessen und unverständliche Dinge vor sich hin gebrabbelt und sich dabei am Kopf gekratzt. Kinder und Jugendliche, die wie ich eine Schraube locker haben, sollten besser observiert werden, wie sie das nennen. Die geschlossene Abteilung. Acht Kinder. 32 Angestellte. Ein Ort für Kinder, die für sich selbst eine Gefahr sind. Oder für andere. Die Sonne brennt schon. Ich schließe die Augen.

Von dem Tag mit dem Blut weiß ich nicht mehr viel. Ich erinnere mich nur noch an die rote Farbe und an den Streit zwischen Mutter und dem Schuldigen, den ich durch die Wand verfolgt habe. An den Regen, der an meine Scheibe hämmerte, und an das kleine Stückchen des Schuldigen, das ich durch das Schlüsselloch gesehen habe. Schwarze Haare, unrasiert, groß. Mehr habe ich nicht gesehen, bevor Mutter zu schreien anfing und alle anderen Geräusche verstummten.

»Silke?«

Diese Stimme. So zuckersüß. Hinten von der Tür.

»Guten Morgen, Silke. Wie geht es dir?«

Die Stimme eines kleinen Mädchens aus dem Mund einer erwachsenen Frau.

»Silke, hast du Hunger? Hast du schon gefrühstückt?«

Die Schwestern und Pfleger sagen um diese Uhrzeit in der Regel immer das Gleiche. Die Variationen sind minimal. Heute redete sie ein bisschen darüber, dass Pfingsten ist und dass es frisch gebackenes Brot gibt. Auch ich sage das Gleiche. Das, was ich in all den Jahren gesagt habe: nichts. Nicht ein Wort ist aus meinem Mund gekommen.

»Und dann habe ich noch eine Überraschung für dich. Rate mal, wer gerade angerufen hat. Er ist unterwegs.«

10.

Islands Brygge, 09.10 Uhr

Spring ist ein gutes Wort, dachte Niels. Zu gut? Hatte er es falsch angewendet? Wenn du springst, springe ich auch. *Spring*. Das englische Wort für Frühling. Etwas, was man im Leben tut, wenn man seinen Ambitionen oder Lüsten folgt. Hätte er nur gesagt: Wenn du Selbstmord begehst, mache ich das auch. Aber hätte das etwas geändert? Nein. Wenn, dann hätte er etwas ganz anderes sagen müssen. Oder noch besser: gar nichts.

»Wie ist es gestern gelaufen?«

Hannah stand in der Tür, mit nassen Haaren, eine Tasse Kaffee in der Hand. »Ich habe dich nicht nach Hause kommen hören, hast du auf dem Sofa geschlafen?«

»Ich wollte dich nicht wecken.«

Niels setzte sich und sah auf die Uhr. Viertel nach neun. Er wollte aufs Präsidium. Eine Obduktion der Frau verlangen. Und sich die Aufnahme des Einsatzes noch einmal anhören. Vielleicht war ihr letztes Wort darauf ja zu verstehen – das eine Wort, das ihr anscheinend so wichtig gewesen war, das aber bei ihrem Sprung im Raunen des Pöbels untergegangen war.

»Was war denn gestern los?«

»Ach, nichts Besonderes.«

»Nichts Besonderes?«

»Nein, der Fall war gelöst, bevor ich da war«, sagte Niels und verschleierte die Lüge mit einer Gegenfrage. »Gibt es noch heißes Wasser?«

»Da musst du fünf Minuten warten.«

»Dann dusche ich kalt.«

Warum log er sie an? Um nicht wie ein Verlierer dazustehen und sich noch tiefer in eine Richtung zu stoßen, in der er ziemlich unangenehm werden konnte. Denn es stimmte, wenn er so war, konnte sie ihn nicht ertragen.

Im Badezimmer legte er seine Unterwäsche nicht in den Wäschekorb. Er wollte sie mitnehmen. Konnte sich eigentlich schon auf den Abschied vorbereiten. Er drehte die Dusche auf. Dieser ganze Mist mit dem Wasser hatte irgendetwas mit den Rohren im Keller zu tun. Verdammter Neubau. Als Ersatz hatten sie 5-Liter-Boiler in jedem Badezimmer montiert bekommen. Aber das reichte gerade, um sich die Haare einzuseifen, nicht aber zum Ausspülen. Hannah rief ihm etwas aus der Küche zu. Niels antwortete mit einem Nein, ohne überhaupt die Frage verstanden zu haben. Willst du diese Frau – Hannah – zu deinem angetrauten Weibe nehmen? Nein, nein, verdammt – es war ein Fehler. Sie liebt mich nicht. Sie hat sich zurückgezogen. In sich selbst. Weg von mir. Wieder drängte sich ihm eine glückliche Erinnerung auf: ihre erste Reise – Südengland. Allein am Stonehenge. Das war Hannahs Idee. Sie lehnt sich an einen Stein. Küsst ihn, flüstert etwas von der Sommersonnenwende. Von der vollkommenen Finsternis. Sie hatten keine Ahnung gehabt, wo sie in der Nacht schlafen sollten. Irgendwo in einem Dorf. Bier in einem Pub, Liebe in einem fremden Bett.

Los, unter die kalte Dusche. Draußen blauer Himmel, verbrannte Blätter.

11.

Islands Brygge, 09.25 Uhr

Wann soll das Urteil fallen? Und wie sollte es ausgeführt werden?

Hannah stand am Fenster und sah Niels über den Parkplatz gehen. Er wirkte unruhig. Irgendwie konfus. Seine Augen wussten nicht, wohin sie schauen sollten, und seine Hände waren zu keiner Zeit ruhig gewesen. Hannah hatte keinen Zweifel: Es war etwas passiert, das er nicht mit ihr teilen wollte. Vielleicht war er in der Nacht zu spät gekommen? Aber sein Verhalten verletzte sie nicht. Sie hatte genug mit sich selbst zu tun. Mit dem Verfahren, der Entscheidung, ob ihr ungeborenes Kind leben oder sterben sollte.

Hannah hatte Niels letztes Jahr kennengelernt. Sie war geschieden und hatte sich irgendwie am Ende ihres Lebens gefühlt, als Niels aufgetaucht war. Er hatte sie am Rand eines Stegs getroffen, auf dem sie geangelt hatte. Ihr Projekt war damals, nur Dinge zu tun, die sie nicht gemacht hatte, als Johannes noch am Leben gewesen war. Fischen, Joggen, Heckeschneiden, Rauchen. Nur Sachen, die sie nicht mit Johannes verband.

Johannes. Ihr geliebter Sohn. Er hatte sich noch vor seinem fünfzehnten Geburtstag das Leben genommen. Sie und Gustav hätten nie ein Kind bekommen dürfen. Zu viel Ähnlichkeit. Zu viel Hirn. Das Produkt war Johannes gewesen. Ein Kind, das bereits als Zweijähriger bemerkenswerte Fähigkeiten hatte. Der aber auch fürchterlich litt und schließlich in einer Institution gelebt hatte, weil das wirklich besser für ihn gewesen war. Er verlangte zu viel Pflege, und Hannah war allein mit ihm. Johannes hatte sich an einem Mittwoch das Leben genommen. Und es war ein Mittwoch, an dem Niels aufgetaucht war – einige Zeit später. Er hatte sie unten am Wasser entdeckt. Ein psychisches Wrack. Nervenschwach, isoliert, außerstande, soziale Bindungen einzugehen. Wegen einer Routinesache war er bei ihr aufgetaucht, aber irgendwie fand sie, dass er weder wie ein Polizist aussah noch sich wie einer verhielt. Umgekehrt wirkte sie – seiner Meinung nach – auch nicht gerade wie eine Astrophysikerin. Sie war es gewesen, die später bei ihm angerufen hatte. Tatsächlich. Er hatte sie gefunden, aber sie hatte ihn festgehalten. Über den Fall, bei dem sie ihm geholfen hatte, redeten sie nie. Vielleicht weil sie beide in einen Verkehrsunfall verwickelt und schwer verletzt gewesen waren. Operationen, Brüche, Verbände. Hannah war im Krankenhaus sogar wiederbelebt worden. Ihr Leben war *neu gestartet* worden, so empfand sie das auf jeden Fall selbst. Und es war Niels gewesen, der ihr Herz wieder in Gang gebracht hatte. Für die Ärzte war es ein Wunder gewesen, dass sie überlebt hatten. *Ein Wunder.* Nach einer Weile war anstelle des Wunders der Alltag getreten, mit Wäschewaschen und Einkaufen. Sie waren zu dem Schluss gekommen, dass es an der Zeit war, nach vorne zu schauen und ihr Leben weiterzuleben. Niels war nach Südafrika geflogen, um die Beziehung mit seiner Frau wieder aufzunehmen. Doch eine Woche später war er wieder da gewesen. War frisch geschieden bei Hannah aufgetaucht. Eigentlich hatten sie nur Kaffee trinken wollen. Sie hatte Winterlinge in kleine Tässchen mit Wasser gesetzt, Blumen ohne Stiele, die frei herumschwammen, die wie Sonnenstrahlen auf kleinen Pfützen leuchteten und sich leicht bewegten, als Niels hereinkam. Und er hatte das bemerkt. Das war es ja gerade. Er bemerkte alles. Nicht weil er Polizeiunterhändler war. Sondern genau umgekehrt. Er war Unterhändler geworden, weil er einfach alles sah. All das, wofür Hannah keinen Blick hatte. Und wenn jemand als Geisel genommen worden war, dann sie, eingesperrt in ihrem schmächtigen Körper, einzig in Gesellschaft ihres beinahe krankhaften Schuldgefühls. Wegen des Kindes, das sie vor Jahren verloren hatte. Und jetzt war ein neues Kind unterwegs.

Hannah Lund ließ ihren Blick noch einmal über den Hafen von Kopenhagen schweifen. Sie musste abtreiben. Niels würde ihr niemals verzeihen. Aber musste er es denn überhaupt erfahren? Konnte man ein solches Geheimnis für den Rest seines Lebens mit sich herumtragen? Ein kleines Leben zu nehmen, eine ungeborene Seele umzubringen? Aber vermochte sie überhaupt, über ein anderes Leben zu richten? *Richter.* Das sollte ihre Rolle sein. Richter in einem Prozess, in dem ihr ungeborenes Kind der Angeklagte war. Sollte es leben oder sterben? Das war die Frage. Unerträglich, ja. Und unmenschlich. Aber sie kam nicht darum herum.

Sie drückte die Zigarette aus und wedelte eine Mücke weg. Sah in den Himmel. In zwei Tagen sollte es eine Mondfinsternis geben. Sie hatte sich darauf gefreut, Niels dieses Phänomen zu zeigen. Ihm zu erklären, was da passierte. Dass die Erde sich zwischen Sonne und Mond schob, sodass wir kurz die Kontur der Erde sehen können, wie in einem Spiegel. Aber das war vorher gewesen, bevor …

Sie ging auf den Balkon. Irgendwie war das zu einem Ritual für sie geworden. Sie mochte Wiederholungen. Ging immer mit einer Tasse Kaffee und einer Zigarette nach draußen. Um die Stadt erwachen zu sehen. Zu beobachten, wie die Luft über Kopenhagen langsam heller wurde, bis sie schließlich fast weiß war. Die Sonne stand bereits hoch am Himmel, bald würde alles erfüllt sein vom Schreien der Möwen und dem Kreischen und Rufen unten aus dem Hafenbad. Die Kopenhagener mussten aus ihren Häusern und die Pfingstsonne genießen. Sie stand oft draußen auf dem Balkon und sah den Kindern beim Spielen zu. Oder den Müttern und Lehrern, die ihnen besorgt nachblickten, wenn sie ins Wasser sprangen. *Kinder.* Wie sollte der Prozess vor sich gehen?, fragte Hannah sich. Alles musste richtig ablaufen. Sie musste Zeugen befragen. Und sie brauchte einen Anklagevertreter und einen Rechtsanwalt. Alle Seiten des Falls mussten beleuchtet werden, schließlich ging es um Leben und Tod. Sollte das Kind leben oder sterben? Sie sah, wie Niels die Autotür öffnete und sich in den Wagen setzte. Von hier oben sah er winzig klein aus. Die Sonne reflektierte auf dem Autodach. Sie blendete so sehr, dass sie wegsehen musste.

12.

Polizeipräsidium Kopenhagen, 09.45 Uhr

»Bentzon!« Leons Stimme schallte ihm wie eine rostige Motorsäge entgegen, als er aus dem Auto stieg. »Was für ein Abend gestern.« Er wollte Niels auf den Rücken klopfen, aber Niels drehte sich um und tat so, als hätte er vergessen, das Auto abzuschließen. Leon wartete auf ihn.

»Konnte sie identifiziert werden?«, fragte Niels.

»Ich tippe ja auf Rumänien. Oder die Ukraine.«

Sie gingen zusammen ins Präsidium. Niels versuchte ganz bewusst, zurückzubleiben, aber Leon bestand darauf, gemeinsam mit ihm zu gehen; ein Truppführer und ein kleiner Pfadfinder. Würden seine Kollegen ihn von heute an mit anderen Augen sehen?, fragte Niels sich. Als jemanden, der verloren hatte? Dem ein Menschenleben durch die Finger geglitten war wie ein Glas Wein auf der Terrasse eines Cafés? Niels schirmte die Sonne mit der flachen Hand ab. Der frische Asphalt des Parkplatzes fühlte sich weich und kochend an. So ist das mit den Sommern in diesem Land, dachte er. Dänemark kann mit Wärme nicht umgehen. Es gibt keine Klimaanlagen, die Leute kriegen sofort Sonnenbrand und hohes Fieber oder eine Schniefnase, wenn sie vor die Tür gehen. Ein paar Tage Wärme, und schon dümpelten die Algen in der Schicht Sonnenschutzmittel, das das Meer längst von den blassen, sonnenverängstigten Kinderkörpern gespült hat.

»Guten Morgen«, sagte Niels und nickte der Sekretärin zu.
»Guten Morgen. Haben Sie heute nicht frei?«
Niels brummte eine unverständliche Antwort und ging schnell weiter. Er übte sich darin, ihre Laune *nicht* wahrzunehmen, *nicht* die ganze Zeit zu spüren, wie es den Menschen um ihn herum ging. Er wollte die kleinen Zeichen *nicht* sehen. Die Körpersprache, den Grad des Entgegenkommens, die zu langen oder zu kurzen Blicke. Als eine der Sekretärinnen neulich geschieden wurde, war das für Niels keine Überraschung gewesen. Ihr Nagellack und ihr Lippenstift hatten ihm das längst verraten. Sie waren schon eine ganze Weile etwas kräftiger. Als wollte sie signalisieren, noch immer einen Blick wert zu sein, auch wenn ihr Mann zu Hause das anders sah.

Niels schloss die Augen, als er im Büro stand. Wenn er doch nur einen Moment freibekommen könnte! Frei davon, Menschen zu *fühlen*. Er verrichtete die üblichen Morgenrituale: Tasche in die Ecke stellen, Jacke an den Garderobenhaken hängen, Computer einschalten und einen Moment ans Fenster treten und nach draußen schauen, statt seine Schuld in den Blicken der anderen zu suchen. Ein Flugzeug zog einen langen weißen Streifen über den Himmel, und Niels träumte ganz kurz davon, über den weißen Strich zu spazieren, oben am Himmel, und altklug herunterzurufen: »Ja, ich habe sie verloren, aber seht her zu mir! Seht, wie ich gehe, wie ich euch verlasse, den Himmel abschreitend.« Er schüttelte den Kopf und riss sich zusammen, drehte sich langsam um und ließ seinen Blick durch das Großraumbüro schweifen. Niemand sah ihn an, alles war wie immer. Er loggte sich in das Computernetz ein und brauchte zehn Minuten, um sich die Bilddateien der osteuropäischen Prostituierten anzuschauen, ohne eine Frau zu finden, die ihr auch nur entfernt ähnlich sah. Keine hatte eine solche Haut wie die Frau, die gesprungen war. So weiß und rein und glatt. Und ihnen fehlte auch die stilvolle Arroganz, die kühle Selbstsicherheit, die sie noch in den letzten Sekunden ihres Lebens gezeigt hatte. Außerdem hatten sie kein Tattoo auf dem Handrücken. In zwei Punkten glichen sich all diese Prostituierten: Brüste und Lippen waren voluminös und sahen aus, als wären sie mit einer Fahrradpumpe aufgeblasen worden. Ein billiger Eingriff in einer Klinik in Kiew und dann ab mit ihnen in den Westen. Die Frau, die gestern gesprungen war, wirkte dagegen fast schon flachbrüstig. Und ihre Lippen waren fein und schmal gewesen – nur ein Strich, eine Skizze. Als wäre sie nie wirklich erwachsen geworden. Diese Frau war kein Callgirl.

Dann springe ich auch.

Niels brauchte fünf Minuten, um auf dem Organigramm die richtige Telefonnummer in der IT-Abteilung zu finden. Er rief an. Das Telefon wurde abgenommen und fallen gelassen. Niels hielt den Hörer ein Stück weg, während am anderen Ende laut herumgekramt wurde.

»Hallo?«

»Hier ist Casper. Und ich habe frei. Ich weiß überhaupt nicht, warum ich im Büro bin.«

»Niels Bentzon.«

Niels wartete. Bei dem jungen IT-Spezialisten klingelte offenbar nichts, obwohl sie vor einiger Zeit zusammengearbeitet hatten.

»Niels Bentzon, vom Morddezernat«, fügte er hinzu.

»Ja?«

Egal, kommen wir zur Sache, dachte Niels und richtete sich auf seinem Stuhl auf: »Bei euch soll eine Tonaufnahme eingegangen sein. Von gestern.«

»Die Springerin?«

Niels hätte am liebsten in den Hörer gebrüllt, dass man respektvoll mit den Toten umgehen müsse und er sein dummes Gerede einpacken und endlich einen professionellen Ton anschlagen solle.

»Ja, die.«

»Sommersted will die Aufnahme hören, ich bereite sie gerade für ihn vor.«

»Sommersted?«

Niels spürte das Blut aus seinem Kopf sacken. Warum interessierte der Chef sich für die Details dieses Falls? Er beschäftigte sich sonst nie mit Einzelfällen, sondern konzentrierte sich auf die Koordination und das Politische – den größeren Rahmen, wie er das nannte.

»Bist du noch da?«, fragte Casper.

»Ja. Hör mal: Sie hat etwas gesagt, ein Wort.«

»Die Springerin?«

»Es wäre nett, wenn du sie anders nennen könntest.«

»Wie soll ich sie denn dann nennen?«

»Opfer wäre die korrekte Bezeichnung. Oder einfach nur Frau.«

Stille. Durch das Fenster hörte Niels die Jazzmusik von einem der Touristenboote, unbekümmert und leicht.

»Also noch mal: Sie hat irgendetwas gesagt, das ich nicht verstehen konnte, unmittelbar bevor sie gesprungen ist. Fast zeitgleich mit dem Sprung. Könntest du das für mich herausholen?«

»Ich werd's versuchen.«

09.55 Uhr

Niels traf Vizepolizeidirektor W. H. Sommersted am Kaffeeautomaten. Die Chefs hatten eigentlich an den Wochenenden frei. War er wegen der Frau gekommen, die in der Nacht gesprungen war? Zuerst ignorierte Sommersted ihn. Er sprach mit einem Kollegen vom Drogendezernat und schien guter Laune zu sein. Niels wunderte sich und fragte sich, ob er womöglich irgendwelche Pillen einwarf. Niels hatte bemerkt, dass Sommersteds Atem im Einklang mit seiner besser werdenden Laune immer schlechter geworden war. Magenprobleme waren die häufigsten Nebenwirkungen von Stimmungsaufhellern. Bestimmt hatte Sommersteds angespannte Gemütslage etwas mit seiner Frau zu tun, seiner attraktiven Gattin. Wie Niels hatte Sommersted keine Kinder. Vielleicht war das der Grund dafür, weshalb seine Frau bei Festen und Empfängen immer so erpicht auf die bestätigenden Blicke anderer Männer war. Sie faszinierte Niels. Eine Schönheit, die sich ihrem Herbst näherte. Wenn Sommersted bei Jubiläen eine Rede hielt – er ließ kaum eine Gelegenheit aus, sich selbst zu hören –, sah sie nur selten zu ihrem Mann. Stattdessen schaute sie sich um, guckte nach hinten, beobachtete, ob einer der abgehärteten Männer Freude an ihrem Körper in dem eng sitzenden Kleid gefunden hatte: zierlich und wohlgeformt. Die Gerüchte besagten, dass Sommersted und seine Frau eine Krise hinter sich hatten, jetzt aber wieder zusammen waren. Die schweren Zeiten waren überstanden. Niels standen sie noch bevor.

»Haben Sie zehn Minuten, Bentzon?« Sommersted stand vor ihm.

»Jetzt?« Niels versuchte seine Nervosität in den Griff zu bekommen.

Sommersted betrachtete Niels ein paar quälend lange Sekunden. »Zehn Minuten, Bentzon. In meinem Büro, in zehn Minuten.«

***

Niels hatte nie ein gutes Verhältnis zu Sommersted gehabt. Er tröstete sich aber damit, dass Sommersted, sah man einmal von Leon ab, zu niemandem ein gutes Verhältnis hatte. Gemeinsam waren sie so etwas wie der gute und der böse Cop, die Schöne und das Biest. Nach außen ein schönes Gesicht, nach innen Zorn und Wut: Letztere bekamen alle zu spüren, die ihnen im Weg standen, während Sommersted in die Fernsehkameras lächelte und mit dem Justizminister Kaffee trank. Im Gegensatz zu Leon war Sommersted ein Mann, dem die Jahre gutgetan hatten. Seine buschigen, maskulinen Augenbrauen waren leicht ergraut, und seine Stimme war eine Spur rauer geworden. Nur sein Blick hatte sich nicht verändert. Er war noch immer kühl, direkt, entspannt. Als hätte er gerade ein schweres Verbrechen begangen, wüsste aber, dass niemand ihm etwas anhaben konnte.

»Leon kommt gleich auch noch dazu«, leitete Sommersted das Gespräch ein, nachdem Niels von einer Sekretärin hereingewunken worden war.

»Leon?«, fragte Niels. Eine bange Ahnung begann in ihm zu keimen, als die Tür aufging und Leon den Raum betrat.

»Schließ die Tür«, befahl Sommersted.

Leon gehorchte und blieb hinter Niels, der Sommersted gegenübersaß, an der Wand stehen. *Umzingelt.*

»Was ist gestern schiefgegangen?«, begann Sommersted.

»Ich …«

Niels drehte sich um und sah zu Leon. »Ich habe keinen Kontakt zu ihr bekommen. Ich glaube nicht, dass es Selbstmord war.«

Sommersted seufzte. Ein schlechter Start, dachte Niels.

»Nicht nur Selbstmord«, korrigierte er seine Aussage.

»Wurde sie gestoßen?«

»Sie wurde verfolgt – in den Tod getrieben.«

»Wie viele Menschen haben sie springen sehen, Leon?«

»Hundert«, antwortete Leon. »Mindestens.«

»Und hat einer davon gesehen, dass sie in den Tod getrieben wurde?«

»Ich bin der Meinung, dass wir sie obduzieren lassen sollten«, sagte Niels.

»Eine Obduktion?« Sommersted schob seinen Stuhl eine Spur zurück. »Und was soll dabei herauskommen?«

»Hören Sie: Sie war auf der Flucht vor irgendetwas. Das weiß ich. Sie hatte Angst davor, einzuschlafen und das Bewusstsein zu verlieren. Vor dem, was geschehen sollte, wenn sie schlief.«

»Und vor wem war sie auf der Flucht?«

»Einer der Schaulustigen ist weggelaufen«, sagte Niels. »Ich habe ihn verfolgt, aber ...«

»Es gibt viele, die nicht mit der Polizei reden wollen.«

»Mir sind da jedenfalls ein paar unter die Augen gekommen«, sagte Leon.

Niels zögerte. Er wusste, er befand sich auf dünnem Eis, wagte sein Kamikazemanöver aber trotzdem und fuhr fort:

»Ich konnte ihr das ansehen.«

»Sie konnten ihr das ansehen?«

»Haben Sie die Bilder von ihr gesehen?«

»Nein, und was sollten diese Bilder beweisen? Dass sie verfolgt wurde?«

»Sommersted, Sie kennen mich. Ich bin gut in meiner Arbeit.«

»Leon sagt, Sie hätten getrunken?«

»Ich hatte ein paar Stunden vorher ein paar Schnäpse getrunken. Das hatte ich Leon aber schon am Telefon gesagt und vor Ort dann noch einmal.«

»Stimmt das, Leon?«

Leon zuckte mit den Schultern: »Ich erinnere mich nicht mehr daran, dass Niels das am Telefon gesagt hat, aber das Telefonat haben wir ja auf Band.«

Sommersted schüttelte den Kopf. Dachte nach. Niels sah das Kalkulieren in seinem Blick: Doch, man konnte Niels diese Sache durchaus mal anhängen. *Betrunkener Polizist.* Aber das würde dann doch wieder nur auf ihn zurückfallen: ein Mann in seinem Dezernat mit Alkoholproblemen. Der Einzige, der seinen Kopf aus der Schlinge ziehen würde, war Leon. Vielleicht sagte er deshalb: »Nur damit ich das richtig verstehe, Leon. Als Niels auf der Brücke angekommen ist, hat er dir gesagt, dass er getrunken hat?«

»Ja, aber ...«

»Und du hast ihm diesen Einsatz trotzdem zugeteilt?«

Niels sah förmlich, wie sich in Leon die Sätze aufstauten, die er alle sagen wollte, aber irgendwie schien er mit keinem davon ganz zufrieden zu sein. Sommersted konnte das hier besser als jeder andere. Die Fehler des Abends und ihre Konsequenzen waren jetzt gleichmäßig zwischen ihnen dreien verteilt. Leon nickte, und Niels blickte zu Boden. Sommersted atmete tief durch. Es klopfte an der Tür, und dann steckte Casper seinen Kopf durch den Türspalt.

»Ich habe eine Kopie der Aufnahme, um die Sie mich gebeten haben.«

»Haben Sie auch was mitgebracht, womit wir uns das anhören können?«, fragte Sommersted. Niels sah beklommen auf den Metallzylinder, den Casper auf den Tisch stellte. Der Mitschnitt.

»Ist das von gestern?«, fragte Leon.

Niemand antwortete.

»Nun, lassen Sie uns hören, was da passiert ist«, sagte Sommersted, als Casper das kleine Abspielgerät eingeschaltet hatte. Leon zuckte unruhig. Niels' Rücken klebte an der Stuhllehne. Sommersted schloss die Augen. Casper lehnte sich, die Hände hinter dem Rücken, an die Wand. Erst war nur ein Rauschen zu hören. Dann hörte Niels seine eigene Stimme:

»Ich komme jetzt zu Ihnen hoch.«

Und etwas entfernt einen Mann, der rief: »Beeilen Sie sich, sie springt.«

Sommersted blickte auf: »Wer war das?«

»Ein Zivilist. Irgendein besoffener Idiot«, antwortete Leon. Niels' Stimme war wieder zu hören:

»Ich heiße Niels. Ich bin Polizist. Ich bin unbewaffnet. Und ich will nur mit Ihnen reden, sonst nichts.«

»Spring doch, du Nutte«, wurde gerufen, dann hörte man ein paar junge Kerle lachen.

Sommersted schüttelte kaum merkbar den Kopf.

»Denk nicht dran, Bentzon, geh weiter. Den bringe ich zum Schweigen«, kam es aus dem kleinen Zylinder auf Sommersteds Schreibtisch.

»Gut, Leon«, brummte Sommersted, lehnte sich zurück, legte die Füße auf den Tisch und sah aus dem Fenster, während das Drama durch den kleinen Lautsprecher seinen Lauf nahm, plötzlich unterbrochen von einem Rauschen.

Niels hoffte, dass der Rest der Aufnahme gelöscht war. Andernfalls war ihm nur noch danach, seine Dienstwaffe und seinen Ausweis abzugeben und zu kündigen. Danke, das war's. Auf Nimmerwiedersehen.

Aber es ging weiter. Jedes noch so kleine Detail des Dramas auf der Brücke fand seinen Weg in das überhitzte Büro. Die Sonne brannte durch die Scheibe, während Sommersted regungslos der Aufnahme lauschte und Leon starr wie ein Möbelstück irgendwo hinter Niels stand.

»Rede mit mir. Wie heißt du? Just tell me your name. That's all. Name? Nome?«

Wieder eine Pause. Schreie vom Bahnsteig.

Sommersted blickte auf. Überrascht. Im gleichen Moment wurde die Luft von einem Schrei zerrissen. Ihrem Schrei, dem einzigen Laut, der von ihr auf diesem Band war.

»Bentzon! Soll ich hochkommen?«, rief Leon, und das Mikrofon übersteuerte.

»Sieh mich an! Sieh nicht nach da unten. Bei mir kann dir nichts passieren. Ich will dir helfen«, sagte Niels mit Nervosität in der Stimme.

Sommersted stand auf, er ertrug die Spannung offensichtlich nicht mehr, wie in den letzten Sekunden eines Fußballspiels. Ein Strafstoß unmittelbar vor dem Abpfiff.

»Zwanzig Sekunden, Bentzon«, sagte Leon.

»Nein, tu das nicht«, bat Niels, und dann sagte er: »Wenn du springst, springe ich auch.«

Niels rückte näher an das kleine Abspielgerät auf dem Tisch heran. Wieder hörte er die Frau ganz leise etwas sagen. Vielleicht war das nur ein einzelnes Wort. Und dann Schreie, Lärm, gefolgt von Leons Stimme, der Befehle schrie. »Schafft die Ärzte nach unten!« und »Macht die Brücke frei, damit die Ambulanz losfahren kann!«

Sommersted schaltete das Gerät ab. Leon sah sehr zufrieden aus.

»Wenn du springst, springe ich auch?«, fragte Sommersted, setzte sich hin und sah Niels an. »Ist das irgendetwas Neues, das Sie in einem Kurs gelernt haben?«

Niels schüttelte den Kopf.

»Uns warum haben Sie es dann gesagt?«

Niels zögerte, er wollte lieber über das reden, was sie vor ihrem Sprung gesagt hatte. Das Wort, das er nicht verstanden hatte, von dem er aber wusste, dass es wesentlich war. »Es ist einfach so über mich gekommen«, sagte Niels und bereute seine Formulierung sofort.

»Über Sie gekommen, sagen Sie?« Sommersted machte Niels mit einem ungehaltenen Blick klar, dass er dabei war, die Geduld zu verlieren.

»Ein Unterhändler hat in solchen Situation nur seine Intuition«, sagte Niels, wurde aber von Sommersted unterbrochen: »Ein Unterhändler hat seine Intuition und zwanzig Mann in Uniform, die bereitstehen, um ihm zu helfen. Es geht um die Zusammenarbeit, Bentzon.«

Der Chef stand wieder auf und trat ans Fenster. Er blickte lange in die Sonne und schien mit einem Mal alle Zeit der Welt zu haben.

»Sie hat etwas gesagt. Ein einzelnes Wort, glaube ich. Haben Sie das gehört?«, fragte Niels.

Sommersted schüttelte den Kopf. Casper lächelte.

»Ich habe die Aufnahme überprüft und das Wort isoliert. Wollen Sie es hören?«

»Natürlich«, antwortete Sommersted irritiert.

Casper wählte ein neues File und spielte es ab: »Hier, jetzt kommt's«, sagte er und drückte auf »Play«.

Sie spitzten die Ohren. Die Nebengeräusche waren jetzt fast weg. Und dann hörten sie ihre Stimme auf dem Band. Nur ein einzelnes Wort, ganz weich, fast zärtlich ausgesprochen.

»Noch einmal«, sagte Sommersted. »Können Sie das lauter machen?«

Casper drehte die Lautstärke auf. Niels rückte noch näher an den Lautsprecher heran. Wieder war das seltsame Wort zu hören.

»Ich höre überhaupt nichts«, brummte Leon. »Keinen Scheiß!«

Aber Niels nickte. Casper sah zu den anderen: »Ich kann es auch hören«, sagte er.

»Verdammt, ich doch auch«, schimpfte Sommersted. »Aber was sagt sie?«

Es war Niels, der es als Erster aussprach: »Sie sagt Echelon.«

Sommersted schüttelte den Kopf: »Noch einmal, Casper.«

Wieder hörten sie die Aufnahme. Dieses Mal war es ganz deutlich. Ruhig und ohne die Stimme zu heben, sagte sie: »Echelon.« Und dann sprang sie. Sommersted drehte sich um und sah wieder aus dem Fenster.

»Echelon«, sagte er und schüttelte den Kopf. »Na wunderbar.«

»Was bedeutet dieses Wort?«, fragte Leon.

Casper antwortete. Er räusperte sich und sah plötzlich noch jünger aus, als er war:

»Echelon ist ein sagenumwobenes amerikanisch-britisches weltweites Abhörsystem. Ein Teil der NSA. Achtunddreißigtausend Angestellte. Das Budget ist doppelt so groß wie von CIA und FBI zusammen. Drei Milliarden Gespräche, SMS und E-Mails werden täglich aufgefangen und analysiert.«

Sommersted schüttelte noch immer den Kopf. Casper fuhr fort:

»Es ist aber niemals bestätigt worden, dass Echelon tatsächlich existiert. Wenn das auch niemand wirklich bezweifelt. Das amerikanische Budget, die vielen Tausend Angestellten und die Heimlichtuerei sind Bestätigung genug«, schloss der junge IT-Mann, sichtlich beeindruckt von sich selbst oder Echelon.

»Das klingt ziemlich unüberschaubar«, fügte Niels hinzu. »Drei Milliarden SMS?«

»Echelon«, sagte Casper und ließ sich das Wort auf der Zunge zergehen.

»So what?«, fuhr Sommersted dazwischen. »Eine offensichtlich verwirrte Frau. Auf Drogen. Paranoid, ein übler Trip. Glaubt, dass die ganze Welt ihr auf den Fersen ist. Das ist doch nichts Neues.«

»Es war jemand hinter ihr her«, sagte Niels leise, fast zum Boden gewandt. Dann hob er den Blick. Sammelte sich: »Wir müssen sie obduzieren lassen.«

»Obduzieren?« Sommersted grinste künstlich. »Sie meinen doch wohl *identifizieren*. Eine Obduktion ist eine Maßnahme für ein paar Hunderttausend Kronen, zu der wir greifen, wenn wir nicht herausfinden können, wie jemand zu Tode gekommen ist. Aber bei ihr gibt es da ja keine Zweifel: Sie hat Selbstmord begangen.«

»Jemand war hinter ihr her. Sie ist dazu gedrängt worden. Was ist mit dem Tattoo?«

»Was für ein Tattoo?«

»Auf ihrer Hand.«

»Heute lässt sich doch jeder tätowieren, Bentzon. Sehen Sie sich doch mal um. Leon hat einen üblen Adler auf dem Rücken.«

Leon brummte.

»Ich glaube, dass auf ihrer Hand etwas geschrieben stand. Vielleicht kann uns das einen Hinweis geben, woher sie kam. Wenn das Russisch oder …«

Sommersted schüttelte den Kopf und schickte Casper mit einem Nicken aus dem Raum. Dann beugte er sich vor und stemmte beide Hände auf die Tischplatte.

»Das hier ist nur für euch beide: Was gestern passiert ist, war nicht gerade ein Stück aus dem Lehrbuch: dass du, Leon, einen angetrunkenen Unterhändler in eine solche Situation …«

Niels unterbrach ihn: »Ich war nicht angetrunken.«

Sommersted korrigierte sich: »Einen unter Alkoholeinfluss stehenden Beamten in eine schwierige Verhandlung geschickt hast.« Dann drehte er sich um und sah Niels an.

»Und Bentzon?«

»Ja?«

»Dann springe ich auch?«

Niels stand auf. Plötzlich konnte er den Raum nicht schnell genug verlassen. Er musste raus aus dem Büro. Weg von Sommersted. Oder DETSREMMOS H. W., wie es mit spiegelverkehrten Buchstaben an der Tür geschrieben stand.

13.

Bispebjerg-Klinik – Zentrum für Kinder- und Jugendpsychiatrie, 10.03 Uhr

»Wie geht's dir, Silke?«, fragt Papa und küsst mich auf die Wangen. »Ist es nicht zu warm, um hier draußen im Park zu sitzen?«

Wir sehen uns an. Er ist der Einzige, der mir richtig in die Augen blicken darf. All den anderen – auch den Psychiatern – gewähre ich keinen richtigen Augenkontakt mit mir. Sie verstehen mich ja doch nicht, warum sollte ich dann vorgeben, sie an mich herankommen zu lassen?

»Wir können auch reingehen, wenn du das möchtest?«

Der Duft des frisch geschnittenen Grases und das Prickeln der Sonne auf meiner Haut. Ein paar Jungs sitzen etwas entfernt auf einer Bank und starren vor sich hin. Ich spüre den Wind auf dem Gesicht und blicke zu den Amseln oben in den Bäumen. Die Sonne lässt die roten Gebäude richtig strahlen. Dann fällt mein Blick auf den Zaun, der den Park umgibt. Er ist hoch und unüberwindlich wie bei einem Gefängnis. Ich sehe durch die Fenster ins Haus. Auf dem Flur hasten Ärzte und Pfleger mit Kaffee und Papieren in der Hand vorbei, während sie endlose Gespräche darüber führen, was in den Köpfen von Leuten wie mir so vorgeht.

»Du konntest heute Nacht nicht schlafen?«, fragt Papa und streichelt meine Haare.

Ich glaube, sie rufen ihn an und informieren ihn über alles, sobald mein Verhalten sich auch nur geringfügig ändert.

»Wir müssen dir mal wieder die Haare schneiden lassen. Oder willst du mal lange Haare haben?«

Ich spüre mit meinem ganzen Körper, dass Papa da ist. Nur wenn er da ist, kann ich richtig entspannen. Er streicht mir über die Wange. Seine Finger sind warm und weich. Dann gleiten sie an meinem Unterarm herab auf meine Hände.

»Zu Hause ist es ganz schön hektisch«, sagt er. »Die Arbeit … und all das. Der Garten ist total verwildert. Du solltest mal die Blumen auf der Terrasse sehen, ich habe vergessen, sie zu gießen …«

Dann unterbricht er sich: »Sag mal, ist es dir nicht zu warm, Silke? Sollen wir nicht reingehen?«

Über Mutter redet er nie. Oder über das, was geschehen ist. Auch deshalb liebe ich ihn. Wenn er mich besucht, geht es nur um uns, nur um Papa und mich. Die beiden Übergebliebenen der Familie. Warum findet er niemanden, der zu ihm passt?, frage ich mich oft. Er sieht doch gut aus. Seine schwarzen Haare sind kräftig und schön, und er kann gut zuhören. Aber irgendetwas hält ihn zurück. Bin ich das? Vielleicht. Seine Situation ist aber auch nicht einfach, das ist klar: Seine Frau wurde ermordet, und jetzt steht er da mit einer Teenagertochter, die darauf besteht, kein Wort zu reden, anorektisch ist (das behaupten sie jedenfalls hier in der Klinik) und noch dazu fucking geisteskrank, weshalb sie die meiste Zeit in der Klapse ist und nur in die Luft starrt.

»Hat sie schon Frühstück bekommen?«, höre ich Papa fragen, als er eine Schwester sieht.

»Keine Ahnung. Aber es ist noch nicht abgeräumt worden, Sie können gern in die Küche gehen und etwas für sie holen.«

Sie sehen mich an. Aber es bewegt mich nicht, Gegenstand ihrer Blicke zu sein. Ich habe mich daran gewöhnt, dass sie mich ansehen und über mich reden, als wäre ich gar nicht da. Sollen sie das doch tun, so offensichtlich, wie sie wollen. Es gibt keinen Grund, irgendetwas zurückzuhalten.

»Komm, Schatz«, sagt Papa und nimmt meine Hand. »Wir gehen rein und holen uns was zu essen.«

Wir stehen auf und gehen über die Wiese. Einer der Jungs hat angefangen, herumzuschreien und wild um sich zu treten. Ein paar Pfleger laufen zu ihm, und ich höre das Wort »Fixieren«. Wir gehen weiter, verschwinden durch die Tür, Papa und ich, und landen auf dem Flur, der mich immer an ein überbelichtetes Foto erinnert. Die Luft ist trocken und warm. An den Wänden hängen Gemälde von Ovartaci, angeblich ausgeliehen von irgendeiner psychiatrischen Klinik oben in Jütland. Es riecht nach Zimmerpflanzen: Palmen, Orchideen, Kakteen. Vater hält mich an der Hand, und einer der Pfleger, an dessen Namen ich mich nicht erinnern kann, grüßt uns. Ich kenne jeden hier in der Klinik, Papa auch. Ich betrachte das jetzt als mein Zuhause.

***

Anfangs – in den ersten Jahren nach Mamas Tod – war ich nur zu Gesprächen und kurzen Aufenthalten hier. Damals dachten sie, ich würde darüber hinwegkommen, wenn sich der erste Schock gelegt hatte. Dass ich in der Lage sein würde, wieder ein normales Leben zu leben. Auch ich glaubte das damals. Die Polizei suchte nach dem Mörder, und ich rechnete damit, dass sie ihn finden würde, aber die Zeit verging, aus Monaten wurden Jahre, und an einem Nachmittag, an dem ich mit Vater auf dem Präsidium war, um mir Stimmen anzuhören, wurde mir bewusst, dass sie aufgegeben hatten oder dem Fall kaum noch Priorität einräumten. Und ich verstand sie. *Etwas* in mir verstand sie. Sie hatten neue Morde aufzuklären. Andere Arbeit, und wenn sie bei einem Fall, wie dem Mord an meiner Mutter, nicht weiterkamen, mussten sie andere Aufgaben höher gewichten.

An diesem Tag hörte ich auf zu reden. Nein. Das ist nicht richtig. Ich hätte gerne, dass es so wäre. In Wahrheit wurde ich nach Mutters Tod immer stiller. Mehr und mehr. Das Reden kam mir vollkommen sinnlos vor. Was sollte ich noch sagen? Welche Worte konnten mir helfen? Und außerdem gab es mir Kraft, nicht zu reden. Sollte ich eines Tages wieder etwas sagen, würde ich das nur tun, um die Menschen aufzufordern, doch einmal die »Lösung des Schweigens« zu versuchen. Ich würde ihnen raten, im Kleinen zu beginnen. So wie ich. Eine Stunde. Oder einen halben Tag. Und auf die innere Stärke zu achten, die sich dabei aufbaut. Und dann weitet man das langsam aus. Bis man die vollständige Macht hat. Die Macht über sich selbst. Seit ich diese Macht über mich habe, war ich schon ein paarmal für längere Zeit in der Klinik. Wie oft genau, weiß ich nicht. In den letzten paar Jahren war ich fast ununterbrochen hier. Das letzte halbe Jahr am Stück. Jetzt wohne ich hier. In meiner Zelle. Eine Welt, die ich kontrollieren kann. Meine Welt.

***

»Hier drinnen ist es ja fast genauso warm«, sagt Vater und stellt ein Tablett mit Brot, Saft und Käse auf den Tisch. »Sollen wir uns hierhin setzen, Schatz?« Er schiebt den Stuhl aus der Sonne, und ich setze mich. Vater nimmt mir gegenüber auf der Bettkante Platz. »Willst du nicht mal was an die Wände hängen?« Er legt seine gefalteten Hände auf meine, wie eine liebevolle Umarmung, auch wenn er nur meine Hände berührt. »So leer sieht es so traurig aus.«

So sitzen wir da. Hand in Hand. Wie jeden Tag. Eine knappe Stunde, nicht mehr, aber auch nicht weniger. Manchmal redet Vater, während ich ihn ansehe. Aber heute ist es anders. Er beginnt zu weinen. Es kommt ganz plötzlich und überrascht uns beide. Die Tränen rinnen über seine Wangen, schwere, einzelne Tropfen, lautlos. Ich zähle vier Stück, bevor er aufsteht, sich die Augen mit dem Ärmel abwischt und sich räuspert, um seine Fassung wiederzugewinnen.

»Entschuldigung, Silke«, sagt er und kommt zu mir. »Das wollte ich nicht. Es hat mich einfach überkommen …«

Er legt seine Hand an meine Wange. Lässt sie einen Augenblick dort. »Wir sehen uns morgen, Schatz.«

Dann geht er.

14.

Frederiksberg, 10.52 Uhr

Der Prozess beginnt, sagte Hannah zu sich selbst und parkte vor der Privatwohnung ihrer Ärztin. Rote Backsteine, glasierte Ziegel. Glück und Wohlstand. Damals, nachdem Johannes sich das Leben genommen hatte, war sie zweimal pro Woche hier gewesen. Hannah und ihre Ärztin waren dabei fast so etwas wie Freundinnen geworden. Naomi Metz hatte jüdische Wurzeln. Vielleicht verstand sie Hannahs Leiden deshalb so gut?

Hannah stieg aus dem Wagen und ging über den gepflasterten Weg zum Haus. Beim Klingeln dachte sie: Wer hat das Recht zu urteilen? Wer bestimmt über Leben und Tod? Hab ich das Recht, Richter zu sein? Ja. Ich bin die Richterin. So ist es. Soll die Verteidigung doch ihren Entlastungszeugen aufrufen.

»Hannah!«

Naomi umarmte sie. Parfüm. Chanel. Kinder im Garten.

»Möchtest du einen Kaffee?«

»Nein danke. Ich habe gerade einen getrunken.«

Hannah folgte ihr ins Arbeitszimmer. Naomi hatte einiges umgestellt, seit sie zuletzt hier gewesen war. Das Sofa, auf dem sie immer gesessen und wieder und wieder von Johannes gesprochen hatte, war verschwunden. Stattdessen standen sich dort jetzt zwei Sessel gegenüber. Hannah setzte sich, und die Ärztin sah sie über ihre Brille hinweg an: »Wohnst du noch immer im Sommerhaus?«

»Nein. Ich bin umgezogen. Das ist jetzt fast ein Jahr her. Die Adresse ist aber geheim.«

»Ich darf sie aber trotzdem haben, oder?«

»Wenn du mir versprichst, sie keinem dieser Nahtodfreaks zu geben.«

»Quälen die dich noch immer?«

»Ärzte, Wissenschaftler, alle möglichen Leute. Alle wollen wissen, wie das war. Auch ein Forschungsprojekt, bei dem es eigentlich um Finanzgesetze geht, interessiert sich dafür. Aber darüber wollte ich eigentlich nicht mit dir sprechen. Ganz im Gegenteil.« Die Ärztin lächelte und rückte ihre Brille zurecht. »Was für eine Überraschung, Hannah. Schwanger.«

»Das kann man sagen.«

»Eine frohe Überraschung?«

Naomi sah sie an. Milde Augen. Diese Augen hatten Hannah bewogen, sie all die Jahre als Ärztin zu behalten. Ihr ganzes erwachsenes Leben.

»Du weißt also nicht, ob du das Kind behalten sollst?«

Hannah zuckte mit den Schultern. Sie war die Richterin. Die Verteidigung für das Leben musste allein zurechtkommen. In der Ferne hörte sie einen Hund bellen, und von der Straße unten drangen Kinderstimmen zu ihr nach oben.

»Wegen dem, was mit Johannes passiert ist?«

Wieder dieses Schulterzucken. Wie konnte sie sich in diesen Prozess einmischen? Sie war doch die Richterin. Und Richter blieben doch neutral und sagten nichts. Andererseits musste sie auch die Rolle des Staatsanwalts übernehmen und die Zeugen der Verteidigung befragen. Jetzt. Bis der Staatsanwalt seine eigenen Zeugen aufrief, dann musste sie auf die Seite der Verteidigung wechseln. Und irgendwann, wenn alle gesprochen hatten, musste sie sich zurückziehen und ihr Urteil fällen.

»Hannah?«

»Natürlich geht es auch um Johannes«, sagte sie schließlich.

»Du hast Angst davor, dass das Kind das gleiche Leiden entwickelt wie Johannes?«

»Ja.«

»Das kann man nicht wissen.«

»Aber die Veranlagung hat es. Und außerdem bin ich älter geworden.«

Die Ärztin schwieg. Ein Schweigen, das Hannah nutzte, um die richtigen Worte zu finden:

»Physische Krankheiten …«, begann sie. »Deformationen, all die Krankheiten, die wir mit dem bloßen Auge sehen können, die …« Sie kam ins Stocken.

»Es gibt ein Risiko, Hannah. Das gibt es immer. Es wäre falsch von mir, etwas anderes zu sagen.«

Wieder schwieg sie.

»Es gibt so viele Menschen auf der Welt«, sagte Hannah endlich. »Sollte eine Frau, bei der die Chancen, ein behindertes Kind zu bekommen, so groß sind, nicht besonders gut nachdenken?«

»Doch, sie sollte nachdenken.«

»Und wenn du diese Frau wärst?«, fuhr Hannah zögernd fort. Sie fühlte sich ein bisschen besser. Der Prozess lief ganz gut. Und so war es leichter, die Gefühle auf Abstand zu halten. »Und wenn du diese Frau wärst?«

Naomi lehnte sich auf ihrem Sessel zurück.

»Dann würde ich abwägen, womit ich leben könnte. Ob ich es ertragen könnte, ein Kind mit Einschränkungen zu bekommen. Oder ob das meine Lebensqualität derart mindern würde, dass ich das Gefühl hätte, mein Leben zerstört zu haben.«

Hannah nickte. Der Richter hatte die Ausführungen der Verteidigung gehört. Sie waren schwach und hatten nichts verändert.

Denn natürlich wäre ihr Leben kaputt, wenn sie das alles noch einmal durchmachen müsste. Daran zweifelte sie keine Sekunde.

Naomi unterbrach sie, als hätte sie Hannahs Gedanken vernommen. »Ich würde mir aber auch noch etwas anderes überlegen.«

»Ja?«

»Ob das Kind nicht eigentlich dich ausgesucht hat.«

»Wie meinst du das denn?«

»Das Leben, das da in dir heranwächst. Vielleicht hat es dich ausgesucht? Und nicht umgekehrt.«

»Und was heißt das?«

Naomi zuckte mit den Schultern. »Denk darüber nach. Und dann musst du dich unter allen Umständen im Rigshospital untersuchen lassen. Ich kann meine Sprechstundenhilfe bitten, einen Termin zu machen, wenn ich morgen in die Praxis komme.«

»Das müsste dann schon heute sein.«

Naomi sah Hannah überrascht an: »Aber es ist doch Pfingsten.«

»Die Krankenhäuser sind offen. Da sind doch Leute. Du kennst die. Ich halte das nicht aus. Mein Leben ist ein Albtraum …«

Hannah wollte noch eine Menge anderer Dinge sagen. Aber Naomi war aufgestanden und hatte sie in den Arm genommen, während die Tränenflut alle anderen Worte erstickte.

***

Ich muss mit dem leben können, was auf mich zukommt. Und was, wenn das Kind mich auserwählt hat?

Das waren die beiden Argumente der *Verteidigung*, dachte Hannah, als sie wieder auf die Straße trat. Das erste war einfach. Sie konnte es nicht. Konnte nicht noch einmal mit einem kranken Kind leben. Aber wenn das Kind sie auserwählt hatte, war die Sache vielleicht anders. Dann war es doch okay, dass sie nur das tat, was sie tun konnte.

Nein.

Doch.

Sie musste noch mehr Zeugen hören. Der Prozess für oder gegen die Hinrichtung des Fötus hatte gerade erst begonnen.

15.

Rechtsmedizinisches Institut, 10.54 Uhr
Er hätte springen sollen. Das hatte er ihr versprochen. Auch er sollte jetzt so aussehen wie sie: leblos und verlassen.
»Es gibt Leute, die machen nie frei«, sagte eine Stimme hinter Niels.
Er drehte sich um. Rechtsmediziner Theodor Rantzau stand noch immer im Eingangsbereich. Mit einer Zigarette im Mund und einem unergründlichen Lächeln auf den Lippen. Niels mochte ihn. Sie waren im gleichen Alter, auch wenn der Mediziner älter aussah. Als hätten ihm all die Leichen, mit denen er im Laufe seiner Karriere zu tun gehabt hatte, jeweils einen oder zwei Tage seines Lebens gestohlen.
»Theo«, sagte Niels.
»Ich dachte, wir würden sie nicht weiter untersuchen. Wir haben Proben genommen. Der Zahnarzt war hier. Die Blutproben sollen ...«
Niels unterbrach ihn: »Sie hat ein Tattoo auf der Hand?«
»Gucken wir uns das mal an.« Theodor drückte die Zigarette an der Wand aus, ehe er in den Kühlraum ging und sich neben Niels stellte. Einer der Assistenten hatte die Tote bereits aus dem Fach gezogen. Sie trug noch immer keine Kleider. Obwohl Niels sie nur vollkommen nackt kannte, ohne ein einziges Haar, sah man einmal von ihrem Kopf ab, war er überrascht.

»Warst du das, der ...«, Theodor kam ins Stocken.

»Ja, das war ich.«

»Wir können sie nicht alle retten, Niels. Auch nicht hier.«

Sogar im Tod schien die Angst sie noch nicht verlassen zu haben. Ihr Anblick quälte Niels. Wer auch immer diese Frau war, sie hatte es nicht verdient, so zu leiden. Es sollte ein Menschenrecht sein, wenigstens dann Frieden zu finden, wenn man ein letztes Mal die Augen geschlossen hatte.

»Der Hinterkopf ist zerschmettert«, konstatierte Theodor. »Das Genick, die Wirbelsäule und eine Hüfte. Typische Verletzungen bei einem Sturz aus großer Höhe. Sie hat nicht gelitten.«

Niels nickte. Das sagten sie immer. *Es ging schnell. Sie hat den Tod nicht gespürt.* Aber wer wusste eigentlich wirklich, welche Schmerzen ein Mensch hatte, dessen Schädel in tausend Stücke zersprang? Vielleicht nur für den Bruchteil einer Sekunde. Aber nichts spüren?

»Sagt dir das Wort ›Echelon‹ etwas?«

»Echelon?«

»In etwa, ja. Das war das Letzte, was sie gesagt hat.«

»Echelon?«

»Ja.«

»Wie dieser amerikanische Nachrichtendienst?«

Niels entschied sich, diese Frage zu ignorieren. »Könnte das irgendeine Droge sein? Etwas Neues?«

»Nee, ich habe jedenfalls noch nichts davon gehört.«

Der Keller unter dem Rechtsmedizinischen Institut war kalt und voller Stahl und weißer Fliesen. Die Leuchtstoffröhren summten leise, ansonsten war es vollkommen still.

»Wie alt ist sie, was glaubst du?«, fragte Niels.

»Um die dreißig«, sagte der Rechtsmediziner. »Siehst du die

kleinen Fältchen an ihren Augen? Aber fit. Guck dir mal die Beinmuskeln an.«

»Drogenabhängige sind nicht fit«, wandte Niels ein.

»Die war ganz sicher nicht drogenabhängig«, sagte Theodor. Er sah sich ihre weißen Arme genauer an. »Auf jeden Fall hat sie sich nichts gespritzt. Nicht die Spur eines Einstichs. Die Adern sind in Ordnung. Auch sexuell ist sie nicht missbraucht worden.«

Niels zwang sich dazu, die Tote näher in Augenschein zu nehmen.

»Man redet ja über das sogenannte body age«, sagte der Rechtsmediziner. »Schon mal davon gehört? Das Alter des Körpers. In Zeiten, in denen sich die westliche Welt zu Tode frisst, ist es nichts Ungewöhnliches, dass Leute mit fünfzig ein body age von siebzig haben. Falsche Ernährung, zu wenig Bewegung, das alles. Bei ihr ist das aber umgekehrt.«

»Ihr Körper ist jünger?«

»Das will ich meinen. Das ist der Körper eines ganz jungen Mädchens.«

»Kommt sie aus Osteuropa?«

»Nee, die ist urdänisch«, sagte er und nahm eine ihrer Hände. Er hob sie ein paar Zentimeter an, sodass Niels sie mustern konnte. Buchstaben. Geschrieben mit Kugelschreiber. »Hier hast du dein Tattoo«, sagte er lächelnd. »Sie ist eine von denen, die ihren Kalender auf der Hand haben, du kennst diese Leute?«

»Meine Frau gehört auch dazu«, sagte Niels und spürte einen Stich. *Frau.* Liebe. Schmerz. Er starrte auf die kleinen Buchstaben auf ihrer Hand: »Bank anrufen.« Und darunter: »NMSB. Mon. 16.«

»So lese ich das auch.«

»NMSB. Was bedeutet das denn?«

Rantzau zuckte mit den Schultern. »Aber eine Rumänin würde sicher nicht ›Bank anrufen‹ schreiben. Und ›Mon. 16‹.«

»Wahrscheinlich nicht. Was könnte NMSB bedeuten? Nordischer Ministerrat ...«

»... für sozial Belastete?«

Niels unterdrückte ein Lächeln. Dies war nicht der Ort, um zu lächeln.

»Und dann hat sie hier noch eine alte Narbe.«

Theodor ließ seine Finger über die Narbe gleiten. Sie führte von der Augenbraue zu einer Schläfe: »Ich habe das alles in meinem Bericht notiert.«

»Von einer Operation?«

»Nein, an der Stelle würde man niemals einen Schnitt machen. Das muss ein Unfall gewesen sein. Aber wie gesagt, das ist viele Jahre her. Das kann sogar in ihrer Kindheit gewesen sein.«

»Sonst noch was?«

»Ungewöhnliche Knie.«

»Das musst du mir erklären!«

»Ihre Knie zeigen nach außen. Siehst du? Ihr Gang muss etwa so gewesen sein wie die Zeiger einer Uhr bei zehn vor zwei. Wie Chaplin. Warst du dabei, als sie abtransportiert worden ist?«

Niels spürte, wie eine Welle der Schuld über ihm zusammenschlug, die sich dann in Übelkeit manifestierte.

»Warum habt ihr versucht, sie wiederzubeleben?«

»Wie meinst du das denn?«

»Ein Defi kann keinen zerschmetterten Schädel retten. Das sollten die Ärzte eigentlich wissen. Und die Rettungssanitäter erst recht.«

»Es wurde keine Wiederbelebung versucht.«

»Sicher?« Der Rechtsmediziner wunderte sich.

»Ich war da.«

»Und was ist dann das hier?« Er zeigte auf einen Bereich unter ihrer linken Brust.

Niels sah sich die Stelle genauer an. Es sah aus wie der Abdruck eines Schlags.

»Das ist von einem Defibrillator. Rechteckige Elektroden, und gleich mehrere davon.« Theodor ließ seine Finger fachmännisch über den Abdruck auf ihrer Haut gleiten, von der untersten Rippe bis zu ihrer Brust. »Da gibt es keinen Zweifel.« Er hob den Kopf. »Da kannst du alle Rechtsmediziner der Welt fragen: Diese Frau ist mit einem Defibrillator reanimiert worden.«

Ein Telefon klingelte. Aus irgendeinem Grund dauerte es Sekunden, bis Niels begriff, dass es sein eigenes war.

»Bentzon?« Sommersted sprach leiser als sonst.

»Ja.«

»Sie heißt Dicte van Hauen. Sie ist Solotänzerin im Königlichen Ballett.«

Dicte. Ja, das passte zu ihr. Fein und zerbrechlich. Niels wiederholte den Namen, als könnte er sie so zurückholen: »Dicte van Hauen.«

Theodor blickte auf. »Die Balletttänzerin?«

Niels nickte.

Theodors Telefon klingelte in seinem Büro: »Ich gehe eben dran«, flüsterte er und ging. Sommersted brummte ins Telefon: »Bentzon?«

»Ja.«

»Sie ist über sechsunddreißig Stunden nicht gesehen worden. Ist nicht zur Arbeit gekommen ...« Sommersted kam ins Stocken. Er klang betroffen. Niels war verwundert. Stimmen hinter ihm. Vielleicht von einem Fernseher?

Niels musterte Dicte. Ihre feinen Gesichtszüge waren von der Angst entstellt, dem Schmerz, den sie während dieses Tages erdulden hatte müssen, von dem Sommersted gesprochen hatte.

»Hören Sie, Niels«, sagte Sommersted. Er hatte nie zuvor seinen

Vornamen benutzt. »Sie fahren zu ihren Eltern. Janni schickt Ihnen die Adresse.«

»Ich soll ... Können wir nicht ...«

Der Chef unterbrach ihn: »Sie waren der Letzte, der sie lebend gesehen hat. Ich weiß, dass das ein schrecklicher Auftrag ist, aber ...«

»Ist in Ordnung.«

»Und wir lassen sie obduzieren. Und treffen Sie mich anschließend am Königlichen Theater. Sagen wir, in einer Stunde?« Sommersted legte auf.

Niels blieb stehen. Allein mit Dicte van Hauens entseeltem Körper. Allein mit dem kryptischen Bescheid auf ihrer Hand. *Bank anrufen. NMSB. Mon. 16.*

Heute war Montag. Hatte sie eine Verabredung? Mit wem? Und hatte sie deshalb sterben müssen? Um nicht zu dieser Verabredung kommen zu können? Niels sah auf seine Uhr. Es war kurz nach elf. Noch fünf Stunden bis 16 Uhr. Fünf Stunden, um herauszufinden, wen sie treffen wollte. Und wo.

16.

Bispebjerg Klinik – Zentrum für Kinder- und Jugendpsychiatrie, 11.15 Uhr

Das Schweigen ist meine Waffe. Worte haben für mich ihre Bedeutung verloren. Sie existieren nicht mehr. Ich kann sie nicht finden. Stattdessen höre ich zu. Den Stimmen draußen auf dem Flur. Den vorbeigehenden Ärzten. Den Schritten auf dem Linoleum, dem Flüstern. Den anderen Patienten und den Psychiatern, die manchmal ihren Kopf zu mir hereinstecken und etwas sagen. Ich lausche ihren Stimmen, wie ich damals der Stimme des Schuldigen gelauscht habe. Ich habe viel darüber gelesen. Weiß, dass sie sich aus Kehlkopf, Stimmbändern und Atemapparat zusammensetzt. Und dass die Atmung angewiesen ist auf die Rumpfmuskulatur, das Zwerchfell und die Lungen. Ich weiß exakt, was geschieht, wenn wir sprechen: wie die Luft aus unseren Lungen gepresst wird und die Stimmlippen in Schwingung versetzt. Die Vibration geht dann weiter in den Vokaltrakt, bis sie schließlich als Ton aus dem Mund entweicht. Das ist wie eine Reise. Jedes einzelne Wort, das wir aussprechen, jeder Laut, den wir von uns geben, hat eine lange Reise hinter sich, bevor er das Ohr des Empfängers erreicht; eine Reise, die oft vergebens ist, weil die Worte doch nur wie Regentropfen auf der Windschutzscheibe eines Autos abprallen. Aber seine nicht. Nicht die Worte des Schuldigen. Seine Stimme ist so nachdrücklich zu mir durchgedrungen, dass sie seit bald acht Jahren in mir widerhallt. Ich kenne sie bis ins kleinste Detail; die etwas stimmhaften »s«. Die Pausen zwischen seinen Sätzen sind geringfügig länger als bei anderen Menschen, sodass man die Punkte fast hören konnte. Eine lebendige, dramatische Stimme. Maskulin. Selbstbewusst. Vielleicht hat er mal ein Stimmtraining gemacht?

***

Aber damals dachte ich nicht daran. Im Herbst des Jahres 2004. Es hätte auch vor zehn Minuten oder vor zwanzig Jahren sein können. Damals machte ich immer noch einen Mittagsschlaf, wenn ich vom Kindergarten zurück war. Meinen Freunden habe ich das nie verraten, denn ich fand das ein bisschen peinlich, obwohl ich wusste, dass ich das brauchte. Nur eine Stunde zwischen drei und vier.

Während dieser Zeit hörte ich zum ersten Mal das leise Klicken und wusste gleich, dass Mama mein Zimmer abgeschlossen hatte. Ich lag im Bett, und ein unangenehmes Gefühl keimte in mir auf, während ich die leisen Stimmen aus dem Schlafzimmer hörte. Erst später habe ich verstanden, dass das Angst war. Der Schuldige sagte etwas, Mutter lachte und sagte Worte, die ich nicht mochte. Und ich hörte, wenn er wieder ging, hörte, wie sich seine Stimme verabschiedete, bis sie am nächsten Tag wieder da war. So ging es Wochen und Monate, und die Reihenfolge war immer dieselbe: Kakao, das Klicken des Schlosses, Geräusche, Abschied. Er blieb nie lange, und danach schloss Mama meine Tür wieder auf, während ich so tat, als würde ich schlafen. Ihr erster Satz war immer derselbe: »Hast du gut geschlafen? Ich nehme eben ein Bad.« Und so ging es weiter bis zu ebenjenem Tag, dem 17. September 2004 – es regnete so stark, dass ich die

Tropfen unten auf die Straße hämmern hörte –, an dem meine Welt in einem Licht explodierte, als richteten tausend Sonnen gleichzeitig ihre Strahlen einzig auf mein Gesicht, auf meine Augen. Sie stritten sich nebenan im Schlafzimmer, Mama und er. Und später dann im Wohnzimmer. Weil sie so laut schrien, habe ich seine Stimme an diesem Tag ganz deutlich gehört. Und durch das Schreien und den Streit war er von diesem Augenblick an nur noch eine Stimme in meinem Kopf. *Die Stimme.* Mutter weinte. Sie weinte und schrie ihn an, bis plötzlich alles still war. Eine Stille, die mich beunruhigte und nach ein paar Sekunden dazu brachte, aus dem Bett aufzustehen und mit aller Kraft an der verschlossenen Tür zu rütteln, die aber nicht aufgehen wollte. Ich kniete mich hin, spähte durch das Schlüsselloch – oder war das vor ihrem Schreien? – und sah ihn. Ganz kurz. Den Schuldigen. Sein Gesicht. Seine Haut. Und als ich kurz darauf die Wohnungstür zuknallen hörte, während Mutter unaufhörlich schrie, gelang es mir schließlich – wie ich das gemacht habe, weiß ich bis heute nicht –, die Zimmertür aufzubekommen und in den leeren Flur zu laufen. Ich rannte durch die Küche, eine Schublade stand offen, ins Wohnzimmer zu Mutter. Sie stand da und schrie. Erst bemerkte ich weder das Blut noch das Messer am Boden, vielleicht weigerte ich mich aber auch nur, das alles zu sehen. Dann hob ich das Messer auf, als wollte ich mich vergewissern, dass es wirklich echt war; und dann sah ich auch das Blut, das aus dem Hals meiner Mutter lief. Er hatte sich geöffnet, und auf ganz groteske Weise sah es so aus, als hätte Mutter zwei Münder, einen, der schrie, und einen, der lächelte. Ich ließ das Messer fallen, es rutschte unter das Sofa, und Mutter begann sich zu bewegen. Sie taumelte aus dem Wohnzimmer, ich weiß nicht, ob sie mich sah, während sie ein Gurgeln von sich gab, als würde sie in ihrem eigenen Blut ertrinken. Ich folgte ihr in den Flur, ins

Bad, ich wollte ihr helfen, wusste aber nicht, wie, sodass ich nur ihrem verzweifelten Kampf beiwohnen konnte, sich auf den Beinen zu halten. Ein Kampf, der bald auch zu meinem wurde, denn ich rutschte immer wieder in dem Blut aus. Dann sah ich sie aus dem Bad zurückkommen und wusste, dass sie jetzt fallen würde. Seither frage ich mich, was sie im Bad wollte. Auch wenn es verrückt klingt, denke ich manchmal, dass sie ins Bad gegangen ist, um ihr Spiegelbild zu sehen. Als wollte sie sichergehen, dass das alles stimmte, dass man ihr wirklich mit einem Küchenmesser die Kehle durchgeschnitten hatte und dass sie wirklich hier stand wie ein geköpftes Huhn. Denn wie das aussah, wusste ich, nachdem ich ein paarmal zugesehen hatte, wie Papa am Hühnerstall oben am Waldrand ein Huhn geschlachtet hatte. Sie taumelte ziellos herum und gelangte schließlich wieder ins Wohnzimmer. Ich höre noch das Geräusch ihres Fallens, es war so seltsam weich, so resigniert, das Telefon in der Hand. Als ich mich zu ihr setzte, erstarrte ihr Blick, als sie meinem begegnete. Ich habe mich in meinen Träumen wieder und wieder verprügelt, weil ich nicht mehr getan habe, um meine Mutter zu retten, und es hat meinen Schuldgefühlen keinen Abbruch getan, dass sowohl die Psychiater als auch die Psychologen und mein Vater wieder und wieder darauf gepocht haben, dass ich doch erst fünf Jahre alt war und meine Mutter gar nicht hätte retten können. Sie glauben, dass ich deshalb aufgehört habe zu sprechen. Aus *Schuld.*

***

Als die Tür aufgeht, hoffe ich, dass es Papa ist, der noch einmal zurückkommt. Er ist mein Licht im Dunkeln. Ich denke oft daran – und das tat ich auch schon, bevor der Schuldige Mama umgebracht hat –, dass die einzige Sache, die wirklich von Bedeutung für mich ist, darin besteht, Papa glücklich zu machen.

Aber es ist nicht Vater. Nur wieder sie, die mit der Zuckerstimme. Sie bringt mir Bücher. Das macht sie manchmal. Ich glaube, Papa hat sie darum gebeten.

»Wie geht es dir?«, fragt sie, ohne eine Antwort zu erwarten. Stattdessen legt sie die Bücher vor mir auf den Tisch und öffnet das Fenster. Sie steht einen Moment lang da und blickt in den Park, auf das sonnenverbrannte, hellgrüne Gras, die Bänke, von denen die Farbe abblättert, und die sanft im Wind schwankenden Weiden.

»Wie geht es dir, Silke?«

Jetzt ist sie vor mir in die Hocke gegangen. Sucht nach etwas in meinem Blick, so fühlt es sich jedenfalls an. Als wüsste sie, dass es da drinnen etwas gibt, das sie jetzt aber nicht finden kann.

»Ich hätte es mir ein bisschen abgewöhnt, mich selbst zu befragen«, antworte ich in Gedanken. Ein Zitat von Camus. Aus *Der Fremde,* einem meiner Lieblingsbücher, und für einen Moment ist es so, als hätte die Schwester das gehört, denn sie nickt, legt ihre Hand auf meine, was ich nicht mag, denn nur Vater soll mich anfassen, nur er, nur mein geliebter Vater.

»Hast du Durst?«, fragt sie und stellt ein Glas Saft vor mir auf den Tisch.

Und dann geht sie. Lässt mich in meiner eigenen Welt zurück, allein mit dem roten Saft, der mich an Blut denken lässt. Allein mit der Frage, die sich in mein Hirn eingebrannt hat und seit acht Jahren in meinem Kopf widerhallt: Wer ist der Schuldige?

17.

Niels fuhr Richtung Norden aus der Stadt. Aus dieser Gegend waren schon so einige Balletttänzer gekommen. Erst wurden die Häuser kleiner und kleiner und grauer und grauer, dann wurden die Mietskasernen von Einfamilienhäuschen abgelöst, die dann ihrerseits kräftig wuchsen, bis in der Einfahrt Platz für mehrere Autos war.

Im Radio sprach einer von Hannahs früheren Kollegen aus dem Niels-Bohr-Institut über die kommende Mondfinsternis. Niels machte das irgendwie traurig. Auch über Hannah und ihn war so etwas wie Finsternis gekommen, wie wenn die Erde sich zwischen Sonne und Mond schob.

Vedbæk, 11.30 Uhr

Ein neues Geräusch erfüllte den Wagen: das konstante Rieseln der kleinen Bewässerungsanlagen, die die Gärten trotz der brennenden Sonne grün und frisch hielten. Als er auf der Straße mit den unzähligen kleinen Schwellen war, schaltete er das Navi aus. Niels brauchte es nicht mehr. Die Presse hatte vor ihm das Ziel erreicht und wies ihm den Weg. Er fuhr an dem Wagen vorbei und parkte in einigem Abstand, blieb aber noch ein paar Minuten sitzen und beobachtete den übereifrigen Journalisten im Rückspiegel. Dann klingelte Niels' Handy.

»Bentzon.«

»Hier ist Casper. Sommersted hat mich gebeten, Dictes Handy zu überprüfen und ihren Mailaccount.«

»Wir sind mit den Toten nicht per Du, Casper«, sagte Niels verärgert und fühlte sich alt. Wenn man anfängt, erwachsene Menschen zu erziehen, hat man das Verfallsdatum überschritten. Von da an ging es nur noch bergab.

»Ich habe Dicte van Hauens Mobiltelefon überprüft«, sagte Casper nach einigen Sekunden.

»Und?«

»Sie hat ihren Vertrag vor drei Wochen gekündigt. Ebenso wie Fernsehen und Internetverbindung.«

Niels warf erneut einen Blick in den Rückspiegel. Der Journalist lief vor dem Hauseingang nervös auf und ab.

»Was sagt dir das, Casper?«

»Wenn ich das Gefühl hätte, Echelon sei hinter mir her, würde ich vermutlich auch ein möglichst analoges Leben führen wollen.«

Echelon. Niels dachte nach. An den Gesichtsausdruck von Dicte, als sie dieses Wort gesagt hatte. Ihr Blick war nach Osten gegangen, in Richtung Meer, Hafen, Morgengrauen. Hatte sie nicht sogar erleichtert ausgesehen?

»Bist du noch da?«

»Ja, ja, ich bin hier, Casper. Guck dir mal ihre letzten Anrufe und ihre Internetaktivität an. Sagen wir, in den letzten Wochen.«

»Ich bin dran.«

»Und was sagen dir die Buchstaben NMSB?«

»Nichts«, antwortete Casper schnell.

»Ist das eine Bank? Auf ihrer Hand stand: Bank anrufen und NMSB. Montag, 16 Uhr.«

»Es gibt aber keine Bank, die am Pfingstmontag aufhat.«

»Wer weiß, vielleicht gehört das gar nicht zusammen. Es ist möglich, dass dieses NMSB gar nichts mit dem Anruf bei der Bank zu tun hat.«

Niels hörte Caspers Finger auf der Tastatur.

»NMSB?«

»Ja.«

»Es gibt eine North Middlesex Savings Bank. In Massachusetts.«

»Ist das nicht ein bisschen unwahrscheinlich, Casper?«

»Warum, wenn wirklich von Echelon die Rede ist ...«

Niels unterbrach Casper, bevor dieser zu tief in seine Konspirationstheorie abtauchte. »Kannst du das mal recherchieren?«

»Wird gleich erledigt.«

»Und such in ihren Mails und SMS danach. In ihrem Internetverlauf. Das könnte auch eine Person sein. Vielleicht die Initialen. Oder ein Bankangestellter. Ihr Berater ...«

»Also NMSB suchen?«, unterbrach Casper ihn.

»Genau.«

»New Mexico School of Baseball.«

»Du verschwendest meine Zeit, Casper.«

»Brauchen wir da nicht erst einen Durchsuchungsbeschluss?«

»Ruf Sommersted an. Sag, dass es eilt«, antwortete Niels und beendete das Telefonat.

***

Niels sah den Fotografen, bevor dieser ihn sah. Der Paparazzo richtete seine Kamera auf das Messingschild, das solide platziert an der Mauer hing, die das doppelte Metalltor einrahmte.

»Sie sind von der Polizei, nicht wahr?« Der Journalist hatte ihn erkannt. Vielleicht hatte auch Niels ihn schon einmal gesehen.

Ruhiger Gesichtsausdruck und mitfühlender Blick hinter einer billigen Brille, die ihn aus irgendeinem Grund sympathischer machte.

»Sie waren ja schnell hier«, sagte Niels und hätte den Fotografen am liebsten an die Mauer gestoßen.

Der Journalist zuckte mit den Schultern. »Darf ich Ihnen eine einfache Frage stellen?«

»Sie wissen ganz genau, dass ich zum jetzigen Zeitpunkt keine Fragen beantworten kann.«

»Sie wissen doch gar nicht, was ich Sie fragen…«

Niels fiel ihm ins Wort: »Hören Sie. Hätten Sie nicht wenigstens einen Tag warten können? Einen einzigen Tag? Das hier ist eine Tragödie.«

Der Journalist zückte seinen Block und schrieb *Tragödie*. So kriegen die also ihre Zitate, dachte Niels. Wie sehr man sich auch vornahm, nichts zu sagen, irgendwie bekamen sie doch immer etwas.

»Das waren Sie, der sie davon abzubringen versucht hat, nicht wahr?«

Erste Eingebung: Lügen. Nein sagen. Niels folgte seiner zweiten, drehte sich um und klingelte.

»Sind deshalb jetzt auch Sie gekommen? Wollen Sie sich entschuldigen?«

Niels drehte sich um. »Entschuldigen?«

»Ja, weil Sie sie nicht retten konnten.«

Klick. Und noch einmal. Klick. Der Fotograf trat einen Schritt näher und schoss noch zwei weitere Fotos von Niels. Niels klingelte noch einmal.

»Kommen Sie für gewöhnlich nicht immer zu zweit?«, fragte der Journalist.

Für gewöhnlich. Für gewöhnlich war tot, dachte Niels. Für

gewöhnlich starb, als Dicte sprang – denn vor ihr hatte er noch nie einen verloren, niemals.

Eine belegte Stimme meldete sich durch die Gegensprechanlage. »Was wollen Sie? Lassen Sie uns in Ruhe.«

»Ich komme von der Kopenhagener Polizei. Können Sie mich reinlassen?«, sagte Niels entschlossen.

Der Journalist notierte sich noch immer etwas, als Niels über den Gartenweg zur Haustür ging. Irgendwie war Niels erleichtert, nicht der Erste zu sein, der die schreckliche Nachricht überbringen musste, so brauchte er nicht zuzusehen, wie die Mutter kollabierte, nicht der vollkommenen Ohnmacht der ersten Sekunden beizuwohnen. Niels sah den Hinterbliebenen immer in die Augen, wenn er den Eltern oder dem Ehepartner sagen musste, dass einer ihrer Liebsten gestorben war. Man durfte den Blick nicht senken oder wegsehen. Man musste den Kontakt halten – ihnen zeigen, dass sie nicht allein waren, bereit, um einzugreifen. Es war, wie wenn man zusah, wie eine große Stadt in Schutt und Asche gelegt wurde, und alle Hoffnung schlagartig verschwand. Die ersten Sekunden waren die schlimmsten, obwohl sie stumm waren. Dann kamen das Weinen und die Schreie – aber diese Phase war trotz allem leichter. Die Tür wurde einen Spaltbreit geöffnet, und die Hand einer Frau kam zum Vorschein, gepflegt, mit einem schlichten Goldring.

»Kommen Sie herein«, hörte er sie hinter der Tür sagen. Sie wollte sich nicht zeigen, was verständlich war, denn der Fotograf war schon wieder aktiv und hielt alles fest, was er kriegen konnte – ein von einer Tür halb verdecktes, verweintes Gesicht, eine abwehrende Hand. Je mehr das Opfer sich schützte, desto besser.

Niels trat schnell ein, und die Tür wurde hinter ihm geschlossen. Als seine Augen sich an den dunklen Flur gewöhnt hatten, erblickten sie eine Frau. Sie war zu jung, um Dictes Mutter zu sein, für ihre Schwester aber zu alt.

»Niels Bentzon, Polizei Kopenhagen. Es tut mir schrecklich leid.«

Er ergriff ihre ausgestreckte Hand; sie war kühl und trocken und passte gut in seine. Niels hielt sie ein paar Sekunden länger, als man es sonst tun würde.

»Cecilie van Hauen. Ich bin Dictes Schwägerin«, flüsterte sie. Sie hatte grüne Augen, und ihre schwarzen, glatten, schulterlangen Haare unterstrichen die beiden roten Steine an ihren Ohrringen. Sie wirkte irgendwie südländisch, dachte Niels, bevor er den Händedruck löste. »Kommen Sie, ich gehe vor.«

Er folgte ihr und verschaffte sich rasch einen Eindruck von Dictes Hintergrund: eine Familie mit Traditionen, seit Generationen wohlhabend. Auf einem antiken Pult lag ein aufgeschlagenes Gästebuch mit Goldschnitt. Niels las die Worte »danke« und »fantastisch«, geschrieben mit eleganten, femininen Buchstaben. Und auf dem Regal über dem Pult standen bereits zehn Bücher dieser Art, sorgsam in Leder gebunden.

»Wie lange wohnt die Hauen-Familie schon hier?«

»Die Familie oder Dictes Eltern?« Sie versuchte zu lächeln und fügte dann rasch hinzu: »So etwa seit Mitte des 19. Jahrhunderts.«

Niels nickte. Sie kannte mit Sicherheit die exakte Jahreszahl, dachte er, wählte aber die etwas vage Formulierung. Nur die unteren Klassen prahlten mit ihrem Wissen. Aber wie machte man seinem Umfeld dann klar, dass man über ihnen stand? Die Antwort lag – wie der Teufel – im Detail. Ein zehnbändiges Gästebuch. Die Porträts an den Wänden im Flur. Die ausgesuchten Möbel. Niels war sich sicher, dass hier jedes Stück seine eigene Geschichte hatte. Im Flur stand ein chinesischer Medizinschrank mit Hunderten von kleinen Schubladen. Würde er fragen, bekäme er sicher eine lange Geschichte zu hören: über Handel und Reisen, ein Abenteuer in Asien, einen Großvater, der Malaria oder Gelbfieber überlebt hatte. Cecilie hatte in diese überwältigende Identität eingeheiratet.

Sie seufzte leise, bevor sie an die Tür klopfte und sie so vorsichtig öffnete, als wäre sie eine Sommerbrise, die sanft durchs Haus wehte.

»Wie war noch mal Ihr Name?«, flüsterte sie.

»Bentzon, Niels.«

»Ich werde Sie vorstellen.«

Die Mutter stand am Fenster. Die weißen Gardinen waren zugezogen, sodass das Licht im Wohnzimmer hell und weich wirkte. Ohne Ecken und Schatten, pur und himmlisch.

»Hier ist Niels Bentzon von der Polizei«, sagte Cecilie.

Die Mutter drehte sich um. Sie hatte geweint, aber ihre Tränen waren mittlerweile versiegt. Auch der Vater erhob sich. Er war einen Kopf kleiner als Niels, hatte bis auf ein paar graue Stoppeln bereits alle Haare verloren. Seine Augen waren grau, und er hatte perfekte Zähne.

»Niels Bentzon, Polizei Kopenhagen.«

»Ich dachte, Sie würden immer zu zweit kommen.«

»Heute nicht.«

Niels gab dem Vater die Hand und sah, wie die Frage in seinem Kopf rumorte: Wurde ihm und seiner Familie vonseiten der Behörden nun eine bessere oder schlechtere Behandlung zuteil, wenn nur einer und nicht zwei Beamte in ihrem Wohnzimmer standen und ihnen erzählten, was sie längst wussten?

»Die Presse ist schon seit zwei Stunden hier.«

»Charlotte und Hans Henrik. Sollen wir uns nicht setzen«, beeilte sich Cecilie zu sagen und führte Niels zu einem Sessel. »Darf ich Ihnen etwas anbieten?«

»Nein danke.«

»Ich hätte gerne einen Cognac«, sagte Hans Henrik trocken. Ein kurzer Blickwechsel zwischen Cecilie und der Mutter folgte, so kurz, dass sie ihn selbst kaum bemerkten, dachte Niels, während er die mannshohe Fotografie von Dicte betrachtete, die am anderen Ende des Raums hing. Signiert vom Fotografen, schwarz-weiß.

Dicte auf der Bühne des Königlichen Theaters, ein Bein senkrecht nach oben über den Kopf gestreckt, den Blick direkt in die Kamera gerichtet. Direkt in Niels' Augen. Ganz ohne Furcht, ganz und gar nicht so, wie er sie auf der Brücke erlebt hatte. Einnehmend, graziös, dunkle Augen, die einen scharfen Kontrast zu ihrer hellen Haut bildeten. Hohe Wangenknochen. Körperformen nur angedeutet. Irgendetwas in ihren Augen glaubte Niels von sich selbst zu kennen. Aber was war das? Die Überzeugung, dass andere nicht helfen konnten? Dass man allein war?

»Was können Sie uns sagen, was wir nicht bereits wissen?«, fragte Hans Henrik.

»Ich kann Ihnen sagen, dass Dicte heute Nacht von der Dybbølsbrücke gesprungen ist und auf der Stelle tot war.«

Wieder ergriff der Vater das Wort, schonungslos und ohne Verzeihen: »Und sie war nackt?«

»Ja, vermutlich stand sie unter dem Einfluss von irgendetwas.«

»Alkohol?«

»Drogen.«

Jetzt kamen die ersten Laute von Charlotte, Dictes Mutter. »Oh, mein Gott!« Und dann noch einmal: »Oh, mein Gott!«

Hans Henrik legte ihr die Hand auf die Schulter, als ihr die Tränen kamen und sie ihr Gesicht am Hals ihres Mannes versteckte.

»Es tut mir wirklich schrecklich leid«, flüsterte Niels. Cecilie kam mit drei Cognacgläsern zurück, überhörte Niels' Protest und goss ein.

»Es ist ja nicht selten, dass Ausnahmesportler mitunter zu leistungssteigernden Mitteln greifen. EPO und so weiter«, sagte Niels und fuhr fort: »Vielleicht ist es da irgendwie zu Wechselwirkungen gekommen, sodass sie einen mentalen Schock erlitten hat.«

»Wir sind nicht an einer Obduktion interessiert«, sagte Hans Henrik und leerte sein Glas. »Aber das entscheiden ja vielleicht nicht wir?«

Die Antwort ergab sich von selbst. Niels unterließ es, noch mehr Benzin auf das Feuer der Ohnmacht zu gießen, das in Dictes Vater brannte. Er sah ihm seine Wut an, und diese Reaktion war ganz normal. Am liebsten hätte er seiner Tochter eine Ohrfeige gegeben, sie angeschrien und sie gefragt, was zum Henker sie sich dabei gedacht hat und wie sie ihnen so etwas hatte antun können. Und in zwei Stunden würde er dann gemeinsam mit ihr sterben, sie um Verzeihung bitten und schluchzen, bis ihm die Luft wegblieb. Die Mutter nahm ihr Glas entgegen. Niels konnte sehen, wie der Alkohol in ihrem Hals brannte und ihr eine kurze Pause in ihrer noch Wochen andauernden Trauer bot.

»Sind Sie sich sicher, dass sie auf der Stelle tot war?«

»Ja. Dicte ist unmittelbar gestorben. Sie hat nach ihrem Sprung nicht mehr gelitten.«

»Und vorher ...?«

Hans Henrik brachte den Satz nicht zu Ende und sah weg.

»Ich habe als Letzter mit ihr gesprochen«, sagte Niels zu seiner Überraschung. War er deshalb gekommen? Auch deshalb? Um Vergebung zu bekommen? Dictes Eltern sahen ihn auf einmal mit ganz anderen Augen an. Bestürzt.

»Der Letzte?«, wiederholte Hans Henrik. »Hat sie etwas gesagt?«

»Ja. Sie hat ein Wort gesagt, ein einzelnes Wort. Es war nicht leicht zu hören. Es klang wie Echelon.«

Die Eltern sahen sich an. Die Mutter schüttelte den Kopf. Niels wiederholte das Wort noch einmal langsam. *Echelon.*

»Sagt Ihnen das etwas? Ich glaube, das war etwas, das ... nun, das ist schwer zu erklären.«

»Versuchen Sie es«, forderte der Vater ihn auf.

»Etwas, mit dem sie vertraut war. Das sie positiv gestimmt hat. Sie sah glücklich aus, als sie dieses Wort sagte. Voller Frieden.«

Die Mutter versuchte zu lächeln.

»Und sonst hat sie nichts gesagt?«

»Nein. Es war sehr schwer, Kontakt zu ihr zu bekommen. Ab einem gewissen Zeitpunkt habe ich versucht, englisch mit ihr zu sprechen. Ich war mir nicht sicher, ob sie mich überhaupt verstand.«

»Und was haben Sie zu ihr gesagt?«, wollte der Vater wissen.

Niels senkte den Blick. Räusperte sich. Der Cognac wartete noch immer. Was waren die letzten Worte, die ihre Tochter auf dieser Welt gehört hatte? Ihr Vater wollte genau das wissen. Und er hatte ein Recht darauf.

»Wir folgen in solchen Situationen gewissen Mustern, einer Prozedur. Wir sprechen mit den Betroffenen, versuchen, sie in ein Gespräch zu verwickeln, damit sie nicht nur auf den Monolog hören, der sich in ihren Köpfen abspielt. Wir setzen alles daran, sie zurück in die Wirklichkeit zu holen. Verstehen Sie?«

Die Mutter nickte. Hans Henrik sah Niels an, als hätte er sie in die Tiefe gestoßen. Niels stellte noch eine Frage, doch als er die Worte ausgesprochen hatte, spürte er, dass das viel mehr als bloß eine Frage gewesen war. Er schien die Grenze zu einem verbotenen Reich durchbrochen zu haben.

»Ich hatte den Eindruck, dass sie sich verfolgt gefühlt hat.«

»Verfolgt?«, fragte Charlotte.

»Vielleicht war das nur aufgrund der ...« Niels versuchte, ein besseres Wort zu finden, gab aber auf: »Vielleicht hatte ich nur deshalb den Eindruck, weil die Drogen sie auf einen üblen Trip gebracht hatten. Aber ich muss das einfach fragen.«

Stille. Eine verdammt lärmende Stille. Niels atmete tief durch.

»Hatte Ihre Tochter mit jemandem Streit? Hat sie mit Ihnen über etwas geredet, das großen Einfluss auf ihr Leben hatte?«

Der Vater wiederholte die Worte: »Großen Einfluss auf ihr Leben?«

»Ja, möglicherweise Lebensgefährten oder finanzielle Verhältnisse?«

»Dicte kann mit Geld nicht umgehen«, antwortete Hans Henrik schroff. »Wir kümmern uns um ihre Finanzen. Es hat ihr aber nie an etwas gefehlt.«

»Auf ihrer Hand stand ›Bank anrufen‹. Als wollte sie das auf keinen Fall vergessen.«

»Danske Bank. Ich habe sie darum gebeten, da anzurufen.«

»Warum? Ich meine, wenn Sie sich um ihre Finanzen gekümmert haben?«

»Sie musste ein paar Dokumente unterschreiben.«

»Dokumente?«

»Altersvorsorge und solche Sachen. Hat das irgendetwas mit dem Fall zu tun?«, fragte er gereizt.

»Sagen Ihnen die Buchstaben NMSB etwas?«

Hans Henrik und Charlotte sahen sich an.

»Vielleicht die Initialen einer Person mit vier Namen? Das ist heutzutage ja gar nicht so selten«, versuchte Niels ihnen auf die Sprünge zu helfen.

Die Mutter schüttelte den Kopf.

»Niels Michael?«, schlug Niels vor. »Niels Michael und irgendwie weiter?«

Dictes Vater schüttelte den Kopf.

»Nadja … Natascha Marie …«

Der Vater fiel ihm ins Wort: »Warum fragen Sie? Ich verstehe das noch immer nicht. Warum haben Sie Grund zu der Annahme, dass Dictes Tod etwas mit einem Verbrechen zu tun hat?«

»Das weiß ich noch nicht. Aber wie gesagt, hatte ich den Eindruck, dass …« Niels gab den Versuch, ihnen das alles zu erklären, auf. Stattdessen konzentrierte er sich auf die Fakten. »Sie hatte das auf ihre Hand geschrieben. NMSB – Montag, 16 Uhr. Das kann natürlich auch die Abkürzung für irgendeinen Ort sein oder eine Vereinigung, eine politische Partei.«

Wieder nur Kopfschütteln.

»Wenn Ihnen etwas in den Sinn kommt, wer oder was das sein könnte …«

»Dann rufen wir an.«

»Tun Sie das auch, wenn Sie glauben, dass es eigentlich keine Relevanz hat. Nur damit wir unsere Ressourcen nicht falsch einsetzen.«

»Natürlich«, sagte Hans Henrik trocken, endlich wieder in einem Themenbereich, in dem er sich zu Hause fühlte. Nutzen von Ressourcen. *Verschwendung minimieren.* Niels warf ihm einen mitfühlenden Blick zu.

»Okay, reden wir kurz über Dictes Verhältnis zu anderen Menschen. Es ist ja nichts Ungewöhnliches, dass Menschen sich in berühmte Persönlichkeiten verlieben. Wir haben Unmengen von Stalkingfällen auf dem Tisch. Meistens handelt es sich dabei aber um Filmstars und Popmusiker und so. Aber das ist natürlich auch bei Tänzerinnen möglich.«

Er sah zu Dictes Mutter, die aber nur mit den Schultern zuckte und ihn fragend ansah.

»Wann haben Sie zuletzt mit ihr gesprochen?«

Hans Henrik räusperte sich: »Das ist ein paar Wochen her.«

»Ein paar Wochen. Geht es präziser?«

Die Mutter nahm Hans Henriks Hand. Die Frage traf sie, das spürte Niels ganz deutlich. Deshalb fuhr er fort:

»Eher fünf Wochen oder eher zehn?«

»Wofür soll das relevant sein?«, fragte der Vater sichtlich verärgert.

»Sollten die Rahmenbedingungen des Todes Ihrer Tochter tatsächlich als *ungeklärt* eingestuft werden, müssen wir versuchen, die letzten Tage und Stunden ihres Lebens zu rekonstruieren.«

Hans Henrik unterbrach ihn. »Wir haben mit Dicte seit einem halben Jahr nicht mehr geredet. Sind Sie jetzt zufrieden?«

Niels antwortete nicht.

Hans Henrik fügte stotternd hinzu: »Sie … wir …« Dann versagte seine Stimme.

Charlotte übernahm. »Dicte hat sich zurückgezogen.«

»Zurückgezogen?«

»Sie wollte uns nicht mehr sehen.«

»Warum nicht?«

Hans Henrik meldete sich wieder: »Gibt es wirklich einen Grund dafür, dass wir …«

»Warum hatten Sie seit einem halben Jahr keinen Kontakt mehr zu Ihrer Tochter?«, fragte Niels.

Schweigen. Quälende Sekunden, in denen Charlottes Blick der Tischkante folgte, oder dem Saum des Teppichs?

Hans Henrik räusperte sich. »Wie gesagt, Dicte hatte sich zurückgezogen. Sie wollte nicht mehr in ihr Elternhaus kommen.«

»Warum nicht?«

»Ich muss Ihnen die Antwort schuldig bleiben.« Er sah schnell zu Charlotte. Nicht um Hilfe zu erhalten, dachte Niels. Eher im Gegenteil. Er will sichergehen, dass sie sich nicht einmischt. »Das hat sich so entwickelt, begonnen hat das letzten Herbst. Sie hat nicht mehr angerufen und auch nicht mehr auf unsere Anrufe reagiert. Und nach Hause gekommen ist sie auch nicht mehr. Das letzte Mal, dass wir mit ihr gesprochen haben, war im Theater vor der Premiere von – tja, was hatte sie damals getanzt?« Er sah zu Charlotte, die jetzt wieder etwas sagen durfte.

»*Kameliendame.*«

»Genau, ja, wir haben sie vor der Vorstellung getroffen, aber sie war sehr kühl zu uns. Unnahbar. Und – ja, ich weiß noch, dass wir beide, als wir auf dem Rückweg im Auto saßen, richtiggehend erschüttert über ihr Verhalten waren. Es war irgendwie, als hätte sie …« Er sah wieder zu seiner Frau, die erneut zu weinen begonnen hatte. »… als hätten wir es auf einmal mit einer ganz anderen Dicte zu tun.«

»Und was war danach?«, wollte Niels wissen.

»Wir haben versucht, wieder Kontakt mit ihr aufzunehmen. Charlotte war sogar ein paarmal bei ihrer Wohnung und hat geklingelt, aber Dicte hat nie aufgemacht. Wir waren außen vor. Sie hat uns aus ihrem Leben geschmissen.«

»Sie haben aber doch gesagt, dass Sie sie gebeten haben, die Bank zu kontaktieren.« Niels sah Hans Henrik an.

»Das habe ich ihr geschrieben.«

»Per Mail?«

»Ja.«

»Ein Postfach, das sie nur im Ballett genutzt hat?«

»Wie meinen Sie das?«

»Weil sie in ihrer Wohnung keine Internetverbindung hatte.«

Der Vater zuckte mit den Schultern. »Wenn diesem Selbstmord wirklich ein Verbrechen zugrunde liegt, finden Sie das nicht hier. Verstehen Sie das denn nicht?«

»Hatte sie Feinde?«

Hans Henrik schüttelte den Kopf. »Nein, aber wie gesagt, wir hatten ja keinen Kontakt mehr.«

»Natürlich.« Niels stand auf. Er wusste, dass er nicht weiterkam. »Eine letzte Frage.«

»Ja?«

»Dicte hatte eine Narbe. Hier«, sagte er und berührte sich an der Schläfe.

Die Mutter sah Niels bestürzt an und richtete ihren Blick dann auf ihren Mann. Familiengeheimnisse, dachte Niels. Immer glauben alle, dass sie so gut versteckt sind, dabei waren sie in Wirklichkeit für alle sichtbar. Hans Henrik mit seinem vielleicht noch nicht ausgestandenen Alkoholproblem. Die Tochter, die ihre Eltern nicht ertragen konnte. Und ein alter Unfall, über den niemand reden wollte. Bis heute, denn Hans Henrik räusperte sich wieder und antwortete: »Das war ein Unfall, den Dicte als Kind hatte. Sie musste genäht werden.«

»Was für ein Unfall?«

»Es tut mir leid, aber ich verstehe wirklich nicht, was das für eine Relevanz für den Fall haben könnte.«

Im gleichen Moment war irgendwo im Haus ein Schrei zu hören. Hans Henrik sprang auf, gefolgt von seiner Frau. Niels sah auf sein Cognacglas, entschloss sich aber, standhaft zu bleiben, und folgte den beiden. Im Zimmer nebenan saß Cecilie vor einem Fernseher. Sie hatte ihr Gesicht in den Händen vergraben. Auf dem Nachrichtensender lief die körnige Aufnahme einer Handykamera. Verwackelt und dunkel war darauf der Augenblick des Sprungs zu sehen.

Charlotte sackte vor Niels zu Boden und sah nicht mehr, wie Niels versuchte, ihre Tochter festzuhalten, aber nur noch ihren Rücken streifte, bevor er selbst über den Rand des Turms rutschte. Hans Henrik stand wie gebannt vor dem Fernseher, während seine Frau sich aufrappelte und aus dem Raum lief. Er sah Niels am Fahrstuhlturm hängen, bis er von den anderen Polizisten wieder nach oben gezogen wurde.

»Ich bin Ihnen zu Dank verpflichtet«, sagte er. »Wie ich sehe, haben Sie wirklich alles versucht, sie zu retten«, flüsterte er und ging nach draußen. Niels blieb allein und sah sich die Wiederholung des Videos noch einmal an, dieses Mal in Zeitlupe. Er sah, dass Dicte mit einem Mal eine Eingebung zu haben schien, ihr Gewicht auf das hintere Bein verlagerte und sich mit einem eleganten Satz nach hinten warf. Und wie er zu ihr sprang und seine linke Hand nach vorn schoss, aber nur noch ihren Rücken berührte. Die Kamera folgte Dicte bis auf die Schienen. Sie war sofort tot. Weshalb anschließend gefilmt wurde, wie Niels oben am Turm hing.

Im Haus war es jetzt vollkommen still. War die Mutter in den Garten gelaufen? Niels ging durch das Wohnzimmer und zog die Gardine zur Seite. Am Ende des Gartens begann der Øresund. Ein Helikopter von TV 2 hing über dem Wasser und filmte zweifellos das Haus der Trauernden. Im Flur blieb Niels vor dem imposanten Gästebuch stehen. *Was für ein wunderbarer Abend, danke für alles, Stephanie.* Und dann etwas auf Französisch, das Niels nicht verstand. Er blätterte zurück. Weitere Danksagungen, begleitet von Worten wie »hinreißend«, »herzlich« und »Gastfreundschaft«, füllten in unzähligen Kombinationen das ledergebundene Buch. War das Polizeiarbeit, oder schnüffelte er nur herum? Er warf einen Blick auf das Datum des letzten Eintrags. 12. März, hatte Stephanie geschrieben. Warum lag nicht das neueste Buch auf dem Pult? Oder hatten sie seither keine Gäste gehabt? Niels blickte nach oben zu dem Bord mit den zehn Bänden. Die Dankbarkeit der Gäste, verteilt auf die Jahrhunderte. Auf den Rücken der Bücher standen die Jahreszahlen: 1876–1893. Die meisten Bücher datierten nach dem Zweiten Weltkrieg, die Anzahl der Feste musste stark zugenommen haben. Er nahm das letzte herunter.

Blätterte. Fand die letzte Seite. Der 28. Mai dieses Jahres. Vor circa vierzehn Tagen. »Immer wieder ein Vergnügen«, stand dort geschrieben. Niels erkannte die Unterschrift darunter sofort. Es war die gleiche, mit der sein Polizeiausweis unterschrieben war. Die gleiche, die auf allen offiziellen Briefen des Dezernats stand. W. H. Sommersted.

»Tragen Sie sich in unser Gästebuch ein?«

Hans Henrik stand in der Tür.

»Nein, ich …«

»Wir haben die Regel, dass unsere Gäste unser Haus erst verlassen dürfen, wenn sie sich eingetragen haben.«

Niels sah zu Boden.

»Aber das gilt nur für unsere geladenen Gäste. Wenn Sie mich jetzt entschuldigen würden.«

***

Das Haus musste klimatisiert sein, dachte Niels, als die Sonne ihn auf den sauber gescheuerten Platten des Gartenweges in ihren Fokus nahm. Die Presse war inzwischen deutlich zahlreicher vertreten. Von zwei auf zehn in fünfzehn Minuten. Gab es einen anderen Weg nach draußen? Aber es war zu spät, die Fotografen hatten bereits ihre Objektive auf ihn gerichtet und knipsten wie wild. Am besten ignorierte er sie einfach. Je mehr man sich versteckte, desto interessanter wurde man. Niels hörte die Worte, als sich das zwei Meter hohe elektrische Tor endlich öffnete: *Das ist er. Das ist der, der sie nicht davon abbringen konnte.*

Von allen Seiten hagelten Fragen auf ihn ein:

»Hat sie etwas gesagt, bevor sie gesprungen ist?«

»Stand sie unter Drogen? Ist sie vergewaltigt worden?«

»Wer hat sie ausgezogen? Wie haben ihre Eltern reagiert?«

Niels warf einen Blick auf den Journalisten, der die letzte Frage gestellt hatte. Das war wirklich die dümmste von allen. Wie ein Wink des Himmels begann in diesem Moment sein Telefon zu klingeln.

»Bentzon.«

Niels presste die Hand auf den Hörer, um überhaupt etwas zu verstehen: »Hallo?«

»Hier ist Theodor aus der Rechtsmedizin.«

»Ich höre dich ganz schlecht.« Niels lief ein paar Schritte, um die aggressiven Journalisten abzuschütteln.

Der Rechtsmediziner räusperte sich: »Ich habe gesagt, dass du besser herkommen solltest, bevor du irgendetwas anderes machst.«

»Warum? Ich bin auf dem Weg zu …«

Rantzau fiel ihm ins Wort: »Niels, nicht am Telefon. Komm einfach.«

18.

Kopenhagen, Innenstadt, 11.50 Uhr

Er öffnete die Tasche und machte eine Spritze fertig. Ritalin. Dann löste er seinen Gürtel, zog die Hose ein Stück nach unten und stach sie sich in die Hüfte. Die Wirkung trat schnell ein. Er hielt in einer Seitenstraße des Strøget, schloss die Augen für einen Moment und wartete darauf, dass sich die Substanz in seinem Blutkreislauf verteilte und die Müdigkeit für eine Weile verdrängte.

Bilder erschienen vor seinem inneren Auge. Dinge, die er im Fernsehen gesehen hatte. Ihr Sprung und der Polizist, der noch einen Moment lang an der Kante des Turms hing. Hatte sie diesem Mann noch etwas gesagt? Ihn verraten? Nein, er hatte auf dem Bahnsteig gestanden und alles beobachtet. Sie hatten nicht wirklich miteinander gesprochen, da war er sich sicher. Trotzdem war er heute aufgeregter als gestern. Inzwischen hatte die Polizei sich eingeschaltet, und das waren keine Idioten. Es würde nicht lange dauern, bis sie herausfanden, dass sie nicht bloß gesprungen war, weil sie das Leben leid war. Und dann würden die Ermittlungen beginnen. Ihre Leiche würde obduziert werden. Ihre Wohnung durchsucht und jedes noch so kleine Detail fotografiert werden. Sie würden alles auf den Kopf stellen.

Hatte er etwas vergessen? Gab es Fingerabdrücke? Letzteres wäre fatal. Denn die Polizei hatte seine Fingerabdrücke im Register, das wusste er. Nein. Nein, er hatte nichts angefasst, als sie ihn hereingelassen hatte. Nur die Teetasse, und die hatte er gründlich abgetrocknet. Er ging die ganze Situation in Gedanken noch einmal durch. Dicte hatte ihm die Tür geöffnet und ihn hereingebeten. Froh, ihn zu sehen. Er hatte sich gesetzt, ohne etwas anzufassen. Hatte die ganze Zeit darauf geachtet, wo seine Hände waren. Nichts zu berühren, bevor sie betäubt war und er die Latexhandschuhe anziehen konnte. Er versuchte weiter, die Nacht in Gedanken zu kartieren: wie er auf ihre Toilette gegangen war und so getan hatte, als bekäme er die Tür nicht auf, um sie zu ihm zu locken. Er hatte sie gepackt, die Tür mit dem Fuß zugeworfen und ihr die Spritze in die Schultermuskulatur gesetzt. Sie war überrascht gewesen, schockiert, hatte sich gewehrt und nach ihm geschlagen. Im Stillen hatte er die Sekunden gezählt. Die ersten 60 waren die schlimmsten gewesen, danach hatte sie sich zu beruhigen begonnen. Das Ketamin hatte seine Arbeit aufgenommen. Was war mit all den Dingen, die sie umgeschmissen hatte? Der Wäschekorb, die Handtücher? Er hatte in ihrer kleinen Bibel gelesen, um sich die Zeit zu vertreiben, während die Betäubung ihre Wirkung entfaltete. *Phaidon*. Über Sokrates, der über die Unsterblichkeit der Seele spricht. Aber auch da hatte er seine Handschuhe getragen. Nein, er hatte alles aufgeräumt, als sie endlich so weit war, hatte die Klinke des Badezimmers abgewischt, die ...

Es konnte keine Spuren geben, da war er sich sicher. Und genauso vorsichtig war er gewesen, als er nach ihrem Sprung seine Ausrüstung geholt hatte. Er versuchte, sich zu konzentrieren, musste weitermachen, durfte jetzt nicht aufhören. Noch einmal nahm er seine Liste zur Hand. Ganz oben stand Dicte van Hauen. Die Zweite war Hannah Lund. Aber ihre Adresse war nirgends zu finden. Und zu seinem Ärger hatte sie eine Geheimnummer.

Lund war der berühmteste aller Nahtod-Menschen. *Nahtod-Menschen.* Ein blöder Ausdruck, aber er wusste nicht, wie er die Menschen, die nach ihrem Tod ins Leben zurückgeholt worden waren, sonst bezeichnen sollte. Hannah Lund war so etwas wie der lebende Beweis dafür, dass es ein Leben nach dem Tod gab. Er hatte auf der Homepage, die diesem Thema gewidmet war, über sie gelesen. Sie war im Juli 2010 nach einem schlimmen Autounfall ins Rigshospital eingeliefert worden. 2008 hatte man weltweit eine internationale Untersuchung der vielen Nahtoderlebnisse begonnen, die immer wieder auf der ganzen Welt gemeldet wurden. Sicher eine Folge der Tatsache, dass man auch bei dem Thema Wiederbelebung Fortschritte machte. Mehr Wiederbelebungen bedeuteten mehr Geschichten über das Leben nach dem Tod. Mehr Aussagen über Licht, Tunnel, das geheimnisvolle, fantastische Netz, das die Erde umschloss, und über Begegnungen mit Menschen, die seit Langem tot waren. Deshalb hatten einige britische und amerikanische Ärzte einen Kongress unter der Leitung der Vereinten Nationen angeregt. Zum ersten Mal in der holperigen Geschichte der Wissenschaft war es nun offiziell erlaubt, über das Nachleben zu reden. *Es gibt etwas, das wir nicht erklären können.* Das Seufzen der Erleichterung aus den Kehlen all der Ärzte dieser Welt war richtiggehend zu hören. Endlich durften sie laut über die vielen Erlebnisse sprechen, die sie nicht verstanden. Die Geschichten, mit denen die Menschen kamen, nachdem sie ins Leben zurückgeholt worden waren. Und endlich waren sich die Ärzte darüber einig geworden, dass der Tod als solcher genauer untersucht werden musste. Man musste es wagen, das Bewusstsein mit neuen Augen zu betrachten, als ein Phänomen, das Seiten umfasste, die wir nicht kannten. *Das Bewusstsein.* So nannte man das. Nicht die Seele. *Awareness.* Man hatte mit den Notfallambulanzen auf der ganzen Welt zusammengearbeitet und kleine Regalbretter ganz oben unter den Decken der OP's und Ambulanzen montiert, dort, wo die Menschen immer über ihren toten Körpern zu schweben behaupteten. Auf den Regalbrettern hatte man Bilder mit unbekannten Motiven platziert. Ein gestreiftes Baby, ein Elefant, der auf einen VW-Bus trat. Bilder, die in Erinnerung blieben, wenn man sie sah. Und wenn dann dort in diesen Räumen Menschen wiederbelebt wurden und behaupteten, ihre toten Körper verlassen zu haben und an die Decke geschwebt zu sein, als ihr Herz nicht mehr geschlagen hatte – konnte man sie fragen, ob sie gesehen hatten, was auf den Regalbrettern lag.

Und Hannah Lund hatte als bisher einziger Mensch auf der Welt sagen können, was auf diesem Bild war. Sie war Wissenschaftlerin. Astrophysikerin. Viele bezweifelten natürlich die Richtigkeit ihrer Aussage. Im Internet tobten in diversen Foren die wildesten Diskussionen. Vielleicht hatte ihr jemand das Motiv auf dem Bild verraten? Vielleicht war auf andere Weise betrogen worden? Tatsache war aber, dass Hannah Lund in der Nacht ihres Unfalls dreimal erfolgreich wiederbelebt worden war. Alles zusammen war sie beinahe zwanzig Minuten tot gewesen. Sie war deshalb der Liebling des gesamten Nahtodumfelds. Vielleicht war ihre Adresse deshalb nicht aufzutreiben: Vielleicht war sie es leid, immer wieder von Fantasten kontaktiert zu werden, die etwas über ihre geliebten Verstorbenen erfahren wollten. So etwas war schon an anderen Orten auf der Welt passiert. Menschen mit Nahtoderlebnissen wurden immer wieder bedrängt, von ihren Erlebnissen zu erzählen. Das wusste er, das hatte er untersucht. Einige dieser Nahtoderlebnisse waren wirklich kaum von der Hand zu weisen. Zum Beispiel das der Amerikanerin RaNelle Wallace. Ihr Erlebnis hatte wirklich Eindruck auf ihn gemacht. Gemeinsam mit ihrem Mann war sie 1985 bei einem

Schneesturm in Zentral-Utah abgestürzt und zu über 75 Prozent verbrannt. Sie war mehrere Minuten klinisch tot gewesen – das war sehr gut dokumentiert – und hatte in dieser Zeit erlebt, wie sich die Barriere zwischen Leben und Tod aufgelöst hatte. Sie hatte nicht bloß ihren vor langer Zeit verstorbenen Großvater getroffen und gesprochen, das war ein ziemlich gewöhnliches Phänomen, sondern auch ihren Sohn, der sie gebeten hatte, zurückzureisen. Zurück ins Leben. Das Bemerkenswerte daran war, dass der Sohn, mit dem sie gesprochen hatte, erst einige Jahre danach auf die Welt gekommen war.

Er rieb sich das Gesicht und versuchte, sich auf seine Aufgabe zu konzentrieren. Er musste mit der Nummer drei auf seiner Liste weitermachen. Peter V. Jensen. Ihn kannte er persönlich. Wie Dicte. Das machte das Ganze leichter.

Die Spritze.

Der Gedanke traf ihn wie ein Schlag. Warum dachte er erst jetzt daran? Bestimmt wegen dieser verfluchten Müdigkeit. Er hatte oben bei Dicte diese Spritze liegen lassen. An sich kein Drama. Schließlich wohnte sie in Vesterbro. Da lagen überall Spritzen. Aber diese Spritze hatte er schon zu Hause vorbereitet gehabt – ohne Handschuhe. Er hatte sie ihr in den Hals gestochen, um ihr die Substanz zu verabreichen, und sie war mit der Spritze im Hals ein paar Schritte auf den Hausflur hinausgetaumelt, wo die Kanüle aus ihrer Haut gerutscht war, als sie über die Treppe nach unten gestürmt war. Diese Spritze hatte er vergessen. Er ließ den Motor an und wendete. Er musste zurück zu ihrer Wohnung. In diesem Moment klingelte das Telefon. Der Anruf kam von seiner Arbeitsstelle. Natürlich fragten sie sich, wo er blieb. Er überlegte einen Moment, das Gespräch anzunehmen und sich wegen eines schlimmen Rückens krankzumelden, ließ das Telefon dann aber einfach weiterklingeln.

19.

Rechtsmedizinisches Institut, 12.15 Uhr
Niels lief die Treppen hoch und schlüpfte durch die Tür. Seine Schuhsohlen schrien auf dem kühlen Steinboden bei jedem Schritt auf. Das Echo verfolgte ihn über die Treppe und den Flur bis in die Umkleide, wo er Kittel, Maske, Holzclogs und Überschuhe anzog. Noch immer ging ihm das Gespräch mit Dictes Eltern durch den Kopf. *Als hätten wir es auf einmal mit einer ganz anderen Dicte zu tun.*

Er ging durch die Schiebetür in den Sektionsraum, in dem Theodor Rantzau mit einem Diktiergerät in der Hand stand, umgeben von seinem kleinen Team aus Rechtsmedizinern und Kriminaltechnikern.

»Niels, gut, dass du kommst.«

»Ich sollte mir etwas anschauen?«

»Zwei Sekunden.«

Niels atmete tief durch und warf einen Blick auf die Tote. Von dem verzweifelten Menschen, den er vor weniger als einem Tag auf der Brücke getroffen hatte, war nicht mehr viel zu sehen. Noch weniger von der Primaballerina Dicte van Hauen – der Frau, die Niels auf dem Plakat gesehen hatte, das bei ihren Eltern hing. Die inneren Organe wurden gerade entnommen. Der Schädel war geöffnet worden, und das Hirn lag auf einem Stahlbecken neben dem Rolltisch.

»Ich bin gleich so weit, Niels.«

Theodor sprach, ohne Niels anzusehen. Er war dabei, Dünn- und Dickdarm mit einer Schnur zusammenzubinden und beides zu dem Becken zu tragen, auf dem bereits das Gehirn lag. Niels trat näher. Der Anblick war fast unerträglich. Es war schlimmer als sonst, wenn er bei einer Obduktion zugegen sein musste. Aber Menschen waren ja nichts anderes als Biologie. Muskeln, Sehnen, Knochen, Gewebe, Blut und Haut. Sonst nichts.

»Kommst du klar?« Theodor sah ihm in die Augen.

»Heute ist es schwerer. Ich weiß nicht, warum. Vielleicht weil ich gerade von ihren Eltern komme.«

»Brauchst du eine Pause?«

»Nein, Sommersted wartet auf mich.«

Theodor zögerte. Fragte sich, ob Niels ohnmächtig werden, weiche Knie bekommen oder sich übergeben würde. So etwas war in der Rechtsmedizin an der Tagesordnung, insbesondere wenn die Polizeischüler zum ersten Mal zu Besuch kamen.

»Ich habe dir von dem Defibrillator erzählt«, fuhr er fort und zeigte auf ihre Haut.

Ihr Brustkorb war geöffnet worden. Ein Metallbügel spreizte den rechten und linken Teil auseinander.

»Dass jemand versucht hat, sie wiederzubeleben?«

»Hier siehst du die Brandwunden, die das Gerät hinterlassen hat.«

Niels riss sich zusammen und trat näher.

»Und da sind noch mehr davon«, sagte Rantzau, hielt aber inne, als sein Blick auf einen seiner Assistenten fiel, der sich über die inneren Organe beugte. »Augenblick, Niels.«

Niels sah, wie er zu einem der jüngeren Techniker ging und ihm zeigte, wie er die Organe fotografieren musste. Erneut spürte Niels die Ungeduld in sich aufkeimen. Sommersted wartete auf ihn im Königlichen Theater. Aber Obduktionen waren nichts für Ungeduldige, das wusste er. Sie konnten viele Stunden dauern, in Sonderfällen sogar Tage. Alles musste begutachtet und sämtliche inneren Organe mussten untersucht werden. Es galt, Gewebeproben zu entnehmen und bakteriologische, toxikologische und biochemische Tests durchzuführen. Blutproben mussten direkt aus der Schlagader im Oberschenkel genommen werden, und wenn das Ganze überstanden war, mussten die Organe wieder zurück in den Körper, der zuletzt wieder zugenäht wurde. Niels hatte Rantzau einmal das Geheimnis entlockt, dass die Organe dabei nicht immer am richtigen Ort waren. Das sei fast unmöglich, hatte er ihm erklärt. Aber über so etwas redete man natürlich nicht offen – das würde nur zu Irritationen führen, und den Leuten, die in der Kirche von ihren Lieben Abschied nahmen, würde es sicher nicht gefallen, dass die Lungen sich ans Becken drückten, während Leber und Herz den Platz getauscht hatten.

»Das hier musst du dir ansehen«, sagte Theodor und zog Niels zu dem Tisch, auf dem Blut- und Gewebeproben in klinischen Behältern gesammelt waren. Der Rechtsmediziner nahm den ersten davon. Ein trübes Material. Leicht gelblich.

»Davon haben wir beinahe einen halben Liter gefunden.«

»Was ist das?«

»Salzwasser. Ganz oben in ihren Nebenhöhlen und in ihrer Lunge.«

»Bist du dir sicher?«

»Natürlich! Die chemische Analyse hat vielleicht vier Sekunden gedauert. Das ist das ABC der Rechtsmedizin. Männer bringen ihre Frauen um und werfen sie ins Meer, damit es wie ein Tod durch Ertrinken aussieht. Aber …«

»Aber?«

»Aber es sammelt sich kein Wasser in Nebenhöhle und Lunge, wenn sie vorher schon tot sind, das Opfer nimmt nämlich kein Wasser auf, wenn es nicht atmet.«

»Und was bedeutet das in diesem Fall?«

Rantzau atmete tief durch. »Die vorläufige Schlussfolgerung, und ich zweifle nicht daran, dass wir an dieser Meinung festhalten, lautet, dass Dicte van Hauen an Sauerstoffmangel infolge eines zu langen Aufenthalts unter Wasser gestorben ist, bevor sie sich bei dem Sprung von der Brücke den Schädel gebrochen hat.«

»Ertrunken?« Niels' Stimme war kaum zu hören.

»So nennt man das in der Regel, ja.«

20.

Vesterbro, 12.25 Uhr

Zehen und Fingerspitzen zitterten. Das war die Müdigkeit. Irgendwie war es so, als jagten die Wachmacher in seinem Blut die Müdigkeit in die entferntesten Punkte seines Körpers. Er parkte absichtlich ein ganzes Stück von ihrer Wohnung entfernt. Die Straßen waren voller Leben. Männer mit strammen Schlipsen, die eilig zum nächsten Termin hasteten. Müttergruppen mit ökologischem Kaffee in den Halterungen ihrer Kinderwagen. Er schwitzte.

Er sah sich um, bevor er Handschuhe anzog und gegen die Tür drückte. Natürlich war sie abgeschlossen. Aber es eilte, er musste diese Spritze holen. Eigentlich wunderte es ihn, dass die Polizei noch nicht hier war. Es war sicher nur noch eine Frage der Zeit, vielleicht von Minuten, bis sie kamen. Vielleicht sollte er die Spritze einfach liegen lassen und das Weite suchen. Schließlich konnte er hoffen, dass sie sie nicht fanden oder für das Relikt eines Drogensüchtigen hielten. Aber nein, die Polizei dachte nicht so. Wie methodisch und gründlich sie vorgingen, wusste er nur zu gut. Er klingelte.

»Ja?«, ertönte die Stimme einer alten Frau. »Wer ist da?«

»Ich bin zurzeit bei Henrik oben in der vierten Etage zu Besuch, aber ich habe meinen Schlüssel vergessen.«

»Wer sind Sie?«

»Mein Name ist Jakob. Ich bin ein Freund von Henrik. Könnten Sie mich reinlassen?«

Sie legte auf. Er wartete ein paar Sekunden und wollte schon versuchen, bei jemand anderem zu klingeln, als er plötzlich ein Summen hörte. Er drückte die Tür auf und ging hinein. Das Treppenhaus wirkte jetzt ganz anders, als er es in Erinnerung hatte. Letzte Nacht war es die reinste Ragnarök gewesen. Das perfekte Abbild seines chaotischen Inneren, Kulisse der Sekunden, in denen sein ganzes Leben auf Messers Schneide balanciert hatte. Jetzt war es einfach nur ein Treppenhaus mit weißem Geländer, hell erleuchtet von der Sonne.

Auf dem Boden vor ihrer Tür war nichts zu erkennen. Keine Spuren eines Kampfes, keine Spritze. Vielleicht hatte jemand sie gefunden und weggeworfen? Vielleicht dachten sie wirklich, dass sich bloß ein Drogenabhängiger im Treppenhaus einen Schuss gesetzt hatte. Nein, er musste sicher sein. Er ging die Treppe hinunter. Nichts. Sah zwischen die Streben des Geländers. Wenn die Spritze oben bei der Wohnung über den Rand gefallen war, konnte sie bis in den Keller geflogen sein. Er ging zurück, blieb auf Höhe der Tür stehen und sah über das Geländer. Da. Dicht vor der Kellertür lag die Spritze am Rand der Treppe. Zufrieden ging er nach unten. Dann würde doch noch alles gut gehen. Als er an der Haustür vorbeiging, sah er nach draußen. Direkt vor dem Haus standen Polizeiwagen. Uniformierte Beamte luden ihr Material ab. Einen Moment lang wollte er wieder nach oben laufen, aber das machte keinen Sinn. Entweder ging er nach draußen und verschwand, bevor sie die Tür erreichten – er konnte ja so tun, als wäre er ein Bewohner des Hauses –, oder er ging weiter in den Keller. Er musste diese Spritze haben. Sonst war es aus und vorbei. Er entschied sich für den Keller, machte das Licht aber nicht an. Die Tür ging auf. Über sich hörte er die Polizei.

Wenn sie ihn hier stellten ... Ein paar von ihnen gingen nach oben, andere blieben an der Haustür stehen. Sperrten sie jetzt die Wohnung ab? Oder gleich das ganze Haus? Wie sollte er dann nach draußen kommen? Er streckte sich, um die Spritze zu erreichen. Mit der Fingerspitze gelang es ihm, sie von der Treppenstufe zu schieben, sodass sie nach unten auf den Betonboden fiel.

»Ist unten jemand?«

Sie sprachen miteinander. Das war nicht an ihn gerichtet gewesen.

»Das überprüfe ich gleich. Ist einfacher, wenn der Hausmeister da ist, dann kann er die Türen aufschließen.«

Er hob die Spritze auf und sah sich in dem sparsam beleuchteten Keller um. Schritte auf der Treppe. Polizisten waren auf dem Weg zu ihm nach unten. Er musste weg. Sie kamen näher, in wenigen Sekunden würden sie vor ihm stehen und ihn bitten, sich auszuweisen. Er trat auf einen Flur. Staub in der Luft. Es roch nach Chlor, Waschmittel und Fahrradöl. Das schwache Vibrieren von laufenden Waschmaschinen drang an sein Ohr. Sollte er versuchen, sich zu verstecken? Nein, weiter, er musste nach draußen. Er passierte verschlossene Kellerverschläge, und seine Schritte wurden schneller. Die Polizisten waren nicht weit hinter ihm, er hörte ihre Stimmen. Sie hatten ihn aber noch nicht gesehen. Wenn er nicht bald einen Ausgang fand, würden sie ihn entdecken. Er bog um eine Ecke. Endlich. Am Ende des Flurs war eine Tür. Er war wenige Schritte von der Rettung entfernt. Die Stimmen hinter ihm näherten sich. Er legte die Hand auf die Klinke. Die Tür war abgeschlossen.

21.

Das Königliche Theater, 12.25 Uhr

August-Bournonvilles-Passage. Der Name klang wie aus grauer Vorzeit; wie Hufgeklapper auf Kopfsteinpflaster, das Getratsche von Frauen auf den Stufen des Nationaltheaters, nach Männern mit Zylindern und Gehstock. Trotzdem wurde Niels weder von Oehlenschläger noch von Holberg erwartet, als er durch die Tür des Königlichen Theaters trat, sondern von einem Pförtner und einer jungen Frau, die sich als »Ida, PR-Abteilung« vorstellte. Niels gab ihr kurz die Hand oder erhob besser nur die Finger, um ihren Gruß zu erwidern. Wie die englische Königin, dachte Niels. Machte man das hier drinnen so?

»Sie sitzen oben im Büro des Ballettmeisters.« Sie ging schnell, fast im Laufschritt. Niels versuchte, ihr zu folgen und sich gleichzeitig einen ersten Eindruck vom Theater zu verschaffen.

»Ida?«

»Ja.«

»Können wir ein bisschen langsamer gehen?«

»Ja, entschuldigen Sie. Es ist so furchtbar, was da geschehen ist«, sagte sie zur Verteidigung ihres Tempos, als könnte man vor der Realität weglaufen, wenn man nur schnell genug lief. »Sie haben doch keine Angst vor Fahrstühlen?«

Niels schüttelte lächelnd den Kopf, als sie ihn in einen alten Lastenaufzug führte, in dem Platz für gut fünfzig Leute war. Stille.

»Das ist mal ein Aufzug«, sagte Niels.

»Der muss groß genug sein für einen Rettungseinsatz. Sie wissen schon, viele Leute auf engem Raum.«

»Nicht nur viele Menschen, sondern auch viele vornehme Menschen«, fügte Niels hinzu.

»Genau. Unter anderem das Königshaus. Auf die müssen wir ja aufpassen.«

»Kannten Sie sie?«, fragte Niels. »Ich meine Dicte van Hauen?«

Ida schüttelte den Kopf: »Nicht richtig. Ich habe nur ein paarmal mit ihr gesprochen. In Verbindung mit irgendwelchen Pressesachen. Sie war …«

»Sie war … was?«

»Einige der Solotänzerinnen sind etwas speziell. Aber das ist ja auch ein verrückter Job«, beeilte sie sich hinzuzufügen, als der Fahrstuhl anhielt. »Entschuldigen Sie, ich wollte nichts Schlechtes über Dicte sagen. Wirklich. Es tut mir schrecklich leid.«

»Das bleibt unter uns«, sagte Niels. Er erwog, ihr die Hand auf die Schulter zu legen, aber sie war nackt, und auf ihrer Haut hatten sich kleine Schweißperlen gebildet.

Die Büros lagen Seite an Seite hinter Glasfenstern zum Flur. Er sah Mitarbeiter, die telefonierten.

»Alle sind zusammengerufen worden«, sagte Ida und leierte all die Aufgaben herunter, die jetzt anstanden: Absagen, neue Kostümproben, Solotänzer mussten ein- und ausgeflogen werden. »Der Tod ist unpraktisch«, sagte sie. »Aber wir sind das gewohnt. Vor ein paar Jahren ist schon einmal ein Hauptdarsteller in seiner Garderobe tot umgefallen. So etwas passiert einfach. Der Ort hier verlangt von den Menschen immer ihr Bestes. Und manche können einfach nicht mehr folgen. Wussten Sie übrigens, dass Thorvaldsen hier drinnen gestorben ist?«

»Der Maler?«

»Der Bildhauer, ja«, korrigierte sie ihn, fuhr dann aber rasch fort: »Und dann sind da natürlich all die Journalisten«, sagte sie und wollte noch etwas hinzufügen, wurde aber von einem gleichaltrigen Mann mit Weste und Schlips unterbrochen:

»Ida?«, fragte er gestresst.

Sie blieb stehen, einen Moment zwischen ihren Pflichten und ihrem Gehorsam gegenüber der Polizei hin- und hergerissen.

»Hast du Kretsen erreicht? In der Presseabteilung sagen sie mir nichts.«

»Nein … ich …«

»Bist du etwa bei einer Führung?«, fragte er und machte keinen Hehl aus seiner Verachtung. Niels ging ein paar Schritte über den Flur weiter, sodass Ida Zeit hatte, ihm alles zu erklären. Er hörte die gedämpften Stimmen hinter sich. Das Flüstern. Niels sah auf die Tafel. »Dicte van Hauen«. Ihr Name stand auf einem Zettel, der über Zetteln mit anderen Namen hing, wie auf einem Stammbaum.

»Hier wird die Rollenverteilung ausgehängt. Dann wissen die Tänzer, welche Rollen sie tanzen«, sagte Ida hinter ihm.

»Giselle«, las Niels.

Die Rolle stand mit zierlicher Schrift vor Dictes Namen.

»Sie hätte die Hauptrolle tanzen sollen?«

»Da verstehen Sie sicher, warum es hier so hektisch zugeht?«

»Setzen Sie die Vorstellung denn fort?«

Sie sah ihn verständnislos an. Als wäre die Frage komplett idiotisch.

»Können Sie denn so schnell eine neue Tänzerin beschaffen?«

»Es gibt ja immer *understudies*. Sonst müsste man ständig irgendwelche Vorstellungen absagen. Die Physis der Tänzer ist häufiger mal angeschlagen.« Sie ging weiter. »Wir arbeiten von heute an rund um die Uhr, damit wir es schaffen. Außerdem ist das natürlich eine Frage der Ökonomie. Überstunden und Feiertagszuschläge sind billiger als abgesagte Vorstellungen.« Sie blieb stehen. »Da wären wir. Die sind hier drinnen.«

Niels sah durch die Scheibe. Irgendwie fühlte es sich falsch an, Sommersted auf der anderen Seite des Tisches zu sehen. Vor sich zwei Männer. Das Gespräch kam ins Stocken, als Niels den Raum betrat.

»Bentzon«, sagte Sommersted und klang fast herzlich.

Niels nickte den beiden Männern zu und reichte ihnen die Hand.

»Alexander Flint«, sagte der eine und sah ihm in die Augen. Freundlicher Blick. Aber auch ... Auch was?, fragte Niels sich. Trauer war das nicht.

»Flint ist der Direktor des Hauses«, fügte Sommersted hinzu.

»Ihren Namen habe ich nicht mitbekommen«, sagte Niels zu dem anderen und versuchte, den Blick des Mannes einzufangen. Er benutzte Mascara.

»Frederik Have, Ballettmeister.«

»Setzen Sie sich«, sagte Sommersted, aber Niels blieb stehen und nickte diskret in Richtung Tür.

»Jetzt gleich?«

»Ja.«

»Okay, meine Herren. Wenn Sie uns bitte einen Moment entschuldigen würden.«

Sommersted stand auf und folgte Niels auf den Flur. Er schloss sorgsam die Tür hinter sich und sah durch die Scheibe nach drinnen, wo die beiden Männer wie zwei Schuljungen warteten.

»Ich tippe mal, dass der in einem Monat fertig ist«, konstatierte Sommersted ohne die geringste Empathie in der Stimme. »Er ist Dead Man Walking.«

»Der Ballettmeister?«

Sommersted nickte. »Er wird sich wehren und zappeln wie ein Fisch, vielleicht endet es auch in einer richtigen Schlammschlacht in der Presse, aber ohne den Rückhalt des Direktors hat er keine Chance. Der Druck wird zu groß werden. Die Morgenzeitungen werden seinen Kopf auf dem Tablett fordern und Spalte um Spalte über das unmenschliche Milieu im Ballett und seine fehlenden Führungsqualitäten schreiben. Und der Direktor wird ihn nicht stützen, er will selbst keinen Dreck abbekommen. Ich denke, der wird in dieser Zeit eine längere Reise unternehmen. Bis sich alles wieder beruhigt hat. Bestimmt hat er noch ein paar Urlaubstage.«

»Sommersted«, Niels wollte wieder zum Wesentlichen kommen, »es ist, wie ich es vermutet habe.«

»Was haben Sie vermutet?«

»Das war kein simpler Selbstmord. Es gibt Umstände ...«

»Aber Sie haben sie springen sehen!«

»Ich komme gerade von der Rechtsmedizin. Sie haben Wasser in ihrer Lunge und in ihren Nebenhöhlen gefunden.«

»Wasser?«

»Salzwasser.«

»Aber sie ist nicht ertrunken, Niels.«

»Ich gebe nur wieder, was Rantzau gesagt hat. Wasser in den Nebenhöhlen. Tod durch Sauerstoffmangel, weil sie zu lange unter Wasser war. Ertrunken.«

»Und wir können konstatieren, dass das nicht stimmt, weil wir sie quicklebendig am Bahnhof Dybbølsbrücke gesehen haben.«

Niels machte unbeeindruckt weiter. »Und sie ist wiederbelebt worden. Es gibt deutliche Abdrücke eines Defibrillators.«

»Mal langsam, Bentzon. Sie kann zu Hause in der Badewanne ertrunken sein. Und da hat sie dann jemand gefunden, der ...«

»Haben Sie bei sich zu Hause einen Defibrillator?«, unterbrach Niels ihn.

»Nein, aber ...«

»Kommt bei Ihnen Salzwasser aus dem Hahn? Nein, oder? Wissen wir überhaupt, ob es in ihrer Wohnung eine Badewanne gibt?«

Sommersted atmete tief durch. Niels hatte ihn nie zuvor unsicher erlebt. Doch, vielleicht einmal, als er vor Jahren vor versammelter Mannschaft einen Streit mit seiner Frau gehabt hatte. Aber jetzt taumelte er. Er war angeschlagen.

»Sie sagen also, dass sie ertrunken ist und wiederbelebt wurde, bevor sie nackt auf die Brücke rannte und sich in den Tod stürzte? Verstehe ich Sie da richtig?«

»Ja, das tun Sie. Und das kann nur wenige Minuten vor ihrem Sprung gewesen sein. Sonst wäre kein Wasser in ihren Nebenhöhlen gewesen. Und dann ist sie wiederbelebt worden.«

»Und wer hat sie wiederbelebt?«, fragte Sommersted. »Und ertränkt?«

»Der, vor dem sie oben auf der Brücke solche Angst hatte«, sagte Niels. »Ich habe Ihnen doch gesagt, dass sie nach jemandem Ausschau gehalten hat. Nach *ihm*.«

Sommersted blickte zu Boden, während Niels ihm den Dolchstoß versetzte. Er konnte es einfach nicht lassen.

»Dicte hat sich nicht einfach das Leben genommen. Jemand hatte sie vorher getötet. Und dieser Jemand hat sie bis auf die Brücke verfolgt.«

»Ich höre, was Sie sagen.«

Ein paar Sekunden Schweigen. Aus dem Büro war ungeduldiges Husten zu hören. Dann öffnete Niels die Tür.

»Gibt es hier vor Ort einen Defibrillator?«

»Einen Defi?«, fragte der Ballettmeister und blickte auf.

»Ja, haben Sie so was?«

Der Direktor nickte. »Laut Sicherheitsvorschriften müssten wir einen haben ...«

»Könnten Sie jemanden bitten, mir den zu bringen?«, fragte Niels.

»Und was wollen Sie damit?«

»Möglichst gleich.«

Der Direktor warf Niels einen unfreundlichen Blick zu, seufzte und rief jemanden mit seinem Handy an.

»Wir betrachten den Fall von jetzt ab als Mordfall«, sagte Niels. Sommersted nickte und starrte wieder vor seinen Schuhspitzen auf den Boden. Niels fuhr fort:

»Wir müssen jetzt all das tun, was wir gleich hätten tun sollen: den Tatort absperren. Ihre Wohnung.«

»Ich glaube, sie sind dabei ...«

Niels fuhr ihm ins Wort: »Und die Straße, über die sie gelaufen ist. Wir müssen Zeugen befragen.«

Sommersted übernahm: »Wir müssen herausfinden, wo sie sich in den Stunden aufhielt, in denen sie verschwunden war. Mit wem hat sie gesprochen? Wer hat sie gesehen?«

»Überwachungskameras«, fügte Niels hinzu.

»Das muss alles überprüft werden.« Sommersted nickte. »Ich rufe Leon an.« Der Chef war bereits auf dem Weg ins Büro, um sein Handy zu holen, als Niels ihn aufhielt.

»Noch etwas ganz anderes. Ich wusste nicht, dass Sie Dictes Familie kennen.«

Sommersted drehte sich um und sah Niels an, als hätte er ihm am liebsten eine Ohrfeige verpasst. Oder ihn gefeuert. Ihn mit einem kräftigen Arschtritt aus dem Polizeikorps befördert.

»Das Gästebuch«, erklärte Niels. »Ich habe Ihren Namen gesehen. Sie haben sie vor vierzehn Tagen besucht.«

Der Chef nickte langsam. »Konzentrieren wir uns auf die wesentlichen Sachen, Bentzon.«

Niels sah Sommersted an und fragte sich, was hier eigentlich wesentlich war. Eine ertrunkene Ballettänzerin, höchstwahrscheinlich ermordet, wiederbelebt, bevor sie von einer Brücke in den Tod sprang; mit dem Wort »Echelon« auf den Lippen. Ein Polizeichef, der ihre Familie kannte. Wesentlich? Im Moment war das schwer zu sagen.

»Niels«, sagte Sommersted und senkte die Stimme. »Jetzt sind wir hier und müssen diese beiden Arschlöcher da drinnen richtig ausquetschen. Mein Tipp ist, dass jemand hier im Theater weiß, warum Dicte sterben musste. Einverstanden?«

»Einverstanden.«

»Also, wer sind Sie?« Sommersted sah Niels fragend an. »Good cop oder bad cop?«

»Bad cop«, sagte Niels und öffnete die Tür.

22.

Vesterbro, 12.26 Uhr

Die Stimmen kamen näher. Er rüttelte wieder an der Tür, vergeblich. Drehte sich um, lief über den Gang zurück und warf schnell einen Blick um die Ecke. Es war ein Risiko, das wusste er, aber ein Risiko, das er eingehen musste. Es waren zwei Beamte. Sie standen vor einer Tür. Wenn er nur auf die andere Seite des Gangs kommen könnte, wo ein weiterer Gang abzweigte! Vielleicht könnte er dort einen Ausweg finden. Es war nicht sicher, aber allemal besser, als hier stehen zu bleiben und darauf zu warten, gestellt zu werden. Noch ein schneller Blick. Zwei Sekunden, in denen …

In diesem Moment ging das Licht aus. *Jetzt.* Er lief so schnell und lautlos, wie er konnte auf die andere Seite des Gangs hinüber, schlüpfte in den angrenzenden Gang und hielt die Luft an. Das Licht kam zurück. Einer der Beamten hatte den Lichtschalter gefunden. Hatten sie ihn gesehen? Ein Fenster stand auf Kipp. In einem Verschlag mit lauter platten Fahrrädern. Die Tür war offen. Er schob ein paar Räder und einen Kinderwagen weg, gab jeden Versuch auf, leise zu sein, und kämpfte sich zu dem Fenster vor.

Er kletterte auf eines der Räder, das unter ihm wegkippte und in einer Kettenreaktion alle anderen Räder umstürzte. *Stimmen.* Sie hatten den Lärm gehört. Jemand rief etwas, das er nicht verstand. Er riss das Fenster ganz auf. Es gab nicht viel Platz für seinen Körper. Schritte. Laufen. Er setzte einen Fuß auf eine Wasserleitung und drückte sich so weit hoch, dass er sich mithilfe seiner Ellenbogen durch das Fenster schieben konnte. Sonnenschein und der befreiende Duft von frisch geschnittenem Gras. Endlich war er draußen, auf der Rückseite des Gebäudes. Ein paar Jungs spielten Fußball. Ein Mann führte seinen Hund aus. »Ruhig«, sagte er zu sich selbst. Er musste dem Drang widerstehen davonzurennen, musste gelassen wirken, denn wenn er zu laufen begann, würden alle auf ihn aufmerksam werden. Es war besser zu gehen, unbekümmert davonzuschlendern, als hätte er alle Zeit der Welt. Er spürte einen Stich in der einen Hand und wurde auf die Spritze aufmerksam, die er noch immer umklammerte. Er hätte sie beinahe vergessen. Ein Tropfen Blut sickerte auf seinen Daumen. Er warf einen Blick über die Schulter. Im nächsten Augenblick würden sie durch die Tür gestürzt kommen.

23.

Rigshospital, 12.55 Uhr

Das Verfahren wird wieder aufgenommen, dachte Hannah und setzte sich. Wie ein Richter auf seinem Podium. Und der Richter fuhr mit seinem inneren Dialog fort: Um was ging es hier? War das Mord? Ein Tötungsdelikt? Eine Hinrichtung, Liquidierung? Ein Totschlag? Abschlachten? *Abtreiben*.

Warum musste diese Handlung, die im Grunde so simpel war, auf so viele Worte verteilt werden?

Das waren die Worte des Anwalts. Aber wen sollte der Anwalt verteidigen? Das ungeborene Kind? Oder Hannahs Recht auf Selbstbestimmung? Nein. Das ungeborene Kind. Die Verteidigung musste die Stimme des ungeborenen Kindes vertreten. Und der Staatsanwalt stand auf Hannahs Seite. Und kämpfte für ihr Recht. Das Recht auf ein ordentliches Leben.

Hannah nippte an ihrem Automatenkaffee, musterte die drei anderen, die um sie herum saßen und darauf warteten, dass ihre Nummern auf dem kleinen Display über dem Empfang angezeigt wurden. Schwangere Frauen, dicke Bäuche, unreine Haut. Und ängstliche Gesichter. Plötzliche Schmerzen, Blutungen, keine Kindsbewegungen mehr. Die vielen Sorgen der Schwangerschaft kennen keine Feiertage, nein, das sind neun Monate Albtraum, ermahnte Hannah sich selbst. Sie musterte die Männer, die die Frauen zu beruhigen versuchten, und musste an Niels denken.

Den Menschen, in dessen Gegenwart es ihr am besten ging. Als wäre er ihr Liebhaber, Bruder und Vater in einer Person. Mit anderen Worten: der einzige Mann, den sie brauchte. Wenn das nicht geschehen wäre. Wenn sie das alles nach der Abtreibung nur vergessen könnten. Vielleicht könnten sie noch einmal nach Südengland fahren. Oder nach Venedig, wovon Niels so oft gesprochen hatte. Das tun, was sie am besten konnten. Einfach ohne Richtung laufen. Denn ihr Ziel hatten sie längst erreicht. Einander. Jetzt kam es nur noch darauf an, gemeinsam durch die Welt zu laufen. Hand in Hand. Wie sie ihn vermisste. Seinen Geruch, das Gefühl, mit ihrem Kopf auf seiner Brust zu liegen und seinem Herzschlag zu lauschen. Noch einmal musterte sie die anderen im Wartezimmer. Eine bedrückte Stimmung voller Glück und Nervosität – getragen von Menschen, die sich ehrfürchtig in die erste Reihe der Vorstellung über die Entstehung des Lebens gesetzt hatten. Gynäkologisch-obstetrische Klinik, hieß es, hätte aber eigentlich besser Tor des Lebens heißen sollen. Biologie, Chromosomen, Gene, aber noch mehr als das, denn auch all das Unerklärbare gehörte hierher. Das Bewusstsein. Die Seele. Die Forschung meinte, dass selbst ganz kleine Föten träumten. Hannah hatte gelesen, dass man so etwas messen konnte. Aber wovon träumten sie? Träume entspringen dem Unbewussten, hatte Freud gesagt. Aus dem, was das Bewusstsein des Individuums verdrängt hat. Bedeutete das, dass selbst so junge Föten ein Bewusstsein hatten? Eine Seele? Träumten sie von früheren Leben?

Nummer 32. Noch zwei Nummern. Es roch nach Krankenhaus. Alkohol, Schweiß, Reinigungsmittel. Hannah versuchte, eine Zeitschrift zu lesen, ihren Gedanken Ruhe zu geben, bis der nächste Verhandlungstag des imaginären Verfahrens begann, das sich so lebensecht in ihrem Kopf abspielte, als säße sie wirklich im Gericht. Nummer 33. Der Staatsanwalt sprach in ihrem Kopf über die Krankheit, die sie den Rest ihres Lebens verfolgen sollte, welche Medizin sie auch nahm. Die Krankheit, die sie in gewissen Zeiten – besonders nachdem sie Niels kennengelernt hatte – so weit in den Hintergrund drängen konnte, dass sie sich fast geheilt fühlte. Aber das war eine Illusion gewesen, eine Selbsttäuschung auf verdammt hohem Niveau, das war ihr mittlerweile mehr als klar geworden: Niemand konnte sie heilen, ihre Krankheit entzog sich jedweder medizinischen Therapie, sie saß tiefer, als alle Medikamente reichten, steckte in ihren Knochen, in ihrem Blut, in ihren Genen – und vielleicht in ihrer Seele. Und sie war es, die es in sich trug. Sie hatte Johannes angesteckt, ihren geliebten Sohn. Hatte ihm die grausame Krankheit aufgezwungen, die ihn dazu genötigt hatte, sich das Leben zu nehmen. Geisteskrankheit war erblich. In diesem Fachgebiet war das Wissen in den letzten Jahren beinahe explodiert. Ein großer Teil der pathologischen Geistesgestörtheit war mit bloßer Biologie zu erklären. Ja, verehrte Geschworene: Der menschliche Sinn – selbst das komplizierteste Gemüt – kann in Formeln ausgedrückt und zu Mathematik reduziert werden. Und das Fazit der komplizierten Berechnung von Hannahs Sinn lag auf dem Friedhof Frederiksberg, wo Johannes begraben war.

Niels hatte sie oft zu trösten versucht. »Es kann doch auch Gustav gewesen sein«, sagte er. »Vielleicht waren es Gustavs Gene.«

Aber Niels irrte sich. Gustav hatte Kinder mit anderen Frauen, und diesen Kindern fehlte nichts. Im Gegenteil, ihre akademische Karriere war kaum aufzuhalten. Nein, sie war die Schuldige. Sie trug es in ihrem Körper. Und jetzt war Hannah wieder kurz davor, sie weiterzugeben. Eine neue Existenz zu schaffen, die nicht in der Lage war zu leben und sich nur den Tod wünschte. Konnte man so etwas überhaupt Leben nennen? War es nicht viel zutreffender zu sagen, dass es ihr Fluch war, nicht Leben, sondern Tod zu erschaffen? Und hatte diese Frau, Hannah Lund, dann nicht das Recht, nein die Pflicht, sich selbst, der Gesellschaft und einer armen Seele die Hölle auf Erden zu ersparen?

34. Die Ziffer blinkte in gefährlichen Rottönen. Eine Tür ging auf, und eine junge Schwester kam heraus. Hannah stand auf, ging auf sie zu und gab ihr die Hand.

»Guten Tag«, sagte die Schwester in freundlichem Ton. »Kommen Sie herein.«

Der Arzt war etwas älter und schien es vorzuziehen, sich hinter einer dunklen Brille und einem Pony, der bis zum Brillengestell reichte, zu verstecken. Ein ernster Typ. Er bat Hannah, Platz zu nehmen.

»Es ist akut?«, fragte der Arzt.

»Ja.«

»Sie wollen abtreiben?«

»Ja.«

Er brummte. »Naomi Metz?«

»Das ist meine Ärztin, ja.«

»In der wievielten Woche sind Sie?«, fragte er und legte die Brille vor sich auf den Tisch.

»Zwei Monate, vielleicht etwas weniger. Ich weiß es nicht genau.«

»Sie hatten noch keinen Ultraschall?«

»Nein, noch nicht.«

»Waren Sie bei einer Hebamme?«

Hannah schüttelte den Kopf.

»Dann werden wir jetzt auf jeden Fall den Ultraschall machen«. Er nickte der Schwester zu, die den Apparat einzustellen begann, der hinter einem weißen Vorhang stand. Der Arzt sah auf den Bildschirm.

»Wann hatten Sie Ihre letzte Menstruation?«

»Die ist unregelmäßig.«

»Aber Sie waren schon einmal schwanger?«

»Ja, ich habe schon ein Kind geboren.«

»Und ist diese Schwangerschaft komplikationsfrei verlaufen?«

»Ja.«

»Sie hatten einen Kaiserschnitt?«

»Ja.«

»Warum?«

»Er lag verkehrt. Hat sich nicht gedreht.« Hannah wurde bewusst, dass sie flüsterte. Besonders das Wort »verkehrt« wollte einfach nicht laut über ihre Lippen kommen. Denn es war so zutreffend. Vermutlich war das das Wort, das Johannes' kurzes Leben am besten von allen beschrieb. Er passte nicht in diese Welt. War das verkehrte Teilchen eines großen unüberschaubaren Puzzles. Genau wie sie sich selbst oft fühlte.

»War es eine gewünschte Schwangerschaft? Also die erste?«

Hannah zuckte mit den Schultern. Was sollte sie sagen? Ja und nein. Beide Antworten wären richtig gewesen. Sie wollte gerne ein Kind haben. Ein normales Kind. Ein Kind, das ihre Krankheit nicht erbte. Das ein gutes Leben bekam. Mit Niels? Ja. Und nein. Sie wusste es nicht.

»Darf ich fragen, warum Sie abtreiben wollen?«, fragte er auf eine Weise, die Hannah zu erkennen gab, dass dieser Zeuge von der Verteidigung aufgerufen worden war.

»Begründete Furcht vor der Weitergabe einer erblichen Krankheit.«

»Sie sehen ziemlich gesund und fit aus.«

Schweigen. Sie sahen einander an. Sie machte ihn etwas nervös, das spürte sie.

»Ich muss Sie darauf aufmerksam machen, dass der Eingriff mit einem gewissen Risiko verbunden ist.«

»Das ist eine Geburt auch, und vermutlich ist das Risiko dabei größer, oder?«

Er überhörte sie. »Und ich muss Ihnen sagen, dass der Eingriff Ihre Chancen, noch einmal schwanger zu werden, stark beeinträchtigen kann.«

»Warum sollte ich noch einmal schwanger werden wollen?«

»Ich muss Ihnen diese Dinge sagen. Das ist eine vorgeschriebene Prozedur.«

Die Schwester mischte sich ein. »Sie müssen auch wissen, dass Ihnen ein sogenanntes Beratungsgespräch angeboten werden wird. In dem Sie nach allem fragen können. Wäre das vielleicht etwas für Sie?«

»Heute noch?«, fragte Hannah.

»Vielleicht kann Eva Sie noch dazwischenquetschen. Soll ich mich mal erkundigen?«

»Danke.«

Der Arzt sagte: »Wir müssen genau wissen, wie weit Sie sind. Und überprüfen, dass es keine Zysten gibt oder andere Dinge, die den Eingriff verkomplizieren könnten. Wenn wir hier fertig sind, bekommen Sie eine Tablette, die den Gebärmutterhals weicher macht. Wenn Sie die genommen haben, ist die Abtreibung sozusagen im Gang und kann nicht mehr gestoppt werden. Sie können dann morgen um zehn Uhr kommen und den Eingriff durchführen lassen.«

»*Müssen* wir diesen Ultraschall machen?«

»Ja.«

»Einspruch.«

Der Arzt und die Krankenschwester sahen sich überrascht an. Sie nickte. Es war der Staatsanwalt, der diesen Einspruch vorgebracht hatte. Ein Ultraschall würde unweigerlich ihre Mutterinstinkte wachrufen. Und ihre rationalen Fähigkeiten schwächen.

»Wir müssen den Ultraschall machen, wenn Sie abtreiben wollen.«

Sie sagte nichts. Sah zur Krankenschwester hinüber, die sie lächelnd zu sich winkte.

»Es dauert nicht lang«, sagte die Schwester. »Sie können da hineingehen und Hose und Unterhose ablegen.« Sie zeigte auf eine Tür. »Und dann legen Sie sich da hin.« Sie zog ein Kondom über den Ultraschallkopf und schmierte Gel darauf.

Hannah saß einen Augenblick lang da, als hätte sie sie nicht verstanden. Das war wirklich der Tag der Verteidigung. Die lebenden Bilder eines Fötus würden direkt die Gefühle des Richters ansprechen. Auch wenn sie nicht mehr waren als ein Flimmern in Grautönen und man sich anstrengen musste, in den fast abstrakten Bildern das moderne Symbol aufkeimender Hoffnung zu sehen. Sie durfte auf keinen Fall auf diese Liege.

»Es dauert nicht lang«, sagte die Schwester wieder. »Wir müssen nur kurz überprüfen, dass alles so ist, wie es sein soll.«

24.

Das Königliche Theater, 13.05 Uhr

Mit Verbrechen ist es wie mit Unfällen – die meisten geschehen im Verborgenen. Und das Königliche Theater war Dictes Zuhause, dachte Niels und setzte sich neben Sommersted auf den leeren Stuhl. Es folgte betretene Stille, in der Niels wahrnahm, wie unangenehm die Situation für den Direktor war. Seine Hände waren beständig in Bewegung. Sommersted schlug die Beine übereinander und signalisierte damit, dass er Zeit hatte. Der Direktor musste plötzlich sein Handy checken, während der Ballettmeister sich räusperte. Er hatte rote Flecken am Hals. Gut, lassen wir sie ein bisschen schmoren, dachte Niels. Sie dürfen ruhig wissen, dass wir den Raum nicht eher verlassen werden, bis wir ihnen die Wahrheit entlockt haben. Die Temperatur in dem kleinen Büro lag sicher über 25 Grad. Sommersted machte die unangenehme Stille nichts aus. Im Gegenteil. Er hatte eine Vergangenheit als Ermittler und Verhörleiter, und ihm eilte der Ruf voraus, auch die härtesten Kriminellen beim Verhör weichkochen zu können. Sommersted war in seinem Element.

»Womit fangen wir an?«, fragte er und sah zu seinem Kollegen.

Niels sollte diese Show hier leiten, das war der Plan. Er war der Böse. Und Sommersted würde seine Hilfe anbieten, wenn sie mürbe waren. »Dicte van Hauen war vor ihrem Tod anderthalb

Tage verschwunden. Ist das richtig? Sie hatten also seit dem Nachmittag des 11. Juni keinen Kontakt mehr zu ihr?«

Der Direktor richtete seinen Blick auf den Ballettmeister. Ihm schien das offensichtlich neu zu sein.

Der Ballettmeister rieb sich den Hals. »Das stimmt. Sie ist vorgestern gegen 16 Uhr gegangen und abends nicht zur Probe erschienen, ohne sich zu entschuldigen.«

»Ist das nicht sehr ungewöhnlich?«, fragte Niels.

»Das ist so wenige Tage vor einer Premiere vollkommen unerhört«, bestätigte der Ballettmeister mit einem Nicken. »Wir haben selbstverständlich versucht, sie zu erreichen, wir waren sogar ein paarmal bei ihr zu Hause.«

»Wer war da?«

»Lea. Eine der anderen Tänzerinnen. Sie wohnt nicht weit von ihr entfernt. Das ist übrigens die, die jetzt Dictes Part in *Giselle* übernehmen wird.«

»Und was hat sie gesagt?«

»Nichts.«

»Ihr ist nichts aufgefallen?«

»Nein, es war niemand zu Hause.«

»Haben Sie eine Idee, was sie in dieser Zeit gemacht haben kann?«

»Nein.«

»Wer kann mit ihr zusammen gewesen sein?«

Der Ballettmeister schüttelte den Kopf.

»Hat sie vielleicht jemanden angerufen?«

»Wie gesagt: Wir wissen nichts.«

Sommersted rutschte auf seinem Stuhl etwas nach vorn und ergriff das Wort.

»Etwas ganz anderes: Der Rechtsmediziner hat in Dicte van Hauens Blut ein paar Substanzen gefunden. Verbotene Substanzen, unter anderem Ketamin, womit man Pferde betäubt. Aber auch Kokain, Amphetamin, Ritalin. Wir haben es also weiß Gott nicht mit Baldrian und Vitamintabletten zu tun.«

Der Direktor räusperte sich und sah zum Ballettmeister. Wollte ihn zwingen, auf diese Frage zu antworten. Mit Erfolg.

»Was soll ich dazu sagen? Wir können ja nicht ständig alle Mitarbeiter kontrollieren.«

»Sie wussten von diesem Drogenmissbrauch nichts?«

»Hier arbeiten ziemlich viele Leute«, sagte der Ballettmeister. »Wir haben fast hundert Tänzer im Ensemble, aus einer ganzen Reihe von Ländern.« Der Ballettmeister starrte auf einen undefinierbaren Punkt zwischen Niels und Sommersted.

Der Direktor meldete sich zu Wort. »Wir sollten aufpassen, keine vorschnellen Schlüsse zu ziehen.«

»Zum Beispiel?«

»Man kann Ballett sehr gut mit Leistungssport vergleichen. Für den Körper ist das eine wahnsinnige Belastung. Unsere Tänzer müssen jeden Tag Höchstleistungen vollbringen. Es gibt keine Wochenenden, keine Feiertage, keine Freizeit. Ich habe selbst getanzt, ich kenne den Druck. Wir werden der Sache natürlich nachgehen, und ich räume gerne ein, dass wir bereits im letzten Jahr mit einer Untersuchung begonnen haben, um herauszufinden, in welchem Maße leistungssteigernde Mittel eingenommen werden. Die Resultate sollten in diesem Herbst vorliegen. Außerdem möchte ich Sie daran erinnern, dass 2005 ein Bericht des RUC über das allgemeine Klima der künstlerischen Ausbildung hier in Dänemark erstellt worden ist, und dabei lag die Ballettschule nicht schlechter als die Filmhochschule oder die Autorenwerkstatt. Es wäre also falsch zu sagen, dass wir nichts unternehmen.«

»Hat das denn irgendjemand gesagt?«, fragte Sommersted.

»Nun, die Journalisten werden das so auffassen. Wenn sie davon Wind bekommen …«

Der Direktor mischte sich ein und hielt sein Handy hoch. »Freuen Sie sich, dass ich das auf lautlos gestellt habe. Seit wir hier sitzen, habe ich schon sechs Anrufe erhalten. Die hocken in den Startlöchern, um sich auf uns zu stürzen.«

Niels nickte. »Es gibt noch etwas anderes.«

Ein nervöser Blick vom Direktor zum Ballettmeister.

»Ihr Herz«, begann Niels. »Dicte van Hauen war allem Anschein nach bereits tot und ist dann wiederbelebt worden.«

»Wiederbelebt?« Der Ballettmeister klang wirklich überrascht. »Haben Sie deshalb nach diesem Defibrillator gefragt? Sie glauben doch wohl nicht …«

Niels fuhr ihm ins Wort: »Nein, ich *weiß* es. Ich weiß, dass sie *unmittelbar* vor ihrem Tod wiederbelebt wurde.«

Es wurde still im Raum. Plötzlich war der Verkehr draußen auf dem Kongens Nytorv zu hören. Die Stimmen und hastigen Schritte auf dem Flur.

»Nur um sicher zu sein, dass ich Sie richtig verstanden habe«, sagte der Ballettmeister. »Wiederbelebt, also so, wie wenn sie tot gewesen wäre.«

»Nicht gewesen wäre. Sie war tot.«

Der Direktor stand auf und trat ans Fenster. Es sah aus wie eine Flucht. Niels räusperte sich und schob den Stuhl zurück.

»Dictes Eltern hatten nach eigener Aussage seit einem halben Jahr keinen Kontakt mehr zu ihrer Tochter. Deshalb liegt es auf der Hand, dass wir Sie fragen. Hatte Dicte einen Herzstillstand?«

Der Ballettmeister richtete sich auf. »Hier bei uns? Nie!«

»Und das können Sie mit Sicherheit sagen?«

Stille. Ballettmeister und Direktor wechselten Blicke. Langsam wurde ihnen klar, in welcher Situation sie sich befanden. Das war ein Verhör. Er schüttelte den Kopf.

»Sie stand unter Druck. Aber ... nein. Von einem Herzstillstand weiß ich nichts.«

Niels ließ die Stille wieder für sich arbeiten, und schließlich fuhr der Ballettmeister fort: »Hören Sie, die Arbeit hier ist wirklich schwer, es ist hart, in einem Ballett zu tanzen. Das Königliche Theater stellt hohe Anforderungen. Hier bei uns muss man jeden Tag das Äußerste aus sich rausholen. Aber wir sind keine Bestien. Wir sind Menschen. Sollte hier jemand einen Herzstillstand haben ...« Er schüttelte den Kopf.

Sommersted öffnete nach langer Zeit wieder den Mund: »Was dann? Was, wenn hier jemand einen Herzstillstand hat?«

Der Direktor antwortete sozusagen von Chef zu Chef: »Dann gelten natürlich die exakt gleichen Prozeduren wie auch überall sonst in diesem Land. Das ist doch klar. Und noch etwas. Die Theaterärzte schauen jeden Tag im Ballett vorbei. Es wird Blutdruck gemessen, gepflegt und massiert. Wenn Sie also denken, dass ...«

»Wir denken überhaupt nichts«, sagte Sommersted ruhig. »Wir versuchen nur herauszufinden, warum eine hübsche, wohlhabende, weltberühmte junge Frau mitten in der Nacht von der Dybbølsbrücke in den Tod springt.«

Der Direktor des Königlichen Theaters schüttelte den Kopf und trat kaum merkbar einen Schritt nach hinten. Was auch immer dieser Fall beinhaltete, er wollte nichts damit zu tun haben. Sein Telefon vibrierte. Er sah fragend zu Sommersted und erntete ein Nicken. Das Gespräch war kurz: »Ja« war das Einzige, was der Direktor sagte, ehe er das Gespräch beendete und wieder zu Niels und Sommersted sah.

»Sie haben nach dem Defibrillator gefragt.«

»Ja?«, sagte Niels.

»Es sieht so aus, als wäre einer der beiden, die wir hier haben, verschwunden. Natürlich kann der irgendwie verlegt worden sein, aber ...«

»Aber das wäre schon ein sehr merkwürdiger Zufall«, unterbrach Niels ihn und stand auf. Damit stand die Verbindung zwischen dem Königlichen Theater und Dictes Tod so gut wie fest. Aber so oder so würden die beiden Leiter, die vor ihm saßen, involviert werden. Zur Verantwortung gezogen werden. Mindestens teilweise. Und aus ihren panischen Blicken zu schließen, waren sie sich dieser Tatsache gerade bewusst geworden.

25.

Rigshospital, 13.15 Uhr

Der Staatsanwalt würde diesen Verhandlungstag verlieren. So war es. Das wusste Hannah, als sie auf der Liege Platz nahm.

Die Hände der Schwester auf ihrem Körper, auf ihrem Bauch und an ihrem Geschlecht gaben Hannah die Antwort auf eine Frage, die sie sich im letzten Monat immer wieder gestellt hatte: Es waren Niels' Berührungen, die sie mit Abscheu erfüllten. Nicht die Berührung als solche. Es war nicht nur hormonell bedingt, sondern ein Gefühl, das explizit seine Hände in ihr wachriefen. Natürlich war es Niels. Seine Küsse, seine Liebkosungen, jede noch so kleine Berührung. Ein paarmal hätte sie ihn fast geschlagen, als er von hinten seine Arme um sie gelegt und ihren Hals geküsst oder seine Hände auf ihren Bauch, ihre Arme oder ihre Brüste gelegt hatte: »Lass mich verdammt noch mal in Ruhe!«, hätte sie ihm am liebsten ins Gesicht geschrien. Aber das hatte sie nie getan, stattdessen hatte sie ihren Ekel still ertragen.

»Da sehen Sie den Fötus.« Der Arzt sprach mit ihr, ohne sie anzusehen.

Hannah warf einen Blick auf den Bildschirm und sah ein flimmerndes Licht.

»Und jetzt sehen Sie sein Herz schlagen.«

»Dieses Pochen?« Hannah spürte, wie ihr die Tränen in die Augen stiegen.

»Ja, das ist das Herz, das schlägt.« Die Schwester lächelte. »Wir vermessen jetzt den Fötus«, erklärte sie. »Auf diese Weise können wir genau ermitteln, wie weit Sie sind.«

Hannah hörte ihre Worte nicht. Sie sah nur das pochende Blinken auf dem Bildschirm. Wie ein Notsignal auf hoher See.

»Acht Wochen plus zwei«, sagte der Arzt. »Das heißt acht Wochen plus zwei Tage. Plus minus. Das bedeutet, dass Sie gerade noch eine medikamentöse Abtreibung machen können, wenn Sie die Pille spätestens morgen nehmen. Danach müsste das chirurgisch gemacht werden.«

Die Krankenschwester stieß den Arzt am Arm an und zeigte auf den Bildschirm. Hannah hätte das eigentlich nicht sehen sollen. Er setzte sich wieder die Brille auf, kniff die Augen zusammen und konzentrierte sich erneut auf den Bildschirm.

Die Schwester zeigte noch einmal.

»Ja«, sagte der Arzt und notierte sich noch etwas.

Und Hannah sah auf den Bildschirm. Was der Arzt dann sagte, war vollkommen überflüssig, denn Hannah hatte das andere Pochen längst gesehen. Die Verteidigung hatte an diesem Tag wirklich ihre Hausaufgaben gemacht.

26.

Das Königliche Theater, 13.17 Uhr

Niels war aufgestanden und im Raum auf und ab gegangen, während der Ballettmeister mit wachsender Verzweiflung über den Theaterarzt sprach, um die Verantwortung für das physische Wohlergehen seiner Tänzer auf jemand anderen abwälzen zu können.

Niels unterbrach ihn: »Den Theaterarzt, können Sie den herholen?«

»Das ist eine Frau. Caroline Christensen«, sagte der Ballettmeister, als sollten bei dem Namen irgendwelche Glocken läuten.

»Ich glaube, sie hat Urlaub«, warf der Direktor ein.

»Urlaub? Wie passend. Wann ist sie in Urlaub gegangen?«, fragte Sommersted.

Der Chef versuchte, wie ein Chef zu klingen: »Wir werden noch heute versuchen, sie zu erreichen.«

Niels stellte seine nächste Frage, bevor die beiden Chefs sich in Details wie Urlaub oder Telefonnummern verlieren konnten: »Dicte hatte eine Narbe an der Schläfe. Wissen Sie, woher die stammt?«

Als niemand antwortete, fuhr Niels fort: »Kann sie von einem Unfall stammen? Von etwas, das ihr in ihrer Kindheit zugestoßen ist? Sie war doch seit ihrer Kindheit hier.«

»Ich weiß nicht, wovon Sie reden«, sagte der Ballettmeister. »Das sagt mir auch nichts.«

»Und wie war ihre Stimmung? War sie launisch?«

Der Ballettmeister zuckte mit den Schultern. Er hätte das alles nur zu gerne hinter sich gehabt.

»War sie labil?«, fragte Niels. »Wirkte sie verzweifelt? Ängstlich? Hatte sie Feinde?«

Schweigen. Der Ballettmeister dachte nach. Dann sagte er:

»Ja, instabil, ängstlich, hysterisch, fantastisch, mutig. Und das alles nur am Vormittag. So ist das hier an diesem Ort.« Er beugte sich etwas vor. »Hören Sie. Die jungen Menschen hier kennen und messen sich, seit sie sechs, acht Jahre alt sind. Jeden Tag von morgens bis abends. Sie trainieren zusammen, schwitzen zusammen, weinen zusammen, feiern zusammen, gehen miteinander ins Bett«, sagte der Ballettmeister mit beinahe schriller Stimme. Jetzt kommt es, dachte Niels und ließ ihn ausreden:

»Jeden Tag kämpfen sie darum, die Besten zu sein. Die anderen zu übertreffen. Sie geben ihr Äußerstes. Und in all den Jahren haben sie kaum andere Menschen gesehen. Das ist wie ein Internat, in dem man 20, 25 Jahre bleiben muss. Sie haben sich aus der Gesellschaft da draußen beinahe abgemeldet. Sie können das gut mit Leuten vergleichen, die ins Kloster gehen. Schöne junge Menschen, die einander in allen nur erdenklichen Situationen gesehen haben, mit reihum wechselnden Partnern …« Er machte eine Pause und atmete tief durch. »Also … ja, natürlich hatte Dicte Feinde. Sie war eine der Allerbesten. Und viele beneideten sie um diese Position. Das ist ganz natürlich, aber hier bei uns ist Neid nicht unbedingt etwas Schlechtes. Vielleicht ist es gerade der Neid, der einen beim nächsten Mal anspornt, noch mehr zu geben.«

Sommersted faltete lächelnd die Hände. Schweigen. Der Ballettmeister sah verwirrt zu seinem Chef, der seinen Blick abgewandt hatte. Er hatte soeben das Königliche Theater als kranke

Sekte dargestellt, dessen größter Star jetzt in den Tod getrieben worden war.

»Hat sie jemals gesagt, dass sie sich verfolgt fühlt?«

»Nie«, erwiderte der Ballettmeister.

Niels ergriff rasch das Wort: »Sagt Ihnen das Wort ›Echelon‹ etwas?«

»Echelon?«

»Ja, das war das Letzte, was sie gesagt hat.«

Der Ballettmeister zuckte mit den Schultern und sah seinen Chef an. Noch ehe sie sich auf ein »wir haben keine Ahnung« verständigen konnten, fuhr Sommersted fort:

»Kann sie an Selbstmord gedacht haben?«

»Das ist ausgeschlossen.«

»Wirklich ausgeschlossen?«

»Ja, ich kannte sie ziemlich gut.«

»Sie sagen, Sie kannten sie ziemlich gut, wollen aber nichts über die Narbe an ihrer Schläfe wissen?«, fragte Niels. »Und über ihren Drogenmissbrauch? Über ihre anderen Probleme?«

Der Ballettmeister räusperte sich. »Giselle war ihre Traumrolle. Wenn ich an Dicte denke, fallen mir erst einmal Worte wie seriös und professionell ein. Ich verletze sicher niemanden, wenn ich sage, dass Dicte zu den drei besten Tänzern des Ensembles gehörte. Zu den Top Ten in Europa. Sie watete förmlich in Angeboten aus New York und vom Bolschoi-Theater.« Er breitete die Arme aus: »Karrieremäßig befand sie sich an einem Punkt, von dem Millionen von Mädchen auf der ganzen Welt nicht einmal zu träumen wagen. Dabei ging es immer noch weiter bergauf. Die Welt lag ihr zu Füßen. Warum sollte sie da Selbstmordgedanken haben?«

»Es gibt anderes im Leben als die Karriere«, konstatierte Niels.

»Nicht für eine Solotänzerin.«

»Vielleicht ist gerade das das Problem?« Niels fing seinen Blick ein.

»Sind wir bald fertig? Ich habe am Freitag eine Premiere.«

»Sagen Ihnen die Buchstaben NMSB etwas?«

Sie sahen einander an.

»Dicte hatte sie sich in die Hand geschrieben«, sagte Niels und wiederholte sie noch einmal langsam:

»NMSB, eine Verabredung, die sie heute gehabt hätte. Um 16 Uhr.«

»Das sagt mir nichts. Aber 16 Uhr würde passen. Das ist mitten in der Pause vor der Abendprobe«, sagte der Ballettmeister.

Niels versuchte es ein letztes Mal: »NMSB. Vielleicht ist das ein Name? Ein Therapeut? Ein Arzt? Ein Liebhaber? Ein Kollege mit vier Namen? Ein Ort?«

Sommersted räusperte sich. »Wir machen Folgendes: Niels bleibt ein paar Tage hier.« Er wandte sich an Niels. »Bentzon versteht sich darauf, mit Menschen zu reden. Er ist auch so etwas wie ein Solotänzer.«

Ein seltenes Lächeln huschte über Sommersteds Lippen.

Der Ballettmeister reagierte als Erster: »Ist das wirklich notwendig?«

Auch der Direktor schien nicht gerade begeistert über die Vorstellung zu sein, einen Polizisten mehrere Tage lang im Haus zu haben. »Riskieren wir es da nicht, mit Kanonen auf Spatzen zu schießen? Wir haben Ihnen doch gerade gesagt, dass sie sich nicht irgendwie ungewöhnlich verhalten hat.«

»Ungewöhnlich!«, sagte Niels und erhob die Stimme. »Ich weiß nicht, was an diesem Ort gewöhnlich ist. Aber wenn es normal ist, dass Ihre Tänzerinnen verschwinden, ersäuft und dann wiederbelebt werden, vielleicht sogar noch mit dem theatereigenen

Defibrillator, bevor sie dann in den Tod springen, möchte ich wirklich nicht hier arbeiten.«

Schweigen.

»Es gibt natürlich auch eine Alternative.« Sommersted entließ den Theaterdirektor nicht aus seinem Blick.

»Und die wäre?« Ein Funken Hoffnung schien in den Augen des Mannes zu zünden.

»Eine denkbar einfache Alternative: Alle Angestellten des Königlichen Theaters kommen der Reihe nach zum Verhör aufs Präsidium. Einer nach dem anderen. Tänzer, Kantinenpersonal, Schauspieler, Reinigungspersonal, Ballettmeister, Direktor.«

***

Aufbruch. Sommersted wechselte leise ein paar Worte mit dem Direktor. Der Ballettmeister kam aus dem Vorzimmer zurück und sagte:

»Können wir unsere Pressemitteilungen über diese Tragödie koordinieren?«

Sommersted sah ihn verständnislos an.

»Sie haben doch wohl auch einen PR-Mitarbeiter bei der Polizei? Nur damit die Presse mit ihren Schlagzeilen nicht vollkommen Amok läuft«, sagte er, bemerkte dann aber, dass er sein Ziel verfehlt hatte. Sommersted warf sich den blauen Blazer über den Arm, drehte sich in der Tür noch einmal um und sagte: »Ich schlage vor, dass Sie damit beginnen, Ihre Leute zusammenzutrommeln, damit Bentzon sich vorstellen kann.«

27.

Bispebjerg-Klinik – Zentrum für Kinder- und Jugendpsychiatrie, 13.20 Uhr

Wie konnte sich der Schuldige in all den Jahren vor der Polizei verbergen? Ich habe beinahe aufgehört, mir diese Frage zu stellen. Ich könnte daran verzweifeln. Technische Beweise gab es zuhauf. Fingerabdrücke, Sperma, DNA. Sie hatten viel mehr als meine sparsame Beschreibung, überdies hatte einer der Nachbarn gesehen, wie er sich aus dem Haus geschlichen hat und weggefahren ist. Sollten das nicht Spuren genug sein? Sie haben überall gesucht, ihn aber nirgendwo gefunden. Das läuft nur selten so, die meisten Morde werden aufgeklärt.

Ich sitze wieder unten im Park. Es ist fast zu warm. Ein Teenager hat gerade hinter einen Baum gekotzt. Ein paar Jungs spielen Fußball, die Tore haben sie mit ihren Kleidern gemacht, die sie einfach auf die Wiese gelegt haben. Einer von ihnen ruft, er sei Messi. Ich weiß nicht, wer Messi ist. Ich weiß nicht, wer wer ist, nicht einmal, wer ich selbst bin. Manchmal stehe ich nachts auf und betrachte mich im Spiegel. Stehe im Dunkeln und frage mich: Wer bist du, Silke? Aber eine Antwort kriege ich nie. Ich halte mein Gesicht direkt vor den Spiegel, bis meine Nase das kalte Glas berührt, und starre mir selbst in die Augen, aber jedes Mal aufs Neue habe ich das Gefühl, einer Fremden gegenüberzustehen, und dieses Gefühl entsetzt mich. Vielleicht ist das so, weil ich nicht rede. Die Stille erschafft neue Stimmen im Kopf. Weil ich keine der Stimmen herauslasse.

»Hast du auch an Sonnencreme gedacht, Silke?«, ruft mir eine der Schwestern zu und kommt zu mir herüber. »Vielleicht solltest du dich lieber in den Schatten setzen.«

Sie setzt sich neben mich auf die Bank. Spricht zu mir, als würden wir uns schon Ewigkeiten kennen.

»Wie hältst du das nur aus?«, fragt sie lächelnd. »Es sind beinahe fünfundzwanzig Grad.«

Sie ist eine der Neuen. Jung und engagiert. Ich kann sie gut leiden. Besonders ihre Augen, wenn sie mich ansieht. Ohne Mitleid. Sie können nichts Schlimmeres tun, als mich mit einem Blick voller Mitgefühl ansehen. Denn so empfinden sie das nicht. Allenfalls weil ich meine Mutter auf eine derart brutale Weise verloren habe, aber das ist ja lange her, und jetzt kommt es darauf an, das alles hinter mir zu lassen. Das sind die Dinge, die ihnen durch den Kopf gehen, und das ist auch gut so.

»Darf ich für einen Moment deine Hand halten, Silke?«, fragt die Schwester.

Sie nimmt meine Hand. Nur einen Augenblick, es ist zu warm für Körperkontakt, aber lange genug, damit ich spüre, wie mir die Tränen in die Augen steigen. So ist das immer. Kommt mir jemand zu nahe, beginne ich zu weinen.

»Dieser Polizist hat eben angerufen«, sagt sie. »Ist es okay, wenn er dich besuchen kommt?«

Ich wünschte mir, sie würde gehen. Denn langsam hat das Bild in meinem Inneren Gestalt angenommen. Wie fast jeden Tag um diese Zeit, egal was ich unternehme, damit es nicht so ist. So muss es sein, unter Tinnitus zu leiden, denke ich oft. Nur mit dem Unterschied, dass ich kein lautes Rauschen höre, sondern das immer gleiche Bild vor meinem inneren Auge sehe. Visueller Tinnitus nenne ich das für mich. Ein stundenlanger Prozess, bei dem alles um mich herum verwischt und durch das Bild meiner toten Mutter auf dem Küchenboden ersetzt wird. Ihr Gesicht. Der starre, verwunderte Blick, der zu fragen schien: Warum ich? Warum musste ich umgebracht werden? Die glatte weiße Haut. Das Blut, das sich wie ein Kranz um ihren Kopf gelegt hatte und irgendwie nicht wie richtiges Blut aussah, jedenfalls nicht so, wie ich mir eine große Menge Blut vorstellte. Vielleicht war mir die Farbe eine Spur zu dunkel oder die Substanz zu dickflüssig.

»Okay, Silke. Dann gehe ich hoch und rufe den Kommissar an.«

Wer hat das getan? Wer ist der Schuldige?

»Und sage ihm, dass er gerne kommen kann. Meinst du nicht, dass es besser ist, wenn du wieder reinkommst?«

28.

Das Königliche Theater, 13.35 Uhr

»Ja, aber die sind jetzt alle auf dem Weg in den großen Saal.« Ida sah Niels vorwurfsvoll an.

»Es dauert nicht lang. Ich will nur kurz einen Blick in ihr Zimmer werfen.«

»Sie meinen Dictes Garderobe?«

»Nur zwei Minuten.«

Sie eilten über den Flur. Sommersted folgte ihnen, er redete noch immer mit dem Direktor.

»Sie machen das dann hier, Bentzon«, rief er und gab ihm per Handzeichen zu verstehen, dass er ihn anrufen sollte, bevor er um eine Ecke verschwand.

»Es ist gleich hier.« Ida warf einen Blick auf ihre Uhr und beschleunigte ihren Schritt.

Sie brauchte ihm nicht zu sagen, wo es war. Der Bereich vor ihrer Tür sah aus wie der Schauplatz eines Autounfalls am Tag danach. Blumen, Briefe, Grüße an die Tote. Ein Mädchen legte mit rot geweinten Augen einen Blumenstrauß nieder.

»Haben alle Tänzer ihre eigene Garderobe?«, fragte Niels.

»Nur die Solotänzer. Und die Gäste.«

»Gäste?«

»Aus dem Ausland. Die nur eine Vorstellung tanzen und dann wieder abreisen.«

»Und die anderen? Sind die fest angestellt?«

»Klar, sonst hätte man ja kein Ensemble«, antwortete sie beinahe beleidigt, als wollte Niels dem Königlichen Theater dieses Privileg entziehen.

»Wir lieben dich« und »Liebste Freundin, gute Reise«. Niels musste einen großen Schritt über die Karten und Blumen machen, um die Tür zu erreichen.

»Wir sollten uns wirklich beeilen«, sagte Ida gestresst und öffnete die Tür. »Die anderen warten unten auf uns.«

»Sie können mich in fünf Minuten abholen«, befahl Niels.

Niels betrat den Raum und drückte die Tür hinter sich zu, aber sie fiel nicht ins Schloss. Er drehte den Türgriff, und das Schloss klickte hörbar und wenig harmonisch. Neben dem Schloss waren kaum sichtbare Kratzer in der Farbe. Stammten die von einem Schraubenzieher? Einem Messer? Auf dem Boden lagen drei schmale frische Holzsplitter vom Türrahmen. Die Tür war erst vor Kurzem aufgebrochen worden. Vielleicht vor einer Stunde? Oder noch weniger?

Niels lehnte sich mit dem Rücken an die Tür. Eine alte Gewohnheit und für ihn die beste Art, sich einen ersten Eindruck zu verschaffen. Ein Bett, ein Tisch, ein Spiegel, Regale, Pinnwände. Sie nannten es eine Garderobe, aber es war mehr als das. Ein Umkleidezimmer, ein Ruheraum, ein Büro – privat. Ja, wirklich persönlich.

»Sie haben schon von unten angerufen«, rief Ida durch die Tür.

»Gehen Sie ruhig vor und sagen Sie, dass ich unterwegs bin. Zwei Minuten, ich finde den Saal schon selbst.«

»Was?«

»Ich habe gesagt, ich finde den Saal schon selbst. Die Bühne.«

Er konnte ihre Verzweiflung spüren, und einen Moment lang

tat sie ihm richtig leid. Der Ballettmeister war sicher nicht der angenehmste Chef.

Jemand hatte es eilig, hier etwas zu entfernen. Aber was fehlte?

Er musterte die Wände. Ballettbilder. Fotografien. *Schwanensee, La Sylphide, Le Sacre du Printemps*. Dicte hatte anscheinend große Triumphe gefeiert. Er ging zu der Pinnwand. Ausgeschnittene Kritiken, »Weltklasse«, lautete eine Überschrift. »Dicte van Hauens Magie«, eine andere. Postkarten. Bilder von Freunden und Freundinnen. Keine Fotos der Familie. Ein eingerahmtes Tschechow-Zitat, demzufolge die Ballerinas in der Pause wie Pferde stanken, gefolgt von einem Smiley. Auf einigen Bildern war dasselbe Mädchen zu sehen. Eine schöne junge Frau mit langen, schwarzen Haaren. Auf einem der Bilder tanzte sie zusammen mit Dicte. Auf einem anderen standen sie lachend vor dem Opernhaus von Sydney. Er öffnete die Schreibtischschublade. Sie war nicht durchsucht worden, es war nichts Ungewöhnliches zu sehen.

Wer immer hier gewesen war, hatte gewusst, was er wollte. Gesucht hatte er nicht.

Sein Blick fiel auf das Regal. Ballettschuhe. Bestimmt hundert Paar, sorgsam in Plastik verpackt. Ein Kleiderschrank. Es knirschte, als Niels ihn öffnete. Ballettkleider. Vielleicht zwanzig verschiedene. Und ein paar identische. Ein Spiegel. Schminke, schmerzstillende Tabletten der unterschiedlichsten Sorten. Kampferöl, andere Pillen. Kodimagnyl, Paracetamol, Aspirin, Zaldiar.

Warum war hier eingebrochen worden? Was war entfernt worden?

Niels berührte die Schränke. Ließ seine Finger über den kalten Stahl gleiten. Klopfte an die Seitenteile. Gab es vielleicht einen Hohlraum? Dann sah er sich den Tisch an und ging genauso vor. Gab es Geheimfächer, doppelte Böden? Er fand nichts und begann den Boden zu untersuchen. Kroch auf allen vieren. Alte

Fußbodendielen. Lose Bretter? Er legte sich auf den Rücken und schob sich mit den Füßen unter den Schreibtisch. Aber auch auf der Unterseite war nichts Bemerkenswertes zu sehen. Er trat noch einmal an die Pinnwand. Starrte auf die Bilder. Drehte sie um. Nichts. Und hinter der Pinnwand? Er nahm sie von der Wand, aber die Rückseite war leer. Dann öffnete er der Reihe nach die Pillengläser. War noch etwas anderes darin als nur Pillen? Eine Nachricht vielleicht?

»Niels, Sie müssen jetzt wirklich kommen.«

Ida war zurück. Zum ersten Mal hörte er so etwas wie Wut in ihrer Stimme. Es stand ihr.

»Ich komme.«

Niels ging zur Tür. Stellte sich mit dem Rücken zu ihr und warf einen letzten Blick in den Raum.

Letzte Chance. Was fehlte?

»Ich warte hier draußen.«

Was war entfernt worden?

Der Spiegel. Er sah nichts, ging aber trotzdem ein paar Schritte vor. Setzte sich auf einen Stuhl und musterte sich. Hier hatte sie jeden Tag gesessen und ihr Gesicht begutachtet, dachte er.

Ich kriege dich.

Eine dünne Schicht Staub bedeckte das Glas. *Staub.* Aber nicht überall. Ein kleiner Bereich war frei von Staub. Unten in der Ecke. Ein Viereck.

Er stand auf.

»Frederik hat gerade angerufen. Sie warten noch immer«, sagte sie draußen vom Flur. Nervös. Alles in allem betrachtet, hatte sie mehr Respekt vor dem Ballettmeister als vor der Polizei.

Niels antwortete nicht. Er sah in den Spiegel. Auf den feinen Staub, der die gesamte Glasfläche bedeckte, nur nicht dieses kleine Rechteck unten in der Ecke.

»Können Sie mich hören? Sie warten alle unten ...«

Niels zeichnete mit dem Finger die Umrisse des Gegenstandes ab, der von dem Spiegel entfernt worden war. Vier Ecken. Dann öffnete er einen silbernen Metallbehälter, der auf dem Tisch stand. Er war schön und glänzte matt wie der Mond hinter zarten Wolken. Puder. Weißes Puder. Hier saß Dicte also, bevor der Vorhang sich öffnete, und schminkte sich mit den Farben des Todes. Allein durch das Öffnen der Puderdose waren einige Partikel aufgewirbelt worden. Niels blieb still sitzen und beobachtete, wie der feine Staub sich legte. Auf seine Hand. Auf den Tisch. Auf den Spiegel. Das Viereck, das bis jetzt frei von Staub gewesen war, wurde nun auch angegriffen. Die mikroskopisch kleinen Krümel hefteten sich an die Oberfläche des Spiegels. Was auch immer in dieser Ecke gehangen hatte, es konnte vor Kurzem erst entfernt worden sein. Aber was war es?

***

»Können wir das nicht hinterher machen?« Ida sah ihn flehend an, als sie über den Flur liefen. »Sie rufen fortwährend von unten an.«

»Kommen wir auf dem Weg nicht ohnehin an der PR-Abteilung vorbei?«

»Wenn Sie mit Kresten sprechen wollen, muss ich Sie vorwarnen. Der ist wahnsinnig gestresst.«

»Es dauert nur einen Augenblick«, sagte Niels.

»Nein, das geht wirklich nicht. Frederik wird toben.«

Niels sah ihr an, wie sehr sie litt. Sie hatte Angst. War es gewohnt, Tag für Tag angeschrien zu werden, jeden Tag aufs Neue zu hören, dass das Königliche Theater die Spitze der Pyramide war, dass man höher nicht kommen konnte und deshalb nur eine Chance erhielt.

Niels blieb stehen. Ida lief noch ein paar Schritte weiter, bis sie bemerkte, dass sie ihn verloren hatte:

»Kommen Sie!«

»Ida? Stopp!«

»Nein, was …«

»Ich habe ›Stopp‹ gesagt.«

Widerstrebend ging sie zurück zu Niels. Langsam holte er seine Pistole heraus. Es war lange her, dass er sie aus seinem Halfter genommen hatte.

»Wissen Sie, was das ist?«

»Ein Schießeisen.«

Niels unterdrückte ein Lächeln. Es war an der Zeit, sich Respekt zu verschaffen, und nicht über ihre unschuldige, manche würden sagen, wirklichkeitsferne Auffassung der Welt da draußen zu lachen.

»Das ist eine Pistole. Und die ist geladen. Im Gegensatz zu denen, die Sie hier benutzen. Und wissen Sie was?«

»Nein.«

»Manchmal muss ich auf Menschen schießen, die vor mir weglaufen. Wenn ich ›Stopp‹ rufe, müssen die Menschen stehen bleiben. Sonst muss ich schießen, verstehen Sie, was ich sage?«

»Nein.« Sie sah ihn gestresst und etwas verärgert an.

»Das heißt, dass Sie tun müssen, was ich sage. Sonst gehe ich nach unten zu meinem Auto und hole meine Handschellen. Ich kann Sie abführen, mit aufs Präsidium nehmen und Sie in die kälteste Zelle sperren, die ich finde.« Einen Augenblick lang betrachtete sie Niels mit einem Lächeln. Verarscht der mich? Dann erstarrte sie und sah zu Boden.

»Entschuldigung.«

»Ab jetzt tun Sie, was ich sage. Und lassen diesen Frederik warten. Den Ärger werde ich schon auf meine Kappe nehmen. Okay?«

»Okay.«

Er folgte ihr über den Flur, um eine Ecke herum und dann eine Treppe hinunter. Sie blieb vor einer Tür stehen und ging schließlich hinein. Ein Mann telefonierte. Auf seinem Namensschild stand Kresten. »Nein, wir haben keine Fotos aus ihrer Kindheit«, sagte er wütend. »Und hätten wir welche, würde ich Ihnen die nicht geben.« Der Mann beendete das Gespräch, schnaubte wie ein Stier und sah zu Ida. »Journalisten! Jetzt fahren sie die ganz großen Geschütze auf. Dictes Leben in Bildern – ganze Titelseiten. Und wie wird das Ganze dann aussehen? Das kleine, unschuldige Prinzesschen kommt ans große, böse Königliche Theater, wird brutal ausgenutzt und verliert den Lebensmut. Mit anderen Worten: Wir waren es, die sie umgebracht haben.«

»Kresten.«

»Was ist, Ida?«

Ida nickte in Richtung Niels.

»Niels Bentzon, Kriminalpolizei.«

»Ja, natürlich, wir haben es etwas eilig«, sagte er schnell und ebenso wenig beeindruckt, wie es Ida gewesen war, bevor Niels ihr die Handschellen und einen 24-stündigen Aufenthalt in der Arrestzelle in Aussicht gestellt hatte, in der es nach Angst und Erbrochenem stank.

Niels setzte sich auf die Tischkante. Wartete, bis sich seine Augen an Krestens nervösen Blick gewöhnt hatten.

»Aber. Natürlich. Der Polizei müssen wir helfen«, sagte er. »Was kann ich für Sie tun?«

Niels antwortete nicht gleich. Er ließ etwas Zeit verstreichen und warf einen Blick auf die anderen im Raum. Sie hatten ihre Telefonate beendet, und eine Frau war aufgestanden und hatte ihr MacBook geschlossen. Langsam wurde es still in der PR-Abteilung des Königlichen Theaters.

»Ich heiße Niels Bentzon. Ich komme von der Polizei Kopenhagen. In den nächsten Tagen, vielleicht Wochen, müssen Sie mit uns zusammenarbeiten. Es wird in Ihrem Leben nichts Wichtigeres geben, als das zu tun, worum ich Sie bitte. Ist das klar?«

Idas Telefon klingelte ständig.

Ein gequältes »Ja« kam von ganz hinten im Raum.

»Sie verfügen hier über einzigartiges Dokumentationsmaterial. Das werden wir brauchen. Als Erstes brauche ich ein Foto von Dicte van Hauens Garderobe.«

Vollkommene Stille.

»Sie dürfen jetzt gerne reden«, sagte Niels.

Kresten ergriff das Wort: »Ein Foto, auf dem auch Dicte ist?«

»Möglicherweise, am besten ein aktuelles Bild.«

»Die meisten unserer Pressefotos sind Fotos unten von der Bühne oder im Probenraum.«

»Können Sie das überprüfen?«

Kresten sah zu einem jungen Mann hinüber, der dicht am Ausgang stand. Ein Casper, dachte Niels. Jemand, der mit den Computern auf die Welt gekommen war und keinerlei Berührungsängste damit hatte.

»Kannst du dich gleich auf die Suche machen, Jan?«, fragte Kresten.

Jan ging an einen Computer und öffnete einen Ordner mit den Pressefotos des Balletts. Idas Telefon klingelte im Hintergrund. Er hörte sie flüstern. »Ja, wir sind unterwegs, zwei Sekunden.«

Immer neue Bilder von Dicte öffneten sich auf dem Bildschirm: in den Armen eines männlichen Tänzers, fast unnatürlich ein paar Zentimeter über seinen Händen schwebend, mit geschlossenen Augen in der Luft. Niels dachte an den Abend zuvor, an ihren ausgestreckten Körper, jede Sehne gespannt, ganz und gar entschlossen, dem Tod mit Würde und Eleganz zu begegnen. Mit Wohlwollen.

»Leider.«

»Sind Sie ganz sicher? Und was ist mit privaten Fotos?«

»Die habe ich nicht.«

»Können die anderen Tänzer Fotos gemacht haben?«

»Das weiß ich nicht. Fragen Sie sie«, sagte er und korrigierte sich dann ganz schnell selbst: »Ich kann sie für Sie fragen.«

»Vielleicht ist sonst jemand in ihrer Garderobe fotografiert worden?«, fragte Niels. »Ihre Freundinnen? Es muss doch Kollegen gegeben haben, mit denen sie enger befreundet war.«

»Versuchen Sie es bei Erika Scherling«, sagte Ida hinter ihnen.

Ein paar Mausklicks, dann war die hübsche, dunkelhaarige Frau auf der Bühne zu sehen. Zahlreiche große Rollen. Ein Bild, auf dem sie Arm in Arm mit dem Ballettmeister steht. Backstagebilder. Und endlich …

»Hier. Backstage. Das ist Dictes Garderobe. Können Sie das gebrauchen?«, fragte Jan. »Das ist vor einer Woche aufgenommen worden. Erika hatte an dem Tag Geburtstag. Wir hatten nicht vor, dieses Bild zu verwenden. Alle Tänzer rauchen, aber Zigaretten machen sich nicht gut auf Fotos.«

Niels sah sich das Bild an. Dicte saß mit einem Glas Wein in der Hand auf dem Bett. Erica stand mit einer Zigarette zwischen den Fingern am Fenster und sah nach draußen. Beide glänzten vor Schweiß, aber es war nicht das, was Niels auffiel. Es war der Spiegel im Hintergrund. Das, was am Rand steckte.

Eine *Postkarte*.

»Könnten Sie das vergrößern? Ich muss diese Postkarte sehen.«

Ein paar Sekunden Stille. Niels spürte förmlich, wie Ida hinter ihm auf der Stelle trat. Sie zoomten die Karte ein.

»Schärfer geht es nicht, leider.«

Niels sah genau hin. Auf der Postkarte waren nur Nuancen zu erkennen, Weiß und etwas schwach Blaues.

»Vielleicht hat der Fotograf das Bild noch im RAW-Format.«

»Was ist das?«

»Die Originalauflösung. Wir kriegen die bloß als jpg.«

»Und was ist der Unterschied?«

Jan sah Niels an. Gott, ist der blöd, schien er zu denken.

»Der Unterschied liegt in der Auflösung«, sagte Jan und fügte dann hinzu: »Also RAW ist viel höher aufgelöst.«

»Auf dem Bild kann man dann mehr erkennen«, ergänzte Ida.

»Nehmen Sie Kontakt mit dem Fotografen auf. Sagen Sie ihm, dass ich das Bild als … im RAW-Format brauche«, sagte Jan.

Niels suchte in seinem Handy Caspers Nummer heraus. Rief ihn an.

»Sind wir fertig?«, fragte Ida.

Niels überhörte sie: »Casper? Du musst mit jemandem hier im Theater zusammenarbeiten, er heißt Jan, es geht um eine Detailvergrößerung eines Fotos. Das hat höchste Priorität. Ich gebe ihn dir jetzt.« Niels reichte Jan das Telefon.

Ida sagte etwas über den Ballettmeister, Jan erklärte Casper, um was es ging, aber Niels hörte keinen von ihnen. Nur seine eigene innere Stimme. Warum eine Postkarte? Was war auf dieser Postkarte? Ein Gruß? Eine Verabredung? Ein entscheidender Hinweis?

29.

Østerbro, 13.45 Uhr

Wieder eine Pause des Verfahrens. Hannah sah doppelt. Plötzlich gab es von allem zwei. Sie listete in Gedanken auf, was alles immer paarweise war. Zwei Fahrbahnen. Zwei Menschen, die sich liebten. Zwei Hosenbeine. Zwei Seelen in ihrem Bauch. Doppelmord. Ein Verbrechen, das in jeder zivilisierten Gesellschaft mit einer lebenslangen Haftstrafe geahndet werden würde. Mit sozialem Ausschluss, Verachtung, lebenslanger Ächtung. Was würde der Richter dazu sagen?

Hannah wurde plötzlich bewusst, dass sie den Wagen geparkt hatte. Aber gar nicht zu Hause war. Vielleicht wollte sie einfach nur einen Moment lang in Ruhe sitzen. In gar nicht langer Zeit musste sie für dieses Beratungsgespräch wieder zurück ins Krankenhaus. Warum hatte sie eingewilligt, all das mitzumachen? Und wo war sie eigentlich? Sie blickte nach oben. Zentrum für GeoGenetik des Biologischen Instituts der Universität Kopenhagen. Warum war sie hier?, fragte sie sich und starrte auf das Gerüst, das einen Großteil der Fassade bedeckte. *Fassade*. Einen Moment lang dachte sie darüber nach, was dieses Wort bedeuten konnte. Eine Fassade konnte die Wirklichkeit verdecken. Die Tatsache, dass sie einen Doppelmord plante. Aber klang sie jetzt nicht wie die amerikanischen Evangelikalen, die die Europäer so schwer verstehen können? Die militanten Abtreibungsgegner.

Abtreibung war kein Mord. Warum fuhr sie nicht einfach nach Hause und versuchte, sich ein bisschen auszuruhen? Sie lauschte in sich hinein, doch es kam keine Antwort. Ihre Gedanken und die Schlaflosigkeit zapften ihr schon seit Tagen die Kraft ab. Sie riss sich zusammen und stieg aus dem Auto. Die Sonne blendete sie. Unwirklich wie eine Fata Morgana. Es war seltsam, hier entlangzulaufen. Ebenso seltsam und unwirklich, wie es für sie war, zwei kleine, klopfende Herzen in ihrem Inneren zu tragen, die sie in ein paar Stunden umbringen wollte, hinrichten.

Aber das Gefühl der Unwirklichkeit half ihr. Es erleichterte es ihr, durch die Tür des Hauses und über die Treppe nach oben zu gehen und an eine Tür zu klopfen. Sie war mit Gustav, ihrem widerlichen Genie von Exmann, ein paarmal hier gewesen. Er hatte wie die meisten anderen große Stücke auf den jungen Biologen gehalten, der in der DNA-Forschung so tolle Resultate erzielt hatte und der jetzt hinter ihr die Treppe hochgestapft kam. In einer etwas weniger vorzeigbaren Variante. Rote Augen, lässige Klamotten, Alkoholfahne?

»Eskild Weiss?«

Der Mann blieb stehen und sah sie an, ohne sie wiederzuerkennen. Hannah dachte gerade, dass es vielleicht ganz gut war, dass er sich nicht an sie erinnerte, als er sagte:

»Hannah Lund. Ich hätte dich fast nicht wiedererkannt. Wie geht es Gustav?« Er gab ihr die Hand. »Ist er noch in Vancouver?«

»Toronto. Hast du einen Augenblick Zeit?«

»Klar, es ist aber ein bisschen unordentlich bei mir.« Er schloss sein Büro auf. »Wir hatten gestern unsere Weihnachtsfeier, weißt du, und aus irgendeinem Grund endet dieses Fest immer bei mir im Büro.« Er lachte. Ein trockenes Lachen, das nach Alkohol roch. »Das ist eine alte Tradition. Weihnachtsfeier an Pfingsten. Da ist einfach mehr Platz im Kalender.«

Das mit der Unordnung war – gelinde gesagt – eine Untertreibung. Ohne den Computer und die Regale mit den Ordnern hätte das Büro auch als Wirtshaus durchgehen können. Auf den Tischen standen halb volle Wein- und Bierflaschen und überfüllte Aschenbecher. Es stank nach Rauch.

»Riecht es hier?« Er trat ans Fenster und öffnete es. »Setz dich doch«, sagte er und zeigte auf ein Sofa, auf dem ein ausgerollter Schlafsack lag.

Hannah schob ihn zur Seite und setzte sich. Sie beobachtete ihn, während er die Flaschen vom Tisch zu räumen begann.

»Wie ich gehört habe, bist du wieder am Niels-Bohr-Institut?«

Sie zuckte lächelnd mit den Schultern.

Er nahm ihr gegenüber Platz. Sein Gesicht ließ sie an Knud Rasmussen denken. Die Haut eines Naturmenschen, die Augen eines Wissenschaftlers.

»Man sollte mal eine Zusammenarbeit anstreben«, sagte sie, »zwischen deinem und meinem Fachgebiet.«

»DNA und Sterne?« Der Gedanke ließ ihn lächeln. »Bist du deshalb gekommen?«

»Ich war im Gebäude«, sagte sie und schaute aus dem Fenster. Kein Gerüst. *Fassade.*

»Du denkst an die Frage: Wo kommen wir her, und wo gehen wir hin? Das Universum und der Mensch?«

»Genau«, sagte sie und wurde sich bewusst, dass ihr eigentliches Anliegen nach dieser kleinen Eingangslüge nicht unbedingt leichter vorzubringen war.

»Stellst du dir eine konkrete wissenschaftliche Zusammenarbeit vor? Oder eher so was Kulturelles?«

»Beides vielleicht. Wo kommen wir her? Wo gehen wir hin?«, sagte Hannah.

Eskild warf Hannah einen besorgten Blick zu, während er auf

ihr Spiel einging und über den Homo sapiens sprach: »Inzwischen können wir das Erbmaterial ja viel besser aufdecken und damit die Frage beantworten, wie die Menschen sich entwickelt haben. Sind wir alle die gleiche Art, oder sind wir verschiedener, als wir gedacht haben? Nicht zuletzt die Frage nach der Verbreitung aus dem zentralen Afrika muss immer wieder neu thematisiert werden. Wann waren wir wo? Wir haben uns sexuell ja nie zurückgehalten. Schon der Homo sapiens hat es mit den Neandertalern getrieben.«

Hannah sagte nichts.

»Bist du dir im Klaren darüber, dass es in Nordamerika vermutlich weiße Menschen gab, bevor die Indianer kamen? Aber wer redet schon davon? Sicher nicht die Nachkommen der Indianer, zu deren Selbstverständnis es ja gehört, dass man ihnen ihr Land geraubt hat.«

»Klingt nach einem sensiblen Thema.«

»Ich bin ja nicht Wissenschaftler geworden, um Freunde zu finden oder vor politischer Korrektheit zu strotzen.«

Es ging Hannah auf, dass es in diesem Gespräch keinen geeigneten Zeitpunkt geben würde, um ihre Frage zu stellen.

»Ich bin eigentlich wegen etwas ganz anderem gekommen«, sagte sie.

»Das dachte ich mir schon.«

Sie räusperte sich. Jetzt sollte der Staatsanwalt seinen Zeugen aufrufen. Einen seriösen Zeugen. Einen Experten für Vererbung, DNA und genetisch bedingte Krankheiten. »Eine Freundin von mir will abtreiben, weil sie Angst hat, ein Kind in die Welt zu setzen. In ihrer Familie gibt es Fälle von Geisteskrankheit.«

Eskild nickte nur. Hannah fuhr fort:

»Sie hat Angst davor, dass das Kind die gleiche Krankheit haben könnte.«

»Wovon reden wir? Schizophrenie?«

»Genau. Sie glaubt jedenfalls, dass sich das so verhält. Ist ihre Furcht begründet?«

»Erbliche Faktoren haben großen Einfluss auf bipolare Erkrankungen. Das ist bekannt. Schon lange. Früher hat man mal nach ›Schizokokken‹ gesucht, einem speziellen Bakterium für Schizophrenie. Heute wissen wir, dass da viele Faktoren zusammenspielen. Unter anderem geht es um die Fähigkeit des Hirns, wichtige Signalstoffe zu regulieren. Dopamin, Noradrenalin, Serotonin. In erster Linie aber Dopamin.«

»Und woher stammen diese erblichen Faktoren?«

»Darüber streitet man sich zurzeit. Unter anderem ist man der Ansicht, dass die Gene COMT und NRG1 die Dopaminfunktion im Hirn beeinflussen und damit die Psyche eines Menschen.«

»Wie sieht es mit dem statistischen Risiko aus?«

»Ich habe nicht alle Zahlen im Kopf, aber soweit ich weiß, liegt das Risiko, dass eine gesunde Frau ein schizophrenes Kind gebärt, bei 0,9 Prozent und bei schizophrenen Frauen bei 20 Prozent.«

»Also eine von fünf. Bei Zwillingen bedeutet das dann ein Risiko von 40 Prozent.«

»Oder eine doppelt so hohe Chance, dass mindestens eines der Kinder ohne vererbte Schizophrenie auf die Welt kommt. Es ist wie mit dem halb vollen Glas Bier. Es kommt darauf an, wie man das sieht.«

»Das kannst du wirklich sagen. Aber 20 Prozent sind für mich ein gutes Argument für eine Abtreibung.«

»Auch das kommt darauf an, wie man das sieht.«

»Wie meinst du das?«

»Man sollte nicht ausschließen, dass auch ein depressives Leben lebenswert sein kann.«

Sie fing seinen Blick ein. Vielleicht hatte er sie durchschaut. Dänemark war ein kleines Land, und die Welt der Forschung war noch kleiner. Es war nicht auszuschließen, dass er Johannes' Schicksal kannte.

»Und was ist mit der Seele?«, fragte sie plötzlich.

»Der Seele? An die glaube ich, wenn ich Angst vor dem Sterben habe. Wenn ich keine Angst habe, glaube ich nicht daran.«

Sie lächelte.

»Ich ziehe Sachen vor, die ich mir mit meinem Mikroskop betrachten oder auf irgendeine Weise messen kann. Beweise. Man hat eine Theorie und versucht, einen Beweis dafür zu finden. Sonst ...« Er zögerte.

Hannah fuhr fort: »Sonst werden wir uns nur über den Umfang unserer Unwissenheit klar.«

»Das hat schon Sokrates gesagt.«

»Hat er das?«

»Eigentlich war das, glaube ich, das Orakel von Delphi. Aber er war der klügste Mann auf Erden, weil er der Einzige war, der erkannte, wie wenig er verstand. Deshalb ziehe ich ›Unwissenheit‹ Worten wir ›Seele‹ oder ›Gott‹ vor.«

»Ich auch.«

»Vielleicht wäre das ein richtig gutes Thema für eine öffentliche Debatte«, sagte er und lächelte verschwörerisch. Das war ihre Chance, ein Ausweg aus dem Gespräch. Sie konnte in den anfänglichen Ton zurückfallen und noch einmal über die Idee einer Zusammenarbeit der beiden Institute sprechen, die es nie geben würde.

»Ja, ein gutes Thema«, sagte sie.

»Universum. Seele. Entstehung«, sagte er und fuhr fort, wobei er aufstand. »Wir sind viel, viel mehr als nur DNA. Und vielleicht ist es gerade das, was wir Seele nennen? Wie können Zugvögel ihren Bestimmungsort finden? Die Wissenschaft geht davon aus, dass diese Fähigkeit angeboren ist. Man weiß das durch das Kuckuckskind, das seine Eltern nie gesehen hat. Trotzdem findet es wie alle Kuckucke zur Elfenbeinküste. Wir haben Zugvögel mit Sendern ausgestattet. Und je mehr wir sie studieren, desto mehr wundern wir uns. Woher wissen sie das alles? Und wenn dieses Wissen angeboren ist, wie sollen wir es dann nennen? Ist das die Seele?«

»Und wo sitzt die dann?«

»Und woraus besteht sie?«, fragte er.

»Du sollst nicht fragen, du sollst antworten.«

Er hustete lachend. »Das ist nicht fair, erst recht nicht, wenn man berücksichtigt, was ich gestern getrunken habe.« Wieder dieses trockene Lachen.

»Entschuldige.« Sie stand auf. »Und danke für deine Zeit.«

***

Wessen Zeuge war das jetzt gewesen, der Anklage oder der Verteidigung? Oder hatte er für beide Seiten gesprochen? Ja, er war sowohl der Ankläger, der sagte, dass Wahnsinn vererbt werden konnte, als auch der Verteidiger, der das noch lange nicht als ein Argument für eine Abtreibung ansah. Aber was wusste er über Wahnsinn? Vielleicht war diese Krankheit ja so fürchterlich, dass es besser war, einen zu viel als einen zu wenig umzubringen? Sie selbst war die Henkerin. Es gab keinen Grund, dieser Tatsache nicht ins Auge zu schauen. Sie steckte die Hand in ihre Tasche. Spürte die Papiertüte mit der Pille. Die Tablette, mit der sie am Abend ihre Kinder umbringen sollte.

30.

Das Königliche Theater, 13.48 Uhr

Die Rache des Ballettmeisters, dachte Niels. Die Rache dafür, dass er ihn mit all seinen Tänzern hatte warten lassen und für einmal auf einen Menschen reduziert hatte, der auf einen anderen hören musste. Niels erkannte das an dem hochmütigen, unterdrückten Lächeln des Mannes, schon als er zur Tür hereinkam. Der Ballettmeister wusste, wie einschüchternd die große Bühne war. Der Vorhang war geöffnet. Niels sah direkt auf die leeren Stuhlreihen, das vergoldete Holz, den Orchestergraben. Das gesamte Ballettensemble hatte sich auf der anderen Seite der Bühne versammelt. Er bekam Augenkontakt mit dem Ballettmeister. Wieder dieser hochmütige Blick. Der Direktor stand ganz hinten, als wollte er durch seine Position andeuten, wie wenig er mit der ganzen Situation zu tun hatte. Niels ging die zwanzig Schritte über die Bühnenbretter auf sie zu. Sein Blick begegnete neugierigen wie furchtsamen Augen. Kinder, Frauen, Männer, insgesamt warteten bestimmt hundert Leute auf der Bühne. Er räusperte sich. Der Ballettmeister machte keine Anstalten, ihm zu helfen.

»Mein Name ist Niels Bentzon, und ich bin von der …«

Jemand unterbrach ihn: »Können Sie lauter reden? Wir verstehen Sie nicht!«

Niels ging noch einige weitere Schritte auf das versammelte Königlich Dänische Ballett zu:

»Mein Name ist Niels Bentzon. Können Sie mich jetzt verstehen?«

Keiner antwortete. Ein Mädchen, das ganz vorne stand, legte den Kopf etwas zur Seite und musterte Niels. Eine andere junge Frau gähnte.

»Ich bin von der Kriminalpolizei ...«

Erneute Unterbrechung: »Waren Sie das, der mit Dicte gesprochen hat, um sie davon abzubringen?«

Niels suchte nach der Stimme, konnte sie aber nicht finden. Sie sahen sich so verdammt ähnlich.

»Ich ...«

Wieder eine Unterbrechung: »Warum konnten Sie ihr das nicht ausreden?« Dieses Mal hatte eines der jüngsten Mädchen gefragt. Sie konnte kaum älter als zehn sein. Normalerweise antwortete Niels auf solche Fragen nicht, doch zu seiner Überraschung hörte er jetzt seine Stimme. Sie klang nervös und zitternd. »Ich ... äh. Ich ... es ist nicht immer möglich, den Menschen so etwas auszureden.«

Murmeln in der Gruppe.

»Das heißt ...« Niels suchte nach den richtigen Worten: »Ich habe keinen Kontakt zu ihr aufbauen können. Meine Worte sind in dem Stimmengewirr der Schaulustigen untergegangen.«

»Sie müssen entschuldigen, Herr Kommissar«, sagte der Ballettmeister und fuhr fort: »Aber hier bei uns können wir uns kein Fiasko leisten. Hier muss alles klappen. Jeden Abend. Jedes Jahr. Jede Sekunde.«

Es wurde wieder still. Niels räusperte sich. Er wusste ganz genau, dass seine nächsten Worte darüber entschieden, ob er allen Respekt verlor. Er holte tief Luft.

»Glauben Sie, dass Dicte deshalb gesprungen ist?«

Niemand antwortete.

Niels fuhr fort: »Ich weiß, dass sie die Hauptrolle hatte. Glauben Sie, dass der Druck sie zermürbt und dazu gedrängt hat, alles aufzugeben? Gerade die Tatsache, dass es keinen Raum für Fehler gab? Kann das ein Grund gewesen sein?«

Alle Blicke waren auf ihn gerichtet. Feindselig. Einen Augenblick lang dachte er an Agatha Christie. Daran, dass in dieser Gruppe sich so ähnlich sehender Menschen mit perfekten Körpern mindestens einer war, der wusste, warum Dicte gesprungen war. Nämlich derjenige, der heute Morgen in ihre Garderobe eingebrochen war. Jemand, der etwas zu verbergen hatte.

Niels erhob seine Stimme und fing noch einmal von vorne an. »Ich will versuchen, es kurz zu machen«, sagte er. »Wie gesagt, mein Name ist Niels Bentzon, und ich komme von der Mordkommission der Kopenhagener Polizei. Ich will Ihnen nicht vorenthalten, dass ich aus einem traurigen Grund hier bin. Wie Sie alle wissen, ist das Ballett von einer fürchterlichen Tragödie betroffen, die Sie alle natürlich tief berührt. Es gibt ein paar Unklarheiten, was den Handlungsverlauf angeht, die wir klären müssen. Deshalb werde ich mich in den nächsten Tagen hier aufhalten und versuchen, die Hintergründe des Todes zu ermitteln. In diesem Zusammenhang möchte ich gerne mit Ihnen sprechen, besonders mit denen, die Dicte gut kannten. Aber ich möchte unterstreichen, dass alle, die Hinweise haben, die irgendwie von Interesse für den Fall sein könnten, nicht zögern sollen, zu mir zu kommen. Die geringsten Kleinigkeiten können von großer Bedeutung sein. Hat Dicte sich anders verhalten? Hatte sie vor irgendetwas Angst? Hat sie etwas zu verbergen versucht? Gab es neue Bekannte? All das kann interessant sein. Gibt es Fragen Ihrerseits?«

Unruhe im Saal. Die aufkeimende Nervosität lag wie ein Zittern in der Luft. Jemand flüsterte seinem Nebenmann etwas zu.

»Unklarheiten? Wieso Unklarheiten? Gehen Sie davon aus, dass Dicte ermordet wurde?« Ein junger Mann hatte das Wort ergriffen und sah Niels eindringlich an. »Warum glauben Sie, dass ein Verbrechen vorliegt?«

»Wir sammeln noch Informationen, um uns ein Bild vom Handlungsverlauf machen zu können«, sagte Niels. »Und für diese Informationen bitten wir um Ihre Unterstützung.«

»Glauben Sie, dass dieser BDSP etwas damit zu tun hat?«, fragte eine der Frauen.

Niels sah zum Ballettmeister. Er zuckte mit den Schultern. »Ich habe nur gefragt, ob jemand eine Ahnung hat, was SNDB bedeuten könne«, sagte er in dem Versuch, sich zu verteidigen. Niels atmete tief durch.

»Das ist richtig. Dicte hatte sich eine Verabredung auf ihrer Hand notiert. NMSB. Sagen Ihnen diese vier Buchstaben etwas?«

Schweigen. Einen Moment lang sah es so aus, als wäre einer der Frauen eine Idee gekommen: »In der Reihenfolge? N ... B ...«

Niels korrigierte sie: »NMSB. Vier Buchstaben in dieser Reihenfolge. Eine Verabredung. Vielleicht ein Kollege? Oder ein Liebhaber?«

Unangemessenes Kichern drang aus der Versammlung.

»Wir haben doch wohl das Recht, zu erfahren, ob wir in Gefahr sind«, meldete sich wieder der Mann. »Vielleicht ist das nächste Opfer ja einer von uns.«

Noch mehr Unruhe. Ein Mädchen in der ersten Reihe begann zu weinen. Ein älterer Lehrer legte seinen Arm tröstend um sie.

»Aber sie ist doch von einer Brücke gesprungen.« Ein etwas älterer Mann, der ganz hinten im Saal stand, erhob seine Stimme. »Das war doch ein glasklarer Selbstmord. Wieso ermittelt dann die Polizei?«

»Dazu kann ich im Augenblick noch keinen Kommentar abgeben.« Niels beeilte sich, den Blick, den er von Sommersted gelernt hatte, über die Versammlung schweifen zu lassen und damit zu sagen, dass er jetzt fertig war, keine weiteren Fragen wünschte und sich jeder jetzt wieder seiner Arbeit zuwenden sollte.

Die Gruppe löste sich auf. Einige gingen zum Ballettmeister, um weitere Erklärungen zu bekommen. Andere verschwanden in Richtung Tür. Niels' Telefon klingelte. Es war Sommersted.

»Bentzon.«

Sommersted übersprang die einleitenden Phrasen. »Dictes Haustür liegt schräg gegenüber einer Bank im Blickfeld der Kamera eines Geldautomaten. Wenn Sie nicht die Hintertreppe genommen hat, hat sie die Wohnung vermutlich anderthalb Tage lang nicht verlassen.«

»Vermutlich?«

»Wie gesagt: Sie kann auch die Hintertreppe genommen haben. Und die Bilder sind nicht die schärfsten.«

»Gibt es jemanden, der zu ihr hineingeht? Ein Täter?«

»Da kommen und gehen Leute, aber es gibt einen, den wir nicht identifizieren können.«

»Wann kommt er?«

»Etwa eine halbe Stunde nachdem sie am 11. Juni um 16.58 Uhr vom Theater zurückgekommen ist. Sie kam mit dem Fahrrad, das sie neben der Haustür abgestellt hat. Und um 17.31 Uhr kommt der nicht identifizierte Mann und klingelt an ihrer Tür.«

»Wann hat sie das Theater verlassen?«

»Um 16.15 Uhr.«

»16.15 bis 16.58 Uhr«, denkt Niels laut. »Man braucht nicht 43 Minuten, um vom Theater nach Vesterbro zu fahren.«

»Außer man fährt nicht direkt dahin.«

»Ist sie in der Zwischenzeit von irgendjemandem gesehen worden?«

»Nein«, sagte Sommersted.

»Und sie hat die Wohnung nicht verlassen …«

»Nein, vermutlich nicht. Meine Vermutung ist, dass er, eine halbe Stunde nachdem sie zurück war, geklingelt hat und sie ihn hereingelassen hat, und er ist dann die ganze Zeit über, die sie verschwunden war, in ihrer Wohnung gewesen.«

»Sie meinen, er hat sie gefangen gehalten?«

»Für mich ist das ein plausibles Szenario.«

»Gibt es eine Beschreibung?«

»Keine brauchbare. Er hält den Kopf die ganze Zeit über so, als wüsste er, dass er gefilmt wird. Oder mindestens so, als wäre er sich des Risikos bewusst. Etwa 185 cm groß. Plus minus. Haarfarbe wie die meisten ethnischen Dänen. Jeans, helle Windjacke, möglicherweise weiß, trägt eine schwarze Tasche. Wir suchen natürlich in unseren Dateien nach ihm, aber wir haben nicht viel in der Hand. Auch nicht, als sie wieder aus der Wohnung laufen.«

»Als sie in der Nacht geflohen ist?«

»Ohne eine Faser am Körper und verfolgt von dem Mann. Aber diese Bilder sind noch schlechter.«

»Sie haben gesagt, dass er eine Tasche bei sich hatte, als er geklingelt hat?«

»Ja, und auch, als er ihr nachgelaufen ist. Die sieht aus wie eine alte Schultasche. Oder so ein Arztkoffer. Aus Leder.«

»Und was ist mit den Bildern von der Brücke? Die, die im Fernsehen waren, oder die Aufnahmen von den Überwachungskameras am Bahnsteig? Ist da jemand mit einer Ledertasche zu sehen?«

»Leider nein. Vermutlich versteckt er sich in der Menge. Wenn er überhaupt da war.«

»Kannte sie ihn?«, fragte Niels. »Hat sie ihn selbst hereingelassen?«

»Ohne Diskussion. Er hat geklingelt, seinen Namen genannt und ist eingelassen worden. Wie ein guter Freund.«

»Jemand vom Theater«, dachte Niels laut.

»Das ist nicht auszuschließen.«

»Das würde auch dazu passen, dass er wusste, dass sie um diese Uhrzeit Pause hat und zu Hause ist.«

Sommersted sagte nichts.

Niels fuhr fort: »Ein verhältnismäßig junger Mann. Keine Familie.«

»Wie können Sie …?«

»Weil er von zu Hause wegbleiben kann, ohne dass sich Mutter oder Kinder zu Hause Gedanken machen.«

»Sie gehen ganz schön schnell vor, Bentzon. Er kann die Hintertreppe genommen haben. Uns fehlen Informationen. Finden Sie etwas heraus und rufen Sie mich später wieder an.«

Die PR-Mitarbeiterin stand hinter Niels und sah ihn neugierig an.

»Wie heißt die, die jetzt Dictes Rolle übernehmen soll?«

»Lea.«

»Und ihre Beziehung zu Dicte? Beste Freundinnen?«

Ida sah sich über die Schulter und senkte die Stimme: »Das kann man nicht gerade sagen.«

31.

Nørrebro, 14.02 Uhr

Peter V. Jensen. Er las den Namen wieder und wieder – als enthielte die Reihenfolge der Buchstaben die Antwort auf die Frage, warum er hier, an einem viel zu heißen Sommertag, verkrampft und müde in seinem Auto saß. Peter sollte nach Dicte der Nächste sein. So einfach würde es dieses Mal allerdings nicht werden. Sie war ihm ja beinahe auf dem Silbertablett serviert worden – ohne Hilfe der anderen im Ballett wäre das niemals so leicht gegangen.

Er überprüfte die Adresse: Peter V. Jensen. Esrumgade 12, vierter Stock. Ja, er war am richtigen Ort. Auf dem Türschild stand nur »Jensen«. Aber im Moment war Peter nicht zu Hause.

Er schluckte ein paar Koffeintabletten und spülte sie mit Cola hinunter. Eigentlich hätte er sich lieber Hannah Lund gewidmet. Aber er hatte sie nicht gefunden, und im Niels-Bohr-Institut, in dem sie arbeitete, wollte man ihm ihre Privatadresse nicht geben. Auch über die Nahtod-Webseite *Efterlivet* hatte er nach ihr geforscht, doch die einzige Person, die sie persönlich kannte, Agnes Davidsen, eine frühere Hebamme und jetziges Mitglied von IANDS, der International Association for Near-Death Studies, hatte sich geweigert, ihm Hannahs Telefonnummer zu geben. Er hatte unzählige Stunden damit verbracht, Artikel zu lesen und sich Videos im Internet anzusehen. Dr. Bruce Greyson, der von den vielen Nahtodepisoden berichtete, die immer häufiger überall auf der Welt rapportiert wurden. Anfangs hatte er das Gleiche gedacht wie alle anderen: dass es sich bloß um die letzten halluzinatorischen Krämpfe des Hirns handelte, das sich die Vorstellung des nahenden Todes mit dem Licht am Ende des Tunnels erleichtern wollte. Aber so viele Fälle waren wirklich nicht zu erklären gewesen: So die Geschichte des Mannes, der im Tod seine biologische Schwester trifft, die er nie gekannt hat, und der, nachdem er wiederbelebt worden ist, versucht, diese Schwester zu finden, und dabei herausfindet, dass sie ein Jahr zuvor verstorben ist. Eines hatten beinahe alle Nahtoderlebnisse gemeinsam: Man traf andere »Tote«. Seelen, die auf der anderen Seite bereitstehen, um einem zu helfen oder auf Fragen zu antworten.

Peter V. Jensen.

Er las den Namen noch einmal. Peter V. Jensen. Dieser Mann musste ihm helfen, eine Antwort auf die wichtigste aller Fragen zu erhalten. Die einzige von Bedeutung. Und das heute noch. Er brauchte einen Augenblick, um sich all das in Erinnerung zu rufen, was er über Peter wusste – all das, was er verwenden konnte: Peter war mit 17 von einem Baum gefallen. Er war auf dem Rücken gelandet, den Kopf in einer unglücklichen Position, sodass er auf der Stelle tot gewesen war. Doch obwohl Peter seinen Körper nicht mehr gespürt hatte, hatte sein Gehör nie ausgesetzt. Er hatte das Weinen seines Freundes gehört und wie seine Mutter aus dem Haus zu ihnen gelaufen war. Und er hatte den Wind gehört, so laut und deutlich wie nie zuvor. Das Rauschen, freundlich, ein Strom aus Leben, der mit vielen Hundert Kilometern in der Stunde vorbeirauschte, unaufhaltsam und mitreißend. Und dann hatte er die Augen geöffnet und sich selbst gesehen. Er schwebte über der alten Eiche und dachte, wie fantastisch der Baum von dort aussah – dass Gott die Bäume erschaffen hatte, damit sie von oben betrachtet wurden, allein ihrer Schönheit wegen. Wir Menschen mussten uns mit dem Anblick der Konstruktion begnügen, dem Stamm und den Zweigen. Wir schauen nach oben in das Blätterdach wie in eine Kirche, Gott aber blickt nach unten und sieht den perfekten Bogen aus Laub, ja, genau so hatte Peter sein Erlebnis beschrieben, bevor es ihn weitergezogen hatte. Weiter nach oben. Er hatte die anderen Bäume sehen können, den Wald, den See, und schon bald hatte er die Erdkrümmung ausmachen und erkennen können, dass alles in den gleichen Formen erschaffen worden war. Er hatte gefühlt, wie alles zusammenhing und dass der Wind mit seiner freundlichen Kraft wie ein Atem war, der alles Leben verband. Später, nachdem er wiederbelebt worden war, konnte er das nicht erklären. Aber Peter wusste Dinge zu erzählen, die er unmöglich wissen konnte. So berichtete er seiner Mutter, als er wieder unter den Lebenden war, dass ihr Bruder, mit dem sie seit fünf Jahren nicht mehr gesprochen hatte, tot war. Er hatte sich in seiner Wohnung erhängt. Als die Polizei die Tür der Wohnung des Bruders öffnete, fand sie ihn tatsächlich tot im Bad. Erhängt mit seinem gestreiften Schlips. Peter konnte das nur wissen, weil dieser Bruder in den wenigen Minuten, in denen er sich auf der anderen Seite befunden hatte, Kontakt mit ihm aufgenommen hatte. Ohne Worte, nur durch Einsicht und Übertragung wollte er von seiner Schwester Abschied nehmen, ihr sagen, dass er sie liebte und dass alles gut werden würde.

***

Peter V. Jensen stellte sein Fahrrad vor dem Haus ab. Er beobachtete Peter, als er den Rahmen mit einer schwarzen Kette an das Fallrohr schloss. Es war wichtig, dass Peter ihn nicht sah. Sonst würde er ihn sofort wiedererkennen. Und ihn fragen, was er hier in der Gegend machte. Er sah auf die Uhr. Nachmittag. Er hatte noch viel Zeit. Oder sollte er doch bis morgen warten und ein letztes Mal versuchen, diese Hannah Lund aufzutreiben? Bei einem Mann würde es schwieriger werden – er hatte nur Erfahrung mit Dicte, und sie hatte ihm vertraut. Zumindest eine gewisse Zeit lang. Bei Peter würde das anders sein. Er würde rasch misstrauisch werden und sich mit aller Kraft wehren. Es würde sich mit Sicherheit ein richtiger Kampf entwickeln. Aber schaffen würde er es, vorausgesetzt die Spritze drang richtig in seine Schultermuskulatur ein. Dann war ein Großteil der Arbeit überstanden. Es würden ein paar Minuten vergehen, bis die Benommenheit kam und Peter schließlich die Macht über seinen Körper verlieren würde. Das war es, was bei Dicte schiefgelaufen war. Hätte er ihr die ganze Dosis verabreicht, bevor sie ins Treppenhaus gestürmt war, würde er jetzt nicht hier sitzen. Dann hätte sie seine Arbeit vollenden können. Er war so dicht dran gewesen.

Jetzt war der Moment gekommen. Peter war ins Treppenhaus gegangen. Er schaltete den Motor aus und stieg aus dem Auto in die Wärme. Dann holte er die Tasche mit den Spritzen aus dem Kofferraum. Den Rest wollte er holen, wenn Peter betäubt war. Er wäre fast von einem Auto angefahren worden, als er auf die Straße trat.

»Spinnst du, du Idiot?«, rief der Autofahrer durch das geöffnete Fenster.

Er antwortete nicht. Das war doch nur eine Bagatelle. In der großen Endabrechnung bedeutete das nichts, da zählte nur, dass er die Rechnung abschloss, an der er arbeitete. Er klingelte. Nicht bei Peter, sondern im ersten Stock.

»Wer ist da?«

»Ich möchte nach oben zu Peter, aber seine Gegensprechanlage funktioniert nicht. Könnten Sie mich reinlassen?«

Das Türschloss brummte. Er drückte sie auf und wurde vom Geruch des Treppenhauses empfangen: abgestanden und muffig. Staub tanzte im Licht. Nachdem die Tür hinter ihm ins Schloss gefallen war, wurde es still. Er ging nach oben, als sich die Tür erneut öffnete. Schnelle Schritte auf der Treppe. Eine Frau. Sie lief. Er stand im zweiten Stock. Wenn das nun Besuch für Peter war? Dann könnte er seinen Plan unmöglich durchführen. Sicherheitshalber entschloss er sich, kehrtzumachen und so zu tun, als wäre er auf dem Weg nach unten. Er passierte die Frau auf der Treppe. Schön. Blond.

»Hallo!«

»Hallo!«, antwortete er.

Sie lief weiter, und er blieb auf dem Treppenabsatz stehen. Hörte, wie Peter sie empfing. »Wie ist es gelaufen?« und »Rufen die wieder an?«, fragte Peter. Das Letzte, was er hörte, bevor die beiden die Tür hinter sich schlossen, war ihr Lachen. Er dachte an Frauen. An Liebe. An das, was er nicht mehr hatte. Und daran, dass er zurückkommen würde. Ja, Peter musste sterben. Und ins Leben zurückgeholt werden. Wieder und wieder, bis er eine Antwort bekam.

32.

Das Königliche Theater, 14.14 Uhr

Niels setzte sich und wartete. Er saß in einem Trainingssaal, die Musik war langsam und monoton, Rhythmus und Takt waren identisch. Niels hatte nie ein Ballett gesehen. Allenfalls mal im Fernsehen. Filme über Balletttänzer, die trainierten, wie sie es in diesem Moment tat – direkt vor ihm. Niels verband die Welt des Balletts mit einem beinahe hermetisch abgeriegelten Universum, bestehend aus unterernährten Teenagern und überambitionierten Töchtern aus wohlhabenden Elternhäusern: eine Welt aus Training, Disziplin und Körpern, die unglaubliche Dinge konnten. Er fing ihren Blick im Spiegel ein, ganz kurz, und sah Konzentration, einen unerschütterlichen Willen, Distanz.

»Sie sind der Polizist?«, fragte sie, noch ehe die letzten Takte der Musik verklungen waren. Der Pianist sammelte seine Noten zusammen und ging.

»Niels Bentzon.«

»Lea Katz. Sie wissen bestimmt schon, dass Dicte und ich uns gehasst haben, aber mit ihrem Tod habe ich nichts zu tun.«

Niels ließ sie einen Augenblick verschnaufen. Sie hatte ihre blonden Haare in einem Dutt zusammengefasst, sodass Niels freien Blick auf ein Gesicht hatte, das glatt wie eine Maske wirkte.

»Entschuldigen Sie, ich weiß, dass ich müde aussehe«, sagte sie. »Ich habe verdammt viel zu tun, seit Dicte nicht zu den Proben gekommen ist. Viel zu tun, im guten Sinne.« Sie lächelte. »Ich muss zur Massage, aber vielleicht können Sie mich auf dem Weg dorthin begleiten?«

Niels hätte es vorgezogen, vor ihr zu sitzen und ihr in die Augen zu sehen, es gab keine bessere Art, mit Menschen zu reden, aber er willigte ein, mit ihr zu gehen. Ihre Lebensgeschichte war schnell erzählt. Sie war das pure Gegenteil von Dicte. Geboren in Nykøbing. Aufgewachsen bei Pflegeeltern. Lea hat als Sechsjährige mit dem Tanzen angefangen und sich an der Ballettschule des Königlichen Theaters von ganz unten hochgearbeitet. Sie war froh über ihr Leben als Tänzerin, auch wenn es hart war und sie mit den Jahren mehr und mehr Probleme mit Verletzungen bekommen hatte. Sie blieb stehen, um sich zu dehnen. »Die hintere Oberschenkelmuskulatur«, erklärte sie. »Die macht schnell mal dicht.«

Niels versuchte, nicht zu gucken, aber vergeblich. Knackige Schenkel. Ruhige, elegante Bewegungen. Geschwungene Linien an Rücken und Hüften.

»Kein Problem, wir sind es gewohnt, betrachtet zu werden«, sagte sie, ohne Niels anzusehen. »Man muss lernen, es zu lieben, von den Menschen angestarrt zu werden. Verstehen, dass der Körper nicht nur einem selbst gehört.«

»Dann kennen Sie Dicte schon von klein auf?«

Sie nickte. »Wir haben alles gemeinsam gemacht. Die Schule, das ganze verfluchte Auswahlverfahren.«

»Wann haben Sie sich entzweit?«

»Verstehen Sie mich nicht falsch«, sagte sie und sah zu Niels auf. »Ich finde es schrecklich, was mit ihr passiert ist, niemand verdient es, so zu sterben.«

»Aber Sie waren ...«

»Ja, wir waren zerstritten, Feinde, wenn Sie so wollen. Aber

Dicte hatte sich mit allen zerstritten. Es gab wirklich nur wenige, die sie mochten, und ich am allerwenigsten.«

»Warum?«

»Das ist eine lange Geschichte. Eigentlich waren wir richtig gute Freundinnen, bis wir vierzehn, fünfzehn Jahre alt wurden. Aber dann ...«

Sie wechselte die Position. Spagat. Legte ihren Oberkörper einfach über ihr Bein. »Dann ist irgendetwas zwischen uns passiert.«

»Was?«

»Nichts Konkretes. Die Ansprüche sind einfach höher geworden. Menschen wurden ausgesondert. Dicte und ich waren beide unter den Besten. Und sie wurde immer merkwürdiger.«

»Wie meinen Sie das, merkwürdig?«

»Introvertiert. War sich selbst genug. Zu guter Letzt hat sie uns kaum noch eines Blickes gewürdigt. Ich glaube, sie hatte wirklich ernste Probleme.«

»Könnten Sie das ein bisschen vertiefen?«

»Also psychisch. Es gingen Dinge in ihr vor, die sie nur schwer kontrollieren konnte.«

»War sie depressiv?«

»In gewisser Weise. Und dann auch wieder nicht. Denn wenn sie tanzte, war sie – ja, fantastisch. Ich habe keine Probleme damit, das einzuräumen. Dann waren alle Probleme vergessen. Sie hatte eine wirklich seltene Gabe zu fokussieren. Die haben natürlich alle Tänzer, aber bei ihr war das extrem. In einem Augenblick saß sie da und sah aus wie jemand, der sich – entschuldigen Sie den Ausdruck – von der nächsten Brücke stürzen will, und nur Sekunden später stand sie auf der Bühne und begeisterte Tausende von Menschen. So eine Gabe ist nicht vielen Menschen vergönnt.«

»Sagt Ihnen NMSB etwas?«

»Da haben die anderen schon drüber geredet.« Sie nickte kurz. Dann war das andere Bein an der Reihe.

»Wissen Sie, was das bedeutet?«, fragte Niels. »Das war eine Verabredung, die sie heute hatte. Heute um ...« Er sah auf seine Uhr. »... in zwei Stunden.«

»Ich habe nie etwas davon gehört.«

»Lassen Sie uns einen Moment etwas allgemeiner reden. Was halten Sie von der Stimmung hier drin?«

Sie zuckte mit den Schultern.

»Gefällt Ihnen die? Haben Sie ... Feindseligkeit erlebt?«

»Feindseligkeit gibt es immer. Vorgestern habe ich mit einer der neuen amerikanischen Tänzerinnen gesprochen, und sie hat mir gesagt, dass in den ersten vier Monaten niemand mit ihr gesprochen hat. Sie hat sich jeden Abend in den Schlaf geweint, nachdem sie Mails an ihre Familie zu Hause in Kalifornien geschrieben hatte, wo alles so fantastisch war. Ich hatte übrigens auch nicht mit ihr gesprochen.«

»Warum nicht?«

Die Dehnungsübungen waren fertig. Sie gingen weiter. Niels wiederholte seine Frage. Dieses Mal antwortete sie:

»Konkurrenz. Gerade die Neuen, die von außen kommen, sind echte Bedrohungen für uns. Man versucht, sie irgendwie zu ignorieren, sie nicht anzusehen, sonst macht man sich verrückt. Was meinen Sie, wie es ist, wenn man sieht, dass eine der Neuen eine Rolle kriegt, von der man selbst das ganze Leben geträumt hat? Dann ist es echt schwer, keine böse Gedanken zu bekommen.«

»Böse Gedanken?«

»Eifersucht. Neid. Die Karriere eines Solotänzers ist kurz. Wir sind pensioniert, wenn die Karrieren der meisten anderen Menschen erst richtig Fahrt aufnehmen, und es tut natürlich weh, aussortiert zu werden.«

»Aber jetzt ist diese Rolle Ihnen zugefallen.«
»Giselle, ja.«
»Was denken Sie darüber?«
»Wie meinen Sie das?«
»Über die Art und Weise, wie Sie darangekommen sind?«
Sie blieb einen Augenblick stehen. »Wenn Sie wissen wollen, ob ich ein schlechtes Gewissen habe, lautet die Antwort nein. Ein glasklares Nein. Das läuft in dieser Welt einfach so. Des einen Leid ist des andern … Das ist jetzt meine Chance. Es ist eine Frage auf Leben und Tod, die richtigen Rollen zu kriegen.«
»Wichtig genug, um dafür zu morden?«
»Glauben Sie, dass ich das war?«
Niels antwortete nicht.
»Hören Sie, Herr Polizist: Wenn man dafür bestraft werden kann, schlecht über andere zu denken, würden hier drinnen alle lebenslänglich bekommen. Auch Dicte hat nie davor zurückgeschreckt, ihre Ellenbogen zu nutzen … und nicht nur die.«
»Wie meinen Sie das?«
»Come on.«
»Sex?«
»Man kann sich natürlich keine Ballettkarriere ervögeln, bestimmt keine große, das versteht sich von selbst. Aber es schadet ganz sicher nicht, zu den richtigen Zeitpunkten mit den wichtigen Leuten ins Bett zu gehen – also dann, wenn es karrieremäßig darauf ankommt. So ist das Leben. Auch hier bei uns. Und was das angeht, hat Dicte sich nie zurückgehalten. Sollen wir die Treppe nehmen?«
Sie öffnete eine Tür und verschwand, dicht gefolgt von Niels.
»Sie waren am Abend ihres Todes bei ihrer Wohnung?«

»Ich habe geklingelt, ja. An beiden Abenden. Aber sie hat die Tür nicht aufgemacht. Ich habe andere im Haus gebeten, mich hereinzulassen, und sogar oben an ihrer Tür geklingelt.«

»Und haben Sie aus der Wohnung etwas gehört?«

»Nein.«

»Keine Geräusche, Stimmen, Rufe?«

»Nichts.«

»Dann wissen Sie nicht, ob sie da war?«

»Ihr Fahrrad stand draußen. Das ist mir aufgefallen. Und sie hat fast alles mit dem Fahrrad gemacht.«

»Und im Treppenhaus?«, fragte Niels. »Oder auf der Straße? Ist Ihnen da irgendetwas aufgefallen?«

»Wie meinen Sie das?«

»Etwas Ungewöhnliches? Ein Auto, das plötzlich wegfuhr? Etwas, das auf der Treppe lag. Was weiß ich …«, Niels kam ins Stocken. Er spürte selbst, dass er im Dunkeln tappte. Dann versuchte er einen ganz anderen Ansatz.

»Erzählen Sie mir von *Giselle*.«

Sie zuckte mit den Schultern. »Das ist eine der Rollen, an der alle sich gerne einmal versuchen möchten. Wenn *Schwanensee* der Mount Everest des Balletts ist, ist *Giselle* der Kilimandscharo oder der Mont Blanc, wenn Sie verstehen, wie ich das meine. Es ist der Traum eines jeden Tänzers, *Giselle* zu tanzen.«

Niels sah sie an und hoffte, dass sie noch mehr sagte.

»Warum?«

»Ich gebe Ihnen mal die Kurzversion: In *Giselle* geht es um Liebe und Tod. Besonders den Tod. Die Anwesenheit des Todes durchströmt das ganze Ballett. Er ist in jeder noch so kleinen Bewegung enthalten, die man auf der Bühne macht. Giselle stirbt, wacht dann aber wieder auf. Vielleicht im Traum ihres Liebhabers, des Herzogs Albrecht von Schlesien. Vielleicht als Geist. Im zweiten Akt sind alle Tänzer vollkommen weiß. Der überirdische Akt, sagt man, oder der weiße Akt.«

»Der weiße Akt.«

Sie nickte. »Man könnte vielleicht sagen, dass *Romeo und Julia* das Ballett der Liebe ist und *Giselle* das Ballett des Todes.«

»Eigentlich hätte ich doch ganz gern die Langversion. Um was geht es genau? Es muss doch eine Geschichte geben, einen Plot.«

»Ein Ballett ist kein Buch«, sagte sie. »Kein Film. Viele verstehen gerade diesen Aspekt nicht. Gewisse Teile der Handlung werden den Choreografen und Tänzern überlassen. Wenn nicht sogar den Zuschauern selbst. Also: *Giselle* ist eine Dreiecksgeschichte, die im Mittelalter im Rheinland spielt. Die junge Giselle verliebt sich Hals über Kopf in den Bauernsohn Loys und weiß nicht, dass dieser Bauernsohn in Wirklichkeit der Herzog Albrecht von Schlesien ist, der vor seiner Hochzeit mit der Fürstentochter Bathilde, mit der er verlobt ist, noch ein bisschen Spaß will. Inwieweit Albrecht zu diesem Zeitpunkt in Giselle verliebt ist, ist Auslegungssache, auf jeden Fall endet es damit, dass er zu Bathilde zurückgeht. Gleichzeitig verliebt sich der Verwalter Hilarion in Giselle, die aber nur Augen für Albrecht hat. Albrechts Spiel erweist sich aber als fatal für Giselle, die aus Enttäuschung und Trauer stirbt. Als Albrecht schließlich erkennt, dass es doch Giselle ist, die er liebt, ist es zu spät. Sie ist tot und verschwunden. Im nächsten Akt wird es dann etwas diffuser.«

»Was geschieht da?«

»Der Akt spielt in der Nacht an Giselles Grab. Geister – sogenannte Wilis – erheben sich aus ihren Gräbern und versuchen sich an Albrecht zu rächen. Die Wilis üben Vergeltung an den Männern, indem sie sie zu Tode tanzen. Giselle wird von den Toten aufgeweckt – ihr Geist jedenfalls –, und Albrecht bittet sie um Verzeihung. Giselle nimmt seine Hand, und gemeinsam tanzen sie, bis Giselle plötzlich wieder verschwindet.«

»Sie wird also von den Toten aufgeweckt?«

»Das kann man sagen, ja. Um dann schließlich wieder zu sterben. Als Hilarion ankommt, wird er von den Wilis getötet, die Albrecht umringen. Die Königin der Geister, Myrtha, fällt ein Todesurteil über Albrecht und zwingt ihn zu tanzen.«

»Auch er soll zu Tode getanzt werden?«

»Aber Giselle kommt zurück und rettet ihn vor Myrtha. Als der Morgen graut, müssen die Wilis zurück in ihre Gräber. Albrecht hat Giselle sein Leben zu verdanken. Sie aber kann in ihr Grab zurückkehren und für immer in Frieden ruhen, weil sie der Versuchung, sich an Albrecht zu rächen, widerstanden hat. Sie hat ihm vergeben und ihn gerettet.«

»Und das ist das Ende? Keine anderen, die sich aus ihren Gräbern erheben?«

»Nee, dann kommt der Vorhang. Keine weiteren Auferstehungen. Das verspreche ich.« Ein Lächeln huschte über ihre Lippen. Das erste seit vielen Minuten. »Sind wir bald fertig?«

Sie waren da. »Masseur« stand an der Tür. Lea Katz öffnete sie und drehte sich um. »Sie hat übrigens selbst darum gebeten, dass dieses Stück gespielt wird.«

»Dicte selbst?«

»Ja, sie hat verlangt, *Giselle* im Programm aufzunehmen. Andernfalls hätte sie gekündigt.«

»Es muss ihr sehr viel bedeutet haben.«

»Ja.«

»Und der Ballettmeister hat das akzeptiert?«

»Offensichtlich«, sagte sie und wollte die Tür schließen.

»Noch eine letzte Frage für dieses Mal.«

»Ja?«

»Warum ist sie gesprungen?«

Sie dachte ein paar Sekunden nach. »*Giselle* hat sie in den Abgrund getrieben«, sagte sie dann.

»Wie meinen Sie das?«

»Waren Sie schon mal bei ihr zu Hause?«

33.

Bispebjerg-Klinik – Zentrum für Kinder- und Jugendpsychiatrie, 14.30 Uhr

»Sie ist heute nicht gerade in bester Form, vielleicht liegt das an der Wärme«, sagt die Schwester.

Und ich höre den Polizisten antworten:

»Glauben Sie, dass es besser ist, wenn ich morgen noch mal wiederkomme?«

»Dauert es lang?«

»Nein, sie soll sich nur kurz etwas anschauen.«

»Schon wieder Bilder?«

»Zehn Minuten, länger dauert es bestimmt nicht.«

»Silke?«

Ich drehe den Kopf.

»Silke, der Kommissar ist hier«, sagt die Schwester, kommt zu mir, setzt sich vor mich und versucht, Augenkontakt mit mir zu bekommen. »Ein Mann von der Polizei möchte mit dir sprechen.«

Sie redet so, als hätte ich diesen Mann noch nie gesehen. Dabei war er schon oft hier, phasenweise wöchentlich, und auch wenn das letzte Mal jetzt einen Monat her ist, erinnere ich mich gut an ihn. Was denkt sie eigentlich von mir? Andererseits ist das natürlich so, weil ich nicht rede. Immer wird mir alles wie beim ersten Mal erklärt. Ob es nun um das Essen oder um Menschen geht – alle Begegnungen sind jungfräulich.

»Es geht nur um ein paar Bilder. Genauer gesagt, fünf«, sagt der Polizist und tritt näher. Er nickt der Schwester zu, um ihr zu verstehen zu geben, dass sie gehen kann.

»Ist das okay, Silke?«, fragt sie. »Es wird nicht lang dauern. Hast du genug zu trinken? Und was ist mit Ihnen?«, fragte sie den Kommissar. »Eine Tasse Kaffee?«

»Nein danke.«

Sie verlässt den Raum. Der Kommissar ist alt. Ich glaube, er ist längst pensioniert. Vielleicht hat er nichts anderes zu tun. Vielleicht ist seine Frau tot. Wie meine Mutter. Vielleicht ist das so ein Tag, an dem die anderen freihaben und in der Sonne sitzen, diejenigen, die jemanden verloren haben, aber zusammenfinden müssen.

»Schau mal, Silke.«

Er legt fünf Bilder vor mir auf den Tisch. Fünf Fotografien. Diese Taktik ist neu. Sonst zeigt er mir immer nur eins. Aber dieses Mal sind es alle auf einmal. Ein Fächer aus Gesichtern entfaltet sich vor mir. Wo hat er die her? Wer sind diese Männer? Er hat nie etwas gesagt, und ich stelle mir vor, dass es Männer sind, die schon einmal wegen schwerer Gewalttaten verhaftet worden sind.

»Und dann noch der hier, aber den hast du ja schon ein paarmal gesehen.«

Das Phantombild. Das zeigt er mir immer. Als hoffte er darauf, dass mir plötzlich noch etwas in den Sinn kommt, das ich vergessen habe. Ein weiteres Detail aus meiner Erinnerung, das den Fall in einem neuen Licht erscheinen lässt. Ein dunkelhaariger Mann. Gescheitelte Haare. Bartstoppeln. Hohe Wangenknochen. Die Zeichnung konnte auf so viele zutreffen. Mir hilft sie nicht. Stattdessen betrachte ich die Bilder.

»Nimm dir nur Zeit«, sagt er und lehnt sich zurück.

Ich spüre, wie intensiv er mich mustert, während ich meinen Blick über die fünf Fotografien schweifen lasse. Er sucht nach einer Reaktion in meinem Gesicht. Den geringsten Anzeichen. Einem Zögern, Zweifeln, Wiedererkennen.

»Wir haben Zeit, Silke«, betont er noch einmal. »Schau dir die Bilder genau an.«

Fünf dunkelhaarige Männer. Der jüngste vielleicht 35. Der älteste 50 oder etwas älter. Schwarz-Weiß-Fotos. Von vorne aufgenommen. Sie sehen mich an. Starren mir direkt in die Augen. Keine Spur von Reue. Kein Anzeichen, dass sie irgendetwas zu verbergen suchen. Kein Wiedererkennen bei mir.

»Was siehst du, Silke?«, fragt er und beugt sich vor. »Hast du davon schon mal jemanden gesehen oder getroffen? Er kannte deine Mutter, das wissen wir. Vielleicht hat sie ihn mal auf der Straße getroffen, als du dabei warst? Vielleicht jemand aus ihrem Freundeskreis?«

Das Letzte, was er sagt, verwundert mich. Mutters gesamter Freundeskreis ist gründlich untersucht worden. Mutter hatte einen Geliebten. Liebhaber sind Leute, die man auf der Arbeit trifft, in der Freizeit, während man sein Leben lebt. Oder Menschen aus der Vergangenheit, die plötzlich wieder auftauchen. Alte Liebschaften. Freunde aus der Schulzeit. Natürlich kann sie ihn auch im Internet kennengelernt haben, aber Mutter hatte keinen eigenen Computer, außerdem hat sie sich eigentlich nie für das Internet interessiert. Nein, es muss jemand gewesen sein, den sie kannte. Gearbeitet hat sie nicht. Sie war Hausfrau, wir haben von Vaters gutem Lohn gelebt, es fehlte uns an nichts, während Mutter überlegte, was sie eigentlich machen wollte. Sie bewegte sich in keinem großen Radius. Meistens war sie nur zu Hause und hat sich um sich selbst gekümmert. Und vielleicht gelangweilt. Ich habe mich das oft gefragt. Mag sein, dass die Frage banal ist, aber trotzdem: War es ganz einfach die Langeweile, die Mutter in die Arme eines anderen Mannes getrieben hatte? Meine Eltern verstanden sich gut. Jedenfalls habe ich nie irgendeinen Streit mitbekommen. Und auf der Straße gingen sie Hand in Hand. Mutter lachte oft über das, was Papa sagte. Sie war stolz auf ihn. Das konnte ich sehen. Und doch hatte sie einen anderen. Warum? Und wen?

Wer ist der Schuldige?

»Was meinst du, Silke? Der da?« Er zeigt auf eines der Bilder. Es ist der älteste der Männer. Ein hübscher Kerl mit entschlossenem, autoritärem Blick, buschigen Augenbrauen und einem kantigen, herben Gesicht. »Kann der das gewesen sein?«, fragte der Kommissar. »Oder der da?« Er zeigt auf einen, der etwas jünger ist. Hohe Stirn, große, weiche Lippen. Ein freundliches Gesicht. »Oder was ist mit …«

Er schweigt. Bereut seinen Eifer. Er weiß ganz genau, dass es nichts nützt, Druck auf mich auszuüben. Es muss von mir selbst kommen. Schließlich habe ich ihn gesehen. Warum glaubt er mehr an den einen als an die anderen? Wegen ihrer Alibis? Oder sind sie durch andere Sachen ins Blickfeld der Polizei geraten?

»Silke, die Fotos kannst du gerne behalten«, sagt er und seufzt. »Ist das in Ordnung?«

Er kann seine Enttäuschung nicht verbergen, als er aufsteht. Es ist jedes Mal das Gleiche. Anfangs ist er voller Optimismus. Voller Hoffnung. Und dann – wenn es klar ist, dass ich den Mörder wieder nicht wiedererkannt habe – weicht die Hoffnung der Enttäuschung.

»Was meinst du? Soll ich morgen oder übermorgen noch einmal kommen? Und du guckst dir in der Zwischenzeit noch einmal die Bilder an. Okay?«

Warum stellen sie mir alle diese Fragen? Sie wissen doch, dass ich keine Antworten gebe.

Dann folgt der übliche ungelenke Schluss. Er weiß, dass er mir nicht die Hand geben kann. Ich schlage nicht ein. Er darf mich nicht berühren. Trotzdem – und immer endet es so – legt er mir kurz die Hand auf den Kopf, als wäre ich ein Kuscheltier oder eine Puppe, und sagt:

»Wir geben nicht auf, Silke, das verspreche ich dir.«

34.

Vesterbro, 14.30 Uhr

Niels sah auf die Uhr seines Handys. 14.30 Uhr. Noch anderthalb Stunden bis zu Dictes Verabredung mit NMSB. Er war nicht weitergekommen. Es stachelte sein Interesse nur noch mehr an, dass keine der Personen in Dictes Umfeld wusste, was oder wer NMSB war.

Ihre Wohnungstür war inzwischen mit Absperrband abgeriegelt worden. Ein Anblick von beinahe ikonischem Status, das eigentliche Bild der Polizeiarbeit. Jedenfalls sah Niels das so. Die Treppe hätte gut mal wieder geputzt werden können. Aggressive Sonnenstrahlen fielen durch die kleinen Fenster und heizten die Luft wie in einem Treibhaus auf. Niels zog sich Handschuhe an, tauchte unter dem Absperrband hindurch und schloss die Tür ihrer Wohnung auf. Er stieg über ein paar Platten mit Gelfolien und einen rostigen Eimer mit Pinseln.

»Niels«, sagte einer der Techniker und blickte auf. Niels meinte sich zu erinnern, dass er Kristian hieß.

»Haben Sie etwas gefunden?«

»Massenweise Fingerabdrücke.«

Niels sah sich in der eleganten, weißen Wohnung um. Der Verkehr, der draußen pulsierte, war als schwaches Summen zu vernehmen. Ein paar Fenster standen auf Kipp. Die Wohnung stimmte auf den ersten Blick mit seiner Vorstellung von dem Zuhause einer Balletttänzerin überein. Ästhetisch. Aufgeräumt. Kühl und minimalistisch. Exklusive Möbel. Skandinavisches Design. Das Sofa stand in der Ecke und schaffte Raum für ein beinahe leeres Wohnzimmer. An den Wänden hingen ein paar Lithografien. Tal R., Niels erkannte den Stil, Kathrine hatte vor ein paar Jahren über seinen Stil gesprochen. Kein Fernseher. Ein DAB-Radio und ein Laptop. Casper musste den Computer untersuchen.

Auf den ersten Eindruck konnte Niels die perfekte Wohnung, in der er stand, nicht mit der panischen Frau auf der Brücke in Einklang bringen.

Giselle *hat sie in den Abgrund getrieben. Waren Sie schon mal bei ihr zu Hause?*

Niels bemerkte eine leicht dunklere Farbe etwa in der Mitte des weißen Parkettbodens. Er kniete sich hin und fuhr mit der Hand über die breiten Dielen. Sie wirkten etwas kühler als die anderen. Hatten sie Wasser abbekommen? Oder Öl? War dieser Teil des Fußbodens nachträglich gefettet worden? Aber nein, das musste frisch sein. Vom Vortag. Sonst wäre das schon wieder trocken. Es klopfte laut an der Tür.

»Ich geh schon«, sagte Niels und öffnete.

Ein dicker Mann stand schwitzend im Treppenhaus. »Entschuldigen Sie, aber was ist denn hier los?« Seine Brille beschlug etwas.

»Polizei Kopenhagen. Ich muss Sie bitten, von der Tür wegzutreten.«

»Was ist denn passiert?«

»Treten Sie bitte einen Schritt zurück. Sie dürfen nichts berühren.«

Der Mann wich zurück. »Ich habe nichts berührt.«

»Was wollen Sie?«

»Ich wohne nebenan. Ich war einfach nur neugierig.«

Niels wollte die Tür schon wieder schließen, musterte den Mann aber doch noch einmal. »Wie gut kannten Sie Ihre Nachbarin?«

»Was ist denn passiert? Was ist mit Dicte?« Er sah nicht so entsetzt aus, wie er zu klingen versuchte.

»Sie ist tot«, sagte Niels.

»Das ist ja schrecklich. Sie war noch so jung.«

»Was können Sie mir über sie sagen?«

Er zuckte mit den Schultern.

»Aber Sie kannten sie?«

»Man trifft sich ja im Treppenhaus. Und ich habe sie gehört.«

»Sie haben sie gehört?«

»All die Männer, das war ein ziemliches Kommen und Gehen.«

Niels wartete ab. Er wusste, dass noch mehr kommen würde.

»Aber sie ist ja auch ein hübsches kleines Ding. Entschuldigen Sie, *war*.«

»Erzählen Sie mir von den Männern.«

»Das waren alle möglichen«, er zuckte mit den Schultern. »Die kamen zu allen Tages- und Nachtzeiten. Und die haben Lärm gemacht.«

»Haben Sie jemanden davon gesehen? Kennen Sie jemanden?«

»Nein, ich kümmere mich um meine eigenen Dinge.«

»Nichts? Und in was für Autos sind sie gekommen? Wie haben ihre Stimmen geklungen? Haben Sie Namen gehört?« Der Mann schüttelte energisch den Kopf.

»Hatten Sie jemals das Gefühl, dass Ihre Nachbarin in Gefahr war?«

»Wie meinen Sie das?«

»Haben Sie sie mal um Hilfe schreien hören? Wirkte sie nervös? Ängstlich?«

»Nein.«

»Sicher? Und was war gestern Abend? Und vorgestern? Haben Sie da nichts gehört?«

»Ich habe nichts gehört, nein.«

»Haben Sie jemanden im Treppenhaus gesehen, den Sie zuvor noch nicht gesehen haben?«

»Ich war gestern nicht draußen.«

»Und Sie haben auch nicht aus dem Fenster gesehen?«

»Wird das jetzt ein Verhör?«

»In gewisser Weise. Aber wir müssen Sie bestimmt noch einmal befragen. Wie alle anderen Bewohner des Hauses auch.«

»Warum?«

Bevor Niels die Tür wieder schloss, bellte er schroff: »Gehen Sie jetzt bitte wieder in Ihre Wohnung.«

***

»Haben Sie die feuchten Flecken gesehen?«, fragte einer der Techniker, als Niels zurück ins Wohnzimmer kam.

»Ist das Wasser oder Öl?«

»Das wissen wir im Moment noch nicht.«

Niels legte sich auf den Bauch und berührte mit der Zungenspitze den Boden. Es schmeckte in erster Linie nach Boden. Allenfalls war da noch etwas Salz. Oder meinte er das nur, weil er wusste, dass sie ertrunken war? Andererseits ertrinkt man nicht mitten auf dem Wohnzimmerboden. Aber warum goss man Wasser auf den Boden? So etwas passierte in der Regel doch nur in der Nähe des Herds, wenn mal ein Topf zu Boden ging. Oder am Esstisch. Aber mitten im Zimmer? Ein Aquarium? Niels stand auf und sah sich um, in Dicte van Hauens Wohnung deutete aber nichts darauf hin, dass sie sich für Aquarienfische interessierte.

Die Männer. Niels musste wieder an die Worte des Nachbarn denken. Wer waren sie? Geliebte? Sexualpartner? Und warum der Lärm? Oder war der Nachbar bloß extrem empfindlich? Die Polizei hatte schließlich oft mit solchen Leuten zu tun: Menschen, die verzweifelt versuchten, ein bisschen Dramatik in ihre ereignislosen Leben zu bringen, indem sie die Polizei mit zweifelhaften Informationen fütterten. Er ging in die Küche. Auch hier herrschte Qualität und kühle Eleganz. Melitta-Espressomaschine, Kähler-Keramik. Penible Ordnung. Ein Kühlschrank, der bloß ein paar Tomaten enthielt, eine halbe Melone und einen fettarmen Joghurt. Die Spülmaschine war nicht geleert worden. Auch nicht ungewöhnlich.

Das Badezimmer: groß, sauber und geschmackvoll. Nur eine Dusche. Keine Badewanne. Hier konnte sie also nicht ertrunken sein. Niels öffnete Schubladen und Fächer. Handtücher, Flüssigseife, Lidschatten, Puder, ein Arsenal an Paracetamol und Zaldiar. Zwei Waschbecken, ein großer Spiegel.

Wieder zurück im Wohnzimmer. Er spürte es, als er die Klinke der Tür berührte, die vom Flur ins Wohnzimmer führte. Das leise Scheppern sagte ihm, dass der Griff sich gelockert hatte. Natürlich konnte das ein Zufall sein, eine Schraube, die sich nach Jahren gelockert hatte. Oder aber es hatte jemand kräftig daran gerüttelt. Erst kürzlich? Vor zwei Tagen? Er warf einen Blick auf den Flur. Spiegel an den Wänden. Eine weiße Nylonjacke, gelbe Nike-Sneakers. Ganz unten war ein Splitter aus dem Türrahmen gerissen, hinter der weißen Farbe kam das helle Holz zum Vorschein. Niels legte seinen Finger darauf. Die Spur eines Kampfes?

»Haben Sie das hier gesehen?«, fragte er und zeigte auf die Stelle.

»Könnte von einer Schuhspitze sein«, sagte der Techniker.

»Sie hatte aber gar keine Schuhe an.«

»Vielleicht ist das vom Täter. Auf jeden Fall ist das ganz frisch.«

Niels nickte. Schloss die Augen für einen Moment und versuchte sich vorzustellen, was hier passiert war. Er hatte geklingelt. Sie kannte ihn und ließ ihn herein – und tappte damit in die Falle. Eine Geiselnahme. Er sperrte sie ein, zog sie aus und ertränkte sie, vermutlich drinnen im Wohnzimmer. Aber in was? In einem Eimer? Einem großen Topf? Einer Wanne, die er selbst mitgebracht hatte? Und dann holte er sie ins Leben zurück. Aber warum? Aus Reue? Nein. Er musste das alles geplant haben. Hatte er den Defibrillator mitgebracht? Sicher konnte er sich da nicht sein. Auch Dicte konnte den aus dem Theater mitgenommen haben. Aber warum sollte sie das tun? *Fragen*. Das einzig Sichere war, dass sie irgendwann geflohen war, nach einem Kampf im Flur. Sie hatte sich losgerissen, und seine Schuhspitze hatte im Eifer des Gefechts den Türrahmen getroffen, wobei ein Splitter herausgebrochen war. Dann war sie gefolgt von ihm ins Treppenhaus und nach unten auf die Straße gestürzt. In wilder Panik. Er mit seiner Tasche. Und plötzlich hatte sie oben auf der Brücke gestanden, und als sie ihn unten in der Menge ausgemacht hatte, war sie aus Furcht davor, ihm wieder in die Hände zu fallen, in den Tod gesprungen. Aber warum hat sie nicht gesagt, wer es ist? Warum hat sie ihn Niels nicht gezeigt, als er zu ihr nach oben gekommen war? Hatte die Angst sie dermaßen gelähmt, oder hatte sie derart unter Drogen gestanden? Wenn ja, was hatte er ihr gespritzt? Oder hatte sie das Zeug vorher freiwillig genommen? Auch das war eine Möglichkeit. Zwei Freunde, die sich trafen und gemeinsam Drogen nahmen, bis irgendetwas schiefgelaufen war, ein mieser Trip, der sie in den Tod geführt hatte. Er hatte einen Defibrillator dabei. Den er zuvor im Theater hatte mitgehen lassen. Und er hatte sie wiederbelebt. Oder hatten sie von

Anfang an vorgehabt, mit diesem Defibrillator zu spielen, bis sie mitten im Spiel die Flucht ergriffen hatte, weil ihr das Spiel dann doch zu pervers geworden war ...?

»Haben Sie ihr Schlafzimmer gesehen?«, fragte Kristian.

»Was?«

Er nickte in Richtung der schwarzen Tür. Niels trat ein. Schwarze Wände, eine Seite tapeziert mit Postkarten und Bildern. Schwarze Rollos. Die Wärme war feucht und stickig. Er zog das Rollo hoch. Eine halb tote Biene versuchte zu entkommen. Die Decke bildete einen Kontrast zu den Wänden: Sie war blau, und in dem Blau waren Wolken angedeutet. Es sah aus wie die Kulisse eines Theaters. Vielleicht hatte sie einen der Theatermaler dazu gebracht, das für sie zu machen. Niels studierte die vielen Bilder, die mit Nadeln an der Wand befestigt waren. *Giselle.* Diverse Aufführungen – verschiedene Tänzer. Skizzen von Posituren. Gezeichnet von ihr? Was hatte Lea gesagt? *Giselle* hat sie in den Abgrund getrieben. Meinte sie damit Dictes Faszination für *Giselle?* Oder für den Tod? Vermutlich Letzteres, dachte Niels, als er die Titel der Bücher sah: *Near-Death and Out-of-Body Experiences. The Afterlife. Spiritual Doorway in the Brain. Buddhist Near-Death Experiences. Wenn die Seele den Körper verlässt. Das Leben nach dem Tod.* Nichts über das Ballett. Die Bücher standen auf dem Regal im Schlafzimmer neben ein paar belletristischen Titeln. Hier – in ihrem innersten Bereich – gab es schwarze Wände, einen hellblauen Himmel und Bücher über die Seele. Ein Schreibtisch aus massiver Eiche stand dicht hinter der Tür. Er öffnete die Schubladen: Kugelschreiber, Büroklammern, ein Satz Schlüssel, Steuerunterlagen, eine nicht ausgefüllte Beitrittserklärung für Greenpeace, ein paar Ballett-DVDs, *Giselle, Schwanensee,* Postkarten, ein Buch über Ernährung, eine Visitenkarte von etwas mit Namen *Sleep* – Kopenhagens Schlafpraxis. NMSB, dachte Niels. Wie passte das zusammen? Niels drehte sich noch einmal zu den Büchern um. Ein Titel?

Er kniete sich hin und sah unter das Bett. Auch dort lag ein Buch. Niels musste halb unter das Bett kriechen, um es zu erreichen. Es war ein alter, brauner Ledereinband. Einzelne goldene Buchstaben. Antiquarisch. »Dicte van Hauen 1992« hatte sie in roten Buchstaben auf das Titelblatt geschrieben: *Phaidon* von Platon. Ein kleines Buch, nicht größer als ein Notizbuch. Wenige Seiten, dicht beschrieben. Niels blätterte in den ersten Seiten des Vorworts. Phaidon war einer von Sokrates' treuesten Schülern, lernte Niels im Laufe der ersten Sätze. Und Phaidon erzählte Platon von Sokrates' Tod im Gefängnis. Von seinem Beweis der Existenz der Seele, indem er Schierlingssaft getrunken hat. Niels blätterte weiter. Viele Worte. Alte Worte. Vergilbte Seiten. Unmengen von Unterstreichungen. Ein Buch, in dem Dicte seit 1992 gelesen haben musste. War das so etwas wie ihre Bibel?, fragte Niels sich selbst.

»Niels?«, rief Kristian aus dem Wohnzimmer.

Niels steckte das Buch in die Tasche, wohl wissend, dass er eigentlich nichts aus der Wohnung entfernen durfte.

»Salzwasser«, sagte der Kriminaltechniker und zeigte auf den Boden.

»Meerwasser?«

»Möglich.«

Niels nickte und verließ die Wohnung. Er ging ins Treppenhaus und lief nach unten. Als er die Haustür öffnete, überfiel ihn die Sonne. Er sah auf seine Uhr: 14.56 Uhr. Noch eine Stunde bis zu Dictes Treffen. Aber noch immer fehlte ihm der Treffpunkt. Wo kann das nur sein?, fragte er sich. Dann kam eine SMS von Casper: *Hab die Fotografie aus dem Ballett bekommen. Lege jetzt los.*

Er atmete tief durch, als er schwitzend wieder im Auto saß, das Buch in seinen Händen. *Phaidon.* Sokrates. »Dicte van Hauen 1992«. Eine lange Zeit, um wieder und wieder im selben Buch zu lesen. Als er es erneut durchblätterte, bemerkte er, dass eine Seite fehlte. Seite 41 war ausgerissen worden. Niels schloss die Augen und versuchte, einen Sinn daraus abzuleiten. Dicte wird anderthalb Tage lang gefangen gehalten. Ertränkt. Wiederbelebt. Läuft weg. Und unter ihrem Bett liegt ein Buch über die Existenz der Seele, in dem eine Seite fehlt.

35.

Rigshospital, 15.06 Uhr

Die Verhandlung geht weiter. Die Zeugen werden hereingerufen. Der Richter setzt sich. Hannah hatte das schon tausendmal in amerikanischen Filmen gesehen. Irgendein Statist ruft: »All rise! The Honorable Judge Hannah Lund Presiding.«

Hannah setzte sich auf einen Stuhl. Den Richterstuhl. Sie sah sich um: Der Flur war in erster Linie weiß, eine Farbe, die zu dem unverkennbaren Krankenhausgeruch passte, der in der Luft hing. Hannah lehnte sich auf dem unbequemen Stuhl zurück und schloss die Augen. Versuchte, die Müdigkeit in den Hintergrund zu drängen. War es überhaupt angemessen, von einem Doppelmord zu sprechen? Mord. Was bedeutete das? Dass man mit Vorsatz lebende Menschen umbrachte? Ja, so in etwa musste die Definition lauten. Aber wenn die betreffenden Menschen noch gar nicht lebten – was war das dann? Konnte dann wirklich die Rede von Mord sein? Die Frage musste also lauten: Waren die Föten, die in ihr heranwuchsen, als lebende Menschen zu betrachten? Das musste sie in diesem Gespräch klären. Als sie an der Reihe war, aufstand und über die Türschwelle trat, wurde sie plötzlich von dem Gefühl grenzenloser Einsamkeit überrumpelt. Sie hatte niemand anderen zum Reden als die Krankenschwester auf der anderen Seite der Tür, niemanden außer diesem total fremden Menschen.

»Hallo!«, sagte die Schwester auf sehr jugendliche Weise. Die dicke Brille stand ihr. Sie hatte kurze blonde Haare, die gut zu ihrem kurzen, prägnanten Namen passten. »Nehmen Sie Platz.«

»Danke«, sagte Hannah.

»Also …«

Eva setzte sich vor sie und ließ den Blick rasch über ihren Bildschirm schweifen.

»Hannah Lund?«

»Ja.«

»Und Sie sind schwanger und möchten gerne abtreiben?«

»Ja.«

»Oder lassen Sie es mich anders sagen: Sie sind sich nicht ganz sicher?«

Hannah sah sich im Raum um. An der Wand hing ein Matisse-Plakat. Das Licht der Lampe war so grell, dass es fast schon unangenehm war. Ein Tisch und zwei Stühle. Ein Glas Wasser auf dem Tisch.

»Und über diese Zweifel möchten Sie gerne sprechen?«, fragte die Schwester und schob sich die Brille auf die Stirn. »Könnten Sie diese Zweifel für mich in Worte fassen?«

Hannah zögerte. Konnte sie das? Aber wie? Sie hatte keine Ahnung, wo sie anfangen sollte.

»Haben Sie Kinder?«, frage sie die Schwester, dabei hätte sie so viel anderes fragen können.

»Ja, zwei Jungen.« Eva lächelte. »Drei und sechs.«

»Haben Sie während Ihrer Schwangerschaft an Abtreibung gedacht?«

Sie schüttelte den Kopf. »Nie.«

»Betrachten Sie eine Abtreibung als Mord?«

Die Schwester rutschte auf ihrem Stuhl herum. Die Frage war ihr sichtlich unangenehm. »Ich finde, so kann man das nicht sehen.«

»Wie würden Sie es definieren, wenn man jemanden umbringt? Ermordet?«

»Hannah, ich meine, wir sollten bei Ihnen anfangen. Deshalb sind Sie doch auch gekommen.« Eva legte ihre Brille für einen Moment auf den Tisch, bereute das aber gleich wieder und steckte sie sich wieder auf die Stirn. »Lassen Sie mich an Ihren Gedanken teilhaben. Ich würde gerne hören, was Sie denken.«

»Aber das sind doch meine Gedanken. Sind die denn so verkehrt?«

»Das kommt darauf an, wie man es sieht. Ich denke aber schon, dass Ihre Gedanken in die falsche Richtung gehen. Eine Abtreibung ist natürlich mit einer Unmenge von Fragen verbunden, darunter auch moralische. Aber solange Sie unter zwölf Wochen sind, sind Sie in Dänemark innerhalb der legalen Grenze.«

»Mit anderen Worten fängt das Leben also erst mit zwölf Wochen an?«

»In gewisser Weise, ja.«

»Das hat man einfach so festgelegt?«

»Ja, so ist es.«

»84 Tage.«

»Das kann hinkommen.«

»2016 Stunden. 120960 Minuten.«

»Sie sind gut in Zahlen.«

»Und eine Minute vorher, also mit 120959 Minuten, hat das Leben noch nicht begonnen?«

»Wenn man es buchstäblich nimmt.«

»120960 Minuten sind dann also der reelle Nullpunkt, an dem alles beginnt. Man kann sagen: Das Leben beginnt nach 120960 Minuten. Da wird die Seele ... geboren. Können wir dieses Wort nehmen?«

Wieder dieses gequälte Herumrutschen. Als wäre der Stuhl plötzlich zu klein.

Hannah fuhr fort. Etwas in ihr – etwas, von dem sie selbst nicht wusste, was es war – konnte nicht aufhören:

»Und was ist in der Zeit zwischen der Empfängnis, also der nullten Minute und der 120960. Minute? Was ist man dann? Nichts?«

»Hannah.« Eva seufzte. »Ich bin mir nicht sicher, ob wir auf diese Art irgendetwas erreichen. Die Diskussion über das Thema Abtreibung ist natürlich interessant, auch in breiterer Perspektive, aber darüber sollten wir jetzt eigentlich nicht reden. Ich würde lieber wissen, was für Gedanken Sie sich über die Abtreibung machen, die Sie bei sich vornehmen lassen wollen. Haben Sie Angst?«

Hannah wusste nicht, was sie sagen sollte. Die richtige Antwort hätte Ja und Nein gelautet. Stattdessen sagte sie: »Das sind aber wirklich meine Gedanken. Es geht mir um die Frage, was ein Mensch zwischen der Empfängnis und der 120960. Minute ist. Nennen wir es einen Zustand. Worauf läuft der hinaus? Ich kann nicht anders, ich sehe darin so etwas wie einen Zustand zwischen Leben und Tod. 120960 Minuten lang befinden wir uns in einem Zustand, über den die Welt nicht spricht, von dem aber alle wissen, dass es ihn gibt. Ein Zustand, der weder Leben noch Tod ist.«

»Sie mit Ihren Zahlen.«

»Nicht ich habe diese Zahlen erfunden. Das kann ich Ihnen versichern.«

Eva begann, etwas müde auszusehen. »Ich verstehe ja, dass es schwer ist. Das ist es für alle. In vielen Krankenhäusern sammelt man die abgetriebenen Föten und sorgt dafür, dass sie auf einem Friedhof beerdigt werden. Das zeigt mit aller Deutlichkeit, dass ein Fötus alles andere als eine Sache ist, sondern ... etwas anderes.«

»Genau. Aber was?«

Sie zuckte mit den Schultern.

»Ein halber Mensch?«, schlug Hannah vor.

»Das kann man nicht sagen.«

»Ein Mensch, der kein Leben bekommen darf?«

»Ich finde wirklich, Sie sollten Ihre Perspektive überdenken.« Eva spielte mit dem Wasserglas. »Sie sollten anders denken: Verkrafte ich es, ein Kind zu bekommen? Was für ein Leben wird das Kind bekommen? Ist es dem Kind gegenüber verantwortbar, es in diese Welt zu setzen? Solche Fragen. Was denken Sie darüber?«

»Ich würde gerne wissen, wie die Föten sterben.«

Die Schwester seufzte: »Man saugt sie heraus. Die Gebärmutter wird entleert. Damit sind geringe oder gar keine Schmerzen verbunden.«

»Für mich oder das Kind?«

»Für Sie.«

»Und das Kind?«

»Das ist natürlich schwer zu sagen. Aber es gibt Untersuchungen, die zu dem Schluss gekommen sind, dass die Föten erst nach der 24. Woche so etwas wie Schmerzempfinden entwickeln. Andere sind da allerdings anderer Meinung.«

»Was glauben Sie?«

Sie zuckte mit den Schultern und gab ihr zu verstehen, dass das Gespräch sich dem Ende näherte. »Das weiß ich nicht.«

»Und was glauben Sie?«

»Sie können von dieser Abtreibung noch zurücktreten, Hannah. Deshalb führen wir ja dieses Gespräch. Haben Sie es sich anders überlegt?«

Schweigen.

»Das wäre vollkommen okay.«

Hannah bereute allenfalls, dass sie gekommen war. Sie stand auf. Eva ging auf sie zu und umarmte sie in einer gut gemeinten Geste. Auf dem Weg nach draußen dachte Hannah an die ersten 120 960 Minuten. Genau da lag der Schlüssel. Das musste es sein. Ein Leben, das kein Leben war. Etwas, das sich in einem Zustand zwischen Leben und Tod befand. Und wenn es kein Leben war, war es auch kein Mord, wenn man diesen Zustand beendete. Oder anders ausgedrückt: den Föten das Leben verweigerte. Aber es war *doch* Leben. Ein kleines Leben. Mindestens etwas, das im Begriff war, zu Leben zu werden. Und wenn man das beendete, war das dann ein kleiner Mord? »Vielleicht suche ich die Antworten an den verkehrten Stellen«, sagte Hannah zu sich selbst. »Besonders eine Antwort – die entscheidende: Ist ein Leben mit Wahnsinn ein lebenswertes Leben?« Und wer diese Frage beantworten konnte, wusste sie.

36.

Universität Kopenhagen, 15.07 Uhr

Das Institut für Medien, Erkenntnis und Vermittlung strahlte eine wohlige Wärme aus, die Niels an eine Siesta im Süden denken ließ. Er warf einen Blick in einen leeren Hörsaal und ging weiter. Dann blieb sein Blick an der Tür hängen, hinter der ein gewisser Professor Lieberkind sich aufhalten sollte. Er klopfte an. Nichts geschah. Bestimmt hockte der an irgendeinem Strand in Amager und genoss die Sonne, dachte Niels, eigentlich sollte er das auch tun. Vielleicht waren ja Semesterferien, jedenfalls ließen die Zettel an den Wänden erkennen, dass Prüfungen anstanden. Gruppen von Studenten brüteten hinter Büchern, lernten und diskutierten. Als ihm eine junge Frau mit auf den Boden gerichtetem Blick entgegenkam, fragte Niels:

»Ist von den Professoren keiner da?«

Die junge Frau sah auf. »Warum?«

Niels zeigte ihr seinen Polizeiausweis, als wollte er sagen: Don't ask.

»Versuchen Sie es weiter unten im Flur. Heute früh habe ich da ein paar Dozenten gesehen.«

Niels klopfte an alle Türen, aber ohne Erfolg. Als er sich umdrehte, um wieder zu gehen, stand ein Mann mittleren Alters hinter ihm.

»Haben Sie gerade bei mir geklopft?«

»Sind Sie Philosoph?«

Die Überraschung des Mannes war unverkennbar: »Wenn Sie so wollen.«

Niels zeigte ihm das Buch. *Phaidon.* »Ich brauche Hilfe bei dem hier.«

Das Büro des Philosophen war schlicht und minimalistisch eingerichtet – ein MacBook auf einer nur millimeterdicken Tischplatte, die von drei Beinen aus gebürstetem Edelstahl getragen wurde. Keine Bücher, nur ein einzelnes Zitat an der Wand: »A conclusion is the place where you got tired of thinking.« Auf dem Tisch stand eine Kaffeetasse neben einer Schlüsselkarte mit seinem Namen: Henrik Vartov.

»*Phaidon,* das sind Sokrates' letzte Gedanken vor seinem Tod«, sagte Vartov und deutete auf den Stuhl vor sich. Niels setzte sich.

»Sie wissen, wer Sokrates war?«

»Ein griechischer Philosoph, nicht wahr?«

»Man kann Sokrates' Bedeutung gar nicht hoch genug bemessen. Einstein, Sokrates, Gandhi, Jesus.«

»In dieser Liga?«

Henrik Vartov lächelte: »Ich würde sogar so weit gehen zu sagen, dass er diese Liga anführt. Ohne Sokrates – kein Jesus. Kein Platon. Kein griechisches Imperium, erschaffen aus der Kraft der Gedanken.«

Er räusperte sich und fuhr fort: »Als junger Mann war Sokrates ein Krieger, der heroisch in dem endlosen Kampf gegen Sparta gekämpft hat. Später war er nur noch ein kleiner, alter, hässlicher Mann, der barfuß durch Athen gelaufen ist und seine Mitmenschen mit seinen beunruhigenden Fragen zur Erkenntnis genötigt hat.« Der Philosoph grinste. »Könnten Sie sich heute so etwas vorstellen?«

Niels schüttelte lächelnd den Kopf und sah seinem Gegenüber in die Augen. Vartov schien einen Moment lang mit dem Gedanken zu spielen, selbst einmal barfuß durch Kopenhagen zu laufen.

»Er war damals der Einzige, der sich gegen die idiotischen Kriege der Griechen und ihre schlechte Staatsverwaltung aufgelehnt hat. Das ging so lange gut, bis Athen den endgültigen Krieg gegen Sparta verlor. Dann brauchten sie einen Sündenbock.«

»Und das war Sokrates?«

»Ein alter Mann, der barfuß herumlief und von Almosen lebte. Ja, er wurde zum Tode verurteilt. In der Zelle erhielt er Besuch von seinen Schülern.«

»Er hatte Schüler?«

»Ja, betrachtete sie als Jünger. Vergleichbar mit Jesus.«

»Okay.«

»Sie besuchten ihn. Und er legte ihnen seine vier Beweise für die Existenz und die Unsterblichkeit der Seele vor. Genau darum geht es in *Phaidon*.«

»Und wie lauten diese Beweise?«

Henrik Vartov sah Niels ein paar Sekunden lang an. Niels glaubte, ein leises Seufzen zu hören.

»Sie meinen, dass das für einen dummen Polizisten wie mich nur schwer zu verstehen ist?«

»Das wäre möglich, aber wir können es probieren.«

Niels lächelte. Und sah auf sein Handy. 15.10 Uhr. Noch fünfzig Minuten bis zu Dictes Verabredung. Noch immer keine Nachricht von Casper.

»Wie gesagt: Er hat vier Beweise für die Existenz und Unsterblichkeit der Seele vorgelegt«, sagte Vartov und zeigte Niels vier Finger. An einem davon prangte ein breiter Ring, auf dem sich das Sonnenlicht spiegelte und der Niels an Hannah erinnerte.

»Erstens, der Gedanke, dass alles ein Kreislauf ist«, sagte Vartov. »Sokrates führt an, dass die Natur alles in einer Art Kreislauf eingerichtet hat. Aus etwas Größerem entsteht immer etwas Kleineres. Aus etwas Besserem etwas Schlechteres. Und das geht in beide Richtungen so. Sonst würde es irgendwann keine Gegensätze mehr geben, sodass wir schließlich nur noch die eine Hälfte hätten. Das heißt eine Welt, in der alles kleiner und schlechter oder größer und besser ist. Verstehen Sie?«

»Ich glaube schon. Und stimmt das?«

»Wie meinen Sie das?«

»Hat er recht?«

»Wird der Schlaf nicht durch die Wachphasen abgelöst, denen wiederum der Schlaf folgt?«

Er sah Niels fragend an.

»Schon.«

»Und ist das Lebende nicht irgendwann das Tote?«

»Doch.«

»Muss man dann nicht auch die Schlussfolgerung ziehen, dass das Tote irgendwann wieder lebendig wird?«

Niels räusperte sich.

»Das war Beweis Nummer eins«, sagte der Philosoph und beugte sich eine Spur vor. »Sokrates fährt dann mit seiner sogenannten Anamnese fort. Er meint damit die Wiedererlangung des Wissens und behauptet, dass wir keine Begriffe wie ›gut‹ oder ›gleich‹ oder ›schön‹ hätten, wenn das Verständnis dafür nicht angeboren wäre. Wenn unsere Augen zwei gleich große Gegenstände sehen, beginnen wir sofort ein Urteil über diese Gegenstände zu fällen, wir beginnen, sie zu vergleichen, verstehen Sie?«

»Vielleicht, vielleicht aber auch nicht. Was hat das mit der Seele zu tun?«

»Da es nicht zwei vollkommen gleiche Objekte gibt – ganz

sicher nicht damals in Griechenland –, stellt sich die Frage, woher wir die Idee von der Gleichheit haben. Oder der Schönheit.«

Niels schüttelte den Kopf.

»Oder der Güte. Diese reinen Begriffe müssen uns also bereits in die Wiege gelegt worden sein. Sonst würden sie nicht existieren. Zu welchem Schluss kommen Sie? Gibt es so etwas wie Güte, Schönheit und Gleichheit, oder haben wir das bloß erfunden?«

»Es gibt sie«, sagte Niels.

»Da gebe ich Ihnen recht. Und wenn es sie gibt, muss es auch ein Behältnis geben, in dem sie sozusagen in uns transportiert werden, wenn Sie verstehen, was ich meine.«

»Und das ist die Seele?«

Henrik Vartov lächelte.

»Jetzt kommen wir zu Beweis Nummer drei. Wie alt sind Sie?«

»48.«

»Und wie alt fühlen Sie sich?«

Niels dachte nach. Seine Gedanken gingen zu Hannah. Und zu Kathrine. Er schüttelte den Kopf.

»Das weiß ich nicht.«

»Kommen Sie schon. Sie können Sokrates nicht verstehen, wenn Sie nicht fragen oder antworten wollen.«

»Ich fühle mich wie 28«, sagte Niels.

»Genau. Der Körper wird älter und verändert sich. Er ist Teil der physischen Welt. Ihr Geist oder Ihre Seele gehört der unsichtbaren Welt an. Und darüber, dass es eine sichtbare und eine unsichtbare Welt gibt, sind wir uns doch wohl einig, oder?«

»Das weiß ich nicht.«

»Ist Liebe sichtbar?«

»Nein.«

»Sind die Atome sichtbar?«

»Nein.«

»Ist Ihr Geist sichtbar?«

»Nein.«

»Das heißt, Ihr Körper, den wir sehen können, ist 48 Jahre alt. Und Ihr Geist, von dem wir ja wissen, dass er existiert, fühlt sich wie 28 an. Das ist ein bekanntes Phänomen. Alle alten Menschen sagen, dass sie sich innerlich noch jung fühlen, nicht wahr?«

»Ja, das ist richtig.«

»Etwa in der Art drückt Sokrates sich auch aus. Er beweist, dass die Seele unauflöslich ist. Sie altert nicht und vergeht nicht wie der Körper. Sonst müssten Sie sich auch wie 48 fühlen.«

»Über hundert«, sagte Niels.

»Genau. Aber das tun Sie nicht. Denn der Geist oder die Seele gehört der unsichtbaren Welt an. Was zu der sichtbaren Welt gehört, vergeht, während die Ingredienzien der unsichtbaren Welt für immer Bestand haben. Das heißt …«

»Unsterblich sind.«

Vartov lächelte. »Ich finde, Sie kommen ziemlich gut mit.«

»Und der letzte Beweis?«

Niels bekam eine SMS. Sie war von Casper: *Habe etwas auf dem Bild gefunden.*

»Sie wären in der Antike niemals so klug gewesen, wenn sie damals schon diese Dinger gehabt hätten, die immer und überall stören.«

Niels lächelte und blickte auf. »Und der letzte Beweis?«

»Zu guter Letzt wird Sokrates von seinen Jüngern kritisiert. Sie wenden ein, dass er zwar die Existenz der Seele bewiesen habe und auch, dass sie den Körper überlebt, dass sie sich aber trotzdem abnutzen müsse, nachdem sie in so vielen Körpern gewesen war. Wie Kleider.«

»Das ist eigentlich unlogisch.«

»Nicht wahr? Entweder ist etwas unsterblich, oder es ist nicht unsterblich. Man kann ja auch nicht ein bisschen schwanger sein.«

»Hat er das so gesagt?«

»Nicht ganz. Aber Sie haben es eilig, das sehe ich Ihnen an.«

Niels schlug das Buch wieder auf: »Hier ist eine Seite rausgerissen worden.«

Henrik Vartov fuhr mit dem Finger über die unregelmäßige Kante des ausgerissenen Blattes.

»Es ist eine Schande, Seiten aus einem solchen Werk zu reißen. Interessiert die Polizei sich deshalb dafür?«, fragte er lächelnd.

»Worum geht es auf der fehlenden Seite?«

Vartov las die vorangehende und folgende Seite. »Das ist eine Szene ziemlich früh in dem Dialog, als alle zehn in der Gefängniszelle sind. Sie beschreibt den Augenblick, in dem sich die klügsten Männer der Antike einig werden, dass der Tod nichts anderes ist als der Augenblick, in dem Körper und Seele sich trennen. Und dass die Seele getrennt weiterleben kann.«

Wie Giselle, dachte Niels.

37.

Nørrebro, 15.23 Uhr

Hannah bremste. Das Auto hinter ihr hupte so laut, dass es in ganz Nørrebro zu hören war.

»Heh, du blöde Tussi, was machst du denn?«, brüllte jemand, aber erst als Hannah den kleinen Fiat gewendet hatte, wurde ihr klar, dass sie damit gemeint war.

Jetzt kam es darauf an, jetzt musste die Verhandlung gewonnen werden, dachte der Ankläger und wollte seinen wichtigsten Zeugen aufrufen, die Stimme aus dem Grab. »Verehrtes Gericht, hoch geachtete Geschworene«, sagte sie laut im Auto und sprach dann murmelnd weiter. »All die Voten der wohlmeinenden Humanisten sind ja schön und gut, ich will Ihnen jetzt aber die Wahrheit darüber sagen, wie es ist, ein Leben im Wahnsinn zu führen. Wie sich das anfühlt. Nicht aus Sicht der Theoretiker, sondern aus der eines Betroffenen.«

38.

Polizeipräsidium Kopenhagen, 15.25 Uhr
»Casper?«

Der Kollege drehte ihm den Rücken zu und studierte das Foto, als Niels das Archiv des Präsidiums betrat, wo Casper sein Zuhause hatte. Zuhause war wirklich das richtige Wort, denn es kam einem immer so vor, als würde man eine Intimgrenze überschreiten, wenn man das Archiv betrat. Besonders die Archivare, die hier gemeinsam mit der IT-Abteilung angesiedelt waren, bekamen nur selten Besuch. Heute war nur Casper bei der Arbeit. Niels trat näher.

»Hast du was für mich? Es eilt.«

»Das höre ich schon an deinem Atem«, sagte Casper.

Niels setzte sich hinter ihm auf einen Stuhl und fragte sich, was Caspers feines Gehör wohl sonst noch alles wahrnahm. Hannahs ruhelose Schritte nachts im Wohnzimmer? Die Geräusche der Stimmen in Niels' Kopf, die immer wieder forderten, zu ihr zu gehen und sie zu umarmen. Oder der Widerspruch, der gleich darauf zu hören war: »Nein, sie will das nicht. Nicht von dir, Niels, dafür ist es zu spät. Viel zu spät.«

»Verdammt dünne Mädchen«, stellte Casper fest und betrachtete das Foto auf dem Bildschirm. »Aber hübsch.«

»Balletttänzerinnen.«

»Da haben wir unsere Freundin.« Er zeigte auf Dicte, die auf dem Bett in ihrer Umkleide saß, halb versteckt hinter einem Rauchring, den sie gerade geblasen hatte. Sie hielt die Zigarette zwischen Daumen und Zeigefinger.

»Das ist Dicte van Hauen, ja.«

»Und guck mal hier. Auf dem Spiegel. Das wolltest du doch haben, oder?«

»Also, was ist das?«

»Sieht aus wie eine Postkarte, würde ich sagen.«

»Ja.«

»Jetzt pass mal auf«, sagte Casper und zoomte die Karte ein, bis nur noch einzelne Pixel zu erkennen waren.

»Der Winkel ist ein bisschen ungünstig«, sagte Casper laut zu sich selbst. »Aber auf so was verstehe ich mich, das kann ich korrigieren.«

Er legte einen Rahmen um die Postkarte und zog sie an den Rand des Bildschirms. Dann verkleinerte er das ursprüngliche Bild und schob es in eine Ecke, bevor er die Karte wieder in die Bildschirmmitte zog und vergrößerte.

»Kannst du etwas sehen?«, fragte Niels.

»Ja, du etwa nicht?« Casper vergrößerte das Bild noch weiter. Größer und größer.

»Ist das ein Vogel?«, fragte Niels.

»Nein.«

»Das könnte aber doch ein Flügel sein«, schlug Niels vor. »Vielleicht ein Drache?«

»Nein«, sagte Casper.

Niels warf einen Blick auf die Uhr hinter Casper. 15.30 Uhr. *NMSB. Mon. 16.* Ihm blieben noch 30 Minuten, um eine Antwort darauf zu finden. »Wir haben es eilig. Wenn du bei all diesen Pixeln, oder wie die Dinger heißen, etwas erkennen kannst, dann sag es mir bitte.« Niels wurde lauter.

»Das ist ein Engel«, sagte Casper.

Niels legte den Kopf zur Seite. »Ich glaube, du hast recht.« Niels stand auf, trat ein paar Meter zurück und betrachtete den Bildschirm aus der Ferne. »Das könnte wirklich ein Engel sein«, sagte er dann. »Vielleicht hält er etwas im Arm.«

Casper stand auf und ging zu ihm. »Was?«

»Kinder, glaube ich.«

»Möglich.«

»Ein Engel mit Kindern auf dem Arm?« Niels klang skeptischer, als er das selbst beabsichtigt hatte. »Babys vielleicht. Ist das ein Gemälde? Da unten steht doch ein Text.«

»Den Text sollten wir isolieren und vergrößern können«, sagte Casper und setzte sich wieder an den Computer.

Niels spürte Caspers Unbehagen darüber, dass jemand dicht hinter ihm stand und ihm in den Nacken atmete.

»Mach schneller! Ist das ein T? Wofür steht das? Thor...«

»Ich glaube, das soll Thorvald heißen.«

Niels beugte sich vor.

»Nein. Thorvaldsen«, korrigierte Casper sich selbst.

»Thorvaldsen?«

Casper war bereits im Internet und gab den Namen in Google ein:

»Bertel Thorvaldsen: einer der größten Bildhauer, nicht nur in Dänemark, sondern international. Neoklassizist, arbeitete große Teile seines Lebens in Rom und war unter anderem an dem Grabmal von Papst Pius VII. in der Peterskirche beteiligt. Es gibt Gerüchte, die besagen, es sei kein Zufall, dass das Papstprofil Ähnlichkeiten mit einem gewissen H. C. Andersen hat, den soll Thorvaldsen im Rahmen seiner Arbeit nämlich getroffen haben. Er starb am 24. März 1844 während einer Vorstellung im Königlichen Theater. Ist im 1. Satz von Ferdinand Ries' 6. Symphonie einfach auf seinem Platz in der ersten Reihe zusammengebrochen. Der Satz war die Ouvertüre zu dem Theaterstück *Griseldis* von dem österreichischen Dramatiker Friedrich Halm ...«

Niels unterbrach ihn: »Im Theater?«

»Das steht hier, ja.« Casper sah zu Niels auf. »Woran denkst du?«

»Ich frage mich, warum jemand eine Postkarte aus Dictes Garderobe entfernt, auf der Thorvaldsen steht? Und was hat Thorvaldsens Tod im Königlichen Theater damit zu tun? Das war immerhin vor 160 Jahren.«

Casper schüttelte den Kopf, während er weiterlas.

»Und was ist mit dem Motiv? Ein Engel ... mit Babys?«, fragte Niels.

Im Laufe von Sekunden hatte Casper Thorvaldsens Werke gegoogelt.

»Da haben wir es ja«, sagte er und vergrößerte das Bild von dem Engel. »Die Nacht mit ihren Kindern Schlaf und Tod. Im Original ›Natten med sine børn‹. Ein Relief.«

Niels las laut vor: »Thorvaldsens berühmtes Relief ›Die Nacht mit ihren Kindern Schlaf und Tod‹. Also wie heißt das Original? Natten med sine børn?«

»Ja, warum ...«

»Natten.«

»Med ...«

Niels fuhr fort: »Sine ...«

»Børn«, schloss Casper.

»NMSB.«

Niels sah auf die Uhr. Viertel vor vier.

»Und wo hängt das?«

Wieder hasteten die Finger über die Tastatur und schlugen virtuos ein paar Akkorde an, ehe Casper sich räusperte. »Rate mal.«

39.

Friedhof Frederiksberg, 15.45 Uhr

Der Ankläger trat resolut an die Friedhofsmauer. Der Friedhofsgärtner zog seinen armeegrünen Overall zurecht und zündete sich eine Zigarette an. Dann nickte er Hannah zu und verschwand in Richtung eines windschiefen Geräteschuppens. Hannah setzte sich auf eine Bank, streifte sich die Sandalen ab und ließ den weißen Kies zwischen ihren Zehen durchrieseln. Die letzten Schritte waren die schwersten. Noch zehn Meter über den Weg zwischen den Gräbern, dann scharf nach links und ein paar Schritte weiter. Dann war sie da. An Johannes' Grab. Der Ruhestätte ihres toten Sohns. Er lag neben einem Freiheitskämpfer aus dem Zweiten Weltkrieg und einer Frau namens Olga Hansen, die 1991 gestorben war. Hannah war in den Jahren nach Johannes' Tod sehr oft hier gewesen. Nicht weil das ihre Trauer gelindert hätte – eher im Gegenteil –, sondern weil es sich richtig angefühlt hatte, an diesem Ort zu sein. *Notwendig*. Im letzten Jahr war sie nur ein paarmal hier gewesen. Da waren andere Dinge notwendig gewesen: Sie hatte lernen müssen, mit der Trauer zu leben, denn irgendwann hatte sie verstanden, dass sie niemals darüber hinwegkommen würde. Die Trauer war ein Teil von ihr geworden. Sie hatte sie zu einem anderen Menschen gemacht. Und jetzt kam es darauf an, als dieser andere Mensch leben zu lernen und ihn zu mögen. Wenn das denn möglich war. Sie ging vor dem einfachen Grab in die Hocke. Nur ein grauer Stein in der Größe eines Fußballs, ein Name und zwei Daten. Keine Blumen, keine Grüße am Grab.

»Wie geht's dir, Schatz?«, fragte sie und begann zu flüstern. »Ich muss dich etwas fragen. Ist das okay?«

Hinter sich hörte sie Stimmen und drehte sich um. Ein älterer Mann und sein Enkel. Der Junge hielt eine weiße Rose in der Hand und hatte einen Schulranzen auf dem Rücken.

»Ist das okay?«, flüsterte sie wieder und sah auf das Grab. »Also, du hast dich ja selbst für den Tod entschieden. Hattest eine Krankheit in der Seele und wolltest nicht mehr leben. Das verstehe ich. Aber gab es nicht auch einen Zeitpunkt, an dem du …«

Sie kam ins Stocken. Die Worte wollten nicht über ihre Lippen. Sie nahm eine Hand voll Kies und ließ die Steine durch die Finger rutschen. Lauschte dem leisen, rieselnden Geräusch. »Gab es nicht auch mal eine Zeit, in der du dachtest, dass das Leben gut ist?«, flüsterte sie. »In der du dachtest: Ich bin froh, geboren worden zu sein, das Leben ist nicht leicht, aber möglich? Hast du mal so gedacht?«

Stille. Unterbrochen von dem Herumkramen des Friedhofsgärtners, der am Schuppen mit einer Harke und einem Eimer hantierte, und den Worten des alten Mannes, der zu seinem Enkel sagte: »Ich bin mir sicher, dass Großmutter es gut hat, da, wo sie jetzt ist.«

»Kannst du hören, was ich sage, Johannes?«, flüsterte Hannah. »Habe ich ein Verbrechen begangen … als ich … dich bekommen habe? War das ein Übergriff auf ein wehrloses Kind? Nein, so will ich nicht fragen. Ich will von dir nur wissen, ob du dir gewünscht hast, niemals geboren worden zu sein. Ja, genau das will ich dich fragen.

Lieber Johannes, mein über alles geliebter Sohn. Würdest du dir wünschen, niemals geboren worden zu sein?«

Sie schloss die Augen. Verschwand in einem Raum, der nur ihr vorbehalten war. Die Geräusche um sie herum verstummten. Was blieb, waren nur Stille und Dunkelheit. Und eine Kinderstimme, die sagte: »Ja.«

40.

Kopenhagen, 15.50 Uhr

Das Thorvaldsen-Museum lag gegenüber dem Staatsministerium und direkt neben dem höchsten Gericht mitten im Epizentrum des dänischen Staates. Und das mit gutem Grund. Thorvaldsens Werke waren auf der ganzen Welt berühmt. Menschen aus nah und fern reisten hierher, um sich von der Magie verzaubern zu lassen, die Thorvaldsen im Blick Jesu eingefangen hatte: sein Kopf nach unten gebeugt, Arme und Hände leicht nach vorn gestreckt, gerade weit genug, damit man die Wunden der römischen Nägel sehen konnte. Damit endeten aber auch schon Niels' Kenntnisse über den kleinen Mann, der 40 Jahre seines Lebens in Rom als Bildhauer gearbeitet und aus totem Kalkstein Figuren, Gesichter und Szenarien erschaffen hatte, die noch heute lebendig waren und ihre Betrachter rührten. Die Tür war geschlossen. Aber drinnen waren Menschen. Männer. Und eine einzelne Frau. Er klopfte an. Eine Frau in Uniform blickte auf, schüttelte den Kopf und wollte Niels mit einer Bewegung zu verstehen geben, dass das Museum geschlossen war. Er klopfte fest an die Scheibe. Sie trat näher.

»Wir haben geschlossen. Sonderführung«, sagte sie.

Niels drückte seinen Polizeiausweis gegen die Scheibe. Einen Moment lang musterte sie die Fotografie eines deutlich jüngeren

Niels. Als könnte sie Bild und Mann nicht wirklich zusammenbringen.

»Machen Sie die Tür auf«, befahl er.

Sie gehorchte, und Niels trat ein.

»Ist etwas passiert?«, fragte sie.

Niels sah sich um. Gruppen von Männern in teuren Anzügen, flankiert von schlanken, effektiven Frauen in Kostümen. Es sah ziemlich offiziell aus. Laminierte Namensschilder um den Hals. Drinks und Fingerfood auf einem Tisch mit weißem Tischtuch. »Mærsk«, stand auf dem Namensschild eines Mannes. Er ging mit einem Nicken an Niels vorbei.

»Was ist das für eine Sonderführung?«

»Im Auftrag des Außenministeriums«, antwortete sie.

»Des Außenministeriums?«

»Ja, eine europäische Handelsdelegation, glaube ich.«

»Müssen die Thorvaldsen mögen?«

Sie zuckte mit den Schultern und lächelte einem südländisch aussehenden Mann, der an ihnen vorbeiging, professionell zu.

»*Natten med sine børn*«, sagte Niels, »wo finde ich das?«

»In der Seitengalerie. Saal acht«, antwortete sie mit einem Seufzen. »Aber darf ich Sie fragen, worum es geht?«

Niels ignorierte sie und sah auf die Uhr. Noch zehn Minuten. Reichlich Zeit. Er ging nach unten in Richtung Toilette und Garderobe. Etwa dreißig durchsichtige Garderobenschränke. Ein idealer Ort für einen anonymen Austausch – sollte es überhaupt um so etwas gehen. Sollte überhaupt etwas geschehen.

Die uniformierte Frau war ihm gefolgt. »Und?«, fragte sie und konnte ihre Verärgerung kaum noch verbergen.

»Wann wurde diese Führung organisiert?«

»Das weiß ich nicht, vor ein paar Tagen, denke ich.«

»Und davon wissen nur die geladenen Gäste?«

»Davon würde ich ausgehen, ja.«

Niels zog sich ein Stück zurück. Warum ausgerechnet heute?, fragte er sich. Warum gerade hier? Oder war das Treffen nach Dictes Tod abgesagt worden? Warum sollte sich dann aber jemand die Mühe machen, in ihre Garderobe einzubrechen und eine Postkarte zu entfernen? Nein, die Karte musste eine Bedeutung haben. Auf die eine oder andere Weise. Vielleicht das Motiv? *Natten med sine børn, Schlaf und Tod.* Vielleicht war die Antwort dort zu finden? In dem Kunstwerk selbst. Ein heimlicher Code? Eine versteckte Botschaft? Aber warum der Zeitpunkt? Kam es darauf an, wie das Licht auf das Kunstwerk fiel? Niels schüttelte den Kopf. Das gab es nur in amerikanischen Fantasyfilmen, nicht aber in der Wirklichkeit. Die Wirklichkeit war immer viel einfacher. Und gleichzeitig komplexer. Es waren immer die einfachen Dinge, die ein Verbrechen aufklärten. Der psychologische Morast, der dem Ganzen zugrunde lag, war hingegen deutlich komplexer.

Französische Stimmen hinter ihm. Niels drehte sich um. Zwei Männer, die aussahen, als würden sie sich langweilen. Der eine war vor allem mit seinem Handy beschäftigt. Niels musterte sie einen Augenblick lang. Nichts, sagte er sich selbst. Die hatten nichts mit dem seltsamen Code zu tun. Er lief über den Flur. Die Luft war kühl, angenehm, vor dem Sonnenlicht geschützt. Bei dieser Hitze vielleicht der beste Ort der Stadt. Am liebsten hätte er sich für einen Moment auf den kalten Marmor gelegt, die Augen geschlossen und gefühlt, wie die Haut die Kälte des Steins aufnahm. Stattdessen lief er an Kunstwerken vorbei, an Menschen mit goldenen Uhren, teurem Schmuck und den unterschiedlichsten englischen Akzenten. Niemand bemerkte ihn. Er war umgeben von Menschen, die es gewohnt waren, sich in großen, anonymen Gesellschaften zu befinden. In Delegationen, in denen man sich zulächelte und höflich nickte, ohne zu wissen, wem man da zunickte. Menschen, für die die Welt ein exklusiver Ort war, der nur ihnen offenstand. Kannte Dicte solche Menschen? Natürlich tat sie das. Ballett, Hochkultur, Thorvaldsen. Geld, Banken. »Wonach suchst du, Niels?«, fragte er sich und antwortete: »Ich suche nach nervösen Blicken, nach wachsamen Augen. Und nach *wem* suchst du? Einem Mörder? Mehreren Mördern? Nach dem Mann, der Dicte brutal gefangen gehalten und ertränkt hatte, bevor sie ...«

Da. In dem Raum, in dem die Statue von Papst Pius residierte, stand ein Mann. Zu warme Kleider für die Jahreszeit. Jacke. Sonnenbrille. Graue Haare. Teure Armbanduhr. *Circa 185 cm groß. Durchschnittlicher Körperbau.* Die sparsame Beschreibung, die sie anhand der Überwachungskamera hatten geben können. Passte sie auf den Mann? Vielleicht. Auszuschließen war es nicht.

Niels stellte sich an den Rand der Gruppe. Verschränkte die Arme und versuchte ebenso müde auszusehen wie Papst Pius der Siebte, der für immer verewigt und versteinert leer auf die Kopenhagener Kanäle starrte und mit der rechten Hand alle segnete, die vorbeikamen. Niels beobachtete den Mann. Er sah immer wieder auf seine Uhr. Der ist zu klein, dachte Niels. Und doch?

Die Führerin erklärte auf Englisch, welche Besonderheit es gewesen war, dass ein Protestant wie Thorvaldsen den Auftrag erhalten hatte, die Grabstätte für den Papst zu gestalten. Niels musterte sie. Sie war etwa Mitte zwanzig, mit feinen Zügen und – wirklich seltsam – hautfarbener Strumpfhose. Bei dieser Wärme?

»Wenn es um die Ausschmückung der katholischen Kirchen ging, drückten die Geistlichen schon mal ein Auge zu. Dann waren Homosexualität, Ketzerei, andere Glaubensrichtungen oder gar keine plötzlich egal.«

Vereinzeltes Lachen. Sie zog die Gruppe weiter. Niels sah in Richtung Ausgang. Eine elegant gekleidete Frau zupfte an ihrem marineblauen Minirock herum. Und was war mit dem Mærsk-Mann? Er stand allein da und schien den großen Saal zu mustern. Alleinstehende Männer. Denen trauen wir immer alles zu. Auch er würde bald wieder zu dieser Gruppe gehören. Er musste seinen Koffer packen. Was machte er eigentlich hier? Was ging Dictes Unglück ihn an?

Wenn du springst, springe ich auch.

Niels ging weiter und kam in die kleinen Galerien im hinteren Teil des Museums. Saal acht? Hatte sie das nicht gesagt? Doch, da, in einer Nische kaum größer als Hannahs und Niels' neues Schlafzimmer, wenn auch mit höherer Decke, sah er das Relief an der Wand. Die Nacht mit ihren Kindern: Schlaf und Tod. Genau wie auf der Postkarte, nur mit so vielen Details, dass die Flügel des Engels fast naturgetreu wirkten. Wie Taubenflügel mit weichen, leicht gebogenen Formen. Die Augen des Engels waren geschlossen. Er hielt die kleinen, rundlichen Kinder fest in seinen Armen. Es muss Jahre gedauert haben, so etwas zu erschaffen, dachte Niels.

Hinter sich hörte er Schritte. Er blickte zu Boden und ging in die andere Richtung. Dann warf er einen Blick über die Schulter und sah einen jüngeren Mann mit Tonsur. Ziemlich ungewöhnlich und deplatziert. Aber auch er trug einen Anzug und hatte ein Namensschild um den Hals. Das musste der Mann sein. Niels war sich plötzlich sicher. Der Mann mit der Tonsur blieb in der Galerie stehen, bis die Führerin auftauchte.

»Dieses Relief heißt *Natten med sine børn* und ist eines der berühmtesten Werke Thorvaldsens«, sagte sie in ihrem feinen Englisch mit Untertönen aus Oxford oder Cambridge. »Haben Sie eine Idee, wer die Kinder der Nacht sind?«

Die Gäste sahen sich an. Sie waren es nicht gewohnt, derartige Fragen gestellt zu bekommen.

»Die Kinder der Nacht? Hat jemand eine Idee?«, fragte die Führerin herausfordernd. Der Mann war noch immer da.

»Sleep«, sagte einer in der Versammlung.

»Yes, that's right«, sagte sie und fuhr fort: »Der Schlaf ist das eine der Kinder der Nacht. Hypnos auf Latein. Das andere ist ein bisschen unangenehmer.«

Niels dachte an den Philosophen Vartov. An das, was Sokrates gesagt hatte. So wie der Schlaf durch die Wachphasen abgelöst wurde, war es auch mit dem Tod. Er wurde zu Leben.

»Anybody?«

Jetzt sag es doch, dachte Niels. Er hoffte, dass sie endlich verschwanden.

»Der Tod. Das andere Kind ist der Tod. Thanatos. Schlaf und Tod«, sagte sie. Niels sah die Neugier in ihren Gesichtern. So sieht also der Tod aus? Wie ein schlafendes Kind mit runden Wangen und dicken Schenkeln?

»Man weiß es nicht mit Sicherheit, aber einige meinen, die Arbeit an dem Relief sei Thorvaldsens Versuch gewesen, die Trauer über den Verlust seines fünfjährigen Jungen Carlo Alberto zu verarbeiten. Was wir wissen, ist, dass er dieses Relief für einen dänischen Admiral gemacht hat, der seine Frau Cecilie verloren hatte und ihr ein besonders schönes Grab schenken wollte.«

Am Südwesteingang stand jetzt ein Mann mit einer dunklen Sonnenbrille. Oder bildete Niels sich das bloß ein? Nein, der Mann sah wirklich so aus, als würde er ungeduldig warten. Niels verschwand hinter einer Säule. Die Führerin zwitscherte weiter: »Das Original, das Thorvaldsen Cecilie zu Ehren gemacht hat, hängt an einem anderen Ort.«

Niels blickte auf.

»Es hängt in der Holmenskirche. Gleich hier am Kanal. Wir kommen daran vorbei, wenn wir hier fertig sind.«

Niels unterbrach sie. »Entschuldigung.«

Sie drehte sich um, das Lächeln verschwand, und ihre Augenbrauen krümmten sich wie der Rücken einer Katze.

»*Natten med sine børn*, dieses Relief da«, sagte Niels und streckte den Arm aus. »Haben Sie gerade gesagt, dass das echte Relief in der Holmenskirche hängt?«

***

16.04 Uhr

Niels sah die Kirche von dort, wo er stand. Vielleicht kam er zu spät, das Treffen konnte längst vorbei sein. Er lief quer über den Schlossplatz, vorbei an der Reiterstatue und einer Busladung japanischer Touristen, die ihre Köpfe in den Nacken gelegt hatten und blinzelnd zur Spitze des Denkmals aufblickten. Am Eingang der Kirche stand niemand, das sah er gleich. Er überquerte die Straße, wenig Verkehr, ein paar Fahrräder, Mädchen mit offenen Haaren. Niels bemerkte den Mann erst, als er in ihn gelaufen war.

»Mann, was machen Sie denn?«

Der Mann packte Niels, als die Tür der Kirche aufging und ein junger Mann mit Baseballcap und Sonnenbrille herauskam. Eine seiner Hände steckte in seiner Hosentasche. Niels zog seinen Arm zu sich und wollte weiterlaufen, aber der Idiot hielt ihn fest.

»Sie könnten sich doch wenigstens entschuldigen!«

Niels rammte ihm die Faust in den Bauch und murmelte »Polizei«, bevor er weiterrannte. Jemand rief ihm etwas nach. Es war ihm egal. Früher hätte er niemals so reagiert – niemals. Jetzt wäre er am liebsten noch einmal zurückgekehrt und hätte weitergemacht.

Der junge Mann mit Baseballcap und Sonnenbrille hatte es nicht eilig, und es gab keinen Grund, weshalb er Niels bemerken sollte. An der Ampel blieb Niels stehen. Der Mann ging zu Fuß in Richtung Brücke, nachdem er sich eine Zigarette angesteckt hatte. Teure Kleider: ein locker sitzendes, weißes Hemd mit einem besonderen Schnitt. Ohne sich damit auszukennen, wusste Niels, dass es modisch war. Ebenso wie die Sonnenbrille und die Schuhe. Ein weiterer Mann trat aus der Kirche und landete spontan in der Lieblingskategorie der Polizei: alleinstehender Mann mittleren Alters. Die Ampel wurde grün, und Niels schlenderte über die Straße auf die Kirche zu, wobei er darauf achtete, den Blick gesenkt zu halten, um nicht aufzufallen. Ihm entging aber nicht, dass die beiden Männer sich noch einen letzten Blick zuwarfen. Wem sollte er folgen? Dem jungen oder dem älteren Mann, der direkt vor ihm war? *185 cm groß, durchschnittlicher Körperbau.* Niels kannte die Beschreibung. Und ihren Wert. Im Grunde war das nämlich keine echte Beschreibung, sondern bloß ein Code der Polizei, der auf alle zutraf. Früher waren es einmal 180 cm gewesen, doch im Einklang mit der gestiegenen Durchschnittsgröße waren daraus schließlich 185 cm geworden. Aber trotzdem, die Beschreibung passte am ehesten auf den jüngeren Mann.

»Excuse me?«

Ein älteres amerikanisches Paar hatte sich zwischen ihn und den Mann geschoben. Niels hörte sie nach der Metro fragen. Im gleichen Moment sah der Mann sich um und erblickte Niels.

Misstrauen. Niels sah das an seinem Blick. Hatte er ihn doch zu lange angesehen? Der junge Mann drehte sich wieder um und beschleunigte seine Schritte. Er lief in Richtung Brücke. Niels folgte ihm. Der Mann drehte sich noch einmal um, und dieses Mal tat Niels nichts, um sein Interesse zu verbergen. Im gleichen

Moment rannte der Verdächtige los. Er überquerte die Straße, stürmte an der Bank vorbei und auf die Brücke. Niels blieb auf der anderen Seite der Brücke – die Zeit, die er eingespart hatte, weil er die Straße nicht überquert hatte, hatte ihn aufholen lassen. Er war jetzt auf gleicher Höhe mit dem Mann. Aber der Mann war schnell und ein halbes Leben jünger als er. Niels brauchte Hilfe, wollte er Erfolg haben. Er zog seinen Polizeiausweis heraus und brüllte: »Polizei Kopenhagen.« Und noch einmal: »Polizei Kopenhagen – Sie sind festgenommen.«

Weiter vorne auf der Brücke hielt eine Gruppe Banker inne und drehte sich um. Der junge Mann blieb plötzlich stehen. Er sah zu Niels und dann zu den jungen Männern vor sich. *Würden sie ihn aufhalten?*

Ohne auf sein Telefon zu blicken, drückte Niels eine Nummer, während er so laut brüllte, dass sogar die Fahrradfahrer anhielten: »Polizei! Sie sind festgenommen! Runter auf den Boden!«

Im gleichen Moment stürmte der Mann los. Er wurde immer schneller.

»Einsatzzentrale«, kam es aus dem Telefon.

»Bentzon, Morddezernat. Ich brauche Unterstützung auf der Knippelsbrücke. Ich verfolge einen Mann mit Sonnenbrille und Baseballcap in Richtungs Christianshavn.« Niels keuchte so, dass er die Antwort nicht hörte. Die fünf Bankleute wollten gerne etwas für die Ordnungsmacht tun, aber der Mut schwand ihnen im letzten Moment, als der Mann noch im Laufen nach ihnen schlug. Niels überquerte die Straße, ein Auto bremste scharf hinter ihm, und er wischte sich den Schweiß aus den Augen.

»Polizei Kopenhagen. Anhalten!«, rief er wieder. Dieses Mal wirkte es. Ein Fahrradfahrer stellte sich dem flüchtenden Mann in den Weg, damit Niels aufholen konnte. Er streckte seinen Arm aus und bekam das Handgelenk des Mannes zu fassen, aber er befreite sich geschmeidig und trat nach Niels. Die Banker waren jetzt aber auch wieder zur Stelle. Sie wollten ihre Schwäche nicht auf sich sitzen lassen und zu Hause nicht erzählen müssen, dass sie es nicht geschafft hatten, ein Kerlchen mit einer Baseballcap aufzuhalten, obwohl die Polizei sie darum gebeten hatte.

Niels war wieder auf den Beinen und sah gerade noch, wie der junge Mann einen Schritt zurücktrat, auf das Brückengeländer zustürmte und mit einem eleganten Satz darüber hinwegsprang.

Der Verkehr stand still, sodass man das Platschen hören konnte, als er in das Hafenwasser sprang. Wie alle anderen rannte auch Niels ans Geländer. Er hätte ihm nachspringen sollen.

… *springe auch ich, Dicte.*

Ich bin ein guter Schwimmer, dachte Niels, aber seine Hände klammerten sich an das schmiedeeiserne Geländer und wollten nicht loslassen. Jetzt spring schon.

In der Ferne hörte er Sirenen, und direkt hinter ihm fragte jemand: »Sind Sie okay?«

Wer war das?

»Kann ich Ihnen helfen?«

Unten im Wasser war der Mann nicht zu sehen, vermutlich war er unter die Brücke geschwommen.

»Ihre Lippe blutet.«

Niels drehte sich um. Der Fahrradfahrer, der sich dem Mann in den Weg gestellt hatte, sah ihn besorgt an.

Was hatte der ältere Mann, der aus der Kirche gekommen war, zu dem amerikanischen Pärchen, das nach dem Weg gefragt hatte, gesagt? Die Metro? *Follow me – I'm going there myself.*

»Ich brauche Ihr Fahrrad«, flüsterte Niels und wischte sich mit der Hand das Blut von der Lippe.

41.

Bispebjerg-Klinik – Zentrum für Kinder- und Jugendpsychiatrie, 16.10 Uhr

Einer meiner ersten Gedanken war, dass er nicht wie ein Psychiater aussieht. Sein Vollbart ist zu ungepflegt. Sein Blick zu wenig fokussiert. Allenfalls ein Pädagoge? Oder Lehrer? Auch seine Kleidung war irgendwie seltsam. Zu leger. Zu wenig strukturiert. Und in einer irgendwie komischen Farbkombination. Braune Hose. Rot kariertes Hemd. Seine Stimme ist aber angenehm. Tief und warm, ohne bemerkenswerte Brüche. Ich mag die Monotonie. Aber sie ist auch ein Hindernis, denn sie lenkt mich vom Zuhören ab, lullt mich in meine Gedanken ein. Wie jetzt, als er sagt:

»Es macht nichts, dass du nicht redest, Silke. Das möchte ich gleich klarstellen. Viele Menschen auf der ganzen Welt reden viel zu viel.« Er lächelt. Humor ist eine seiner wichtigsten Eigenschaften, das habe ich längst verstanden. »Du hast dich in dir selbst verschlossen, und das Wichtigste ist, dass es dir da drinnen gut geht. Denn nur wenn es dir gut geht, kannst du die Kraft finden, wieder aus dir herauszukommen. Eines Tages, wenn es dir passt.«

Es ist jedes Mal das Gleiche. Er will mich nicht unter Druck setzen. Will nicht den Eindruck erwecken, dass ich etwas falsch mache. Er arbeitet an meinem Selbstvertrauen, ist überzeugt davon, dass es einen Knacks bekommen hat. Aber auch da irrt er sich. Er versteht es nicht. Keiner versteht es.

Ich weiß genau, dass sie glauben, dass ich an einer posttraumatischen Belastungsstörung leide. Das hat er Papa gesagt. Eine Belastungsstörung, bedingt durch den Schock über den Tod meiner Mutter, die dann chronisch geworden ist. Mein Schweigen ist ein Sonderfall, dessen bin ich mir bewusst. Weil es schon so lange andauert.

»Verstehst du, was ich meine, Silke?«

Er fährt fort. Die Stille ist nicht gerade seine Stärke. Ich beginne, den Raum um mich herum zu beschreiben. In meinem Kopf. Minutiös. Alles muss mit. Die Büroklammer auf dem Tisch. Das Bild von dem Jungen, bestimmt der Sohn des Psychiaters. Der Rahmen aus rötlichem Holz. Der Tisch ist eigentlich viel zu groß für das kleine Büro, und nach meinem Geschmack sollte er drüben am Fenster stehen, da würde das Licht besser genutzt. An den Wänden hängen Plakate mit Blumen. Monet? Fröhliche Farben. Optimismus. Ein Computer, ein Drucker, Telefone. Die antike Uhr hinter ihm passt nicht zu dem sonstigen Interieur. Ich bin jetzt schon 22 Minuten hier. 22 Minuten, die für nichts und niemanden gut sind. Abgesehen davon, dass es mich amüsiert, hier zu sein. Zu sehen, wie seine ernsten, grauen Augen mich mustern. Ich mag seinen Blick. Irgendwie beruhigt er mich.

»Wir wissen ja, dass in deinem Kopf eine ganze Menge Dinge vorgehen, Silke. Wir sind nicht dumm.« Er grinst. Wieder ein Versuch, mich aufzutauen. »Du bist hier. Direkt bei mir. Das weiß ich ganz genau.«

Ich sehe an die hellgrünen Wände, auf den weißen Linoleumboden. Und auf das Mobile, das an der Decke hängt, mit lauter bekannten Zeichentrickfiguren: Donald Duck, Goofy, Popeye, Spiderman, Superman und ein grüner Mann mit dicken Muskeln und schwarzen, struppigen Haaren, dessen Namen ich vergessen habe. Sieht der Schuldige so aus?, frage ich mich plötzlich. Ist er ein Chamäleon, das sein Aussehen ändern kann, wenn es ihm passt? Warum nicht? Gestern war er groß und dünn und dunkelhaarig. Heute ist er grün und muskelbepackt. Vielleicht hat er sich deshalb in all den Jahren vor der Polizei verstecken können?

»Wenn du nichts sagen willst, muss ich das ja tun«, wieder dieses Lächeln. »Sonst wird es hier drin schrecklich still, das weißt du ja, oder?«

Und dann beginnt er zu erzählen. Wie immer. Beschreibt zum hundertsten Mal die Situation rund um Mamas Tod. Bis ins kleinste Detail. Er hat Vater einmal erklärt, man müsse mich mit dem konfrontieren, vor dem ich fliehen will. Ich höre nicht zu. Er hat keine Ahnung, wovon er redet. Er kennt mich nicht. Nur Vater kennt mich. Alle anderen sollen sich aus meinem Leben raushalten. Warum kapieren die das nicht?

56 Minuten sind vergangen, als er sich räuspert und mir sagt, dass wir fertig sind. 56 Minuten in Gesellschaft von Aksel Schultz, einem der renommiertesten Kinderpsychiater Skandinaviens. Nutzlose Minuten. Ebenso gut hätte er mit einer Wand reden können.

42.

Kongens Nytorv, 16.20 Uhr
Niels war sich sicher, dass der Mann Metro gesagt hatte. Trotzdem sah er ihn an der Bushaltestelle am Kongens Nytorv – einem chaotischen Verkehrsknotenpunkt. Die Metro pflügte sich durch die Stadt und hinterließ eine offene Wunde, abgeschirmt durch Holzwände des Straßenbauamts. Bevor Niels herausgefunden hatte, wie die Bremsen des Fahrrads funktionierten, hatte er sich zweimal an den Baustellenabsperrungen abstützen müssen, um seine Geschwindigkeit zu drosseln. Hundert Meter vor ihm, auf der anderen Seite des Theaters, stieg der Mann gerade in den Bus 350 S. Hinter ihm, aufgespannt über dem Haupteingang des Königlichen Theaters, hing ein Riesenbanner mit Dicte als Giselle. Sie lag im Mondlicht badend auf den Bühnenbrettern und hatte den Kopf leicht erhoben – noch am Leben.

Dann springe ich auch. Ich bin direkt hinter dir, Dicte.

Bus Nummer 350 S fuhr vorbei. Niels wischte sich das Blut von den Lippen und gab Gas. Wann hatte er zuletzt auf einem Fahrrad gesessen? Das war sicher zehn Jahre her. Das Rad war so klein, dass seine Knie immer wieder gegen den Lenker stießen. Der überfüllte Bus fuhr in Richtung Amager und hielt an der Ampel vor der Börse. Niels konnte tatsächlich zu ihm aufschließen. Gesichter hinter Sonnenbrillen, Mützen und Sommerhüte mit breiten Krempen. Grün. War das überhaupt der richtige Bus?

Der richtige Mann? Er warf das Fahrrad zur Seite, rannte hinter einem nach Fisch stinkenden Lastwagen über die Straße und stürmte auf den Bus zu.

»Polizei!«, brüllte er und hämmerte mit den Fäusten gegen die hintere Tür des Busses. Passagiere drehten sich um. Ein paar asiatische Touristen, die direkt hinter der Tür standen, wandten sich ab.

»Polizei!«, rief Niels noch einmal, dieses Mal so laut, dass seine Stimme sich überschlug. Ein Auto hinter ihm hupte rhythmisch.

»Verdammt, Sie können doch nicht mitten auf der Straße stehen!«, rief der Fahrer.

Niels zückte seinen Ausweis. Er drückte ihn an die Scheibe des Busses, erntete damit aber nur entsetzte Blicke der Fahrgäste.

Dann rannte er nach vorn zum Busfahrer und hielt ihm den Ausweis an die Tür. Endlich öffneten sich die Türen.

»Was soll denn das?«, schimpfte der Fahrer.

»Polizei Kopenhagen! Lassen Sie mich rein.« Niels schob sich in den überfüllten Bus, als der Verkehr wieder zu fließen begann. »Polizei!«, rief er und hielt seinen Ausweis in die Höhe. Die Passagiere starrten ihn an, als hätten sie ihn nicht gehört oder nicht verstanden, was er gesagt hatte. Irgendwo begann ein Mädchen zu weinen. Die Zeit, in der die Polizei eine beruhigende Wirkung auf die Menschen hatte, war schon lange vorbei.

»Weg da!«, rief er und begann sich durch den Bus zu arbeiten, aber die Menschen konnten sich nicht rühren. Wo bist du? Der Bus bremste abrupt, und die Frau, die vor ihm stand, hätte fast die Balance verloren. Da! Er war nicht mehr im Bus. Er musste ausgestiegen sein, als Niels den Bus betreten hatte. Jetzt rannte er in Richtung Knippelsbrücke und Christianshavn. »Fahrer! Tür aufmachen!«, brüllte Niels und schob sich wieder nach vorn. Die Türen öffneten sich widerwillig, er zwängte sich nach draußen und setzte dem Mann nach. Vor zwei Sekunden war er noch da gewesen, jetzt war er weg. Wie vom Erdboden ver… Die Metro, dachte Niels und stürmte über den Platz und die Treppe hinunter, drei Stufen auf einmal nehmend. Er erreichte den Bahnsteig. Rang nach Atem und musterte die Menge. Versuchte, zu fokussieren, wirklich jedes Gesicht anzuschauen. Jeden Mann. Wo bist du? Niels verschmolz mit der Menschentraube, die in den Zug wollte. Einige beschwerten sich lauthals, die Wärme stieg den Kopenhagenern zu Kopf, überall brodelte die Wut. Dann schlossen sich die Türen. Der Zug setzte sich in Bewegung, und eine freundliche Stimme sagte ihnen durch die Lautsprecher, dass die nächste Station Amagerbrücke war.

»Polizei Kopenhagen.« Die gleiche Taktik wie im Bus: den Ausweis in die Luft gereckt, während er sich durch die Passagiere schob. »Was ist denn los?« Ein Abteilungsleiter mit Abteilungsleiteranzug blickte von seiner Zeitung auf, als glaubte er wirklich, dass Niels sich die Zeit nahm, sich neben ihn zu setzen und ihm alles zu erklären.

»Machen Sie Platz! Polizei Kopenhagen!« Dieses Mal ließ Niels ihn nicht aus den Augen und nahm keine Rücksicht auf die anderen Passagiere, die er anrempelte. Jetzt kam es nur darauf an, den Mann im Blick zu behalten. Er war zwei Wagen vor ihm, zwei Wagen, und kam jetzt nicht mehr weiter. *Noch ein Wagen.* Der Zug wurde langsamer. Der Mann stand ganz hinten an der Wand und drehte ihm die Seite zu, sodass er sein Gesicht nicht sehen konnte. *Zehn Meter, acht.* Der Zug hielt an. »Stehen bleiben!«, brüllte Niels, aber als die Türen aufgingen, stürmte der Mann auf den Bahnsteig und verschwand im Gewimmel der Menschen.

Amagerbrücke. Der Name weckte in Niels schlechte Erinnerungen. Ein Riesenstreit mit Kathrine vor ein paar Jahren, mitten auf dem übervollen Bahnsteig, und alle hatten sie angeglotzt.

Wie hatte sie ihn damals noch genannt? Er rannte die Treppe hoch. Der Mann war schnell. Niels' Schläfen pochten – er wurde jetzt nur noch von seinem Willen angetrieben. Von seinem Gewissen, seinen Schuldgefühlen. *Idiot?* Nein, das war es nicht gewesen, es hatte irgendwie gewählter geklungen. Warum musste er auch immer auf kluge Frauen anspringen? Er hätte sich von Hannah fernhalten sollen. Sie lebten in verschiedenen Welten. Seine war ... Amager Centrum. Ein in jeglicher Hinsicht abstoßender Shoppingtempel. Er lief daran vorbei. *Abstoßend?* Nein. Der Mann rannte auf die Amagerbrogade und brachte immer mehr Meter zwischen sich und Niels. Er nahm sich sogar die Zeit, sich umzudrehen und nach Niels Ausschau zu halten. Ein schlechtes Zeichen, das wusste Niels. Er fühlte sich überlegen. Taxierte seinen Verfolger neugierig. Abwesend. Ja, *abwesend*. So hatte sie ihn genannt. – »Du bist so wahnsinnig abwesend, Niels. Ich halte das nicht mehr aus!« – Vorbei an einer Kirche und irgendeinem anderen Gebäude. Ein paar Männer mit Schlips und Kragen stellten vor der Kirche Tische auf den Bürgersteig und strahlten die Welt mit breitem Lächeln an. Warum haben diese religiösen Heinis immer so weiße Zähne?, fragte Niels sich, als einer von ihnen vor ihn trat und mit einer Bibel herumwedelte. Dann rannten sie am McDonald's vorbei. Irgendjemand hatte sein Essen vor dem Eingang verloren. Komplett mit Cola, Pommes und zermatschtem Burger. Niels sprang mit letzter Kraft über den unappetitlichen Brei. Letzter Kraft. So fühlte es sich an. Amagerbrogade. Dänemarks längste Einkaufsstraße, flimmernd vor Hitze und Abgasen. Irgendwo hinter ihm waren Sirenen zu hören. Vielleicht die Verstärkung, um die er vor Ewigkeiten gebeten hatte. Egal ... Niels würde das allein schaffen. Er lief bei Rot über eine Ampel. Jemand schimpfte, aber Niels hörte die Leute nicht mehr. Der Mann war noch schneller geworden. Es lagen jetzt bestimmt fünfzig Meter zwischen ihnen, vielleicht hundert. Als er sich umdrehte, um nach ihm Ausschau zu halten, entschied Niels sich für eine andere Taktik und tauchte im letzten Augenblick hinter einem geparkten Auto ab. Er wollte den Mann vor ihm in dem Glauben lassen, er hätte die Schlacht gewonnen und er, Niels, hätte aufgegeben. Der Mann hielt inne. Man musste kein Hellseher sein, um zu wissen, was er dachte: Ich habe gewonnen, der Idiot hat aufgegeben. Dann drehte er sich um und lief deutlich langsamer weiter über die Straße. Niels folgte ihm im Schatten der Autos und Hauswände und kam näher. Nicht viel, aber genug, um zu sehen, in welchem Haus er knapp hundert Meter vor ihm verschwand. »Thingvalla Allé«, stand auf einem Schild. Alte Villen. Niels nahm sich Zeit, bis der Blutgeschmack in seinem Mund nachgelassen hatte. Der Mann hatte ihn in den letzten Minuten nicht bemerkt, da war Niels sich vollkommen sicher. Er musste das jetzt ruhig angehen lassen, das lernte man schon im ersten Jahr auf der Polizeischule. Zu heftiges Auftreten machte den Leuten Angst, und ängstliche Menschen wurden häufig aggressiv und unberechenbar und konnten auf die blödesten Ideen kommen, zum Beispiel, ein Messer oder eine Schusswaffe zu zücken.

43.

Amager – Thingvalla Allé, 16.55 Uhr

Was jetzt? Sollte er die Tür aufbrechen? Das Recht war auf Niels' Seite, schließlich hatte er sich als Polizist zu erkennen gegeben und ihn aufgefordert, stehen zu bleiben. Niels sah durch ein staubiges Fenster ins Innere des Hauses. In der Küche stand eine Frau Mitte dreißig mit einem Säugling auf dem Arm. Er hörte sie durch das Fenster. »Nein, du kannst keinen Hunger mehr haben, das geht doch nicht?« Er legte seinen Finger auf die Klingel, ein Messingknopf.

»Kommen Sie herein«, rief sie. Das ließ er sich nicht zweimal sagen.

Niels stand im Flur. Roch Reinigungsmittel und Blumen – oder Reinigungsmittel mit Blumenduft. Sie kam aus dem Wohnzimmer und blieb ohne jede Überraschung stehen. Als wäre er der fremde Mensch, auf den sie den ganzen Tag gewartet hatte. Wohnte hier Dictes Mörder? Niels holte seinen Ausweis heraus, bevor sie den Mund öffnen konnte.

»Polizei Kopenhagen«, sagte er leise.

»Ist etwas mit dem Auto?«

»Ich muss mit Ihrem Mann reden.«

»Allan ist unten im Keller. Ist etwas mit dem Auto?«

Sie nickte in Richtung Kellertreppe.

»Danke.«

Niels ging nach unten. Der Mann drehte ihm den Rücken zu, als Niels die Tür öffnete. Ein Laboratorium: Kolben. Plastikhalterungen. Plasma. Vier gleiche Kühlschränke. Oder waren das Gefrierschränke? Allan stand am Waschbecken und kippte etwas aus. Der Wasserhahn über dem Waschbecken aus Stahl war voll aufgedreht.

»Drehen Sie das Wasser zu, Allan.«

»Sie haben kein Recht, hier zu sein«, war das Erste, was er sagte.

»Kein Recht? Ich wurde hereingebeten. Von Ihrer Frau.«

»Haben Sie schon mal was von einem Durchsuchungsbeschluss gehört?«

»Es ist 16.57 Uhr, und Sie sind vorläufig festgenommen.« Niels entsicherte seine Waffe. »Ich habe gesagt, drehen Sie das Wasser zu.«

Der Mann gehorchte. Und drehte sich um. Das Erste, was Niels auffiel, waren die verfärbten Hände des Mannes, sie leuchteten blau und rot wie eine Gasflamme.

»Was meinen Sie, wird Ihr Kind Sie vermissen, wenn Sie im Gefängnis sitzen?«

»Jetzt hören Sie ...«

»Nein, in diesem Alter vergessen die Kinder noch sehr schnell. Wenn Sie wieder rauskommen, hat es keine Ahnung mehr, wer Sie sind.«

Der Mann schlug plötzlich beide Hände vor das Gesicht. Sein ganzer Oberkörper zitterte. Brach er jetzt zusammen? In diesem Moment rief die Frau von oben:

»Allan, was ist denn los?«

»Einen Augenblick!«, sagte er und gab sich Mühe, beherrscht zu klingen. Niels sah, wie heftig sich der Brustkorb des Mannes hob und senkte, wie ein kaputter Blasebalg. Er hatte Tränen in den Augen.

»Immer mit der Ruhe«, sagte Niels und trat einen Schritt vor.
»Aber das sind doch gar keine richtigen Drogen«, flüsterte er.
Niels sah sich um. Pipetten, Einwegspritzen, Glas.

»Das ist alles legal. Ich bin Laborant. Ich habe eine Genehmigung ...«

Niels fiel ihm ins Wort. »Was haben Sie Dicte gestern Abend gegeben?«

»Häh?« Er starrte ihn durch die Tränen an. Verwundert. »Wem?«

»Stellen Sie sich nicht dumm. Dicte van Hauen. Was haben Sie ihr gegeben?«

»Ich habe keine Ahnung, von wem Sie reden.«

»Sie waren gestern Abend in Dicte van Hauens Wohnung.«

»Nein, war ich nicht, ich war zu Hause.« Er schüttelte den Kopf. »Wir haben mit den Nachbarn gegrillt, da können Sie alle fragen.«

»Sie haben sich mit den Nachbarn amüsiert. Und als es Nacht wurde, haben Sie Ihre kleine Frau ins Bett gebracht und sind aufgebrochen, um einen anderen Menschen umzubringen. Um wie viel Uhr waren Sie in Dictes Wohnung? Gegen Mitternacht?«

»Ich habe keine Ahnung, wovon Sie reden. Ich treffe sie nie persönlich. Höchstens mal auf dem Weg zum Treffpunkt, aber da bin ich dann schon wieder auf dem Rückweg. Wir reden nie miteinander. Nie.«

Niels sah dem Gesicht des Mannes an, dass er die Wahrheit sagte. Zu seinem Bedauern.

»Wem begegnen Sie nie?«

»Den Kund...« Er unterbrach sich selbst.

Niels hob die Waffe. »Hören Sie, Allan. Wenn Sie wollen, rufe ich auf der Wache an, dann wimmelt es hier in fünf Minuten von Beamten. Sie werden festgenommen. Ihre Frau wird festgenommen. Und Ihr Kind landet für die 14 Tage, die Sie beide in Untersuchungshaft sitzen, bei einer Pflegefamilie. In der Zwischenzeit nehmen wir hier Ihr Haus auseinander.«

»Die Kunden. Ich treffe sie nie.«

»Kunden. Und was sind das für Kunden?«

Wieder dieses Zögern. Niels sah, wie er fieberhaft kalkulierte. Was war besser? Hier und jetzt alles erzählen oder auf die Verhandlung warten?

»Okay, Allan. Dann fahren wir auf die Wache, drehen Sie sich um …«

Er fiel ihm ins Wort. »Das sind alle möglichen Leute. Die meisten sind Sportler.«

»Doping?«

»Wenn Sie es so nennen wollen.«

»Wen wollten Sie treffen?«

»Wir sagen nie Namen. Nie. Meistens sehen wir uns nicht einmal.«

»Wie das denn? Wie treffen Sie Ihre Vereinbarungen?«

»Die Kunden schreiben ihre Bestellungen auf eine Postkarte und hängen sie unten an die Tür. Ich besorge dann das Zeug.«

»Unten an die Tür?«

»Ja, im Königlichen Theater.«

»Und die Übergabe ist dann in der Kirche?«

»Ja.«

»Wie kommt der Kontakt zustande?«

Keine Antwort. Niels sah, dass er an einer Lüge arbeitete.

Er hob seine Stimme: »Es muss einen Mittelsmann geben. Wer ist das?«

»Das ist lange her.«

»Lange her reicht mir nicht.«

»Der ist längst weg. Das war ein spanischer Fahrradfahrer. Er war mit einem der Mädchen im Ballett zusammen.«

»Mit Dicte?«

»Nein, die hieß anders. Das ist Jahre her.«

»Und Sie haben den Radprofis diese Dopingmittel besorgt?«

»Nennen Sie es, wie Sie wollen. Die Menschen wollen Leistung bringen, unterhalten. Es müssen immer neue Rekorde aufgestellt werden. Bei der Tour de France, den Hundertmeterläufern, im Ballett muss der Schmerz überwunden werden ...«

»Sparen Sie sich Ihr Plädoyer für den Richter!«, sagte Niels, aber Allan fuhr fort:

»Es ist in Ordnung, dass Menschen ihre Gesundheit aufs Spiel setzen, um uns zu unterhalten, dass sie in Abgründe stürzen, sich totfahren oder vor Erschöpfung sterben ...«

»Allan ...«

»Aber oh, oh! Sie dürfen dabei nichts nehmen, was ihnen diese Herausforderung vielleicht ein bisschen leichter macht.«

Schritte auf der Treppe. Kindergeschrei. Allans Frau war auf dem Weg nach unten.

»Warte, Schatz!«, rief er. Die Schritte blieben stehen. Allan sah zu Boden: »Ich sollte wohl mit einem Anwalt reden«, sagte er leise.

»Einem Anwalt? Sie wollen mit einem Anwalt reden?« Niels dachte nach. Ein Anwalt bedeutete ein offizielles Verhör, und das würde Tage dauern. Wochen. Nein. »Ich bin bereit, zu vergessen, was ich hier gesehen habe«, hörte Niels sich selbst sagen.

Allan blickte auf. Verwundert.

»Wenn Sie mir meine Fragen beantworten.«

»Ich sage alles, was ich weiß, wenn Sie das hier vergessen.«

»Es geht um heute. Sie hatten heute eine Verabredung mit Dicte.«

»Aber es ist wahr, was ich gesagt habe. Wir benutzen nie Namen. An der großen Nachrichtentafel gleich hinter dem Personaleingang hängt eine Postkarte.«

»Eine Postkarte?«

»Thorvaldsen, *Natten*.«

»Wer ist denn auf die Idee gekommen?«

»Ich nicht, ich denke, dieses ganze geheimnisvolle Drumherum gibt denen einen Extrakick.«

»Okay. Eine Postkarte mit Thorvaldsens Relief. Was stand da drauf?«

»Wir benutzen Abkürzungen für die verschiedenen Stoffe.«

»Zum Beispiel?«

»E für EPO.«

Niels wartete ein paar Sekunden. Allan sah zu Boden.

»Was schreiben Sie dann auf die Postkarte?«

»Die Uhrzeit und den Betrag.«

»Und wer kommt dann in der Regel?«

»Ein Mädchen.«

»Dicte?«

»Wie ich schon gesagt habe …«

»Sie haben keine Namen. Aber Sie müssen doch mal ihr Gesicht gesehen haben.«

»Sie trug eine Sonnenbrille.«

»Jetzt hören Sie aber auf. Sie haben die Bilder heute gesehen. Dicte van Hauen. Tot.«

Allan nickte. »Das kann sie gewesen sein, sicher bin ich mir da aber nicht.«

Schritte auf der Treppe. »Allan? Was ist denn los?«

Niels blieb hartnäckig. »Aber heute war es jemand anders?«

»Ja. Schon beim letzten Mal. Ein junger Kerl. Mit einer teuren Uhr.«

Niels unterbrach ihn: »Ein junger Mann, Sonnenbrille, Mütze, teure Uhr. Hat er was gesagt?«

»Kein Wort. Er hat das Geld, ich gebe ihm die Ampullen.«

»Sonst noch was?«

»Er ist auch vom Ballett. Da bin ich mir sicher.«

»Warum?«

»Ich komme immer eine Stunde früher und überprüfe den Treffpunkt.«

Er kam ins Stocken. Niels half ihm auf die Sprünge: »Sie kommen eine Stunde früher, um sich zu vergewissern, dass die Luft rein ist. Und was war heute los?«

»Er kam. Zwanzig vor vier. Wartete nervös. Und ungeduldig. Und dann machte er eine Dehnungsübung.«

»In der Kirche? Er hat in der Kirche eine Dehnungsübung gemacht?«

»Draußen, davor. Am Geländer vor dem Kanal. Ich glaube, er hatte Schmerzen in der hinteren Oberschenkelmuskulatur.«

Die Frau mit dem Baby rief wieder. Niels dachte nach. Er müsste ihn eigentlich verhaften.

»Wir haben eine Abmachung. Ich habe Ihnen alles gesagt, was ich weiß.«

»Und was haben Sie ihm verkauft? EPO?«

»Nein, das war ja das Seltsame.«

»Was?«

»Das Mädchen hat immer EPO gekauft. Aber die beiden letzten Male ...«

Er kam ins Stocken. Machte eine Kunstpause, der Dramatik wegen.

»Die beiden letzten Male?«, fragte Niels. »Was war da? Hat der Mann etwas anderes gekauft?«

»Ja.«

»Und was?«

»Ritalin.«

»Was ist das?«

»Ein Mittel, um sich wach zu halten und das Beste aus sich rauszuholen, jedenfalls wirkt es bei manchen so.«

»Und noch was anderes?«

»Ax6. A steht für Adrenalin.«

»Und Adrenalin haben Sie ihm auch besorgt? Das klingt nicht so gefährlich.«

»Und Amiodaron.«

»Was ist das?«

»Zusammen mit Adrenalin ergibt das die Kombination, mit der man in den Krankenhäusern die Wiederbelebungen vornimmt.«

Wiederbelebung, dachte Niels. Der Mord an Dicte van Hauen war also bis ins kleinste Detail geplant gewesen. Sie war mit voller Absicht ertränkt und dann wiederbelebt worden. Warum hätte er sich sonst entsprechend vorbereiten sollen? Er sah auf die Uhr seines Handys. Wie viel Zeit war vergangen, seit der andere Mann von der Brücke gesprungen war? Eine halbe Stunde. Mehr konnte es kaum sein. Niels konnte in einer Viertelstunde im Theater sein. Was hatte der Balletmeister gesagt? Alle Tänzer des Ensembles spielten in *Giselle* mit. Sogar die Kinder. Das hieß dann doch, dass der Mann, der Dicte ermordet hatte, im Theater sein musste, wenn in wenigen Augenblicken die Abendprobe begann. Außerdem müssten seine Haare und Kleider noch nass sein und nach Hafen riechen. Eine andere Möglichkeit war, dass er der Probe fernblieb. Aber auch dann würde Niels wissen, wer er war. Er rief an.

»Wir haben doch eine Vereinbarung«, sagte Allan nervös.

»Ja, wir haben eine Vereinbarung, Allan. Ich werde nichts sagen. Und Sie finden eine andere Art und Weise, um sich Ihr Geld zu verdienen. Denken Sie an Ihr Kind. Ich schaue mal wieder bei Ihnen vorbei.«

Endlich meldete sich jemand: »Taxizentrale?«

44.

Islands Brygge, 17.07 Uhr

Hannah saß im Wohnzimmer. Mit Blick über den Hafen. Sie und Niels hätten so glücklich sein können. Sie nahm die Tablette aus der Tasche und legte sie auf den Tisch. Diese Tablette würde den Tod ihrer Kinder besiegeln. Sie musste sie heute nehmen, spätestens bevor sie ins Bett ging. Aber wie sollte sie das machen? Sie war rund, leicht oval, aber mit ausgeprägtem Rand. Ein bisschen erinnerte sie an den Saturn – wenn man sich vorstellte, dass der Rand an der Außenseite der Ring war. *Unsinn.* Sie stand auf. Die Himmelskörper konnten ihr jetzt nicht helfen. Aber sollte am Abend nicht die Mondfinsternis sein? Finsternis. Nein, ihr Kopf warf alles durcheinander, die Mondfinsternis war erst übermorgen.

»Ahh…«

Ihr Aufschrei überraschte sie selbst.

»Hannah. Du musst rational denken«, sagte sie laut. »Jetzt lass doch mal die Anklage zu Wort kommen. Wie in den Filmen. Erst die Staatsanwaltschaft, dann die Verteidigung.« Sie trat zur Seite, damit in der Mitte des Raums auch Platz genug war.

»Verehrtes Gericht, hoch geachtete Geschworene. Ich weiß sehr genau, wie brutal, wie schrecklich das Vorhaben der Hannah Lund auf Sie wirken muss. Sie will zwei Menschen umbringen, die nichts getan haben.«

Sie machte eine Kunstpause und verstieg sich für einen Moment in den Gedanken, dass sie bindungsscheu und seltsam war, schließlich stand sie hier und führte Selbstgespräche. Aber bewies das nicht schon alles?

Sie räusperte sich und fuhr fort: »Aber wir sollten uns die Geschichte genauer ansehen und dieser emotionalen Sache auf den Grund gehen. Es geht nämlich um etwas, das längst geschehen ist. Um die Geschichte einer Erbkrankheit. Eine Krankheit, mit der man so schwer leben kann, dass viele Betroffene Selbstmord begehen. Wie fühlt sich das an?, fragen Sie sich vielleicht. Nun, wie etwas, das kein normaler Mensch in Worte fassen kann. Und doch ist es einmal so beschrieben worden, wie in einem Horrorfilm zu leben. Wir müssen heute die Frage beantworten, ob wir die Verantwortung dafür übernehmen wollen, dass ein Mensch mit einer solchen Krankheit in die Welt gesetzt wird. Wollen wir das wagen? Ich habe keine Zweifel: Würden wir das tun, würden wir ein ebenso schweres Verbrechen begehen. Und bald ist es für eine Entscheidung zu spät. Doch noch haben wir die Möglichkeit zu handeln. Noch können wir verhindern, dass zwei Menschen in eine Tragödie gestürzt werden. Haben wir damit nicht die Pflicht einzugreifen?«

Ihr Blick huschte zu der Tablette.

45.

Kopenhagen – Amager, 17.15 Uhr

Der macht das noch mal. Der Gedanke trieb Niels ins Taxi.

»Zum Theater, schnell bitte!« Der Fahrer stellte das Taxameter an.

Warum hätte er sonst noch mehr von dem Zeug kaufen sollen?, fragte Niels sich. Warum das Risiko eingehen, sich am Tag nach einem Mord mit seinem Dealer zu treffen? Das tat man doch nur, wenn man einen weiteren Mord plante? Niels rief im Theater an. Er musste Frederik Have sprechen. *Rache.*

Sie sind Nummer fünf in der Warteschleife.

Ein Drang nach Rache erfüllte Niels. Aber wessen Rache war das? Dictes? Oder war das persönlicher? Dürstete es ihn so nach Rache, weil er jemanden verloren hatte? Zum ersten Mal. Alle anderen hatte er davon abbringen können, sich etwas anzutun. Nur Dicte nicht. Und jetzt folgte die Abrechnung. Niels stellte sich vor, dass er Dictes Mörder durchnässt und mit Tang in den Haaren auf das Dach des Theaters schleppte, hoch über dem Kongens Nytorv. Den Mann, der sie ertränkt und wiederbelebt und ihre rationalen Gedanken kurzgeschlossen hatte. Niels fantasierte davon, ihn in die Tiefe zu stürzen. Was würde er ihm nachrufen? Dass Niels Bentzon niemanden verlor? Ging es ihm womöglich nur um seinen verletzten Stolz und nicht um die Jagd nach Gerechtigkeit? Nein. Es ging darum, einen weiteren Mord zu verhindern, schloss Niels. Die richtige Schlussfolgerung. Die, die ihn in ein gutes Licht rückte.

Er nutzte die Zeit im Taxi für zwei Dinge: Er wartete in der Telefonschleife des Theaters – *Sie sind Nummer fünf in der Warteschleife* –, um den Ballettmeister zu sprechen, und er las in dem Buch, das bei Dicte gelegen hatte. *Phaidon*. Zuerst sah er nur die Worte, die sie unterstrichen hatte. Das Buch handelte vom Tod. Alles an dieser Frau handelte vom Tod, dachte Niels. Das Ballett *Giselle*. Auch darin ging es um eine Frau, die erst starb und dann wiederauferstand. Wie Dicte selbst – Adrenalin und Amiodaron. Die Abdrücke des Defibrillators. Und all ihre Bücher über den Tod und das, was danach kam.

Sie sind Nummer vier in der Warteschleife.

Niels spürte seine Verärgerung. Mit jedem Augenblick, den er vergeudete, stiegen die Chancen des Mörders, sich zu verstecken, seine Sachen wegzuschmeißen und alle Spuren zu beseitigen.

Sie sind Nummer drei in der Warteschleife.

»Können Sie die Busspur nehmen?«, fragte Niels.

»Haben Sie es so eilig?«

Niels zeigte dem Taxifahrer seinen Polizeiausweis. Ja, er hatte es eilig. In wenigen Minuten musste er Dictes Mörder von den Brettern der Bühne ziehen und auf ein ganz anderes Podium stellen. Ein Podium mit Staatsanwalt und Richter. Und mit der Aussicht auf eine lebenslange Haftstrafe.

Der Fahrer zuckte mit den Schultern und zeigte auf die Busspur, auf der der Verkehr ebenso langsam vorwärtskam wie auf der Spur, auf der er sich befand. Kopenhagen hatte frei, und alle schienen aus der Stadt zu wollen.

Sie sind Nummer zwei in der Warteschleife.

Niels versuchte weiterzulesen, konnte sich aber kaum konzentrieren. Ein neuer Gedanke: Ging es nur darum, das Versprechen zu halten, das er Dicte gegeben hatte? Vielleicht. Nur dass dies seine Art war, ihr hinterherzuspringen: Er musste die Umstände ihres Todes klären und den Mörder finden.

Niels las. Sokrates spricht mit seinen Schülern über die Schönheit. Dicte hatte den ganzen Abschnitt unterstrichen. Er las weiter, verstand aber nicht viel. Oder wollte er das nicht verstehen? Vielleicht. Es ging um das angeborene Schönheitsideal, von dem auch Henrik Vartov gesprochen hatte. Um die Tatsache, dass wir die Schönheit erkennen. Egal, wo auf der Welt wir sind, egal, wer wir sind oder in welcher Zeit wir leben, erkennen wir Schönheit. Und wie soll das gehen, wenn das Gefühl dafür nicht angeboren ist? Aber wenn es angeboren war, wo steckte es dann? Und wie war es dann mit der Gerechtigkeit? War die dann am gleichen Ort?

Blödsinn.

Sie sind Numme zwei in der Warteschleife.

Niels wusste, wer mit ihm in der Warteschleife hing. Das waren all die Journalisten, die Leute, die den Nektar ihres Lebens aus Tragödien wie dieser saugten. Sie würden Dicte noch ein paar Tage auf den Titelseiten halten, solange sie Geld damit verdienen konnten, private Details auszuplaudern.

»Sie werden verbunden«, sagte eine Stimme im Telefon.

Das Königliche Theater, 17.27 Uhr

War der Kongens Nytorv eigentlich jemals etwas anderes als eine Baustelle gewesen?, fragte Niels sich wütend und sprang aus dem Taxi, ohne auf die Quittung zu warten.

Wie abgesprochen, wartete der Ballettmeister schon auf ihn. Auf seinen Lippen lag ein vorsichtiges Lächeln, und in seinen Augen war wieder Kampfgeist zu erkennen. Niels registrierte das sofort und spürte einen Anflug von Bewunderung für den Mann: Der fürchterliche Tag und all die demütigenden Gespräche mit dem Direktor hatten ihn nicht gebrochen. Niels begleitete ihn nach drinnen.

»Die Probe ist im vollen Gang.«

»Haben Sie Ihr gesamtes …« Niels suchte nach dem richtigen Wort. »… Ensemble versammelt?«

»Woran denken Sie?«

Niels sah sich auf dem Flur um. Er wollte sichergehen, dass niemand sie hörte. Die Dinge normalisierten sich langsam wieder. Weniger Tränen, weniger leere Blicke, mehr Konzentration. Niemand ist unersetzbar, dachte Niels. Das Leben geht weiter.

»Ich meine, ob alle da sind. Auf jeden Fall die Tänzer.«

»Sie sind da, ja. Auf der Bühne. Oder hinter der Kulisse«, sagte der Ballettmeister. »Können wir uns beeilen?«

»Wir müssen leider die erste Übung noch einmal wiederholen und alle auf der Bühne versammeln, damit ich mit ihnen reden kann.«

»Morgen früh wäre dafür ein guter Zeitpunkt.«

»Jetzt.«

»Aber wir sind mitten in der Probe.«

»Unterbrechen Sie die.«

»Ich glaube, Sie verstehen nicht. Das ist die Generalprobe. Sie läuft schon.«

46.

Islands Brygge, 17.30 Uhr

Die Vertreterin der Anklage setzte sich. Gegen wen hatte ihre Anklage sich eigentlich gerichtet? Gegen die Stimmen in ihr, die das Recht des Lebens forderten? Oder hatte sie alle angeklagt, die ihren toten Sohn vergessen hatten? Alle, die glaubten, sich auf die Schmerzen anderer zu verstehen?

Hannah lehnte sich auf dem Sofa zurück und schloss für einen Moment die Augen. Dann hörte sie eine andere Stimme in ihrem Kopf: *Möchte die Verteidigung dazu etwas sagen?*

»Ja«, sagte Hannah laut und öffnete die Augen. Vor ihr lag das leere Wohnzimmer. Sie hatte Lust auf eine Zigarette oder ein Glas Wein. Oder beides. Aber das musste warten.

»Also«, sagte sie. »Verehrtes Gericht, verehrte Geschworene. Erlauben Sie mir, Sie an den Ernst der Sache zu erinnern. Es geht in diesem Verfahren um das Leben. Um das Recht auf Leben. Und es geht um die Frage, wo der Ursprung des Lebens liegt. Nein, lassen Sie es mich auf eine andere Weise sagen: Sind wir es, die uns für Kinder entscheiden? Oder sind es die Kinder, die sich uns auswählen? Wer kann diese Frage mit Sicherheit beantworten? Wer kann sagen, wo das Leben herkommt?«

Hannah bemerkte, dass sie aufgestanden war. Oder stand sie schon die ganze Zeit? In ihrem Kopf surrte es. Fast hörte sie, wie ihr Hirn auf Hochtouren arbeitete. Ein Motor kurz vor dem

Durchbrennen. Sie fuhr fort: »Und es geht um uns Menschen, die wir uns das Recht herausnehmen, über Leben und Tod zu entscheiden. Denken Sie an unsere Beziehung zum Tod. Den Tod lassen wir in Ruhe. Da mischen wir uns nicht ein. Der kommt von selbst, liegt in den Händen höherer Mächte, je nachdem, woran man glaubt. Egal wie leidvoll das Leben ist, bringen wir den Tod nicht hervor. Er kommt, wenn er kommt. Aber wie ist das mit dem Leben? Warum sollten wir das anders behandeln? Das Leben kommt, wenn es kommen will. Sollten wir nicht auch dazu Ja sagen? Statt es im Keim zu ersticken?«

Stille im Saal. Die Zuhörer hielten die Luft an und lauschten den Argumenten der Verteidigung.

»Zwölf Wochen, sagen wir. Zwölf Wochen lang haben wir das Recht zu töten. Diese Aussage ist himmelschreiend paradoxal. Wer nimmt sich das Recht, zu behaupten, dass diese Grenze wirklich Sinn macht? Eine Grenze, die zu allen möglichen anderen Zeitpunkten gesetzt hätte werden können und die von irgendwelchen Politikern festgelegt worden ist. Was wissen diese Menschen über die Entstehung des Lebens? Das Wichtigste ist aber die Frage selbst: Wer kann sagen, welches Leben sinnvoll ist und welches nicht? Wie ein sinnvolles Leben aussieht? Wenn wir Menschen mit psychischen Leiden das Recht auf Leben verwehren – was ist dann mit Menschen mit physischen Gebrechen? Mit Säuglingen mit kleinen Missbildungen? Sollen wir denen auch das Leben verwehren? Letzten Endes geht es dabei doch um Normalität. Was ist das Normale? Wer wagt das zu definieren? Vielleicht ist es sogar normal, dass man das Leben leid ist? Keiner von uns geht doch immer gut gelaunt durch das Leben! Viele der größten Philosophen unserer Welt haben das Leben gehasst. Kant. Schopenhauer. Für sie war das Leben die Hölle. Der Tod eine Befreiung. Hätten sie niemals leben sollen?«

Hannah lief durch das Wohnzimmer. In kleinen Kreisen. Sie blickte aus dem Fenster, sah aber nichts. Vor ihren Augen war nur der Gerichtssaal.

Der Richter starrte sie an und gab ihr zu verstehen, dass die Zeit knapp war. War das jetzt der Moment für ihr letztes Argument?, fragte sie sich. Nein, es ging gar nicht mehr um Argumente, sondern um Gefühle. Die Verteidigung musste an die Gefühle appellieren.

»Sollen wir uns für den Tod oder für das Leben entscheiden?«, fragte sie. »Sollen zwei neue Leben geboren werden? Menschen mit Hoffnungen, Träumen und Sehnsüchten. Menschen, die vielleicht eines Tages Großes vollbringen werden. Oder sollen wir einen Doppelmord begehen? So lautet die Frage. Das ist die Essenz dieses Verfahrens. Mehr habe ich nicht zu sagen!«

47.

Das Königliche Ballett, 18.00 Uhr
Niels hörte nur den zweiten Teil des Satzes. Vielleicht weil der Ballettmeister so leise gesprochen hatte. Oder weil er sich nicht gegen die überwältigende Musik aus dem Orchestergraben wehren konnte. »Nehmen Sie Platz, wo Sie wollen.«

Niels sah sich um. Er ignorierte Balkone, Königsloge und Kronleuchter – all das Rote, Glänzende – und konzentrierte sich einzig auf die Menschen. Die Männer. Er zählte zwanzig Leute in den vordersten Reihen. Wer sagte, dass derjenige, der Dictes Adrenalin geholt hatte, nicht unter ihnen war? Entweder war er auf dieser Seite des Vorhangs oder auf der anderen. Auf jeden Fall innerhalb dieser Mauern. Sie hatten vereinbart, dass der Ballettmeister nach Ende der Probe alle Tänzer versammelte. Im Moment war aber nur einer auf der Bühne. Seine Bewegungen waren ohne jede Scham. Zweifelsohne zeitgemäß. Wie man es heute machte, bestimmt gehörte das zur Vorstellung. Ja. Alle Augen waren auf die Bühne und den einzelnen Tänzer gerichtet, die Musik leitete ihn, so leise sie in diesem Moment auch war. Im gleichen Moment wendete er sich mit einer einfachen, traurigen Bewegung um, bevor er lautlos zu Boden fiel. Die PR-Mitarbeiterin drehte sich um und gab Niels die Hand. »Man darf bei einer Probe ruhig flüstern«, sagte sie leise.

Wie war noch mal ihr Name? Ida?

Auf der Bühne hatte der Tänzer sich langsam wieder aufgerichtet. Erst jetzt bemerkte Niels seine Kleider. Das Hemd. Die Weste. Eine graue Hose mit Bügelfalten. Wie ein Banker. Er sah aus wie einer der jungen Männer, die Niels vor Kurzem auf der Knippelsbrücke hatten helfen wollen. Würde Niels in der Lage sein, den Mann an seinen Bewegungen zu erkennen? An der Art, wie er über die Brücke gelaufen war?

Lange Schritte. Geschmeidige Bewegungen, die gleichzeitig aber maskulin waren. Nicht wie der auf der Bühne. Der hatte etwas Elegantes.

Während die Musik im Einklang mit dem Tänzer auflebte, wurde die Bühne immer heller. Ein schwaches blaues Licht ließ einen Friedhof erkennen. Einen endlosen Friedhof – so sah es aus dem Saal jedenfalls aus. Gleichförmige Grabsteine. Rechtecke, die aus dem Boden ragten. Was hatte Lea gesagt? Dass es *Giselle* war, die Dicte umgebracht hatte? Niels beugte sich vor.

»Wo hat Thorvaldsen gesessen, als er starb?«, fragte er.

Ida sah überrascht aus. Beeindruckt?

»Die Antwort muss ich Ihnen schuldig bleiben.«

Der Ballettmeister hatte sich in die erste Reihe gesetzt. Neben ihm saß ein Mann, der sich ständig umdrehte, aufstand und sich wieder hinsetzte. Sein Hemd hing über der Hose, und seine Nerven lagen sichtlich blank, das sah man seinem manischen Blick an. Er war in etwa so groß wie der Mann, der Niels auf der Brücke entwischt war.

»Wer ist das?«, flüsterte Niels.

»Der Regisseur«, antwortete Ida. »Es ist sein Debüt. Er war schon als Assistent bei einer Vielzahl von Aufführungen dabei, aber das ist jetzt das erste Mal, dass er allein die Verantwortung trägt.« Sie beugte sich zu Niels und flüsterte: »Er hat sich oft mit Dicte gestritten.«

»Warum?«

Sie zuckte mit den Schultern. »Nicht nur für die Tänzer steht viel auf dem Spiel. *Giselle* ist auch für ihn eine Chance. Wenn die Aufführung durchfällt – schlechte Kritiken, ausbleibendes Publikum –, kann es lange dauern, bis er wieder eine Chance bekommt, wenn überhaupt. Andernfalls ...« Sie dämpfte ihre Stimme. »... steht die Welt ihm offen. Nichts ist so international wie das Ballett. Da braucht es keine Worte. Das verstehen alle.«

Niels hörte ein Räuspern hinter sich und drehte sich um. Ein älterer Mann hatte seinen Zeigefinger voller Autorität auf seine Lippen gelegt und sah Niels eindringlich an. Rotes Einstecktuch. Weiße Haare. Die Musik wurde dramatisch. Wie in einem Stummfilm. Und dann stand sie da. Giselle. Lea Katz. Niels hatte sie nicht kommen sehen. Von dort, wo er stand, sah es aus, als wäre sie vollkommen nackt. Als wäre der sandfarbene Brautschleier durchsichtig. Ihre Brüste berührten den Stoff – oder umgekehrt. Die Musik wurde noch lauter. Beinahe wütend, und Giselle verschwand wieder. Wie ein Geist. Der Tänzer hastete kreuz und quer über die Bühne, erschrocken, erregt, und verschwand dann auch hinter den Kulissen.

»Früher hörte man immer die Ratten fiepen, bevor der Vorhang nach oben ging. Es wimmelte hier von Ratten, weil die Kanäle, die hier ringsherum verlaufen, voller ...«

Niels drehte sich um, sah den Alten an, der eine Kunstpause machte und dabei Niels' Blick festhielt: »... Exkremente waren.« Der Alte lächelte spitzbübisch. Ein Junge, der nie aufhören wollte, frech zu sein. »Sind Sie der Polizist?«, fragte er.

»Und Sie?«

»Ich unterrichte hier mitunter«, sagte er betont locker.

Dicker weißer Nebel waberte über den Boden der Bühne. Die Violinen spielten noch immer. Pulsierend. Als zögen sie den weißen Nebel über die Bühne. In der ersten Reihe wurde geflüstert. Niels hörte die Stimme des Ballettmeisters.

»Kannten Sie sie?«, fragte Niels.

»Natürlich«, antwortete der Alte. »Dicte war einzigartig. Nicht so wie die anderen. Ihr Tod ist ein Riesenverlust für das Ballett.«

»Wie meinen Sie das, nicht wie die anderen?«

Er zuckte mit den Schultern. »Viele wollen einfach nur auf die Bühne. Ihren Mädchentraum ausleben. Das sieht man bei jedem Vorhang.«

»Vorhang?«

Er sah Niels nachsichtig an: »Wenn das Publikum klatscht und sie zurück auf die Bühne fordert. Wenn man denn dieses Glück hat.«

»Und was kann man sehen, wenn das Publikum klatscht?«

Er beugte sich etwas weiter zu Niels vor. »Die Brustwarzen der Mädchen.«

Niels sah zu Boden.

»Die werden hart. Verstehen Sie?«

Niels nickte und überlegte, sich einen anderen Platz zu suchen. In der ersten Reihe war es still geworden.

Der Alte flüsterte. »Sie werden geil, bei jedem Applaus.«

»Und Dicte war da anders?«

»Dicte hätte auch ohne Publikum getanzt. Das war es, was sie so sublim machte, so über alle erhaben.«

Niels blickte zur Bühne. Aus dem Nebel, der fast am Boden klebte, erhoben sich die Körper von Frauen. Erst nur Arme, dann folgten die Körper, wie Wesen aus dem Rauch.

»Das muss zu Neid führen.«

Er lächelte: »Sie wollen wissen, wer sie umgebracht hat, bevor sie sprang?«

Niels sah ihn überrascht an.

Der Alte zuckte mit den Schultern. »Hier drinnen gibt es keine Geheimnisse«, sagte er und fügte hinzu: »Oder nur Geheimnisse, ganz wie Sie wollen.« Dann flüsterte er Niels ins Ohr: »Es ist schon erschreckend, wie sehr das Libretto dem ähnelt, was Dicte zugestoßen ist.«

Niels unterbrach ihn: »Das Libretto?«

»Die Geschichte, die Handlung!«

»Was ist damit?«

»*Giselle* handelt von allem Gefährlichen. Von dem, was man verdrängt. Was man nicht will, nicht verstehen kann. Von Sexualität. Der Sexualität von Frauen. Den verborgenen Kräften in der weiblichen Natur. Kräfte, deren Stärke erschreckend und unkontrollierbar ist, gleichzeitig aber auch anziehend und voller Verlockungen. *Giselle* wurde erst 1946 ins Repertoire des Königlichen Theaters aufgenommen, unter anderem, weil August Bournonville das Stück nicht gefallen hat.«

»Warum nicht?«

»Er fand es nur krankhaft. Unmoralisch. Nehmen Sie nur die Wilis«, sagte er und zeigte zur Bühne. »Die Nachtwesen in den tiefen Wäldern. Sexuell frustrierte Jungfrauen, die gestorben sind, bevor sie ihre Unschuld verloren haben. Und Giselle stirbt an der Trauer ...«

Niels unterbrach ihn: »Giselle stirbt an der Trauer? Oder begeht Selbstmord. Und Dicte springt in den Tod.«

»Genau.«

»Sie wollen damit sagen, dass ...«

»Dass Dicte die Vorstellung mit zu sich nach Hause genommen hat.«

»Um sie live auszuführen?«

»Für die ganze Welt«, sagte er und blickte zu Boden.

Niels war sich nicht sicher, wie viel er dem Alten erzählen sollte.

Andererseits war dieser Mann sicher seit Jahrzehnten hier. Länger als jeder sonst. Und der Ballettmeister hatte das Ensemble ja selbst mit einem Kloster verglichen: einem Ort, an dem man die ganze Zeit zusammenlebte, ein Leben hinter Mauern, während man etwas anbetete, das größer als man selbst war. Niels beugte sich weiter zu dem Mann vor. Jetzt flüsterten sie.

»Der Bildhauer Thorvaldsen sinkt hier an diesem Ort tot zusammen.«

Der Alte blickte auf. Verwundert. Niels fuhr fort: »Dicte hatte eine Postkarte von Thorvaldsens *Natten med sine børn* in der Garderobe hängen.«

»Schlaf und Tod!«, sagte der Alte.

»Ja, von denen auch dieses Ballett handelt. Schlafen, träumen, sterben.«

»Und wiederauferstehen.«

Jetzt standen alle Tänzerinnen in einer Reihe. Lea ganz vorn. Niels konnte nur schwer seinen Blick von ihr wenden. Die graziösen Bewegungen und der fast nackte Körper faszinierten ihn.

»Alles um Dicte herum ist fokussiert auf den Tod«, flüsterte der Mann. »Und die Wiederauferstehung.«

Niels sah ihn an.

Der Alte zeigte zur Bühne. Die Musik begann. »Im zweiten Akt warten die Jungfrauen. Sie wollen Albrecht aus Rache zu Tode tanzen.«

»Zu Tode tanzen?«

»Oder zu Tode lieben. Was glauben Sie?«

Niels sah zur Bühne. Zu dem einzelnen Mann, umgeben von weißen Jungfrauen. Vampiren. Nachtwesen.

Er redete hinter Niels weiter: »Das ist eine von Dictes Änderungen. Inspiriert von einer berühmten Inszenierung von Peter Schaufuss. Dicte wollte in dem Stück nicht an der Trauer sterben, sondern Selbstmord begehen. Sie hat darauf bestanden, dass ihre Giselle das so macht.«

»Tod durch die eigene Hand?«

»Ja, und der Regisseur hat das schließlich akzeptiert – nach ein paar gnadenlosen Diskussionen mit Dicte. Jetzt ist das wieder geändert worden. Jetzt hört einfach wieder das Herz zu schlagen auf. Das ist schöner, aber einfacher. Viel weniger komplex.«

Niels unterbrach ihn: »Und die anderen männlichen Tänzer?«

»Was soll mit denen sein?«

»Wann sind die dran?«

»Die haben im zweiten Akt nicht viel zu tun.«

»Und wo sind die dann jetzt?«

Der Alte zuckte mit den Schultern: »Entweder zum Rauchen in der Garderobe, oder sie warten irgendwo hinter den Kulissen und beobachten alles.«

In der Garderobe. Sollte er da sein, hätte er Zeit, seine nassen Sachen zu beseitigen und die Beweise zu vernichten, dachte Niels.

»Entschuldigen Sie mich.« Niels stand auf. Ida drehte sich um und sah ihm nach. Der Ballettmeister flüsterte dem Regisseur etwas zu, als Niels den Saal verließ.

48.

19.30 Uhr

Pförtner. Eine ganz besondere Spezies. Niels fragte sich immer, was diese Menschen gemacht hatten, bevor sie mit dem Schlüsselbund in der Hand und in eine Uniform gezwängt hinter dem Monitor gelandet waren.

»Ja?«, fragte der Mann und wollte damit eigentlich sagen: »Ist es wirklich wichtig?«

Niels zeigte ihm seinen Ausweis, der in der Regel wenigstens einen gewissen Effekt hatte.

»Okay?«

»Vor circa einer Stunde.« Niels sah auf seine Uhr. »Vielleicht vor anderthalb. Haben Sie mitbekommen, wer hier reingegangen ist?«

»Ich sehe alle, die hier reingehen. Deshalb sitze ich ja hier.«

»Ich suche nach einem Mann, der im Hafen schwimmen war. In voller Montur.«

»Das sagt mir nichts.«

»Lange weiße Hose und Schirmmütze.«

»Nee, da klingelt nichts.«

»Sie waren nicht zwischendurch mal weg?«

»Nein.«

»Nur einen Augenblick vielleicht?«

Er zögerte. Gerade so lange, dass Niels wusste, dass das, was er dann sagte, eine Lüge war: »Nein, ganz sicher nicht.«

Niels warf einen Blick auf die kleine Kamera über der Tür. »Die Überwachungsvideos. Ich würde die gerne sehen.«

»Jetzt? Alle? Und was ist mit den Kameras draußen?«

»Ja, ich will wissen, wer da durch die Passage gelaufen ist.«

»In dem Zeitraum?«

»Gibt es noch andere Eingänge?« Niels wusste, wie blöd diese Frage war, das zeigte ihm auch das Grinsen des Pförtners.

»Es gibt überall Ein- und Ausgänge. Notausgänge. Feuertreppen, Bühneneingänge, Personaleingänge. Wenn man die alle abschließen muss, braucht man über eine Stunde. Und das zu zweit.«

Niels fasste einen Entschluss und hob die Stimme. »Ich würde gern die Aufnahmen aus der Passage sehen, und zwar im Zeitraum von 16.15 Uhr bis 17.15 Uhr. Sie dürfen das gerne schneller laufen lassen.«

***

Autos, Taxis, die Raucher des Theaters vor dem Eingang, eine Gruppe Touristen, bestimmt Passagiere von einem der großen Kreuzfahrtschiffe, die unten an der Langelinie lagen. Aber kein Mann in nasser Kleidung. Kein junger Mann mit schwarzer Baseballcap. Oder irrte er sich? Vielleicht war der Mann ja gar nicht zum Theater zurückgelaufen? Oder er war erst bei sich zu Hause vorbeigegangen, um sich umzuziehen.

»Spulen Sie zurück.«

Dieses Mal nahm Niels sich mehr Zeit. Er studierte jede einzelne Person, die durch die Passage kam, achtete auf ihre Physiognomie und ihren Körperbau. Er versuchte sich an die Haltung des Mannes aus der Kirche zu erinnern, an die Art, wie er sich bewegt hatte. Aber er war sich fast sicher: Keiner der Männer auf der Aufnahme war der, nach dem er suchte. Erst jetzt sah er den

Lastwagen. Vielleicht ein Umzugswagen. Er stand gut zwei Minuten in der Passage. Beim ersten Durchgang musste er den übersehen haben.

»16.20 Uhr«, sagte Niels zu sich selbst und sah auf die Uhr am unteren Rand des Bildschirms. »Der kommt 16.20 Uhr ins Bild.«

»Ich dachte, Sie suchten nach einem Mann, nicht nach einem verirrten Umzugswagen.«

»Tue ich auch. Aber der verdeckt den Blick auf den oberen Teil des Bürgersteigs.«

»Wie meinen Sie das?«

»Sehen Sie doch selbst. Von 16.20 Uhr bis 16.24 Uhr, als er wieder verschwindet, war es möglich, ungesehen durch die Passage zu kommen. Wenn er sich hinter dem Wagen gehalten hat, konnte die Kamera ihn nicht einfangen.«

Der Pförtner hatte keine Lust, Niels Recht zu geben. Schließlich nickte er aber doch.

»Für genau vier Minuten waren die Kameras real gesehen außer Kraft gesetzt. Sind wir uns da einig?«

Er schwieg weiter.

»Wenn man den Weg da nehmen würde«, Niels deutete mit dem Zeigefinger auf den Monitor. »Hinter dem Lastwagen, zu welchem Eingang würde man dann zuerst kommen?«

»Zu dem der Ballettschule.«

»Der liegt auf der anderen Seite der Passage?«

»Ja, aber der ist jetzt nicht offen.«

»Kann er einen Schlüssel gehabt haben? Wenn er hier arbeitet?«

»Das ist nicht ausgeschlossen.«

»Und kann man von da direkt ins Hauptgebäude kommen, ohne noch einmal nach draußen zu müssen? Und ohne hier bei Ihnen vorbeizukommen?«

49.

20.19 Uhr

Die Sonne knallte auf die Mauer des Theaters, an dem ein Riesenplakat von Dicte alle an die Tragödie erinnerte. Niels folgte dem Pförtner aus dem Schatten und über die Straße.

»Dieser Eingang wird nur selten benutzt«, sagte der Pförtner. »Der ist eigentlich nur für die Ballettschule.«

Niels musterte die Treppe und den Bürgersteig. Ging in Höhe der Treppenstufen in die Hocke und fuhr mit den Händen über den alten Marmor. An seinen Fingern klebte Erde. Und noch etwas anderes. War das Feuchtigkeit? Von einem Schuh, der im Wasser gewesen und dann durch die Stadt gelaufen war? Der Hafen lag am Ende der Straße, und diese Stelle war nicht weit von der Brücke entfernt. Das kurze Stückchen hätte selbst ein Kind schwimmen können.

»Haben Sie einen Universalschlüssel?«

Das Zögern des Pförtners sagte alles: Natürlich hatte er den, gab ihn aber nur ungern aus der Hand.

»Ich muss alle Türen öffnen können«, sagte Niels.

Schließlich bekam er ihn mit einem unzufriedenen Brummen und einem müden Blick ausgehändigt.

»Ich finde mich schon selbst zurecht.«

»Sie verlaufen sich, wenn Sie nicht …«

»Danke für Ihre Hilfe.«

Niels schloss die Tür auf und wartete, bis seine Augen sich an das Dunkel gewöhnt hatten. Auf dem Linoleum vor ihm waren umrisshafte Schuhabdrücke zu erkennen. Niels fuhr mit dem Finger darüber. Sie waren frisch. Er sollte die Kriminaltechnik zu Hilfe rufen. Es wäre richtig, erst einmal diese Spuren zu sichern. Und vielleicht konnte er Allan aus Amager für eine Gegenüberstellung holen lassen. Andererseits war er so dicht dran.

In wenigen Minuten konnte alles überstanden sein. Dann hätte er ihn, dann könnte er ihn bestrafen.

Niels öffnete die Tür, die von der Treppe ins Erdgeschoss führte. Es roch nach Pausenbroten. Er sah in ein leeres Klassenzimmer. Plakate an den Wänden. Das Alphabet. Licht aus einem offenen Kühlschrank in der Ecke. Niels folgte dem naheliegendsten Weg. Er ging über den Flur nach oben und sah aus dem Fenster des geschlossenen Übergangs, der von der Schule hinüber ins Theater führte. Der Mann war über die Treppe in die Ballettschule gegangen und dann durch den Übergang ins Theater gelaufen, wo er sich unbemerkt seiner nassen Klamotten entledigen und sich unter die anderen mischen konnte. Niels beschleunigte seine Schritte. Der Mörder hatte sich also umgezogen und an der Generalprobe teilgenommen. Und jetzt war er dabei, die Beweise verschwinden zu lassen. Niels sah nach unten in die Passage. Der Pförtner rauchte mit einem der Handwerker eine Zigarette. Niels ging das letzte Stück über die Brücke und erreichte das alte Theatergebäude. Der Niveauunterschied zeugte von der Entwicklung, die das Theater im Laufe der Jahrhunderte gemacht hatte. Zahlreiche Gebäudeteile waren angebaut worden. Sie klebten aneinander wie Legosteine, die nicht ganz zueinanderpassten, die man aber trotzdem zusammenstecken konnte.

Auch der Täter hatte hier gestanden, sagte Niels zu sich selbst. Mit klitschnassen Kleidern. Und was jetzt? Nach unten? Da riskierte er es, gesehen zu werden. Mehr als das. Dort musste er gesehen werden. Trotzdem, er musste in seine Garderobe gegangen sein und sich umgezogen haben. Und wenn er seine nassen Sachen nicht weggeschmissen hatte, waren sie noch da.

Niels öffnete die Tür auf der gegenüberliegenden Seite. Hier begann ein neuerer Teil des Theaters, in dem es nicht nach Holz roch, dafür irgendwie abgestanden und staubig. Nach Beton und Linoleum. Am Ende des Flurs, vor dem Beginn des Verwaltungstrakts, drückte er eine Klinke. Er kam in einen Raum, dessen eine Wand ein durchgängiger Spiegel war, fast zwanzig Meter breit, vor dem eine Stange angebracht war. Auf der anderen Seite stand ein Konzertflügel. Er ging durch den Übungssaal, begleitet von einem anderen Mann im Spiegel. Im Gleichschritt, wenn auch etwas widerwillig, wie ein Soldat auf dem Weg zur Front. Niels senkte den Blick, um sich selbst nicht ansehen zu müssen. Er hörte die Nähmaschinen, als er die Klinke der nächsten Tür drückte. Eine Frau aus der Hutwerkstatt blickte auf, als Niels an der Tür vorbeiging. Hier konnte der Mann ungesehen vorbeigekommen sein. Und in der nebenan liegenden Schneiderei blickten sie nicht einmal auf, als er in der Tür stand. Er musste sogar an den Rahmen klopfen.

»Wo sind die Garderoben?«

»Untendrunter«, sagte sie, ohne die Nadel zu entfernen, die im Mundwinkel zwischen ihren Lippen klemmte. Sie zeigte auf eine Treppe. Die anderen Schneiderinnen hatten nicht von ihrer Arbeit aufgeblickt. Sie waren voll konzentriert. Von denen würde niemand bemerken, wer hier vorbeikam. Niels hörte ganz leise die Musik von der Bühne, als er nach unten ging. Die nächste Tür hatte Milchglasscheiben und führte in ein Badezimmer. Er hatte die Garderoben und Umkleiden erreicht. Vor Dictes Tür lagen noch immer Blumen.

***

Vor einigen Türen standen Schuhe. Niels untersuchte sie. Die Schuhe des Mannes mussten noch nass sein. Oder wenigstens feucht. Aber er fand nichts. Vor einer Tür stand ein Paar Converse Größe 44. Niels nahm sie in die Hand. Waren sie feucht? Nicht sehr, eine Spur vielleicht? Er roch daran, aber der Geruch erinnerte nicht an Hafenwasser. Trotzdem steckte er den Schlüssel ins Schloss, öffnete die Tür und schaltete das Licht ein. Der Raum war beinahe identisch mit Dictes Garderobe. Das Bett, der Tisch, die Schränke, die Pinnwand, der übereifrige Spiegel, der Niels schon wieder eingefangen hatte. Direkt hinter der Tür standen ein Paar weiße Schuhe. In den Rillen der Sohle war Sand. Trockener Sand. Der konnte auch von der Baustelle draußen stammen. Wessen Garderobe war das? Sein Blick fiel auf einen handschriftlichen Zettel für das Reinigungspersonal. »Denken Sie bitte daran, den Spiegel zu putzen«, gefolgt von zwei ungeduldigen Ausrufungszeichen. Darunter war das Gleiche noch einmal auf Englisch geschrieben worden.

Nächste Umkleide. Wieder Schränke. Er öffnete einen nach dem anderen und untersuchte sie gründlich. Keine Baseballcap. In einer Schublade lagen zwar Sonnenbrillen, aber Niels war sich nicht sicher, ob das die richtigen waren. Wieder fiel sein Blick auf den Spiegel. Oder besser gesagt: Der Blick des Mannes im Spiegel fing ihn ein. Taxierte ihn. Dem konnte man hier drinnen nicht entgehen. Überall Spiegel. »Du tappst im Dunkeln. Fahr nach Hause, Niels«, flüsterte er.

Schritte. Erst verband er das Geräusch mit etwas in seinen Gedanken. Vielleicht Hannahs nächtliches Herumwandern im Wohnzimmer. Oder das Geräusch seiner eigenen Schritte, wenn er seine Sachen packte, um sie zu verlassen. Weil sie ihn längst verlassen hatte und in sich selbst verschwunden war. Doch dann war er sich ganz sicher. Die Geräusche kamen vom Flur. Zwei

Mädchen lachten. Niels öffnete die Tür und verließ die Garderobe. Irgendwo schloss sich eine Tür. Jemand war auf dem Weg. Er hörte die Stimmen der Mädchen. Vor Dictes Garderobe blieb Niels stehen. Auf dem Boden lagen Rosen und Lilien, noch in Knospen. Und Löwenzahn. Niels stellte sich vor, dass die von den kleinen Ballettmädchen stammten. Bestimmt hatten sie sie unten auf dem Hof gepflückt. Er ging weiter. Und blieb stehen. *Dictes Garderobe.* Warum nicht? Wäre das nicht das perfekte Versteck? Eine Tür, von der man ganz genau wusste, dass sie vorläufig nicht geöffnet werden würde.

50.

20.50 Uhr

Das Licht funktionierte nicht. Niels lauschte. Hielt die Luft an und überlegte, ob er die Tür wieder öffnen sollte, damit ein bisschen Licht in den Raum fiel. Aber die Mädchen standen noch immer draußen auf dem Flur und unterhielten sich. Es ging um die Generalprobe von *Giselle*. Um Lea. *Nicht so gut wie Dicte,* hörte Niels eine von ihnen flüstern. Er entschied sich für eine andere Lösung: sein Handy. Das schwache Displaylicht reichte vielleicht aus. Er nahm es aus seiner Hemdtasche und schaltete es ein. Das Licht war wirklich schwach. Als würde es gleich, wenn es aus dem Gerät kam, von der Dunkelheit übermannt. Irgendwo glitzerte etwas silbern. Konturen wurden sichtbar. Ein Tisch, der Rand des Bettes. Regale. Er untersuchte den Boden. Hatte der Mörder seine nasse Kleidung einfach fallen lassen? Draußen entfernten die Mädchen sich. Er hörte ihre Schritte. Und dann hörte er ihn. Hinter sich. Instinktiv hielt sich Niels die Hände schützend vor das Gesicht. Der Schlag traf ihn hart. Niels versuchte, seinen Arm zu packen und ihn herumzudrehen, aber er war geschmeidig, huschte weg und schlug erneut. Dieses Mal traf er Niels im Gesicht. Etwas brach. Ein Knochen? Es klang trocken. Wie Knäckebrot, dachte Niels, als er fiel, während der andere die Tür aufriss und verschwand. Im Licht, das durch den Türspalt fiel, versuchte Niels sich aufzurappeln. Womit hatte er geschlagen? Hatte er seine Waffe mitgenommen?

»Stopp!« Er wollte rufen, brachte aber nur ein heiseres Fauchen heraus. Wie ein wütender Schwan. »Komm schon, Niels.«

Die Worte brachten ihn auf die Beine und auf den Flur.

Über sich hörte er Schritte. Ja, gut, lauf nur nach oben. Dahin müssen wir. Je weiter, desto besser, dachte Niels, als er ihm nachsetzte. Dort oben sollte es zu Ende gehen. Der Mann, wer auch immer es war, sollte den gleichen Weg nehmen, den auch Dicte genommen hatte. In den Abgrund.

Niels hörte, wie der Mann versuchte, die Tür hinter sich zu schließen. Er wollte Niels auf der Treppe aussperren. Niels fasste auf die Klinke und trat zu. Ein Stück des Türrahmens splitterte, als die Tür aufsprang. Das Holz war morsch. Niels stürmte über den Flur. Folgte der Musik und kam direkt in einen Requisitenraum, von wo er gerade noch sehen konnte, wie der andere eine Tür aufriss, auf der »Alte Bühne« stand. Er war nur wenige Sekunden hinter ihm. Öffnete die Tür und wurde von dem vollen Klang des Orchesters empfangen. Vor ihm in der Kulisse standen vier Tänzer. Sie hatten ihm den Rücken zugedreht und ihre Blicke auf die Bühne gerichtet. War es einer von ihnen? Niels musterte ihre nackten Rücken. Alle vier atmeten ganz ruhig. Einer von ihnen drehte sich um und sah Niels verwundert an.

»Haben Sie gesehen, wer gerade durch diese Tür gekommen ist?«

Der Tänzer schüttelte den Kopf.

Es gab nur einen Weg, und der führte Niels weiter in die Kulissen hinein. Hinter die Stellwände in den Abgrund des Theaters, wo die Kulissen an einer schwarzen Wand endeten. Niels sah nach oben. Auf beiden Seiten führten Stahltreppen im Zickzack bis unter das Dach. Und dort, auf halbem Weg nach oben, bekam er Augenkontakt mit ihm. Niels stieß mit dem Knie gegen das

Metall, als er zwei Stufen auf einmal nehmen wollte. Es war zu dunkel, und die Tritte waren zu klein. Außerdem gab es zu viele Taue, und das Scheinwerferlicht blendete Niels immer wieder. Auf dem ersten Treppenabsatz stieß er gegen ein Bett. Verdammt, wer schlief denn hier oben? Der Beleuchter? Niels konnte ihn weiter oben hören. Auf dem genoppten Linoleum auf den Treppenabsätzen ließ es sich besser laufen. Niels erreichte die nächste Treppe. Hier waren die Stufen kaum noch einen halben Meter breit. Gebaut für kleinwüchsige Bühnentechniker aus einem anderen Jahrhundert. An der Galerie hingen die Scheinwerfer. Es musste Hunderte davon geben, auf jeden Fall heizten sie die Luft spürbar auf. Als er bald unter dem Dach angelangt war, verlor Niels ihn aus den Augen. Er sah nach unten. Übermannt von einem Augenblick des Schwindels. Auf der Bühne tief unter ihm stand Lea. Sie war allein. Nein. Jetzt kamen die anderen Tänzerinnen hinter ihr zum Vorschein. Sie zogen einen Nebelschleier hinter sich her. Die Musik war ganz leise und traurig. Das Licht der Scheinwerfer richtete sich auf die Bühne, und die schwarzen Wände rings um Niels machten es fast unmöglich, sich zu orientieren. Er musste hier irgendwo sein. Von hier konnte es keinen Ausweg geben. Dann entdeckte er noch eine Treppe mit rostigen Stufen, blickte auf seine Füße und konzentrierte sich darauf, nicht den Halt zu verlieren. Niels schaffte es gerade noch auf den nächsten Treppenabsatz, als er von einem harten Schlag ins Gesicht getroffen wurde. Dieses Mal mit einem Gegenstand.

»Stehen bleiben!«

Und noch einmal wurde er getroffen. Noch einmal? Er stürzte, schwebte frei durch die Luft, schwer. Er hörte das Geräusch nicht, als er auf dem Boden aufschlug. Aber er hörte die Tür, die geöffnet wurde, und er hörte die Person, die durch diese Tür verschwand.

51.

Bispebjerg-Klinik – Zentrum für Kinder- und Jugendpsychiatrie, 21.15 Uhr

Die Stille sendet ein Geräusch aus, das ich nicht in Worte fassen kann. Es kommt draußen vom Gang, glaube ich, wie ein leises Summen. Vielleicht irgendein eingeschaltetes Gerät? Ein Fernseher? Oder gibt es dieses Geräusch nur in meinem Kopf? Ich richte mich im Bett auf. Bin ich davon wach geworden? Habe ich überhaupt schon geschlafen? Ich schalte die Lampe am Bett an. Bleibe noch einen Moment liegen, dann stehe ich auf. Die Bilder liegen auf dem Tisch. Ich habe sie nicht angefasst, seit der Beamte gegangen ist. Fünf Gesichter. Fünf Männer.
Wer ist der Schuldige?
Hat einer von denen meine Mutter umgebracht? Vielleicht. Es ist möglich. Welchen dieser Männer könnte ich mir mit einem Messer in der Hand vorstellen? Den jungen? Nein. Das passt für mich nicht zusammen. Der, der wie ein Bankangestellter aussieht? Vielleicht. Sein Gesicht strahlt so eine Kälte aus. Zynismus. *Möglich.* Ich schließe die Augen. Es ist nicht mehr nötig, die Bilder anzuschauen. Die Gesichter haben sich längst in mein Hirn eingeprägt. Jetzt sehe ich auch Mutter. Meine hübsche, tote Mutter. Jetzt ist sie nicht tot. Sie steht quicklebendig im Wohnzimmer und streitet sich mit dem Banker. Sagt, dass das alles nur ein Missverständnis gewesen sei. Dass sie einen fürchterlichen Fehler

begangen habe und dass das jetzt endlich vorbei sein müsse. Er wird wütend. Verlangt von ihr, sich von Papa scheiden zu lassen und ihm endlich alles zu sagen. Aber Mutter weigert sich und will ihn rausschmeißen.

»Verschwinde!«, ruft sie. »Verschwinde!«

Ich stehe hinter der Tür und höre alles. Sie können mich nicht sehen. Aber ich blicke durch das Schlüsselloch und kriege ein paar Szenen mit.

»Du sollst verschwinden«, ruft meine Mutter wieder. »Ich will dich nicht mehr sehen.«

Aber er hört nicht auf sie. Stattdessen wird er noch wütender und stößt sie vor sich her, wieder und wieder. So grob, dass sie nach hinten taumelt und irgendwann zwischen die Stühle am Esstisch kippt. Einer fällt um, und eine Glasvase stürzt klirrend zu Boden und zerspringt in tausend Stücke. Mutter weint jetzt. Ich rüttele an der Tür. Moment, tue ich das wirklich? Vielleicht stehe ich auch nur ganz still da und lausche, während die Tränen über meine Wangen laufen, oder ich bin wieder ins Bett gegangen und ins Dunkel geflohen, habe mir die Decke über den Kopf gezogen.

»Lass das!«, ruft Mutter, als er plötzlich wieder da ist, mit einem Messer in der Hand. Woher kommt das? Wie kann er es bis in die Küche geschafft haben, ohne dass Mutter gemerkt hat, dass er weg ist? Warum ist sie nicht weggelaufen? Auf die Terrasse oder die Straße und hat um Hilfe gerufen?

»Nein«, sagt sie, als er mit dem Messer in der Hand auf sie zukommt. Langsam? Nein, er stürzt sich auf sie, packt sie, während sie noch am Boden liegt. Er ersticht sie nicht, er zerrt ihren Kopf brutal nach hinten, mit aller Kraft, entblößt ihren Hals und sticht das Messer direkt unter dem Ohr tief ein, bevor er ihr mit einer schnellen Bewegung den ganzen Hals aufschlitzt, Luft- und

Speiseröhre durchtrennt, Muskeln und Venen, die Halsschlagader, und ...

Mutter starrt ihn an. Versucht, etwas zu sagen, aber die Worte ertrinken in dem Pumpen des Blutes. Dann lässt er das Messer fallen und geht. Verschwindet aus dem Haus. Ich höre seine Schritte unten im Flur, bevor die Haustür ins Schloss fällt. Und ich schaffe es, die Tür meines Zimmers aufzubrechen. Sehe Mutter, die schreiend herumläuft. Sie hält sich den Hals, als wollte sie das Unabwendbare aufhalten. Ich sehe sie schließlich fallen, zur Ruhe kommen. Spüre eine seltsame Form der Erleichterung, als sie endlich still am Boden liegt. Sehe in ihre Augen. Ihr Blick wird starr. Das Leben entschwindet. Tränen laufen über meine Wangen und fallen auf ihr Gesicht. Als wollten sie das Blut wegwaschen. Und die Stille in den Sekunden danach. *Die Stille.* Sie war das Schlimmste. Schlimmer noch als all das Blut. Als ihre Schreie. Denn die Stille wollte mir etwas sagen, wollte mir zeigen, wie leer von nun an alles sein würde.

52.

Das Königliche Theater, 22.55 Uhr
»Sind Sie okay?«

Schmerzen. Das Gefühl, als würde in seinem Gesicht etwas leben und herumlaufen. Ein Vierbeiner.

Niels tastete nach seinem Handy, suchte im Dunkeln. Das Geräusch der Tür, die geöffnet und wieder zugeworfen wurde, hallte noch immer in seinem Kopf wider. Die Schritte auf der Treppe. Seine Fingerspitzen stießen gegen etwas Hartes. Das Telefon. Er nahm es in die Hand und versuchte, es einzuschalten. Der Geschmack von Holz.

»Können Sie mich hören?«

Ein helles, leises Geräusch, aber laut genug, damit er es mitbekam. Er lag auf dem Holzboden hoch oben über der Bühne.

»Einer der Bühnentechniker hat Sie gefunden.«

Niels versuchte sich aufzurichten. Der Wachmann half ihm.

»Sind Sie gefallen?«

»Gefallen?«

Niels schüttelte den Kopf.

»Haben Sie gesehen, wohin er verschwunden ist?«

»Wer?« Niels versuchte, den Wachmann von dem anderen Mann zu unterscheiden, der ihn verwundert ansah.

»Na, der Tänzer?«

Sie hatten keine Ahnung, von wem er redete. Das sah Niels ihrem Blick an.

»Sie hatten Glück«, sagte der Bühnentechniker. »Es sind schon Leute gestorben, die hier oben gefallen sind. Nur einer hat überlebt, weil er besoffen war.«

»Helfen Sie mir hoch.«

»Vielleicht sollten wir Hilfe rufen?«

Niels schüttelte den Kopf und kämpfte sich allein auf die Beine. Die Bühne unter ihm lag jetzt im Dunkeln. Wie lange hatte er hier gelegen?

»Wie spät ist es?«

»Sie sind ja wirklich durch den Wind, Mann.«

»Antworten Sie auf meine Frage«, sagte Niels gereizt.

»Es ist kurz nach elf.«

Kurz nach elf, dann war er eine ganze Weile weg gewesen ...

»Gibt es einen anderen Weg nach unten?«, fragte der Wachmann den anderen.

»Ich denke, ich kann laufen.«

»Sie sollten sich selbst mal sehen.«

»Wir können über den Saal gehen«, sagte der Techniker und ging vor.

Niels folgte ihm, der Wachmann ging hinter ihm.

»Hier oben hat man früher die Tauben platziert«, sagte der Techniker und öffnete die Tür zum Dachboden. Der geschwungene Boden, über den sie gingen, war die Oberseite der Deckenwölbung, an die man starrte, wenn man da unten in den roten Plüschsesseln saß.

»Schaffen Sie das?«

»Ja.«

Niels spürte die Hand des Wachmanns auf seinem Arm. Als hielte er einen Gefangenen. Der Techniker zeigte auf einen viereckigen Klotz, bei dessen Anblick Niels an die Kaaba in Mekka denken musste. »Hier kann man den Kronleuchter hochziehen. Früher waren da ja Kerzen drin«, sagte er mit einem Lächeln.

Sie gingen nach unten ins Foyer. Traten in das schwache Abendlicht auf der Treppe.

»Ich muss noch mal in die Garderoben«, sagte Niels.

»Haben Sie für heute noch nicht genug?«

Niels sah ihn an. »Sie reden mit der Polizei.«

»Ist schon gut. Aber Sie sollten erst mal einen Blick in den Spiegel werfen, bevor ich Sie irgendwo hinbringe.«

***

Glaubte man dem Techniker, war diese Toilette sonst nur der Königin vorbehalten. Niels betrachtete sich im Spiegel und hatte das Gefühl, vor einem alten Freund zu stehen, den er nicht mehr wiedererkannte. Bekannt und doch fremd. Eine Platzwunde zog sich von seiner Stirn bis auf seinen Nasenrücken. Er untersuchte seine Nase, aber sie war nicht gebrochen. Auch die Zähne waren alle noch heil, nur seine Unterlippe hatte etwas abbekommen. Die Wange war geschwollen, aber auch seine Wangenknochen schienen in Ordnung zu sein, auch wenn sie höllisch schmerzten. Er hatte einen harten Schlag auf die Brust bekommen und einen seitlich an den Kopf. Vermutlich waren die anderen Verletzungen auf den Sturz zurückzuführen. Er wischte sich das Blut so gut es ging mit einem Papierhandtuch weg. Aber es begann gleich wieder zu bluten, die Wunde auf der Stirn schien richtig tief zu sein. Sein Gesicht war in ein Delta aus kleinen, blutigen Rinnsalen verwandelt worden, die sich ihren Weg durch die unsichtbaren Furchen seiner Haut suchten. Er versuchte es mit Wasser. Es brannte. Besonders die Stirn schmerzte. War er nach dem

Schlag aufs Ohr mit der Stirn aufgeschlagen? Oder war das umgekehrt gewesen? Er presste sich nasses Papier auf die Wunde und folgte dem Wachmann nach unten zu den Garderoben.

»Sind Sie wirklich okay?«, fragte der Mann.

»Ja, das war nur ein Schlag.«

***

In Dictes Umkleide funktionierte das Licht noch immer nicht.

»Können wir das irgendwie reparieren?«, fragte Niels.

»Jetzt? Dafür brauche ich einen Elektriker.«

»Wir müssen doch bloß eine Glühbirne wechseln.«

Er trat einen Moment auf der Stelle, dann parierte er und verschwand, etwas Unverständliches vor sich hin brummend. Niels setzte sich auf den Stuhl vor dem Spiegel, wo Dicte jeden Abend gesessen hatte, und betrachtete sich in dem bisschen Licht, das durch den Türspalt hereinfiel. Der Wachmann kam zurück.

»Fürs Erste müssen Sie sich mit der hier begnügen.« Der grelle Lichtkegel einer Taschenlampe blendete Niels. »Um eine Glühbirne zu holen, muss ich runter ins Lager.«

»Das ist schon in Ordnung, danke.« Niels nahm die Lampe entgegen, deren Licht wie ein Schwert durch das Dunkel schnitt. Sein Blick folgte dem Lichtschein, der sich langsam über die Wand bewegte. Über das Regal und den Boden. An den Fußleisten entlang und zu dem schmalen, weißen Gestell mit den Ballettschuhen. Den Bildern auf der Pinnwand. Es war ein vollkommen anderer Raum als der, den er im hellen Tageslicht untersucht hatte. Im Dunkeln war alles verändert. Das sporadische Licht ließ die Gegenstände neue Formen annehmen und groteske, verdrehte Schatten werfen.

Er hatte Niels getroffen. Womit? Etwas war gebrochen.

Niels richtete den Lichtstrahl auf den Boden, auf den Tisch und auf den Spiegel.

Bei dem Aufprall war etwas zerbrochen.

Auf den Rand der Tür.

Etwas Hartes. Oder ... Plastik? Etwas, das er auf seiner Flucht mitgenommen hatte. Warum? Unter den Tisch.

Der Schrank. *Das Geräusch zerbrechenden Plastiks. Ja. So hatte es geklungen. Es musste etwas sein, das man in die Hand nehmen konnte.*

Niels stand auf. *Da.* Neben dem Stuhlbein. Eine Glasscheibe? Er hob sie auf. Ja, das war Glas, konkav. Geschliffene Ränder. Das Glas einer Uhr? Er hatte mit dem Handrücken geschlagen und mit der Uhr getroffen.

Der Wachmann kam hereingepoltert. Niels steckte das Uhrenglas in die Tasche.

»So, jetzt haben Sie gleich Ihr Licht.«

»Vielen, vielen Dank«, sagte Niels. »Aber jetzt brauche ich es nicht mehr.«

53.

Islands Brygge, 23.56 Uhr
Das Urteil war gefällt.

Das spürte sie. Endgültig. Die Zweifel waren verschwunden. Die Argumente vorgelegt und von allen Seiten beleuchtet. Jetzt war der Weg gebahnt für das endgültige Urteil: die Todesstrafe.

Hannah weinte nicht. Aber sie war kurz davor. Es gibt keinen Grund für Tränen, das Urteil ist gefällt, ermahnte sie sich. Jetzt muss es ins Leben geführt werden – oder in den Tod. Sie blickte auf die Tablette auf dem Tisch. Saturn. Nein, nur eine Pille. Eine Zyanidkapsel. Der Tod. Sie beugte sich vor. Streckte die Hand aus. Nahm die Pille mit zwei Fingern und studierte sie. So viel Tod in so wenig Materie. Warum nicht zwei Pillen? Schließlich sollte sie zwei Menschen umbringen. Dann war sie plötzlich ganz ruhig und erinnerte sich an das, was sie erfahren hatte: *Wenn Sie die genommen haben, ist die Abtreibung offiziell eingeleitet, dann gibt es kein Zurück mehr.* Diese Aussage hatte etwas Beruhigendes. Die Pille tötete nicht nur ihre ungeborenen Kinder, sie entfernte auch jeglichen Zweifel, und gerade diese Zweifel waren es ja, die sie kaputtmachten, ihr Hirn kurzschlossen und sie als Mensch vernichteten. Endlich wären auch diese Zweifel tot. Ja, so musste sie diese Pille sehen. Als ein kleines Ding, das ihr nur Gutes wollte. Einen Helfer.

Sie schluckte die Tablette und spülte sie mit zwei Schlucken

Wasser hinunter. Ein Schluck für jeden von beiden. Dann kamen die Tränen. Wie eine Schleuse, die geöffnet wurde, pressten sie sich aus ihr, aber auch sie fühlten sich gut an. Als müssten sie aus ihr raus. Die Albträume der letzten Tage hatten damit endlich ein Ende.

Die Haustür ging. *Niels.* Sie blieb wie erstarrt sitzen. Hoffte, dass er sie nicht bemerkte. Er roch nach Alkohol. Ein Geruch, der sie belastete. Ihr Vater hatte getrunken.

Dann hörte sie ihn im Bad. Das Wasser lief. Schlüssel wurden klirrend abgelegt, und dann war er weg. Verschwunden im Schlafzimmer. Die Erleichterung wurde noch größer. Darüber, dass sie sich nicht getroffen hatten und dass auch er ihr offensichtlich aus dem Weg gegangen war. Das machte alles leichter. So war es. Denn natürlich wusste er, dass sie hier drinnen saß. Das tat sie jede Nacht.

Sie hörte ihn im Schlafzimmer. Seinen schwerer Körper auf dem Bett, das Nachgeben der Federn. Wie spät war es? Sie wartete. Nur wenige Minuten. Dann hörte sie ihn schnarchen. Sie stand auf und ging zu ihm hinein. Nicht um sich neben ihn zu legen, sondern um ihn anzusehen. Warum? Es hatte etwas mit der Pille in ihrem Bauch zu tun. So viel wusste sie. Und in gewisser Weise reichte ihr das. Die Decke lag über seinem Kopf. Sie wollte schon wieder gehen, als ihr das Buch auffiel. *Phaidon.* Die berühmte Schrift über Sokrates' letzte Stunden. Die Beweise des Philosophen über die Unsterblichkeit der Seele. War das für sie? Wusste er etwas? Hatte er mitbekommen, dass sie vor Gericht gestanden hatte? In einem Mordfall? Einem Prozess über die Hinrichtung zweier Leben. Mit ihr als Henkerin. Hatte er den Schwangerschaftstest im Mülleimer gefunden? Nein, sie hatte sich wirklich Mühe gegeben, ihn gründlich unter Kaffeesatz und Salatblättern zu verstecken. Eine Quittung aus der Apotheke?

Nein, oder vielleicht doch? Bei Niels konnte man nie wissen. Vielleicht war das bei den meisten Polizisten ja so. Sie sahen etwas, Kleinigkeiten, die man versteckt wähnte und unter Kontrolle zu haben glaubte. Warum hatte er das Buch sonst so demonstrativ auf das Nachtschränkchen gelegt? *Phaidon*. Natürlich kannte sie das. Geschrieben von Sokrates' treuem Schüler Platon. Phaidon war ein fester Bestandteil der Gruppe, die Sokrates vor ein paar Tausend Jahren durch Athen begleitet hatte. Hannah blätterte in dem Buch. Es erstaunte sie, wie frisch und modern der Text wirkte. Vermutlich weil das gesamte akademische System, in dem sie erzogen worden war, hier seinen Ursprung hatte. Sokrates, Platon, Aristoteles. Sie überflog den Text. Das war viele Jahre her. Im Gymnasium? Es ging um ein Gespräch in Sokrates' Zelle. Er sollte hingerichtet werden. War zum Sündenbock für Athens verfehlten, katastrophalen Krieg gegen Sparta erklärt worden. Ein Krieg, gegen den nur er sich gewandt hatte. In der Zelle beruhigt er seine Schüler und nennt ihnen die vier Beweise für die Existenz der Seele.

Hannah blickte über die Schulter zu Niels. Er redete im Schlaf. Sie holte sich ein Päckchen Zigaretten, Streichhölzer, vier Teelichter und eine Decke und setzte sich zum Lesen auf den Balkon. Die vier Beweise dafür, dass unsere Seele ewig lebt – vorgelegt von dem unbestritten klügsten Mann, der je auf Erden gewandelt war. Ein Mensch, wie er nur alle paar Tausend Jahre vorkommt, der die Menschheit dann aber ein gewaltiges Stück weiterbringt. In eine aufgeklärtere Richtung. Wie Einstein. Sie zündete sich an der abgebrannten eine neue Zigarette an. Und las. Schnell. Warum so schnell? Was wollte sie erreichen? Sie verschlang die Worte förmlich. Der Gedanke, dass alles ein Kreislauf war: über den Schlaf und den Tod. Der Schlaf, der vom Wachsein abgelöst wird, aus dem wieder Schlaf wird. Das Gute wird schlecht, das Schlechte wird gut. Das Große wird klein und kann nur wieder groß werden, weil es zuvor klein geworden war. So entsteht auch der Tod aus dem Leben – und umgekehrt.

Warum hatte Niels ihr dieses Buch hingelegt? Welche Art von Zeuge war Sokrates in Hannahs Verfahren? Sprach er sich für das Leben aus oder dafür, die Föten abzutreiben?

Sie las weiter. Schnell. Als wäre die Antwort auf ihre Probleme in diesem Buch zu finden. Der nächste Beweis dafür, dass unsere Seele ewig lebt: das Erinnern. Die Tatsache, dass Wissen etwas ist, an das man sich erinnert, und nicht etwas, das von außen kommt. Wie das Kuckuckskind Eskild Weiss gesagt hatte: wahre Erkenntnis. So wie sie es damals hatten und womit sie unsere ganze Welt verändert haben. Wobei sie gefühlt hatten, dass die Antworten die ganze Zeit über in ihnen gewesen waren. Antworten kamen nicht von außen und wuchsen auch nicht auf Bäumen. Sie wohnten in ihnen. Und wenn die Antworten in uns wohnen – wo kommen sie dann her?

Noch eine Zigarette. Hat er recht? Hat Sokrates recht? Ist es das, was man heute als Aha-Erlebnis bezeichnet? Ja, Hannah hatte massenhaft davon gehabt. Und ja. Es fühlte sich ganz richtig an – wenn man ehrlich sein sollte –, dass die Antwort von innen kam. Sie überlegte, ins Schlafzimmer zu gehen und Niels zu wecken. Was wollte er ihr mit diesem Buch sagen? Dass er auch das Recht hatte, gehört zu werden? Dass sie einen wichtigen Zeugen ausgegrenzt hatte? Den Vater der Kinder. War das Buch sein Argument in diesem Fall? Ja, das machte Sinn. So musste es sein. Aber wenn es so war, war der Fall noch nicht abgeschlossen, dann mussten neue Zeugen gehört werden, neue ...

Sie war in wenigen Schritten auf der Toilette. Schloss die Tür hinter sich ab, beugte den Kopf über das Waschbecken. Zwei Finger in den Hals. Nein, drei, das war besser. Der Körper setzte sich zur Wehr. Wollte sich nicht erbrechen. Sie aber bestand darauf. Zwang die Finger in den Hals, fast die ganze Hand, bis die natürliche Reaktion des Körpers gegen das Ersticken aktiviert wurde.

Wie viel Zeit war vergangen? War es zu spät? Nein. Da lag die Tablette. Umgeben von gelber, stinkender Magensäure. Sie hob den Kopf. Schweißgebadet. Ein Brennen im Hals. Aber bereit, das Verfahren fortzusetzen und den nächsten Zeugen zu hören: *Phaidon.*

DIENSTAG

54.

Islands Brygge, 14. Juni 2011, 08.55 Uhr
Niels schlug die Augen auf und spürte, wie die Haut um Mund und Augen spannte. Seine Mundwinkel rissen ein, und allein die Nase zu berühren schmerzte gewaltig. Aus der Wunde auf seiner Stirn war ihm ein schmales Blutrinnsal über das Gesicht gelaufen.

Im Badezimmer musterte Niels sein Gesicht im Spiegel. Es sah schlimmer aus als am Vortag, da hatte er noch den Eindruck gehabt, es wäre Farbe, die er abwaschen könnte. Heute war diese Farbe zu einem Teil seines Gesichts geworden. Zu einem Teil von ihm. Trotzdem half das Waschen ein bisschen. Als er Hannah im Spiegel sah, verging eine ganze Weile, bis das erste Wort fiel.

»Was ist passiert?«, fragte sie endlich.

Niels drehte sich um und sah sie an. Das Leben schien sie verlassen zu wollen, dachte er bei ihrem Anblick. Sie sah aus wie eine Todkranke, nur noch Haut und Knochen. Und ein Paar müde, intelligente Augen.

»Ich bin gegen eine Tür gelaufen. Nichts Ernstes«, sagte er nur und hoffte, dass sie einen Schritt zur Seite trat, damit er aus dem Bad gehen konnte. Sie tat es, und schließlich standen sie im Wohnzimmer. Die Morgensonne spiegelte sich auf eine Weise im Hafenbecken, die ihnen bis vor Kurzem – bis Hannah sich ganz in sich zurückgezogen hatte – wie ein tagtäglicher Beweis ihrer Liebe vorgekommen war. Ein Altar aus Wasser. Heute war das nichts anderes als brackiges Hafenwasser.

»Warum hast du dieses Buch mit nach Hause gebracht?«

Er warf einen Blick auf Dictes Buch und zuckte mit den Schultern. Schaffte es nicht, ihr von dem Fall zu erzählen. »Hannah« war das einzige Wort, das seinen Mund verließ.

»Das ist keine Verletzung von einer Tür«, sagte sie und kam auf ihn zu.

»Was meinst du?«, fragte er.

»Der Abdruck da«, erklärte sie. »Auf deiner Wange.«

Niels ließ sie ihr Gesicht studieren. Ihre Finger berührten vorsichtig die Wunde. Obgleich es wehtat, tat es irgendwie auch gut. Er schloss die Augen. Vielleicht war es genau das, was sie brauchten? Vielleicht musste er bis zur Unkenntlichkeit verletzt werden, damit sie ihre Finger über seine Wunden gleiten lassen konnte. Nur zu gerne würde er das für sie tun, für eine kleine Berührung …

»Was ist das?«, fragte sie.

»Was meinst du?«

»Ist das ein Ring?«

»Ein Ring?«

»Da ist ein Ring in deinem Gesicht.«

Niels ging zurück ins Bad und studierte sein Gesicht noch einmal im Spiegel. Erst konnte er nichts sehen. Dann sah er, dass sie recht hatte. Hinter den Wunden, oder unter den Wunden, war ein schwacher, rotvioletter Bluterguss in Form eines Ringes zu erkennen. Es war aber nicht nur ein Ring. Es war mehr. Kleine Zacken und Striche. Dann fiel ihm das Glas ein, das er in Dictes Garderobe gefunden hatte.

»Könntest du mir meine Hose holen?«

Sie ging ins Schlafzimmer und reichte ihm die Hose am ausgestreckten Arm. Als gehörte sie einem anderen. In der Tasche fand er das Glas.

Etwas Rundes.

»Eine Uhr«, sagte sie.

»Vielleicht.«

Hannah stand hinter ihm. Er hielt das Glas über den Abdruck auf seiner Haut. Eine Fleischuhr, dachte Niels, in die Haut geschnitten.

»Warum hast du behauptet, gegen eine Tür gelaufen zu sein? Du bist doch niedergeschlagen worden. Ein Mann hat dich mit seinem Handrücken da getroffen.«

Niels sah in den Spiegel. Waren das römische Zahlen vom Zifferblatt? Der Mann hatte Niels zweimal geschlagen. Beim ersten Schlag hatte sich das Glas gelöst. Der zweite, härtere Schlag hatte dann diesen Abdruck hinterlassen.

55.

Ydre Nørrebro, 11.15 Uhr

Nørrebro. Hierher kam er fast nie. Zu viel Gewalt, zu viel Schießereien. Hatten die Medien recht, konnte man bald nicht mehr über die Straße gehen, ohne eine Kugel in den Kopf zu bekommen. Einwandererbanden. Rockerlehrlinge, die sich und anderen etwas beweisen mussten. Im Moment war alles friedlich. Trocken, warm und still. Ein Mann ging mit einem Hund dicht an seinem Auto vorbei. Ein Liebespärchen folgte ihm. Er sah ihnen nach. Verliebt sein. Das war lange her. Er stand fast am gleichen Ort wie beim letzten Mal. Aus dem Auto sah er eine Bewegung hinter dem Fenster in Peters Wohnung. Das waren gute Neuigkeiten, er war da.

Er überprüfte sein Handy. Ein paar unbeantwortete Anrufe von einem Unbekannten. Sonst nichts. Nur die Uhrzeit. 11.17 Uhr. Er musste um ein Uhr in der Klinik sein. Zwei Stunden. Etwas weniger. Reichte das? Noch einmal sah er nach oben zur Wohnung. Sie sah ganz normal aus, wie alle anderen Wohnungen auch. Dunkle Fenster, eingerahmt von verrußten Ziegeln. Bald aber würde Peters Wohnung sich von allen anderen abheben. Dann würde sie ein Tatort sein. Was für ein abrupter Wandel. Gerade noch eine stille, anonyme Wohnung, wie es sie zu Tausenden im Arbeiterviertel von Kopenhagen gab, und im nächsten Augenblick ein Tatort, der Schauplatz eines Mordes, der auf den Titelseiten der Zeitungen

Schlagzeilen machte. Bald würde es hier wimmeln von Polizisten, flatterndem Absperrband, Blaulicht und Hunden. Von Journalisten mit surrenden Kameras.

Auf die Journalisten war er noch immer nicht vorbereitet. Das große Medieninteresse hatte er nicht einkalkuliert. Trotzdem sah er die nächsten Schritte voraus. Die blöden Schlagzeilen in den Zeitungen, das hektische Treiben der Fernsehreporter. Sie würden ihn zu einem Monster hochstilisieren. Zu dem Monster, das Peter V. Jensen umgebracht hat. Ein eiskalter Mörder. Vielleicht würde er sogar einen Spitznamen bekommen, auf so etwas verstand die Presse sich ja. Der Kopenhagen-Killer. Der Wassermann. Dänemarks Jack the Ripper. Der Henker. Er schüttelte den Kopf und versuchte, seine galoppierenden Gedanken zu bremsen. Aber das war nicht leicht. Sein Hirn kam im Moment einfach nicht zur Ruhe. Sicher lag das auch an den Medikamenten, die er in sich hineinstopfte, um wach zu bleiben. Er schloss die Augen und versuchte, zur Ruhe zu kommen. Ohne Ruhe ging es nicht. Andernfalls zog er zu viel Aufmerksamkeit auf sich und konnte seinen Plan nicht ausführen. Er öffnete die Tasche. Spritzen, diverse Betäubungsmittel: Ketamin, Halothan, Sevofluran. Plastikschläuche, Handschellen, Schraubhaken, Maske, Klebeband. Damit hatte er alles unter Kontrolle, dachte er. Abgesehen von den sieben bis acht Minuten, die er nicht kontrollieren konnte. Sieben bis acht Minuten. Er versuchte, nicht daran zu denken. Es gab immer ein Risiko. Die Kunst bestand darin, dieses Risiko zu minimieren und so gut wie möglich vorbereitet zu sein. Es brauchte etwa sieben Minuten, bis das Ketamin zu 100 Prozent wirkte, aber schon nach 50 Sekunden würde Peter geschwächt sein, sodass es gut möglich sein sollte, ihn in Schach zu halten. Ab diesem Moment dürfte es keine Probleme mehr geben. Dann war er vollkommen in seiner Gewalt. Natürlich konnten auch andere Dinge schiefgehen. Es konnte unerwartet jemand kommen. Vielleicht würde es Peter auch glücken zu fliehen – so wie Dicte. Aber nein, dieses Mal nicht. Dieses Mal würde er vorsichtiger sein, das hatte er sich geschworen. Er durfte nicht damit rechnen, wieder so ein Glück zu haben wie beim letzten Mal. Nicht alle sprangen freiwillig in den Tod. Sollte er so blöd sein, noch einmal einen derart großen Fehler zu begehen, würde die Sache missglücken, das lag auf der Hand.

Die Tür ging auf, und eine hübsche, blonde Frau verließ das Haus. Peter lehnte sich aus dem Fenster. Sie warfen sich Luftküsse und verliebte Blicke zu. Wie rührend! Viel interessanter war aber, dass dieser Abschied auf eine längere Trennung hindeutete. Peter war also allein. Bis es an der Tür klingelte und ein alter Bekannter auf der Fußmatte stand. Jetzt. Das war der richtige Moment. Es gab keinen Grund, die Sache länger hinauszuzögern, größer würden seine Chancen nicht werden. Er öffnete die Tür und stieg aus dem Wagen. Mit der Tasche in der Hand überquerte er die Straße und ging zur Haustür. Er drückte dieselbe Klingel wie beim letzten Mal.

»Wer ist da?«

Er sagte die gleichen Worte wie beim letzten Mal:

»Hallo, ich muss nach oben in die vierte Etage, aber die Klingel scheint da nicht zu funktionieren.«

Die Tür wurde sofort geöffnet. Trotz des schlechten Rufs der Gegend vertrauten die Menschen einander anscheinend noch immer. Oder sie waren es gewohnt, dass die Klingel streikte.

Er trat in das schmutzige Treppenhaus – Graffiti an den Wänden, Zeitungen auf dem Boden – und ging in den vierten Stock. Dieses Mal kam er bis nach oben. Er wartete einen Moment, und als sein Atem sich wieder beruhigt hatte, klingelte er.

56.

Innenstadt, 11.34 Uhr

Nicht ein Kunde war im Laden, als Niels den Raum betrat. Armbanduhren und heiße Sommertage schienen irgendwie nicht zusammenzupassen. Oder gab es tiefere Gründe? Die Finanzkrise?

»Sie sagen mir, wenn ich Ihnen helfen kann, nicht wahr?« Der Uhrmacher sprach leise, als wäre alles, was hier drinnen besprochen wurde, vertraulich.

»Vielleicht können Sie mir wirklich helfen«, sagte Niels.

»Suchen Sie nach etwas Bestimmtem?«

Es schien so, als hätte der Mann erst jetzt Niels' malträtiertes Gesicht gesehen. Er musterte ihn von Kopf bis Fuß und schien sich zu fragen, ob er es mit einem Junkie zu tun hatte und mit Ärger rechnen musste, sodass Niels seinen Polizeiausweis zog und sagte:

»Polizei Kopenhagen.«

»Was ist denn passiert?«

»Nichts«, sagte Niels und zeigte auf sein Gesicht. »Es geht da drum.«

Der Uhrmacher trat instinktiv einen Schritt zurück, als Niels sich näherte.

»Die Stelle da auf meiner Wange. Ich glaube, das ist der Abdruck von einer Uhr.«

Der Verkäufer schien sich nichts sehnlicher zu wünschen, als dass die Situation schnell vorüberging.

»Vielleicht können Sie erkennen, um was für eine Uhr es sich handelt? Ich habe auch noch das hier.«

Niels nahm das konkave Uhrenglas aus der Tasche. Endlich riss der Uhrmacher sich zusammen und trat näher.

»Das könnte wirklich von einer Uhr sein, ja«, flüsterte er.

»Und von welcher?«, fragte Niels.

»Könnten Sie einen Augenblick warten?«, sagte er und verschwand im Hinterzimmer.

55 Sekunden vergingen. Niels verfolgte den Sekundenzeiger einer der Uhren im Verkaufsraum. Er war schon drauf und dran, den Laden zu verlassen und die Spur als zu abwegig fallen zu lassen, als sein Blick auf einen Spiegel fiel. Es war eine Uhr, die ihn getroffen hatte, daran gab es überhaupt keinen Zweifel. Warum sollte er also nicht alle Chancen nutzen?

»Dürfte ich Sie bitten, mir zu folgen? Wir brauchen ein bisschen mehr Licht.«

Niels folgte ihm hinter den Tresen in den angrenzenden Raum. Es war Büro und feinmechanische Werkstätte in einem. Der Uhrmacher setzte sich an einen Tisch mit von unten beleuchteter, transparenter Tischplatte.

»Das Beste wäre, wenn Sie den Kopf kurz unter das Licht halten könnten.«

Niels tat, worum er gebeten worden war. Eine unangenehme Stellung, die er nicht lange aushalten würde.

»Ein bisschen weiter nach unten.«

Niels drückte seine Wange auf den Tisch und schloss in dem grellen Licht die Augen.

»Sagen Sie Bescheid, wenn es zu warm wird«, sagte der Uhrmacher und starrte auf den Abdruck auf Niels' Wange.

»Können Sie etwas erkennen?«

»Vielleicht.«

»Was?«

»Einen Augenblick noch.«

Der Uhrmacher stand auf und ging zu einem seiner Kollegen. Niels richtete sich auf. Plakate an den Wänden. Omega, Seiko. Niels sah den Uhrmacher das Glas hin und her drehen.

»Sieht aus wie eine Eterna«, sagte der Uhrmacher. »Das würde auch zu dem Glas, dem Schliff und dem Durchmesser passen. Darf ich noch einmal sehen?«, fragte er leise. Niels hielt seine Wange ein zweites Mal in das Licht. »Ja, die Stunden sind alle mit einem einfachen Strich markiert. Nur die zwölf hat zwei Striche. Können Sie so stehen bleiben?«

Aus seiner unangenehmen Positur heraus sah Niels, wie der Mann einen Katalog holte. »Ja,« sagte er zu sich selbst. Dann ging er zu Niels und verglich etwas in dem Katalog mit Niels' Wange.

»Was ist das?«, fragte Niels und richtete sich auf.

»Ich glaube, es handelt sich um die hier. Das könnte wirklich sein. Aus der Zeit zwischen 1970 und 1975. Davon gibt es nicht viele.«

»Die Uhr da habe ich an den Kopf gekriegt?«

»Ich würde sagen, ja«, sagte der Uhrmacher. »Das würde auch passen. Dieses Modell hat man damals als Königsuhr genutzt. Das heißt, seit den 70er-Jahren war das dann natürlich die Königinnenuhr. Danach ist man zu Longines und Ole Mathiesen übergegangen und …«

»Königsuhr?«

»So nennt man die Uhr, die jedes Jahr an den besten Soldaten der königlichen Leibgarde ausgegeben wird.«

57.

Ydre Nørrebro, 11.38 Uhr

Unruhe. In Peters Blick lag Unruhe. Seine Pupillen zuckten leicht. Er spürte, dass irgendetwas nicht stimmte. Konnte er etwas wissen? Spüren, was geschehen würde? Nein, das war nicht möglich. Vielleicht irrte er sich auch nur. Vielleicht war es seine eigene Nervosität, die in Peters Überraschung Unruhe und Angst zu erkennen glaubte.

»Du siehst vollkommen überrascht aus«, sagte er und lächelte.

Peter nickte.

»Ich würde gerne mit dir etwas bereden.«

Peter zögerte. Aber mit diesem Zögern hatte er gerechnet.

»Ja?«

»Ich habe versucht, dich anzurufen.«

»Vor Kurzem?«

»Ja, aber vielleicht stimmt mit meinem Telefon etwas nicht. Ich habe gerade den Anbieter gewechselt. Und weil ich heute in der Gegend war, bin ich einfach vorbeigekommen. Ich glaube, ich kann dir helfen.«

»Wobei?«

»Bei deinen Problemen. Darf ich reinkommen?«

Zögern.

»Es dauert auch nicht lange.«

Peter trat zur Seite und ließ ihn zu seiner Erleichterung eintreten. Eine der größten Hürden lag damit hinter ihm. Die Sorge, dass er sich möglicherweise mit Gewalt Zutritt zur Wohnung verschaffen müsste, hatte ihn sehr belastet, denn damit wäre er ein verdammt hohes Risiko eingegangen. Peter war zwar kein physisches Prachtexemplar, konnte aber trotzdem ein schwerer Gegner sein. Vielleicht hätte er es sogar geschafft, ihm den Zutritt zur Wohnung zu verwehren. Außerdem hätten der Wortwechsel und das Gerangel auf der Treppe womöglich Nachbarn auf den Plan gerufen, im schlimmsten Fall die Polizei. Doch er war einfach zur Seite getreten und hatte ihn hereingebeten.

»Danke«, sagte er und nahm seine Tasche. »Das ist nett von dir.«

Peters Zweizimmerwohnung war noch dunkler und klaustrophobischer, als er von außen angenommen hatte. Billige Möbel, abgetretene Böden, Farbe, die von den Wänden blätterte. Auf einem Tisch stand ein Terrarium mit einer Schlange, die regungslos auf dem Boden lag.

»Das ist eine Königsnatter«, sagte Peter und grinste. »Ich nenne sie Hitler.«

»Okay.«

Peter konnte nicht arbeiten. Er hatte ein paar Diagnosen – vermutlich verursacht durch das Unglück, das ihm mit siebzehn widerfahren war –, und zu seinen Symptomen gehörten Angstzustände und Depressionen. Im Moment wirkte er aber gar nicht depressiv. Er war verliebt, das Leben hatte eine neue, positive Wendung für ihn bereitgehalten. Sein Lächeln war leicht und unverkrampft. Ein großes Bild erfüllte beinahe eine ganze Wand der Wohnung.

»Kennst du L. A. Ring?« Peter blieb auf dem Weg in die Küche stehen, wo er sich einen Kaffee holen wollte.

Sie sahen auf das Bild. Eine alte Frau saß am Wegesrand, sie war nach einem langen, harten Arbeitstag auf dem Heimweg. Ihr Arm hing kraftlos nach unten, sie konnte nicht mehr und hatte aufgegeben. Und über ihr hing der Todesengel, bereit, sie mitzunehmen.

»Nein«, sagte er.

»Das ist eine vergrößerte Kopie«, erklärte Peter. »*Aften, den gamle kone og døden,* heißt das. Aus dem Jahr 1887. Das ist der Moment, bevor die Frau stirbt.«

»Ganz schön makaber. Warum hast du denn so ein Bild aufgehängt, Peter?«

Peter sah ihn an, kurz und intensiv. »Weil es mir genauso geht. Der Tod ist immer in der Nähe, das ist seit meinem Unfall so.«

Peter drehte sich um und ging in die Küche. Er setzte Wasser auf und holte Tassen und Löffel. »Ich habe nur Nescafé«, rief er.

»Ist schon in Ordnung.«

»Willst du Milch?«

»Nein danke.«

Er war ein paar Sekunden allein im Wohnzimmer. Diesen Moment musste er ausnutzen, er öffnete seine Tasche und holte die Spritze heraus. Sieben, acht Minuten. Die Worte hallten in seinem Kopf wider, aber es gelang ihm, sie zu verdrängen, sie unbedeutend werden zu lassen. Er musste sich auf das Wesentliche konzentrieren. Das Einzige, was jetzt wichtig war. Ketamin, 8 Milliliter. Intramuskulär. Direkt in den Trapezmuskel. Eine kurze Nadel, nur 25 Millimeter, damit sie nicht bis in den Lungensack vordrang. Ein ungeheuer effektives Betäubungsmittel mit einem schlechten Ruf in Dänemark, da es besonders starke Albträume auslösen sollte. *Albträume,* dachte er. Die sind im Moment Peters kleinstes Problem. Er stellte sich hinter die Tür und wartete. Hörte Geklapper aus der Küche. Peter war auf dem Weg, in den Händen ein Tablett.

»Also, dann lass mal hören, wie du mir helfen kannst.«

Der Stich saß exakt da, wo er sitzen musste: im obersten Teil der Schulter zwischen Rückgrat und Schulterbogen. Die ganze Dosis Ketamin drang mit einem effektiven Druck in seinen Körper. Er war selbst überrascht, wie schnell alles gegangen war. Wie verblüffend einfach es plötzlich war, eine Kanüle in die Schulter einer nichts ahnenden Person zu stechen und eine hohe Dosis lähmender Flüssigkeit zu injizieren. Wie schockierend schnell eine Situation sich ändern konnte. Das Tablett mit den Kaffeetassen knallte auf den Boden. Überall Scherben. Einen Augenblick lang tat Peter gar nichts. Vielleicht hatte er nicht verstanden, was geschehen war. Vielleicht *wollte* er nicht verstehen, was vor sich ging: Ein alter Freund klingelte an der Tür, sagte, dass er ihm helfen wollte, man ließ ihn herein, bot ihm Kaffee an, und plötzlich hämmerte dieser Freund einem eine Kanüle in die Schulter, als wäre man ein Tier, das geschlachtet werden musste.

»Was tust du denn?«, fragte Peter und fuhr mit der Hand untersuchend in seinen Nacken. »Was ist das?« Er starrte auf die Spritze. »Du hast mir irgendwas gespritzt.« In Peters Stimme war nur Verblüffung, keine Wut. »Du hast mir was gespritzt«, wiederholte er.

»Nein«, sagte er und versteckte die Kanüle hinter seinem Rücken.

»Doch.«

»Nein, du verstehst das falsch.«

Er versuchte, den sinnlosen Wortwechsel in Gang zu halten, um Zeit zu gewinnen. Mit jeder Sekunde, die verging, drang das Ketamin weiter und weiter in Peters Körper vor und vergiftete ihn, bis er ganz taub war.

»Warum hast du das gemacht? Warum hast du mich gestochen?«

Peter bekam keine Antwort. Aber die Wut war auf dem Weg. Das spürten sie beide. Er musste sie rauslassen. Dann explodierte Peter: »Was zum Teufel geht hier vor?«

Die Tür. Er musste den einzigen Fluchtweg abschneiden. Das war wichtiger als alles andere. Er rannte an ihm vorbei und stellte sich mit dem Rücken vor die Wohnungstür. Wich auf dem Weg einem harten Tritt aus und spürte den Luftzug von Peters wütendem, fast tierischem Brüllen.

»Was geht hier vor?«, rief er und startete einen neuen Angriff. Dieses Mal mit einem Schlag, der sein Ziel fast traf: das Gesicht.

Er spürte ein Brennen auf den Lippen und den süßlichen Geschmack von Blut. Trotzdem fuhr er mit seinem Schauspiel fort: »Immer mit der Ruhe, Peter. Du verstehst das falsch.«

»Verdammt!«

Peter verlor langsam die Kontrolle über sich. Sein Blick flackerte unfokussiert. Auch seine Bewegungen wirkten mit einem Mal fahrig. Er schwankte in Richtung Tisch, vermutlich suchte er eine Waffe oder das Telefon, um Hilfe zu rufen. Vergeblich. Seine panisch um sich schlagenden Arme holten erneut aus, trafen aber fast ausschließlich Luft. Er torkelte wie ein Betrunkener, und seine Glieder wurden steif. Er hatte Schlagseite, bald würde sein Schiff sinken.

Bald.

»Was machst du mit mir?« Seine Worte waren nur noch ein schleppendes Schnauben.

Ein letzter Angriff. Schon fast resigniert, zum Scheitern verurteilt. Peter fiel fast in seine Arme.

Bald.

Er hielt ihn fest und trat ihm mit einer schnellen Bewegung die Beine unter dem Körper weg, sodass sie beide zu Boden gingen. Peter lag unten. Speichel rann über seine Lippen, und seine

Augen waren nur noch schmale Schlitze. Das war das zweite Symptom des Ketamins. Der tranceartige Zustand, in den die Patienten verfielen. Ihre Augen fokussierten nicht, schlossen sich aber auch nicht. Und sie produzierten Speichel. Jetzt war es ein Leichtes, ihn festzuhalten. Peters Muskeln gaben langsam nach. Sein heftiger Atem ging stoßweise und abrupt. Er sah aus wie ein Soldat, der auf dem Schlachtfeld starb. Nur dass er nicht von Kugeln getroffen worden war, sondern von einem Betäubungsmittel. Rollende Augen. Peter kämpfte nur halbherzig. Er hatte längst aufgegeben. Wusste, dass er nur noch loslassen konnte.
Bald.
»Lass mich los, verdammt!«, murmelte er und versuchte ein letztes, sinnloses Mal, sich aufzubäumen. Wie ein Fisch auf dem Trockenen. »Lass mich los!«
Bald.
Und weg war er.
Weg.
Er schleifte Peter in die Mitte des Raumes und stand auf. Atmete tief durch und versuchte, seinen Puls zu beruhigen. Noch war nichts überstanden. Jetzt fing alles erst an.
Jetzt.
Er warf rasch einen Blick auf die Uhr. Spätestens um 12.30 Uhr musste er hier raus sein.

58.

Islands Brygge, 11.42 Uhr

Es half, draußen zu sein und die Luft im Gesicht zu spüren. Nach unten auf die Straße zu blicken, auf der das Leben seinen normalen Gang ging. Das *Leben,* dachte sie. Oder der Tod.

Hannah rief im Rigshospital an und wurde mit der Gynäkologie verbunden. Nach einer weiteren Verbindung hörte sie schließlich die Stimme einer älteren Frau, die Erfahrung signalisierte: Reden Sie nur, mich überrascht so schnell nichts mehr, war zwischen den Zeilen zu hören.

»Hier ist Hannah Lund. Ich möchte gerne eine Abtreibung vornehmen lassen. Eine Absaugung.«

»Ja?«

»Ja, eigentlich hätte ich einen medikamentösen Abbruch machen sollen, aber …«

»Hier im Rigshospital?«

»Ja«, sagte Hannah.

»Dann haben wir Sie im System?«

System, dachte Hannah, ein erschreckendes Wort. »Ja«, sagte sie.

»Und Ihr Name ist?«

»Hannah Lund.«

»Und Ihre Versichertennummer?«

Hannah nannte die Ziffern und wartete. Eine kurze Pause folgte, in der sie das Tippen auf einer Tastatur hörte.

»Es sieht so aus, als könnten wir das schon morgen machen«, sagte die Frau. »Weil wir Sie im System haben. Um zwölf Uhr. Wäre Ihnen das recht?«

»Gut«, hörte Hannah sich selbst sagen.

»Kommen Sie rechtzeitig und melden Sie sich an der Rezeption am Haupteingang. Die sagen Ihnen dann, wohin Sie müssen. Vor dem Eingriff müssen wir noch einen Ultraschall machen.«

»Ja.«

»Und es ist wichtig, dass Sie vorher nichts gegessen haben, okay?«

»Selbstverständlich.«

»Gut. Dann viel Glück bei allem«, sagte die Frau und legte auf.

Hannah steckte das Telefon in die Tasche. Wie lange hatte das gedauert? Eine Minute? Zwei? Zwei Minuten, um einen Doppelmord zu bestellen. Eine Minute pro Mord.

Sie blickte auf den Verkehr unter sich. Menschen stiegen in Autos, andere stiegen aus. Alle waren auf dem Weg irgendwohin. Junge Frauen mit Kinderwagen und glücklichem Leben. Warum dieser Anruf?, fragte sie sich selbst. Warum war die Methode wichtig? Die Art und Weise, wie das Todesurteil ausgeführt wurde? Weil der Richter nicht der Henker ist, dachte sie. Die Aufgabe des Richters ist es, Recht zu sprechen. Das Urteil vollstrecken dann andere aus. Bestimmt ist es richtig so.

Sie blickte auf das Buch, das auf dem Balkontisch lag, und wartete. Sokrates' Gedanken über die Seele. Der letzte Zeuge, bevor das Urteil gesprochen wurde.

59.

Kopenhagen, Innenstadt, 11.46 Uhr

»Was hast du gesagt? In der ersten Hälfte der 70er?«

»Ja, Casper. Die Empfänger der Königsuhr von 70 bis 75. Kannst du mir da eine Liste besorgen?«

»Bestimmt. Wann brauchst du die …«

»Jetzt«, unterbrach Niels ihn und fuhr am Rathausplatz vorbei und über den H. C. Andersen Boulevard in Richtung Amager.

Casper versprach, sich darum zu kümmern und sich wieder zu melden. Als Niels wenige Augenblicke später an der Stormgade in Richtung Christiansborg fuhr, rief er zurück.

»Bist du bereit?«

»Ja.«

»Rune Toft, 1970, Søren Elmkvist, 1971, Mogens N. Brink, 1972, Allan K. Andersen, 1973, Filip Sølvgren, 1974, und Bjarne Fjord Jensen, 1975. Willst du sonst noch was wissen?«

»Danke«, sagte Niels. »Schick mir die Liste per SMS.«

Er beendete das Gespräch und fuhr am Schloss Christiansborg vorbei. Eine Friedensmahnwache stand an ihrem üblichen Platz und forderte mehr Frieden in der Welt. Frieden, dachte Niels und betrachtete sein malträtiertes Gesicht im Rückspiegel. Noch nicht.

***

Sommersteds Prophezeiung über den Fall des Ballettmeisters war noch nicht in Erfüllung gegangen. Aus dem Gesichtsausdruck des Mannes war aber zu schließen, dass es nicht mehr lange dauern würde. Niels klopfte an die offene Tür, und der Ballettmeister blickte auf.

»Ich habe einen Namen«, sagte Niels, ohne sich zu setzen.

»Wie sehen Sie denn aus? Was ist …?«

»Einen Nachnamen. Von dem, den ich suche. Oder besser gesagt fünf.« Niels reichte dem Ballettmeister sein Telefon und zeigte ihm die SMS von Casper. »Sagt Ihnen einer dieser Namen etwas? Achten Sie auf die Nachnamen.«

»Joachim.«

»Joachim?«

»Joachim Elmkvist. Søren Elmkvist war sein Vater«, sagte der Ballettmeister und gab Niels das Telefon zurück. »Er ist vor ein paar Jahren an Krebs gestorben. Bis dahin war er beim Militär.«

»In der Leibgarde?«

»Das ist gut möglich.«

»Wo ist Joachim jetzt?«

»Er sollte unten sein und trainieren. Soll ich anrufen und mich erkundigen?«

»Nein, ich finde ihn schon.«

Niels war schon wieder auf dem Flur und hörte den Ballettmeister nur noch rufen, ob er ihn nicht begleiten solle. Nur ein einziges Mal fragte Niels nach dem Weg und landete schließlich gemeinsam mit rund zwanzig Ballettmädchen in einem Aufzug, der für maximal 1600 kg zugelassen war. Niels folgte der Gruppe in ihr natürliches Habitat, den Trainingssaal mit den Riesenspiegeln. Drinnen, hinter den dicken Scheiben, waren sie dabei, sich aufzuwärmen. Oder war das irgendein modernes Ballett? Er betrachtete die Gesichter der Männer. Bald steckst du in Handschellen, dachte Niels, während er nach dem Gesicht zu dem Namen suchte. Wer hatte Niels gestern niedergeschlagen und Dicte in den Abgrund getrieben? Du wirst das Königliche Theater mit mir am Arm verlassen. Vor Scham gebeugt.

Niels klopfte an und öffnete die Tür. Nur ein paar der Tänzer blickten auf.

»Joachim Elmkvist?«, rief Niels laut.

Niemand antwortete.

Niels scannte die Gesichter. Nur eines der Mädchen sah betroffen aus.

Irgendeiner sagte: »Der ist nicht hier.«

»War er den ganzen Tag nicht da?«

»Er geht auch nicht ans Telefon.«

»Weiß jemand mehr über Joachim Elmkvist?«

In der hintersten Reihe nickte ein Mädchen. Sie hatte rabenschwarze Haare und wirkte irgendwie mediterran.

»Sie kennen Joachim? Wo ist er?«

Sie kam näher. Mit behutsamen Schritten, als hätte sie Schmerzen. Vielleicht war das ja so. Vielleicht war all das Leiden nur zu ignorieren, wenn sie tanzten. Niels spürte das Unbehagen des Mädchens, vor den anderen reden zu müssen, und nahm sie mit nach draußen. Er nickte dem Trainer zu, sie sollten ruhig weitermachen. Die Musik begann wieder.

»Sind Sie ein Paar?«, fragte Niels. »Joachim und Sie?«

»Nicht mehr. Bis vor drei Wochen.«

»Und Dicte? Was für eine Beziehung hatte Joachim zu ihr?«

Sie zuckte mit den Schultern. »Glauben Sie, dass er etwas damit zu tun hat?

»Hatten die beiden etwas miteinander? Eine heimliche Beziehung?«

Sie schüttelte den Kopf. »Die waren bloß von dieser Nachlebensscheiße besessen. Alle beide.«

»Wie meinen Sie das?«

»Ich bin aus Jütland. Århus. Ich stehe mit beiden Beinen fest auf dem Boden.«

»Das verstecken Sie aber gut. Verstecken Sie sonst noch was?«

Sie lächelte zum ersten Mal.

»Dicte und Joachim«, sagte Niels. »Waren beide besessen von der Frage, was passiert, wenn man das letzte Ticket gelöst hat?«

»Astralreisen«, sagte sie sarkastisch. »Selbst wenn wir miteinander geschlafen haben, musste das zum Schluss so avanciert sein, dass ich kaum noch mitgekommen bin. Verstehen Sie, was ich meine?« Sie lächelte kokett.

»Inwiefern avanciert?«

»Die Luft anhalten bis … you know.«

»Und was sonst noch?«

»Innere Meditation. Die Augen schließen und so tun, als schwebte man über seinem Körper. So ein Scheiß.«

»Und Dicte?«

»Sie hat ihn auf diese Ideen gebracht. Nicht umgekehrt. Sie war die Gefährliche.«

Niels sah sie ein paar Sekunden lang an. »Wissen Sie, wo er ist?«

»Nein, ich habe keine Ahnung.«

»Auch nicht, wenn ich Ihnen androhe, Sie mit aufs Präsidium zu nehmen, wenn Sie nichts sagen? Um Ihnen einen Tag in einer ruhigen Zelle anzubieten, wo Sie richtig nachdenken können? Manchen Leuten fällt da ziemlich viel ein.«

Sie schluckte ihren Speichel. »Wir haben zusammen in seiner Wohnung in Vesterbro gewohnt, aber da musste er zum Ersten raus.«

»Und wohin ist er dann gegangen? Zu seiner Mutter? Einer Ex? Zu wem?«

»Vielleicht ist er bei Lennart. Ich hab echt keine Ahnung.«

»Lennart?«

»Ein alter Tänzer. Ist ausgestiegen, als er zwölf war.«

»Ausgestiegen?«

»Aus der Ballettschule. Ein echter Verlierer, aber Joachim hat ihn immer irgendwie als Rettungsanker genutzt, wenn es brannte. Auch finanziell.«

»Wo wohnt dieser Lennart?«

»In der Jægersborggade. An die Nummer erinnere ich mich nicht, aber er heißt Møller mit Nachnamen.«

»Danke«, flüsterte Niels, bevor er sich umdrehte und zurücklief. Er sollte die Einsatzzentrale anrufen und eine Fahndung rausgeben. Aber er wollte das selbst machen, wollte ihm selbst die Handschellen um die Handgelenke legen. So stramm, dass sie ins Fleisch schnitten. Und dann wollte er ihn vor sich her durch die ganze Stadt stoßen. Wie die römischen Heerführer, die, wenn sie zurück nach Rom kamen, ihre Feinde in Käfige gesperrt bis ins Forum Romanum gebracht hatten. So sollte es sein. Von Nørrebro bis zum Rathausplatz wollte er mitten auf der Fahrbahn hinter Dictes Mörder herlaufen, damit die Kopenhagener ein für alle Mal sehen konnten, was passierte, wenn man Niels Bentzon mit Absicht durch die Finger glitt.

»Dicte«, hörte Niels sich selbst sagen, als er sich in den Wagen setzte. Und als er auf der Straße zurückfuhr und das Blaulicht auf das Dach stellte, sagte er: »Ich springe.«

60.

Ydre Nørrebro, 11.55 Uhr

Wie fühlte sich das an?

Natürlich war ihm der Gedanke schon einmal gekommen, wie es sich anfühlen musste, wenn man, den Kopf in einer Schraubzwinge aus blankem Stahl, gefesselt und geknebelt aufwachte, außerstande, sich zu rühren. Die Angst strahlte förmlich aus Peters flackerndem Blick. Er stieß ein paar leise, halb erstickte Laute aus, die deutlicher als alle Worte zeigten, wie sehr er sich fürchtete.

»Ruhig jetzt«, sagte er zu Peter. »Es hört dich ohnehin niemand.«

Seine Aufforderung half nicht. Peter röchelte weiter. Die Sprache der Angst.

»Ich werde gezwungen sein, dich zu töten, aber du wirst nicht vergeblich sterben. Es ist für einen guten Zweck, du musst mir bei einer Sache helfen.«

Er suchte die letzten Utensilien zusammen, die er brauchte, und machte das Becken mit dem Wasser bereit, wobei er sich fragte, ob Peter ihm leidtat. Die Antwort lautete Nein. Mitleid durfte seiner Sache nicht im Weg stehen, dafür war sie zu wichtig. Dafür stand viel zu viel auf dem Spiel.

Schritte auf der Treppe.

Er hörte sie deutlich, und die Geräusche setzten vor seinem

inneren Auge einen Film in Gang. Er stellte sich vor, wie die Tür aufging und die schöne, blonde Frau plötzlich mitten im Wohnzimmer stand und schockiert auf das unverständliche Szenario starrte. Und er sah, wie er sich auf sie warf und sie vor den Augen des entsetzten Peter umbrachte. Wie sie sich wehrte, doch wie er sie festhielt, bis seine Hände endlich ihren Hals fanden und er sie erwürgen konnte. Nicht gerade eine Wunschvorstellung, beileibe nicht, aber durchaus etwas, das notwendig werden konnte, dessen war er sich bewusst. Vielleicht konnte er sie anschließend nutzen ... wenn er bei Peter keinen Erfolg hatte? Nein, es mussten diejenigen sein, die schon einmal auf der anderen Seite gewesen waren und wussten, dass sie in ihre Körper zurückkehren konnten. Leute, die diese besondere Fähigkeit hatten. Menschen, für die der Tod kein unbekanntes Territorium war.

Die Schritte wurden leiser. Endlich waren sie ganz verstummt, und er war wieder mit Peter allein, allein in ihrer eigenen kleinen Welt aus Angst und dem bevorstehenden Tod.

»Ich werde das so schnell machen, wie es nur geht«, sagte er mit vollem Ernst. »Und ich verspreche dir, dass du nichts spüren wirst.«

Er fragte sich, warum er das sagte. Es war blödsinnig, schließlich hatte er keine Ahnung davon, wie es war, zu ertrinken. Vielleicht weil es Peter war? Weil sie eine ganz besondere Beziehung hatten? Jedenfalls hatte er das immer so empfunden. Eine Vertrautheit, ja fast so etwas wie eine Freundschaft. Er mochte Peter. Das war schon immer so gewesen. Peter war einzigartig, ein Mann, der seine Gefühle nicht zurückhielt, der es zu zeigen wagte, wenn er glücklich oder traurig war oder wenn er das Leben – wie so oft – unerträglich fand. Es half ihm ein bisschen, an Peters depressives Gemüt zu denken. Vielleicht war es ja sogar gut für ihn, dieses Leben hinter sich lassen zu können? Vielleicht tat er ihm regelrecht einen Gefallen, wenn er seinen Kopf untertauchte und ruhig zusah, wie das Leben ihn langsam verließ und der Tod durch Ertrinken mehr und mehr die Oberhand gewann. Nein, der Gedanke war absurd, und er wusste das. Natürlich tat er Peter keinen Gefallen, indem er ihn umbrachte, es machte keinen Sinn, so zu denken. Außerdem änderte Peters Leben sich gerade. Es gab neue Elemente. Zum Beispiel dieses Mädchen. Als er daran dachte, wie dieses Mädchen ihn morgen finden würde, übermannte ihn für einen Moment sogar so etwas wie Trauer. Niemand hatte es verdient, seinen Geliebten ermordet aufzufinden und derart zu leiden. Aber er verdrängte die Gedanken, sie waren ein Fluch, brachten nichts Gutes mit sich. Es kam darauf an, zu handeln. Die Mission auszuführen, der er sich verschrieben hatte.

»Ich mache das, so schnell ich kann«, wiederholte er, ging zu Peter und packte seinen Kopf. »Das verspreche ich dir. Gleich ist alles überstanden. Und dann musst du etwas sehr Wichtiges tun, hast du mich verstanden?«

Peter gab einen leisen Laut von sich.

»Du musst jetzt genau zuhören, geht das? Kannst du mich hören?«

Peter versuchte zu nicken.

Er nahm sein Handy heraus. Es war bald zwölf. Ihm blieb wenig Zeit. Nur eine halbe Stunde, um Peter umzubringen und wiederzubeleben. Vielleicht sogar mehrmals. Und ihn dann endgültig zu verabschieden.

Bevor er begann, dachte er an seinen Termin um dreizehn Uhr in der Schlafpraxis.

»Du musst jetzt genau zuhören, was du machen sollst.«

61.

Nørrebro, 12.15 Uhr

Niels stieg aus dem Auto und spürte, wie die Wut in ihm brodelte. Ruhig, sagte er zu sich selbst. Komm runter. Aber woher kam diese Wut? Der Balletttänzer Joachim Elmkvist war ein guter Kandidat. Der Mann, den Niels verfolgt hatte und der nicht gezögert hatte, Niels niederzuschlagen, als er ihn endlich gestellt hatte. Oder saß die Wut noch tiefer? Zeigte sie in Wirklichkeit auf ihn selbst? Sein ganzes Leben war verpfuscht. Kathrine, die er noch immer hin und wieder vermisste, war aus seinem Leben gegangen, aber das war ganz okay so, da sie sich gegenseitig nur aufgefressen hatten. Und Hannah verschwand mehr und mehr in einem schwarzen Loch, in dem Niels sie niemals wiederfinden würde. War es seine Schuld, dass das so gekommen war? War es in Wirklichkeit er, der alle mit diesem Virus ansteckte? Als er jetzt auf die Tür des Hauses in der Jægersborggade 12 zuging, hatte er auf jeden Fall das Gefühl, als wäre sein Leben auf ganzer Linie missglückt. Ich sollte mir ein Warnschild um den Hals hängen, dachte er. Wie auf den Zigarettenpackungen. »Der Umgang mit Niels Bentzon kann zu schweren Gesundheitsschäden führen. Bentzon verursacht Unglück und Tod.« Vielleicht sollte er auch noch einen Totenkopf daneben zeichnen.

Die 2 fehlte, aber da das Haus zwischen 10 und 14 stand, glaubte er, an der richtigen Adresse zu sein. Auf dem Türschild der dritten

Etage links stand kein Name. Niels wollte klingeln, entschied sich dann aber dagegen. Sollte Joachim wirklich in der Wohnung sein, würde er abhauen. Vielleicht gab es eine Hintertreppe, über die er fliehen konnte.

Das Kellerfenster neben der Eingangstür stand weit offen. Popmusik dröhnte heraus.

Jemand sang mit. Niels klopfte fest an die offene Scheibe.

»Ja?« Die Musik wurde leiser gestellt.

Niels sah in eine Art Werkstatt. Ein Mann in einem Overall reparierte eine Lampe.

»Niels Bentzon, Polizei Kopenhagen. Sind Sie der Hauswart?«

»Ja.«

»Haben Sie einen Schlüssel für alle Wohnungen?«

»Im Prinzip schon, wobei ich die eigentlich gar nicht haben dürfte.«

»Halten wir uns mal ans Prinzip. Könnten Sie mir die Haustür aufmachen? Und dann die Wohnung in der dritten Etage?«

Der Hauswart zögerte. Niels war sich sicher, dass er Ärger machen würde. Männer mit vielen Schlüsseln stellten sich fast immer quer. Aber als Niels ihm seinen Polizeiausweis zeigte, nickte er bloß und stand auf.

***

Niels sprach leise: »Gehen Sie zurück in die Werkstatt, wenn Sie aufgeschlossen haben.«

»Sollen wir nicht erst anklopfen?«

»Tun Sie, was ich gesagt habe.«

»Okay«, sagte der Hauswart, steckte den Schlüssel ins Schloss und ging.

Niels betrat die Wohnung ohne jede Vorwarnung. Er wollte

Joachim nicht die Chance geben zu fliehen, egal ob er damit Vorschriften brach, die irgendwelche Männer in Anzügen mal in ihren Riesenbüros ausgeheckt hatten. Es gab immer Ausnahmesituationen, in denen man die Gesetze etwas beugen musste.

»Joachim?«, rief er und spürte die Wut auflodern. »Polizei Kopenhagen.«

Keine Antwort.

»Joachim?«

Er sah sich um. Die Ledermöbel sahen so aus, als hätte sie irgendjemand einfach in die Wohnung geschoben. Süßlicher Haschgeruch mischte sich mit kaltem Zigarettenrauch. Auf dem Tisch stand ein Tetrapak Wein mit dem Bild eines Kängurus. Eine Flasche lag auf dem Boden. Der Wein, der herausgelaufen war, hatte die lackierten Bretter violett verfärbt. Es vergingen mehrere Sekunden, bis Niels den Mann sah, der zusammengerollt in einem Schlafsack in der Ecke schlief.

»Joachim Elmkvist?« Niels ging zu ihm und rüttelte ihn an der Schulter.

Schlaftrunkene Augen, kleine Pupillen, eine flüsternde Stimme. »Was ist denn los?«

Niels wusste sofort, dass das nicht Joachim war. Der Typ war viel zu blass und klein, das reinste Haschwrack.

»Lennart?«, fragte Niels. »Sind Sie Lennart Møller?«

»Was?« Er versuchte sich aufzurichten, endete aber in einer unnatürlich schrägen, in die Ecke gedrückten Stellung.

»Niels Bentzon, Polizei Kopenhagen.«

»Ich habe bezahlt.«

»Das bezweifle ich ja auch gar nicht. Ich bin auf der Suche nach Joachim Elmkvist.«

»Kenne ich nicht.«

Niels seufzte und musste sich zusammenreißen, ihm nicht in

die Eier zu treten. »Kenne ich nicht«, war die Standardantwort in den Kreisen der Kleinkriminellen. Für sie war es ebenso wichtig und ehrenvoll, den Mund zu halten wie regelmäßig zu atmen.

»Okay«, sagte Niels und nahm ein kleines Päckchen Silberpapier vom Tisch. »Zehn Gramm Hasch, vielleicht ein bisschen mehr. Auf jeden Fall genug für eine Fahrt ins Präsidium. Also los, kommen Sie in die Gänge.«

»Verdammt, Mann.«

Unter einem ramponierten Sessel lag eine Sporttasche. Vielleicht sah Niels sie deshalb erst jetzt. Lennart redete unzusammenhängend, während Niels die Tasche durchsuchte. »Heh, Mann«, sagte er ein paarmal, aber Niels beachtete ihn nicht. Sportsachen. Teure Marken. Eine Kulturtasche mit einer Zahnbürste und Haarwachs. Eine Krankenkassenkarte mit dem Namen Joachim Elmkvist.

»Wo ist er hin?«

»Ich habe doch schon gesagt, dass ich den nicht k…«

»Maul halten!« Niels war überrascht über die Brutalität seines Ausbruchs. »Und jetzt antworten Sie mir. Wo ist er? Wann kommt er zurück?«

»Das weiß ich doch nicht«, lautete die Antwort, gefolgt von unzusammenhängenden Beschwerden, dass Niels doch nicht einfach so in seine Wohnung kommen und herumschreien könne.

Niels öffnete das Seitenfach der Tasche. Ein zusammengeknüllter Hundertkronenschein. Kopfschmerztabletten, Kondome und eine Kreditkarte mit dem Namen Joachim Elmkvist. Und eine Karte für *Sleep*, geschrieben mit blassen blauen Buchstaben. Niels dachte nach. Auch Dicte hatte so eine Karte in ihrer Wohnung gehabt. Das Logo war ein Halbmond. Etwas weiter darunter stand »Schlafpraxis Kopenhagen«, Sølvgade 17. Niels drehte die Karte um. Wochentage und freie Felder, auf denen man von

Hand den nächsten Termin eintragen konnte. 14. Juni, 13.00 Uhr. Das war heute. Niels sah auf die Uhr seines Handys. Es war bald 12.30 Uhr. Vielleicht war das noch zu schaffen?

»Sie kommen mit mir, Lennart.«

»Was? Warum das denn?«

Niels zerrte Lennart aus dem Schlafsack. Er war leicht wie ein Säugling.

»Lassen Sie mich los!«

Niels zog ihn über den Boden, während Lennart wie ein Kind jammerte. »Heh, kann ich mich vielleicht noch anziehen? Ich habe doch nichts getan.«

»Vielleicht nicht, aber wenn ich Sie loslasse, rufen Sie doch nur Joachim an …«

Lennart protestierte: »Nein, Mann, tu ich nicht! Das verspreche ich!«

»Kann ich mal Ihr Handy sehen?«

Lennart starrte Niels an. Wog ab, was er tun sollte.

»Ihr Telefon«, schrie Niels ihn an. Lennart fischte es schließlich aus der zerschlissenen Jeans, die auf der Toilette lag.

»Das nehme ich an mich. Sie bekommen es zurück, wenn Sie sich ordentlich aufführen.« Niels lief, begleitet von Lennarts Protestgesang, die Treppe hinunter.

62.

Ydre Nørrebro, 12.28 Uhr

»Komm schon!«, schrie er Peter ins Ohr. »Du schaffst das!« Ein neuer Versuch mit dem Defibrillator, um das Herz zu reaktivieren. »Wach auf, Peter. Mein Freund. Los …!«

Er hörte die Panik in seiner Stimme. Sie klang lauter und schriller als sonst. Als spräche eine andere Person. Peter sah ihn an. So sah es jedenfalls aus. Als wollte er ihn fragen: Warum? Warum hast du mich umgebracht? Fast konnte er die Worte hören. Nein, das gaukelte ihm bloß die Panik vor, die seinen Körper gefangen hielt. Peter war tot. Sein Blick war starr. Ein neuer Versuch mit dem Defibrillator. Peters lebloser Körper zuckte zusammen. Um gleich darauf wieder regungslos dazuliegen. Nein, dachte er. *Nein!* Das durfte nicht schiefgehen! Peter war vielleicht seine letzte Chance. Er musste ihn wieder ins Leben zurückholen. Peter musste von den Toten zurückkehren und ihm erzählen, ob es ihm gelungen war, sie zu finden. Adrenalin. Er fummelte mehr als sonst herum. 1 Milligramm. Intravenös. Oder direkt ins Herz? Es war nicht ohne Risiko, das wusste er. Aber er hatte keine andere Wahl. Die Nadel der Adrenalinspritze war lang. Er musste direkt unter dem Brustbein einstechen und dann in Richtung zwei Uhr nach oben zur linken Schulter stechen. Und er musste daran denken, den Stempel der Spritze beim Einstechen etwas weiter herauszuziehen, bis ein bisschen Blut in der Spritze war.

Er schwitzte. Schweißtropfen landeten wie ein milder Regen auf Peters totem Körper. Hatte er eine falsche Salzkonzentration im Wasser? Nein, unmöglich. Er hatte alles doppelt und dreifach gecheckt. Das Adrenalin wirkte nicht. Das sah er Peters totem Körper sofort an. Nein! Herzmassage. Seine letzte Chance. »Komm schon!«, flüsterte er. »Wach auf! Mach die Augen auf und erzähl mir von ihr!« Sein Blick fiel auf die Uhr an der Wand. Vielleicht weil er unbewusst den Blick von dem Toten am Boden abgewandt hatte. Der Anblick schmerzte ihn, war unerträglich, und plötzlich erfüllte es ihn mit Abscheu, was er getan hatte. Der Termin in der Klinik war bald. Es war 12.35 Uhr. Schon verdammt spät. »Komm schon!«, sagte er noch einmal, dieses Mal an sich selbst gerichtet. Brustkompressionen. Dreißig Stück. Er zählte schnell, drückte vielleicht zu fest, und dann musste er ihn beatmen. Zweimal. Den Kopf zurück, das Kinn anheben. Freie Atemwege waren das Allerwichtigste. Er durfte die Luft nicht in den Bauch blasen. Peters Lippen waren bereits kalt. Tot. Nein, dachte er verzweifelt. Komm schon! Wieder pumpte er auf seiner Brust. Noch fester als beim ersten Mal. Und dann machte er noch einen weiteren Versuch mit dem Defibrillator. Stromstöße direkt ins Herz. Keine Reaktion. Keine Anzeichen, dass Peter noch einmal aufwachen würde. 12.42 Uhr. Er musste aufhören. Sein Hirn wusste das vor seinen Händen, die noch ein paar Minuten vergeblich versuchten, ihn wiederzubeleben. Es war ebenso hoffnungslos, wie eine Puppe von den Toten aufzuwecken. Er schob Peter von sich weg. Schloss die Augen und kämpfte mit den Tränen. Dann stand er auf und packte seine Sachen in die Tasche. Hatte er Fingerabdrücke hinterlassen? Nein, er hatte alles gründlich geputzt, als Peter betäubt gewesen war. Keine Spuren. Er sah das Bild an der Wand. L. A. Ring. Die alte Frau wartete auf den Tod. Was hatte Peter gesagt? *Weil es mir genauso geht. Der Tod ist immer in der Nähe.*

63.

Schlafpraxis Sleep – Sølvgade, 13.07 Uhr

Niels hatte seine Pistole auf dem Rücken unter den Hosengurt geschoben. Sie wurde jetzt von dem Hemd verdeckt, aber der kalte Stahl drückte unangenehm. Niels konnte nicht umhin, das Gespräch der Sekretärin mitzuverfolgen. Dabei waren die anderen Geräusche um ihn herum viel interessanter: sporadische Radiostimmen, die über die Auswirkung der Hitzewelle auf die Laune der Menschen sprachen, die Frau unten auf der Straße, die ihren Mann immer wieder fragte, warum er denn Angst vor ihr hatte und was mit ihm denn nicht in Ordnung sei. Aber im Gegensatz zu den anderen Bruchstücken versuchte die Sekretärin, ihr Gespräch hinter vorgehaltener Hand zu führen, wobei sie Niels entschuldigend ansah. Als wären familiäre Probleme in einem Klinikbüro tabu. »Ich rufe an, wenn ich freihabe«, flüsterte sie und dann: »Nein, ich kann jetzt wirklich nicht. Und das weißt du ganz genau.«

Endlich legte sie auf und sah Niels noch einmal entschuldigend an.

»Teenager«, sagte sie lächelnd.

Niels trat vor und zeigte ihr seinen Polizeiausweis. »Ist Joachim Elmkvist schon zu seinem Termin gekommen?«

»Ich …«

»Antworten Sie einfach auf meine Frage. Ist er hier?«

Die Tür ging auf. Niels drehte sich um, die Hand auf dem Rücken. Er legte die Finger um den Schaft der Pistole. Die Sekretärin kam auf die Beine. Eine Frau mittleren Alters trat durch die Tür, gefolgt von einem gleichaltrigen Mann in einem Kittel – sie sahen beide gleich müde aus.

»Adam. Da ist ein Mann von der Polizei. Er fragt nach Joachim.«

Er wandte sich Niels zu.

»Polizei?«, fragte er.

»Ist er hier?«

»Nein. Einen Augenblick.« Adam Bergmann drehte sich um: »Dann sehen wir uns nächste Woche?«

»Danke«, sagte die Frau mit einem Lächeln. Sie reichten sich die Hand und sie verließ die Sprechstunde mit ihrer hellen Jacke über dem Arm.

»Sie suchen Joachim?«

»Hatte er heute eine Stunde?«

»Hatte er?« Adam Bergmann wandte sich an die Sekretärin. Niels holte die Karte heraus und zeigte sie ihnen beiden.

»Joachim hat abgesagt«, sagte sie. »Schon letzte Woche. Wegen irgendwelcher Proben im Theater.«

Konnte Niels ihnen vertrauen? Vermutlich schon, warum sollten sie wegen Joachim lügen oder ihn decken?

»Ich gehe davon aus, dass es um Dicte van Hauen geht?«, fragte Bergmann.

»Ja, sind sie beide hierhergekommen?«

»Ja. Schrecklich, was mit Dicte passiert ist. Die Sache hat uns wirklich getroffen.«

Niels sah zu Boden. Als wäre es sein Schmerz gewesen. Sein Verlust. Als kondolierten sie ihm. Als er wieder aufblickte, streckte der Arzt ihm die Hand entgegen.

»Adam Bergmann.«

Er schüttelte sie. »Niels Bentzon, Kriminalpolizei.«

Der Arzt ließ Niels' Hand los, sah auf seine Uhr und seufzte. »Ich habe einen anderen Patienten um ...«

»Nur ein paar kurze Fragen.«

Niels sah den Mann eindringlich an. Seine kleine Lesebrille klammerte sich auf die Nasenspitze. Er trug einen weißen Kittel und ein blaues Hemd. Am auffälligsten waren aber die vielen Fältchen um seine Augen. Bestimmt ein Raucher, dachte Niels.

»Tja, ich meine ... zur Polizei kann man ja schlecht Nein sagen.«

Er führte Niels in sein Büro. Zeigte auf einen der beiden Stühle. Niels hörte, dass die Sekretärin ihm noch irgendetwas zuflüsterte, bevor die Tür geschlossen wurde.

»Ich rufe ihn sofort an«, sagte Bergmann und sah Niels an. »Geben Sie mir zwei Minuten? Nur ein Telefonat.«

»Selbstverständlich.«

Der Arzt nahm sein Handy vom Schreibtisch und ging nach draußen. Niels war allein. Das Arztzimmer glich eher einem kleinen Sitzungsraum als einer Praxis. Zwei Ledersessel standen sich gegenüber. Børge Mogensen. Dazwischen ein Tisch, gerade einmal groß genug für eine Packung Kleenex und zwei Tassen Kaffee. Diverse Diplome von den unterschiedlichsten Universitäten an den Wänden. Adam Bergmann war ein international angesehener Schlafforscher. Und Bereitschaftsarzt in Nordseeland. Das ging aus einem feierlich eingerahmten Diplom an der Wand hervor.

»Nehmen Sie doch Platz«, sagte Bergmann noch in der Tür.

»Danke.« Niels setzte sich in einen Sessel. »Kommen die Leute auch zum Schlafen her?«

»Manche ja. Mit anderen rede ich nur. Das hängt von dem Grad ihrer Schlaflosigkeit ab.«

»Und Joachim?«

»Ob er hier geschlafen hat?«

»Ja.«

»Ich glaube, nur einmal.«

»Und Dicte van Hauen?«

Adam Bergmann setzte sich. Er lehnte sich zurück und musterte Niels, der sich gleich fragte, ob er selbst wohl müde aussah.

»Dicte ist zu uns gekommen, weil sie schon seit über einem Jahr keine Nacht mehr richtig geschlafen hat.«

»Ist das nicht ziemlich üblich? Die meisten stehen nachts doch wohl ein- oder zweimal auf.«

Der Arzt räusperte sich und lächelte diskret: »Der Schlaf ist eine wichtige Sache. In den wirklich tiefen Schlafphasen bauen wir unsere Immunabwehr auf. Schon drei Tage ohne Schlaf führen bei den meisten Menschen zu Attacken von Wahnsinn. Ein paar Tage mehr, und es wird lebensbedrohlich.«

»Dann hat es Sie nicht erstaunt, als Sie von ihrem Tod erfahren haben?«

»Nein, eigentlich nicht.«

»War sie ein so harter Fall?«

»Dicte ist nur extrem selten in die Phase gekommen, die wir Traumschlaf nennen, den tiefsten und wichtigsten Schlaf. Bei den meisten schlafenden Menschen setzt diese Schlafphase nach etwa hundert Minuten ein. Ihr Schlaf war meistens nur das, was wir als PLMD bezeichnen. Periodic Limb Movement Disorder. Schlaf mit periodischen Beinbewegungen und unkontrollierten Muskelkontraktionen, die wie heftige elektrische Stöße aussehen. Glauben Sie mir: Dicte litt an schweren Schlafstörungen.«

»Und wie ist das mit Joachim Elmkvist? Wer von den beiden war zuerst hier?«

»Dicte.«

»Und sie hat Sie Joachim empfohlen?«

»Ja.«

»Beide Balletttänzer. Beide kamen zu Ihnen. Warum?«

Bergmann sah Niels abwartend an.

»Dicte van Hauen ist tot«, sagte Niels.

»Das hat keinen Einfluss auf die Schweigepflicht.«

»Ich versuche nur herauszufinden, ob sie jemand in den Tod getrieben hat.«

Der Arzt sah Niels überrascht an.

»Ich dachte, das wäre Selbstmord gewesen. Ist sie nicht gesprungen?«

Niels rutschte auf seinem Sessel herum. Der Arzt registrierte die nervöse Bewegung.

»Sie ist gesprungen«, sagte Niels. »Aber sie stand unter dem Einfluss von jemandem. Sie war nackt, und sie war auf der Flucht.«

»Auf der Flucht? Vor wem?«

»Joachim.«

»Joachim Elmkvist? Warum sollte er …?«

Der Arzt kam ins Stocken und legte die gefalteten Hände nachdenklich in den Nacken.

»Gab es etwas, das ihr Sorgen gemacht hat?«, fragte Niels.

»Dicte hatte als Kind einen Unfall. Das quälte sie noch immer.« Niels sah Dictes Gesicht vor sich. Ein Detail kam ihm in Erinnerung. Die Narbe an der Schläfe, die der Rechtsmediziner ihm gezeigt hatte und über die Dictes Familie nicht hatte sprechen wollen.

»Sie hatte eine Narbe an der Schläfe.«

Adam Bergmann sah Niels an: »Ja.«

»Was ist da passiert?«

»Meine ärztliche Schweigepflicht ...«

Niels unterbrach ihn: »Endet hier. Es besteht Mordverdacht. Außerdem ...«

Adam Bergmann vollendete Niels' Satz: »Sie meinen, außerdem gibt es niemanden, der klagen kann? Ist das Ihre Schlussfolgerung?«

»Sie haben Dicte getroffen. Sie haben sie behandelt. Interessiert Sie die Gerechtigkeit nicht?«

Tiefes Einatmen, Bergmann sah aus dem Fenster und erwog, ob er den heiligen Eid brechen durfte, den er abgelegt hatte. Niels schwieg in der Zwischenzeit. Er kannte das ewige Dilemma der Ärzte: Schweigepflicht oder Gerechtigkeit.

»Es ist nicht ausgeschlossen, dass es noch weitere Opfer geben wird.«

Bergmann nickte. Er hatte auf so etwas schon gewartet. Ein paar Sekunden lang war es vollkommen still im Raum. Dann brach er die Stille: »Dicte war als Kind fast zehn Minuten lang tot.«

»Tot?«

»Ja. Herzstillstand. Sie ist mit dem Kopf aufgeschlagen.«

»Wie das denn?«

Adam Bergmann seufzte. Niels sah ihm an, wie sehr ihn das quälte.

»Egal, was da damals passiert ist. Die Sache ist verjährt.«

»Ihr Vater hat ihr eine verpasst.«

»Dann muss er aber hart zugeschlagen haben«, konstatierte Niels.

Der Arzt zuckte mit den Schultern.

»Wie alt war sie da?«

»Etwa neun.«

»Es muss darüber doch Aufzeichnungen geben?«

Bergmann schüttelte den Kopf: »Nein. Ich habe das überprüft. Das ist nirgendwo erwähnt, mit keinem Sterbenswörtchen.«

»Und Sie sind sich sicher, dass das stimmt?«, fragte Niels.

»Sie meinen, dass sie nicht gelogen hat?«

»Gelogen, erdichtet, falsch erinnert. Ich meine, würde man nicht in jedem Fall zur Beobachtung in eine Klinik kommen?«

»Immer, außer natürlich ...«

»Außer natürlich?«

»Dass so etwas im Ausland passiert oder man bewusst dafür sorgt, die Sache geheim zu halten.«

»Ist das möglich?«, fragte Niels. »Kann man einen derart ernsten Vorfall geheim halten?«

»Vielleicht. Sie hat behauptet, ihr Vater habe jemanden bei der Polizei gekannt, der ihnen geholfen hat.«

Niels' Gedanken gingen zu Sommersted.

»Ihr Vater hat sie geschlagen?«

»Und sie stürzt unglücklich ...«

»Und stirbt?«

»Ja. Und wird dann noch am Unfallort wiederbelebt. Von ihrem Hausarzt.«

»Aber der müsste das doch melden?«

»Vielleicht, aber wenn sie Hilfe von der Polizei bekommen haben.«

»Und Dicte den Vorfall nie jemandem erzählt hat.«

»Kein Wort hat sie gesagt.«

»Nur dass sie zehn Minuten tot war.«

»Fast zehn Minuten.«

Niels wiederholte: »Fast zehn Minuten. Und was hat das mit ihrer Schlaflosigkeit zu tun?«

Bergmann räusperte sich: »In Verbindung mit Nahtoderlebnissen ...« Er unterbrach sich selbst. »Kennen Sie diesen Ausdruck?«

»Ja, meine Frau hatte selbst ein Nahtoderlebnis«, sagte Niels und bereute es sogleich. Er redete nicht gern über damals.

»Wie gesagt: Aus Ursachen, die wir nicht kennen, wirken sich diese Erlebnisse auf den Schlaf aus.«

Niels dachte an Hannah. An ihre Schlaflosigkeit.

»Bei Ihrer Frau ist das ja vielleicht auch nicht anders?«, fragte Bergmann.

Niels nickte.

»Chronische Schlaflosigkeit?«

Niels gefiel es nicht, dass die Rollen sich verkehrt hatten. Trotzdem hörte er sich selbst sagen: »Ich weiß nicht, ob es chronisch ist, auf jeden Fall geht das schon lange so.«

»Und wie lang hatte ihr Herz ausgesetzt?«

Niels nahm ein Papiertuch vom Tisch. Er wischte sich den Schweiß von der Stirn. Bergmann fuhr fort:

»Das ist ein sensibles Thema. Ich verstehe gut, wenn Sie nicht darüber reden wollen.«

»Sie war dreimal im Laufe einer Nacht tot. Alles in allem zwanzig Minuten«, antwortete Niels und richtete sich auf. »Was ist mit Joachim Elmkvist?«

»Sie meinen, ob auch er ein Nahtoderlebnis hatte?«

»Ja.«

Adam Bergmann atmete tief ein: »Das hier ... das kann mich meine Zulassung kosten.«

»Und Leben retten.«

Der Arzt schüttelte den Kopf. »Das haben Sie aber nicht von mir, das müssen Sie mir versprechen.«

»Versprochen.«

»Und ich will nicht als Zeuge aussagen.«

»Sie haben mein Wort.«

Wieder dieses Kopfschütteln. »Dicte und Joachim haben mit dem Tod gespielt.«

»Gespielt, wie das denn?«

»Sie haben gegenseitig etwas gemacht, das sie als kontrollierten Herzstillstand bezeichnet haben. Für ein paar Minuten, danach haben sie sich wiederbelebt. Es gibt aber keinen kontrollierten Herzstillstand. Verstehen Sie das?«

»Und das haben sie Ihnen erzählt?«

»Dicte hat mir das gesagt. Joachim war weniger mitteilsam. Er wollte nur geheilt werden.«

»Geheilt? Wovon?«

»Von seinem kaputten Schlafrhythmus, der natürlich ein Resultat ihrer idiotischen Versuche war.«

Niels hörte, wie wütend der Arzt war. Sich selbst das Leben zu nehmen. In seinem Universum war das ein verwerflicher Gedanke.

»Dann ... dann hatte Dicte also ein Erlebnis als Kind? Und war seither vom Tod besessen? Sie beginnt zu experimentieren. Begeht Selbstmord und lässt sich wieder ins Leben zurückholen. Mit Adrenalin. Und allem, was dazugehört.«

»Über die Details wollte sie nicht sprechen.«

»Nur dass sie tot war.«

Der Arzt nickte.

»Wie haben sie sich das Leben genommen?«

Bergmann zuckte mit den Schultern.

»Und Joachim hat dabei mitgemacht?«

»Ja.«

»Und das Resultat war Schlaflosigkeit? Angstanfälle, Herzrasen?«

Der Arzt sah Niels ein paar Sekunden lang an. Was überlegte

er? Niels sah es seinem Blick an. Irgendeine Information wog er gegen seine Schweigepflicht ab. War sie so schwer zu erzählen?
»Sind noch mehr Leute als nur Joachim und Dicte beteiligt?«
Der Schlafforscher nickte.
»Wer?«
Schweigen. Er seufzte.
»Muss ich Sie daran erinnern, dass diese Sache noch mehr Leben kosten kann, wenn wir ihr kein Ende bereiten?«
»Sie hatte einen Traum.«
»Den sie Ihnen erzählt hat?«
»Ja.«
»Und dieser Traum hat etwas verraten?«
Er atmete tief ein.
»Sie sollten sich das Band anhören.«

***

Das Band war kein Band, sondern ein File. Alle Mappen der Patienten waren in dem Laptop gespeichert, der auf dem Tisch stand. Ein teures Gerät. Es war das erste Mal, dass Niels einen Computer sah, dessen Tastatur mit organischem Material eingefasst war. Leder. Möglicherweise Krokodilleder, dachte Niels, während der Arzt die Tondatei heraussuchte.
»Die Aufnahme dauert etwa fünf Minuten.«
»Das ist schon in Ordnung«, sagte Niels.
Der Arzt drehte die Lautstärke voll auf. Das Interview begann mit einem fernen Husten. Dann waren Stimmen zu hören.
BERGMANN: Sind Sie okay?
DICTE: Ja, nein, ich bin müde.
BERGMANN: Aber heute Nacht hatten Sie einen Traum?
DICTE: Woher wissen Sie das?

BERGMANN: Sie haben das am Telefon gesagt.

DICTE: Habe ich das? Meine Erinnerung ist fast vollständig weg.

Niels lauschte der Aufnahme. Besonders, wenn Dicte sprach. In ihrer Stimme schwang ein schöner Dialekt mit, den er nicht wirklich einordnen konnte, und der warme Ton verleitete einen, einfach die Augen zu schließen und den Klang zu genießen.

BERGMANN: Das ist ganz normal, wenn man so wenig wie Sie schläft. Der Schlafmangel wirkt sich auf das Gedächtnis aus.

DICTE: Ja.

BERGMANN: Aber es ist ein gutes Zeichen, dass Sie geträumt haben. Das bedeutet, dass Sie in Ihrem Schafrhythmus weitergekommen sind als in den letzten Monaten.

DICTE: Ich konnte hinterher aber nicht wieder einschlafen.

BERGMANN: Warum?

DICTE: Der Traum war ...

BERGMANN: Ein Albtraum?

Dicte zögerte. Niels hörte, wie die nackte Haut ihres Beins über den Stuhl strich. Derselbe Stuhl, auf dem Niels jetzt saß.

DICTE: Ich weiß nicht ...

BERGMANN: Ob das ein Albtraum war oder ob Sie Lust haben, mir den Traum zu erzählen?

DICTE: Letzteres.

BERGMANN: Ich unterliege der Schweigepflicht, Dicte. Alles, was hier gesagt wird, bleibt zwischen Ihnen und mir. Und wenn ich Ihnen helfen soll, muss ich wissen, was Sie beschäftigt. Unsere Arbeit, unsere Sorgen, was wir essen und trinken – all das hat Einfluss auf unseren Schlaf ...

Sie unterbrach ihn: Ich habe von dem Ort geträumt, an dem wir uns treffen.

BERGMANN: Wir?

DICTE: Alle in unserer Gruppe.

BERGMANN: Was für eine Gruppe? Sie und Joachim, wenn Sie mit dem Tod spielen?

DICTE: Nein (sie lacht). Wir sind viel mehr. Das ist ein altes Industriegelände in Amager ...

Niels blickte auf und begegnete dem Blick des Arztes. Warum sah Bergmann aus wie jemand, der gerade etwas entdeckt hatte?, fragte Niels sich, ehe er sich wieder auf Dictes Stimme konzentrieren musste.

DICTE: Es liegt gegenüber einer alten Fabrik neben der Metro. Aber im Traum konnte ich das nicht finden.

BERGMANN: Sie haben sich verlaufen?

DICTE: Und jemand war hinter mir her.

BERGMANN: Derselbe?

DICTE: Es ist immer derselbe.

Niels richtete sich auf seinem Stuhl auf: »Wer ist hinter ihr her?«, fragte er.

Bergmann hielt die Aufnahme an und räusperte sich: »Seit sie ihre erste Begegnung mit dem Tod hatte ...«

»Als Kind?«, fragte Niels.

»Als Kind, ja. Schon damals hatte sie das Gefühl, dass jemand hinter ihr her war. Das ist in gewisser Weise ein Tabu«, sagte Bergmann und zögerte, ehe er fortfuhr: »Aber es gibt nicht wenige Leute, die negative Nahtoderlebnisse hatten.«

»Sie meinen, dass sie nichts erlebt haben?«

»Nein, dass sie die Hölle statt den Himmel erlebt haben. Dunkelheit und Angst, seltsame Tiere mit Hörnern, den Untergang der Welt ...« Bergmann verstummte und sah Niels über den Rand seiner Brille hinweg an: »Wie ist das bei Ihrer Frau? Hat sie etwas erlebt?«

Niels zögerte: »Ja.«

»Etwas Negatives?«

»Nein.«

»Das ist gut. Genau das hat Dicte angetrieben. Sie wollte einen Weg finden.«

»Einen Weg?«

»Einen Weg aus dem Körper, der nicht in der Hölle endete.«

Niels stieß einen verärgerten Laut aus, während er den Kopf schüttelte. Er konnte es nicht sein lassen, seine Reaktion war vollkommen automatisch, unkontrollierbar.

»Sie haben für so etwas nicht gerade viel übrig?«

Niels zeigte auf den Computer: »Hat sie sonst noch etwas gesagt? Über diesen Treffpunkt?«

Bergmann schaltete die Aufnahme wieder ein. Dictes Stimme mischte sich mit anderen Geräuschen in dem Raum: Lärm von der Straße und die Stimme der Sekretärin, die am Empfang telefonierte.

Dicte: Ich weiß, dass ich nicht einfach verschwinden kann. Trotzdem laufe ich durch dieses Fabrikgelände …

Bergmann: Das richtige oder das aus dem Traum?

Dicte: Alles ist richtig.

Bergmann: Abgesehen von Ihrem Verfolger.

Dicte: Nein, den gibt es auch.

Stille. Bergmanns Räuspern war auf der Aufnahme zu hören.

Dicte: Ich weiß genau, was Sie sagen wollen.

Bergmann: Was will ich denn sagen?

Dicte: Dass ich durch den Schlafmangel die Fähigkeit verloren habe, zwischen Wirklichkeit und Fiktion zu unterscheiden.

Bergmann: Und? Haben Sie das?

Dicte: Ich weiß, dass da etwas ist. Da bin ich mir vollkommen sicher.

Bergmann: Etwas?

DICTE: Ja, etwas, das hinter mir her ist.
BERGMANN: Wer?
Schweigen.
BERGMANN: Dicte, wer ist hinter Ihnen her?
Stille. Ein ungeduldiges Geräusch von Bergmann.
BERGMANN: Dieser Traum, erzählen Sie mir mehr davon. Was passiert weiter?
DICTE: Wenn ich es nur zu den anderen schaffen könnte. In unseren Raum. Ich kann das Licht sehen, aber es bewegt sich ständig.
BERGMANN: Welches Licht?
DICTE: Die Lampe, die wir an den Abenden anzünden, an denen wir uns treffen. Eigentlich sind das zwei Lampen, zwei rote Lampen.
BERGMANN: Und was passiert dann?
DICTE: Ich schreie meinen geheimen Namen, den nur sie kennen. Damit sie kommen und mich retten.
BERGMANN: Einen geheimen Namen?
DICTE: Giselle.
BERGMANN: Haben Sie sich das im Traum ausgedacht, oder benutzen Sie den Namen wirklich?
Schweigen auf der Aufzeichnung.
BERGMANN: Und was geschieht dann?
DICTE: Dann renne ich. Ich weiß, dass ich tot bin. Und ich weiß, dass ich in die Hölle komme, wenn er mich zu fassen kriegt.
BERGMANN: Wer?
Schweigen.
BERGMANN: Wer darf Sie nicht zu fassen kriegen, Dicte?
DICTE: Ich muss es bis zur Tür schaffen.
BERGMANN: Zur Tür?
DICTE: Zum Acheron.

Niels richtete sich mit einem Ruck auf.

»Echelon? Hat sie Echelon gesagt?«

Ein kleines Lächeln auf Bergmanns Lippen: »Nein, Acheron. Das ist ein Fluss in Griechenland. Der Fluss im Totenreich, über den der Fährmann fahren muss. Sie erinnern sich an die Geschichte mit der Münze im Mund?«

»Die Münze für den Fährmann?«

»Genau. Um sicher von einem Ufer zum anderen zu kommen.«

64.

Schlafpraxis Sleep, 14.05 Uhr

Stille. Die Stille, die sich immer einstellte, wenn ein Patient gegangen war und die Tür sich geschlossen hatte. Angenehm, lebendig, als wäre ein Teil dieses Menschen noch immer im Raum. Adam Bergmann stand auf und trat ans Fenster. Er sah nach draußen. Der Polizist ging über die Straße zu seinem Wagen. Adam wusste, wohin er jetzt fuhr – die nächsten Stunden würde er darauf verwenden, den Ort zu finden, den Dicte beschrieben hatte.

Er sah auf die Telefonnummer auf dem Tisch vor sich. Niels Bentzons Frau. Hannah Lund. Einen Anruf entfernt. Niels Bentzon hatte sie ihm auf dem Silbertablett serviert. Und bevor der Polizist durch die Tür verschwunden war, hatte er Bergmann sogar gebeten, seine Frau anzurufen. Ihr zu helfen und mit ihr zu reden. Über den Schlaf. Den Schlaf und den Tod. Ja, das würde er nur zu gerne tun. Hannah war schließlich die Nummer eins auf seiner Liste.

65.

Bispebjerg-Klinik – Zentrum für Kinder- und Jugendpsychiatrie, 16.47 Uhr

Welche Strafe soll der Schuldige bekommen, wenn sie ihn finden? Was wäre angemessen und gerecht? Damals habe ich viel darüber nachgedacht. Eine Gefängnisstrafe sei nicht genug, dachte ich. Er sollte auf die gleiche Weise sterben, wie Mutter gestorben war. Mit durchtrennter Kehle, wie ein Halal-Schlachter eine Ziege schlachtet. Doch später wurde ich von einem anderen Gedanken gefangen genommen: Der Tod reichte als Strafe nicht aus. Dieser Gedanke kam mir, nachdem ich Camus' *Der Fremde* gelesen hatte. Die Geschichte über den grauen Büroangestellten Meursault, der einen Araber an einem Strand in Algier tötet. Vielleicht durch einen Zufall. Vielleicht weil er einfach mal ausprobieren wollte, wie es war, einen anderen Menschen umzubringen. Anschließend wird er zum Tode verurteilt, ein Urteil, das er voll und ganz akzeptiert. Am Ende des Buchs, als er auf die Vollstreckung des Urteils wartet, hat er ein langes Gespräch mit einem Priester, mit dem er eigentlich gar nicht reden will. Der Geistliche, der Meursaults Sinn vergeblich zu öffnen versucht und ihn dazu bringen will, über seine Untat nachzudenken, konstatiert, dass wir alle zum Tode verurteilt sind. Und er hat recht. Wir sind alle zum Tode verurteilt. Einen Menschen mit dem Tode zu bestrafen, ist doch bloß die Vorwegnahme von etwas ohnehin Unausweichlichem. Der Tod an sich ist deshalb keine Strafe. Damit käme er viel zu billig davon. So dachte ich damals.

Ich liege mit geschlossenen Augen auf dem Bett und fühle mich krank. Physisch. Meine Glieder schmerzen. Die Schultern, Ellenbogen, Knie. Und mir ist übel. Vielleicht habe ich Fieber. Ich vermisse Vater. Er ist heute nicht hier gewesen und hat auch nicht angerufen. Ich öffne die Augen und sehe an die Decke. Weiße, quadratische Platten. Ich starre auf die gelbe Lampe mit der kleinen Delle unten in der Ecke. Vater war beim Fegen mit dem Besenstiel dort angestoßen.

Damals machte ich neue Pläne, was mit dem Schuldigen geschehen sollte. Der Tod war nicht genug, davon hatte Camus mich überzeugt. Nein, der Schuldige sollte so leiden, wie ich damals gelitten hatte und noch heute litt. Seine Liebsten sollten sterben. Das wäre die einzige gerechte Strafe, dachte ich. Seine Kinder, wenn er überhaupt welche hatte. Seine Frau oder seine Eltern. Man sollte ihnen vor seinen Augen die Kehle durchschneiden. Er sollte sie vor sich stehen sehen, während das Blut aus ihren Hälsen pulsierte und das Leben sie langsam verließ. Er sollte sich über sie beugen, die Angst in ihren Augen sehen und ihrem leeren Blick begegnen, wenn sie leblos am Boden lagen. Fühlen, wie sein Leben von einem auf den anderen Augenblick in sich zusammenfiel wie ein gesprengtes Hochhaus und er zurückblieb in einer Aschewolke aus alles verzehrender Leere. Wie es in meinem Leben gewesen war. Und noch immer ist.

Heute denke ich nicht mehr so. Heute ist nur noch die Antwort auf die immer gleiche Frage wichtig.

Wer ist der Schuldige?

Heute geht es in erster Linie darum, Gewissheit zu erhalten.

Schritte draußen auf dem Flur. Ein bekannter Rhythmus. Ich richte mich im Bett auf und lausche. Das ist er, Papa. Endlich. Aber er geht schneller als sonst. Als wäre etwas nicht in Ordnung.

66.

Bispebjerg-Klinik – Zentrum für Kinder- und Jugendpsychiatrie, 16.57 Uhr

Adam Bergmann hasste diesen Ort. Er hasste den Anblick der leeren Flure, er hasste den Geruch der Menschen, die sich nicht richtig pflegten, die es nicht schafften, richtige Menschen zu sein. Er hasste den Widerhall seiner eigenen Schritte auf dem Linoleumboden, die Blicke der Ärzte und Schwestern, die stets Optimismus und Hoffnung signalisierten, obwohl diese Welt immer nur das Gegenteil zeigte. Er hasste den Gedanken an einen Ort für Kinder, an dem ständig jemand versuchte, sich das Leben zu nehmen, an dem die Rohre unter Putz lagen, damit niemand sich daran erhängen konnte, und an dem die Schrauben, die die Duschvorhänge hielten, so kurz waren, dass sie nicht einmal den kleinsten Menschenkörper tragen konnten. Ein Ort, an dem Schnürriemen und Gürtel verboten waren. Am meisten aber hasste er den Gedanken, dass seine Tochter in dieser Welt lebte, während er draußen stand und nicht mehr bis zu ihr vordringen konnte.

Die Müdigkeit war verschwunden. Als der Polizist ihn in die Arme von Hannah Lund geführt hatte, war sie mit einem Mal verflogen und durch eine Art Beschwingtheit ersetzt worden. Das war seine letzte Chance, das wusste er. Hannah Lund war seine letzte Chance – er musste sie auf die Entdeckungsreise in den Tod schicken, wie eine Detektivin, um den Mann zu finden, der seine Frau ermordet hatte.

Einen Augenblick lang blieb er vor ihrer Tür stehen. »Silke Bergmann«, stand in hellgrünen Buchstaben an der Tür. Er atmete tief durch, musste sich zusammenreißen, so war es jedes Mal.

Dann öffnete er die Tür und ging zu seiner Tochter hinein.

»Hallo, Silke«, sagte er.

Sie saß auf ihrem Bett, den Kopf an die Wand gelehnt. In ihrem Gesicht war keine Reaktion zu erkennen, er wusste aber, dass sie sich freute, ihn zu sehen. Er spürte das. Das hatte er immer gekonnt.

»Wie geht es dir, Schatz? Hast du gut geschlafen?«

All diese Fragen. Warum stellte er sie überhaupt noch?, fragte er sich. Vielleicht sollte er einfach ins Zimmer kommen, sich an ihr Bett setzen und nichts sagen. Wenn Stille die Sprache war, die sie vorzog, war sie vielleicht die beste. Für sie beide.

»Ich sage dir, das war heute vielleicht ein anstrengender Tag«, sagte er und setzte sich auf ihre Bettkante. »Wenn du wüsstest, wie viele Menschen Schlafprobleme haben.« Er sah ihr in die Augen, das warme Braun der Iris hatte sie von ihrer Mutter. War er ärgerlich auf seine Tochter? Er musste in sich gehen, um sich diese Frage zu beantworten. Nein, heute nicht. Zum Glück nicht. Er verachtete sich selbst, wenn dieses Gefühl ihn übermannte, trotzdem hatte er in der letzten Zeit mehr als einmal Lust bekommen, sie zu schütteln, sie anzuschreien, doch endlich wieder zu reden. Wie lange sollte das noch so weitergehen? Es machte keinen Sinn, hier zu sitzen und Löcher in die Luft zu starren. Warum konnte sie das denn nicht einsehen? Aber heute ging es ihm nicht so. Heute war er nicht wütend auf sie. Im Gegenteil. Heute gab es ihm Kraft, sie zu sehen. Es gab ihm den Mut, weiterzumachen und seinen Plan mit Hannah Lund erfolgreich zu Ende zu bringen. Für Silke. Nur wegen ihr tat er das alles. Er wollte sie retten. Seine Tochter aus dem Gefängnis befreien, in dem sie gelandet war. Er nahm sie in seine Arme und drückte sie fest an sich.

»Halte durch, Schatz«, flüsterte er. »Du musst stark sein. Es werden vielleicht ein paar Tage vergehen, bis du mich wiedersiehst. Ich muss etwas erledigen. Für dich.« Er nahm ihr Gesicht zwischen seine Hände. Suchte ihren Blick. »Verstehst du das, Silke? Bald wird alles gut werden, das verspreche ich. Hörst du mich? Ich liebe dich. Alles, was ich tue, tue ich für dich. Das musst du wissen.«

Dann saßen sie eine Weile einfach nur da. Bis er sich schließlich erhob und den Raum verließ. In der Tür drehte er sich noch einmal um. Warf einen letzten Blick auf seine Tochter. Sie sah ihm nach. Lächelte sie ihn an? Hatte sie verstanden, was er gesagt hatte? Dieses Mal schaffte er es auf die andere Seite der Tür, bevor die Tränen kamen. Vielleicht habe ich sie gerade zum letzten Mal gesehen, dachte er und verließ die Klinik.

TEIL II

Das Buch der Seele

Meine Seele dürstet nach Gott, nach dem lebendigen Gott. Wann werde ich dahin kommen, dass ich Gottes Angesicht schaue?

Psalm 42,3

1.

Amager, 22.30 Uhr
Niels wartete seit dem frühen Abend darauf, dass der Tag sich dem Ende zuneigte und die Lampen angemacht wurden. Ein rotes Licht, wie Dicte es auf der Aufnahme gesagt hatte. Noch war nichts zu sehen. Nur brauner Backstein. Bestimmt waren die Steine einmal rot gewesen, als die Fabrik vor 150 Jahren erbaut worden war. Seither hatten sich die Abgase der Betriebe ringsherum wie eine neue Schicht Farbe auf die Industrieruine gelegt. Ausgestorbene Industrie, längst in andere Länder verlagert, in denen es keine Krankenversicherung gab und man es sich noch leisten konnte, seine Bürger mit allen möglichen Abgasen zu bedampfen. Jetzt beherbergten die alten Fabriken die Studios von Fotografen und Designern, Vertreter der sogenannten Kreativklasse, Internettypen jeglicher Couleur.

Was hatte Dicte sonst noch gesagt? Dass sich ihre Gruppe hier traf. Inklusive Joachim, den sie für einen Freund hielt. Aber es war häufig so, dass die Opfer ihren Mördern vertrauten. Wie Dicte Joachim vertraut hatte.

Und sonst? *Acheron.* Selbstverständlich. Nicht Echelon. Sie hatte auch gar nicht mehr verfolgt ausgesehen, als sie dieses Wort gesagt hatte. Eher wie jemand, der seine Ruhe gefunden hatte. Eine Atempause in ihrem Albtraum. Sie hatte den Tod gesehen – und darauf vertraut, dass es dieses Mal gut gehen würde.

Gegenüber der alten Fabrik neben der Metro. Das konnte nur hier sein, wo die Metro aus dem Untergrund auftauchte und zu einer Hochbahn wurde.

Teile des alten Industriekomplexes sahen aus, als wären sie der Schauplatz eines Krieges gewesen. Überall zerschlagene Scheiben, aber waren da, zwischen den Gebäuden, nicht zwei Lampen entzündet worden?

***

Aus einem der Gebäude hörte er Musik – nein, Rhythmen. Eine Tür ging auf, und eine Frau taumelte heraus. Ihre linke Hand hatte sich mit überraschender Kraft um das Eisengeländer gelegt, andernfalls wäre sie die vier Stufen nach unten gestürzt. Sie lachte. Das charakteristische Drogen-Lachen. Kokain, dachte Niels, als die Frau wieder auf die Beine kam und dabei ein Gesicht machte, das mehr als deutlich erkennen ließ, wie sehr sie die Kontrolle über sich selbst verloren hatte. Sie kämpfte mit der Feinmotorik. Erst Alkohol, dann Kokain, korrigierte er seine Vermutung. Ihr Körper war von einem dünnen, weißen Stoff umhüllt, der in gewissen Kreisen anscheinend als Bekleidungsstück durchging.

»Bist du das?«, fragte sie und kniff die Augen zusammen, während sie versuchte, sich ihre Zigarette anzuzünden.

»Und wer bist du?«, fragte Niels. Sie trat aus dem Dunkel in das rötliche Licht, das aus dem Fenster fiel. Ihr durchscheinendes Gewand schmiegte sich an ihren Körper. Sie trug keine Unterwäsche.

»Nee, du bist das nicht.«

»Wenn du meinst.«

Sie schüttelte den Kopf, Niels war sich aber nicht sicher, ob das in Zusammenhang mit ihrem Gespräch stand. Eher mit dem inneren Monolog, den sie führte, murmelnd, entrückt, high. Er ging die Treppe hoch, vier rostige Stufen, und drückte die Tür auf. Ein Vorraum. Alte Telemark-Ski standen in einer Ecke. Antik, mindestens dreißig Paar. Zwei Frauen kamen aus einer Toilette, und Niels folgte ihnen durch das Fabrikgebäude. Auf dem Boden entlang der Wände brannten Teelichter. Die meisten waren ausgegangen. Ein paar Lampen, wie man sie früher in Dunkelkammern verwendet hatte, tauchten den hintersten Teil des Lokals in rotes Licht. Die Frauen folgten dem Rhythmus und dem Licht. Durch das Fabrikgelände, hatte Dicte gesagt. Da. Zwei rote Lampen, asiatisch, wie kleine Häuschen mit geschwungenen Dächern.

»Acheron« stand auf der Tür, nachlässig geschrieben, fast wie von einem Kind. Eine morsche Tür aus altem Holz, rostige Beschläge, die Farben hatte der Regen längst abgewaschen. Niels klopfte an die Tür. Hart. Nicht vorsichtig oder demütig. Er wollte damit signalisieren, dass er den Ort kannte. Ein Teil von ihnen war. Vielleicht kämpfte er damit aber auch gegen die wachsende Nervosität an, die er in sich spürte. Was war das für ein Ort? Was ging auf der anderen Seite der Tür vor sich? Sie wurde sogleich geöffnet. Die Scharniere kreischten auf.

»Wen suchen Sie?«

Ein jüngerer Mann sah Niels kalt an. Die langen, schwarzen Haare, die ihm in die Stirn fielen, kaschierten das auffallend anonyme Gesicht.

»Den Fährmann.«

Wieder der Blick dieses Mannes: musternd, hasserfüllt? Er öffnete die Tür. Niels trat ein. Es verging eine Weile, bis seine Augen sich an die Beleuchtung gewöhnt hatten. Nur ein paar wenige Kerzen brannten. Die Sommernacht draußen war heller gewesen.

»Deine Kleider kannst du da ablegen.« Er zeigte in eine Ecke.

Kleider?, fragte Niels sich, sagte aber nichts. Er trug nur Hemd und Hose.

»Bist du das erste Mal hier?«

»Ja«, entschloss Niels sich zu sagen. Es machte keinen Sinn, den Erfahrenen zu spielen, dann würden sie ihn gleich entlarven.

Er sah, wie sich ein Lächeln auf den Lippen des Mannes ausbreitete. Er trat einen Schritt näher.

»Habe ich dich nicht schon mal gesehen?«

»Schon möglich, ich habe nicht …«

»Im Fernsehen vielleicht«, unterbrach der Mann Niels.

»Nein.«

Er legte den Kopf zur Seite und sah Niels lange an. »Wer hat dich eingeladen?«

»Dicte.«

»Wir kennen niemanden mit dem Namen.«

»Giselle«, sagte Niels instinktiv.

Sein Gesichtsausdruck veränderte sich ganz plötzlich. Mit einem Mal war alles Frivole, Neckende weg. Was blieb, war Furcht.

»Du kanntest sie?«

»Ja.«

»Und du weißt, was passiert ist?«

»Wer tut das nicht? Das war ja nicht zu übersehen.«

»Warte hier. Nein, Moment. Es ist besser, du wartest draußen«, flüsterte er und öffnete die Tür, durch die Niels gerade erst hereingekommen war.

Er ging wieder nach draußen auf die Treppe. Die eingepferchten Technorhythmen waren noch immer zu hören. Der Polizist regte sich in ihm, und er hatte eine Riesenlust, Leon anzurufen und ihn zu bitten, die ganze Bude zu stürmen, die Türen einzutreten und alle hier rauszuholen. Das zu tun, was Leon so gut konnte, bis kein Stein mehr auf dem anderen war und alle Türen für immer offen standen. Leon würde diese Aufgabe lieben, daran zweifelte Niels nicht eine Sekunde. Er war wie geschaffen dafür, in diesem Wirrwarr aus Szeneklubs, Drogen und experimentellen Lebensformen auf illegal besetztem städtischem Grund aufzuräumen. Leon war wie ein hungriges Raubtier, dem man ein Stück Fleisch hinhielt, vorhersagbar: Schreie, Gebrüll und Massenfestnahmen, gefolgt von einem mindestens ebenso vorsehbaren Nachspiel: Klagen über das brutale Vorgehen der Polizei und das Festhalten der Betroffenen auf Basis äußerst dürftiger juristischer Grundlagen. Leon war vermutlich der Polizist des Landes, der die meisten Klagen auf seinem Tisch liegen hatte, wobei er diese Sachen vermutlich als unausweichlichen Bestandteil seiner Arbeit betrachtete. Wenn nicht sogar als Ehrenbekundung.

Niels ließ seinen Blick über das brachliegende Industriegelände schweifen. Eine kollabierte Welt. Vor einer der Fabrikruinen hatte jemand ein Lagerfeuer gemacht. Die Züge, die oben auf der Metrotrasse vorbeifuhren, schenkten der Szenerie für einen kurzen Moment ihr Licht: Ein paar junge Menschen lagen im Gras um das Feuer herum und schliefen. Dicht an der Mauer stand ein Zelt. Von irgendwoher war das Bellen eines Hundes zu hören, das sich in die Technorhythmen mischte. Dann war der Zug weg und mit ihm auch das Licht.

»Du hast Giselle gekannt?«

Niels hatte nicht gehört, dass die Tür hinter ihm aufgegangen war. Er drehte sich um. Sie stand nur wenige Zentimeter hinter ihm. Eine dünne kleine Frau, etwa Ende zwanzig, mit kurz geschnittenen Haaren. Sie reichte ihm gerade einmal bis an die Brust.

»Ja, das habe ich.«

»Woher?«

»Sie hat mir geholfen. Nach einem Unfall.«

»Was für ein Unfall?«

»Mit dem Auto.«

»Davon hat sie mir nie erzählt.«

Niels sah zu Boden. Hatte keine Ahnung, was er sagen sollte. Er schüttelte den Kopf.

»Nein, sie war loyal.«

Sie wiederholte: »Loyal?«

»Ich hatte einen Job, bei dem niemand erfahren durfte, dass ich …«

»Und das war?«

»Was das für ein Job war?«

»Ja.«

»Giselle hat mir versprochen, dass hier niemand danach fragen würde«, sagte Niels leise.

Sie lächelte: »Erzähl mir von dem Unfall.«

»Es war ein Autounfall.«

Sie fiel ihm ins Wort: »Hast du am Steuer gesessen?«

»Nein, ich wurde angefahren.«

»Erzähl.«

»Das war auf einem Bahnübergang. Der Fahrer des anderen Wagens hatte den Zug nicht kommen sehen. Das Auto wurde erfasst und …«

»… hat dann dich erfasst?«

»Ja.«

Er hörte sie tief einatmen. Dann trat sie einen Schritt zurück und ging wieder hinein. Niels folgte ihr. Die Tür wurde hinter ihm geschlossen, und wieder gab es nur das Licht der Kerzen.

»Darf ich sehen?«

»Was sehen?«

»Deine Narben.«

Niels zögerte. Das Letzte, was er wollte, war, halb nackt hier herumzustehen. Noch war es nicht zu spät, um kehrtzumachen. Es musste doch andere Möglichkeiten geben, diesen Fall aufzuklären.

Dann springe ich auch, Dicte. Dann springe ich auch.

Er dachte daran, wie sie nackt und weiß vor ihm gestanden und dann in den Tod verschwunden war. Und ohne zu wissen, warum, dachte er auch an Hannah, als er das Hemd über den Kopf zog und sich umdrehte, sodass die Frau einen Blick auf seinen Rücken werfen konnte. Der Mann von vorher trat mit einer Kerze in der Hand näher. Niels spürte die Wärme der Flamme. Und ihre Finger auf seinem Rücken. Ein paar Augenblicke lang folgten sie seinen Narben vom Schulterblatt über den Rücken, wo er aufgerissen und wieder zusammengenäht worden war.

»Und vorne?«

Er drehte sich um, und sie studierte die Narbe auf seiner Brust. Gierig, als würde sie das richtig genießen. Wieder liebkosten ihre Finger die Bahn der Stiche. Spürte er Lust? Lust auf sie?

»Du bist es nicht gewohnt, berührt zu werden«, flüsterte sie.

»Nein.«

»In den alten Schmerzen stecken viele Spannungen. Der Körper erinnert sich.«

Sie nahm die Hand weg. Vielleicht war das das Codewort, denn auf einmal fühlte Niels sich akzeptiert.

»Normalerweise legen wir hier unsere ganze Kleidung ab«, flüsterte sie und fuhr dann fort: »Aber da du das erste Mal hier bist, nehmen wir dich zuerst mit nach unten zu den anderen. Ist das okay für dich?«

»Ja.«

»Ich bin Schnee«, sagte sie. »Was ist dein Material?«

»Das …« Niels dachte nach. Er hatte keine Ahnung, was er sagen sollte.

»Du musst dich noch nicht entscheiden. Lass das Material zu dir kommen. Ich habe nur gefragt, weil ich dachte, du hättest es vielleicht bereits gefunden.«

»Nein.«

»Okay, lass uns gehen.«

Der Mann hinter ihr öffnete eine Schiebetür. Er hörte, wie die Räder über Führungsschienen gezogen wurden, es klang wie eine alte Eisenbahn, Metall auf Metall.

»Gib mir deine Hand«, flüsterte sie. »Bist du nervös?«

»Ja.«

»Es passiert nichts Schlimmes. Nur gute Sachen. Vertraust du mir?«

»Ja«, antwortete Niels und spürte ihre Hand in seiner. Wie die Hand eines Kindes. Trocken und warm. Klein. Eine Hand, die man gern beschützte.

»Folge mir.«

Der Mann mit der Kerze ging vor. Seine Silhouette flackerte wie eine Eule nervös und dunkel durch die Nacht. Niels ging der jungen Frau nach, die noch immer seine Hand hielt. Der Hall ihrer Schritte drang weit, der Flur musste schmal sein. Führte er nicht auch leicht nach unten? Niels' Gedanken wurden von ihrer Stimme unterbrochen: »Du zitterst, das spüre ich an deiner Hand«, sagte sie.

»Ein bisschen.«

»Wir sind gleich da. Es ist gut für die Augen, sich an die Dunkelheit zu gewöhnen.«

Sie blieb stehen. Dann wurde ein Schlüssel in ein Schloss gesteckt und eine weitere Schiebtür geöffnet. Ein charakteristischer Geruch drang zu ihm; Öl. Altes Öl. Maschinenöl?

»Jetzt kommt eine kleine Stufe«, sagte sie und zog ihn sanft hinter sich her. Niels' Augen gewöhnten sich an das Dunkel. Und aus dem Dunkel erwuchsen Gestalten, die meisten davon Frauen. Sie saßen in Decken gehüllt am Boden ...

»Setz dich hierhin. Wir fangen gleich an«, sagte die Frau, die sich Schnee nannte. Sie ließ Niels' Hand los, und er setzte sich auf etwas, das sich wie Schaumstoff anfühlte.

»Da liegt auch eine Decke. Wenn du mit der Situation vertraut bist und dich sicher fühlst, kannst du deine Kleider ablegen. Die Nacktheit ist ein wichtiger Teil unseres Rituals. Wenn die Seele in einen Körper gehüllt ist, müssen wir nicht auch noch den Körper einpacken.« Sie beugte sich zu Niels hinunter: »Sonst ist das wie bei einer Babuschka-Puppe«, flüsterte sie. »Schicht um Schicht. Ein Mensch in einem Menschen in einem Menschen.«

War Joachim hier? Es war unmöglich zu sagen. Die wenigen Kerzen gaben nur schwaches Licht, das gerade reichte, um die Größe des Raumes einzuschätzen: ein paar Hundert Quadratmeter vielleicht. Ein altes Lager. Niels sah keine Fenster. Und obgleich die Stimme, die durch den Lautsprecher kam, gedämpft klang, fast hypnotisierend, erschreckte es ihn, als sie die Stille plötzlich brach:

»Dann fangen wir an«, sagte sie.

2.

Islands Brygge, 22.34 Uhr

Das also war die Frau, die Silke erlösen sollte. Hannah Lund. Adam Bergmann sah sie oben auf dem Balkon stehen und in die zunehmende Dämmerung blicken. Wenn sie es tatsächlich war. Deutlich erkennen konnte er sie nicht. Nur ihre Silhouette. War sie allein zu Hause? Vielleicht. Sicher sein konnte er sich nicht. In der Wohnung brannte überall Licht. Würde man in allen Räumen Licht machen, wenn man allein zu Hause war? Wohl kaum. Er würde das jedenfalls nicht tun. Er verbrachte seine Abende allein im Dunkeln. Nur in Gesellschaft seiner Gedanken. Gedanken an die Seele. Das Wort war unablässig in seinem Kopf. Ein Wort – ein Begriff, bei dem jeder Wissenschaftler sofort schreiend Reißaus nehmen würde. Auch er selbst, bis er auf Dr. Ian Stevenson und seine bahnbrechenden Forschungsergebnisse über die Reinkarnation aufmerksam geworden war. Stevenson war ein hoch angesehener Forscher, der unter anderem das Fachgebiet Psychiatrie an der Universität von Virginia geleitet hatte. *Where Reincarnation and Biology Intersect* hieß sein berühmtes Buch, ein Werk, das bis ins Detail die Erinnerungen von 225 Kindern an ein früheres Leben untersucht. Stevensons Arbeit konzentriert sich besonders auf die Fälle, bei denen Missbildungen nachweislich mit den Schäden übereinstimmen, die sich die Kinder bei dem Tod in ihrem früheren Leben zugezogen hatten. Die

Resultate sind verblüffend. Fast ebenso verblüffend wie der fehlende Erfolg seiner Kritiker bei dem Versuch, seine Theorien über die Reinkarnation zu widerlegen. Ein Beispiel ist ein Junge aus Sri Lanka, Indika Ishwara, der bereits als Dreijähriger begonnen hatte, von seinem Leben in einem weit entfernten Dorf zu erzählen. Indika wurde in dieses Dorf gebracht, und als die Bewohner ihn sahen, erkannten sie sofort den Jungen Dharshana, der vor einiger Zeit im Alter von elf Jahren gestorben war. Indika konnte seine Familienmitglieder erkennen und alles über das Dorf erzählen, obwohl er nie zuvor dort gewesen war. Der Fall Indika Ishwara ist aber kein Einzelfall. Stevenson berichtet von 3000 ähnlichen Fällen – die alle detailliert untersucht worden sind.

Ian Stevenson hat auch einen bemerkenswerten Zusammenhang zwischen Phobien und der Art des Ablebens in einem früheren Leben festgestellt. Sind Leute zum Beispiel durch Ertrinken umgekommen, haben sie in ihrem neuen Leben häufig eine ausgeprägte Angst vor Wasser. Verloren sie ihr Leben bei einem Autounfall, haben sie Angst zu fahren. Eine starke Phobie kann also – infolge Stevenson – ihre Ursachen in einem früheren Leben haben. Wovor würde Bergmanns Frau Angst haben, wenn sie wiedergeboren wurde? Vor Messern? Oder vor heimlichen Geliebten?

Adam Bergmann verdrängte die Gedanken. Sein Leben drehte sich um Silke. Darum, sie zu retten und aus dem mentalen Gefängnis zu befreien, in dem sie gefangen gehalten wurde. Ja, so sah er das. Was er tat, war nichts anderes, als einen Ausbruch vorzubereiten. Silkes Schicksal war das Einzige, was für ihn noch von Bedeutung war. Bergmann musste endlich den Zeugen erreichen, der ihm den Mörder zeigen konnte. Ein Zeuge, der sich drüben auf der anderen Seite befand.

Die Frau war nicht mehr auf dem Balkon zu sehen. Er stieg aus dem Auto und ärgerte sich über seine Unachtsamkeit. Bergmann zögerte. Sollte er einfach klingeln? Aber was sollte er dann sagen? Es war verdammt spät. Trotzdem wäre das vielleicht eine Möglichkeit. Er könnte sogar die Wahrheit sagen: Ich bin Schlafforscher und habe Ihren Mann in Verbindung mit dem Fall getroffen, an dem er arbeitet. Er hat mir von Ihren Schlafproblemen berichtet und mich gebeten, Kontakt mit Ihnen aufzunehmen. Die späte Uhrzeit konnte er sicher irgendwie entschuldigen. Mit jemandem, den er im Haus kannte, oder dass er zufällig vorbeigekommen war und gesehen hatte, dass sie noch wach war. Sie würde ihm vermutlich die Tür öffnen – aber das Risiko war trotzdem zu groß. Was, wenn sie nicht allein zu Hause war? Es musste eine bessere Möglichkeit geben.

In diesem Moment ging die Haustür auf, und sie trat auf die Straße. Dieses Mal zweifelte Adam Bergmann nicht: Es war Hannah Lund. Ihr Gesicht kannte er von den Fotos auf der Homepage des Niels-Bohr-Instituts. Sie blieb unter einer alten Straßenlaterne stehen, und ihm fiel auf, dass sie etwas in der Hand hielt. Was war das? Genau erkennen konnte er es nicht. Eine Schachtel? Er war etwa dreißig Meter entfernt, stand neben seinem Auto und sah zu ihr hinüber. Eine Sekunde der Panik packte ihn. Er musste etwas tun. So aussehen, als wäre er mit irgendetwas beschäftigt. Sonst war das verdächtig. Menschen standen nicht einfach tatenlos mitten auf einem Parkplatz. Er nahm sein Handy aus der Tasche und gab vor, eine SMS zu schreiben, wobei er sie nicht aus den Augen ließ. Sie drehte sich nach links. Bewegte sich schnell und zielsicher. Mit leicht nach vorn gebeugtem Gang, den Blick starr auf etwas gerichtet – war das ein Buch? Ja, jetzt erkannte er es genau. Sie schien tatsächlich beim Gehen zu lesen. Das waren gute Neuigkeiten, dachte er. Das machte sie unaufmerksam. Damit sollte es leichter sein, sie in seine Gewalt zu bringen. Er folgte ihr. Hielt sich etwa zehn Meter hinter ihr, den Arztkoffer in der Hand. Sechs unterschiedlich starke Betäubungsmittel. In hohen Dosen. Genug, um einen erwachsenen Mann über Tage hinweg zu betäuben. Aber wie sollte er vorgehen? Neue Idee: Er wollte zurückgehen und ihr mit dem Auto folgen. Neben ihr anhalten und sie irgendetwas fragen. Vielleicht nach dem Weg. Oder so tun, als würde er sie wiedererkennen. Und wenn sie dann zu ihm herüberkam, würde er sie ins Auto stoßen und wegfahren. Nein. Dafür waren zu viele Menschen auf der Straße. Und er durfte sie nicht unterschätzen. Diesen Fehler wollte er nicht noch einmal begehen. Sie ging über die Straße auf den anderen Bürgersteig. Er folgte ihr. Schlug sich die Idee mit dem Auto aus dem Kopf. Vielleicht bot sich ja irgendwo eine unerwartete Möglichkeit? Er war jetzt fünf Meter hinter ihr. Vier. Sie war von dem Buch vollkommen gefangen. Mehrmals wäre sie fast gegen einen Laternenpfahl, einen Mülleimer gelaufen. Drei Meter. Zwei. Er war jetzt so dicht hinter ihr, dass er sie berühren konnte, wenn er den Arm ausstreckte. Ihre Haare, ihre nackte Schulter, ihren Nacken oder ihre Arme. Es war nur allzu verständlich, wieso der Polizist sich in sie verliebt hatte. Ihr Gang war attraktiv, trotz der etwas ungelenken Bewegungen. Oder vielleicht gerade deshalb?

Ihre Schritte hatten eine seltsame Leichtigkeit. Die lautlose Zielstrebigkeit sprach ihn an, und ihre Haut war glatt und hellbraun. *Begierde.* War es wirklich das, was er fühlte? Wollte er – nein, er schlug sich den Gedanken aus dem Kopf. Dann sah er den Park, auf den sie zusteuerte. Es war fast dunkel. Überall hohe Bäume und Büsche. Dort musste es geschehen. Eine bessere Chance bekam er nicht. Wenn sie zwischen den Bäumen war, wollte er sie umstoßen, hinter einen Busch ziehen und ihr den

Mund zuhalten, während er ihr die Spritze gab. Sie war dünn, viel Gegenwehr würde sie nicht leisten. Wenn sie dann schlief, wollte er sie irgendwo im Dickicht verstecken, zurückgehen und das Auto holen und … Sie blieb stehen. Unmittelbar vor ihm, sodass er an ihr vorbeigehen musste. Er hatte keine andere Wahl, wollte er sich nicht verdächtig machen. Sie ging auf eine Pizzeria zu. Er wurde langsamer. Wartete, bis er sich ganz sicher war, dass sie drinnen war. Dann drehte er sich um und ging zurück. Durch die offene Tür hörte er, dass sie zwei Pizzen bestellte. Zwei. Sie war also nicht allein zu Hause. Und auf dem Rückweg war zu viel Licht. Er musste warten, dachte er. Sie beobachten. Er musste warten, bis sie allein war. Oder sie irgendwie aus dem Haus locken. Denn es musste bald sein. Noch in dieser Nacht. Länger warten konnte er nicht. Die Polizei würde ihn bald auf dem Kieker haben. Silke konnte nicht warten.

3.

Islands Brygge, 22.45 Uhr

Hunger war nicht das richtige Wort. Es war etwas anderes, was Hannah jetzt fühlte. Etwas Stärkeres, Existenzielles, eine fast erschreckende Lust zu essen, ihren Körper im Laufe kürzester Zeit mit großen Mengen Nahrung zu füllen. Die gleichen Gelüste hatte sie gehabt, als Johannes unterwegs gewesen war. Das war eine der Sachen, an die sie sich erinnerte. Der Hunger zu Beginn der Schwangerschaft, bis dieses Gefühl plötzlich wieder vorbei gewesen war. Davon abgesehen waren die Erinnerungen an ihre erste Schwangerschaft fast ausgelöscht. Der Selbstmord überlagerte alles.

»Mit Chili und Knoblauch?«, fragte der Mann mit den schwarzen Haaren hinter dem Tresen. »Auf beide Pizzen?«

»Ja, bitte«, sagte sie.

Hannah stellte sich ans Fenster. Die Wärme des Steinofens machte die Scheiben ein bisschen beschlagen. Ein Mann sah hinein, starrte er sie an? Dann war er wieder weg. Italienische Stimmen hinter dem Tresen. Es klang nach einem Streit. Einer von ihnen rief immer wieder »no«. Der Schweiß rann an ihm herab. Der Prozess, dachte sie. Es war Zeit, die Verhandlung wieder aufzunehmen. Sie sah in das Buch, *Phaidon,* und hörte die Stimme in ihrem Kopf:

Verehrtes Gericht, verehrte Geschworene. Ein neuer Zeuge

wurde aufgerufen. Der Vater der angeklagten Kinder. Aber er kann nicht selbst kommen, sondern verweist stattdessen auf das Buch, das ich in den Händen halte. Dieses Buch wird den Beweis liefern, der zum Freispruch der Angeklagten führen muss. Oder besser gesagt die Beweise, es sind nämlich vier. Vier Argumente für die Existenz der Seele. Und dafür, dass sie unsterblich ist – auf einer endlosen Reise. Dass der Körper bloß die Hülle ist, der die unsterbliche Seele beheimatet. Aber wieso ist das eine Verteidigung?, frage ich. Und gebe mir selbst die Antwort: weil es keinen Sinn macht, etwas totzuschlagen, was nicht sterben kann. Weil diese beiden Seelen doch nur andere Körper finden und damit in jedem Fall auf die Welt kommen würden. Nicht wir sind es, die wir uns für Kinder entscheiden, die Kinder entscheiden sich für uns. Und man kann nur etwas ablehnen, das man auch selbst gewählt hat. Machen meine Worte Sinn? Wer könnte dagegen Einspruch erheben? Dieses Buch, das ich in meinen Händen halte, ist der Beweis. Der Nachweis für das ewige Leben der Seele. Und der Beweis dafür, dass die Kinder leben sollen. Leben. Kopfschütteln aufseiten des Anklägers, verbreitetes Murmeln im Saal. Ein mehrere Tausend Jahre altes Buch?, ruft einer der Zuhörer fragend. Was soll denn das beweisen?

»Zwei Minuten, dann sind sie so weit.«

Hannah hob den Kopf.

»Die Pizzen, einen Augenblick noch.«

»Danke.«

Der Hunger kam wieder. Ein paar Minuten lang hatte sie ihn wirklich vergessen. Der Prozess hatte ihn verdrängt. Sie schloss die Augen und wurde auf den rauen Rand einer Seite aufmerksam. Sie schlug sie wieder auf. Wo war das gewesen?

»Guten Appetit«, sagte der Italiener und stellte die Pizzen vor ihr auf den Tresen.

»Danke.«

Da. Die raue Kante. Eine Seite war aus dem Buch gerissen worden. Warum?, fragte sie sich. Weil auf dieser Seite der entscheidende Beweis war, ertönte es in ihrem Kopf. Die Entscheidung, ob ihre Kinder leben oder sterben sollten.

4.

Amager, 23.05 Uhr

»Darf ich mich neben dich legen?«

Es war wieder sie. Schnee. Sie hatte bereits ihre dünne Matratze entrollt und sich hingelegt. Die Stimme im Lautsprecher klang wie ihre. Sie hatte uns gerade gesagt, dass wir uns auf den Rücken legen sollen. Aber sie konnte ja nicht an zwei Orten gleichzeitig sein, dachte Niels. Vielleicht wurde auch einfach nur ein Band abgespielt?

»Der Tod. Ein Vorbereitungskurs«, sagte die Stimme lachend und fuhr fort: »Die ersten Minuten der Seelenreise. Ein bisschen wissen wir darüber. Was danach geschieht, liegt hingegen im Dunkeln. Trotzdem müssen wir uns auf jede Reise vorbereiten. Auch auf eine Reise ins Unbekannte.«

Nein, das war nicht Schnees Stimme. Aber Niels kannte sie. Er konnte sie nur nicht einordnen. Schnee berührte Niels' Brust. Eine warme Hand. Warmer Schnee, dachte Niels, als sie flüsterte: »Zieh deine Sachen jetzt aus. Es dauert nicht so lange.«

»Ich kenne die Stimme, die da spricht.«

»Natürlich kennst du die«, flüsterte Schnee.

Die Frau auf dem Band fuhr fort: »In vielerlei Hinsicht ist diese Vorbereitung ebenso unmöglich wie die Vorbereitung der Astronauten vor dem ersten Flug ins All. Denn wie kann man sich auf etwas vorbereiten, von dem man so wenig weiß?«

Niels hörte genau hin und versuchte, die Stimme einzuordnen.

»Aber es wäre dumm, nicht den Versuch zu unternehmen, sich vorzubereiten«, sagte sie. »Beinahe alle Religionen operieren mit einer Vorstellung über die Existenz der Seele. Sowohl Naturreligionen als auch die großen Weltreligionen. Im Judentum findet man unter anderem bei den Propheten Jeremia und Hesekiel Gedanken darüber, dass der Mensch sich vielleicht Hoffnungen machen darf, dass seine Seele nach dem Tod weiterlebt. Im Islam holt Allah die Seelen der Gläubigen nach deren Tod. Richtig ausgesprochen wird der Gedanke über die Seele aber im Buddhismus und Hinduismus. Für die Hindus ist es das größte Ziel überhaupt, sich von der Reinkarnation zu befreien. Sie glauben, dass die Seele auf einer konstanten Reise ist, und erst wenn man einen Zustand erreicht hat, der als Moksha bezeichnet wird, kann man aus dem ewigen Kreislauf von Geburt, Tod und Wiedergeburt befreit werden. Moksha ist das letzte Ziel des menschlichen Lebens. Aber die Religionen raten nur. In Wirklichkeit gibt es Tausende und Abertausende von Berichten über Menschen, die tot waren und zurückgekehrt sind. Aber die Vorbereitung auf die Seelenreise, die wir hier machen wollen, basiert ausschließlich auf meinen Erinnerungen. Ich war dreimal tot.«

Jetzt erkannte Niels die Stimme auf dem Band. Es war Dicte.

»Gemessen in irdischer Zeit, war ich nur wenige Minuten im Jenseits. Aber die Erinnerung, die ich an meine Zeit als reine Seele habe, erstreckt sich über einen viel längeren Zeitraum. Stunden. Vielleicht Tage.«

»Was wir hier machen, ist nur eine Vorbereitung. Du musst nicht nervös sein«, flüsterte die Frau mit dem porösen Namen und zog an Niels' Hemd. Erst jetzt, als sie sich aufrichtete, sah er, dass sie nackt war. Gedanken rasten durch seinen Kopf, während

Dicte redete. Er versuchte sich zu konzentrieren, aber Schnee zog ihm das Hemd über den Kopf, und die Worte, die irgendwo aus dem Lautsprecher kamen, machten keinen Sinn. Irgendetwas über den Körper und die Befriedigung. Darüber, dem Körper zu geben, was der Körper wollte. Über die Ekstase. Die Freisetzung von Energie, sagte Dicte, während Niels versuchte, die Gesichter der Menschen um ihn herum auszumachen. War Joachim überhaupt hier?

»Und der Seele zu geben, was der Seele gehört«, sagte Dicte und fuhr mit ihrer Todesvorbereitung fort.

»Du musst nicht nervös sein«, sagte Schnee. »Niemand kann dich sehen. Wir sind einander vollkommen anonym, niemand weiß, wer sonst im Raum ist. Du bist sicher«, behauptete sie.

Die Augen hatten sich an das Dunkel gewöhnt. Es gab mehr Männer, als er anfangs angenommen hatte. Vielleicht fünf. Und zehn Frauen? Es musste bessere Methoden geben, als hier zu liegen, dachte Niels. Er konnte am Ausgang auf Joachim warten. Oder Leon anrufen. Warum lag er hier?

»Jetzt müsst ihr mir folgen«, drang Dictes Stimme aus dem Lautsprecher.

Dann springe ich auch.

Weil er dabei war, sein Versprechen zu halten? Tat er deshalb nichts, lief er deshalb nicht weg, als Schnee begann, sich selbst zu befriedigen? Sie lag ganz dicht neben ihm. Er hörte ihr leises Stöhnen und ahnte eine vorsichtige Bewegung. Ihr Arm berührte den seinen mit sanften, rhythmischen Bewegungen.

»Ihr müsst jetzt die Augen schließen. Und euch vorstellen, über euch selbst zu schweben, aber ohne die Freuden des Körpers zu vergessen. Gerade eine Armlänge über euch. Wenn ihr die Augen öffnet, seht ihr noch immer an die Decke. Aber ihr öffnet die Augen nicht. Ihr bleibt dort schweben«, befahl Dicte. »Eurem astralen Ich gefällt es, dort zu schweben, während euer Körper zittert. Lasst den Körper vibrieren. Spürt, wie die Ekstase euch erfüllt, euch dazu bringt, euren Körper zu vergessen. Ihr seid ganz leicht, ihr wiegt nichts.«

Schnee nahm Niels' Hand und ließ sie gleich wieder los und knöpfte seine Hose auf.

»Ruhig. Es passiert nichts«, flüsterte sie.

Sie legte ihre Finger um sein Glied.

»Du hast alle Zeit der Welt, hier.«

Sie führte seine Hand nach unten.

»Der ganze Körper zittert«, sagte Dictes Stimme im Lautsprecher. »Jetzt hat die Seele die Führung übernommen und drückt sich gegen die Hülle. Sie spielt mit uns. So ist das auch, wenn wir gehen müssen. Jetzt der nächste Schritt. Ihr dürft noch nicht kommen …«

Man konnte hören, dass Dicte lächelte.

»Noch nicht. Ihr müsst kurz davor sein. Schafft ihr das? Kurz davor zu sein, ohne sich der Befriedigung hinzugeben? Wenn ihr nachgebt, fallt ihr zusammen, dann ist die Energie weg, und ihr werdet wieder schwer. Das dürft ihr nicht. Spielt mit euch. Und wenn ihr an den Punkt geratet, haltet die Luft an. Atmet tief ein …«

Man hörte auf dem Band, dass Dicte tief Luft holte. Niels musste an Geburtsvorbereitungen denken, obwohl er nie an so etwas teilgenommen hatte. Und das auch niemals tun würde. Aber er hatte das in Filmen gesehen.

»Tief einatmen. Und dann haltet ihr die Luft an«, sagte sie. Um sich herum hörte Niels, wie die anderen erst seufzten und dann die Luft anhielten.

»Wir müssen die Luft so lange anhalten, wie wir nur können. Dabei den Genuss aber nicht aus den Augen verlieren. Denkt nicht daran, dass der Körper Luft braucht. Konzentriert euch stattdessen auf die ultimative Befriedigung. Ihr haltet noch immer die Luft an. Ihr macht das gut. Ihr dürft nicht aufhören. Lasst den Körper euren Körper lieben und spürt, wie ihr euch der Ekstase nähert. Ihr haltet die Luft an, ihr seid jetzt ganz leicht, genießt es.«

Niels hörte die leisen Geräusche einer Frau. Geräusche der Befriedigung.

Dann springe ich auch.

»Stopp«, sagte Dicte.

Es war ein paar Sekunden lang vollkommen still im Raum.

»Jetzt beginnen wir von vorn, das war nur das Aufwärmen. Beim nächsten Mal werden wir die Luft viel, viel länger anhalten. Bis wir unser körperliches Bewusstsein verlieren.«

»Komm schon, jetzt machst du auch mit«, sagte Schnee. Niels dachte an Hannah, als sie ruhig ihre Finger um sein Glied legte.

»Leg den Kopf in den Nacken. Das ist nur eine Vorbereitung. Es wird nichts passieren.«

»Was kommt nach der Vorbereitung?«, fragte Niels flüsternd.

Auf dem Band hatte Dicte wieder begonnen. Sie sprach von der Erregung, der Ekstase, der Befreiung der Seele.

»Das kommt an einem anderen Tag. Heute Nacht spielen wir nur«, flüsterte Schnee, und Niels spürte, wie sein Glied unter ihrer Hand anschwoll. Vielleicht sollte er einfach nachgeben und so genießen, wie sie es sagte.

»Du, du, der du mich jetzt hörst«, flüsterte Dicte aus den Lautsprechern. »Ja, du. Sorge dafür, dass du bequem liegst. Du musst so liegen, dass du in der Lage bist, deinen Körper zu vergessen.«

»Liegst du gut?«, fragte Schnee.

»Ja.«

»Ich spüre, dass du dich langsam entspannst«, flüsterte sie in sein Ohr. »Versuch jetzt mitzumachen. Tu, was Giselle sagt. Das ist wirklich wunderbar. Du verlierst deine Angst vor dem Tod.« Sie ließ sein Glied los, nur um seine Schenkel zu streicheln. »Spürst du meine Finger?«, flüsterte sie.

»Und dann atmen wir tief ein«, sagte Dicte. »Wir müssen die Luft fast zwei Minuten anhalten. Das schaffen wir. Wir müssen nur an etwas anderes denken. Die Lust spüren und nicht den Schmerz.«

Niels hielt die Luft an. *Warum?* Warum lag er hier? Er hätte eine Fahndung nach Joachim rausgeben können. Warum wollte er ihn unbedingt in dieser Nacht finden?

Dann springe ich auch.

Sprang er jetzt? Wäre Dicte zufrieden, wenn sie ihn jetzt hier sähe? Auf dem Boden liegend, die Hand einer fremden Frau auf seinem Schenkel, während er die Luft anhielt? Würde sie das Versprechen, das er ihr auf der Brücke gegeben hatte, damit als erfüllt ansehen? Es stimmte, was Dicte auf dem Band sagte. Man dachte nicht über den Luftmangel nach. Das Herz schlug ruhiger, und die Lust, die Ekstase verpflanzte sich in den Körper. Die äußerste Schicht seiner Haut kribbelte.

»Die Seele bereitet sich darauf vor, sich zu lösen«, sagte Dicte im Lautsprecher.

Niels hatte dieses Gefühl noch nie zuvor gehabt. Es war wie schwerelos sein. Er spürte nicht einmal mehr die Unterlage, auf der er lag. Auch das Gefühl für seinen Rücken war weg. Alles, was er empfand, war dieses Aufsteigen, wie die Bläschen in einem Champagnerglas.

Er hatte die Augen geschlossen. Stellte sich vor, wie Dicte es gesagt hatte, über seinem Körper zu schweben, leicht wie eine Luftblase. Er hielt noch immer die Luft an. Im gleichen Moment explodierte die Decke über ihm vor Licht. So kam es ihm hinter seinen geschlossenen Lidern vor. Einen Augenblick lang verstand er nicht, was geschehen war. Dann begriff er, dass irgendein Projektor bewegte Bilder an die Decke über ihnen warf. Er öffnete die Augen und füllte seine Lunge mit Luft. Die Frau neben ihm war weg. Er sah an sich selbst hinunter. Die Hose aufgeknöpft und halb nach unten gezogen.

»Wenn der Körper endlich loslässt, musst du ihm einfach nur folgen«, sagte Dicte. »Es fühlt sich wie ein Fluss an, der dich mitreißt. Du kannst dagegen ankämpfen, dich vielleicht irgendwo festkrallen, wenn du einen Zweig zu fassen bekommst, aber das solltest du nicht tun.«

An der Decke über ihnen rasten sie durch ein Rohr. Wie in einem Kabel, dachte Niels. Ein rasend schnelles Lichtpartikel über einem wunderbar verzweigten Netz. Niels betrachtete die anderen um sich herum. Das Licht, das an der Decke zurückgeworfen wurde, machte es möglich, sie alle zu erkennen. Ihre nackten Körper. Eine Frau lag halb über einem anderen Mann. Und da, dicht an der Wand – *Joachim*. Niels knöpfte seine Hose zu. Suchte nach seinem Hemd. Aber Joachim hatte ihn längst gesehen und war aufgestanden. Als Einziger im Raum. »Das Netz«, sagte Dicte. »Das Netz wird das Erste sein, was ihr erlebt, wenn ihr die Angst loslasst, die ...«

Niels hörte nicht mehr zu. Joachim war auf den Beinen. Er war splitternackt. Niels sah in seinen Augen, dass er auf der Flucht war, als ginge es um sein Leben.

Joachim stieß die Frau weg, die ihn wieder auf den Boden zu ziehen versuchte.

»Was ist denn los?«, fragte sie und hatte sich aufgerichtet.

Im Hintergrund hörte Niels noch immer Dictes Stimme, während er Joachim folgte, der die Tür aufschob und losrannte. Niels gab die Suche nach seinem Hemd und seinen Schuhen auf und rannte ihm nach. Durch den fensterlosen Flur nach oben in den Raum, in dem er zu Beginn in Empfang genommen worden war. Im schwachen Licht des Projektors sah Niels, dass Joachim seine Tasche und seine Hose nahm. Dann warf er einen Blick über seine Schulter, gab den Versuch auf, sich die Hose anzuziehen, trat die Tür auf und stürzte nach draußen.

5.

23.55 Uhr

Sie rannten durch das hohe Gras. Zum dritten Mal folgte Niels Joachim, dem Balletttänzer. Er wirkte flüchtig, anämisch. Das erste Mal war er Niels weggelaufen – leicht wie ein Vogel –, um dann wie ein Fisch im Hafenbecken zu verschwinden. Das zweite Mal hatte er sich im Dunkel von Dictes Garderobe versteckt. Wieder dachte Niels an ein Tier, eine Hyäne, während er an den Zelten vorbeistürmte, die neben der verfallenen Fabrik im Gras standen. Ein Tier, das in der Nacht sehen kann. Mager, verschreckt und aggressiv. Er drehte sich kurz zu Niels um, und als die Metro oben auf ihrer Hochtrasse passierte, fiel ihr Licht auf sein Gesicht und seinen nackten Körper.

»Polizei Kopenhagen!«, rief Niels und zog das Handy aus seiner Tasche, um um Verstärkung zu bitten. So war es richtig. Joachim warf sich die Tasche über die Schulter. Niels war nur Sekunden hinter ihm. Es sah verrückt aus. Der weiße Körper des Tänzers nur mit dem kleinen, schwarzen Rucksack auf dem Rücken. Als Joachim über den Zaun kletterte, bekam Niels seinen Knöchel zu fassen. Panisch und aggressiv wie ein gefangener Hirsch trat er nach hinten aus, traf Niels im Gesicht und befreite sich aus seinem Griff.

»Joachim!«

Niels hörte ihn laufen. Er stürmte in das Gebäude und rannte nach oben. Er war verzweifelt. Dachte nicht nach. Es gab keinen Ausweg, außer es gab auf der anderen Seite des Gebäudes noch eine andere Treppe. Niels setzte sich auf. Wischte sich das Blut aus dem Gesicht. Dann kletterte auch er in das stillgelegte Fabrikgebäude.

Vielleicht war es besser, hier unten zu warten. Auf die Art konnte er den Ausgang im Blick behalten. Eine andere Treppe gab es nicht. Trotzdem hörte er das Echo seiner nackten Füße auf dem von Rissen durchzogenen Boden, als er nach oben ging. Er blieb stehen, bekam seinen Atem wieder unter Kontrolle und ging weiter. Dieses Mal lautlos. Im zweiten Stock hörte er Joachim. Ein metallisches Geräusch. Versuchte er, ein Schloss zu knacken? Niels ging vorsichtig weiter. Der Raum fungierte scheinbar als Rückzugsort für Penner. Ein Ort, der Schutz bot vor Wind und Regen und einer Gesellschaft, die sie nicht verstanden. Im Sommer wurde ihnen der Gestank ihrer eigenen Hinterlassenschaften unerträglich, und sie schliefen draußen. Als Niels hinter der Säule hervortrat, saß Joachim über eine Videokamera gebeugt und versuchte, sie aufzubrechen, um das Band herauszuholen. Er blickte auf.

»Joachim. Es reicht jetzt.«

Noch bevor er den kurzen Satz zu Ende gebracht hatte, war Joachim auf den Beinen und hatte ein altes Wasserrohr gepackt. Erst jetzt verstand Niels den Ernst der Situation: Dieser junge Mann würde ihn umbringen, wenn er konnte. Er war bereit, zu morden oder selbst zu sterben, um nicht preisgeben zu müssen, was er beschützte. Joachim sprang vor und schlug mit der rostigen Stahlstange nach ihm. Aber Niels konnte nach hinten ausweichen, um sich wieder nach vorne zu werfen und Joachim zu packen.

»Verdammt, es reicht jetzt!«, rief Niels und legte seine Hände um Joachims Hals. »Hast du verstanden!«, brüllte er so laut, dass es in seinen Ohren schmerzte.

Wieder trat Joachim nach ihm. Er hatte mehr Kraft in den Beinen als Niels. Und er war wesentlich geschmeidiger. Er würde nicht eher zu kämpfen aufhören, bis er physisch vollkommen am Ende war. Niels ließ seinen Hals los, um ihm einen Schlag verpassen zu können. Joachim sprang auf, aber Niels hatte seinen Angriff gut geplant und traf Joachim direkt unter den Rippen auf den Nieren. Und noch einmal. Hart. Der letzte Schlag traf Joachims Brust und jagte einen stechenden Schmerz von Niels' Hand bis hinauf in seine Schulter. Dann rammte er dem Tänzer den Ellenbogen ins Gesicht, sodass der Mann zu Boden ging. Niels beugte sich über ihn. Joachim schnappte nach Luft. Es würde nicht lange dauern, bis er wieder Luft in den Lungen hatte. Der Schlag an den Kopf war nicht sonderlich fest gewesen. Niels fragte sich, wie er weiter vorgehen sollte. Er trat einen Schritt zurück. Dann trat er so fest er konnte zu, mit der Ferse.

»Soll ich weitermachen? Mit deinen Armen oder deinem Knie?«

»Du Schwein«, fauchte Joachim, als er endlich wieder Luft hatte. In seinem Speichel war Blut. Möglicherweise war die Lunge punktiert. Er musste schnell ins Krankenhaus. Aber nicht, bevor er geredet hatte.

»Soll ich weitermachen?«

»Ich habe keine Angst vor dem Tod.«

»Und warum rennst du dann so?«

Der Balletttänzer drehte sich auf die Seite und zog die Beine an. Er sah aus wie ein Baby, das schlafen wollte.

»Antworte mir!«

»Du hast keine Macht. Weder über mich noch über Dicte.«

»Dicte ist tot!«

Ein bizarres Lächeln. Oder war diese Grimasse auf die Schmerzen zurückzuführen, die er hatte? Niels war sich nicht ganz sicher: Es ließ sich bei diesen Menschen, deren ganzes Leben auf dem Kampf gegen den physischen Schmerz basierte, einfach nicht sagen.

»Warst du das? An dem Abend ...«

Joachim unterbrach ihn: »Du hast nichts verstanden.«

»Was habe ich nicht verstanden?«

»Alles.«

»Warst das du, der Dicte an diesem Abend hinterhergerannt ist?«

Er schüttelte den Kopf.

»Ich war nicht hinter ihr her. Ich war überhaupt nicht da!«

»Und wer war es dann?«

»Wer sagt denn, dass da überhaupt jemand war?«

»Wenn niemand hinter ihr her gewesen ist – warum rennst du dann so?«

Niels hockte sich dicht neben dem Gesicht des Mannes hin: »Sehen wir mal, was auf dem Videoband ist, das du so dringend löschen wolltest. Okay?«

»Du ...!«

Joachim versuchte hochzukommen, aber die Schmerzen waren zu stark. Niels rief die Zentrale an, während er die Tasche durchsuchte. Sie roch nach Tee. Oder Zimt.

»Einsatzzentrale«, sagte eine neutrale Stimme am Telefon.

»Bentzon hier. Nehmen Sie meine Koordinaten. Ich bin allein mit dem Verdächtigen eines Mordfalls und brauche Unterstützung.«

Joachim brummte: »Sie wurde nicht ermordet.«

Niels fuhr fort: »Und einen Krankenwagen.« Er beendete das Gespräch. Legte das Telefon auf den kalten Betonboden. Neben dem Rucksack lag die Videokamera. Ein ziemlich altes Modell. Ein Teil der Linse war kaputt. Das Plastik fehlte. Niels versuchte, die Kamera einzuschalten, aber der Akku war tot.

»Das sind private Aufnahmen«, flüsterte Joachim.

»Die *waren* mal privat. Jetzt sind sie Beweismaterial in einem Mordfall.«

»Du hast keine Ahnung, in was du dich da einmischst.«

»Dann erzähl es mir, damit ich dich beschützen kann.«

Joachim versuchte zu lächeln, aber die Schmerzen in seiner Brust waren zu stark.

Niels versuchte noch einmal, die Kamera einzuschalten, aber ohne Erfolg. Jetzt waren die ersten Sirenen zu hören.

»Die Kamera nehme ich mit«, sagte Niels. »Die anderen sind gleich da, willst du noch etwas sagen?«

Joachim sah Niels in die Augen und schüttelte den Kopf. »Versprichst du mir eins?«

»Was?«

Joachim richtete sich mühsam auf.

»Du solltest liegen bleiben«, sagte Niels und hörte, wie besorgt er klang. Er hatte Mitgefühl mit dem jungen Mann.

»Versprichst du mir, dass meine Mutter die Aufnahme nicht zu sehen bekommt?«

»Die Aufnahme? Dann erzähl mir, was da drauf ist. Ist das Dicte?«

»Versprichst du mir das?«

»Es kommt darauf an, ob auf dem Band ein Verbrechen zu sehen ist …«

Im gleichen Moment kam Joachim mit einem Schrei auf die Beine. Niels wollte ihn packen, zögerte aber eine Sekunde und dachte, er kann ja nirgends hin. Dann begann der Mann zu laufen.

»Nein!«, schrie Niels und kapierte zu spät, was geschehen

würde. Er stürzte hinter Joachim her, aber der junge Mann hatte die kaputten Fenster schon fast erreicht. »Tu das nicht ...«, schrie er ihm nach.

Joachim sprang. Wie Dicte. Ein eleganter Sprung. Sein letzter. Die Arme an den Seiten, den Kopf gerade nach vorn gestreckt. *Stolz.* Nur dieses eine Wort meldete sich in Niels' Kopf. Eine Haltung voller Würde, die auch dann nicht aufgegeben wurde, als Kopf und Körper die letzten Scherben herausbrachen, die noch am Fensterrahmen hingen. Der Rest passierte so rasch, als wäre der letzte Teil seines Sprungs in den Tod schneller gedreht worden. Als Niels das Fenster erreichte, lag Joachim bereits unten. Sein Kopf war auf einem Zementblock zerschmettert. Dunkelrotes Blut sickerte aus einer Stelle hinter dem Ohr.

Dann springe ich auch.

Aber das tat er nicht. Niels lief zur Treppe und ging nach unten. Ich springe niemandem nach, dachte er. Die Welt nimmt vor mir Reißaus, springt in den Tod. Dicte. Hannah aus ihrer Ehe. Joachim.

Als er nach draußen kam, war die Verstärkung bereits eingetroffen. Ganz vorn der Rettungswagen. Dahinter die Wagen seiner Kollegen. Ihr Blaulicht brannte sich in seine Augen.

»Er ist aus dem Fenster gesprungen«, hörte Niels sich selbst sagen und zeigte nach oben. Jemand sagte etwas. Die Sanitäter kamen angerannt. Ein Arzt sah Niels an. Er legte ihm einen Verband an, und erst jetzt schmeckte Niels sein eigenes Blut. Es tropfte warm in seinen Mund. Oder war das Joachims Blut?

MITTWOCH

6.

Innenstadt, 15. Juni 2011, 09.40 Uhr

Hannah hatte fünfmal angerufen und ihm eine SMS geschickt: *Wo bist du?*

Auf der Arbeit, rufe später an, war seine Antwort.

Die Sonne war längst aufgegangen, und Niels saß auf der Treppe des Fotoladens. Es kam ihm so vor, als würde er schon Stunden hier warten. Am Ende der Straße lag der Hafen. Mehr als einmal hatte er an diesem Morgen darüber nachgedacht, die wenigen Hundert Meter bis dorthin zu laufen und ins Wasser zu springen. Um die Nacht von sich abzuwaschen. Aber er war sitzen geblieben. Mit der Kamera in der Hand.

»Lassen Sie mich vorbei?«

Die Stimme der Frau drängte sich störend in seine Gedanken.

»Arbeiten Sie hier?«

»Ja, aber wir öffnen erst um zehn.«

Niels holte seinen Polizeiausweis heraus.

***

Im Laden roch es synthetisch.

»Der Akku hier müsste passen. Panasonic«, sagte die Frau, als sie aus dem Lager kam.

Niels nahm seine Kreditkarte zur Hand.

Wenige Augenblicke später stand er auf der Straße. Jetzt brauchte er nur noch Strom. Dann konnte er sehen, was auf dem Band war. Er hätte natürlich ins Präsidium gehen können, aber dort wären ihm nur ein Haufen Fragen gestellt worden, und sicher hätte er dann auch einen Bericht schreiben müssen. Außerdem war er nicht gerade erpicht auf all die mitleidigen Blicke, dass ihm schon wieder einer durch die Finger geschlüpft und gesprungen war. Auch Sommersted wollte er aus dem Weg gehen. Den Fragen, warum er nicht um Verstärkung gebeten hatte, bevor er in das Fabrikgebäude gegangen war, oder warum er einfach zurück in dieses andere Gebäude gegangen war, um sein Hemd und seine Schuhe zu holen, statt den Raum abzusperren und auf weitere Spuren untersuchen zu lassen. Nein. Da sprang er schon lieber ins Hafenbecken. Wobei auch das Blödsinn war. Dann kam ihm die Königliche Bibliothek in den Sinn. Dort gab es Strom. Niels blickte in Richtung Kai, die Hafenbusse legten unweit der Bibliothek an. Und im Lesesaal gab es Anschlüsse für die Computer der Studenten. Gute Idee, das sollte machbar sein. Niels ging am Wasser entlang, als er eine SMS von Hannah erhielt. *Können wir uns später treffen? Möchte gerne mit dir reden.*

Reden? Scheiden. Eigentlich gibt es nichts zu reden, wenn man sich trennen will, dachte Niels. Es war das Gleiche wie bei Kathrine. Sie redeten und redeten, und schließlich hatten sie sich in eine Ecke geredet, in der Worte keine Bedeutung mehr hatten, in der es keine Worte mehr gab. Irgendwie auf der anderen Seite der Worte, wobei das Wort »Erklärung« die ganze Zeit undefinierbar über ihnen geschwebt hatte. Als bräuchte das Naturgesetz, dass die Liebe irgendwann aufhört, eine große, glänzende Erklärung. Was wollte sie sagen? Welche sinnlose Erklärung würde sie zufriedenstellen? Dass er nicht aufräumte? Zu viel trank? Dass sie zu wenig Sex hatten? Zu schlechten Sex? Zu wenig Gespräche?

Zu viel Gespräche über die falschen Themen? Zu viel und zu wenig. Vielleicht war das die beste Erklärung von allen. *Zu viel und zu wenig.*

Niels blickte auf. Während sein Hirn den Scheidungsdialog durchgespielt hatte, war er vor dem Eingang der Königlichen Bibliothek angekommen. Er überlegte, Hannah zu antworten. Ihr zu schreiben: *Zu viel und zu wenig. Ich hole meine Sachen, wenn du nicht zu Hause bist.* Stattdessen ging er hinein. Stand wie ein Zombie da und ließ sich von der Rolltreppe in die erste Etage befördern. Dann ging er über die Brücke, die die neue Bibliothek aus Glas und Stahl mit dem alten Bau aus Ziegeln und Holz verband. Das neue Gebäude gefiel Niels besser. Es war durchsichtiger. Bot weniger Möglichkeiten, sich zu verstecken. Weniger Möglichkeiten für Verbotenes. Er fühlte sich müde, fertig, als Mensch wie als Polizist. Er war nicht mehr der Mann, der über die Bevölkerung wachen konnte, schloss er, als er in den Lesesaal trat. Wenn man sich als Polizist mehr Überwachung und weniger Freiheit für die Bevölkerung wünschte, mehr Häuser aus Glas und weniger Gardinen, war es vielleicht an der Zeit, seine Sachen zu packen. Dann mussten andere übernehmen.

Als er die Kamera in die Steckdose steckte, reagierte sie mit einem leisen Piepen – wie ein Kardiogramm. Es gab also Leben.

»Entschuldigen Sie bitte?«

Niels sah auf. Eine Bibliothekarin war höflich auf Abstand geblieben, konnte ihre verbissene Müdigkeit aber nicht verbergen.

»Das ist hier ein Lesesaal, Ihre Kamera müssen Sie woanders aufladen.«

»Polizeiarbeit. Lassen Sie mich bitte in Ruhe.«

Wenn sie darum bat, seinen Ausweis sehen zu dürfen, würde er sie festnehmen und in Handschellen legen, diese blöde Kuh! Alle, Hannah inklusive, allen voran Hannah. Nein, erst die hier und dann Hannah. Und dann alle Hannahs der Welt, die ihn nervten. Hatte er etwas im Auge? Oder warum lief ihm all das Wasser über die Wangen? Aus beiden Augen? Er wischte sein Gesicht mit einem Taschentuch ab und schloss die Augen für ein paar Sekunden.

Reiß dich zusammen, Bentzon. Du bist müde.

Als er die Augen wieder öffnete, standen drei Bibliothekare in einer Ecke mit einem Wachmann zusammen. Sie redeten leise und sahen dabei zu Niels herüber. Dann kam der Wachmann, ein mit Steroiden vollgepumpter Muskelprotz, auf ihn zu. Niels konnte Wachmänner nicht ausstehen. Schon gar nicht jetzt. Aber im Moment konnte er niemanden ausstehen. Er warf einen Blick auf die Kamera und spulte lärmend zurück.

»Können Sie sich ausweisen?«, fragte der Wachmann leise. Niels zeigte seinen Polizeiausweis, ohne aufzublicken. Der Wachmann bedankte sich und ging zurück. Gleich darauf löste sich auch die Versammlung der Bibliothekare auf, und das Band war zurückgespult. Hier endet also die Geschichte, dachte Niels und drückte auf »Play«.

7.

Islands Brygge, 10.05 Uhr
Hannah stand auf und sah über das Wasser – wenn sie dort überhaupt etwas sah. Sie dachte an Sokrates. An die fehlende Seite. Was stand darauf? Aber eigentlich spielte das gar keine Rolle mehr: Schließlich akzeptierte sie große Teile der Schlussfolgerung des alten Philosophen – als Wissenschaftlerin konnte sie gar nicht anders. Und war sie nicht selbst eine halbe Stunde lang tot gewesen? Sie konnte die Existenz der Seele nicht länger leugnen. Aber wenn die Seele zwischen dem Jenseits und hier hin- und herreiste, wie Sokrates behauptete, war es für die beiden Föten, die beiden Seelen, die sich in ihr aufhielten, doch besser, noch ein bisschen weiterzusuchen. Und zwar so schnell wie möglich. Sie sollten sich eine Mutter suchen, die gesunde Hüllen erschaffen konnte.

Wann hatte sie sich hingesetzt? Sie erinnerte sich nicht. Jetzt tat sie zwei Sachen gleichzeitig: Sie widerstand dem Drang, eine Zigarette zu rauchen, und ging ins Schlafzimmer, um ein paar Kleider zusammenzupacken. Das war jetzt der richtige Moment. Dann wollte sie ein Taxi rufen und sich zum Rigshospital bringen lassen. Einen besseren Zeitpunkt würde es nicht geben. Klarer als jetzt würde sie niemals sein.

8.

Die Königliche Bibliothek, 10.08 Uhr

Niels spielte mit dem Gedanken vorzuspulen. Er sah jetzt schon seit Minuten das gleiche Bild. Ein Esstisch in einem Wohnzimmer. Nicht Dictes Wohnzimmer, das kannte er. Nein, es war das Heim eines Mannes – keine Frau würde sich ein Plakat mit Wolkenkratzern ins Wohnzimmer hängen. Plötzlich tauchte Dicte auf. Niels bekam einen Schock, sie so lebendig vor sich zu sehen. Sie sagte irgendetwas, das er aber nicht hören konnte. Casper musste hinterher das Band erhalten, um die Nebengeräusche herauszufiltern. Was als Nächstes geschah, überraschte Niels. Dicte zog sich den weißen Pullover über den Kopf und entblößte ihren nackten Körper. Niels war wie gefangen von ihren Brüsten, eigentlich nur die Andeutung zweier Brüste. Dabei kannte er ihren nackten Körper überraschend gut. Er hatte sie ja nie mit Kleidung gesehen – und auch heute sollte das allem Anschein nach nicht der Fall sein.

»Bist du so weit?«

Das war Joachims Stimme. Niels reduzierte die Lautstärke, wohl wissend, dass er die erlaubte Lautstärke im Lesesaal schon jetzt überschritt.

»Ja«, antwortete Dicte flüsternd.

Niels sah, wie Joachim ins Bild trat und etwas auf die eine Seite des langen Tisches stellte.

»Defibrillator«, sagte er. Dicte nickte. Joachim zog eine Spritze auf. »Und Adrenalin. Sag mir, was jetzt passiert, tust du das auch aus freien Stücken?«

»Es ist mein eigener Wille«, antwortete Dicte.

»Du willst, dass dein Herz zu schlagen aufhört, um danach wiederbelebt zu werden?«

»Ja.«

»Wie lange soll der Herzstillstand dauern?«

»Drei Minuten.«

»Drei Minuten? Einhundertachtzig Sekunden?«

»Ja.«

Joachim stellte eine Digitaluhr auf den Tisch.

»Und wie willst du den Herzstillstand herbeiführen?«

Dicte flüsterte. Niels konnte ihre Antwort nicht verstehen. Er spulte zurück und drehte die Lautstärke auf. »Ekstase«, antwortete Dicte. Danach folgte ein offensichtlich einstudiertes Ritual. Dicte legte sich auf den langen Esstisch, die Beine leicht gespreizt. Sorgfältig fesselte er ihre Handgelenke mit einem Samtband, das er unter der Tischplatte festknotete.

»Zieh mal so fest, wie du kannst«, sagte er. Ihr Tonfall klang, als wollten sie einen Küchenschrank aufbauen und nicht ihren eigenen Tod in Szene setzen. Dictes Körper bäumte sich auf, als sie an den Fesseln zerrte.

»Das hält.«

»Jetzt binde ich deine Beine. Damit du dich nicht verletzt, sollte dein Körper sich zur Wehr setzen.«

»Ja«, antwortete sie feierlich.

Was wohl ein Richter dazu sagen würde?, dachte Niels. Er zweifelte aber daran, dass die Filmaufnahmen das Strafmaß herabsetzen würden. Joachim konnte ja einen Helfer hinter der Kamera haben, den man nicht sah und der eine Waffe auf ein

Familienmitglied richtete. Das hier war kein Beweis für Freiwilligkeit. Das ganze Video war naiv. Vielleicht war Joachim genau das klar geworden, bevor er in den Tod gesprungen war.

»Bist du bereit?«

»Ja.«

Joachim trat hinter die Kamera und zoomte Dictes Gesicht heran. Sie drehte den Kopf und sah Niels direkt an.

»Mein Name ist Dicte van Hauen. Ich glaube ... nein, ich weiß, dass die Seele unsterblich ist. Ich war schon dreimal tot und bin wiederbelebt worden, zum ersten Mal als Teenager. Und zwei weitere Male im letzten Jahr – unter kontrollierten Bedingungen. Ich liege hier aus freiem Willen. Ich habe um Hilfe gebeten, damit mein Herz zum Stillstand kommt. Das ist die einzige Möglichkeit für den Körper, die Seele loszulassen.«

Sie machte eine Pause und sah an die Decke, dann drehte sie wieder den Kopf und fuhr fort: »Ich glaube an den Genuss. Dass das Leben verbunden ist mit dem Wohlgefühl des Körpers. Die Seele hingegen genießt ihr körperliches Leben nicht. Niemandem gefällt es, eingesperrt zu sein. Was dem Körper gehört, soll der Körper auch bekommen – das Gleiche gilt aber auch für die Seele. Ich weiß, dass das, was jetzt passieren wird, schrecklich aussieht. Es ist auch nicht beabsichtigt, dass jemand diese Aufnahme sieht. Sie soll zerstört werden, sobald ich wiederbelebt worden bin und mein Herz regelmäßig schlägt. Die Aufnahme ist lediglich eine Versicherung. Um einen Beweis zu haben, dass ich aus freien Stücken hier liege. Ziel der Aktion ist es, dass ich mit etwas mehr Wissen über das, was uns auf der anderen Seite erwartet, in meine irdische Hülle zurückkehre. Sokrates meinte, dass wir zurück in den Hades reisen, um von dort wiederaufzuerstehen und den Zyklus des Lebens neu zu beginnen. Er meinte, dass wir den Fluss Acheron überqueren müssten und dass unsere

Reise von dort aus weiterging. Und Sokrates hatte mit all seinen Argumenten recht. Er war aber nie tot, wie ich es war. Ich weiß, dass uns auf der anderen Seite des Acheron gewisse Aufgaben erwarten. Manchmal haben wir Kontakt mit allen lebenden Wesen aller Zeiten …«

Sie machte eine Pause. Ihre Stimme klang belegt.

»Willst du was trinken?«

»Ja.«

Joachim erschien mit einer Flasche Pellegrino in der Hand vor der Kamera. Sie waren wirklich Ballettsternchen, dachte Niels, als er sah, wie würdevoll und elegant er Dictes Kopf anhob, damit sie aus der grünen Flasche trinken konnte.

»Ich bin dann wieder bereit.«

»Okay.«

Sie räusperte sich: »Unsere Vorstellung vom Tod ist jämmerlich und unzureichend. Wie damals, als die Menschen glaubten, die Erde sei eine Scheibe und das Zentrum des Universums. Ich wäre froh, wenn ich sagen könnte, dass wir gerade erst am Anfang eines Verständnisses vom Tod sind. Weit gefehlt. Wir haben noch nicht einmal angefangen. Das alles liegt an unserer Angst davor, dass da nichts ist. Dabei kann ich Ihnen sagen, dass da etwas ist. Und zwar unendlich viel. Es ist schön, aber auch voller Gefahren. Das habe ich selbst erlebt. Ich hatte auf der anderen Seite sowohl gute als auch schreckliche Erfahrungen, und ich versuche herauszufinden, durch welche Türen man gehen kann und muss und ob unser Leben auf Erden Einfluss darauf hat, wie es auf der anderen Seite weitergeht. Denn natürlich hängt das alles zusammen und folgt einem Plan. Ich sehe mich selbst als eine Entdeckungsreisende. Jeder weiß, dass es lebensgefährlich sein kann, neues Territorium zu erforschen. Das ist in meinem Fall nicht anders. Aber auch nicht schlimmer. Und nur ich trage die Verantwortung dafür. Wenn es schiefgeht und ich nicht wieder zurückkehre, möchte ich Sie bitten, sich nicht dumm aufzuführen. Niemand darf dafür verurteilt werden. Wenn Astronauten ihr Leben im All opfern, stecken wir dafür auch nicht die NASA ins Gefängnis. Wir akzeptieren es, wie wir es immer akzeptiert haben, wenn Entdecker ihr Leben aufs Spiel gesetzt haben.«

Pause.

»Noch einen Schluck?«

»Nein danke. Ich bin bereit. Ich will nur noch eins sagen. Ich habe mich dafür entschieden, durch eine Tüte über dem Kopf erstickt zu werden. Das hinterlässt keine Stoffe im Körper und keine Wunden. Ich will die letzten Zuckungen des Körpers genießen. Ich weiß, dass das schlimm aussieht. Aber das ist es nicht. Nicht, wenn man es freiwillig tut. Ich bin bereit«, schloss sie.

Ihr Gesicht wurde wieder weggezoomt. Kurz darauf kam Joachim zurück, dieses Mal ebenso nackt wie Dicte. In der Hand hielt er etwas, das wie eine Plastiktüte aussah. Er legte die Tüte auf den Tisch und stellte sich vor sie. Streichelte ihr Geschlecht, während er sich mit der anderen Hand selbst zu erregen versuchte. Niels warf einen Blick über die Schulter, aber niemand sonst schaute auf den kleinen Bildschirm.

»Geht es?«, kam Dictes Stimme aus dem Lautsprecher der Kamera.

»Nicht so gut.«

»Komm her zu mir.«

Jochim verließ das Tischende und ging mit behutsamen Schritten zu ihr. Mit dem Rücken zur Kamera legte er ein Knie auf den Rand des Tisches und schwang das andere Bein über Dictes Kopf, sodass sie in Augenhöhe mit seinem Glied war. Seine Hände stemmten sich neben dem Defi auf die Tischplatte. Sie öffnete ihren Mund und nahm ihn entgegen. Joachim stöhnte. Niels musste die Lautstärke wieder nach unten regeln. Es war ihm peinlich und unangenehm, dass die Aufnahme ihn nicht kaltließ und er sie nicht einfach ruhig und nüchtern betrachten konnte. Nach einer Weile sprang Joachim elegant und leicht vom Tisch, jetzt war er erregt.

»Mach ruhig weiter, wenn ich weg bin«, sagte sie.

Er nickte.

»Nein«, flüsterte Niels, als Joachim die Plastiktüte über ihren Kopf zog und sie um ihren Hals band.

»Ich liebe dich«, sagte Joachim zärtlich und küsste sie durch die Tüte auf den Mund. Dann ging er ans Tischende und drang in sie ein. Einmal zwischendurch sah sie auf, blickte an ihrem Körper herab, und er hörte aus dem Inneren des Plastiks ein wohliges Stöhnen. Noch war jede Menge Luft in der Tüte. Niels starrte auf das durchsichtige Plastik rund um ihren Kopf, bei jedem Atemzug der verzweifelten Lunge wurde es angesaugt und legte sich auf ihre Haut. Die Innenseite war bereits von ihrem Atem beschlagen. Länger und länger klebte die Tüte an ihrem Mund, während ihre Lungen und ihr Herz verzweifelt nach etwas anderem als Kohlendioxid suchten. Auch Joachim schien die Szenerie zu befriedigen. In gleichartigen, rhythmischen Bewegungen nahm er sie, bis ihr Körper sich für eine Sekunde aufbäumte. Und zusammenfiel. Er zog sich heraus. Trat augenblicklich an die Digitaluhr und schaltete sie ein. Sein Glied war noch immer steif. Dann ging er zurück ans Tischende. Jetzt, da Dictes Körper nicht mehr mit dem seinen zusammenarbeitete, war es schwer, wieder in sie einzudringen. Er musste ihren Unterleib näher an den Rand ziehen, aber seiner Lust schien das keinen Abbruch zu tun. Niels spürte, wie sein eigenes Glied hart wurde, als Joachim seine Jagd nach Befriedigung fortsetzte. Die Bilder waren abstoßend und grausam, dachte Niels – warum reagierte ein Teil von ihm trotzdem auf diese Weise? Und wie lange würde sie feucht genug sein, um …

Die Antwort ergab sich von selbst. Nach wenigen Sekunden kam Joachim mit einem halb erstickten Brüllen. Er zog sich heraus. Danach schnitt er die Tüte über ihrem Gesicht kaputt und sah auf die Uhr. Eine Minute und zehn Sekunden. Er befreite ihre Arme und Beine von den Fesseln.

»Komm schon«, sagte Niels. Als hätte das irgendeine Bedeutung. Joachim sah noch einmal auf die Uhr: zwei Minuten und zehn Sekunden. Er wartete. Setzte ihr die Spritze in eine Ader und injizierte ihr bei 2:30 das Adrenalin. Es dauerte drei Sekunden. Dann nahm er die Elektroden des Defibrillators und legte sie auf ihre Brust. Sah resolut auf die Uhr. Exakt um 2:59 drückte er. Der elektrische Impuls verpflanzte sich augenblicklich in ihren ganzen Körper, ihr Hals streckte sich bis aufs Äußerste – und mit einem kräftigen Sog holte sie tief Luft. Sie war wieder am Leben und drehte sich hustend auf die Seite. Ein paar Minuten blieb sie so liegen. Joachim war die ganze Zeit über neben ihr und redete flüsternd mit ihr. Niels konnte weder sehen noch hören, ob sie bei Bewusstsein war, aber ihre Füße bewegten sich.

»Willst du dich hinsetzen?«

»Noch nicht, mir ist kalt.«

Joachim verschwand aus dem Blickfeld der Kamera. Dicte sah jetzt direkt in die Kameralinse. Sie versuchte ein Lächeln: »Es war fantastisch«, sagte sie. »Ihr solltet euch freuen.«

Dann war die Aufnahme zu Ende.

9.

Islands Brygge, 10.12 Uhr

Adam Bergmann sah sie durch das Fenster. Einen Augenblick fürchtete er, auch sie könnte ihn gesehen haben. Sie stand draußen auf dem Balkon neben einem kleinen Gasgrill und blickte über den Hafen. Sie war allein. Er hatte sie durch das Fernglas beobachtet und in ihre Wohnung gesehen. In die Küche und das Schlafzimmer. Und er hatte Lust bekommen. Eine Lust, die über seine übliche Lust hinausgegangen war. Es war lange her, dass er bei einer Frau so gedacht und gefühlt hatte. Aber etwas an Hannah Lund erinnerte ihn an seine Frau. Auch wenn sie einander nicht ähnlich sahen. Sie war dunkelhaarig. Seine Frau war blond gewesen. Aber was war es dann? Der schmächtige Körper? Der melancholische Blick? Sie hatte unzweifelhaft irgendein Geheimnis. Wie seine Frau war auch Hannah eine Frau, die man nie bekommen konnte. Nie ganz. Manche Frauen waren so. Was man auch tat, gehörten sie entweder sich selbst oder einer anderen Welt. Entrückt. Ein alter Ausdruck. Auf eine Welt zu blicken, die nicht diese Welt war, nicht der Gegenwart angehörte. Mit genau so einem Blick sah Hannah nun von ihrem Balkon in die Ferne. Und dann hatte sie ihre Augen plötzlich auf ihn gerichtet, genau auf die Linse des Fernglases, sodass er sich entdeckt gewähnt hatte. Aber ein entrückter Blick sah nie das, was direkt vor ihm war.

»Sie müssen sich einen anderen Ort suchen, um Vögel zu beobachten.«

Ein städtischer Ordnungshüter trat vor sein Fernglas, und für einen Augenblick wurde alles blauschwarz.

»Sehen Sie das Schild da? Hier ist Parkverbot.«

Bergmann ließ den Motor an.

»Zwanzig Meter weiter unten. Aber Sie müssen ein Parkticket ziehen«, sagte der Mann in einem freundlicheren Ton.

Bergmann parkte den gemieteten Lieferwagen um. Im Laderaum stand ein riesiger Pappkarton, in dem einmal ein höhenverstellbarer Tisch gewesen war. Ging es nach ihm, sollte Hannah bald in diesem Karton liegen. Sie war vom Balkon verschwunden, als er am Automaten das Ticket zog. Aber er hatte nicht anders handeln können. Irgendwo in der Ferne waren Sirenen zu hören. Es durfte keine Beweise geben, dass er sich hier aufgehalten hatte. Keine Strafzettel, die sein Auto für immer in Verbindung mit diesem Ort und diesem Zeitpunkt brachten. Die Sirenen näherten sich. Das Schwierige würde sein, sie ins Auto zu bekommen. Aber irgendwie musste er das schaffen. Genau das war bei Dicte und Peter schiefgegangen. Die Umgebung hatte ihm nicht genügend Zeit gelassen. Sie könnten heute beide noch leben, redete er sich ein und spürte eine gewisse Verärgerung. Dicte. Warum hatte sie es nicht einfach zu Ende bringen können? Er hatte ihr nichts angetan, was sie nicht selbst schon mehrfach mit sich selbst gemacht hatte. Während ihrer eigenen Experimente mit dem Tod. Und dabei war er noch besser qualifiziert. »Nur Anwohner«, stand auf dem Schild neben der Einfahrt zur Tiefgarage des Wohnkomplexes. Sollte er dort unten parken? Dann würden ihn nicht so viele Leute mit dem großen Karton hantieren sehen. Ein Auto fuhr heraus. Die Schranke blieb ziemlich lange oben. Das war zu schaffen. Er musste dafür nur auf der falschen Spur nach unten fahren.

Hatte er sie erst in sicherer Verwahrung, wollte er sie in sein Versteck bringen. Den sichersten Ort im ganzen Königreich. Ein Ort, an den niemand sonst kam und an dem es keinen Zeitdruck gab.

Er öffnete seinen Arztkoffer. Nahm eine Spritze und bereitete sie vor. Er perforierte die dünne Gummimembran mit der Kanüle und zog die Flüssigkeit in die Spritze. Ketamin. Ein Pferdebetäubungsmittel. War während des Vietnamkriegs häufig auch am Menschen erprobt worden. Bei Soldaten, die ihre Beine verloren hatten und schlagartig ihre Schmerzen loswerden mussten, während sie aus dieser Welt schieden. Menschen gingen an ihm vorbei, sodass er die Spritze nicht aus der Tasche nehmen konnte und deshalb die ersten Tropfen in die Tasche spritzte, um sicherzugehen, dass keine Luft in der Spritze war. Falls er eine Ader oder Vene traf und nicht den Muskel. Dann setzte er einen Stopfen auf die Kanüle, schob sie in die Hosentasche und machte die Tasche zu. Ein Wagen fuhr aus der Tiefgarage. Er legte den ersten Gang ein. Fuhr schnell auf die Rampe zu, gab Gas und bog nach links ab. Kaum war er unten, schloss die Schranke sich.

10.

Bahnhof Dybbølsbrücke, 11.20 Uhr

Niels war einer Spur gefolgt – dem Weg, den Dicte ihm abgesteckt hatte. Und dann hatte sie von hier aus ihren letzten Schritt getan, einen Schritt in den Tod, an den sie so hohe Erwartungen hatte. Von genau diesem Turm.

Er erinnerte sich kaum daran, wie er hierhergekommen war. Er wollte den Fall abschließen. Den Tatort ein letztes Mal besuchen. Wie man es tun sollte. Sehen, was Dicte gesehen hatte. Verstehen, was sie in den Abgrund getrieben hatte. Deshalb stand er jetzt hier. Er war aus der Bibliothek gegangen und war dem Wasser gefolgt. In Gedanken war er dabei bei Dicte gewesen, die tatsächlich der Meinung gewesen war, man könne beim Tod ein und aus gehen wie in einem Computerspiel. Am meisten aber hatte er über das nachgedacht, was sie zuletzt gesagt hatte. *Es war fantastisch.* Das waren ihre Worte gewesen. Und das konnte niemand bezweifeln, nicht bei dem Blick, den sie bei diesen Worten in die Kamera geworfen hatte.

Niels sah nach unten auf die Schienen, die vom Hauptbahnhof aus in den Rest des Landes führten, und dachte über seine eigenen Erwartungen nach. Fantastisch. Etwas, was man hier nicht erleben konnte. Was war das? *Frieden?* Man sollte Frieden bekommen, so viel war sicher. Aber würde man diesen Frieden auch erleben? Und was war das Gute am Frieden, wenn man ihn nicht spüren konnte?

»Heh, Mann, was machen Sie da oben?«

Niels sah nach unten auf den Bahnsteig. War das der Glatzkopf mit dem Motherfucker-Bart, der zu ihm hochgerufen hatte? Warum wollten Männer heutzutage so hart aussehen? Er war bestimmt auch nichts anderes als Architekt, Designer oder Kindergärtner. Trotzdem waren seine Arme über und über dekoriert mit schwarzen Zeichen aus Asien, die niemand decodieren konnte, wie ein Krieger aus einer fernen Vorzeit. Vielleicht bedeuteten diese Zeichen Liebe und Frieden, vom Aussehen her versprachen sie eher Tod und Unglück. Er machte wieder seinen Mund auf und rief etwas zu Niels hoch. Gesichter wandten sich ihm zu. Rot und von der dänischen Sommersonne gequält. Sie blinzelten, hielten sich die Hände über die Augen und sahen zu ihm hoch. Als wäre er selbst die Sonne, kaum mit den Blicken zu fassen.

Ich bin die Sonne.

Ich strahle sie an. Wie Dicte gestrahlt hatte. Auf der Bühne ein Strahl über das Publikum und eine Explosion, als sie sprang, ihr letzter Satz – ein Spatium des Glaubens, der Zwischenraum, der dieses Leben von dem nächsten trennte. Niels bemerkte wieder die Schienen unter sich. Wann hatte er eigentlich die Schuhe ausgezogen? Der schwarze Stahl des Turms brannte unter seinen Fußsohlen. Das Fegefeuer, dachte er. Das Purgatorium, das Reich zwischen Tod und Jüngstem Gericht – dort musste Dicte jetzt sein. Und auch er sollte jetzt dort sein, das hatte er ihr versprochen.

»Kommen Sie doch da runter.«

Die Stimme kam von einer anderen Stelle aus der lebendigen Menge unten auf dem Bahnsteig. Niels sagte irgendetwas über Polizei, er war sich aber nicht sicher, dass jemand ihn verstanden hatte. Irgendwo hörte er Sirenen. Sie riefen ihn. War es an der

Zeit? Es gab nichts und niemanden, der ihn zurückhielt. Weder Kathrine noch Hannah noch irgendjemand sonst. Gut ging es ihm wirklich nicht. Und er wäre schnell vergessen: Kathrine war in Südafrika, sie würde die Nachricht von seinem Tod erhalten, wenn sie im Büro an ihrem Schreibtisch mit Blick über den Indischen Ozean saß. Sie würde weinen, bestimmt, das würde sie. Und ein paar Tage an ihn denken. Danach würde sie auf eine Safari gehen, den Tod als natürlich erleben und erneut erkennen, dass man Seite an Seite mit ihm lebte, wie sie es immer über Afrika sagte. Und vielleicht würde sie sich innerlich glücklich schätzen, sich jetzt nicht um alles kümmern zu müssen. Die Beerdigung. Den Leichenschmaus. All das war jetzt nicht mehr ihr Problem.

»Heh, verdammt, was machen Sie da?« und: »Kommen Sie runter, Sie Narr!«, schallte es gleichzeitig zu ihm nach oben. Die Bürger gerieten in Wallung. Einige kamen die Treppe hoch. Die Sirenen riefen ihn. Er sollte springen. Nur über einen Punkt musste er sich noch klar werden. Hannah – wie würde Hannah reagieren? Sie war den Verlust gewohnt und würde sich noch mehr zurückziehen, und das wäre nicht gut. Würde sie ihm nachspringen? Nein, wenn sie nicht gesprungen war, nachdem ihr Sohn sich das Leben genommen hatte, würde sie auch jetzt nicht springen. Und sie würde sich an Niels erinnern, wie ein Baum seine Jahre zählte, mühsam Ring für Ring. Hannah würde die Jahre zählen von seinem Tod bis zu dem ihren.

»Kommen Sie doch runter!«

Niels ignorierte die Stimmen, die Rufe. Er blickte über den Hafen. Von hier aus war er nicht mehr als ein schmaler Streifen Wasser zwischen den Gebäuden – wie ein Fluss. Acheron. Der Fluss, den man auf dem Weg ins Totenreich überqueren musste. Das Reich, auf das Dicte nicht warten konnte. Niels war sich nicht sicher, ob dort auch ein Fluss wäre, wenn er sprang, ob er sich überhaupt ein Reich auf der anderen Seite wünschte. Vielleicht hoffte er nur auf Frieden. Den Frieden des ewigen Schlafs. Er stellte sich so hin, dass seine Füße über den Rand ragten.

»Dann springe ich auch«, flüsterte er.

»Hier ist die Polizei Kopenhagen«, tönte es verzerrt hinter ihm aus einem Lautsprecher. Irgendein Idiot stand unten auf der Straße und redete durch ein Megafon mit ihm. Niels trat ein paar Schritte zurück und sah nach unten. Tatsächlich standen da zwei junge Beamte, die noch davon überzeugt zu sein schienen, dass man nur hart genug reden, drohen und losschlagen musste, um Ruhe und Ordnung zu schaffen und die Leute dazu zu bewegen, ihren Anweisungen zu folgen.

»Ihr bleibt, wo ihr seid!«, hörte Niels sich selbst rufen. »Ich will nicht, dass sich jemand nähert. Kommt ihr mir näher als zehn Meter, springe ich!«

Einer der Polizisten wollte etwas erwidern, protestieren, aber Niels unterbrach ihn, noch ehe er etwas sagen konnte. »Wenn Sie mich noch einmal ansprechen, springe ich. Ich will nicht gestört werden.« Niels wusste genau, was jetzt geschah. Sie riefen die Zentrale an und leiteten die Bilder der Überwachungskamera weiter. Kurz darauf kämen dann weitere Streifenwagen, angeführt von dem Einsatzleiter – und dann würde Niels Bentzon angerufen, der Unterhändler, der mit den Verrückten sprach, die in den Tod springen wollten. Und wenn Niels nicht antwortete, würden sie den Nächsten auf der Liste zu erreichen versuchen. Der Unterhändler war immer der Letzte, der kam. Bis der hier sein würde, wäre Niels längst gesprungen. Aber es war gut, dass bis dahin noch ein bisschen Zeit war und Rettungssanitäter und Putzkolonne sich bereit machen konnten. Er wollte, dass seine Leiche sofort abgedeckt wurde und keine Bilder gemacht wurden.

Er wollte einfach verschwinden, ausradiert werden aus einer Welt, die er nicht verstand.

»Und räumt den Bahnsteig«, rief Niels den beiden Beamten zu. »Schafft die Leute weg. Sonst springe ich.« Der eine hing bereits am Funkgerät, der andere redete mit einem Zivilisten. Vielleicht einem Kommissar. Niels sah nach unten auf seine Füße. Dann glitt sein Blick über die Menge, bis er einen Fixpunkt fand: ein Fenster. Ein zufälliges Fenster. Das sollte das Letzte sein, was er sah. Ein Fenster zur Welt. Hoffnung. Er schloss die Augen.

11.

Islands Brygge, 11.40 Uhr

Hannah sah auf die Uhr. Sie musste in zwanzig Minuten im Rigshospital sein. Wo blieb nur dieses Taxi? Vielleicht sollte sie unten auf der Straße warten. Ja, das war bestimmt das Beste. Sie wollte vor dem Hauseingang warten. Dann warf sie einen Blick in den Spiegel und bereute es sofort. Das war also die Frau, mit der sie den Rest ihres Lebens verbringen musste. Sie sah schuldig aus, dachte sie und empfand nichts als Abscheu für die brutale, gnadenlose Doppelmörderin. Aber sie war schuldig, was auch immer sie tat. In diesem Moment klingelte das Telefon. Bestimmt das Taxi, dachte sie erleichtert, fragte sich dann aber, ob der Fahrer ihre Nummer haben konnte. Bestimmt.

»Hier ist Hannah.«

12.

Islands Brygge, 11.41 Uhr

Er stieg aus dem Wagen und warf einen letzten Blick auf den Pappkarton hinter den getönten Scheiben. Er würde ihn später holen. Zwei Frauen verließen mit ihren Koffern den Aufzug, der bis nach unten in die Tiefgarage führte. Er musste sich ja nicht unbedingt zeigen. Stattdessen ging er die Rampe hoch, vorbei an der Schranke.

Er wartete vor dem Hauseingang und versicherte sich, dass die Kanüle noch in seiner Tasche steckte. Es war wichtig, Hannah ins Badezimmer zu lotsen – das war in der Regel der schallisolierteste Raum in modernen Wohnungen. Er ging seinen Plan durch, während ein Taxi vor dem Haus hielt. Er wollte fragen, ob er auf ihre Toilette durfte, und dann vielleicht so tun, als wäre er gestürzt und hätte sich verletzt. Sie würde ihm dann sicher ihre Hilfe anbieten …

»Wollen Sie mit rein?« Eine Frau mit zwei Hunden hielt ihm die Tür auf.

»Danke.«

Er schlüpfte mit ihr ins Haus. Sie lächelte ihn an. Er strahlte Sicherheit aus, das wusste er – eine Wirkung, die er besonders auf Frauen hatte –, und er sah gut aus. Angenehm und ruhig. Die Sirenen näherten sich. Die Frau blieb an den Briefkästen stehen, und die kleinen Hunde sprangen an ihr hoch, während sie

Reklame und Briefe sortierte. Er nahm die Treppe. Blieb vor Hannah Lunds Tür stehen. Die Sirenen waren jetzt ganz nah. Hatten sie ihn gefunden? Nein, das war ausgeschlossen. Konzentrier dich, ermahnte er sich und warf einen Blick auf das Namensschild. »Hannah Lund, Niels Bentzon«, zwei Namen, aber Bentzon war nicht zu Hause. Es würde leicht werden. Das immer gleiche Gerede über Schlafstörungen und Untersuchungsmöglichkeiten und dass er versucht hätte, sie zu erreichen … Vielleicht würde er auch über den Zusammenhang von Nahtoderlebnissen und Schlafstörungen sprechen, damit sie ihn hereinbat.

Bevor er klingeln konnte, wurde die Tür aufgerissen. Sie stürmte an ihm vorbei, warf die Tür hinter sich zu und rannte so schnell die Treppe hinunter, dass sie fast gestürzt wäre, hätte sie sich nicht am Geländer festgehalten. Er trat an das Fenster am Treppenabsatz. Im Rahmen lagen tote Fliegen. Hannah Lund lief aus dem Haus und stieg in den Streifenwagen, der jetzt vor dem Eingang stand. Dann war sie weg.

Hatte sie ihn überhaupt gesehen? Nein, sicher nicht. Es war nicht um ihn gegangen. Er sah auf seine Uhr. Viertel vor zwölf. Er musste es am Abend noch einmal probieren. Und er musste einen Ort finden, an den er sie locken konnte. Dieses Haus hier taugte nicht. Zu viele Fenster. Zu hellhörig und transparent.

13.

Bahnhof Dybbølsbrücke, 11.45 Uhr

Niels blickte ein letztes Mal über die Menge. Er schaffte es einfach nicht, sich den Acheron vorzustellen. Er sah nur Menschen, die gierig schaudernd auf seinen baldigen Tod warteten. Was sie wohl dachten? Hoffentlich tut er es nicht? Oder: Hoffentlich springt er, damit ich in meinem langweiligen Leben endlich mal was erlebe?

Egal. Daran musste er jetzt nicht denken. Er musste überhaupt nicht mehr denken. Nie mehr. Keinen einzigen Gedanken. Das war ja der Sinn der Sache: Er wollte weg, weg von seinen Gedanken.

»Bentzon? Was zum Henker machst du da oben?«

Niels drehte sich um. Leon starrte ihn verwundert an. Er war auf dem Weg nach oben und stand bereits auf der zweitletzten Sprosse der Leiter, über die Niels selbst vor ein paar Tagen zu Dicte geklettert war.

»Du machst den Reisenden Angst. Siehst du nicht, wie die Leute da unten rufen?«

»Lass mich in Ruhe, Leon«, flüsterte Niels, aber zu leise und ohne das wirklich zu meinen. Er war froh, dass Leon da war. Leon würde dafür sorgen, dass alles schnell geregelt wurde. Wie, war ihm egal. Aber es musste hier sein – hier an dem Ort, an dem Dicte gesprungen war.

»Weißt du was? Da rufen Leute bei mir an und sagen, dass da oben ein Verrückter steht, der springen will. Der brave Leon guckt sich die Überwachungsbilder an, und was sieht er? Den guten alten Bentzon. Mein erster Gedanke war, aber der springt doch nicht, oder? Du springst doch nicht wirklich, oder?«, wiederholte Leon. Niels antwortete nicht.

Leon trat einen Schritt näher.

»Bleib, wo du bist.«

»Halt deinen Mund, Niels, und komm endlich runter.«

»Ich komme gleich, lass mich noch zwei Minuten allein. Dann komme ich.«

Niels fing Leons Blick ein. Was anfangs noch reine Verwunderung gewesen war, war jetzt in etwas Professionelles umgeschlagen: Niels war ein Sicherheitsrisiko.

»Verdammt, Niels. Muss ich etwa Damsbo anrufen?«, fragte Leon und versuchte sich an einem Lächeln. »Du sagst doch selbst, dass der Mann vollkommen talentlos ist und noch den glücklichsten Mann auf Erden dazu bringen könnte, in den Tod zu springen. Den kann ich doch nicht anrufen!«

Niels wich einen Schritt vor Leon zurück, der jetzt oben auf dem Turm angelangt war.

»Wenn ich jemanden anrufen kann, dann Bentzon. Nur er kann die Menschen davon abbringen, etwas Dummes zu tun. Das ist der Einzige, auf den ich vertraue«, sagte Leon, während er über Handzeichen mit seinen Leuten auf der Brücke und unten auf dem Bahnsteig kommunizierte. Niels kannte die Routine. Der Zugverkehr war angehalten worden. Feuerwehr und Rettungswagen waren unterwegs, aber Leon hatte den strengen Befehl gegeben, ohne Sirenen zu fahren. Alles, was auch nur im Geringsten an Tod und Unglück erinnerte, musste weggelassen werden. Ein oder zwei Beamte auf der Brücke versuchten, Angehörige zu erreichen. Die Psychiatrie wurde kontaktiert, und der Name des Betreffenden wurde im Einwohnermeldeamt nachgeschlagen: *Niels Bentzon*. Eventuell bekannte psychische Leiden wurden Leon per Funk mitgeteilt, ohne dass er eine Miene verzog. Die Zentrale hätte ihm mitteilen können, dass der Mann vor ihm ein psychopathischer Massenmörder war, ohne dass Leon auch nur mit der Wimper gezuckt oder seinen Blick von ihm genommen hätte.

»Was sagen sie dir, Leon?«

»Was sagt wer?«

»Die Zentrale. Was sagen sie über mich?«

Leon kam kaum merkbar einen Schritt näher. Kaum merkbar, war man nicht ein halbes Leben lang auf die Gespräche mit Geiselnehmern und Selbstmördern trainiert worden.

»Geh einen Schritt zurück, Leon.«

»Okay, okay, Niels. Was ist hier los? Sieh mich an. Du bist mein bester Unterhändler.«

»Ich habe gesagt, dass ich springe, wenn sie springt«, sagte Niels und sah nach unten auf die Schienen. Sie reflektierten das Licht und schienen mit ihren parallelen Spuren bis in die Unendlichkeit zu führen.

Einen Moment lang war es so still, dass Niels die Stimmen in Leons Ohrhörer wahrnahm.

»Was sagen sie dir, Leon?«

»Allen möglichen Scheiß. Dass wir alle Probleme haben, Niels.«

Leon sah ihn eindringlich an. Zögerte. Doch dann sagte er es: »Sie sagen, dass du ein Solotänzer bist. Wie Dicte. Und ein Solotänzer nimmt die Verantwortung auf sich. Schiebt alle anderen beiseite. Will die Welt ganz allein retten, ohne Hilfe. Aber genau das geht nicht. Jeder gibt mal ein Versprechen, das er nicht halten kann.«

»Ich nicht. Nicht in meiner Situation. Man darf nie etwas sagen, das man nicht auch so meint. Erinnerst du dich daran, dass ich dir das gesagt habe?«

»Und ich meine, was ich sage: Komm runter, Niels.«

Niels sagte nichts.

Leon streckte seine Hand nach ihm aus. Für wie dumm hielt er Niels eigentlich? Leon war physisch stärker und schneller als Niels. Außerdem konnte man seinem Blick ansehen, dass er sich die ganze Zeit überlegte, wie nah er Niels kommen musste, um sich auf ihn werfen und ihn übermannen zu können.

»Ich bin nicht so gut in diesen Sachen. Ich will nicht lügen. Dicte ist gesprungen. Hättest du das verhindern können? Vielleicht. Hättest du etwas anderes gesagt als das, was du gesagt hast, würde sie jetzt vielleicht im Theater herumspringen? Vielleicht, vielleicht aber auch nicht. Es ist wichtig, was man in Situationen wie diesen sagt. Das hast du wieder und wieder bewiesen. Du bist es, der die Menschen davon abbringt, etwas Dummes zu tun. Du, Niels, nicht ich.« Leon blickte über die Schulter. Ein Auto hatte gehalten, während er gesprochen hatte.

»Jetzt«, sagte Niels zu sich selbst. Jetzt, bevor sie irgendein Kaninchen aus dem Hut zaubern.

»Niels?«

Ihr atemloser Ruf traf ihn mitten im Bauch. Er drehte sich um. Hannah stand hinter ihm auf der Leiter. Leon sah sie beide an.

»Wir haben Gäste, alter Freund.«

»Du Schwein«, flüsterte Niels.

»Womit hattest du denn gerechnet? Ich kann meinen besten Unterhändler nicht erreichen. Der, den ich brauche, wenn ich wirklich in der Scheiße stecke. Da muss ich doch zu anderen Methoden greifen.«

Hannah blieb auf der Leiter stehen, wie man es ihr gesagt hatte. Keinen Druck ausüben. Einen Schritt nach dem anderen, im wahrsten Sinne des Wortes. Niels würde bei einer Verhandlung nie auf Angehörige zurückgreifen. Sonst riskierte man es, dass diese Leute genau die Worte sagten, die den Verzweifelten in den Tod trieben.

»Niels?«

Hannah sah ihn noch immer an. In ihren Augen standen Tränen. »Es ist meine Schuld.«

»Nein ...« Niels wollte noch etwas sagen, konnte mit Leon an seiner Seite aber nicht. Leon hob beide Hände, als hätte er bereits gehört, was Niels sagen wollte.

»Ich geh so weit weg, wie ich kann.«

»Kannst du nicht runtergehen?«

»Das kann ich nicht, alter Freund. Und das weißt du ganz genau«, antwortete Leon und ging in die hinterste Ecke des Turms.

»Es gibt etwas, was ich dir noch nicht erzählt habe, Niels.« Hannah war noch einen Schritt weiter nach oben gekommen. Gleich war sie ganz oben. Dann würde es zu spät sein.

»Sag es mir von da, wo du bist.«

Sein Tonfall war wie ein Schock für sie. Wie ein Schlag ins Gesicht. Tränen liefen über ihre Wangen und Lippen. Es war ihm egal. Das alles kam zu spät. Seit ihrer Hochzeit hatte sie ihn abgelehnt. Ihm den Rücken zugewandt. Ihn verabscheut. Und trotzdem stand er nicht deshalb hier.

»Niels ...«

Sie weinte. Er dachte an Dicte. Und an Joachim, an das, was sie auf der anderen Seite erlebt hatten. Am Ufer des Acheron. Würde jemand eine Münze in seinen Mund legen? Vielleicht Rantzau. Sollte er Leon das sagen?

»Niels, hör mich an.« Hannahs Stimme war nur noch ein

Flüstern. Als ließen der Wind und die Welt ringsherum ihr keinen Raum mehr, als hätte sie ihren Platz aufgebraucht, gesagt, was sie sagen wollte, ohne es zu meinen. Es war nur gerecht, dass man seine Stimme verlor.

»Der Grund dafür, dass ich so ...«

Er sah nach unten auf den Bahnsteig. Sie standen noch immer da und starrten zu ihm hoch. Ein paar Beamte versuchten, den Bahnsteig zu räumen. Eine Kamera wurde konfisziert. Die Polizei Kopenhagen wollte nicht wieder riskieren, dass ihre mangelhafte Arbeit dreißig Minuten später im Fernsehen zu sehen war.

»Ich bin schwanger, Niels. Hörst du mich?«

Er sah sie an. Wusste, dass sie log. Er konnte keine Kinder zeugen. Entweder das, oder sie war mit einem anderen zusammen gewesen.

»Ich bin schwanger, Niels, von dir.«

»Du lügst.«

»Nein, ich wusste nicht ...«

Jetzt weinte sie nicht mehr lautlos. Die Stimme beugte sich dem Druck, und die nächsten Worte kamen abgehackt, in einzelnen Silben: »Ich ... ha...tte ... so ... ei...ne ... Angst.«

Was versuchte sie zu sagen? Sie atmete tief ein. »Hörst du? Ich hatte Angst, ich dachte, das Ganze ginge nur mich etwas an.«

Niels sah sie verständnislos an. Sie glaubte daran. Sie glaubte wirklich, schwanger zu sein.

»Bis mir dann klar geworden ist ...«

Sie sah zu Leon.

»Als Leon angerufen hat ...«

Wieder wurde sie von ihren Schluchzern unterbrochen. Leon sah sie kühl an. Wie man jemanden betrachtete, der vor einem in der Supermarktschlange stand.

Sie begann erneut: »Bis mir klar geworden ist, dass es nicht nur darauf ankommt, ob ich mich für diese Kinder entscheide oder ob sie sich für mich entschieden haben. Es ist ebenso gut möglich, dass sie sich für dich entschieden haben, Niels.«

Niels sah sie an. Es war vollkommen still, als er sagte: »Ich kann keine Kinder bekommen, Hannah.«

»Doch, das kannst du. Du kannst zwei bekommen. Wenn du sie haben willst.«

14.

Polizei Kopenhagen – Station City, 13.00 Uhr

Sie trafen sich nicht im Präsidium, sondern Sommersted kam auf die Polizeistation City. Niels sah ihn unten auf dem Platz aus dem Auto steigen und ins Haus hasten. Würde er jetzt gefeuert werden? Es war ihm egal. Hannah saß auf dem Sofa. Sie sah erleichtert aus. Glücklich. Leon wirkte hingegen ziemlich müde. Sommersted trat ein, blieb eine Sekunde in der Tür stehen, bevor er sie hinter sich schloss.

»Was ist los?«, fragte der Chef.

Leon sah zu Niels, Niels sah zu Hannah, und Hannah lächelte.

»Redet vielleicht mal einer mit mir!«

»Bentzon hatte nach allem, was war, bloß einen Aussetzer«, sagte Leon schließlich. Sommersted sah Niels überrascht an.

»Das ist alles meine Schuld«, sagte Hannah.

»Nein, das ist ...«

Sommersted fiel Niels ins Wort: »Warum fangen wir nicht ganz von vorne an? Niels?«

Niels räusperte sich. »Ich kann nicht mehr«, sagte Niels und hinterließ eine derart laute Stille, dass alle erst einmal schwiegen.

»Ist das die ganze Erklärung?«, fragte Sommersted. »Sie können nicht mehr? Ich werde wegen einem Selbstmörder gerufen und muss feststellen, dass es sich um meinen besten Krisen-Unterhändler handelt. Und ich verlasse eine Sitzung mit dem Justizminister, nur um dann zu hören: Ich kann nicht mehr?«

Niels lächelte und sah zu Leon. Sie dachten das Gleiche. Sommersted hatte irgendwie immer Sitzungen mit dem Justizminister, wenn er diese Reden hielt.

»Lasst ihr mich mal mit Sommersted allein?«

Leon zuckte mit den Schultern, und Hannah stand pflichtbewusst auf. Niels schloss die Tür hinter ihnen und wartete, bis er sich sicher war, dass sie nichts hören konnten.

»Sommersted. Das hat mit dem Fall zu tun. Der zieht einen unheimlich runter. Sie wissen, was ich meine, nicht wahr?«

Sommersted sah Niels lange an. Er räusperte sich, sagte aber nichts.

»Warum haben Sie mich auf diesen Fall angesetzt?«

»Ich brauchte jemanden, dem ich vertraue. Das ist eine profilierte Sache, die Medien sind Amok gelaufen.«

»Damit ich Sie da raushalten kann?«

Sommersted atmete hörbar ein.

»Sie standen im Gästebuch. Bei den van Hauens.«

Sommersted stand auf und legte sich die Jacke über den Arm, als wollte er gehen.

»Ich weiß, was geschehen ist. Damals«, beeilte Niels sich zu sagen und hatte das Gefühl, wie ein unartiger Junge zu klingen. »Ich weiß alles.«

»Was wissen Sie, Bentzon?«

»Ich weiß, dass Dictes Vater Dicte so fest geschlagen hat, dass sie gestorben ist. Aber sie wurde wieder ins Leben zurückgeholt. Da ist damals ein brutales Verbrechen begangen worden, für das nie jemand zur Rechenschaft gezogen worden ist.«

»Die Sache ist so lange her, dass ...«

Niels unterbrach ihn. »Und ich weiß, dass Sie ihnen geholfen haben.«

»Genau! Ihnen geholfen.«

»Die Sache unter Verschluss zu halten.«

Sommersted schüttelte den Kopf. Er war nicht mehr auf dem Weg zur Tür.

»*Ihm* geholfen. Hans Henrik van Hauen. Ich habe ihn vom Alkohol weggebracht. Ich kenne ihn schon mein ganzes Leben. Es war ein Unfall, ein blöder Zufall. Das hätte jedes Gericht der Welt bestätigt.«

»Wann haben wir damit angefangen, selbst Recht zu sprechen?«

Sommersted sah aus dem Fenster. Auf die Tauben oder einfach nur ins Nichts. Mitleid? Ja, Niels fühlte mit ihm. Es gab keinen Polizisten, der nicht schon einmal in Versuchung geraten wäre, selbst zu richten.

»Diese Familie«, Sommersted kam ins Stocken. Schüttelte den Kopf und begann aufs Neue: »Diese Familie, die ich schon mein ganzes Leben kenne, wäre ungerecht hart bestraft worden, wenn das an die Öffentlichkeit gekommen wäre. Aber tun Sie nicht so naiv, Niels, Hans Henrik ist nicht so.«

»Das Problem war nur, dass Dicte ...«

Sommersted fiel ihm ins Wort: »Das Problem ist, dass unsere Gesetze manchmal nicht taugen. In den meisten Fällen passen sie. Aber in Hans Henrik van Hauens Fall? Stellen wir uns mal vor, die Sache wäre ihren üblichen Gang gegangen: Er war betrunken, das stimmt. Er streitet sich mit seiner Tochter. Wer tut das nicht mitunter. Er gibt ihr eine Ohrfeige, zugegeben, vielleicht etwas kräftiger, und sie stürzt und schlägt unglücklich mit dem Kopf auf. Ein Lungenflügel fällt zusammen. Ihr Herz setzt aus, und sie wird wiederbelebt. Was hätte das Gericht gesagt?«

»Das wissen wir nicht. Wir haben ihre Version nicht gehört.«

»Aber ich weiß es!« Sommersted konnte seine Wut nicht zurückhalten. »Hans Henrik wäre zu einer Gefängnisstrafe verurteilt worden, möglicherweise auf Bewährung, und das Gericht hätte entschieden, dass jemand vom Jugendamt regelmäßig nach dem Kind sieht.«

»Und das haben stattdessen Sie gemacht? Sie besucht?«

»Die Welt ist nicht schwarz-weiß, Niels. Es gibt Nuancen. Und diese Familie wäre von der Presse geschlachtet worden ...«

»Dann haben wir ein Gesetz für gewöhnliche Menschen und eines für die, über die die Zeitungen schreiben?«

»Ja, Bentzon, so ist es. Und das Gesetz für die Menschen, über die die Zeitungen schreiben, ist strenger, härter und zerstörerischer als die sonst übliche Praxis.«

Sommersted seufzte und setzte sich auf die Tischkante. Er sah zu Boden.

»Das Problem ist Dicte«, sagte Niels schließlich.

»Ja.«

»Dass ihr Fall nie verhandelt wurde. Dass das, was passiert ist ... in gewisser Weise nie geschehen ist. Sie muss das so erlebt haben. Als wäre das nie passiert.«

Sommersted nickte. Er war selbst zu der gleichen Schlussfolgerung gekommen. Vielleicht erst jetzt. Vielleicht schon vor längerer Zeit. »Ist sie deshalb gesprungen?«, fragte er.

»Nein, aber es hatte etwas mit ihrem Nahtoderlebnis zu tun.«

Er sah Niels überrascht an. »In den Minuten, in denen sie weg war, meinen Sie?«

»Sie hat damals etwas gesehen. Etwas *anderes*. Und das, was sie gesehen hat, hat sie für den Rest ihres Lebens heimgesucht«, sagte Niels und kam ins Stocken. Der Fall war abgeschlossen, er wollte nach Hause.

»Und was sucht Sie heim, Bentzon?«

In Sommersteds Stimme war eine überraschende Wärme, vielleicht sogar Mitgefühl, das aber so schnell wieder weg war, dass Niels schon daran zweifelte, richtig gehört zu haben. »Darauf müssen Sie mir noch eine Antwort geben: Was zum Henker bringt Sie dazu, auf eine Brücke zu klettern und damit zu drohen, in den Tod zu springen?«

Niels dachte nach. Das war eine berechtigte Frage. Er sah Leon, der draußen vor der Glastür wartete. Er würde den Rest der Woche dort draußen warten, ohne sich zu beschweren, sollte das von ihm verlangt werden. Worauf wartete Niels? Warum ging er nicht einfach? Er hatte an diesem Ort nichts verloren.

»Ich werde Vater«, sagte er und stand auf.

Sommersted nickte. Erleichtert. Denn jetzt hatte er einen Grund, das zu sagen, was er sagen wollte:

»Glückwunsch, Bentzon. Das überrascht mich, das muss ich schon sagen. Ich denke, es wäre eine gute Idee, wenn Sie Ihren Kinderurlaub – oder wie das heißt – schon jetzt nehmen, sozusagen als Vorschuss. Bei vielen Männern ist das in diesen Zeiten ja total populär.«

»Urlaub?«

»Meinen Sie nicht, dass das gut wäre? Damit Sie wieder ein bisschen zu sich finden, wieder die richtige Einstellung bekommen.«

Niels nickte. »Mag sein«, sagte er. »Abgemacht. Ab sofort, bei vollem Lohn?«

Sommersted lachte. »Voller Lohn?«

»Nennen wir es eine Überwachungsaufgabe«, sagte Niels.

»Überwachung? Und was wollen Sie überwachen, Bentzon?«

»Die da.«

Niels nickte in Richtung Tür. Sommersted sah Hannah hinter Leon stehen. Sie las konzentriert das interne Polizeimagazin, *Dansk Politi*. Sie sahen sie beide eine ganze Weile schweigend an. Dann brach Sommersted die Stille: »Okay, machen wir das so.«

15.

Islands Brygge, 19.15 Uhr
Nordsee.

Das Gefühl kam ihm, als Hannah sich im Bett bewegte. Sie hatte unter ihm gelegen, und er hatte sie geküsst und gespürt. Dann hatte sie die Position wechseln wollen, vielleicht nach oben. Und genau in dem Augenblick, in dem sie geschmeidig unter ihm wegschlüpfte und er sich auf dem Rücken auf das Bett fallen ließ, dachte er an die Nordsee.

***

Sie zündete zwei Zigaretten an und gab Niels eine davon.
»Ich muss aufhören zu rauchen.«
»Ich? Wir!«
Sie sah ihn durch den Rauch an und lächelte.
»Du bist solidarisch?«
»Jetzt kommt es ja darauf an, lange zu leben. Enkel und so.«
»Du denkst an Enkel?«
»Warum nicht?«
Sie hielt seine Hand. Genau wie an dem Tag ihrer Hochzeit. *Nähe.* Niels registrierte, wie es auf seinem Gesicht prickelte: um Nase und Augen herum. Der Druck, den er in den letzten Tagen hinter seinen Augen gespürt hatte, war ver-

schwunden und durch ebendieses insistierende Kribbeln ersetzt worden.

»Niels?«

Hannah legte die Zigarette weg und nahm sein Gesicht in ihre Hände.

»Weinst du?«

Niels sah zu Boden. Er versteckte sein Gesicht, obwohl sie dagegen ankämpfte. Sie wollte ihm in die Augen sehen.

»Schatz. Du darfst nicht weinen«, flüsterte sie, korrigierte sich dann aber gleich wieder, »doch, klar, du darfst weinen.«

Niels hörte sein tiefes Schluchzen. Es klang wie Atembeschwerden. Nein, es klang nach weinendem Mann.

»Niels, sieh mich an«, bat sie.

Warum? Warum muss man Menschen ansehen, wenn man weint?, fragte er sich und verwehrte ihr einen Blick auf sein Gesicht. Sie kniete sich hin, um ihn auf diese Weise sehen zu können.

»Mein süßer Niels.«

Niels atmete tief ein. Ein Satz verließ seinen Mund: »Ich dachte, ich hätte dich verloren«, sagte er. Und weinte nun noch mehr. Als wären die Worte die Vorboten der Tränen. *Verloren.* Manche Worte sprachen für sich.

»Entschuldige. Ich war schrecklich«, sagte Hannah und küsste erst seine Wangen. Und dann kam – typisch für sie – etwas vollkommen Unerwartetes, was die ganze Situation änderte. Sie leckte mit ihrer Zunge die Tränen erst von der linken und dann von der rechten Wange, sodass er gar nicht anders konnte, als zu lächeln.

»Du bist verrückt.«

»Daran gibt es wohl keinen Zweifel.«

Er schüttelte den Kopf.

»Und weißt du, was ich bin?«
»Nein.«
»Verdammt hungrig.«

16.

Islands Brygge, 20.10 Uhr

Sie traten wieder nach draußen auf den Balkon, Hannah Lund und der Polizist. Sie lachte über etwas, das er gesagt hatte, und legte den Arm um ihn. Adam Bergmann sah auf seine Uhr. Kurz nach acht. *Geduld.* Es war schwer, jetzt, da er seinem Ziel so nahe war. Er öffnete seine Tasche und versicherte sich noch einmal, dass er alles hatte. Die Spritzen lagen bereit. Natürlich war alles parat, vielleicht war das auch nur ein Vorwand, um seinen Blick für einen Moment von den glücklichen Menschen abwenden zu können.

»Es wird schon gut gehen«, hörte er sich selbst murmeln.

Früher oder später würde sich eine Chance bieten. So war es doch. Und dann wäre er bereit und würde, ohne zu zögern, handeln. Unten am Kai saßen ein paar Studenten. Er roch ihre Pizzen. Knoblauch und Oregano. Irgendwo lief ein Radio. Aufruhr in den arabischen Ländern. Kluge Menschen analysierten die Perspektiven. Er hatte keine Lust darauf und ging ein bisschen weiter zum Kai hinunter. Wartete, zählte, so langsam er konnte, bis hundert und wurde plötzlich von einer Leere übermannt, die so überwältigend war, dass er für einen Moment Schwierigkeiten hatte, Luft zu holen. Er schüttelte den Kopf, überlegte, ob er ein Aufputschmittel nehmen sollte, und wollte die Tasche schon öffnen, als die Tür aufging. Der Polizist. Endlich. Er kam aus der

Haustür und verschwand mit schnellen Schritten in Richtung eines Autos. Er ließ den Motor an und fuhr weg.

Jetzt.

Der Plan raste zum sicher hundertsten Mal durch seinen Kopf: Erst einmal musste er in die Wohnung und dann mit ihr ins Badezimmer. Dort musste er sie betäuben, den Pappkarton aus dem Auto holen und zurück in die Wohnung gehen, bevor er sie mitsamt Karton nach unten in die Tiefgarage brachte, sie im Laderaum des Autos verstaute und das Weite suchte.

17.

Islands Brygge, 20.30 Uhr

Frühlingsrollen im Sommer. Niels lächelte bei dem Gedanken. Es war lange her, dass er Blödsinn gedacht hatte. Belanglosigkeiten.

»Zum hier Essen?«

Niels sah sie an: »Ob ich zwei Portionen Curry, fünf Frühlingsrollen und Krabbenchips mit Dip hier essen will?«

»Zum Mitnehmen«, schloss die Vietnamesin und zog widerstrebend 15 Prozent vom Betrag ab. Niels setzte sich an einen der Tische und schlug eine Gratiszeitung auf. Ja. Er würde lesen. Nein, dazu würde er kaum kommen. Er würde Vater werden. *Vater*. Aber noch war es zu früh, um sich darüber zu freuen. Es konnte noch so viel passieren. Das war bei jeder Schwangerschaft so. Aber er würde sie umsorgen. Essen kochen, ihr alle schweren Sachen abnehmen. Alles Mögliche, und wenn sie wollte, würde er sie jeden Morgen aus dem Bett an den Frühstückstisch auf dem Balkon tragen ...

Das Telefon klingelte. »Bentzon.«

»Rantzau hier.«

Die Stimme des alten Rechtsmediziners zu hören, war wie eine Unterbrechung mitten in einem guten Film.

»Was kann ich für dich tun, Theo?«

»Bentzon, es ist noch einer aufgetaucht.«

»Wie? Noch einer?«

»Genau das Gleiche. Ertränkt und wiederbelebt.«

»Aus dem Hafen gefischt?«

»Hafen? Wovon redest du? Er wurde von seiner Freundin gefunden. In seiner Wohnung. Tot. Er lag auf dem Boden. Als wir ihn hierhatten, sind mir als Erstes die Stellen auf seiner Brust aufgefallen.«

»Von einem Defi?«

»Ja, und Einstiche. Der war vollgepumpt mit Adrenalin. Eine versuchte Wiederbelebung. Vermutlich vorher betäubt, das werden die chemischen Untersuchungen ergeben. Ich tippe mal auf Ketamin, intramuskulär.«

Niels zögerte. Sah in die Küche. Der Koch hatte gerade feine Streifen Fleisch in den Wok geworfen. Es roch nach frischem Koriander. Nach Leben.

»Bist du noch da?«

»Ich arbeite eigentlich nicht mehr an dem Fall. Ich habe Ferien.«

»Okay, ist in Ordnung. Dann entschuldige, dass ich dich gestört habe, und schöne Ferien.«

Die Verbindung wurde unterbrochen. Niels saß mit dem Telefon in der Hand da und versuchte sich einzureden, dass der Fall in guten Händen war – nur eben nicht in seinen. Er nahm die Lektüre der Zeitung wieder auf, aber seine Augen huschten über die Worte, ohne ein einziges davon zu erfassen. Noch einer. Defibrillator. Ertränkt.

18.

Islands Brygge, 20.45 Uhr

Wasser sollte dabei sein, ein Strandspaziergang oder ein Bad im Meer. Eine Angeltour, zwei Stunden, in denen man nichts hörte als die Geräusche des Wassers. Aqua und Luna. Nein, so konnte man seine Kinder nicht nennen. Hannah sah in den Himmel. Es war noch immer hell. Feine Wolken zogen sich zusammen, aber die Meteorologen hatten versprochen, dass man die Mondfinsternis sehen konnte. Sie wollte Niels mit nach oben auf den Rundetårn nehmen. In ihrem ersten Jahr am Niels-Bohr-Institut hatte sie ihren eigenen Schlüssel für das Observatorium oben auf dem Turm bekommen, das älteste Europas. Damals hatte sie sich gefragt, wie viele Lover sie im Laufe der Jahre wohl mit nach oben nehmen würde, um ihnen – unter anderem – die Planeten zu zeigen. Den Saturn. Mit seinen Ringen war er der schönste von allen. Wie Verlobungsringe. Die Menschen waren immer ganz aus dem Häuschen, wenn sie ihn zum ersten Mal durch das Teleskop betrachteten. Aber dann hatte sie Gustav getroffen, und der hatte keine Lust auf den Rundetårn gehabt.

Aber heute Abend. Mit Niels. Sie konnte es kaum abwarten.

Hannah blickte über den Hafen. Schlepper zogen aufreizend langsam ihre Bahnen, die Hafenbusse kreuzten hin und her, und am Ufer standen kleine Jungs und warfen Steine ins Wasser. Jungs. Oder Mädchen. Auf jeden Fall waren es zwei. Sie warf einen Blick auf ihren Bauch. Doch. Irgendetwas war geschehen. Wo blieb er denn mit dem Essen? Dann war die Klingel zu hören. Erst dachte sie, es würde beim Nachbarn geklingelt, dann, dass Niels bestimmt seine Schlüssel vergessen hatte. Oder dass er so viel Essen gebracht hatte, dass er es nicht halten und gleichzeitig die Tür aufschließen konnte.

19.

Islands Brygge, 20.50 Uhr

Koriander. Und Kokosmilch. Er hatte es auf den Boden des Autos gestellt, weil er fürchtete, es könne etwas aus den kleinen, weißen Schälchen laufen.

»Komm schon«, sagte Niels laut zu sich selbst.

Die Ampel war noch immer rot. Ein englisch aussehender Mann mit bloßem Oberkörper schob seinen dicken Bauch und seine roten Schultern quälend langsam über die Straße.

Noch einer. Das Gleiche. Defi. Ertränkt.

»Verdammte Scheiße!«

Dann hatte er die ganze Zeit über recht gehabt. Es war nicht bloß Selbstmord gewesen. Egal, womit Dicte experimentiert hatte. Ihr Tod war alles andere als freiwillig gewesen, auch wenn sie vor ihm in die Tiefe gesprungen war. Denn im Grunde war sie gestoßen worden. Von der Furcht. Aber vor wem? Nicht vor Joachim. Er konnte nicht auch bei dem gewesen sein, der jetzt gefunden worden war.

Es wurde grün, aber Niels fuhr nicht los. Der Fahrer im Auto hinter ihm hupte.

»Hör auf, Niels! Du hast Ferien«, sagte er zu sich selbst.

20.

Islands Brygge, 20.52 Uhr

Adam Bergmann war nervöser als sonst üblich, und diese Nervosität war ihm wie ein schwaches Brummen auf die Stimme geschlagen. Ein leicht vibrierender Nachhall bei seinen Worten, von dem er hoffte, dass nur er selbst ihn hörte. In ihrem Blick war aber keinerlei Misstrauen, als sie die Tür öffnete, sondern bloß Enttäuschung.

»Mein Mann, sagen Sie?«

»Ja, er war bei mir in der Praxis in Verbindung mit einem Fall, an dem er arbeitet.«

»Warum?«

»Das ist nicht ungewöhnlich. Denken Sie daran, dass in einer Praxis wie meiner Daten von Unmengen von Patienten archiviert sind. Für die Polizei ist das manchmal das reinste Eldorado. So ähnlich ist das ja auch mit den Taxifahrern.«

»Okay, Sie sind Schlafarzt?«

»Schlafforscher.« Er lächelte. »Aber vielleicht komme ich ungelegen?« Noch ehe sie antworten konnte, fuhr er fort: »Niels hat erzählt, dass Sie Schlafprobleme haben, und mich gebeten, Sie zu kontaktieren. Ich habe ihm versprochen, mal vorbeizuschauen, wenn ich Zeit habe. Es war viel los, und irgendwie habe ich es nie geschafft anzurufen, aber jetzt war ich hier ganz in der Nähe. Ich kannte die Adresse, weil mein Bruder mal im Nebenhaus gewohnt hat.«

»Aha.«

Sie stand einfach nur da und sah ihn an. Machte keine Miene, ihn hereinzubitten. Sie war ein harter Brocken, das spürte er bereits jetzt. Ein Mensch mit einem ganz eigenen Kopf. Ihr Blick hatte etwas Fernes, etwas Asoziales, das man aber nicht mit Unfreundlichkeit verwechseln durfte. Sie hatte einfach nur Schwierigkeiten im Umgang mit Menschen, das war leicht zu erkennen und ein Wesenszug, den er bei seinen Patienten häufig antraf. Manchmal war das sogar ein Vorteil. Es erlaubte ihm, den Lauf der Dinge besser zu steuern.

»Wir können das auch an einem anderen Tag machen.«

»Ja.«

»Aber dürfte ich Sie vielleicht um einen Schluck Wasser bitten?« Er lachte.

Sie trat wie ein Roboter zur Seite. Genau diese Reaktion hatte er erhofft und erwartet. Ihre soziale Intelligenz war so gering ausgeprägt, dass sie die Spielregeln des zwischenmenschlichen Umgangs nicht kannte oder längst vergessen hatte. Sie machte es ihm leicht, dachte er. Beinahe hätte er sie fragen können, ob er sie betäuben und in sein Auto schleppen dürfte, nein, noch besser, sie bitten, mit ihm nach unten zu gehen und sich in den Pappkarton zu legen, wo er ihr das Ketamin in den Schultermuskel spritzen konnte, bevor er sie an den geheimen Ort brachte und tötete. Das ist eine ganze normale Sache, könnte er sagen, das machen wir Menschen immer so.

»Selbstverständlich«, sagte sie und ging ins Wohnzimmer. »Kommen Sie herein.«

»Danke.«

Auf dem Tisch im Wohnzimmer stand eine Flasche Champagner. An dem einen Glas war nur genippt worden, das andere Glas war leer.

»Wir haben etwas zu feiern«, sagte sie, und er bemerkte noch etwas anderes an ihr: Ihre Bewegung hatte eine seltsame Leichtigkeit, fast kindlich, wie bei einem Vierjährigen, der Geburtstag hat.

Was gibt's zu feiern?, hätte er fast gefragt, verkniff sich die Worte aber. Es war jetzt nicht die Zeit für Plaudereien. Der Polizist konnte jeden Augenblick zurückkommen. Er musste schnell handeln. Sie verschwand in der Küche und ließ das kalte Wasser etwas laufen.

»Eigentlich glaube ich, dass meine Schlafprobleme von allein wieder weggehen«, sagte sie.

»Es gibt nur selten Fälle, bei denen wir nicht helfen können.« Er machte einen Schritt in Richtung Bad. Versuchte, ihren Blick einzufangen und sie zu steuern. Aber das war schwer. Ihre Augen flackerten konstant. Als wäre sie außerstande, sich länger als den Bruchteil einer Sekunde für ein Thema zu interessieren. Er kannte diesen Blick von seinen Begegnungen mit Menschen, deren hohe Intelligenz sich in einem beständigen Suchen äußerte.

»Nehmen Sie Schlaftabletten?«, fragte er, bereits an der Tür des Badezimmers stehend. Die Tasche hielt er noch immer in der Hand.

»Selten ... es fühlt sich eher so an, als hätte etwas in meinem Körper oder in meinem Kopf Angst vor dem Schlaf.«

»Darf ich mal Ihr Bad benutzen?«, fragte er und hob die Hände. »Ich möchte mir die Hände waschen. Ich habe eben Sodawasser verschüttet, die kleben schrecklich.« Er lächelte. Sodawasser. Wo kam das denn her? Er hatte seit zehn Jahren schon kein Sodawasser mehr getrunken.

»Selbstverständlich.«

Er öffnete die Tür. Flecken am Spiegel, keine Kosmetik, glatte Klinker am Boden. Er stellte die Tasche ab, öffnete sie und legte die Spritze hinter die Seife auf das Waschbecken. Dann setzte er sich so auf den Boden, dass er die Tür mit dem Fuß erreichen konnte. Der Schlüssel steckte. Schließlich schrie er laut auf.

»Was ist passiert?«, rief sie und kam angerannt.

Sie schob die Tür auf und ging zu ihm. »Können Sie aufstehen, kann ich Ihnen helfen, oder ...«

»Ich denke, es geht«, sagte er und trat die Tür mit dem Fuß zu.

21.

Rechtsmedizinisches Institut, 21.10 Uhr
Niels fand Theodor Rantzau in seinem Büro vor dem Computer. Die Lesebrille klebte auf der äußersten Spitze seiner Nase, während er mit der Tastatur kämpfte.

»Theo?«

Der Rechtsmediziner drehte sich um: »Niels, ich dachte, du wärst in Frankreich.«

»Frankreich?«

»Hast du das nicht gesagt?«

»Ich habe Ferien gesagt.«

»Oh …«

Rantzau sah auf die Tüte in Niels' Hand. Vielleicht waren Frankreich und Ferien für einen alten Rechtsmediziner das Gleiche.

»Du hast mir Essen mitgebracht?«

Niels stellte das vietnamesische Essen auf den Metalltisch. Erst hatte er es auf den Boden stellen wollen. Essen und tote Menschen sollten einander nicht so nahe kommen.

»Haben wir einen Todeszeitpunkt?«

»Es ist auf jeden Fall noch nicht lange her.«

»Und die Todesursache ist Ertrinken?«

»Die gleiche Methode wie bei Dicte van Hauen.«

»Und wer ist es?«

»Peter Viktor Jensen, 27 Jahre alt«, sagte der Rechtsmediziner und reichte Niels einen Ausdruck, bevor er mit den Informationen weitermachte, die für ihn relevant waren. Warum Menschen gestorben waren und auf welche Weise. Nicht wer die Menschen vor ihrem Tod gewesen waren. »Wir haben in den Nebenhöhlen die gleiche Salzwasserlösung wie bei Dicte gefunden.«

»Derselbe Täter«, sagte Niels zu sich selbst.

»Das ist dein Job.«

»Hatte der auch vorher mal einen Unfall?«

»Hatte er wirklich. Ich weiß nicht, ob das aus dem Ausdruck hervorgeht, den du da in der Hand hast, aber wenn ich das richtig sehe, ist er als Jugendlicher von einem Baum gefallen und war …«

»Tot?«

»Ja, er wurde aber auch wiederbelebt.«

»Wer hat ihn gefunden?«

»Damals?«

»Nein, jetzt.«

Rantzau nickte in Richtung Papier in Niels' Händen. Niels las und beantwortete sich selbst die Frage:

»Lise Bundgaard, Peters Freundin. Sozial- und Gesundheitsassistentin. Hatte eine Freundin in der Gegend besucht und war erst am Nachmittag wieder zurück in der Wohnung. Sie hat ihn am Boden liegend gefunden und dann gleich die 112 angerufen.«

Stille. Ein unpassender Duft exotischer Kräuter und Gewürze entstieg der Tüte.

»Was ist mit seiner Kleidung? Was hatte er an?«

***

Die Schränke mit den Habseligkeiten der Toten standen um die nächste Ecke auf dem Flur. Kleine Metallspinde wie in einem Schwimmbad. Nummer 17 war in der unteren Reihe. Niels schloss die Tür auf. Seine Hände schwitzten in den eng sitzenden Latexhandschuhen. Drei kleine Ablagebretter. Vakuumverpackte Kleider. Jedes Teil einzeln eingeschweißt. Schuhe, Socken, Unterwäsche, Hose, Hemd, Jacke, Geldbeutel, andere persönliche Gegenstände, die Fingerabdrücke oder Täter-DNA aufweisen konnten. Haare, Sperma, Speichel. Alles war nützlich. Niels sah sich den Geldbeutel an. Er öffnete die kleine Tüte und nahm die Börse heraus. Imitiertes Leder. Sicher nicht mehr als 20 Kronen wert, und sie enthielt auch nicht viel: ein Fünfzigkronenschein und ein paar Fünfermünzen. Ein Bild von einem Mädchen, vermutlich die Freundin, die ihn gefunden hatte. Versicherungskarte, Leihausweis der Videothek, eine Kreditkarte, die auf den Boden fiel. Niels hob sie auf. Drei Visitenkarten. Zwei Firmen, etwas mit IT. *Sleep,* eine Karte, wie Niels sie schon in Joachims Sachen gefunden hatte. Die Schlafpraxis. Hinten ein Datum und die Uhrzeit für den nächsten Termin. Peter war Patient bei Adam Bergmann. Wie Joachim und Dicte es auch gewesen waren. Irgendwie war Niels nicht überrascht. Er dachte an den Blick, den der Schlafforscher ihm während ihres Gesprächs zugeworfen hatte. Niels sah den Mann noch genau vor sich. Ruhig, vertrauenerweckend, mit freundlichen Augen. Und diese Augen hatten Niels verleitet, Bergmann zu bitten, Kontakt zu Hannah aufzunehmen.

Niels knallte den Schrank zu, suchte fieberhaft das Handy aus seiner Tasche und rief Hannah an, während er über den Flur rannte.

22.

Islands Brygge, 21.27 Uhr

Im Lieferwagen wechselte er die Kleidung. Weg mit Hemd und Jacke. Stattdessen zog er die etwas zu neue Jeans und ein schwarzes T-Shirt an. Er schob den Pappkarton in den Aufzug, fuhr wieder nach oben und verschaffte sich mit Hannahs Schlüssel Zutritt zur Wohnung. Sie lag noch immer im Bad, wo er sie zurückgelassen hatte.

Adam Bergmann überprüfte ihre Augen ein letztes Mal. Dann legte er die schwarze Decke über sie. Hannah war leicht, kaum schwerer als Dicte. Auch sie fühlte sich wie ein Kind an. Trotzdem war es schwer, sie in den Karton zu bugsieren, und er musste sie ein paar Zentimeter über dem Boden fallen lassen, sodass sie mit einem unsanften Knall auf dem Rücken landete. Er deckte sie mit der Decke zu, schloss den Karton und zog ihn auf den Flur. Der Aufzug wartete noch auf ihn. Er schob den Karton hinein und drückte auf P. Im Erdgeschoss hielt er an. Eine Frau mittleren Alters mit einer überdimensionalen Sonnenbrille lächelte ihn an.

»Ist noch Platz für mich?«

Ehe er antworten konnte, trat sie ein. Gemeinsam fuhren sie das letzte Stück nach unten. Sie stieg als Erste aus. Als er begann, den Karton aus dem Fahrstuhl zu ziehen, drehte sie sich um.

»Brauchen Sie Hilfe?«

»Nein, nein, danke, das kriege ich schon hin.«

Er ließ den Karton direkt vor der Aufzugtür stehen und holte das Auto. Als er wieder da war, stieg er aus und wuchtete ihn mühsam in den Laderaum.

Dann zögerte er. Er musste die Decke wegnehmen und sicherstellen, dass sie nicht erstickte. Ihre Atemwege mussten frei sein. Es war ja nicht auszuschließen, dass sie sich erbrach. Die Tür am anderen Ende der Tiefgarage ging auf, und ein Mann in einem Anzug kam zum Vorschein. Er sprach laut in sein Handy und schimpfte mit irgendjemandem. »Iss einen Cracker und komm in die Pötte«, rief er so laut, dass seine Worte durch die fast leere Tiefgarage hallten. »Das ist doch nicht mein Problem!«, schrie er weiter.

Er lehnte sich vor. Die Kabelbinder an ihren Handgelenken saßen, wie sie sollten. Ein letzter Blick auf die Augen. Wachte sie schon wieder auf? Eigentlich sollte das unmöglich sein, aber trotzdem. Er lauschte ihrem Atem und dachte einen Moment nach. Dann klebte er einen Streifen Klebeband über ihren Mund, wohl wissend, dass das Erstickungsrisiko damit stieg. Aber es musste sein. Sie durfte nicht schreien, sollte sie aufwachen. Noch einmal beugte er sich dicht über ihr Gesicht und kontrollierte ihre Atemzüge. Ihre Nase ist frei, dachte er. Dann warf er die Tür des Laderaums zu und fuhr mit Hannah Lund weg.

23.

Islands Brygge, 21.45 Uhr

Einundzwanzig Anrufe und noch immer keinen Kontakt. Warum ging sie nicht ans Telefon?, fragte Niels sich und weigerte sich, die Frage selbst zu beantworten. Sie geht doch immer ans Telefon. Er sprach jetzt laut. Als könnte ihm der Klang seiner Stimme das Gefühl geben, nicht so allein zu sein. »Sie geht doch immer ans Telefon.«

Wut. Er spürte, wie sie in ihm aufkeimte und sich mit der Unruhe und der Angst mischte. Er war wütend auf sich. Bergmann. Warum hatte er nicht vorher daran gedacht? Und warum hatte er ihm auch noch Hannah serviert, sozusagen auf dem Silbertablett? Komm und nimm sie! Du scheinst ja deine Freude daran zu haben, Leute umzubringen, die Nahtoderlebnisse hatten, und innerhalb dieser Gruppe ist meine Frau ja so etwas wie eine Legende. Seien Sie doch so nett und rufen Sie sie an, sie ist oft allein zu Hause, während ihr Mann durch die Stadt rennt und vermeintliche Mörder jagt. Zweiundzwanzig Anrufe. Niels gab es auf, drückte aufs Gaspedal und fuhr über eine rote Ampel, ohne es zu merken. Vielleicht saß er ja gar nicht in diesem Auto? Vielleicht war er doch von der Brücke gesprungen? Vielleicht wäre das das Beste gewesen? Ein aggressiver Fahrer hinter ihm holte ihn zurück in die Wirklichkeit, die im Augenblick nur aus jemandem bestand, der nicht da war: Hannah. Er konnte sie nicht erreichen und fürchtete …

Er sprang aus dem Auto und stürmte zum Hauseingang. Es war nichts Ungewöhnliches zu sehen, und für einen Augenblick beruhigte ihn das. Alles war so normal. Oben in der Wohnung brannte Licht, und auch an der Tür und auf der Treppe war alles so, wie es sein sollte. Natürlich ist nichts geschehen, sagte er zu sich selbst. Die anderen im Haus hätten sonst doch etwas gehört und Hilfe gerufen. Auch die Wohnungstür sah so aus wie immer. Er spürte Erleichterung aufkeimen. Stimmen in seinem Kopf, ein Wirrwarr von Stimmen. Wenn jemand da gewesen wäre oder … wenn Bergmann hier gewesen wäre, würde die Tür doch offen stehen, und …

Er schloss sie auf.

Zweiundzwanzig Anrufe.

Stand im Flur und wartete.

Zweiundzwanzig unbeantwortete Anrufe.

Als wollte er aufschieben, was er sich nicht vorzustellen wagte.

Warum geht sie nicht ans Telefon?

Dann ging er weiter. Das Wohnzimmer war wie immer. Für den Bruchteil einer Sekunde glaubte er sogar, sie auf dem Sofa sitzen und vor sich hin starren zu sehen. Auf ihn warten. An ihrem üblichen Platz unter der Lampe. Die Arme auf der Armlehne.

Warum rufe ich sie nicht?

Er kannte die Antwort ganz genau. Wusste bereits, tief in seinem Inneren, dass sie weg war. Es traf ihn deshalb nicht wie eine Überraschung, als er die Tür des Badezimmers öffnete und das totale Chaos erblickte. Der Anblick war ein Abbild seiner schlimmsten Befürchtungen. Es gab deutliche Anzeichen eines Kampfes. Der Duschvorhang war heruntergerissen worden, auf dem Boden waren Blutstropfen, und der Spiegel war von der Wand geschlagen worden und in tausend Scherben zersprungen.

TEIL III
Das Buch der Ewigkeit

… hundert Jahre. Was ist das, verglichen mit der Ewigkeit?
Ein Wassertropfen im Meer, ein Sandkörnchen am Strand.

APOKRYPHE SCHRIFTEN,
DAS BUCH JESUS SIRACH, 18.10

1.

Kopenhagen, 21.50 Uhr

Dunkler Stoff. Schwere Augenlider. Sie öffnete die Augen und sah nur Dunkelheit, versuchte, sich zu bewegen, aber ihre Beine schliefen. Auch die Arme waren taub, sie wollte sie heben, hatte aber nicht genug Kraft dafür. Sowohl Beine als auch Arme waren gefesselt, vielleicht mit Kabelbindern. Etwas schnitt schmerzhaft in ihre Haut. Ihr Mund war zugeklebt, und sie hatte eine Binde vor den Augen. Das Tape vor dem Mund war ein bisschen nach oben gerutscht und verdeckte ein Nasenloch, sodass sie schlecht Luft bekam.

Öl, Chemikalien. Brennstoff. Der schwache Benzingeruch ließ sie glauben, dass sie sich in einem Auto befand. In einem Kofferraum? Oder war das Auto größer? Ein Lieferwagen? Pappe. Sie spürte es, wenn sie mit den Nägeln daran kratzte. Sie lag auf einem Stück Pappe. Zusammengekauert. Ihre Füße stießen gegen irgendetwas Bewegliches, ebenso ihr Kopf, als sie ihn nach oben streckte. Ein Pappkarton. Das Wort durchzuckte sie schmerzhaft. Sie lag in einem Pappkarton im Kofferraum eines Autos oder in einem Lieferwagen. War zu einer Sache reduziert worden, einem Ding, das man von einem Ort zum anderen transportierte.

Oder irrte sie sich? Er hatte ihr irgendetwas gespritzt. Ein Betäubungsmittel oder Gift, Medikamente, die ihr das Gefühl für

Zeit und Raum nahmen. Oder halluzinierte sie? Es rüttelte etwas. Der Motor des Autos war beinahe lautlos, aber vielleicht stand ja auch ihr Gehör unter dem Einfluss der Drogen. Das Einzige, was sie hörte, waren ihre eigenen Gedanken und das Geräusch ihrer Furcht. Die Frage: Wo bin ich? Wohin werde ich gebracht? Was wird geschehen? Will er mich vergewaltigen, foltern? Und was ist mit den Kindern in meinem Bauch? Den ungeborenen Leben. Wo ist Niels? Nein, nicht auf diese Weise, sagte sie zu sich selbst. Der Reihe nach, eine Frage nach der anderen. Die wichtigste zuerst: Wo bin ich? *Wo?* Sie musste lauschen und riechen. *Spüren.* Wie lange waren sie gefahren? Diese Frage war nicht zu beantworten, aber sie ging davon aus, dass sie zwischen fünfzehn Minuten und einer halben Stunde unterwegs waren. Dann befand sie sich noch immer in Seeland. So musste es sein. Außer, er war über die Brücke nach Schweden gefahren. Das war nicht auszuschließen. Ein Tunnel. War sie durch einen Tunnel gefahren? Bevor man auf die Øresundbrücke kam, musste man ein langes Stück durch einen Tunnel fahren. Da klangen die Autos ganz anders. Eingesperrt und laut. Eine besondere Akustik? Nein, in dieser Hinsicht war ihr nichts aufgefallen. Auch keine kreischenden Möwen oder Schiffsgeräusche. Sie konnte sich nicht sicher sein, aber aller Wahrscheinlichkeit nach war sie noch immer auf Seeland. Das Auto wurde langsamer. Sie spürte das in ihrem Bauch. Und dann hatte sie mit einem Mal das Gefühl, sie führen einen Halbkreis, mehr als einen Halbkreis. Ein Kreisverkehr? Ja, das konnte sein. Und kurz darauf noch ein Kreisverkehr, gefolgt von einer scharfen Kurve und einer längeren Pause. Warum hielt das Auto an? Standen sie an einer roten Ampel? Nein, es dauerte länger. Eine Tankstelle? Aber es waren keine schlagenden Autotüren zu hören. Niemand, der aus- und einstieg. Ein Zug? Sie konzentrierte sich auf die Geräusche. Lauschte so intensiv, dass sie glaubte, ihr Kopf würde explodieren. Schwache Geräusche von etwas, das vielleicht ein Vogelschwarm sein konnte. Das monotone Geräusch von laufenden Motoren. Ein Rauschen ... doch ein Zug? Ja. Das würde auch zu dem Gefühl passen, dass sie so lange still gestanden hatten, ohne dass jemand das Auto verlassen oder den Motor ausgemacht hatte. Ja, das machte Sinn für sie: Das Auto hatte warten müssen, weil ein Zug vorbeifuhr. Und zuvor – vielleicht fünf Minuten zuvor – waren sie kurz hintereinander über zwei Kreisverkehre gefahren.

Eine kurze Erschütterung, und das Auto setzte sich wieder in Bewegung. Sie versuchte, Leben in ihren Körper zu bekommen, bewegte die Finger und die Zehen, um die Blutzirkulation in Gang zu halten. War das ein Schuss gewesen? Sie wusste, wie Jagdwaffen klangen, hatte das auf ihren unzähligen Waldspaziergängen gelernt, nachdem Gustav sie verlassen hatte. Sie war in sein Sommerhaus gezogen. Hatte dort viele Monate allein gewohnt. Zeitweise war sie beinahe endlos unterwegs gewesen, bis sich auch das irgendwann verkehrt angefühlt hatte; dann hatte sie sich hingesetzt und auf etwas gewartet, ohne zu wissen, auf was. Bis Niels eines Tages in ihrem Leben aufgetaucht war und auf den ersten Blick all das verkörpert hatte, was sie nicht gebrauchen konnte: ein introvertierter, launischer, verheirateter Polizist. Aber war denn jetzt Jagdsaison? Mitten im Sommer? Wohl kaum. Ein neuer Laut, schrill und insistierend. Eine Polizeisirene? Ein Rettungswagen? Nur kurz. Ein Warnsignal, an den Rand zu fahren? Der Wagen wurde langsamer und blieb stehen.

2.

Islands Brygge, 21.58 Uhr

Atemnot. Ein paar Sekunden lang wollte er einfach nur sterben. Gemeinsam mit Hannah und den Zwillingen. Vielleicht waren das seine letzten Stunden? Vielleicht waren Hannah und Niels dazu auserkoren, gemeinsam zu sterben.

»Nein!«, schrie er laut. Und dann noch einmal: »Nein!«

Er trat gegen die Tür. Nahm sein Telefon. Wollte kämpfen. Noch war es nicht zu spät. Die Zentrale ließ sich doch sonst nicht so viel Zeit.

»Was zum Henker machen die denn?«, schimpfte Niels, als er über die Treppe nach unten stürmte. Das Telefon fest ans Ohr gedrückt, klopfte er mit der anderen Hand an die Tür des Mieters unter ihm. Die Tür wurde geöffnet, als die Zentrale sich meldete.

»Polizeizentrale.«

Niels sah seinen Nachbarn an und sagte: »Einen Moment!«

Dann wandte er sich an die Zentrale, gab seine Nummer an und wurde weiterverbunden. Der Nachbar sah ihn ungeduldig an.

»Vor einer halben Stunde oder vielleicht ein bisschen eher – haben Sie da jemanden kommen oder gehen sehen?«

»Nein.«

»Und ein Auto ist Ihnen auch nicht aufgefallen?«

»Nee.«

»Denken Sie bitte nach. Hat ein Auto vor dem Haus gehalten? Ist ein Mann mit etwas auf den Armen aus dem Haus gekommen? Etwas Großem. Eingepacktem.«

»Ich habe auf dem Sofa gelegen ...«

Eine Stimme im Telefon unterbrach ihn. »Kriminalwache.«

»Hier ist Niels Bentzon. Können Sie jemanden zur Fahndung ausschreiben? Sein Name ist Adam Bergmann«, sagte Niels und ging weiter nach unten. Nächste Tür. Er klopfte an, während er die Finger des Kollegen auf der Tastatur hörte.

»Haben Sie eine ID-Nummer?«

»Nein.«

»Ich habe fünf Leute mit dem Namen.«

»Er ist circa fünfundfünfzig.«

»Dann bleiben zwei, einer davon wohnt in Jütland.«

»Dann nehmen Sie den anderen.«

»Und was hat er gemacht?«

»Entführung von Hannah Lund. Auch für die müssen wir eine Fahndung rausgeben«, sagte Niels und nannte ihre ID-Nummer. Erneut hörte er die Finger auf der Tastatur. Die Diensthabenden auf der Kriminalwache waren so schnell nicht aus der Ruhe zu bringen. Dort landeten alle Anrufe der Kollegen aus der ganzen Stadt. Mord, Kidnapping, Raub, häusliche Gewalt, Terror, verdächtige Gegenstände vor Botschaften, Kinder, die auf Kinder schossen, waren ihr Alltag. Ein Fahndungsaufruf für zwei erwachsene Menschen war da eine Bagatelle.

»Haben Sie's?«

»Ja, habe ich.«

Die Tür im Erdgeschoss wurde geöffnet. Eine Frau mittleren Alters sah Niels überrascht an. »Augenblick. Bleiben Sie dran«, sagte er zu dem Wachhabenden.

»Niels Bentzon, Kriminalpolizei, haben Sie in der letzten Stunde etwas Verdächtiges bemerkt? Entweder im Haus oder draußen?«
»Etwas Verdächtiges?«
»Einen Mann, der etwas Schweres getragen hat? Vielleicht in eine Decke gehüllt.«
Sie dachte eine Sekunde nach.
»Ich habe einen Möbelpacker auf dem Weg in den Keller gesehen. Aber ich weiß nicht, ob der verdächtig war.«
»Ich rufe zurück«, sagte Niels zu dem Wachhabenden.

3.

Kopenhagen, 22.07 Uhr

Ruhig jetzt. Atme tief durch. Es ist alles in Ordnung.

Adam Bergmann holte tief Luft, schloss die Augen für einen Moment und konzentrierte sich. Er musste ruhig bleiben. Was, wenn sie Lärm zu machen versuchte? Schnell schaltete er das Radio ein. P1. Ein bisschen Musik, um die Geräusche zu übertönen. Beide Hände ans Lenkrad. Nein, das wirkte verkrampft. Auf den Schoß. Entspannt. Er lehnte sich ein bisschen zur Seite. Eine dünne Schicht Staub lag auf dem Seitenspiegel, aber er sah, dass einer der Polizisten hinter ihm ausstieg und mit schnellen, entschlossenen Schritten auf ihn zukam. Er war groß und um die vierzig. Jetzt war er noch zehn Meter weg, dann acht. Noch einmal änderte er seine Haltung und legte eine Hand auf das Lenkrad. *Zu* entspannt durfte er auch nicht wirken. Von allem etwas war sicher das Beste.

Ruhig, warum sollten sie den Wagen untersuchen?

Er ließ die Scheibe runter und lächelte den Polizisten an.

Warum sollten sie den Karton finden?

»Guten Abend. Sind Sie sich eigentlich darüber im Klaren, wie schnell Sie gefahren sind?«, fragte der Polizist.

»War ich zu schnell?«

Der Schweiß strömte förmlich aus seinen Achselhöhlen. Er sah dem Polizisten in die Augen, wusste, wie wichtig Augenkontakt und Glaubwürdigkeit waren.

»Wir haben 121 km gemessen. Sie dürfen hier aber nur 80 fahren.«

»Oh, da war ich wohl in Gedanken.«

»Haben Sie getrunken?«

»Nein«

»Sicher?«

»Ja.«

Der Beamte steckte seinen Kopf durch das offene Fenster, bis er dicht vor seinem Gesicht war, und schnupperte. »Kann ich Ihren Führerschein mal sehen?«, fragte er und richtete sich wieder auf.

»Selbstverständlich.«

Er streckte den Arm aus und nahm seine Brieftasche aus dem Handschuhfach.

»Hier.«

»Danke.«

Der Polizist warf einen Blick auf die Papiere und gab sie ihm wieder zurück.

»Adam Bergmann. Sind Sie das?«

»Ja.«

»Ich muss Sie bitten auszusteigen.«

Der Polizist drehte sich um und nickte dem anderen Beamten zu, der mit dem Alkoholmessgerät aus dem Wagen stieg.

»Ich habe nicht getrunken.«

»Bitte steigen Sie aus.«

»Ja, natürlich«, sagte er und öffnete die Tür. Im Radio redeten sie über den Arabischen Frühling. Eine schreiende Menschenmenge auf einem sandigen Platz Tausende Kilometer entfernt.

»Sie müssen hier reinpusten«, sagte der Beamte mit dem Gerät.

»Okay.«

Er stand auf der Straße und pustete. Die Polizisten warteten.

»Ist das Ihr Auto?«
»Nein, das ist ein Mietwagen.«
»Von wem?«
»Hertz.«
»Haben Sie eine Quittung?«
»Entschuldigen Sie, stimmt etwas nicht? Ich war in Gedanken. Ich helfe meiner Tochter beim Umzug, sie will nach den Sommerferien an der DTU anfangen.«

Der Polizist warf einen Blick auf seine Uhr. Dann sah er zu seinem Kollegen, der das Messgerät überprüfte und den Kopf schüttelte. Er hörte das dumpfe Klopfen aus dem Laderaum und aus dem Radio die arabischen Studenten, die gegen die Behörden kämpften.

4.

Islands Brygge, 22.08 Uhr

Denk nach, Niels, denk nach!

Seine Gedanken gingen zu Hannah, zu seinen Kindern. Er hatte nie damit gerechnet, Kinder zu bekommen. Vielleicht würde er das auch nicht. Vielleicht war das einfach nicht geplant – weshalb jetzt höhere Mächte eingriffen und alles wieder zurechtrückten.

»Kriminalwache.«

»Hier ist noch mal Bentzon. Wir suchen außerdem nach einem weißen Lieferwagen.«

»Kennzeichen?«

»Fehlanzeige, wir wissen nur, dass Adam Bergmann den Tatort in einem weißen Lieferwagen verlassen hat«, sagte Niels und versuchte, professionell zu klingen. So, als wäre es ein ganz normaler Fall.

Ein ganz normaler Fall.

Der Wachhabende bedankte sich für die Information, und sie beendeten das Gespräch. Niels musste klar denken. Er musste so denken, als wäre es *ein ganz normaler Fall*. Vergessen, dass es um seine Frau und seine beiden ungeborenen Kinder ging. Okay. Aber was würde er tun, wenn es ein ganz normaler Fall wäre? Er hielt den Wagen an und atmete tief durch.

Jetzt nimm dir die Zeit und denk nach, Niels! Eine Zigarette, ja. Die half den Gedanken auf die Sprünge. Dabei hielt er das

Handy schon in der Hand und hatte längst eine Nummer gewählt.

»Casper.«

»Hier ist Bentzon.«

»Ich hab heute frei.«

»Ich brauche alles, was du über einen gewissen Adam Bergmann finden kannst.«

»Ich habe frei.«

»Er ist Schlafforscher. Seine Familiensituation. Alles, was mir helfen kann …«

Schweigen.

»Wobei helfen?«

»Herauszufinden, warum er meine Frau gekidnappt hat und wohin er sie bringt.«

5.

Autobahn, 22.09 Uhr

Schmerzen im Daumen. Schmerzen, die über ihr Handgelenk in den Unterarm bis zum Ellenbogen ausstrahlten. Und ein klebriges Gefühl zwischen den Fingern. Blut? Von ihren verletzten Händen? Was ging hier eigentlich vor?, fragte Hannah sich. Warum halten wir hier?

Stimmen. Männerstimmen. Er redete mit jemandem. Noch einmal ließ sie ihre zusammengebundenen, gefalteten Hände so fest auf den Boden sausen, wie sie nur konnte. Sie schlug, ohne etwas zu sehen, in die einzig mögliche Richtung. Das dumpfe Klopfen war aber bei Weitem nicht so laut, wie sie gehofft hatte, und konnte nicht mit dem Radio konkurrieren. Die Schmerzen kamen sofort, und es floss auch wieder Blut. Am Boden des Kartons war ein Loch, und ihre Hände schlugen gegen etwas Hartes. Die Haut über den Knöcheln ihrer Daumen war aufgeplatzt, zwei klaffende Wunden. Sie wartete einen Augenblick, aber es geschah nichts. Sie war nicht gehört worden. Dann versuchte sie zu schreien. Drückte ihre Zunge gegen das Tape, um es etwas zu lösen. Und auf einmal schienen ihre Bemühungen auch von Erfolg gekrönt zu sein. Vielleicht konnte sie es tatsächlich schaffen, dieses Klebeband loszuwerden.

Wieder hörte sie die Stimmen:

»Dieser Umzug, das war wirklich anstrengend. Ist das ein Problem?«

Andere Stimmen antworteten, sie konnte die einzelnen Wörter aber nicht unterscheiden.

Der Kleber des Tapes schmeckte nach Chemie. Ein Geschmack, der sich mit dem Geschmack ihres Blutes mischte. Hatte sie sich auf die Zunge gebissen?

»Ich war vollkommen in Gedanken.«

Hannah drückte ihre Zunge durch ein kleines Loch an der Oberlippe, vergrößerte es und presste das Tape weiter nach unten. Jetzt war Platz. Endlich. Jetzt ging es, dachte sie und stieß einen lauten Schrei aus. Das war jedenfalls ihr Plan gewesen, doch das meiste wurde vom Tape verschluckt. Der Platz reichte noch immer nicht. Sie kämpfte weiter. Der Spalt war jetzt größer, vielleicht konnte sie diesmal lauter schreien. Noch einmal hämmerte sie mit den Knöcheln auf den Boden, dieses Mal so fest, dass ein Knacken durch ihren Daumen ging, gefolgt von einem stechenden Schmerz. Hatte sie sich den Finger gebrochen oder ausgekugelt?

»Dann noch einen schönen Abend.«

Das Tape war jetzt fast weg. Auf jeden Fall konnte sie einen Laut ausstoßen, der an einen Schrei erinnerte.

»Wiedersehen.«

Aber der Schrei kam zu spät – bloß ein paar Sekunden – und ertrank im Brummen des Motors, der angelassen wurde. Dann fuhr das Auto los.

6.

Autobahn, 22.13 Uhr

Tränen in den Augen. Plötzlich waren sie da und rollten ihm über die Wangen. Es war zum einen sicher die Erleichterung, nicht entdeckt worden zu sein. Er weinte aber auch um seine Tochter und um sich, für die Gerechtigkeit und um all das, was er verloren hatte. Er weinte, weil er allein war. Niemand konnte ihm helfen, niemand konnte ihn verstehen, niemand wusste, welche Schmerzen in seinem Körper brannten, verursacht von all dem, was *er* zerstört hatte, der Mann, der Maria ermordet und ihm und Silke alles genommen hatte. *Das bringt sie doch nicht wieder zurück.* Er hörte noch immer die tröstenden Worte des Psychologen, als es sich abzeichnete, dass der Mörder nicht gefunden werden würde. Sinnlose Worte, Worte, die mit ihrer grenzenlosen Leere alles nur noch schlimmer machten. Denn natürlich war das ein Unterschied. Nicht die eigentliche Strafe, die war egal, aber durch einen Täter, durch einen Schuldigen, wurde sein Schmerz konkret. Erst dann hatte der Schmerz ein Gesicht, einen Namen. Und nur so konnte er Silke aus dem Gefängnis holen, in dem sie sich verbarrikadiert hatte.

Wann hatten die Tränen zu fließen begonnen?, fragte Bergmann sich. Als die Polizisten weg waren? Oder schon als er am Bahnübergang hatte warten müssen und an ihre Italienreise gedacht hatte. Pisa, Florenz, Rom, Neapel. Unerträgliche Hitze in kleinen, lärmenden Bummelzügen. Auf dieser Reise hatten sie Silke gezeugt. Vermutlich in einer Pension in Florenz mit Aussicht auf die Domkirche Santa Maria del Fiore. Die Augen seiner Frau an jenem Abend, ihr Blick, der ihn zum ersten Mal überzeugt hatte, dass sie ihn wirklich liebte. Anschließend hatten sie nebeneinandergelegen und den Atem des anderen eingeatmet, dem Läuten der Kirchenglocken gelauscht, den Stimmen der Italiener unten auf der Straße, den klapprigen Bussen und den lachenden Jugendlichen, die auf ihren Mopeds durch die Stadt knatterten; und sie hatten die schwarze Katze beobachtet, die draußen auf dem Balkon gesessen und sie angestarrt hatte. In diesem Moment hatte Maria geflüstert …

Adam Bergmann fuhr sich mit dem Ärmel über die Augen und versuchte zu fokussieren. Jetzt war nicht die Zeit, wie eine alte Frau in Erinnerungen zu schwelgen. Später vielleicht, wenn alles erledigt war. Dann konnte er weinen. Ins Gefängnis gehen. Sterben. Aber dann wäre Silke frei.

7.

Sølvgade, 22.14 Uhr

Aus dem Augenwinkel sah Niels eine Politesse, die argwöhnisch das Auto begutachtete, das er mitten auf dem Platz abgestellt hatte. Vergiss es, dachte er und drückte auf alle Klingelknöpfe. Die Schlafpraxis lag im zweiten Stock. Außerdem waren noch ein HNO-Arzt im Haus, ein Hautarzt, eine Psychologenpraxis und eine Firma, deren Name ihm nichts sagte. Aber niemand reagierte auf sein Klingeln.

Casper rief an.

»Casper?«

»Ja.«

Niels trat gegen die Tür. Sie gab nicht nach. Er blickte sich um. Konnte er mit dem Fahrrad die Scheibe kaputt machen? Nein, das war zu groß, das passte nicht. Er sah sich das Glas genauer an. Die oberste Scheibe der Tür war neu und zu dick, um sie mit dem Ellenbogen einzuschlagen. Aber die unterste war alt. Farbiges Glas. Niels hörte Caspers Stimme weit entfernt.

»Bist du noch da?«

Niels schlug mit dem Ellenbogen zu. Die Politesse hatte sich umgedreht.

»Was ist denn bei dir los?«

»Warte einen Moment.«

Niels zog seinen Arm vorsichtig heraus, aber trotzdem schlitzte ihm die große, noch im Rahmen sitzende Scherbe die Haut auf. Sofort sickerte Blut heraus.

»Bist du noch da?«

»Ich bin hier«, antwortete Niels und drückte die restlichen Scherben weg, bevor er den Arm durch die Tür schob und sie von innen öffnete.

»Okay, ich habe etwas gefunden. Adam Bergmann. Schlafforscher. Medizinstudium an der Uni in Århus, abgeschlossen 1986. Unzählige Artikel in internationalen Zeitschriften. Und allem Anschein nach ein guter Läufer. War im letzten Kopenhagen-Marathon unter den besten zwanzig.«

»Was sonst noch?«, fragte Niels und ging über die Treppe in den zweiten Stock.

»Jetzt kommt's. Setz dich lieber hin.«

»Was?«

»Seine Frau wurde vor acht Jahren ermordet.«

»Ermordet?«

»Das war einer der beiden unaufgeklärten Morde jenes Jahres. Der andere war die Zahnärztin, die sie in einem See bei Skanderborg gefunden haben. Erinnerst du dich?«

Niels hörte nicht zu. Ihm dämmerte etwas. Auch der Name. Bergmann. Jetzt erinnerte er sich. Schwach. Niels hatte nicht selbst an dem Fall gearbeitet, die Ermittlungen wurden von der Abteilung Nordseeland geleitet, aber er hatte die Sache aus der Ferne verfolgt. Der Frau war von ihrem Liebhaber die Kehle durchtrennt worden. Der Vater und ein kleines Mädchen waren allein zurückgeblieben. Der Vater – war das Adam Bergmann gewesen? – hatte lange versucht, sich selbst davon zu überzeugen, dass seine Frau vor dem Mord vergewaltigt worden war. Er konnte der Realität, dass sie ihren Mörder eigenhändig und aus freien Stücken hereingelassen hatte und ihn kannte, einfach nicht ins Auge sehen. Es gab keine Anzeichen für eine Vergewaltigung. Es war zu einem heftigen Streit gekommen, den die kleine Tochter mitbekommen hatte und in dessen Verlauf der Täter die Frau umgebracht hatte, bevor er geflüchtet war. Es gab sogar Zeugen, die ihn beim Verlassen des Hauses gesehen hatten, aber trotz Beschreibung war er nie gefunden worden. Er war weg. Wie vom Erdboden verschluckt. Casper musste in etwa das Gleiche gesagt haben. Auf jeden Fall schloss er mit den Worten: »… wurde nie gefunden.«

»Ungeklärt?«

»Ungeklärt. Ich sehe, dass da rund 900 Zeugen befragt worden sind. Alle, die Maria gekannt haben …«

»Maria?«

»Die Ermordete. Sie haben alle verhört, mit denen sie mal Kontakt hatte.«

Niels stand vor der Tür der Schlafpraxis. »Warte einen Moment, Casper.« Niels trat oberhalb des Schlosses gegen die Tür. Sein Knie tat weh, aber nicht so weh wie die Gedanken an Hannah. Er trat noch einmal und noch ein drittes Mal. Ein Alarm begann zu heulen, während sich ein Stück des Türrahmens löste.

»Ich habe meine Pistole vergessen«, sagte Niels. Hatte er die Sommersted gegeben? Er erinnerte sich nicht.

»Wo bist du jetzt?«

»In seiner Praxis. Sølvgade. Schick die Kavallerie, sollte etwas schiefgehen.«

»Und wie weiß ich, ob etwas schiefgeht?«

»Wenn ich aufhöre, mit dir zu reden, Casper«, flüsterte Niels und ging hinein.

8.

Nördlich von Kopenhagen, 22.19 Uhr

Das Auto fuhr jetzt wieder schnell. Wie lange lag sie schon in diesem Karton? Das Gefühl für die Zeit war ihr vollkommen abhandengekommen, aufgefressen von der Angst und den Betäubungsmitteln. Aber Hannah spürte den leichten Ruck im Auto, wenn ihr Entführer den Gang wechselte. Sie nahm die Federung wahr, die Änderungen im Rhythmus des Wagens und in den Motorengeräuschen. Sie musste versuchen, das alles in sich aufzunehmen. Wenn sie nur die Augenbinde nach unten schieben und ein bisschen sehen könnte. Schon ein Blick auf die Sterne würde ihr helfen. Aber warum? Was bedeutete es schon, wo sie waren?, fragte sie sich selbst. Doch, das war wichtig, sollte sich eine Chance für einen Anruf, einen Hilferuf, einen Gedanken bieten.

Er hatte es eilig. Aber was hatte er vor? Die Binde vor ihren Augen war zwar ein bisschen nach unten gerutscht, sie sah aber noch immer nichts. Der Geruch des Benzins war stärker geworden. Einen Augenblick lang fürchtete sie, die chemischen Dämpfe könnten sie ersticken. Sie versuchte, ihre Hände frei zu bekommen, aber die Kabelbinder wollten nicht reißen. Als der Wagen plötzlich scharf nach rechts bog, wurde sie auf den Rücken geworfen und schlug mit Kopf und Nacken hart auf den Boden. Ein paar lange, schmerzvolle Sekunden lag sie wie eine

Schildkröte da, die auf den Panzer gewälzt worden war und hilflos darauf wartete, dass sich jemand ihrer erbarmte. Aber es war niemand da, der sich um Hannah kümmern könnte. Niemand, der ihr Hilfe anbot. DTU. Ein Bruchstück des Gesprächs, das sie gehört hatte, kam ihr plötzlich in den Sinn. DTU. Danmarks Tekniske Universitet. Er hatte behauptet, auf dem Weg zur DTU zu sein. Das war in der Gegend von Lyngby. Er hatte die Polizisten bestimmt angelogen, aber trotzdem musste sie mit ihrer Vermutung richtiggelegen haben: Sie befanden sich noch auf Seeland und fuhren nach Norden. Ihr verletzter Finger schmerzte. Er wirkte steif, als hätten die Knochen plötzlich zu wenig Platz und arbeiteten hartnäckig daraufhin, die Haut von innen zu perforieren. Das Auto rüttelte jetzt heftig, aber das lag nicht an der Geschwindigkeit – im Gegenteil. Sie fuhren über einen Waldweg. Oder einen Feldweg, auf jeden Fall war jetzt kein Asphalt unter den Rädern. Hannah wurde hin und her gestoßen. Der Benzingestank nahm zu, und ihr wurde zunehmend schwindelig. Als wäre in dem Karton nicht mehr genug Luft oder als würde der Sauerstoff von den chemischen Substanzen aufgebraucht. Plötzlich hielten sie an, dann wurde der Motor abgestellt. Hannah wartete. Höchstens ein paar Sekunden, es fühlte sich aber viel länger an. Lange genug, damit die Furcht sie noch schlimmer als zuvor peinigte. Was jetzt? Was würde jetzt geschehen?

Nach Norden. Wald. Kreisverkehre. Lyngby.

Das Geräusch von Schritten. Schnelle Schritte auf trockenem, weichem Boden. Zweige knackten. Eine Heckklappe, die geöffnet wurde. Dröhnende Schritte im Laderaum. Dann wurde die Welt, die sie umgab, in Stücke gerissen: Ein Messer schlitzte den Karton schnell und effektiv auf.

Licht. Ganz schwach, ein Lichtkegel, der durch die Binde vor den Augen drang, vielleicht von einer Taschenlampe. Sie versuchte zu schreien, begriff aber gleich, wie aussichtslos das war. Das Klebeband bedeckte noch immer ihren Mund, sodass niemand sie hören würde. Außerdem hatte er sie vermutlich an einen Ort gebracht, an dem sie vollkommen allein waren. Davon war sie überzeugt. Eine Welt, in der es nur sie beide gab.

»Los!«, sagte er und wollte sie hochziehen.

Sie gab einen dumpfen Laut von sich. Er hatte seinen Arm unter ihren Nacken geschoben und hob sie wie ein hilfloses Kind aus dem Karton, ließ sie dann aber einfach fallen. Ihr Kopf schlug hart auf dem Boden des Lieferwagens auf, am meisten schmerzten aber die Schulter und der gebrochene Finger. Er berührte ihre Füße und Knöchel.

Er durchtrennte die Kabelbinder an ihren Knöcheln.

»So, jetzt können Sie gehen.«

Er half ihr auf die Beine.

»Wir müssen ein paar steile Treppen nach unten.«

Er schob sie vor sich her. Hob sie an und setzte sie weiter unten auf einem anderen Untergrund wieder ab. Es fühlte sich nach weichem Waldboden an und roch nach Laub und Sommer.

»Ich komme gleich.«

Er warf die Heckklappe zu und öffnete eine Autotür. Ihre Füße kribbelten, vielleicht weil das Blut jetzt wieder richtig pulsierte, vielleicht aber auch wegen der Mittel, die er ihr gespritzt hatte. Sie versuchte, ein paar Schritte zu machen, verlor aber das Gleichgewicht und stürzte nach vorn. Eine weiche Landung. Waldboden. Moos. Blätter. Blumen. Kleine Zweige. Was für ein Wald? Wo war sie?

Jäger. Zug. Norden.

Ein weit entferntes Tuten. Eine Fähre? Vermutlich. Ja, das konnte gut sein. Die Binde vor ihren Augen war nach unten gerutscht.

Sie lag auf dem Rücken im Wald. Eine unangenehme Stellung. Abendhimmel. Sie sah, wie es über den Baumkronen langsam dunkel wurde. Jetzt kam es darauf an. Wenn ihre Augen nur fündig wurden …

Er war ein paar Meter von Hannah entfernt. Es hörte sich so an, als suchte er etwas im Auto. Aber was? Etwas, womit er sie umbringen oder quälen wollte? Es würde bestimmt nur einen Augenblick dauern, bis er zurück war, sie wieder auf die Beine zog und weiterschleppte …

Mondfinsternis. Das war jetzt. Wie gern hätte sie diesen Augenblick mit Niels geteilt. Der Mond lag jetzt fast vollständig im Schatten der Erde. Das hieß, dass es ungefähr 22.12 Uhr sein musste. Wann war sie betäubt worden?, fragte sie sich. Wie lange dauerte dieser Albtraum schon? Eine halbe Stunde möglicherweise. Allenfalls ein bisschen mehr. Wie weit fuhr man in gut 30 Minuten? Er war schnell gefahren. Und einen großen Teil hatten sie auf der Autobahn zurückgelegt. Aber sie waren auch angehalten worden, und der Fahrer hatte mit jemandem geredet. Wie lange hatte das gedauert? Fünf Minuten? Etwas weniger? Außerdem hatten sie an einer Stelle ziemlich lange auf einen Zug gewartet. Also: Sie waren vielleicht eine halbe Stunde gefahren, davon 20 bis 22 Minuten auf der Autobahn mit ungefähr 120 Stundenkilometern. Alles in allem machte das vielleicht 40 Kilometer. Eventuell ein bisschen mehr. Vielleicht 45? Ganz falsch konnte sie damit nicht liegen. Ja, sie musste sich etwa 40 Kilometer von Kopenhagen entfernt befinden. Und er hatte die DTU als Richtung erwähnt. Also waren sie nach Norden gefahren. 50 Kilometer nach Norden. Vermutlich an der Küste entlang. Oder konnte er auch Richtung Westen gefahren sein? Nein, sie hatte erst vor Kurzem eine Fähre gehört. Sie waren also sicher an der Küste.

Das musste stimmen. Welche Fähre? Die zwischen Helsingør und Helsingborg? Auf dem Roskildefjord verkehrten nicht viele Fähren, außerdem lag das nicht Richtung DTU. Und in einer halben Stunde konnten sie es unmöglich bis an die Mündung des Roskildefjords geschafft haben. Ein Licht am Himmel. Jetzt sah sie es. Wie das Licht eines Science-Fiction-Raumschiffs. Würdevoll, majestätisch, in seiner gleitenden, monotonen Bewegung fast elegant. Sie kannte dieses Licht. Die ISS. Die internationale Raumstation wurde 1998 in einem Abstand von nur 400 Kilometern in die Umlaufbahn der Erde geschossen. Bald hatte sie den höchsten Punkt ihrer halbkreisförmigen Bahn erreicht. 26 Grad über dem Horizont. Das war ihr Maximum. Dann war es nicht 22.12 Uhr, sondern etwas später. Vermutlich 22.20 Uhr. Oder … das hieß dann aber auch, dass sie ein bisschen weiter gefahren waren. *Schritte*. Ein Zweig brach kurz hinter ihr. Nein, sie wollte keine wertvollen Sekunden vergeuden, nur um zu sehen, wie weit hinter ihr er war. Sicher nicht mehr als ein paar Meter. Denk nach, dachte sie. Das ist doch Schulstoff, kinderleicht. Wie viele Vollmonde passen zwischen den Mond und den Horizont? Die Anzahl der Monddurchmesser über dem Horizont? Einer? Anderthalb vielleicht? Nein, nur einer, dachte sie. Und die scheinbare Größe des Mondes entsprach in etwa 32 Bogenminuten, also einem halben Grad. In Kopenhagen stand der Mond exakt anderthalb Durchmesser über dem Horizont. Deshalb musste sie …

Dann stand er da und zog sie auf die Füße. Nicht brutal, aber mit Kraft.

»Kommen Sie, Sie müssen …«

… sich genau einen halben Grad nördlich von Kopenhagen befinden, sagte Hannah zu sich selbst. Ja, so musste es sein. Einen halben Grad. Kopenhagen lag auf dem Breitengrad 55,41. Sie war einen halben Grad weiter nördlich, also …

»Können Sie allein gehen?«, fragte er und schob die Augenbinde wieder richtig über ihre Augen.

9.

Sølvgade, 22.20 Uhr

Niels sah sich um. Der Alarm hatte aufgehört. Es würde nicht lange dauern, dann standen vermutlich ein oder zwei Wachmänner vor ihm. Wenn der Alarm überhaupt mit einer Zentrale verbunden war. Die meisten waren bloß lokale Anlagen, die einen Heidenlärm machten.

»Bleib dran, Casper«, flüsterte Niels, als er das Vorzimmer verließ und in Bergmanns Behandlungszimmer trat. Es war dunkel und leer. Hier in diesem Raum hatte er erst vor Kurzem seine Frau ans Messer geliefert.

Casper räusperte sich und fuhr fort: »Der unbekannte Täter hat damals sowohl Fingerabdrücke als auch … Spermaspuren hinterlassen.«

»Und er selbst stand nie unter Verdacht?«

»Bergmann?«

»Ja.«

»Das weiß ich nicht. Dafür müsste ich noch mehr Berichte lesen.«

»Adam Bergmann kommt nach Hause«, begann Niels. »Und findet heraus, dass seine Frau einen Geliebten hat. Er ist so wütend, dass er ihr am liebsten den Hals abschneiden würde und …« Niels öffnete vorsichtig die angrenzende Tür und kam in einen Raum mit zwei Betten. Sie waren leer. Er hörte förmlich, wie Casper über seine Theorie den Kopf schüttelte:

»Als die Polizei die Intensität der Ermittlungen reduziert hatte, hat er eine Unzahl von Privatdetektiven angeheuert.«

»Wo steht das denn?«

»Die haben Akteneinsicht beantragt.«

»Vielleicht wollte er auf diese Weise nur seine Unschuld manifestieren? Indem er so tat, als wollte er den Mörder finden«, sagte Niels.

»Anfänglich war der verantwortliche Ermittler von der Dienststelle in Lyngby ...«

»Lyngby?«

»Ja, die haben damals da gewohnt.«

»Und wo wohnen sie jetzt?«

Niels hörte, wie Caspers Finger die Tastatur bearbeiteten. Niels öffnete die Schubladen von Bergmanns Schreibtisch. Literatur über Schlafforschung. An einem Titel blieb Niels' Blick hängen: *Gehirnwellen beim REM-Schlaf*. Patientenakten. Aber nichts über Hannah.

»Ich verstehe nur nicht ...«

Casper unterbrach sich selbst.

»Was verstehst du nicht, Casper?«

»Warum hat er deine Frau gekidnappt?«

»Er hat nie aufgehört, nach dem Mörder zu suchen.«

»Und was hat das mit deiner Frau zu tun?«

»Er will sie benutzen«, sagte Niels.

»Benutzen?«

»Ja, sie soll ihm helfen.«

»Das verstehe ich nicht.«

»Kannst du mir seine aktuelle Adresse geben?«

10.

Nördlich von Kopenhagen, 22.29 Uhr

Er nahm ihre Arme von hinten und hielt sie fest; er war stark, das spürte Hannah gleich, sein Atem klang aber schwer und verkrampft. Ein Gedanke meldete sich in ihrem Kopf: Auch er hat Angst. Sie wusste nicht, woher dieser Gedanke kam, vielleicht hatte es etwas mit seinem Atem oder seinen unruhigen Bewegungen zu tun. Aber sie war sich fast sicher, dass er eine ebenso große Angst hatte wie sie. Für einen Augenblick gab dieser Gedanke ihr Hoffnung.

Er stieß sie vor sich her. Durch eine Tür, hinein in einen Raum, in dem die Luft anders roch, abgestanden, nach Belüftungsanlage, Rohren, künstlichem Licht, Wärme.

»Wir kommen jetzt an eine Treppe«, sagte er. »Vor Ihnen, wir müssen nach unten.«

Es war wirklich der letzte Augenblick. Im gleichen Moment verschwand der Boden unter ihren Füßen. Sie wäre gefallen, hätte sie sich nicht seitlich an die Wand gelehnt.

Dann gingen sie nach unten.

Er war direkt neben ihr und hielt sie fest. Seine Fersen hämmerten auf die Steine.

Die Angst blockierte ihre Gedanken.

Ruhig, sagte Hannah sich. Nördlich von Kopenhagen. Vielleicht kann ich sogar die GPS-Koordinaten errechnen. Aber wo?

Weitere Stufen. Er hielt sie noch fester. Als spürte er, dass sie drauf und dran war, einen letzten, verzweifelten Fluchtversuch zu unternehmen. Er hatte recht. Sie versuchte wirklich, sich aus seinem Griff zu befreien, und verschaffte sich durch eine plötzliche, ruckhafte Bewegung einen Augenblick der Freiheit. Doch dann geriet sie ins Stolpern und stürzte ein paar Treppenstufen nach unten, ohne sich mit den Händen abstützen zu können. Unten schlug sie hart mit Kopf und Rücken auf, um sie herum nur Kälte, Dunkelheit und Blut. Wo war sie hier gelandet?

11.

Nördlich von Kopenhagen, 22.31 Uhr

Vor Bergmanns Haus stand kein weißer Lieferwagen, konstatierte Niels, als er bei der Adresse in Lyngby ankam. Das Haus lag unweit vom Dyrehavn, direkt am Wald. Niels ging in den Garten. Das Gras reichte ihm bis zu den Knien. Auf der Terrasse stapelten sich alte Gartenmöbel. In einer Ecke stand ein verfallener Hühnerstall, der vermutlich einmal selbst gebaut worden war. Warum waren sie nicht weggezogen, nachdem die Mutter ermordet worden war? Wie konnten sie noch immer in dem Haus wohnen, in dem etwas derart Schreckliches passiert war? Hinter keinem der Fenster brannte Licht. Aber das musste nicht heißen, dass Hannah nicht hier war. Niels sah Kellerfenster. Auch sie waren dunkel. Wo sollte er sonst hinfahren? Er sah die Straße hinunter. Stand ganz hinten nicht ein Lieferwagen? Niels versuchte, sich in die Rolle des Täters zu versetzen. Er würde vermutlich durch den Wald fahren, bis an den hinteren Rand des Grundstücks, und sie von dort aus ins Haus tragen. Nicht von der Straße aus, das war zu riskant. Er würde die Hoftür nehmen oder durch den Keller gehen. Gab es Spuren im Gras? Vielleicht. Das war schwer zu erkennen. Das Mondlicht kam und ging. Er lief zum Haus. Wenn er Hannah im Keller gefangen hielt, musste Niels lautlos vorgehen und das Überraschungsmoment ausnutzen. Sonst konnte Bergmann sich mit ihr einschließen und sie als

Geisel einsetzen. Nein, er durfte sich auf nichts einlassen, was lange dauern konnte, er musste Adam Bergmann schnell und effektiv außer Gefecht setzen. So lange auf ihn eintreten, bis er sich nicht mehr rührte. *Wieder und wieder.* Sollte er Leon anrufen? Unterstützung anfordern? Mit zwanzig Fahrzeugen, Sirenen und Blaulicht? Nein, als Geiselunterhändler wusste Niels, dass ein großes Polizeiaufgebot nie von Nutzen war. Im Gegenteil. Es setzte Opfer und Geiseln nur noch mehr unter Druck. Es war oberstes Gebot eines jeden Unterhändlers – das eigentliche ABC –, den Geiselnehmer die vierzig Beamten mit Maschinengewehren vergessen zu lassen, die die Situation am liebsten mit fünfzig Kilo Blei in Kugelform lösen würden.

Niels stand vor der Terrassentür, schob seine Rachegelüste in den Hintergrund und konzentrierte sich auf seine Aufgabe: Er musste einbrechen, ohne Lärm zu machen und ohne sein Kommen kundzutun. Er fasste auf die Türklinke, aber die Tür war natürlich abgeschlossen. Aber sie bewegte sich, und das Holz der alten Rahmen wirkte morsch. Die Farbe war schon vor Jahren abgeblättert. Niels zog vorsichtig an der Tür. Vielleicht konnte er etwas zwischen Rahmen und Tür schieben? Er wollte gerade seine Polizeimarke aus der Tasche nehmen, als er drinnen im Haus ein Geräusch zu vernehmen glaubte. Niels kauerte sich unter das Fenster und wartete. Ein paar Sekunden lang hörte er nur seinen Atem. Er konnte drinnen niemanden sehen und hörte jetzt auch nichts mehr, zog schließlich noch einmal an der Tür und schob seine Polizeimarke zwischen das Schloss und den porösen Rahmen.

12.

Nördlich von Kopenhagen, 22.32 Uhr

Es tat Adam Bergmann weh, sie so zu sehen. Mehr als bei den anderen. Die Demütigung, der er sie aussetzte, die Erniedrigung; auf ihn wirkte das wie eine Folter mit ihm selbst als Folterknecht. Zum Glück war der Transport bald überstanden. Jetzt waren sie da, jetzt konnten sie anfangen. Endlich tun, was er tun *musste*. Und es war seine letzte Chance, das wusste er. Er würde nicht mehr lange überleben, die Sehnsucht belastete ihn zu sehr, die Trauer war zu groß. Und Silke? Sie war das Teuerste, was er hatte. Das Einzige. Für sie ging er gern ins Gefängnis, damit sie das ihre verlassen konnte. Er hob Hannah vom Boden hoch. Sie hing schlaff in seinen Armen, und einen Moment lang fürchtete er, sie könnte sich den Hals gebrochen haben und tot sein. Aber sie war bei Bewusstsein, sie lag wie eine Sterbende da, die aufgegeben hatte und darauf wartete, dass das Unabänderliche geschah.

»Ruhig«, flüsterte er. »Sie sollen mir nur helfen. Ich brauche Sie.«

Sie ging, und er stützte sie. Ihre Haut war kalt, und immer wieder ging ein Zittern durch ihren Körper, ein Zittern der Angst.

Auch ihm ging es so. Er hatte Angst vor dem Versagen. Dass es wieder nicht klappte. Dass er Fehler machte, wenn es darauf ankam. Das wäre eine Katastrophe.

Entspann dich.

Wieder und wieder hatte er gedacht, dass das hier der richtige Ort war. Ein Heimspiel mit reichlich Zeit und Ruhe, sodass er ungestört arbeiten konnte. Aber die Gefahr war da, auch bei dem Transport hätte etwas schiefgehen können.

»Ruhig«, sagte er. »Es geschieht nichts.«

Aber seine Worte klangen hohl, das hörte er selbst. Vielleicht sollte er ihr die Augenbinde abnehmen? Sie hatte so oder so keine Ahnung, wo sie waren, und ohne Augenbinde war die Angst vielleicht weniger schlimm. Andererseits musste er die Situation lenken. Alles musste wie geplant ablaufen, das war das Sicherste.

Dass sie noch immer keinen Widerstand leistete, deutete er als gutes Zeichen. Hatte sie definitiv aufgegeben? Er musste aber trotzdem aufpassen, durfte nicht wieder übermütig werden. Dieser Fehler war ihm bei Dicte verdammt teuer zu stehen gekommen.

Es war auch nicht auszuschließen, dass sie es darauf anlegte, ihn zu täuschen. Vielleicht spielte sie die Resignation nur, damit er sich entspannte, sich Blößen gab, um dann plötzlich einen Fluchtversuch zu unternehmen. Dabei konnte sie gar nicht weglaufen. Was das anging, war sein Plan wirklich bis ins letzte Detail durchdacht.

Dieser Gedanke beruhigte ihn und gab ihm die Kraft, einen Moment innezuhalten und ruhig auf sie einzureden.

»Es wird Ihnen nichts passieren«, sagte er. »Das verspreche ich Ihnen. Passen Sie einfach genau auf und tun Sie exakt das, was ich sage.«

Vielleicht weinte sie. Vielleicht versuchte sie bloß, etwas zu sagen. Wieder tat sie ihm leid, und wieder versuchte er, dieses Gefühl zu verdrängen.

»Sie müssen mir helfen«, flüsterte Bergmann. »Mehr verlange ich nicht von Ihnen.«

13.

Nördlich von Kopenhagen, 22.34 Uhr

Kein Laut. Aber eine Vielfalt von Gerüchen. Verfall und Abgestandenheit, aber auch noch etwas anderes ... Öl? Warum Öl? Niels ging in den Wintergarten. Alte Möbel. Er strich mit dem Finger über den Tisch. Eine solide Staubschicht hatte sich darauf abgelagert. Hier war es geschehen. Hier war Bergmanns Frau vor ein paar Jahren kaltblütig ermordet worden. Caspers Bericht hatte Niels' Erinnerung geweckt. Die Tochter findet ihre Mutter, während diese noch um ihr Leben kämpft. Die Mutter versucht erst, in die Toilette zu gelangen, vielleicht um einen Verband für die Wunde zu finden. Mit einem Handtuch um den Hals will sie dann den Krankenwagen rufen. Das Kind schreit im Hintergrund. Die Aufnahme war im Präsidium abgespielt worden. Es war das Schlimmste, was Niels jemals gehört hatte. Die Verzweiflung, mit der die Mutter zu sagen versucht hatte, dass sie einen Rettungswagen braucht. Aber ihre Worte ertrinken. In Angst und Blut. Und dann hört man nur noch das Kind schreien. *Mama*. Wieder und wieder. Bis der Hörer zu Boden fällt. Die Aufnahme ist damit aber noch nicht zu Ende. Die Tochter weint weiter. Sie ist damals erst fünf Jahre alt.

Niels ging durch das Wohnzimmer. Erst in der Küche war zu erkennen, dass das Haus bewohnt war. Im Spülbecken waren Wassertropfen, und auf dem Tisch stand ein Pizzakarton. Dass die hier wohnen geblieben sind. In einem Mausoleum der Mutter. Die Küche führte ihn auf den Flur, wo eine Jacke auf einer Truhe lag. Darüber hingen Bilder der Familie. Der Tochter. Keine aktuellen Fotos. Nur Bilder aus der Zeit vor dem Tod der Mutter. Eine dreiköpfige Familie. Eine griechische Insel. Fröhliche Urlauber auf einer Felseninsel. Und eins aus dem verregneten Dänemark: Bergmann in Uniform. »Bereitschaftsarzt für Nord-Seeland« stand mit roten Buchstaben in der rechten unteren Ecke des Bildes. Bergmann sah stolz aus. Er stand vor einer Kolonne aus Militärfahrzeugen.

Niels hielt inne und versuchte ein Geräusch zu empfangen. Wo ging es in den Keller? Wenn nicht aus dem Flur, von wo aus dann? Er versuchte sich den Grundriss des Hauses vorzustellen. Hatte er eine Treppe übersehen? Vielleicht am anderen Ende? Zurück ins Wohnzimmer. Hier war sie gestorben – wenn er sich richtig erinnerte. Neben dem Telefon. Jetzt lag Staub auf dem Boden. Während Niels sich lautlos durch das Haus bewegte, dachte er an Bergmann. Den ordentlichen, so müde wirkenden Mann, den er in seiner Praxis angetroffen hatte. Alles war sauber. Aufgeräumt. Angenehm. Und hinter der Fassade lauerte der Morast. Ein Dschungel aus Vergangenheit, schweren Möbeln, unverarbeiteten Gefühlen, Ohnmacht, Rache – Einsamkeit.

Das Wohnzimmer, in dem ein Fernseher und zwei Sofas standen, führte ihn in ein Arbeitszimmer, von dem aus ein schmaler Gang zu einer Waschküche abzweigte. Und da war auch endlich die Tür zum Keller.

14.

Nördlich von Kopenhagen, 22.36 Uhr
Hannah hörte die Tür ins Schloss fallen, dann wurde der Schlüssel umgedreht.

Sonst hörte sie nichts. Abgesehen von ihren Atemzügen, hektisch und keuchend.

Denk nach, sagte sie sich. Denk, denk, denk! Es gibt immer eine Lösung. Du musst dich bloß konzentrieren und sie finden.

Aber die Panik war dabei, Oberhand zu gewinnen. Sie spürte, wie ihr Hirn vor Angst den Dienst einstellte. Sie war eingesperrt. Aber bestimmt würde er bald wieder da sein. Und auch wenn er beteuert hatte, ihr nichts zu tun, wusste sie, dass er log. Er würde sie umbringen. Und was noch schlimmer war, er würde auch ihre ungeborenen Kinder umbringen. Daran zweifelte sie nicht. In wenigen Minuten konnte alles vorbei sein. Vielleicht sollte sie ihre Zeit lieber darauf verwenden, sich vorzubereiten und an die guten Dinge in ihrem Leben zu denken? An Johannes, an Niels. Besonders an Johannes. Sie sah ihn vor sich. Die besten Erinnerungen, die sie hatte. Sein erstes Lächeln. Die ersten Wörter. Seine winzigen Finger, die ihre Hand hielten. Die Neugier in seinem Blick, wenn er sie fragte, wohin tagsüber der Mond verschwand und warum die Sterne nicht vom Himmel fielen. Seine Begierde nach Wissen. Diese Bilder wollte sie im Kopf haben, wenn sie von dieser Welt abtreten musste.

Du darfst nicht aufgeben.

Hannah drehte ihre gefesselten Arme hin und her, und irgendwann hatte sie das Gefühl, als säße die Plastikfessel um ihre Hände lockerer als zuvor. Die Binde vor ihren Augen saß jetzt hingegen stramm und fest. So fest, dass sie ihr den Kopf zusammenschnürte.

Sie war in einem kleinen Raum, das verrieten ihre Atemgeräusche. Es war nur ein Gespür, aber mehr hatte sie im Moment nicht. Sie suchte den Raum so gut sie konnte ab und fand einen Stuhl und einen Tisch ...

Dann stürzte sie über irgendetwas.

Kinn und Wange schmerzten. Aber die Fessel an ihren Händen hatte sich bei dem Sturz noch weiter gelockert.

Weiter entfernt wurde eine Tür geöffnet. Schritte auf dem Flur? Er war auf dem Weg.

Komm schon. Komm schon.

Aber die Fessel ging nicht ab, der Daumen war im Weg.

Schnelle Schritte. Nur Meter entfernt. Oder war das über ihr? Kamen die Geräusche von oben? Suchte sie jemand? Niels? Nein, das war unmöglich. Aber er würde alles tun, das wusste sie. Wenn auch sie alles tat, dann konnten Niels und Hannah gemeinsam das Unmögliche vollbringen. Hatten sie sich das nicht einmal geschworen?

Der Finger ist gebrochen oder ausgekugelt, dann sollte das doch möglich sein.

Sie legte sich auf ihren gebrochenen Daumen und presste sich mit ihrem ganzen Gewicht auf den Boden, während sie die Hände gegeneinanderdrehte, um sich zu befreien. Ihr ganzer Körper schrie, dass sie aufhören sollte, aber dann ...

Er war direkt vor der Tür, hatte seine Finger auf der Klinke.

Jetzt!

Die Plastikfessel rutschte über ihren Daumen, der sich fast übergangslos in ihre Handfläche drückte. Ihre Hände waren frei. Sie wollte sich die Binde von den Augen reißen, entschied sich dann aber dagegen. Sie musste auf den richtigen Moment warten. Ihn glauben lassen, dass alles so war, wie es sein sollte.

Hannah legte ihre Hände auf den Rücken, als er zu ihr in den Raum kam.

15.

Nördlich von Kopenhagen, 22.37 Uhr

Die Tür war abgeschlossen. Und wenn sie da unten waren, würden sie es hören, wenn Niels sie aufbrach. Auf das Überraschungsmoment konnte er dann nicht mehr setzen, dann wäre Bergmann darauf vorbereitet, dass er kam. Im Licht des Handys versuchte er, durch das Schlüsselloch zu blicken. Eine dicke Tür, auf deren Innenseite allem Anschein nach noch eine Extraplatte montiert worden war. Zur Schallisolierung? Eine selbst gebaute Zelle? Wie es dieser Verrückte in Österreich gemacht hatte. Der Schlüssel steckte von innen. Sie mussten also unten sein.

Er sah sich um. Schuhe. Unendlich viele Schuhe, in drei Lagen übereinandergestapelt. Clogs und Stiefel. Ein Besenstiel? Irgendwo musste doch Werkzeug sein. Niels trat von der Tür weg, um sich einen besseren Überblick zu verschaffen. Regale. Ein Hammer und ein Schraubenzieher. Lautlos wäre das nicht gerade. Er nahm den rostigen Schraubenzieher aus dem Kasten. Vielleicht konnte er auf der Scharnierseite den Türrahmen lösen. Er schob den Schraubenzieher zwischen Wand und Rahmen. Der weiche Mörtel würde nicht viel Widerstand leisten. Es gelang ihm recht gut, das Metall zwischen Rahmen und Wand zu schieben, doch als er es als Hebel benutzen wollte, begannen die Probleme. Der Schraubenzieher versank in der Wand und grub sich in Putz und Feuchtigkeit. Sie war zu weich. Er brauchte etwas mit einer breiteren

Klinge. Nein. Dafür reichte die Zeit nicht. Niels bohrte den Schraubenzieher weiter hinein und begann zu hebeln. Irgendwann löste der Rahmen sich, sogar ohne viel Krach zu machen, und schließlich konnte er die Tür öffnen. Er blieb stehen und lauschte. Wie war es mit einer Waffe? Ein Schraubenzieher? Besser als nichts.

16.

Nördlich von Kopenhagen, 22.39 Uhr

Die Gründlichkeit ist entscheidend, dachte Adam Bergmann. Bis zu einem gewissen Punkt konnte er sich beeilen, aber wenn es um die letzten, wesentlichen Details ging, war die Zeit nebensächlich. Er überließ nichts dem Zufall. Die Flüssigkeit war eine isotonische 0,9-prozentige Salzlösung. Nahm er einfaches Trinkwasser, drang Wasser in die Blutgefäße ein, und nahm er reines Salzwasser, entzog die Flüssigkeit dem Blut das Wasser. Beides würde die Wiederbelebung erschweren. Sie musste auf die richtige Weise sterben, die reine Weise. Musste so ertränkt werden, dass sie Zeit genug hatte, in den Tod zu reisen, Maria zu finden und mit ihr zu reden. Sie musste diese Grenze für ihn überschreiten. Hannah Lund hatte das schon einmal bemerkenswert lange geschafft. Sie war die Richtige, das wusste er.

Er goss das Wasser in eine kleine Wanne. Vier, fünf Zentimeter hoch, mehr war nicht nötig. Es hieß, man könne in einer Untertasse ertrinken. Sie lag auf dem Boden in einer etwas verdrehten Stellung, das Gesicht auf den kalten Beton gepresst. Vielleicht war sie gefallen. Als er sie ansah, empfand er plötzlich so etwas wie Liebe für sie. Dankbarkeit. Sie sollte ihm helfen. Sie war die Einzige, die das konnte. Nur sie konnte diesem Albtraum ein Ende bereiten, ihn aus der Dunkelheit ziehen und Silke retten. Hannah Lunds Tod würde nicht vergebens sein. Ganz sicher nicht. Sie gab ein leises Geräusch von sich, Angst oder Schmerzen, und dieses Geräusch versetzte ihm einen Stich. Sie sollte keine Angst haben. Sie sollte sich mit ihm freuen. Das Ganze machte ja Sinn. Schließlich bekam ihr Leben jetzt einen ultimativen Sinn. Verstand sie nicht, dass sie ganz besondere Fähigkeiten hatte? Er öffnete die Tasche und nahm den Defibrillator heraus.

Dann zog er die Spritze mit dem Adrenalin auf. Bergmanns Hände zitterten so sehr, dass er es erst beim zweiten Versuch schaffte. Jetzt konnte er sich auf das Wesentliche konzentrieren: Hannah Lund musste ertrinken und ihre Reise auf die andere Seite antreten, ehe er sie zurückholte, wiederbelebte und die Antwort hörte.

Er wollte sie betäuben und erst unmittelbar vor dem Ertrinken wieder aufwecken – nur so lange, bis sie ihren Auftrag verstanden hatte. Es war einfach. Die meisten, auch Hannah selbst, berichteten von Begegnungen mit verstorbenen Familienmitgliedern. Sowohl aus der eigenen Familie als auch Familienmitglieder von jenen, die sich im Raum befanden. Es gab Fälle, in denen Ärzte Patienten wiederbelebt hatten, die ihnen dann anschließend von einer Begegnung mit der verstorbenen Mutter des Arztes erzählt hatten. Einige hatten sogar Nachrichten erhalten. Oft ging es um Liebe. Dass alles gut ist.

Er hörte ein Geräusch. Vielleicht drangen die Laute aber auch erst nach dem gewaltigen Stoß zu ihm, der ihn plötzlich und vollkommen unvorbereitet nach vorn gegen die Wand schleuderte. Er knallte mit dem Kopf gegen den Beton und spürte die Schmerzen, die durch Kopf und Nacken zitterten, sodass ihm für einen Augenblick schwarz vor Augen wurde. Und er hörte die Geräusche ihrer Schritte, als sie durch die Tür schlüpfte und über den Flur davonrannte.

17.

Nördlich von Kopenhagen, 22.40 Uhr

Niels hatte vor, sich in den Keller zu schleichen, er setzte noch immer auf das Überraschungsmoment, doch schon auf der ersten Stufe stieß sein Fuß gegen einen Messingbecher, der laut scheppernd über die Stufen nach unten polterte. Jetzt war Bergmann gewarnt. Niels stürmte deshalb die Treppe hinunter, rein ins Dunkel, wobei seine Hand frenetisch nach dem Lichtschalter suchte.

»Hannah!«, brüllte er.

Er schaltete sein Handy ein, um wenigstens etwas Licht zu bekommen. »Hannah?«, rief er noch einmal. Am Fuß der Treppe blieb er stehen und lauschte. Nichts. Dann sah er den Schalter hinter sich an der Wand. Ein uralter, schwarzer Drehschalter. Das Licht ließ aber auf sich warten – schließlich nahm eine Neonröhre flackernd ihren Dienst auf.

Niels war allein im Keller. Allein mit acht Jahren Qualen. Acht Jahren einer vergeblichen Jagd nach dem Mörder. Acht Jahren Tragödie. An den Wänden hingen drei große Tafeln, Seite an Seite, an die er die Bilder von Männern geheftet hatte. Mögliche Verdächtige. Kandidaten für den Mord an Bergmanns Frau. Das war Besessenheit. Niels trat näher. Las die Beschreibung unter dem Bild von einem der Männer. »Ole Lorentzen. Gymnasium. Hat kein Alibi. Hat im Spar eingekauft. Der gleiche Supermarkt.

Können sie sich dort getroffen haben?« Unter einem anderen stand: »David Munch. Universität. Kein Alibi. Hat im ersten Semester vermutlich die gleichen Vorlesungen besucht.« Niels schüttelte den Kopf. Auf dem Tisch lagen aufgeschlagene Fallakten. Fotokopien von Polizeiberichten. Bilder von Männern und wieder Männern. Alte Schulkameraden. Nachbarn und zufällige Passanten. Ein Bibliothekar. An Verdächtigen mangelte es in Bergmanns deprimierendem Universum wirklich nicht.

»Casper?«

Niels hatte gar nicht mitbekommen, dass er seine Nummer gewählt hatte.

»Hast du ihn gefunden?«, fragte die junge Stimme.

»Nein. Nicht im Haus. Was hast du sonst noch für mich? Gibt es ein Sommerhaus? Einen Kleingarten? Hilf mir, Casper. Wo kann er sein?«

»Das Sommerhaus ist verkauft.«

»Verdammt!«, rief Niels laut und trat die Tür zum Garten mit einem Knall auf. Spinnweben legten sich auf sein Gesicht, als er über die Treppe nach oben lief und schließlich wieder in dem hohen, trockenen Gras des Gartens stand. »Gib mir etwas, Casper!«

»Er ist Bereitschaftsarzt.«

»Das weiß ich, an was denkst du?«

»Nichts. Was ist mit seiner Tochter?«

»Was soll mit ihr sein?«

»Ich bin mir nicht sicher, vielleicht …«, sagte Casper, aber er beendete den Satz nicht.

»Wo ist sie?«

Finger auf der Tastatur. Verzweifelte Geräusche.

»Casper?«

»Warte. Das ist ein anderes Register. Hier: Bispebjerg-Klinik, Zentrum für Kinder- und Jugendpsychiatrie.«

Niels blieb am Auto stehen.

»Sie ist in der Klinik?«

»Ja, soweit ich das sehen kann, ist sie seit dem Tod ihrer Mutter immer wieder eingewiesen worden.«

Niels dachte nach. Wie weit war es bis in die Klinik? Die Zeit lief ihm davon. Es kam ihm vor, als wäre er ein Sandkorn, das hilflos im Stundenglas in die dunkle Tiefe gerissen wurde.

18.

Nördlich von Kopenhagen, 22.47 Uhr
Auf der Flucht durch eine entschwundene Zeit. So sah die Welt aus, die Hannah umgab. So war die Welt, die Hannah umgab. Die Binde vor den Augen und das Tape über dem Mund hatte sie sich heruntergerissen, und sie sah, dass sie sich an Bord einer Zeitmaschine befand und 40–50 Jahre in die Vergangenheit katapultiert worden war. Graue und braune Farben in endlosen labyrinthischen Gängen. Möbel aus den 60er- und 70er-Jahren. Arne Jacobsen. Verner Panton. An der Wand hing ein Telefon, ein monströser Museumsgegenstand mit einer riesigen Wählscheibe. Sie überlegte, ob sie anhalten und anrufen sollte, wagte es aber nicht. Er würde sie einholen. Sie musste weg, sich verstecken, sich einen Plan zurechtlegen und fliehen. »Außenminister«, stand auf einem Schild an einer Tür. »Justizminister«, auf einem anderen. Sie warf einen flüchtigen Blick in einen der Räume und erkannte ein einfaches Bett und ein kleines Büro im perfekten 60er-Jahre-Design. Tisch, Stuhl, Designerlampe.
Der Kalte Krieg.
Die Worte jagten durch ihren Kopf. Und dann noch mehr: Ich befinde mich mitten im Kalten Krieg. Sowjetunion. DDR. Eiserner Vorhang. Stasi. Atomares Wettrüsten. Die Angst vor dem Untergang der Erde. Sie wurden wie in einer Zentrifuge durch ihren Kopf geschleudert, setzten sich aber nicht wirklich fest,

dafür war ihr Hirn zu chaotisch, ihr Körper zu angsterfüllt. Aber so musste es sein. Sie musste sich in einem unterirdischen Bunker aus der Zeit des Kalten Krieges befinden. Aber gab es so etwas in Dänemark noch? Sie hatte nie davon gehört. Sich aber auch nie dafür interessiert. Doch, natürlich musste es diese Bunker auch in Dänemark geben. Es war noch gar nicht so lange her, dass die Gefahr eines Atomkriegs real war. Sie erinnerte sich aus ihrer Kindheit daran. Ein alter Film in der Schule, Anweisungen, wie man sich verhalten sollte, wenn die Russen mit Atomwaffen angriffen – »Krabbelt unter den Tisch, Kinder, bewahrt die Ruhe« –, die Furcht vor der großen, alles zerstörenden atomaren Ragnarök, der Hölle auf Erden. In der Schulbibliothek hatten Bücher gestanden, in denen genau beschrieben wurde, wie Kopenhagen von den russischen Atombomben ausradiert werden würde, erst durch die Druckwelle und dann durch die Strahlung; sie erinnerte sich auch noch an die grauenhaften Bilder aus Hiroshima und Nagasaki. Pulverisierte Gebäude, Kinderskelette, deformierte Gesichter und dass die Lehrer mit finsterer Miene gesagt hatten, dass die damaligen Bomben im Vergleich zu den heutigen kaum mehr als Spielzeuge waren. Die Erinnerung an all das kam zurück, weil die Welt um sie herum die Zeit zurückgedreht hatte.

»Ministerpräsident« stand auf einem Schild, und daneben war ein Raum mit einem ovalen Tisch mit Platz für den engsten Regierungskreis. An der Wand hing eine Weltkarte. Das konnte man nicht falsch verstehen, dachte Hannah. Hier hatte man die dänische Regierung im Falle eines Atomkriegs unterbringen wollen. Von hier aus sollte sie das Land regieren, vermutlich gemeinsam mit einer Reihe anderer wichtiger Personen, wie den Vertretern des Königshauses, hohen Militärfunktionären und wichtigen Staatssekretären und Ministerialbeamten. Und hier, mitten in diesem Kriegsalbtraum, diesem grausigen Überbleibsel einer Wirklichkeit, die es nicht mehr gab, einer Arche Noah ohne Menschen und Tiere, war sie auf der Flucht vor einem Mann, den sie irgendwo hinter sich hören konnte.

»Du kannst nicht weglaufen!«

Seine Stimme dröhnte durch die Gänge. Woher kam sie? Aber seine Schritte näherten sich. Langsam, aber sicher holte er sie ein. Überall waren Türen. Braune, unnahbare Türen, die ihr nichts Gutes wollten. Die entschwundene Zeit wollte sich nicht stören lassen. Sie bog gerade noch rechtzeitig um eine Ecke. Etwas später, und er hätte sie gesehen. Dann entschied sie sich für die dritte Tür auf der linken Seite. Eine zufällige Entscheidung, aber die Tür war offen. Sie schloss sie so vorsichtig wie nur möglich hinter sich, schaltete das Licht aber nicht ein. Sie fürchtete, dass es auf dem Flur zu sehen sein würde. Um sie herum war es nun fast ganz dunkel. Sie hörte ihn an der Tür vorbeilaufen. Seine Schritte entfernten sich über den Flur, es war aber nur eine Frage der Zeit, bis er wieder umkehrte, das wusste sie. Er kannte diesen Bunker und wusste, wo sie sich verstecken konnte. Ein Streifen Licht fiel unter der Tür hindurch in den Raum. Genug, um ein paar Konturen zu erkennen. Ein Etagenbett. Ein Tisch. Zwei Stühle. Eine Lampe. Wo war sie? Wie hieß dieser Ort? Sie öffnete die Schubladen unter der Tischplatte. Kugelschreiber, ein leerer Notizblock. Nichts, das Namen oder Adresse verriet. Dann kam ihr wieder das Telefon in den Sinn. Das alte Wählscheibentelefon, an dem sie auf dem Flur vorbeigekommen war. Vielleicht war das ihre einzige Chance? Wenn es überhaupt funktionierte. Doch, dachte sie, natürlich funktionierte das. Sie musste wieder dorthin zurück. Hier unten war Strom, und die Heizung funktionierte, was ja bedeuten musste, dass diese Anlage noch irgendwie genutzt wurde. Vielleicht dachten die Politiker, dass sie auch in Zeiten des Krieges gegen den Terror interessant sein könnte? Oder im Falle einer unvorhergesehenen Naturkatastrophe in Dänemark? Mit anderen Worten: Das Telefon funktionierte. Es musste einfach funktionieren. Dann kam ihr noch eine andere Möglichkeit in den Sinn: die Alarmanlage. Hinten an der Treppe hatte sie eine große Glocke gesehen, die musste irgendwie zu einer Alarmanlage gehören. Vielleicht ein Feueralarm. Vielleicht konnte sie den auslösen? Hierbleiben konnte sie auf keinen Fall. Es war nur eine Frage der Zeit, bis er die Tür öffnen würde, und dann wären ihr alle Fluchtwege versperrt. Hannah trat an die Tür und lauschte. Nichts. Sie legte ihre Hand vorsichtig auf die Klinke und spähte nach draußen.

19.

Bispebjerg-Klinik – Zentrum für Kinder- und Jugendpsychiatrie, 22.49 Uhr

Der Mond oder besser gesagt ein Mondrest hing hoch über der Bispebjerg-Klinik und brachte Niels' Gedanken wieder zu Hannah. Wie sehr sie sich auf die Mondfinsternis heute Abend gefreut hatte! Als hätte sie sie ihm zu Ehren arrangiert. Wie ein Kind, das einem Erwachsenen sein gerade gemaltes Bild zeigte.

Niels ignorierte das Parkverbot, warf die Autotür hinter sich zu und lief die fünf Stufen zum Haupteingang hoch. Es war niemand da. Keine Kinder, keine Patienten, kein Personal. Niels rannte über den Flur, vorbei an einer Infotafel für Eltern, auf der ein Smiley klebte.

»Kann ich Ihnen helfen?«

Plötzlich stand ein Pförtner hinter Niels.

»Gibt es irgendwo einen Arzt, der Dienst hat?«

»Wenn Sie nach der psychiatrischen Ambulanz suchen, die ist ...«

»Nein, ich muss mit dem Arzt reden, der Dienst hat. Jetzt!«

»Um was geht es denn?«

»Um eine Ihrer Patientinnen. Ich muss mit ihr reden.«

»Okay. Und wer sind S...«

Niels hatte bereits seinen Ausweis herausgeholt und hielt ihn dem Pförtner aggressiv vor das Gesicht.

»Mit wem wollen Sie reden?«
»Silke. Silke Bergmann.«
»Okay, aber das wird schwierig.«
»Warum? Ist sie nicht mehr hier in der Klinik?«
»Doch, aber Silke spricht nicht.«

***

Der diensthabende Arzt stand mitten im Garten an einer Schaukel und beobachtete gemeinsam mit einer Gruppe Kinder und ein paar Schwestern die Mondfinsternis. Die Wolken gaben den Blick auf den Mond frei, und der Umriss der Erde war auf dem Himmelskörper zu erkennen, der uns überallhin folgte. Der kosmische Spiegel, wie Hannah ihn nannte. Unsere einzige Möglichkeit, die Erde von außen zu sehen und etwas über ihren Umriss auszusagen. Zu verstehen, ja zu spüren, dass wir tatsächlich auf einer Kugel stehen, von einer runden Masse angezogen werden und direkt in das Universum unter uns schauen. Nicht über uns, nein, denn wenn die Schwerkraft plötzlich weg wäre, würden wir alle ins Universum stürzen, egal wo auf der Erde wir uns befinden. Das Universum ist unter uns. Und am Abend der Mondfinsternis spüren wir das, weil die Sonne den Erdschatten auf unseren Mond wirft.

»Schultz?«, sagte der Pförtner.

Der Arzt drehte sich um.

»Hier ist jemand von der Polizei.«

»Können Sie fünf Minuten warten?«

»Nein«, antwortete Niels.

Schultz klopfte einem der jungen Mädchen auf die Schulter. Niels bekam einen kurzen Eindruck von den Kindern und ihren Leiden: Teenager, vor allem Mädchen, zum Teil fürchterlich dünn.

Und während der Arzt mit den Kindern redete, dachte Niels an Dicte. Eine Solotänzerin. Hatten Leon und Sommersted wirklich so über ihn geredet? Sahen sie in ihm jemanden, der wie Dicte zu viel Verantwortung auf sich lud? Oder war das nur eine nette Umschreibung für die Tatsache, dass Solotänzer das Talent der anderen grundsätzlich anzweifelten? Dass er nicht daran glaubte, der Rest der Polizei könne mehr ausrichten als er selbst, wenn überhaupt?

»Ihr bleibt jetzt hier und verfolgt das bis zum Ende. Gleich gleitet der Mond aus dem Schatten der Erde«, sagte der Arzt und ging zu Niels.

»Geht es um eine Eileinlieferung? Gewöhnlich ruft der Distriktspsychiater vorher an …«

»Nein, es geht nicht um eine Einlieferung«, sagte Niels.

»Was ist denn dann so wichtig, dass es nicht warten kann?«

»Ich muss mit einer Ihrer Patientinnen reden. Mit Silke Bergmann.«

»Worüber?«

»Es geht um ihren Vater.«

»Adam? Ist etwas passiert?«

»Wir fürchten, dass er in ein Verbrechen verwickelt ist.«

»Was für ein Verbrechen?«

»Kennen Sie ihn?«

»Er ist Arzt. Wir haben viel über Silke und ihr Wohlergehen gesprochen.«

»Aber sonst wissen Sie nichts über ihn?«

»Er soll Schlafforscher sein, angeblich einer der besten.«

»Sonst noch etwas?«

Schultz trat nervös von einem Fuß auf den anderen, ohne ein Wort zu sagen.

»Ich habe Sie gefragt, was Sie über ihn wissen.«

»Was ich weiß? Ich weiß natürlich das, was ich wissen muss.«

»Und das wäre?«

»Das, was ich wissen muss, um seine Tochter richtig zu behandeln ...«

Schultz schien sich selbst zu bremsen. »Die Sache gefällt mir nicht. Und ich unterliege der Schweigepflicht«, sagte er irritiert.

Gut, dachte Niels. Der Arzt hatte seine Rolle verstanden.

»Ich muss mit seiner Tochter reden.«

»Silke spricht nicht.«

»Wie, sie spricht nicht?«

»Sie können das wörtlich nehmen. Seit dem Mord an ihrer Mutter. Wobei ihre Reaktion langsam und schleichend gekommen ist, über Wochen. Sie wurde verhört ...« Er richtete sich auf. »Ihre Kollegen bei der Polizei haben sie verhört. Aber eines Tages hat sie einfach nichts mehr gesagt.«

»Ein Schock?«

»Eher eine Psychose. Die ultimative posttraumatische Stressreaktion. Sie ist nicht die Erste.«

»Wie meinen Sie das?«

»Vater erschießt Mutter, während die Kinder zusehen, etwa in der Art. Man liest in den Zeitungen darüber. Und diese Kinder landen dann bei uns. Oft haben sie dichtgemacht wie eine Auster. Es kann Jahre dauern ...«

Niels unterbrach ihn: »Aber versteht sie, was sie gefragt wird?«

Schultz sah Niels an, bevor er antwortete.

»Über diesen Punkt gibt es unter den Psychiatern eine gewisse Uneinigkeit.«

»Ich frage aber Sie.«

»Ich bezweifle das keine Sekunde. Ja, Silke versteht.«

20.

Nördlich von Kopenhagen, 22.50 Uhr

»Wo kann sie sein?«

Adam Bergmanns Stirn schmerzte, seine Augenbraue musste aufgeplatzt sein, denn ein dünnes Rinnsal Blut lief über Nase, Lippen und Kinn. Wo hatte sie sich versteckt? Bergmann spürte Panik in sich aufwallen. Du musst ruhig bleiben, dachte er. Ruhig. Sie konnte ja nicht weg. Er holte die hellroten Handschellen mit dem Plüschbesatz, die er in einem Sex-Shop gekauft hatte. Aber sie funktionierten, der Rest war egal. Dann würde er sie eben damit fesseln.

Den Bunker verlassen konnte sie nicht, der einzige Ausgang war verschlossen, und Fenster gab es keine. Außerdem musste sie auch noch unter dem Einfluss des Betäubungsmittels stehen. Bestimmt rannte sie wie ein kopfloses Huhn herum, sodass er sie ganz bald finden würde. Sie war fertig, und das würde auch ihr irgendwann bewusst werden. Er kannte sich hier aus, kannte alle Räume, alle Gegenstände und wusste, wo Türen, Flure, Sackgassen und Belüftungsschächte waren. Als Bereitschaftsarzt war er im Laufe der Jahre bei einer Unzahl von Übungen hier unten gewesen. Und er hatte den Auftrag, darauf zu achten, dass die medizinische Ausrüstung immer einsatzbereit blieb.

Es war wie ein Katz-und-Maus-Spiel. So musste er das sehen. Ruhig, flüsterte Adam Bergmann sich zu. Es gab keinen Grund, kopflos herumzurennen. Er sah zu der Tür des Technikraums. Und schloss ihn auf. Die betongrauen Generatoren summten. Es roch nach Staub. Sollte er den Strom ausschalten? Alle Gänge und Räume in absolute Finsternis hüllen? Nein, damit würde er ihr nur helfen. Stattdessen schaltete er die zusätzliche Notbeleuchtung ein, sodass auch noch der letzte Winkel ausgeleuchtet wurde und man sich nicht verstecken konnte. Die Telefonkabel sammelten sich in einem dicken Kabel, das in einem Stecker verschwand. Auch in dieser Hinsicht war der Ort ein technologischer Anachronismus. Es war nicht leicht, den Stecker herauszuziehen, er war fast in der Wand festgewachsen, aber schließlich gelang es ihm, die Telefonverbindung zu kappen. Zur Sicherheit trat er fest auf den Stecker, sodass er nicht mehr in die Dose passte. Dann ging er zurück auf den Flur, blieb still stehen und lauschte. Er wartete, bis seine Augen sich an das grelle, gelbliche Licht gewöhnt hatten. Es war ebenso künstlich wie das Natriumlicht auf öffentlichen Toiletten, das alle Farben in Nuancen von Schwarz und Gelb verwandelte. Da. Er sah sie. Ihren Rücken, sie lief von ihm weg. Sie will zum Telefon, sagte er zu sich selbst. Sie ist nicht dumm, natürlich nicht. Er wusste alles über Hannah. Hatte sich über ihren Background erkundigt. Ihre wissenschaftliche Karriere, die sie an die Wand gefahren hatte. Sie hatte als eine der größten Begabungen der Universität gegolten, bis ihr Sohn Selbstmord begangen hatte. Danach war sie in sich zusammengefallen. Vielleicht hatte er auf einem der Uni-Jubiläen sogar einmal mit ihrem berühmten Mann Gustav gesprochen? Ein Lebemann, der seinen eigenen Wert kannte. Ein *Larger than life*-Typ, die Antwort der Mathematik auf Ernest Hemingway, wie es einmal in irgendeiner Zeitschrift gestanden hatte. Sie warf einen Blick über die Schulter, entdeckte ihn aber nicht. Dann sah er, wie sie den Hörer nahm und anzurufen versuchte. Sogar von Weitem konnte er sehen, wie sehr ihre Finger zitterten.

Er schlich sich langsam an sie heran. Als er direkt hinter ihr war, packte er ihren Hals und ihre Arme und hielt sie fest.

Sie schrie und versuchte, sich aus seinem Griff zu winden.

»Das ist doch sinnlos«, sagte er so ruhig er konnte.

Sie drehte sich um. Ihre Augen waren angstvoll aufgerissen, und sie stammelte unzusammenhängend. Ihre Worte überschlugen sich: »Lass mich los! Was willst du von mir? Wo bin ich? Was ...«

»Versteh das doch, Hannah.« Er legte seine Hand auf ihren Mund. Glaubte einen Augenblick lang, dass sie ihn beißen würde. »Du musst nicht versuchen zu fliehen. Du musst mir helfen.«

Nein, sie würde nicht beißen. Sie war wie gelähmt, paralysiert. Ihn so dicht vor sich zu haben, ihm direkt in die Augen zu schauen, seinen Atem auf dem Gesicht zu spüren, hatte ihren letzten Willen, ihre letzte Kraft gebrochen. Sie hatte aufgegeben. Er war fast ...

Sie schlug ihn. Mit einer Kraft, die er niemals erahnt hätte, gewaltsam, überraschend, schmerzhaft, hämmerte ihre Faust direkt in sein Gesicht. Er schützte sich, und sie nutzte den Augenblick, um sich loszureißen. Einen Moment lang schien die Aktion von Erfolg gekrönt zu sein, denn er ließ sie vor Überraschung und Schmerz los, aber sie kam nicht an ihm vorbei und hing schließlich doch wieder an seinem Arm.

»Du Schwein!«, schrie sie.

Er hörte sie nicht, sondern schleppte sie hinter sich her zur nächstgelegenen Tür und warf sie auf den Boden. Er hatte Blut in den Augen. Musste die Wunde vielleicht sogar nähen, ehe er weitermachen könnte. Auf jeden Fall musste die Blutung erst einmal aufhören, dachte er, bevor er ihr das Knie in den Rücken drückte. Sie schrie und hörte deshalb das leise Klicken nicht, als die Handschellen sich um ihre Handgelenke legten.

»Hilfe! Hilfe!«

»Es kann dich niemand hören. Wir sind tief unter der Erde«, sagte er und zog sie zu einem Wasserrohr. Er legte einen Kabelbinder um die Kette der Handschellen und ein Wasserrohr und zog ihn zu.

»Was willst du denn von mir?«

Adam Bergmann schloss die Tür und verschwand über den Flur.

21.

Nördlich von Kopenhagen, 22.53 Uhr

Hannah zerrte so fest sie konnte an den Handschellen, begriff aber schnell, wie hoffnungslos die ganze Situation war. Jeder neue Versuch trieb ihr nur noch mehr Tränen in die Augen. Und wofür sollte das gut sein? Die Tür war verschlossen, und ein einfacher Blick sagte ihr, dass das keine normale Tür war, sondern etwas, das die Rote Armee mitsamt ihren Atomwaffen plus Breschnew aufhalten konnte. Diese Tür würde sie niemals aufbekommen. Noch dazu hatte er sie mit den Handschellen an ein Rohr gekettet. Eingesperrt. Der Raum um sie herum badete in gelbem Licht. Er war vielleicht zwölf Quadratmeter groß und bloß mit einem Tisch und einem Stuhl möbliert. Vier raue Betonwände umgaben sie. Wie in einer Gefängniszelle. Oder einer der winzigen Klassenräume ihrer Kindheit. Über dem Tisch hing eine Weltkarte im A3-Format: Tschechoslowakei, Sowjetunion, Jugoslawien. Als hätten die letzten Jahrzehnte nicht stattgefunden, nicht hier unten. Erst jetzt fiel ihr die Maschine auf, die auf dem Tisch stand. Ein Radiotelegrafie-Gerät mit einem großen Knopf in der Mitte. Hannah hatte nie zuvor einen richtigen Morseapparat gesehen, wusste aber gleich, dass das ein solches Gerät sein musste. Morsen. Natürlich. Wenn die Menschen beginnen, sich gegenseitig umzubringen, und alle Hemmungen verlieren, werden sie als Erstes sämtliche Kommunikationswege bombardieren: Satelliten, Fernsehsender, Handymasten. Das wäre schnell erledigt. Vermutlich in wenigen Minuten. Beim letzten großen Krieg würde es weder Radio noch Fernsehen geben, geschweige denn Internet. Was blieb, waren die guten alten Kurzwellensender.

Und das Morsealphabet. Die letzten Geräusche, die die Menschen einander schickten, würden einzelne kurze Piepstöne sein. Wie von hilflosen Tieren. Ob da draußen dann auch immer noch Hobbyfunker saßen?

Hannah dachte nach. Was sollte sie sonst tun? Schiffe morsten vielleicht auch noch, wenn ihre modernen Funkgeräte kaputt waren. Die Morsezeichen waren ebenso simpel wie unauslöschbar, man konnte sie nicht einmal mit Bomben ausradieren.

Vielleicht funktioniert der Apparat ja noch immer, dachte sie. Vermutlich schon, alles funktioniert hier noch, schließlich warten wir noch immer auf das Jüngste Gericht. Wenn sie nur das Alphabet könnte. Wenn nicht …

Sie schlug sich den Gedanken aus dem Kopf. Die Handschellen ketteten sie an das Rohr, und sie konnte den Apparat nicht erreichen. Wenn nicht …

Sie legte sich auf den Rücken, streckte Arme und Beine aufs Äußerste und bekam den Fuß zwischen die Beine des Stuhls, der am Tisch stand, sodass sie ihn zu sich ziehen konnte. Es ertönte ein lautes Quietschen. Sie sah nach oben. Das Rohr verlief an der Wand entlang, knickte unter der Decke in einem 90-Grad-Winkel ab und führte bis zur anderen Seite des Raumes, wo es nach einer weiteren 90-Grad-Biegung wieder nach unten zum Schreibtisch führte. Sie kletterte auf den Stuhl. Die Knie zuerst, eines nach dem anderen, dann die Füße. Ihre Handgelenke wurden verdreht, als sie aufstand, und der Daumen schmerzte, obgleich er sich kalt und steif anfühlte. Tot. Jetzt stand sie auf dem Stuhl.

Wenn sie sich auf die Zehenspitzen stellte, bekam sie die Hände um die Biegung des Rohres bis zu dem Bereich, wo es waagerecht unter der Decke verlief. Sie verkniff sich die Schmerzensschreie. Sie hing jetzt an ihren Handgelenken, nur noch leicht getragen von den Zehenspitzen auf dem Stuhl. Ihre Knochen waren ganz kurz davor, dem Gewicht ihres Körpers nachzugeben. Und was jetzt? Konnte sie sich quer durch den Raum schieben und sich an dem Rohr bis zur anderen Seite hangeln? Nein, das war unmöglich. Wenn das Rohr wenigstens etwas nach unten abfiele, aber das war nicht der Fall. Sie versuchte, sich an der Wand hinter sich abzustoßen, bewegte sich aber nicht. Die Schmerzen trieben ihr den kalten Schweiß auf die Stirn. Einmal glaubte sie, sich vor Schmerzen erbrechen zu müssen. Dann kam ihr eine neue Idee: Vielleicht konnte sie sich mit den Beinen auf die andere Seite schwingen und das Rohr mit den Füßen festhalten, um sich so auf die andere Seite zu ziehen. Hannah gab die Idee gleich wieder auf. Die Schmerzen würden unerträglich sein. Sie würde mit ihrem ganzen Gewicht an den Handgelenken hängen, waagerecht, und sollte sich dann auch noch mit den Beinen nach drüben ziehen?

Sie hörte ihn draußen auf dem Flur. Irgendwo. Kam er näher? Es war unmöglich zu sagen. Sie schloss die Augen, sprang vom Stuhl ab und schleuderte die Beine zur anderen Seite hinüber. Waren beide Handgelenke gebrochen? Es fühlte sich auf jeden Fall so an. Beim ersten Versuch gelang es ihr nicht, die Füße hinter dem Rohr zu verkeilen. Ein neuer Versuch. Dieses Mal tat es nicht so weh. Vielleicht war das das Geheimnis der Schmerzen, dachte sie. Sie feuerten ihr ganzes Pulver beim ersten Mal ab. Dieses Mal hatte sie Erfolg, fand mit der Ferse Halt an dem senkrechten Rohr und hing damit gestreckt unter der Decke. Zentimeter für Zentimeter schob sie sich zur anderen Seite hinüber.

Mehrmals war sie kurz davor, den Halt mit den Füßen zu verlieren, aber es gelang ihr immer wieder, sich festzuklammern, sodass sie ihrem Ziel unendlich langsam näher rückte. Halbwegs. Sie schloss die Augen. Dann zog sie sich weiter heran, näher, *näher*, bis sie irgendwann an dem Rand war, wo das Rohr um 90 Grad nach unten abknickte und ... Sie rutschte auf der anderen Seite hinunter und knallte mit dem Rücken gegen den Tisch.

22.

Bispebjerg-Klinik – Zentrum für Kinder- und Jugendpsychiatrie
Schultz brauchte sie nicht zu wecken. Silke schlief nicht. Niels sah es an ihren wachen Augen, als sie sich aufrichtete.

»Silke. Hier ist ein Mann, der gerne mit dir reden würde.« Schultz setzte sich auf die Bettkante.

»Er ist von der Polizei. Er möchte dir ein paar Fragen stellen.« Silke sah erst Niels an, dann den Arzt. Schultz nahm ihre Hand. Sie ließ ihn gewähren. Ohne jede Verteidigung.

»Fünf Minuten«, sagte Schultz mit einem Blick auf Niels.

»Allein.«

Der Psychiater wollte protestieren, aber Niels trat einen Schritt zurück und öffnete die Tür.

Schultz sah seine Patientin an: »Ich bin direkt vor der Tür, Silke.«

»Das ist schon in Ordnung. Sie müssen mich nicht so gefährlich darstellen. Ich bin von der Polizei. Ich bin hier, um auf sie aufzupassen.«

Schließlich erhob sich der Arzt und ging widerstrebend auf den Flur. Niels schloss die Tür und setzte sich auf die Bettkante. Silke sah zu Boden und begann, an ihren Nägeln zu kauen, begrub die Hände dann aber unter der Bettdecke. Sie war schön. Ihre dunklen Augen suchten tief in ihrem Kopf Schutz. Etwas in ihrem Blick ließ Niels an ein verängstigtes Tier denken.

»Silke. Ich glaube, dein Vater hat etwas richtig Dummes getan.«
Sie bewegte sich nicht.

»Ich glaube, dein Vater hat meine Frau als Geisel genommen. Weil er aus irgendeinem Grund glaubt, dass sie ihm helfen kann.« Niels versuchte, ihrem Blick zu begegnen. »Was meinst du, wobei soll sie ihm helfen Silke?«

Er nahm ihre Hand. Eine schlaffe Puppenhand. Kein Widerstand.

»Wohin hat er meine Frau gebracht? Kannst du mir da helfen? Wenn ich richtig rate, könntest du dann meine Hand drücken? Sollen wir das mal probieren?«, flüsterte Niels.

23.

Nördlich von Kopenhagen, 22.56 Uhr

Die Übersicht über das Alphabet hing an der Wand vor dem Tisch. Die Zahlen daneben. So, dachte Hannah. Ordentlich. Strukturiert. Hier würde irgendwann ein Mann oder eine Frau in Uniform sitzen und einen letzten Gruß an die Welt morsen. Monotone Piepslaute, die wie die Violinen auf der *Titanic* den großen Untergang begleiteten. Nur mithilfe kurzer und langer Töne. Punkte und Striche, die 29 Buchstaben bildeten. Wobei die Buchstabenkombination CH einen eigenen Platz im Alphabet bekommen hatte. Vier Striche. Warum? Um »Christ« oder »Churchill« schneller schreiben zu können? Nein, dachte Hannah. Vielleicht weil man auf Englisch morste. Samuel Morse. Amerikaner oder Brite? Sie wusste nicht viel über ihn. Doch, ein Detail schon: Er war nicht nur Erfinder, sondern auch ein begabter Porträtmaler gewesen, eine ungewöhnliche Kombination. Hannah starrte auf den Morseapparat und schüttelte den Kopf. Eine simple Konstruktion, ein primitives Kommunikationsmittel. Es sah aus wie ein undefinierbarer Gegenstand im Schaufenster eines Antiquitätenhändlers irgendwo in einer Kopenhagener Nebenstraße. Ein Gegenstand, für den niemand mehr Verwendung hatte. Auf der ganzen Welt. Und doch stand er da. Wie ein Vorbote einer Zeit, in der wir langsam wieder in die Vergangenheit zurückgebombt werden und die moderne Zivilisation gegen einen unerwartet starken Gegner verliert. Einen Asteroiden. Einen Virus. Eine chemische Waffe. Erst wird es nur zwanzig Jahre zurückgehen. Das Internet verschwindet. Dann achtzig Jahre. Dann sind Fernsehen und Telefon weg, und schließlich ... leben wir in einer Zeit, in der die moderne Gesellschaft nur noch eine vage Erinnerung ist. Dann bereiten wir unsere Mahlzeiten wieder aus dem zu, was wir selbst gefangen haben, und bewachen nachts das Feuer, damit wir nicht im Schlaf erfrieren.

Ein anderer Apparat lag neben dem Morseapparat, eingewickelt in durchsichtiges Plastik. Es war ein moderneres Morsegerät, das aber noch nicht angeschlossen war. Ärgerlich. Es wäre deutlich leichter zu nutzen gewesen, denn man konnte direkt auf die Buchstaben und Zahlen tippen, die dann in Morsesignale umgesetzt wurden. Aber noch hing das alte Gerät an den Kabeln. Bestimmt, damit man üben konnte. Ein handgeschriebener Zettel neben dem Morsealphabet machte ihr Hoffnung: »2004 – Neues Zeichen hinzugefügt – Affenschwanz«, stand darauf, gefolgt von dem entsprechenden Zeichen. Wenn man noch immer Zeichen hinzufügte, musste das Ding ja noch in Verwendung sein. Warum sollte man das sonst tun?

Hannah lauschte, konnte ihn aber nicht hören. Die Zeit war knapp.

Wo schaltete man das Gerät ein? An der Wand waren ein alter Schalter und ein Lautstärkeregler. Voll ausgestreckt konnte sie den Knopf gerade mit dem Fuß erreichen. Mit dem Zeh. Klick. Erst geschah nichts. Bloß ein leises Rauschen, das aber ebenso gut aus ihrem Kopf stammen konnte. Dann ein Piepen. Leise, aber eindeutig. Sollte sie die Lautstärke etwas aufdrehen? Nein, das reichte. Nutz die Zeit, so gut du kannst, Hannah, sagte ihre innere Stimme. Sie lauschte, hörte genau hin und nahm kurze Piepslaute wahr, dann lange. Vier kurze. Zwei lange. Sie sah auf das

Alphabet. Versuchte, die Geräusche zu decodieren. Eigentlich sollte sie sich darauf doch verstehen. Schließlich waren es numerische Kombinationen. Sie las an der Tafel: »Zwischen den Morsezeichen eine Pause einfügen, entsprechend einem langen Zeichen, also einem Strich.« Und darunter: »Die Pausen zwischen den Wörtern sind dreimal so lang wie ein Strich.« Okay. Sie lauschte. Wartete auf eine Pause zwischen den Signalen. *Da.* Punkt, Strich, Punkt, Punkt. Ihre Augen überflogen das Alphabet, während sie dem nächsten Signal lauschte. Strich, Strich, Strich. Das war einfach, ein »O«. So was lernte man schon in der Schule. Und das erste war ein »L«. Dann folgten drei Punkte und ein Strich. »LOV«. Und zum Schluss nur ein Punkt? Oder was? Tatsächlich, nach dem letzten Punkt folgte eine lange Pause. Ihre Augen flogen über die Tafel. Da. Ein Punkt war ein »E«. Das hieß »love«.

24.

Bispebjerg-Klinik – Zentrum für Kinder- und Jugendpsychiatrie, 22.58 Uhr

Niels hörte Schultz' ungeduldige Schritte draußen auf dem Flur. Er atmete tief ein und musterte das Mädchen. Dann fuhr er fort. Ohne Hoffnung, dass sie den Mund aufmachen würde. Aber was war mit den kleinen Zeichen, auf die er so gut trainiert war? Die Reflexe und Körpersignale, über die der Mensch nicht immer Herr war. Es waren diese Signale, nach denen er suchte.

»Vielleicht habt ihr ein altes Sommerhäuschen? Glaubst du, dass dein Vater meine Frau irgendwohin mitgenommen hat, wo ihr mal Ferien gemacht habt?«

Niels hielt ihre kleine Hand vollkommen still. Er nahm sich viel Zeit. Ließ Silkes Hand auf seiner liegen, damit sie ihre Ruhe fand. Es ging um Vertrauen. Sie musste die Deckung sinken lassen. Erst wenn die weg war, gab es Platz für die kleinen, fast unsichtbaren Signale des Körpers.

»Ich verstehe das gut, wenn du denkst, dass du nichts über deinen Vater sagen willst. Dass du ihm nicht schaden willst.«

Er versuchte, ihrem Blick zu begegnen. »Und du musst wissen, dass ich ihm auch nicht schaden will«, sagte Niels. *Lüge*. Denk dieses Mal dran, Niels. Sag nur die Wahrheit.

»Nein, das stimmt nicht, was ich dir gesagt habe, Silke, entschuldige.«

Sie hob die Augenbrauen. Sah an ihm vorbei an die Wand.

»Ich bin total wütend auf deinen Vater, weil er meine Frau mitgenommen hat.«

Tiefes Einatmen.

»Sie ist schwanger, verstehst du? Ich will nicht, dass ihr etwas passiert.«

Niels warf einen Blick über seine Schulter. Schultz hatte die Tür geöffnet. Er stand draußen und sah zu ihnen hinein. *Schultz.*

»Ich weiß genau, dass ihr etwas Schreckliches erlebt habt, Silke. Hörst du mich?« Er sah auf ihre Hand. Sie lag wie tot in der seinen. Er drückte sie. Fest. Versuchte, irgendeine Reaktion zu provozieren.

»Gib mir ein Zeichen, Silke. Sonst kann ich deinen Vater nicht retten.«

Schultz steckte den Kopf herein: »Ich glaube, das reicht dann langsam.«

»Oder habt ihr irgendwo eine Hütte? Einen Schrebergarten …?«

»Haben Sie gehört, was ich gesagt habe?«

Niels drehte sich um. »Noch eine Minute.«

»Ich denke, es reicht.«

Niels hob seine Stimme. »Jetzt lassen Sie mich aber in Ruhe, oder wollen Sie in Handschellen gelegt werden, wegen Behinderung der Polizeiarbeit?«

»Das ist unerhört! Wenn Sie glauben, sich so verhalten zu können, sind Sie wirklich auf dem Holzweg«, rief Schultz und fuhr mit seinen Protesten fort: »Das Mädchen ist psychisch krank, Sie können doch nicht einfach …«

Eine Schwester kam hinzu. Im gleichen Moment bemerkte er, dass Silke seine Hand drückte. Er sah sie an. War das ein Zeichen? Ein *Kontakt*?

»Was war das?«, fragte Niels. »Was hat dich dazu gebracht,

meine Hand zu drücken? Handschellen? Behinderung von Polizeiarbeit?« Nichts, keine Reaktion. Was hatte er gesagt? Oder was hatte Schultz gesagt?

»Wegen etwas, das ich gesagt habe?«

Nichts.

»Oder Schultz?«

Da, ein kaum spürbares Drücken.

»Er hat gesagt, dass du psychisch krank bist.«

Nichts.

Niels dachte nach. Was nicht leicht war mit Schultz hinter sich. Er redete wütend mit der Krankenschwester.

»Wir müssen mit seinem Vorgesetzten Kontakt aufnehmen. Polizei oder nicht, ich bin nicht bereit, mir das gefallen zu lassen.«

»Etwas, das Schultz gesagt hat?« Niels beugte sich dicht vor Silkes Gesicht und flüsterte.

Wieder drückte sie seine Hand.

»Dass ich auf dem Holzweg war? Im Wald?«

Ein letztes Drücken, und Niels spürte Schultz' Hand auf seiner Schulter.

25.

Nördlich von Kopenhagen, 22.59 Uhr

Ein Strich und zwei Punkte. »D«. Sie legte die Buchstaben zusammen. »Love to the world«. Wie konnten die nur so schnell schreiben? Vielleicht hatten die ja schon so eine neue Maschine. Jetzt war sie an der Reihe. Die Hände hingen mit den Handschellen am Rohr fest, aber sie konnte den Knopf mit dem Ellenbogen erreichen. Oder auf den Tisch klettern und mit dem Fuß morsen. Sie entschied sich für letztere Lösung, kletterte hoch und hielt den Fuß über den kleinen Messingknopf. Und dann begann sie. SOS. Dreimal kurz, dreimal lang, dreimal kurz. War sie zu schnell? Sie überlegte, noch einmal von vorne anzufangen, aber dazu fehlte ihr die Zeit. Schließlich hörte sie ihn irgendwo da draußen. Schritte. Einen Schlag gegen Metall. Der Apparat gab wieder Geräusche von sich. Drei lange und ein kurzes. Ihre Augen huschten zu der Tafel mit dem Morsealphabet, sie war jetzt hoch konzentriert:

ONTHESEA.

On the sea, dachte sie. Auf dem Meer? Klar, man fragte sie, ob sie auf dem Meer war.

NO, morste sie. Wähle ein Wort, Hannah, dachte sie. Imprisoned? Zu lang. Was dann? Hostage? Nein. Jetzt hatte sie es. Strich, Punkt, Strich, Punkt. Und dann ein »A« und ein »U«. Das »G« war leicht. Zwei Striche und ein Punkt. Es ging wirklich gut.

Wenn sie es nur schaffte! Sie hörte ihn immer lauter herumkramen. Vergiss ihn. Das ist deine Chance. Fertig. »CAUGHT«.

Sie zögerte. Wurde für einen Moment von dem Gefühl der Hoffnungslosigkeit übermannt. Das klappte doch nie. Was nützte es, wenn sie einer Person, die vielleicht 10 000 Kilometer entfernt war, morste, dass sie an einem Ort gefangen war, den sie nicht kannte? Das war auch nicht besser, als auf einem sinkenden Schiff zu stehen und eine Flaschenpost mit der Nachricht »Hilfe!« auf Reisen zu schicken. Dann begann Love to the World aufs Neue. Ein einfaches Wort. Es dauerte nur wenige Sekunden. »WHERE«. Bergmann sagte draußen auf dem Flur irgendetwas, das sie aber nicht verstand. *Vergiss ihn.*

Was jetzt? Denk nach, Hannah. Die einfachste, simpelste Lösung. Sie musste erklären, wo sie war. Einmal tief durchatmen und dann los.

26.

Bispebjerg-Klinik, 23.02 Uhr

Auf dem Holzweg. Im Wald. Niels stürmte über die Treppe nach unten und rief Casper an. Entweder hatte er das Handy ausgemacht, oder er telefonierte. Auf jeden Fall meldete sich der Anrufbeantworter.

»Casper. Irgendetwas im Wald. Das verkaufte Sommerhaus. Oder vielleicht haben die Eltern der Frau ein Sommerhaus. Oder seine Eltern. Such! Du musst irgendetwas finden. Vielleicht eine Jagdhütte. Was macht man sonst im Wald?«

Niels legte auf. Er war an seinem Auto angekommen. Und jetzt? Wohin sollte er jetzt fahren? Die Tränen der Hoffnungslosigkeit stiegen ihm in die Augen, sodass ihm das Klingeln des Telefons fast einen Schock versetzte.

»Casper, hast du meine Nachricht bekommen?«

Schweigen.

»Hallo?«

Immer noch Schweigen. Aber Niels spürte, dass da jemand war, und sagte lauter:

»Niels Bentzon, mit wem spreche ich?«

Eine weit entfernte, jung klingende Stimme sprach amerikanisches Englisch: »Hello?«

»Wer ist da? Hier ist Niels.«

»Niels? Do you speak English?«, fragte die Stimme.

»Ja«, antwortete Niels auf Englisch. »Mit wem rede ich? Wer sind Sie?«

»Anthony«, sagte die Stimme. »Anthony Gibson. Ich rufe aus Caldwell an, Idaho. Wo sind Sie?«

Niels hätte am liebsten aufgelegt. Aber etwas an der Stimme des Fremden ließ ihn zögern. Sein Tonfall. Er klang so ernst, fast verzweifelt. Er sagte: »Dänemark, Europa. Was wollen Sie?«

»Ich weiß es nicht genau. Aber wir haben in unserer Klasse gerade so ein Projekt. In Physik. Wir versuchen eigene Morseapparate zu bauen. Verstehen Sie?«

Verstand Niels? Er wusste jetzt jedenfalls, dass er einen Teenager am Telefon hatte. Einen Jungen, der von seiner Schule in den USA anrief, wo er mit einem Morse-Projekt beschäftigt war. Niels hörte Stimmen im Hintergrund. Andere Schüler? Ein Lehrer, eine Glocke klingelte, dann waren kichernde Mädchen zu hören.

»Sind Sie noch da?«

»Ja«, antwortete Niels. »Aber warum rufen Sie mich an?«

»Ich habe eben einen Notruf erhalten. Ein SOS und ...«

»Sie sind nicht angerufen worden?«

»Nein, das war ein Morsesignal.«

»Morsesignal?«

»Ja. Morsezeichen. Ich habe die mit meinem Funkgerät aufgefangen.«

»Mit meiner Nummer?«

»Mit dieser Nummer hier, ja. Erst ein SOS und dann Ihre Nummer. Und dann noch eine andere Nummer.«

»Hat sie etwas gesagt?«

»Sie? Ja, also: caught. Sie hat geschrieben, dass sie gefangen ist.«

»Und was war das für eine andere Nummer?«

»Augenblick«, sagte der Junge.

Pause, Knacken, dann war er wieder da.

»Sind Sie bereit?«

»Ja«, sagte Niels.

»Okay, die Nummer, die ich empfangen habe, lautet: 5,6,1,1 und dann der Buchstabe N.«

Niels hatte nichts zu schreiben. Sollte er den Autoschlüssel nehmen?

»Können Sie das noch einmal wiederholen?«

Niels nahm den Schlüssel in die rechte Hand und beugte sich über das Dach des Wagens.

»5,6,1,1,N.«

Er ritzte die Zahlen und den Buchstaben in den Lack.

»Okay, sonst noch was?«

»Nein, das war alles.«

»Aber ...«

»Leider, danach habe ich den Kontakt verloren.«

»Versuchen Sie es weiter.«

»Aber ...«

»Anthony! Versuchen Sie es weiter. Und rufen Sie mich sofort an, wenn Sie etwas auffangen.« Stille. Niels hörte, dass ein Erwachsener mit dem Jungen sprach. Etwas wie: »So ist das, wenn man morst – man übernimmt Verantwortung.«

»Anthony?«

»Yes?«

»Thank you.«

Niels beendete das Gespräch. Er schwitzte. Hannah. Mein Gott. Sie hatte ihm eine Handvoll Zahlen gesendet. Das war ja wieder typisch. Zahlen waren ihr Universum, ihre Sprache. Er sah auf die Zahlen auf dem Dach. Das waren GPS-Koordinaten. Längen- oder Breitengrad? Ein Notsignal. Caught. Aber von wo konnte man heute noch morsen?

27.

Nördlich von Kopenhagen, 23.04 Uhr

Sie konnte ihn hören. Er näherte sich der Tür. Idaho, dachte Hannah. Ich habe meine letzte Hoffnung bei einem total fremden Mann in Idaho deponiert. Und warum denke ich eigentlich, dass es ein Mann ist? Warum mache ich mir überhaupt Hoffnung? Ich weiß noch nicht einmal, wo das liegt. Irgendwo in der Nähe des Colorado? In den Rocky Mountains? Oder war das einer dieser Wüstenstaaten? *My Own Private Idaho*. Den Film hatte sie mal mit Gustav gesehen. Ja, in dem Film war überall Wüste gewesen, und gespielt hatte dieser Schauspieler, der so jung gestorben war. Wie auch sie jung sterben sollte. Zu jung. Wie Johannes.

Er war an der Tür. Noch einmal zerrte sie an den Handschellen, es tat weh, kam ihr aber selbst ein bisschen halbherzig vor. Es nützte ja doch nichts. Wieder ein Schlag gegen die Tür, oder waren das Tritte? Egal, dachte sie, sollte er doch kommen. In gewisser Weise war ihre Angst sogar größer, wenn sie ihn nicht sehen konnte. Im gleichen Moment ging die Tür auf.

»Was hast du gemacht?«

Er starrte auf den Morseapparat. Auf den Lautsprecher, aus dem noch immer leise Töne drangen. Abgeschickt von der anderen Seite des Atlantiks. Ein paar Sekunden lang stand er einfach nur da. Verwirrt. Dann versuchte er sich konfus die Konsequenzen auszurechnen.

»Ich habe ein Notsignal gesendet«, sagte Hannah und versuchte überzeugend zu klingen.

Bergmanns Augen hingen an dem Apparat. Dann ging sein Blick zu der Tafel über dem Tisch und von dort zu dem piependen Lautsprecher.

»Man hat mich gehört. Sie sind unterwegs«, sagte sie, und dann etwas weniger überzeugend: »Sie sollten mich lieber gleich freilassen.«

Bergmann trat an den Tisch. Zog den Stecker aus der Wand. »Hier findet uns niemand.«

»Doch, ich habe ihnen gesagt, wo wir …«

Bergmann fiel ihr ins Wort: »Was gesagt? Du weißt doch gar nicht, wo wir sind!«

»Ich habe den Mond gesehen. Ich kenne den Breitengrad. Was glaubst du, wie lange es dauert, bis sie sich den Rest ausgerechnet haben? Lass mich gehen. Dann wird es für dich nicht so schlimm.«

Sie spürte seine Wut förmlich. »Wir sind nicht wegen mir hier. Wir sind hier, um den Mörder meiner Frau zu finden. Und jetzt legen wir los.«

28.

Auf dem Weg nach Norden, 23.08 Uhr

Das Lenkrad zitterte heftig, als er die 200 Stundenkilometer überschritt. Der Motor klang hingegen, als fühlte er sich pudelwohl.

»Die letzte Zahl war 2?«

»Nein, 1«, sagte Niels und umklammerte das Steuer fester.

»5,6,1,1,N?«

»Ja.« Niels sprach sehr laut. »Ist das ein Breitengrad?«

»Das muss irgendwo in Nordseeland sein«, sagte Casper.

»Ich bin jetzt in Nordseeland. Nähere mich 56,11, N.«

»Hellebæk.«

»Was ist da?«

»Da ist ein Wald, ein kleines Haus. Ein Dorf.«

Niels dachte nach. An Silke. Den Wald. Wie ihre kleine Hand zugedrückt hatte, als der Psychiater »Holzweg« gesagt hatte. Casper unterbrach seine Gedanken: »Sie hat gemorst?«

»Auf jeden Fall ist der Notruf als Morsesignal eingegangen.«

»Wer zum Henker morst denn heute noch?«

»Ja, wer?«

»Spontan denke ich dabei an Schiffe.«

»Vielleicht.«

»Das Problem ist, dass wir nur den Breitengrad haben. Das könnte überall sein ...«

»Wald! Konzentrier dich auf den Wald, Casper. Untersuch, was es da in der Nähe gibt. Finde einen Link zwischen Adam Bergmann und ...«

»Und was?«

Niels fuhr an den Straßenrand und hielt an. Aus reiner Verzweiflung. Und um richtig nachdenken zu können. Die wenige Zeit, die sie hatten, mussten sie effektiv nutzen. Er stieg aus und stand am Rand irgendeiner nordseeländischen Stadt. Mücken schwirrten müde um seinen Kopf. Es roch nach Stall.

»Was jetzt?«, sagte er laut zu sich selbst. Er hörte Casper am anderen Ende. Seine Finger trommelten auf die Tastatur. Schnell.

»Woran denkst du?«, fragte Casper.

»An diese Morsezeichen. Und den Holzweg.«

»Holzweg?«

»Das dauert jetzt zu lange, aber es ist eine Spur, wenn auch nicht die verlässlichste.«

»Okay.«

Niels versuchte sich zu konzentrieren.

»Was wissen wir über ihn?«, fragte Casper.

»Über Bergmann? Er ist Schlafforscher.«

»Und Vater.«

»Und seine Frau wurde ermordet«, sagte Niels.

Stille. Einen Augenblick.

»Sag mir was über die Gegend«, bat Niels.

»Die Gegend um 56,11«, sagte Casper zu sich selbst, und danach hörte Niels nur noch die Finger auf der Tastatur. »Da in der Gegend ist eine alte Mühle. Hammermøllen. Früher wurden da Waffen hergestellt ...«

»Waffen? Vielleicht ...«

»Jetzt aber nicht mehr. Jetzt ist das ein Museum.«

»Weiter!«, rief Niels.

»Hellebæk ist eine beliebte Gegend bei Ornithologen.«

»Weiter.«

»Besonders Raubvögel. Das Gebiet ist bekannt für seine großen Raubvogelzüge. Und es soll da auch viele Rehe geben.«

»Jäger?«

»Keine Ahnung.«

»Waffen und Jäger und Rehe und Vögel«, sagte Niels. »Was hat das mit einem Schlafforscher zu tun?«

Stille. Vielleicht dachte Casper nach. Vielleicht hatte er aufgegeben.

»Komm schon, Casper. Dicht am Meer. Die Stadt liegt am Øresund.«

»Schiffe, Fracht, Fischerei, Fährbetrieb, Jachthafen«, murmelte Casper und unterbrach sich. »Man morst doch auf Schiffen.«

»Gab es in der Gegend ungeklärte Verbrechen?«

Pause. Tastengeklapper. Ein Knacken im Telefon. »Einen Raub letztes Jahr.«

»Weiter.«

»Und eine unaufgeklärte Vergewaltigung. Ein junges Mädchen auf dem Rückweg vom Reiten.«

»Nein, Casper.«

»Fahren unter Alkoholeinfluss. Zwei Fälle.«

»Nein.«

Casper überhörte ihn. »Bei dem einen Fall wurde ein Mann vom Zivilschutz angefahren, er hatte aber nur einen Oberschenkelhalsbruch.«

»Zivilschutz?«

»Ja, der Besoffene ist direkt in eine Gruppe vom Zivilschutz gefahren. Die waren sicher auf einer Übung. Die sind ja überall.«

»Werden in der Gegend häufiger Militärübungen abgehalten?«

»Augenblick.«

»Gibt es eine Kaserne in Helsingør?«

»Birkerød.«

»Keine bei Hellebæk? Er ist doch Bereitschaftsarzt.«

»Wer?«

»Adam Bergmann ist Bereitschaftsarzt. Das berücksichtigst du bei deiner Suche doch?«

»Nein, aber ...«

»Aber was?«

»Augenblick.«

»Komm schon, Casper!«

»Da tauchen alle möglichen Bilder auf.«

»Wo?«

»Wenn ich suche.«

»Was für Bilder?«

»Vom Militär. Aufgenommen von Leuten, die da wohnen. Warte mal. Hör mal, hier auf einer Facebookseite steht: Und dann war der Wald wieder abgesperrt, geheime Übungen, als wüssten wir nichts von diesem Atombunker.«

»Was?«

»Ein Atombunker. Moment, hier.«

Stille. Bis Casper schließlich sagte: »Regan Ost.«

Niels hörte, was er sagte, verstand aber nichts.

»Regan Ost«, wiederholte Casper. »Das ist da in der Gegend, nicht genau die angegebenen Koordinaten, aber ...«

»Vielleicht hat sie die ja nicht ganz genau gehabt«, dachte Niels laut. »Regan Ost ist ... ein Bunker?«

»Genau. Auch in Jütland gibt es einen. Das ist Regan West, aber der ist wohl inzwischen geschlossen. Regan Ost ist aber noch in Betrieb. Ein Monstrum aus dem Kalten Krieg. Tief unter der Erde. Um die Regierung und das Königshaus im Falle eines Atomkriegs oder irgendwelcher anderer Katastrophen unterbringen zu können.«

Niels hatte bereits den Motor angelassen.
»Kann er Zugang zu diesem Bunker haben?«, fragte Casper.
»Als Bereitschaftsarzt? Warum nicht?«
»Das würde auch erklären, wieso sie gemorst hat.«
»Kannst du mir sagen, wo genau dieser Bunker liegt?«

29.

Regan Ost, 23.09 Uhr

Adam Bergmann schaltete die Monitore ein. Sie erwachten langsam wie aus einem tiefen Schlaf. Moderne Technik, Augen in der Nacht. Schwarz-Weiß-Bilder des Waldes vor dem Eingang von Regan Ost. Einige dieser Kameras waren bei der großen Renovierung vor zwei Jahren eingebaut worden, an der auch er teilgenommen hatte. Er hatte damals das alte medizinische Material ausgewechselt. Sogar die Operationstische, die an den Ecken zu rosten begonnen hatten, waren durch neue, moderne Tische ersetzt worden. Das Medikamentenlager hielt er fortlaufend in Schuss, damit die Mittel jederzeit einsatzbereit und nicht abgelaufen waren. Wie auch das große Lebensmittellager immer bereit war. Trockenmilch und Konserven. Genug, um 150 Menschen sechs Monate lang zu versorgen. *Sechs Monate.* So lange wollte man sich aus einem Bunker tief in der dänischen Erde zur Wehr setzen.

Er sah zu Hannah. Sie versuchte noch immer, ihre Hände zu befreien. Wie lange sie wohl kämpfen würde?

»Ich dachte wirklich, es wäre leichter mit dir«, sagte er. »Du hast das doch schon mal erlebt.«

Sie sah ihn an und holte durch die Nase Luft, der Mund war wieder mit Klebeband versiegelt. Sie sah aus, als hätte sie jemand gezeichnet, die Skizze eines fertigen Menschen.

»Ich verstehe nicht, warum du solche Angst hast. Du weißt doch, dass der Tod nicht das Ende ist.«

Sie schüttelte den Kopf. Er sah auf die Monitore. Er würde ein paar Stunden brauchen. Mindestens eine Stunde. Was, wenn sie wirklich, wie behauptet, eine Nachricht geschickt hatte? *Das Auto.* Vielleicht sollte er es wegfahren. Falls jemand kam. Sollte sie wirklich zu jemandem Kontakt bekommen haben? Nur das Militär kannte die genaue Lage von Regan Ost. Aber jetzt parkte der Wagen direkt vor dem Eingang. Er sah auf die Monitore. *Nichts.*

»Ich komme zurück«, sagte er und versicherte sich, dass sie sich dieses Mal nicht befreien oder mit den Handschellen am Rohr entlangschieben konnte. Sie murmelte etwas hinter dem schwarzen Klebeband.

»Es dauert nicht lang. Dann legen wir los.«

Als er zur Treppe lief, hallten seine Schritte durch die leeren Gänge. Vielleicht war es bloß Paranoia, dachte er. Vermutlich. Aber trotzdem: Es gab keinen Grund, leichtsinnig zu sein. Übermut lohnte sich nicht. Vielleicht sah jemand den Wagen vor dem Eingang, wunderte sich und verständigte die Polizei. Warum stand ein weißer Lieferwagen mitten in der Nacht auf einem gottverlassenen Waldweg? Das Risiko war gering, aber dennoch. Oft waren es die Details, die Projekte scheitern ließen, die unbedachten Kleinigkeiten. Warum sollte er dieses Risiko nicht eliminieren? Es würde nur wenige Minuten dauern. Er musste nur die Treppe hoch, das Auto ein paar Hundert Meter wegfahren und es irgendwo parken, wo es bestmöglich versteckt war. Dann konnte er wieder zurückgehen. Das war die einzig vernünftige Vorgehensweise. Auch Silke zuliebe. Nur sie bedeutete etwas. Er musste die Antwort finden und Silke Frieden schenken.

Komm schon, machte er sich Mut.

Die Treppe hatte er schnell hinter sich gebracht. Das Adrenalin vervielfachte seine Kraft. Oder genauer: Das Adrenalin kombiniert mit dem Schlafmangel und den Aufputschmitteln, die er schluckte. Irgendwie wirkten sie sich auch auf seine Augen aus. Als sähe er deutlicher als sonst. Detailreicher, fokussierter. Trotzdem war in seinem Kopf Platz für einen Gedanken, der nicht in den Plan passte. Eine plötzliche Idee, die Richtung zu ändern. Das Ganze aufzugeben. Zur Klinik zu fahren, sich Silke zu schnappen, sie ins Auto zu setzen und einfach wegzufahren. Einfach so weit weg wie möglich. An irgendeinen Strand, wo es warm war. Sizilien vielleicht. Vulkane und Apfelsinen. Nein. Er zwang seine Gedanken, nicht das Ziel aus den Augen zu verlieren. Hannah. Der Plan. Er durfte jetzt nicht an Silke denken. Oder an die Ärzte mit ihren wohlmeinenden Blicken. An die Kinder im Aufenthaltsraum, deren Zukunft niemand brauchte. Er erreichte das Ende der Treppe und legte die Hand auf die Türklinke. Trat nach draußen. Schloss die Tür hinter sich und lief die wenigen Meter zu dem abgestellten Auto. Wie weit weg musste er parken? Er ließ den Motor an. Mücken tanzten im Scheinwerferlicht. Auf dem Beifahrersitz lagen ungebrauchte Spritzen und Pipetten. Er wurde wirklich langsam unvorsichtig. Wenn die Polizei das gesehen hätte ... Aber das war jetzt egal. Jetzt war er hier. Jetzt fehlte nur noch der letzte Schritt.

Als er in den Wald fuhr, sah er etwas im Rückspiegel. In der Ferne. Das Licht eines anderen Autos. Konnte das von der Landstraße herüberscheinen? Nein. Das Auto war im Wald. Er schaltete den Motor aus.

30.

Hellebæk, 23.18 Uhr

Niels parkte an einer Lichtung im Wald. War es wirklich hier? Die Koordinaten stimmten mit Caspers Angaben überein. Er stieg aus dem Auto und stellte die Füße auf den weichen Boden. Dann sah er die Tür, sie schien förmlich aus dem Wald zu wachsen. Perfekt getarnt. Ein Tor ins Innere der Erde, schon jetzt fast ein Teil der Natur. Gras und Zweige wuchsen rings um die Betonkonstruktion. Niels fragte sich aber, ob das wirklich der richtige Ort war. Konnte das der Eingang zu einem unterirdischen Komplex sein, der Hunderte von Menschen beherbergen sollte? Er packte den kalten stählernen Handgriff, drückte ihn nach unten, aber die Tür bewegte sich nicht einen Millimeter. Stattdessen zitterte sein Bein. Er fror. *Und wenn es gar nicht hier ist oder ich zu spät bin?* Vielleicht ist das hier ja bloß irgendein Generator? Fenster gab es keine. Einen Ventilationsschacht? Luft? Ja, dachte Niels, wenn das hier Regan Ost war, musste es eine Belüftung geben. Aber wo? Vielleicht war das jetzt der Moment, in dem er um Hilfe bitten musste. Niels sah auf sein Handy. Kein Empfang. Er stocherte mit der Schuhspitze im Boden herum. Wie Dicte es getan hätte. Warum musste er jetzt an sie denken? Weil Solotänzer irgendwann einpacken mussten? Weil er Hilfe brauchte. Jetzt. Er ging zurück zum Auto, ließ den Motor an und schaltete die Scheinwerfer ein. Sein Handy empfing noch immer kein Signal.

Gib mir ein Zeichen.

Er suchte die nähere Umgebung ab, fand aber weder einen anderen Eingang noch einen Ort, an dem er Empfang hatte. Dann fiel ihm eine dicht stehende Baumgruppe auf. Vielleicht war dort etwas. Auf jeden Fall wäre das ein gutes Versteck. Als Niels näher kam, knackten Blätter und Zweige unter seinen Füßen. Dann sah er das Auto. Einen weißen Lieferwagen. War das der, mit dem Hannah hierhergebracht worden war? War sie noch im Auto? Nein, sie musste in den Bunker gebracht worden sein, andernfalls hätte sie ja nicht morsen können. Aber dann war sie noch am Leben. Auf jeden Fall war sie das noch vor Kurzem gewesen. Er ging um das Auto herum und sah in den Laderaum. Nichts. Und zu hören war auch nichts. Nur die Geräusche des Waldes. Oder?

Der Schlag war unprofessionell, zu hart und nicht genau genug. Er traf ihn an der Schläfe und nicht am Hinterkopf, wie man es auf der Polizeischule lernte. Nur so waren die Menschen schnell und effektiv außer Gefecht zu setzen. Niels schrie vor Schmerzen, sah alles doppelt, und seine Beine zuckten spastisch.

»Bergmann!«

Niels versuchte sich hinzuknien. Zurückzuschlagen, aber seine Arme fegten nur durch die Luft. In seinem Mund schmeckte er Sommer, Beeren und warme Erde, getrocknet von der Sonne.

»Hannah!«, schrie Niels. Er rappelte sich auf, ging aber direkt wieder zu Boden. Als er sich umdrehte, stand Schlafforscher Adam Bergmann direkt hinter ihm. Bergmann trat einen Schritt vor. Niels versuchte, sich vor dem Schlag mit dem Arm zu schützen, aber Bergmann schlug umso fester. Zweimal. Tausend Gedanken schossen Niels durch den Kopf. Über Hannah, Leon, Casper und seine ungeborenen Zwillinge, aber keiner davon konnte ihm auf die Beine helfen. Dann spürte er einen Stich in der Schulter.

Eine Biene, dachte sein benebeltes Hirn, doch als er aufblickte, sah er Bergmann mit einer Spritze in der Hand.

»Wo ist sie? Wo ist meine Frau?« Niels fasste sich in den Nacken.

Bergmann sah aus wie jemand, der gerade eine Partie Schach gewonnen hatte. Er trat einen Schritt zurück.

»Was haben Sie getan?« Die Schmerzen in der Schläfe verschwanden unglaublich schnell. Zu schnell. Was auch immer Bergmann ihm gespritzt hatte, es war ungeheuer effektiv.

Niels kniete sich hin und kam weiter auf die Beine. Er ging einen Schritt auf Bergmann zu, schlug nach ihm und traf ihn im Gesicht. Bergmann stieß Niels weg, ruhig und abwartend. Als wüsste er, dass er gleich in einen tiefen Schlaf fallen würde. Oder sterben? Die Erkenntnis kam Niels, als er am Boden lag und Arme und Beine nicht mehr koordinieren konnte. Das also ist meine letzte Sekunde, dachte er. Der Gedanke erleichterte ihn irgendwie. Machte ihn schwerelos. Er spürte die trockene Erde zwischen den Fingern. *Erde zu Erde*. Nein, es war bloß der Stoff, den er ihm gespritzt hatte, der ihn so entspannen ließ. Reiß dich zusammen, Bentzon! Was ist mit Hannah? Seine Augenlider wurden schwer. Er versuchte, alle Muskeln seiner Stirn zu aktivieren, um sie nach oben zu ziehen, während die allerletzten analytischen Impulse in seinem Hirn zur Landung ansetzten: Du kannst nichts mehr tun, das ist das Ende. Nein! Deine ungeborenen Kinder. Du musst an sie denken. Du hättest Hilfe rufen sollen. Wieder mal typisch. Alles musst du allein machen.

»In ein paar Sekunden sind Sie weg«, sagte eine Stimme.

War das Bergmann? Niels öffnete die Augen für einen Moment und sah ein Paar Schuhe mit nackten Füßen. Braune, teure Clarks, dachte er. Reiß dich jetzt zusammen.

»Hilfe«, flüsterte er. Eigentlich hatte er das rufen wollen. Unmöglich. Du musst mit dem Handy ... Hilfe rufen ... Er spürte, wie Finger seine Augenlider hochzogen. Dann wurde ihm mit einer kleinen Taschenlampe in die Pupillen geleuchtet. Alles wurde weiß. Unter Aufbietung seiner letzten Kraft bekam er Kontakt zu seiner linken Hand und beorderte sie in seine Tasche. Wenn er nur anrufen könnte. Unmöglich, er konnte ja nicht einmal sprechen. Und Bergmann würde das bemerken und ihm das Handy wegnehmen. Eine Taste, und man konnte eine SMS schreiben. War es nicht so? Aber gab es hier überhaupt Empfang? Er hörte, dass Bergmann um ihn herumging, geduldig wie ein Raubtier vor seiner gefällten Beute, während er darauf wartete, dass Niels am Ende war. Ja, eine Taste, und man konnte eine SMS schicken. Es gab neun Tasten, und oft fand das Handy die Wörter selbst. Was war der kürzeste Hilferuf?, fragte Niels sich. SOS? Sollte er es wie Hannah machen? Ja, SOS. Wie ging das noch mal? Neun Tasten, neun kleine Tasten ... Mann, du hast schon Millionen von SMS geschrieben, überlass das doch deinen Fingern. Niels ließ seinen Daumen bestimmen, drückte drei Tasten und dann auf »Senden«. Aber an wen? Bergmann leuchtete in seine Augen.

»Das war aber auch an der Zeit«, flüsterte er und zog Niels am Bein. Bentzon spürte, wie die Erde über seinen Rücken gezogen wurde. Nein, es musste umgekehrt sein. *Jetzt komm schon, Bentzon,* denk nach. Wem kannst du diese SMS schicken? Leon? Der Daumen fand den mittleren Knopf des Telefons. *L.* Und dann den rechts darüberliegenden. *E.* Reichte das, damit das Telefon Leon im Adressbuch fand? Taste Nummer sechs von oben. *O.* Und dann »Senden«.

31.

Valby, 23.21 Uhr

Thirty love. Wimbledon, ein Frauenmatch. Vielleicht eine Wiederholung vom letzten Jahr, als Auftakt für das kommende Wimbledon-Turnier? Leon wusste es nicht, es war ihm aber auch egal. Er liebte Frauentennis: Die Mischung aus Aggression, Frauen, durchtrainierten Beinen, Gewinnern und Verlierern enthielt alles, was er in seinem Universum zum Leben brauchte. Seine Frau stillte ihren Jüngsten. *Advantage Miss Kvitová.* Leon liebte es, einfach mit einem Kissen unter dem Kopf auf dem Boden zu liegen, die jeden Abend schmerzenden Lenden zu strecken und die zwei Frauen von unten zu sehen. Dabei wünschte er sich, dass endlich ein Fernseher erfunden wurde, bei dem man den Blickwinkel ändern konnte. Es gab heutzutage so viele technische Spielereien, warum also nicht auch so etwas? Schließlich wäre es wirklich nicht schlecht, vor dem Fernseher am Boden zu liegen und Caroline Wozniacki und Maria Sharapova unter den Rock zu schauen. Das Telefon meldete sich. Nee, jetzt nicht, dachte er. Nicht mal, wenn Osama bin Laden von den Toten auferstanden wäre und mit einer *dirty bomb* um den Bauch herum am Flughafen in Kastrup stehen würde.

»Scheiße!«, schimpfte er und drehte sich dann doch auf die Seite, um aufzustehen, ohne den Rücken zu belasten. Er ging gebeugt zum Tisch. Eine SMS.

»Von Bentzon?«

Er öffnete sie. *Pop.* Was sollte das denn? *Deuce. Quiet please.* Leon spürte die Aggression in sich auflodern. *Pop.* Typisch Bentzon. Vieldeutig, philosophisch, aufdringlich und dabei alles andere als konkret. *Pop?* Was sollte dieser Scheiß denn wieder, sollte das etwa heißen, dass er lieber in den Medien war, als seinen Job zu machen? War das ein Vorwurf?

»Fuck, Bentzon«, fauchte Leon und kämpfte sich zurück.
Game Miss Kvitová.

32.

Regan Ost, 23.26 Uhr

Niels wachte auf und sah Hannahs nackte Füße. Sein erster Impuls war, sie zu streicheln, mit der Rückseite seiner Hand langsam über die Zehen zu streichen, über den Knöchel und die Schienbeine. Aber seine Hände waren auf dem Rücken gefesselt, und seine Füße hingen an irgendetwas fest, das er nicht sehen konnte. Er war bewegungsunfähig.

»Hannah?«

Sie versuchte, sich zu bewegen, aber auch sie war an eine Metallschiene gefesselt.

»Niels?«

Ein Mann räusperte sich irgendwo im Raum.

»Sie kommen wieder zu Bewusstsein«, sagte er. »Das ist gut. Sie waren betäubt.«

Niels erkannte die Stimme und wunderte sich wieder. Das sollte die Stimme eines Mörders sein? Nicht eine Warnlampe war aufgeleuchtet, als Niels sie das erste Mal gehört hatte. Im Gegenteil, Bergmann hatte so vertrauenswürdig geklungen, so besorgt um das Wohl seiner Patienten, und seine Augen waren hellwach und mitfühlend gewesen.

»Die Wirkung wird noch eine Weile anhalten. Ihre Gedanken sind noch nicht ganz klar.«

»Hannah?«

»Ihre Frau ist hier. Sie hätten nicht kommen sollen.«

Hannah unterbrach ihn: »Niels, bist du okay?«

»Ich sehe nur deine Füße. Wo sind wir?«

»Wir sind unter der Erde«, sagte Bergmann. »Dort, wo Sie niemand hören kann.«

Niels erkannte von seinem Platz aus Wände und Decke. Bergmann fuhr wie ein müder Reiseleiter mit seiner monotonen Beschreibung der Umgebung fort: »In einer mit Blei verstärkten Konstruktion«, erklärte er. »Besonders die Decke und die Wände. Aber auch in der Tür und im Boden ist eine fünf Zentimeter dicke Bleischicht eingearbeitet worden.«

Niels wusste genau, was er ihnen zu sagen versuchte: Es war sinnlos, um Hilfe zu rufen.

»Kann ich mich hinsetzen, mein Rücken schmerzt.«

Der Schlafforscher stand auf, und Niels konnte ihn endlich sehen. Sein Gesicht war aufgedunsen, und Niels fragte sich, ob er ihn mit seinem Schlag so fest getroffen hatte.

»Ich kann Sie etwas aufrichten. Das sollte auch Ihrer Blutzirkulation auf die Sprünge helfen«, sagte er, griff Niels unter die Arme und zog ihn mit etwas Mühe an die Wand.

»Ist es so besser?«

Eigentlich nicht, dachte Niels. Es tat sogar noch mehr weh als vorher, besonders da, wo die gefesselten Handgelenke gegen die Wand drückten. Aber er konnte Hannah sehen.

»Nein«, kam es ganz spontan aus seinem Mund, als er die Konstruktion sah. Tränen stiegen ihm in die Augen, und sein Herz hämmerte wie wild. Hannah lag gefesselt auf einem Metallgitter. Jeder Teil ihres Körpers war festgebunden: Füße, Knie, Schenkel, Hüfte und Arme. Aber das war nicht das Schlimmste. Am unerträglichsten war, dass sie mit dem Gesicht nach unten hing, knapp einen halben Meter über dem Boden. Unter ihrem

Gesicht stand ein klinisch aussehendes Aquarium mit klarem, hellblauem Wasser. Das Metallgitter konnte angehoben und abgesenkt werden.

»Niels?« Hannahs Stimme klang mutlos und resigniert. Sie konnte ihn nicht sehen und sich keinen Zentimeter bewegen, dafür sorgte die mechanische Konstruktion, die ihren Kopf hielt.

»Ich weiß, das sieht schrecklich aus«, sagte Bergmann. »Aber das ist das gleiche Gerät, das man bei Hirnoperationen verwendet.«

»Ich bin okay, Niels«, sagte Hannah, klang dabei aber wenig überzeugend.

»Ich bitte Sie, das dürfen Sie nicht«, sagte Niels und konnte seinen Atem nicht kontrollieren.

»Man braucht wirklich keine Angst zu haben«, sagte der Arzt. »Ich habe jetzt schon so viele getroffen, und alle erzählen die gleiche Geschichte. Unser Bewusstsein verlässt den Körper und reist weiter.«

»Damit kommen Sie nicht durch«, sagte Niels drohend. Er dachte nicht klar. Musste die Taktik ändern. Rede mit ihm, statt ihm zu drohen, flüsterte der professionelle Niels dem ängstlichen Niels zu. Ja, rede mit ihm. Bring ihn dazu, andere Möglichkeiten zu erkennen, du darfst in ihm nur einen Lebensmüden sehen, einen Geiselnehmer, einen Desperado. Du bist dazu ausgebildet worden, solche Leute von ihren Taten abzubringen.

»Durchkommen?«, wiederholte Bergmann und sah aus, als dachte er über Niels' Worte nach. »Durch-kommen. Die Seele kommt durch«, flüsterte er.

»Ja, diesen Weg müssen wir alle gehen«, sagte Niels. »Aber warum jetzt?«

»Wir müssen meine Frau finden. Ich weiß, dass sie da ist.«

»Ihre Frau ist tot. Sie wurde ermordet.«

Bergmann blickte auf. Niels hatte jetzt zum ersten Mal Augenkontakt mit ihm.

»Woher wissen Sie das?«

»Das spielt keine Rolle«, sagte Niels und versuchte das Gefühl der Hoffnungslosigkeit zu verdrängen. »Genauso, wie ich Sie hier gefunden habe«, fuhr er fort, »wird alles, was in diesem Raum geschieht, aufgeklärt werden.«

Bergmann schüttelte den Kopf. »Wenn Ihre Kollegen wüssten, wo Sie sind, wären sie längst hier.«

»Vielleicht, ja, vielleicht platzt die Kavallerie nicht gerade jetzt zur Tür herein. Aber was ist mit morgen? Wenn wir vermisst werden?«

»Man wird das für Selbstmord halten.«

»Wird man? Wir haben herausgefunden, wie Dicte van Hauen sich das Leben genommen hat. Sie haben sie in den Tod getrieben.«

Bergmann schüttelte wieder den Kopf.

»Aber wie endet diese Sache hier für Sie?«, fragte Niels.

»Meine Tochter bekommt Gewissheit. Ich bekomme Gewissheit. Der Mörder wird gefunden. Der Gerechtigkeit wird Genüge getan.«

»Meine Frau soll sterben, damit Ihnen Gerechtigkeit widerfahren kann? Das klingt in meinen Ohren nicht ganz gerecht.«

»Ich hole sie wieder zurück. Ich bin Arzt.«

»Und wenn das schiefgeht?«

»Es wird nicht schiefgehen. Ich habe das schon einmal gemacht.«

»Und Dicte?«

»Sie ist selber gesprungen.«

»Und Peter Jensen?«

»Wenn wir zusammenarbeiten, geschieht nichts. Peter hat sich gewehrt.«

»Meine Frau ist schwanger.«

Bergmann sah Niels überrascht an. Niels sah, dass er sich Gedanken über die Konsequenzen machte. Fünf Minuten ohne Sauerstoff, und der Fötus würde Schaden nehmen. Sterben.

»Wie weit sind Sie?«

»Neun Wochen«, sagte Hannah. »Haben die Kleinen Schaden durch die Betäubung genommen?«

»Nein. Aber ein Fötus überlebt es nicht, wenn er mehrere Minuten ohne Sauerstoff ist. Betrachten Sie das als eine Abtreibung«, sagte Bergmann und fuhr fort: »Schließlich werden in Dänemark jedes Jahr Tausende von Abtreibungen vorgenommen.«

»Sie verstehen das nicht«, flüsterte sie. »Wir können keine Kinder bekommen.«

»Das ist fast ein Wunder«, sagte Niels.

»Und Sie sind sicher, dass Sie der Vater sind?«

»Sie Schwein«, fauchte Hannah.

»Man kann nie wissen. Man bezweifelt alles, wenn die eigene Frau ...«

Bergmann kam ins Stocken. Holte tief Luft. Er war ein reservierter Mann, nicht geschaffen für das Leben, das er bekommen hatte. Nicht geschaffen, um über Gefühle zu reden. Niels fragte sich, was für ein Leben zu ihm passen würde: ein Leben in Uniform. Arztkittel, Anzug, Golfkleider, einem festen Rahmen. Ja, ein fester Rahmen, innerhalb dieses Rahmens hätte sich ein gutes Leben entfalten können. Aber seine Frau hatte diesen Rahmen ein für alle Mal gesprengt. Mit ihrem Liebhaber und ihrem brutalen Tod. Geblieben war nur die Auflösung.

»Ihre Frau. Erzählen Sie mir von ihr«, bat Niels.

»Sie ...« Er zögerte, versuchte, noch einmal am gleichen Ort zu beginnen: »Sie ...«

»Sie hatte einen Geliebten?«

»Sie hatte einen Liebhaber, ja«, sagte Bergmann und stockte wieder.

Er war wie ein Auto, das erst in Gang kommen musste, dachte Niels und übte weiter leichten Druck auf ihn aus. Der Schlüssel für Bergmanns Zusammenarbeit war seine Trauer. Der Schlafforscher musste wenigstens einen Teil davon loslassen, die Wut.

»Ihre Frau hatte einen Liebhaber, aber Sie wussten das nicht, oder?«

»Nein.«

»Sie haben sie geliebt.«

»Ja.«

»Und dann?« Niels sah ihn an. Er musste die Geschichte erzählen, sonst nützte es nichts.

Der Atem des Schlafforschers war schneller geworden, hektischer, die Luft kam nicht mehr bis in seinen Bauch. In manchen Augenblicken gelang es Niels, nicht an Hannah zu denken und auch zu vergessen, dass seine Hände auf dem Rücken gefesselt waren und sie höchstwahrscheinlich nicht mehr lebend aus diesem Bunker kamen. Er war auf seine Arbeit konzentriert: musste jede Bewegung im Gesicht des Geiselnehmers registrieren, seinen Atem, seine Pupillen, ob seine Hände zitterten oder ruhig waren, ob er Ausschlag am Hals bekam oder seine Nerven vibrierten. Solange es Anzeichen der Unruhe gab, konnte man verhandeln. Wurde der Atem ruhig, gaben die Hände jegliches Zittern auf und wurden die Augen müde, sollte man als Geiselunterhändler tunlichst das Weite suchen.

»Ihre Frau«, wiederholte Niels.

»Sie hatte einen, ja.«

»Ja, sie hatte einen Liebhaber.«

»Viele Menschen haben das im Laufe einer langen Ehe«, sagte Bergmann mechanisch. Ein Satz, den er mühsam erlernt hatte, um weiterleben zu können, um jeden Morgen aufzustehen und sich nicht am erstbesten Laternenpfahl zu erhängen.

»Jeder hat Probleme in einer langen Ehe«, stimmte Niels ihm aus vollem Herzen zu.

»Jeder«, wiederholte Bergmann.

Niels wünschte sich, Hannah etwas besser sehen zu können. Augenkontakt mit ihr zu haben.

»Aber nicht ihre Untreue ist das Problem?«

»Nein, er hat sie umgebracht.«

»Der Liebhaber.«

»Ja, sie kannte ihn. Hatte ihn in unser Haus gebeten. Meine Tochter …«

Er kam wieder ins Stocken. Schüttelte den Kopf. Es war viele Jahre her, dass er darüber gesprochen hatte. In der Zwischenzeit waren die Worte zu einer festen Masse verwachsen. Es konnte unangenehm werden, sie aufzubrechen. Das wusste niemand besser als Niels. Aber raus mussten sie. *Die Niederlage ist nur bitter, wenn man sie schluckt.* Ein Satz aus seiner Lehrzeit als Unterhändler. Gesagt hatte das irgendein General zu einem Politiker. Niels erinnerte sich nicht genau, aber Bergmann hatte seine Sorge geschluckt, seine Niederlage, seine unerfüllte Rache, und in seinem Inneren war das alles angeschwollen und hatte gewaltige Dimensionen angenommen.

»Ihre Tochter?«

»Hat geschlafen.«

Ein rascher Blick zu Hannah. Ein Tropfen fiel von ihrer Nasenspitze in das Wasserbecken unter ihrem Gesicht. Sie sieht ihr eigenes Spiegelbild auf dem Wasser, registrierte Niels auf einmal. Weinte sie? Oder war das Schweiß?

»Sie hat geschlafen, während …«

»Ihre Tochter hat geschlafen?«

»Ja, sie schlief. Nebenan, in ihrem Zimmer.«

Bergmann entglitten die Worte. Er schüttelte den Kopf.

»Ihre Frau und ihr Geliebter«, half Niels ihm. »Waren im Schlafzimmer neben dem Zimmer Ihrer Tochter?«

»Es gab keinerlei Anzeichen für eine Vergewaltigung«, sagte Bergmann einstudiert, als läse er das aus dem Polizeibericht ab. Er blickte auf und sah Niels in die Augen.

»Sie kannten einander. Sie hatte ihn hereingebeten. Und zum Dank hat er ihr das Leben genommen. Mit einem einfachen Schnitt«, sagte Bergmann und zeigte ganz undramatisch und professionell, wie der Schnitt verlaufen war. Direkt durch die Halsschlagader.

»Präzise und effektiv. Wie man früher die Lämmer geschlachtet hat: ein kleiner Schnitt durch die Schlagader, nicht mehr und nicht weniger. Wer würde heute noch so etwas tun?«

»Ein sehr, sehr kranker Mensch«, antwortete Niels.

Der Schlafforscher schüttelte den Kopf. »Das reicht nicht, das ist nicht genug. Diese Untat darf man nicht einfach nur medizinisch erklären. Das Treffen war geplant«, sagte er. »Meine Tochter hatte eine geringe Dosis Schlafmittel bekommen. Aufgelöst in Kakao. Damit sie nicht aufwachte, während sie zusammen waren. Aber sie ist aufgewacht. Oh, mein Gott«, sagte Bergmann, barg sein Gesicht in den Händen und schluchzte tonlos. Seine Schultern zuckten, als würde er in einem schlecht gefederten Auto sitzen. Niels sah zu Hannah und dem Wasser unter ihr.

»Bergmann. Wir können das so nicht lösen. Ich würde Ihnen gerne helfen, ihren Mörder zu finden.«

Der Arzt schüttelte den Kopf.

»Doch, hören Sie mir zu. Ich verspreche Ihnen, dass ich jede freie Stunde, die ich habe, darauf verwenden werde«, sagte Niels und hörte selbst, wie hohl dieses Versprechen klang.

»Warum sollten Sie ihn finden? Nachdem das schon die Besten der Kopenhagener Polizei über Jahre hinweg versucht haben. Ihr gesamter Bekanntenkreis ist befragt worden. Seit sie sieben war. Alle, mit denen sie jemals Kontakt hatte ...«

»Aber das hier ... das ist doch auch keine Lösung«, sagte Niels schroff.

»Doch, ich weiß, dass es möglich ist. Wir waren mit Dicte ganz dicht dran. Es gibt nur eine, die ihren Mörder gesehen hat, und das ist meine Frau. Ich hatte eigentlich schon aufgegeben ... bis die beiden zu mir gekommen sind.« Bergmann stand auf. Das Gespräch hatte ihn ermüdet. Er begann Niels durch die Finger zu gleiten, sollte er ihn jemals festgehalten haben.

»Wer ist zu Ihnen gekommen?«

»Das war nicht meine Idee. Wenn nicht Dicte und ihre Freunde mit dem Tod experimentiert hätten und in meine Praxis gekommen wären, wäre ich ja gar nicht auf die Idee gekommen«, sagte Bergmann und lächelte beinahe unschuldig: »Ich hatte aufgegeben. Aber eines Tages kommt eine Primaballerina in meine Praxis. Sie leidet unter extremen Schlafstörungen. Kaputten Nächten. Langsam entlocke ich ihr ihr Geheimnis. Dass sie schon mehrmals tot war und wiederbelebt worden ist.«

Aus seiner Gesäßtasche zog er ein Stück Papier hervor und entfaltete es. Niels erkannte die fehlende Seite aus *Phaidon*.

»Hören Sie selbst. Diese Zeilen hat Dicte unterstrichen: *Sagst du nicht, dem Leben sei das Totsein entgegengesetzt?*« Bergmann sah auf: »Das fragt Sokrates, und sein Schüler antwortet:

Das sage ich.«

Bergmann las weiter:

»*Und dass beides auseinander entstehe?*, fragt Sokrates.

Ja.

Aus dem Lebenden also was entsteht?

Das Tote, sprach er.
Und was aus dem Toten?, fragt Sokrates.
Notwendig, sprach er, *muss man eingesteh'n: das Lebende.*
Aus dem Gestorbenen also entsteht das Lebende und die Lebenden?
So zeigt es sich, sprach er.«

Niels fiel ihm ins Wort: »Ein toter Philosoph, Bergmann. Das sind keine Beweise. Sie sind Arzt!«

»Ja, ich bin Arzt. Aber Kollegen auf der ganzen Welt reden darüber. Das Bewusstsein lässt sich nicht auf diesen Körper begrenzen. Es gibt viel zu viele Beweise, die dagegensprechen. Jeden Tag werden Menschen wiederbelebt und erzählen Geschichten.« Bergmann wurde lauter: »Und ich höre meinen Patienten zu. Achte auf alles, was sie erlebt haben. Alles, was Dicte erlebt hat …«

Hannahs Stimme überraschte Niels. Sie klang unheimlich gefasst, als sie Bergmann antwortete. Als hätte sie die Reise akzeptiert, die sie unternehmen sollte. Ein Astronaut, festgeschnallt in seinem Cockpit, wenn die Triebwerke eingeschaltet sind. »Was hat sie erlebt?«, fragte Hannah.

»Das Gleiche wie du vermutlich.« Bergmann sah noch immer nur zu Niels. »Das Gleiche, was fast alle erzählen. Über das Netz, das um die Erde gespannt ist. Das Licht. Das Verschwinden der Grenzen zwischen Körper und Seele. Dass die Zeit als Begriff keine Bedeutung mehr hat. Und dass sie mit Menschen sprechen, die schon seit Langem tot sind. Menschen, die sie gekannt haben. Und manchmal auch solchen, die sie nicht gekannt haben. Angehörige von Menschen, die sich im selben Raum befinden.«

»Sie glauben, dass Ihre Frau hier im Raum ist?«, fragte Niels und konnte seinen Sarkasmus nicht kaschieren.

»Ich glaube das nicht, ich weiß es, ich habe das gelesen.«

»Sie haben das gelesen?« Niels schüttelte den Kopf.

»Es gibt zahlreiche Nahtodstudien. Durchgeführt unter UN-

Regie. Anfangs dachte ich wie alle vernünftigen Menschen, dass das nur Hokuspokus ist. Bullshit«, sagte Bergmann und bewegte sich auf Hannah zu, bis er dicht neben ihr stand. Er sprach zu ihr wie ein Wissenschaftler zum anderen. Wie ein Forscher, der im Vertrauen sein Wissen teilen wollte: »Ich habe sogar mit dem Forschungsleiter in den USA telefoniert.«

»Bruce Greyson?«, sagte Hannah.

»Genau. Habe mich als der vorgestellt, der ich bin. Ein anerkannter europäischer Schlafforscher. Wir haben lange miteinander gesprochen. Mehrmals.«

»Und was hat er gesagt?«

»Es ist über jeden wissenschaftlichen Zweifel erhaben, dass es Dinge in unserem Bewusstsein gibt, von denen wir keine Ahnung haben. Oder besser gesagt von denen wir lieber nichts wissen *wollen*.«

Er redete jetzt schnell. Niels hörte den manischen Tonfall, ein Zeichen, dass das Hirn darum kämpfte, die irrationalen Gedanken zusammenzuhalten, die sein Besitzer entworfen hatte, damit seine Welt nicht in sich zerbrach: »Bewusstseinsstudien auf der ganzen Welt zeigen das Gleiche: Unser Bewusstsein existiert noch, wenn unser Herz zu schlagen aufgehört hat und wir keinerlei Herzaktivität mehr messen können. Und dass wir mit den Toten kommunizieren können. Sie sind um uns herum im Raum.« Bergmann lachte kurz und sah zu Niels: »Ärzte, die Patienten wiederbelebt haben, erzählen, dass sie über die wiederbelebten Patienten Nachrichten bekommen haben von ihren bereits verstorbenen Eltern. Diese Fälle sind gut dokumentiert und gar nicht selten. Und warum sollte das nicht möglich sein?«

»Was ist möglich?«, fragte Niels.

»Mit ihr zu reden. Mit Maria zu reden. Sie zu fragen, wer das getan hat.«

Bergmanns Stimme setzte ein paarmal aus. Niels kannte diese Stimme. Man klang so, wenn man alles aufgegeben hatte. Wenn man zur Tat schreiten wollte. Das Gespräch war zu Ende.

Ich muss irgendetwas Unerwartetes tun, dachte Niels. Ihn überraschen. Ihn dazu bringen, in anderen Bahnen zu denken.

»Sie sind ein Idiot, Bergmann!«, rief Niels mit einer Lautstärke, die ihn selbst überraschte. »Sie schaden Ihrer Tochter! Was glauben Sie denn, wie das hier enden wird? Mit Ihnen im Gefängnis und einem Mädchen, das dann weder Vater noch Mutter hat.«

Bergmanns Wut loderte auf wie ein alter, trockener Zunderschwamm. Niels bemerkte gar nicht, dass er auf ihn zukam, bis er dicht vor ihm stand und er seinen Atem riechen konnte.

»Es endet damit, dass wir den Mörder finden«, flüsterte der Arzt. »Ihre Frau wird ihn für mich finden.«

»Und dann?«

»Und dann findet meine Tochter ihren Frieden. Ich opfere mich gerne.«

»Und Sie opfern auch gerne andere? Meine Frau. Mich. Dicte. Wie viele noch?«

Bergmann stand mitten im Raum, bevor er zu Hannah ging und seinen Atem unter Kontrolle brachte.

»Du warst ja schon einmal tot«, sagte er.

Hannah räusperte sich. Niels war überrascht, wie gefasst sie klang:

»Ja, ich war mehrere Minuten tot«, sagte sie. »Das wissen Sie, deshalb sind wir hier.«

»Und jetzt sollst du noch einmal auf die gleiche Reise gehen.«

»Nein, Bergmann. Ich bitte Sie«, flüsterte Niels und begann an den Kabelbindern zu ziehen, mit denen seine Hände gefesselt waren. Sie saßen stramm. Wenn er sein Handgelenk abreißen könnte, er hätte es getan.

»Wie lange willst du mich tot sein lassen?«, fragte Hannah.

»Zehn Minuten. Dicte war am nächsten dran. Sie hatte acht Minuten. Du bist stark. Die Flüssigkeit, in der du ertrinkst, ist eine ...«

»Salzwasserlösung«, unterbrach Hannah ihn kurz.

»Du weißt, was das bedeutet?«

»Sie schafft die besten Voraussetzungen für eine Reanimation.«

»Ideale Bedingungen«, sagte der Schlafforscher.

Niels hörte ihrem Gespräch zu, während Bergmann den medizinischen Prozess minutiös durchging und Hannah hin und wieder trockene Bemerkungen oder Kommentare machte. *Von Forscher zu Forscher.* Nur dass der eine an einem Metallgitter hing, während der andere den Kontakt zur Erde verloren hatte. Davon abgesehen war alles normal.

»Es ist wichtig, dass du nicht das Licht suchst«, sagte Bergmann. »Dicte war so nah dran. Sie hat ihr Gesicht gesehen. Strahlend.«

»Und wenn ich das Gleiche sehe?«, fragte Hannah.

»Dann gehst du zu ihr, so dicht es nur geht. Du sagst ihr, dass ich dich schicke, denn sie liebt mich noch immer, das weiß ich. Und dann fragst du sie: Wer hat dich ermordet?«

33.

Valby, 23.28 Uhr

Pop. Was sollte das? Leon war ins Bett gegangen. Aber er war ärgerlich, und seine Beine wollten keine Ruhe geben. Er schob sie wieder aus dem Bett und richtete sich auf. *Pop*.

»Stimmt was nicht?«, fragte ihn seine Frau von der anderen Seite des Bettes.

»Ich bin sauer«, sagte er.

Seine Frau wusste genau, dass sie ihn in solchen Momenten in Ruhe lassen musste. Bei Leon war Verärgerung oft die Vorstufe einer wichtigen Erkenntnis. Er stand auf. Nahm sein Handy von einem der beiden idiotischen Nachtschränkchen, die seine Frau gekauft und auf jeder Seite des Bettes samt passenden Lampen platziert hatte. Keine Nachricht, kein Anruf. Er öffnete noch einmal die SMS, die Niels ihm geschickt hatte, während er Tennis gesehen hatte. Eigentlich hatte er die ja ignorieren wollen. *Pop*. Typisch Bentzon. Musste er ihm wieder Vorwürfe machen, dass er populär war? Er wusste ganz genau, was Bentzon über ihn dachte. Er hielt ihn für einen Opportunisten, dem es mehr darauf ankam, nach der Pfeife der Führung zu tanzen und in Sommersteds Arsch zu kriechen, als ein guter Kommissar zu sein.

»Geht's jetzt besser?«, fragte seine Frau vorsichtig.

»Haben wir irgendwo noch ein altes Handy?«

»Wie alt?«

»Eins mit Tasten statt diesem Scheiß hier.«

»Vielleicht. Im Kinderzimmer.«

Seine Frau folgte ihm, etwas verärgert darüber, dass ihr Mann jetzt mitten in der Nacht nach einem Tasten-Handy suchen musste. Sie verschwanden in den beiden Zimmern der älteren Jungs und begannen die Schubladen zu durchwühlen. Eine durchschnittliche dänische Familie hat vier bis zwölf alte Handys bei sich rumliegen, hatte Leon irgendwo gelesen. Und zwischen drei und fünf Computer. Nur nicht diese Familie, verdammt, immer wenn man die alten Sachen brauchte, waren sie nicht zu finden!

»Was für eine Unordnung!«, brummte Leon, als er Fußballabzeichen, Pokémonkarten, Beyblades und acht verschiedene Ladegeräte auf den Tisch geräumt hatte.

»Was suchst du denn, Papa?«, fragte sein Sohn.

Leon machte weiter, ohne sich umzudrehen. »Ich brauche ein altes Handy.«

»Jetzt?«

»Ja, verdammt, sonst würde ich dich doch nicht stören.«

»Unterste Schublade«, sagte der Junge erschrocken und mit müder Stimme. Leon riss die Schublade heraus und leerte sie auf dem Fußboden aus. Da! Ein Nokia. Ein Telefon aus der Zeit, in der man noch Qualität produzierte und die Finnen mit Messern im Ärmel herumliefen und das SMS-System erfanden. Seine Frau stand mit dem älteren Sohn, der auch wach geworden war, in der Tür.

»Was ist denn los, Papa?«

»Einstein, komm her. Sieh dir mal die Buchstaben an«, befahl er und machte Licht. Die ganze Familie, ausgenommen Leon, kniff die Augen zusammen. Leon zeigte auf die Tasten 6 und 7.

»Pqrs und Mno«, sagte Leon.

»Ja und?«

»Die drei Tasten, die du drücken musst, um das Wort Pop zu schreiben.«

»Pop?« Seine Frau verstand nicht, worauf er hinauswollte. Der ältere Sohn war schneller. »Du meinst, was man da sonst noch hätte schreiben können?«

»Ja, genau.«

»Hm«, sagte seine Frau.

»Wie wär's mit Ops?«, schlug sein Sohn vor.

»Was sonst noch?«

»SOP«, sagte der Jüngere, der auf dem Bett stand und sich über die Schulter seines Vaters beugte.

»Nein, was soll das denn heißen?«, sagte der Ältere und sah seinen Vater an. »Aber SOS geht.«

Tausend Gedanken schossen durch Leons Kopf, als er zurück ins Schlafzimmer stürmte, um sich sein eigenes Telefon zu holen: dass es zu spät war, dass er sich früher Gedanken hätte machen müssen, dass Bentzon tot war oder so mies dran, dass er nur den kürzestmöglichen Hilferuf hatte senden können. SOS. Und dass er nicht einmal genug Kraft gehabt hatte, die automatisch vorgeschlagene Korrektur zu akzeptieren, nachdem er die drei Tasten gedrückt hatte …

Und während Leon sich beeilte, Bentzon zurückzurufen, und bestätigt bekam, was er bereits wusste – dass sein Handy tot war –, stand seine Frau mit Jacke und Autoschlüsseln in der Tür bereit. Auf dem Weg zum Auto hörte sie Leon in den Hörer brüllen:

»Es ist mir scheißegal, wen Sie dafür wecken müssen! Ich brauche Bentzons letzte Koordinaten. Und ich muss wissen, mit wem er innerhalb der letzten beiden Stunden gesprochen hat. Und das Einsatzkommando muss bereitstehen … was? Nein, dann rufen Sie die Antiterroreinheit. Es ist mir scheißegal, Hauptsache, ich habe in spätestens 60 Sekunden die Koordinaten! Haben Sie das kapiert? Sonst arbeiten Sie ab morgen früh an der Passkontrolle!«, schrie er, knallte die Autotür zu und fuhr mit Vollgas aus der Einfahrt.

Der ältere der beiden Jungen grinste über das ganze Gesicht. Der jüngere sagte: »Mama?«

»Ja?«

»Papa ist schon klasse, was?«

34.

Regan Ost, 23.30 Uhr

Adam Bergmann löste die Kette, die das Gitter an dem Flaschenzug unter der Decke arretierte. Niels konnte nicht erkennen, ob der Arzt die Anordnung extra für diesen Zweck gebaut hatte oder ob sie vorher schon da gewesen war. Gebaut irgendwann in den 50er-Jahren, als man fürchtete, dass der atomare Winter uns alle auslöschen würde.

»Ich werde dich langsam ablassen.«

»Nein, Bergmann! Lassen Sie sie in Ruhe«, rief Niels.

»Können Sie mir nicht irgendein Betäubungsmittel geben?«, fragte Hannah.

Niels hörte, dass sie weinte.

»Nein, du musst bis zum letzten Moment klar im Kopf sein. Es dauert nur eine Minute.«

»Tun Sie das nicht, Bergmann. Hören Sie auf mich. Nur noch einen Augenblick«, sagte Niels und hatte keine Ahnung, was er noch sagen sollte, um ihn aufzuhalten. Tränen rannen über seine Wangen und weiter auf seine Lippen. Der Geschmack der Trauer.

»Sie wird nicht sterben.«

»Vielleicht nicht. Aber unsere Kinder.«

»Föten? Juristisch gesehen sind das doch noch gar keine Menschen.«

»Keine Menschen«, wiederholte Niels und wischte seine Tränen weg.

Plötzlich fuhr der Arzt aus der Haut: »Reißen Sie sich zusammen!«, schrie er. »Sie haben wohl den Blick für die Relationen verloren! Das ist auch nicht mehr als eine Abtreibung. Wissen Sie eigentlich, wie viele Tausend Abtreibungen jedes Jahr vorgenommen werden? Es geht hier darum, meine Tochter zu retten und einen Mörder zu finden!« Er spuckte die Worte mit einer Wolke aus Speichel aus. »Vielleicht mordet er ja wieder? Wer weiß? Was ist Ihnen lieber? Eine legale Adoption verhindern oder einen Mörder stoppen?«

»Sie verstehen das nicht«, sagte Niels. Er redete, als wären es seine letzten Worte. Und vielleicht waren es ja auch wirklich seine letzten Worte an Hannah.

Bergmann ließ das Gitter langsam in Richtung Wasser ab.

»Hannah. Kannst du mich hören?«, fragte Niels.

»Ja«, antwortete sie mutlos.

»Ich liebe dich. Hörst du?«

»Ja.«

Sie hatte das Leben aufgegeben. Das hörte er ihrer Stimme an. Sie würde ihr zweites Kind verlieren, Und ihr drittes. Nichts würde sie zurückbringen, wenn der Schlafforscher sie erst in die Salzlösung abgesenkt hatte.

»Du kommst zurück zu mir«, rief Niels.

Sie antwortete nicht. Bergmann ließ das Gitter weiter hinunter. Hannahs Haare berührten bereits das Wasser.

»Nehmen Sie mich stattdessen«, sagte Niels. Warum war er nicht eher darauf gekommen? »Denken Sie nach. Denken Sie rational. Wen würden Sie lieber ins Jenseits schicken, um ein Verbrechen aufzuklären? Eine Astrophysikerin oder einen erfahrenen Kriminaler?«

Endlich. Augenkontakt.

»Und wer sagt, dass Sie besser geeignet sind, meine Frau zu finden?«

»Ich habe Sie gefunden, nicht wahr?«

Hannah ergriff das Wort: »Niels ...«

»Nein, sag nichts, Hannah. Wir müssen jetzt professionell handeln. Wenn jemand auf die andere Seite muss, um nach jemandem zu suchen, dann ich. Ich weiß so viel über dieses Verbrechen ...«

Niels bereute seine Worte. *Verbrechen.* Bergmann war kurz davor gewesen, dem Tausch zuzustimmen, es war wichtig, ihn nicht zu erzürnen. »Hören Sie, was ich sage«, fuhr Niels fort. »Ich weiß, wo ich suchen muss. Ich war am Acheron. Ich habe Ihr Gespräch mit Dicte gehört. Ich weiß, wie sie dachte.«

Der Arzt sagte nichts.

»Lassen Sie Hannah gehen. Ich werde Ihre Frau für Sie finden. Und sie fragen.«

Bergmann dachte nach.

»Vielleicht. Aber Ihre Frau hat das schon einmal geschafft«, sagte er.

»Wie oft haben Sie es bei Dicte versucht? Achtmal?«

»Sechs.«

»Lassen Sie mich das tun. Wenn es missglückt, haben Sie ja noch immer die Möglichkeit, es mit Hannah zu probieren.«

»Ich kann es doch auch hinterher mit Ihnen probieren«, sagte er trocken.

»Nein. Wenn wir mit mir anfangen, verspreche ich Ihnen, aus ganzem Herzen mitzumachen. Ich will es versuchen. Mein Bestes geben. Hören Sie auf mich. Ich kenne meine Frau. Wenn Sie Hannah schicken, bekommen wir sie nicht zurück. Sie wird aufgeben. Das tue ich nicht. Ich finde Ihre Frau. Wenn an Ihren Worten was Wahres dran ist.«

Bergmann brummte: »Natürlich ist an meinen Worten was Wahres dran!«

»Dann müssen Sie mich schicken. Ich bin Polizist. Ich kann Verbrechen aufklären. Und ich tue das freiwillig. Im Gegensatz zu den anderen. Ich opfere mich. Kommen Sie, Bergmann, Sie wissen, dass das die richtige Lösung ist.«

Bergmann dachte noch ein paar Sekunden nach. Dann stand er resolut auf, löste Hannahs Kopf und ließ sie am Gitter neben dem Wasserbecken herab. Zum ersten Mal konnte Niels ihre Augen sehen. Sie sagten: Du hättest das nicht tun sollen.

Er versuchte, sie anzulächeln.

»Ihre Hände binde ich aber nicht los«, sagte der Arzt und zog Niels über den Boden. »Ich kann Sie nicht wieder ordentlich fesseln.«

Niels lag Gesicht an Gesicht neben Hannah. Sie war noch immer am Metallrahmen fixiert.

»Ich liebe dich. Weißt du das?«, fragte Niels.

Sie konnte sich keinen Millimeter rühren. In wenigen Augenblicken würde Niels statt ihrer in der mechanischen Konstruktion liegen, auf dem Weg ins Dunkle, in das ultimativ Unbekannte. Dicte hatte das mit den ersten Astronauten verglichen, dachte er. Ja, so sollte er das sehen. Der Gedanke gab ihm sogar ein bisschen Trost: Er war ein Astronaut auf der Reise ins Unbekannte, ein Entdeckungsreisender, ein moderner Columbus.

»Ich löse jetzt deinen Kopf«, sagte Bergmann mit professioneller Überzeugung zu Hannah. »Du darfst dich erst bewegen, wenn ich es sage.«

35.

Autobahn, 23.40 Uhr

»In einem Wald?« Leon schüttelte den Kopf. »Was zum Henker macht Bentzon in einem Wald?«

»Das ist das letzte Signal, das wir von ihm hatten«, sagte der Assistent, der den Wagen fuhr.

Es waren nur wenige andere Autos auf der Autobahn, sodass sie die Sirene ausgeschaltet hatten. Nur das Blaulicht blinkte in die Sommernacht. Blau in Blau, dachte Leon, was für ihn schon eine außergewöhnlich poetische Betrachtungsweise war.

»Ist die nordseeländische Polizei bereit?«

»Ja. Zwanzig Mann, wie bestellt.«

»Und Hunde.«

»Zwei Patrouillen. Sie warten auf uns.«

»Geht's nicht ein bisschen schneller?«

Der Assistent sah zu seinem Chef hinüber. Meinte er das ernst? »Wir fahren schon 210«, sagte er.

***

Leon sprang aus dem Wagen, noch ehe er richtig zum Stillstand gekommen war. Die zwanzig nordseeländischen Beamten hatten sich verteilt, einige rauchten, andere unterhielten sich. Leon war wütend.

»Hören Sie«, rief er.

Die Zigaretten wurden ausgedrückt, und das Gerede verstummte. Leon – seit vielen Jahren Einsatzleiter bei der Polizei in Kopenhagen und als verdammt harter Hund bekannt – brauchte keine Einführung.

»Ein Kollege steckt in der Klemme«, brüllte Leon. »Der letzte Standort war zwei Kilometer entfernt, im Wald. Sie bekommen die präzisen Koordinaten. Ein SOS wurde gesendet um 23.20 Uhr lokale Zeit.«

»Warum reagieren wir erst jetzt?«, fragte eine junge Stimme in der Nacht. Leon suchte nach dem Gesicht. Wie sah der Idiot aus?

»Weil es Zeit gebraucht hat, Bentzons Hilferuf zu decodieren«, fauchte Leon. »Genug geredet! Hundepatrouille?«

»Ja«, kam es zweimal gehorsam aus dem Dunkel.

»Wir haben Bentzons Weste und noch ein paar andere Bekleidungsstücke aus seinem Schrank. Lassen Sie die Hunde daran schnuppern, und beginnen Sie mit zweihundert Metern Abstand zwischen sich. Verstanden?«

»Wir anderen fahren zu den exakten Koordinaten und sehen, was uns die Nacht zu bieten hat. Abmarsch!«

»Verstanden.«

»Niemand kennt die Nacht«, sagte Leon zu sich selbst, als er sich auf den Beifahrersitz setzte und das GPS einschaltete, während sein Kollege hinter dem Steuer Platz nahm.

»Haben Sie was gesagt, Chef?«

»Ja, fahren Sie!«

36.

Regan Ost, 23.55 Uhr

Niels hing in einer höchst unangenehmen Position. Seine Hände schmerzten. Sie waren auf dem Rücken gefesselt und drückten sich gegen die Metallschiene. Bergmann hatte es nicht gewagt, ihn loszumachen, um ihn anständig auf das Metall spannen zu können. Aus gutem Grund. Hätte Niels nur eine Hand frei gehabt, er hätte gekämpft. Hannah hatte den Platz eingenommen, auf dem bis vor Kurzem er gesessen hatte: an der Wand. Er roch die Salzlösung, die nur wenige Zentimeter unter ihm stand. Der Geruch erinnerte ihn ans Meer. Die Nordsee. Hannahs Gesicht in der Wintersonne. Sand …

»Sind Sie bereit?«, fragte Bergmann und zeigte ihm ein altes Bild: »Sie müssen keine Angst haben. Ich werde Sie wiederbeleben.«

»Niels«, sagte Hannah. »Versuch, deine Angst vor dem Tod loszulassen.« Hannah schluchzte auf, bevor sie den Satz vollenden konnte: »Dann hast du größere Chancen, dass alles klappt.«

»Sie heißt Maria«, sagte Bergmann. »Häufig umgeben uns unsere Liebsten und sehen uns an.«

»Maria«, wiederholte Niels.

»Ich lasse Sie jetzt runter.«

»Nein«, flüsterte Hannah.

Niels versuchte, ihre Augen zu sehen, aber er konnte den Kopf nicht bewegen.

»Ich will noch was sagen«, sagte Hannah.

Sie warteten ein paar Sekunden, während Hannah sich sammelte. »Du kommst wieder, Niels«, sagte sie weinend. »Du kommst wieder, hörst du!«

»Tun wir's. Jetzt!«, befahl Niels.

Hannah schrie. Der Schlafforscher löste den Mechanismus, während Niels darüber nachdachte, wie die Menschen auf den Tod reagierten. Man kann die Menschen in drei Gruppen einteilen, dachte er: Die einen werden ohnmächtig, geben auf und machen dicht. Die anderen brechen zusammen, versuchen zu handeln und klammern sich flehend an das Leben, und die dritten nehmen das Ganze mit einer ungeheuren, fast fatalistischen Ruhe. *Wenn es sein muss, dann muss es halt sein. Wir müssen ja alle irgendwann sterben.*

Bergmann ließ ihn langsam nach unten, Niels' Nase berührte jetzt das Wasser. Hannah schrie. Wenn sie doch nur aufhörte, dachte Niels. Er schloss instinktiv die Augen, als er ins Wasser eintauchte, öffnete sie aber gleich wieder. Er wünschte sich, Bergmann hätte eine tiefere Wanne gewählt, in die sein ganzer Kopf eintauchen konnte und nicht nur sein Gesicht. So war er gezwungen, Hannahs Schreie zu hören. Er hielt die Luft an.

»Niels, nein«, schrie Hannah heiser.

Sie musste sein Gesicht jetzt sehen können, im Profil. Dann bekam sie mit, wie er die Luft anhielt, dachte Niels. Wie sollte er am besten sterben? Was würde sie am wenigsten erschrecken, so wenig Leiden wie möglich verursachen? Ja, er musste den Mund öffnen und die Flüssigkeit freiwillig aufnehmen, sie in seine Lungen strömen lassen, bis es überstanden war. Dann kam ihm ein verrückter Gedanke: Er konnte versuchen, das alles zu trinken. Er spürte seinen Puls, besonders an den angeketteten Handgelenken.

»Niels? Kannst du mich hören?«

Jetzt, jetzt brauchte er Luft. Der Mund öffnete sich, und das Wasser strömte in seine Luftröhre, die aber alles prompt wieder herauswürgte. Niels hörte seine eigenen verzweifelten Geräusche. Noch hämmerte sein Herz. Sein Blick wurde verschwommen, das Wasser war zunehmend trüb. Vielleicht dachte er deshalb an den Roskildefjord. Und an seine Mutter. Damals, als sie mit dem Bus nach Deutschland wollten und ihm schlecht wurde, sodass sie schließlich an der Grenze kehrtmachen mussten. Er dachte an seine Mutter ...

»Niels, hörst du mich?«

»Lass ihn in Ruhe.«

Er dachte an seine Mutter. An ihre Hände ...

»Niels!« Hannah schrie, aber ihr Schreien tat jetzt nicht mehr so weh. Er dachte an die Straße in seiner Kindheit. Valby. »Komm rüber«, rief seine Mutter. Sie stand auf der anderen Straßenseite. An der Bushaltestelle.

»Kein Puls.«

Wieder ein Schrei. Ein letzter Schrei. Wie hübsch sie war. So jung. Er konnte sich nicht daran erinnern, sie jemals so jung gesehen zu haben.

»Noch ein paar Sekunden, dann ist er weg.«

Ein Weinen. Ein Lächeln von jemand anderem.

Des einen Tod, des anderen Brot. Warum Brot? Er drehte sich um. Der alte Bäcker war direkt hinter ihm. Da kauften sie freitags immer Kuchen. Napoleonkuchen. Oder seinen Lieblingskuchen: Gåsebryst. Das Wort mochte er nicht, deshalb musste den immer seine Mutter bestellen.

»Niels!«

Jemand rief. Er drehte sich um. Der Verkehr war zum Stillstand gekommen. Seine Mutter winkte ihn zu sich herüber.

37.

Hellebæk, 23.57 Uhr

Leon brüllte: »Wer ist da?«

»Sie wollten wissen, mit wem Niels gesprochen hat?«

»Ja! Mit wem?« Leon wollte auf die Antwort nicht warten und riss dem Fahrer das Handy aus der Hand. Draußen war es stockfinster. Er sah nur Asphalt, Randstreifen und schwarze Wälder.

»Ja?«, sagte Leon hart. »Wer ist da?«

»Casper, aus der IT-Abteilung.«

»Bentzon hat Sie angerufen«, fauchte Leon in den Hörer. »Heute Abend?«

»Ist ihm was passiert?«

»Beantworten Sie meine Frage, Casper. Warum hat er Sie angerufen?«

»Er sucht nach seiner Frau. Hannah. Er glaubt, dass sie in einem alten Bunker in Nordseeland gefangen gehalten wird.«

»Einem Bunker?«

»Ja.«

»Regan Ost. Kennen Sie den?«

»Natürlich. Atomkrieg und all die Scheiße.«

»Es ist nicht sicher, aber er war auf dem Weg dahin, und jetzt kann ich ihn nicht mehr erreichen …«

»Können Sie mir einen Plan dieses Bunkers besorgen?«, würgte Leon ihn ab.

»Vielleicht. Im Verteidiungsministerium.«
»Beeilen Sie sich«, sagte Leon, bevor er dem Fahrer zurief: »Regan Ost, der Bunker bei Hellebæk.«

38.

Die andere Seite, 00.00 Uhr

Erst nur Dunkelheit. Stimmen. Er hörte Hannah seinen Namen rufen. *Niels*. Das war er. Trotzdem hatte er keine Angst. Es fühlte sich an, als wäre die im Körper geblieben, gemeinsam mit all den anderen Gefühlen. Und was war mit der Liebe zu Hannah?, fragte er sich, als sich vor seinen Augen etwas silbrig Glänzendes spielerisch leicht im Kreis drehte, wie eine Fünfkronenmünze auf dem Tisch. Er sah nach unten und realisierte, dass das fluoreszierende Leben an einem langen Faden hing, einer Schnur aus Silber, und erst jetzt wurde ihm bewusst, dass diese Schnur irgendwo in ihm befestigt war. Einen Augenblick lang betrachtete er das Schauspiel. Wie porös, wie fein. Er hätte sie mit zwei Fingern zerreißen können. Aber er konnte weder Finger noch Körper finden. Warum fühlte er nichts außer dieser fast brodelnden Neugier? Wo waren all die Gefühle, die sein halbes Leben dermaßen gesteuert hatten?

»Nicht ein halbes Leben.«

War er das selbst, der da redete?

»Ein ganzes Leben. Das Leben lässt sich nicht aufteilen. Das geht nur auf der Erde. Ab jetzt ist alles anders, ab jetzt ist alles vollständig.«

Lachen. War das auch er?

Aber die Erinnerung war noch immer da, genau wie Bergmann es beschrieben hatte. *Bergmann*. Jetzt war alles wieder da: Hannah, die tote Frau des Schlafforschers, ermordet. Aber das war nicht sein Problem. Außerdem: Es geschieht ja nichts. Es ist nicht schlimm, genau wie Sokrates es beschrieben hatte. Im Gegenteil. Es war leicht. Alles hatte eine ungeheure Leichtigkeit. Seine Gedanken, sein Körper, eine schwerelose Anmut. Sorgen, Ambitionen, Gelüste und Hass – all das steckte im Körper. Nicht in der Seele. Er dachte daran, wie ihn die anderen in den fast fünfzig Jahren seines Lebens genannt hatten, bis er von einem vollkommen neuen Farbspektrum abgelenkt wurde: Nuancen von Rot und Grün, die er für unmöglich gehalten hätte. Oder lag das an seinen Augen? Flimmerndes Licht begegnete ihm, suchendes Licht. Als zöge es an ihm, als riefe es ihn lockend zu sich. Keine Formen, die er kannte, nichts Vertrautes, an dem er sich orientieren konnte. Aber das machte nichts. Denn er war nicht bloß Beobachter, nicht bloß ein Mann auf einer Wanderung durch eine Landschaft, die er nicht verstand. Er *war* diese Landschaft. Die Grenze zwischen ihm und all dem, was ihn umgab, existierte nicht mehr.

»Niels!«

Ein Ruf aus einer anderen Welt. Der Ruf einer Frau. Er drehte sich um. Ja, sie waren da unten. Aber das hatte nichts zu sagen. Sie mit ihren Sorgen. Warum war überhaupt jemand auf die Idee gekommen, dass wir Zeit in einem menschlichen Körper verbringen mussten?

»Niels!«

Ja, da war ein Weg oder ein schmaler Pfad, er konnte ihn jetzt erahnen. *Er* war der Weg. Sowohl der Weg als auch der Reisende, der sich auf ihm befand. Der Weg bestimmte das Tempo. Führte ihn, geleitete den Reisenden von einem Ort zum anderen. Hinein. Hinein in etwas, das vielleicht ein Raum war. Vier

Wände. Und über den Wänden: Erde. Mit all dem Leben, das es dort gab. Ein ganzes Universum auf so wenig Platz.

»Niels!«

Jetzt sah er sie. Hannah. Die Schmerzen in ihrem Blick. Und das leuchtende Herz. Ein Gefühl, gleichermaßen fremd und vertraut. Transparent.

Liebe.

Ein Raum ohne Decke. Jetzt wurde er in einem Strom aus Licht gefangen, bis er sich über den Raum erhob und das Netz sah. Wenn es denn ein Netz war. Flechtwerk. Der Ort, an dem der Silberfaden, der in ihm seinen Ausgangspunkt hatte, mündete und sich mit anderen Fäden verflocht und gemeinsam alles umspann. Alles. Ein überdimensionales Gewebe, geschaffen aus Leben und Licht.

»Niels!«

Zurück in den vier Wänden. Er sah einen Körper. Niels Bentzon.

»Niels!«

Jetzt schrie sie.

Eine Bewegung seitlich neben dem Mann, der sich über Niels Bentzon beugte. Eine Gestalt, die sich mit dem Rücken an die Wand presste, in die Ecke des Raumes. Ihre nackten Schultern. Ihr Gesicht konnte er nicht sehen. Außerhalb der vier Wände, auf dem Flur, sah er schwarz gekleidete Männer durch das Dunkel laufen. Er erkannte sie aus einem früheren Leben. *Leon.* Er war ganz vorn. Ganz allein.

Allein.

Wir sind nicht allein. Niemals. Aber Leon war ganz vorn. Er schlug mit dem Kopf gegen ein Schild. Drehte sich um. Niemand hatte es gesehen. Er winkte seine Männer weiter. Bald waren sie an der Tür des Raumes mit den vier Wänden.

»Niels!«

Der Raum mit den vier Wänden. Der Mann, der versuchte, Niels Bentzon zurück ins Leben zu holen. Und die zwei Frauen. Hannah. Und die, die neben Bergmann stand. Voller Liebe, voller Verzeihen.

39.

Regan Ost, 00.01 Uhr

Die Lichtkegel der Taschenlampen zuckten suchend wie Blindenstöcke durch das Dunkel. Ihrem Ziel entgegen. Vorbei an den kleinen Räumen, die den Regierungsmitgliedern zugedacht waren: Justizminister, Ministerpräsident. Kein Kultusminister, dachte Leon, als er seine Leute weiterwinkte. Er war ganz vorn. Was Vor- und Nachteile hatte. Zum Beispiel, dass er im Dunkel gegen ein Schild rannte. War das ein Vor- oder ein Nachteil? Wäre er nicht dagegengelaufen, wäre das sicher einem seiner Leute passiert. Und wer konnte am besten Schläge einstecken?

Leon flüsterte »Schild!« und wies mit der Taschenlampe darauf hin.

»Es gibt zwei verschiedene Wege«, sagte der Assistent hinter Leon. Leise. Aggressiv. Adrenalingeladen. So musste es sein.

»Und wohin führen die?«

»Der erste in die Gemeinschaftsräume. Kantine, Küche …« Leon unterbrach ihn: »Die erste Gruppe kommt mit mir. Die andere geht mit Michael.« Er zeigte in den Tunnel, der zu den Gemeinschaftsräumen führte.

Die Gruppe teilte sich wie eine perfekte Zelle in zwei gleich große Teile – und verschwand in unterschiedliche Richtungen.

»Weiter«, flüsterte Leon.

Sie gaben einander Deckung, und jeder kannte seinen Platz.

Auch ohne Worte. Jedes Mal, wenn Leon eine Tür oder eine Öffnung erreichte, in der der Feind stecken konnte, hielten sie an. Die beiden ersten Männer der Gruppe postierten sich rechts und links neben der Tür, während zwei weitere den Raum stürmten und Meldung machten.

»Wie viele Räume gibt es hier?«

»Sechzig, wenn Sie alle mitzählen.«

»Und wie viele Ausgänge?«, wollte Leon wissen.

»Nur den, durch den wir rein sind.«

»Ventilationsschächte?«

»Die sind in Friedenszeiten versiegelt.«

Leon musterte seine Männer, die auf den nächsten Befehl warteten. »Weiter.« Leon blieb vorn. Durch die nächste Tür und weiter den Gang hinunter in die Tiefe. Ich komme, Bentzon, dachte er. Jetzt komme ich. Der alte Leon. Ich weiß ja, dass du mich hasst, aber jetzt komme ich und rette dich.

40.

Die andere Seite, 00.03 Uhr

Schmerzen.

Zum ersten Mal. In der Brust. Weit entfernt. Er war sich nicht einmal sicher, ob das wirklich etwas mit ihm zu tun hatte. Es konnten anderer Leute Schmerzen sein. Ja, so musste es sein.

»Niels!«

Wieder ein Schrei. Wo kamen die Splitter her? Von dem Lärm, als die Tür aufgebrochen wurde?

Stechende, schreckliche Schmerzen; eine ungeahnte Brutalität, Dunkelheit, die zu Licht zerriss, oder Licht, das zu Dunkelheit wurde. Eine Explosion aus Lauten, eine Welt, die zusammenbrach, ein Universum, das im Bruchteil einer Sekunde verschwand und von einem neuen ersetzt wurde. Ich sterbe, dachte Niels. Erst jetzt sterbe ich richtig. So also ist Sterben.

Sterben.

Wieder die Frau. Die, die neben Bergmann stand. Neben ihm, aber in einer ganz anderen Welt. Die, die verzeihen wollte. Und die von ihm verlangte zu verzeihen. Loszulassen. Jetzt wandte sie sich an Niels. Er sah sie. Sie begegnete seinem Blick. Und redete mit ihm. Die Stimme war überall. Licht. Klang. Wortlos. Trotzdem verstand er, trotzdem empfing er ihre Botschaft.

Eine andere Frau.

Hannah. Direkt vor ihm. Und ein Mann. Leon? Die Schmerzen

waren weg. Sie würden nicht zurückkommen. Sie hatten nichts mit ihm zu tun. Von seinem Platz aus sah er, wie Leon dem Mann Handschellen anlegte.

Die Frau schrie: »Nein, das dürft ihr nicht!«

Leon drehte sich um. Flüsterte er?

»Komm schon, Bentzon!«

»Lasst ihn los. Er ist der Einzige, der das kann.«

»Holt die Ärzte hier runter!«, rief Leon.

Niels musterte sie.

»Lasst ihn los!«, schrie Hannah.

Zornig, mit Wut im Blick.

Leon nahm Bergmann die Handschellen ab. Der Schlafforscher richtete sich auf.

Schmerzen. Ein Schrei. Schmerzen in der Brust. Dunkelheit.

»Bentzon, kannst du mich hören?«

Wieder. Ein Blitz. Eine Hölle. »Ich will nicht.«

»Niels. Komm schon, Niels.« Das war die Stimme der Frau. Hannah? Oder die andere Frau, die die ganze Zeit über im Raum gewesen war? Das Licht schmerzte. Ein Gesicht dicht vor Niels', erschreckend dicht. Verzweiflung im Blick.

Neue Schmerzen. Dieses Mal noch schlimmer. Und Geschrei. »Niels!«

Er war nicht in der Lage zu antworten. War sich gar nicht sicher, dass sie wirklich nach ihm riefen.

Ein noch lauterer Ruf: »Niels!«

Das Dunkel übermannte ihn wie die Flut. Eine schwarze Membran schob sich langsam vor seine Augen. Anders als zuvor. Dieses Mal ging es schneller und brachte ein schmerzhaftes Flimmern mit sich. Ein Gefühl, als würde seine Kehle implodieren und vergeblich nach Sauerstoff gieren. Als würde die ganze Welt verschwinden.

Speichel auf dem Gesicht. Tränen.

»Niels, Niels!«

Verschwinde. Ertrinke im Schmerz.

»Niels, jetzt komm, alter Junge! Du kannst das!«

Eine noch fernere Stimme.

Ertrinke ... das Leben verebbt ... das Licht vergeht ...

Er gab auf. Eine bewusste Entscheidung. Er hatte keine Kraft mehr. Konnte nicht mehr. Es war hoffnungslos. Die Dunkelheit nahm zu, und die Geräusche entfernten sich.

Und kamen wieder.

Noch lauter. Stimmen erfüllten den Raum. Ein Rufen.

»Er hat Puls!«

Irgendjemand weinte.

Leons Atem erkannte er als Ersten. Unverkennbar. Ein Geruch wie altes Eisen: »Willkommen zu Hause, Niels.« Dann sah er das Gesicht, pockennarbig, mit blauen Augen und einem Kiefer wie eine Felswand.

Ein Mann, den er nicht kannte. Er starrte ihm direkt ins Gesicht. Nasenhaare. »Bist du okay? Die Ärzte sind unterwegs.«

Und dann Hannah. Sie beugte sich über ihn. Tränen in den Augen. Tränen, die auf sein Gesicht tropften und brennend auf seinen Wangen schmolzen.

»Das war im letzten Augenblick«, sagte irgendjemand.

Und vielleicht war es in dem Moment, in dem Leon Niels auf die Arme nahm, oder in dem Augenblick danach, als Hannah ihre schmale Hand auf seine nackte Brust legte, dort, wo die Elektroden des Defibrillators sich in die Haut gebrannt hatten, um sein Herz wieder in Gang zu setzen – oder vielleicht auch erst, als sie auf den Flur traten, dass Niels Augenkontakt mit Bergmann bekam. Nur für einen Augenblick. Eine Sekunde, vielleicht etwas mehr. Aber genug, damit Niels sehen konnte, dass er es wusste und vielleicht die ganze Zeit über gewusst hatte.

Trotzdem fragte Bergmann: »Wer?«

Niels sah weg, Bergmann lag am Boden. In Handschellen, die Hände auf dem Rücken, ein Knie zwischen den Schulterblättern. Acht Polizisten um ihn herum. »Wer?«

»Ich will raus«, flüsterte Niels Leon zu.

»Leon bringt dich raus. Wir warten auf die Trage.«

»Ich kann hier nicht ...«

»Was sagst du, Bentzon?« Leon beugte sich über ihn. Sein Ohr war dicht über Niels' Mund: »Komm schon.«

»Ich will hier keine Sekunde länger bleiben«, wollte Niels flüstern, aber Bergmanns Schrei begrub alle anderen Laute unter sich. Der Schrei einer Seele in Auflösung. Gefolgt von einem weiteren Schrei, einem herzzerreißenden *Nein!*, bis der Schrei in Jammern überging.

41.

Bei Regan Ost, 00.25 Uhr

Hannah sah in den Himmel, als der Arzt ihre Hand verband. Das Laub der Bäume schob sich immer wieder vor die Sterne.

Dann begann sie, zu den Kommissaren hinüberzugehen. Sie nahm Niels' Arm, aber es war nicht zu sagen, wer von beiden wen stützte.

Leon sagte: »Sieh zu, dass du wegkommst. Im Krankenhaus in Helsingør wartet ein Herzspezialist auf dich …«

Niels fiel Leon ins Wort: »Ich gehe in kein Krankenhaus, Leon.«

»Wenn man den besten Herzspezialisten des Landes aus dem Bett gezerrt hat, und das nachts um …«

»Ich fahre nach Hause. Mit meiner Frau. Ich sterbe nicht.«

Leon wollte Protest einlegen. Niels sah ihm das an. Aber Leon ließ seinen Widerstand mit der Luft durch die Nase entweichen. Es wurde ein langes Ausatmen. Vielleicht schüttelte er auch leicht den Kopf, aber das war bei der Dunkelheit schlecht zu erkennen.

»Nein, Bentzon. Heute Nacht stirbst du wohl nicht mehr. Aber bevor du gehst, solltest du dich schon noch von einem Arzt durchchecken lassen.«

»Du aber auch«, sagte Niels.

Leon sah ihn verwundert an.

»Du hast dir den Kopf gestoßen. An einem Schild. Als du auf den dunklen Gang gekommen bist. Erinnerst du dich?«

Leon blieb stehen. »Wie?«, versuchte er zu sagen, brachte das Wort aber nicht über seine Lippen.

Niels wusste, was er dachte: Bei der Dunkelheit hatte ihn doch niemand gesehen. Außerdem waren all seine Männer hinter ihm gewesen. Wie konnte Niels das wissen?

Hannah beobachtete die beiden Männer und sah Leons Reaktion. Erst Verwunderung, dann Ablehnung. Niels konnte das nicht gesehen haben. Vermutlich war das nur ein Schuss ins Blaue. Ohne Bedeutung. Hannah lächelte Leon an. Es war doch immer so, dachte sie. Die typische Reaktion der Menschen, wenn sie Zeuge von etwas wurden, das ihrer Auffassung vom Leben widersprach. Früher oder später kam die Ablehnung, gefolgt von der Verdrängung. Als hätte es keine Bedeutung. Vielleicht war das aber genau die richtige Reaktion. Vielleicht gab es Entdeckungen, die wir besser nicht machten. Weil wir keine Ahnung haben, wie wir damit umgehen müssen.

»Warum lachst du?«, fragte Leon.

»Ich lache nicht, ich lächle«, antwortete Hannah.

Leon klopfte Bentzon auf die Schulter. »Setz dich in den Krankenwagen«, sagte er und ging weg, bevor Niels protestieren konnte.

»Komm schon, das dauert fünf Minuten«, flüsterte Hannah.

Ihr warmer Atem an seinem Ohr, ihre Hand, die die seine hielt. Die Welt. Voller Düfte, Eindrücke, Gefühle. Wie der Waldboden, dachte Niels. Und das Geräusch der Blätter, die sich ganz leicht im Wind bewegten. Das würde er immer genießen. Niels wollte etwas darüber sagen, wollte zum Ausdruck bringen, wie schön es war zu leben. Ebenso schön wie nicht zu leben. Oder wie immer man das nennen sollte. Aber Hannahs Hand schloss sich fest um seine.

Sie sah zu Bergmann, der in Begleitung von sechs Polizisten aus der Tür des Bunkers kam. Zwei hatten seine Arme genommen, zwei gingen vor und zwei hinter ihm.

»Guck nicht hin.«

Hannah konnte es nicht lassen. Niels sah weg. Er hatte so unendlich oft gesehen, wie die Geschichte eines Menschen enden kann. Wie ihm die Zukunft genommen wird. Zu oft. Ihre Blicke, der Ausdruck in ihren Augen biss sich für immer in einem fest.

»Guck nicht hin«, wiederholte er.

»Warum hat er *Nein* gerufen?«

Niels antwortete nicht. Er richtete sich im Krankenwagen auf. Ließ sich von dem Arzt untersuchen. Hannah gab sich selbst die Antwort:

»Er hat etwas gesehen. Etwas in deinen Augen. Er hat gesehen, was du erlebt hast ... als du tot warst?«

»Hannah ...«

»Nein, ich will es wissen.«

Niels zögerte. Wollte den Mund öffnen, entschied sich dann aber dagegen.

»Können wir eine Vereinbarung treffen?«

»Ja.«

»Ich antworte auf eine Frage. Nur eine. Und dann reden wir nie wieder darüber.«

»Warum?«

»Ist das deine eine Frage?«

Hannah dachte nach. »Du bist ein starrköpfiger Mann, weißt du das?«

»Ist das deine Frage?«

»Nein.«

»Was fragst du dann?«

»Was hast du gesehen, was ihn zum Schreien gebracht hat?«

»Ich habe das gesehen, was er die ganze Zeit über gewusst hat.«
»Und was war das?«

Niels streckte seinen Arm aus, damit der Arzt seinen Blutdruck messen konnte.

»Für ein Mathegenie kannst du erschreckend schlecht zählen.«

MONTAG

42.

Polizei Nordseeland – Gentofte, 20. Juni 2011, 10.00 Uhr

Es wurde viel darüber geredet, was Niels in den Minuten erlebt hatte, in denen er klinisch tot gewesen war. Eine der Sekretärinnen des Präsidiums zeigte ihm Artikel über das Nachleben und versuchte ihn mit Behauptungen aus der Regenbogenpresse zu locken. Sogar Sommersted konnte sich die Frage nicht verkneifen.

»Wie war es?«

»Wie war was?«

»Bentzon, verdammt. Das große Mysterium. Das, was wir alle fürchten.«

Niels zuckte mit den Schultern und ging in sein Büro. Hinter seinem Rücken wurde getuschelt. Dass er nicht der Gleiche wie früher sei. *Der war fünf Minuten tot.* Und hat seither nichts gesagt. Total verschlossen. Aber das war Blödsinn. Niels Bentzon war schon immer verschlossen gewesen.

Hannah zog ihn auf. Sie sagte, er tue nur so geheimnisvoll, um Aufmerksamkeit zu bekommen. Niels lächelte darüber und schüttelte den Kopf, während er den Kleinen, die immer größer wurden, Elvis-Lieder vorsang.

***

Sowohl Sommersted als auch Leon und Niels sollten an der Besprechung teilnehmen, mit der der Fall Adam Bergmann abgeschlossen werden sollte. Leon und Niels, weil sie direkt betroffen waren und ihren Teil zur Aufklärung beitragen konnten. Und Sommersted nahm wegen der vielen Implikationen teil: Verrat von militärischen Geheimnissen, Mordversuch und Doppelmord hatten dem Fall oberste Priorität verschafft. Ein Verbindungsoffizier vom militärischen Nachrichtendienst war auch anwesend. Niels konnte ihn nicht leiden. Arroganz verkleidet als Freundlichkeit stand nur wenigen Menschen, dieser Verbindungsoffizier gehörte nicht dazu. Das komplette Gegenteil war der Polizist, der den Mord an Bergmanns Frau bis zu seiner Pensionierung untersucht hatte. Er hatte nichts Falsches an sich, war echte Ware, dachte Niels, ein Polizist, der nicht loslassen konnte. Der Mord an Maria Bergmann war der Fall seines Lebens. Fast alle Polizisten hatten einen Fall, der für sie wichtiger als alle anderen war und an den sie sich noch am Tag ihres Todes erinnerten. Manche schrieben Bücher darüber, wenn sie in Pflegeheimen saßen und die Zeit totschlagen mussten. Worüber würde er schreiben? Niels' Gedanken wurden unterbrochen, als einer der Chefs sich an ihn wandte.

»Bentzon. Wie war das ...«

Der Mann kam ins Stocken. Räusperte sich. Begann aufs Neue: »Eine Frage zu Bergmann. Wie ich aus dem Bericht entnehmen kann, hatte er eine Art Zusammenbruch, nachdem er Sie wiederbelebt hatte?«

Niels nickte. Ließ den Blick durch den anonymen Raum schweifen, in dem sie sonst Verhöre abhielten. Ein blank polierter Tisch. Stühle, gegen die niemand etwas haben konnte. Und draußen: das Kreischen von bremsenden Zügen, die in den etwas entfernten Bahnhof einfuhren. *Zug,* dachte Niels. Dicte van Hauen war auf die Schienen gesprungen. Wir fangen am Ende an. Er hob den Blick. Blicke musterten ihn. Menschen erwarteten eine Antwort.

»Es ist so viel geschehen«, antwortete Niels. »Und ich war ja noch nicht ganz klar.«

Der Polizeichef wollte sich damit aber nicht zufriedengeben. »Das verstehe ich. Aber was, glauben Sie, war mit ihm los? Was ist in ihn gefahren?«

Niels zuckte mit den Schultern und sah zu Leon.

Leon räusperte sich: »Er war nicht sonderlich glücklich«, sagte er und starrte auf die Tischplatte.

Der lokale Polizeichef blieb hartnäckig. »Sie sagen, Bergmann sei klar geworden, wer seine Frau ermordet hat, als er Bentzon in die Augen gesehen hat.«

Leon zog eine Augenbraue hoch. »Wer sagt das?«

»Ein paar von den jungen Beamten, die an dem Abend dabei waren.«

Niels sah zu Sommersted, der die Situation sofort erfasste: »Also, meines Erachtens wird das jetzt ziemlich spekulativ. Wenn Sie nicht mehr haben, kann mich einer von Ihnen gerne zum Lunch einladen.« Er stand auf.

Allgemeines Gelächter.

Ein nasaler Laut von Leon, der sich ebenfalls erhoben hatte. Der Verbindungsoffizier konnte nicht schnell genug den Raum verlassen. Leon und Sommersted folgten ihm. Die Sache war für sie erledigt, sie mussten weiter. Sommersted zu seinen Sitzungen mit dem Minister und seinem überbordenden Schreibtisch, auf dem neue Morde und frische Verbrechen warteten. Wie hielt er das nur aus?, fragte Niels sich, der mit dem pensionierten Polizisten zurück blieb. Der Alte stand auf und setzte sich zu Niels.

»Ich verstehe gut, dass Sie nicht darüber reden wollen«, begann er. Und wusste nicht weiter.

Niels erwog einen Moment lang, ihm auf die Sprünge zu helfen oder ihm zu sagen, dass es gar nicht so unangenehm war zu sterben, fand das letztlich aber unpassend. Und vielleicht auch nicht ganz wahr? Er wusste es nicht. Hatte Schwierigkeiten damit, seine Erlebnisse in Worte zu fassen. Vielleicht konnte die Sprache, die wir auf der Oberfläche der Erde entwickelt hatten, nur die Erlebnisse auf dieser Seite des Todes beschreiben? Vielleicht brauchte es eine andere Sprache, um die andere Seite wiederzugeben?

»Als ich in diesem Fall ermittelt habe …«

Niels musterte den Alten. Die Falten gaben seinem Gesicht einen besorgten, traurigen Ausdruck.

»Als ich in diesem Fall ermittelt habe …«, wiederholte er. »Mein erster Gedanke war damals, mich auf die Verdächtigen zu konzentrieren, die auf der Hand lagen.«

»Natürlich«, sagte Niels.

»Das heißt Bergmann und …«

Er sah Niels an, als wartete er auf Zustimmung für seine nächsten Worte.

»Und?«

»Seine Tochter.«

Niels nickte. »Das wäre ein ganz natürlicher Ansatzpunkt.«

»Bergmann konnten wir schnell ausschließen. Blieb noch das kleine Mädchen, Silke, die in ihrem Zimmer war. Sie liegt wach und hört den Liebhaber ihrer Mutter kommen. Die Mutter hat ihr wie immer ein Schlafmittel in den Kakao gemischt. Aber sie hat begonnen, den Kakao wegzukippen, weil sie weiß, was vor sich geht. Sie lauscht. Und eines Tages hört sie die Mutter mit dem Mann streiten. Laut.«

»Worüber?«, fragte Niels.

Der alte Kommissar runzelte die Stirn. »Es gibt so viel, worüber eine Frau mit ihrem Liebhaber streiten kann. Vielleicht verlangt er von ihr, ihren Mann zu verlassen. Vielleicht will sie ihn nicht mehr sehen. Vielleicht will er sie nicht mehr sehen. Oder aus anderen Gründen. Auf jeden Fall beginnt dieser Streit. Die Frau schreit. Vielleicht schubst der Mann sie auch. Aber vielleicht geht er dann irgendwann?«

Niels bekam einen unangenehmen Geschmack im Mund. Als klebte das Salzwasser von der Begegnung mit Bergmann plötzlich wieder auf seiner Zunge.

»Vielleicht verlässt er das Haus, wirft die Tür zu, hastet zu seinem Auto, wird von einem Nachbarn gesehen und verschwindet, für immer.«

Niels sah dem Alten in die Augen.

»Und das kleine Mädchen bekommt die Tür auf.«

»Wie?«

Der Kommissar zuckte mit den Schultern. »Vielleicht hatte die Mutter an diesem Tag ganz einfach vergessen abzuschließen? Soll ich weiterreden?«

Keine Reaktion von Niels.

»Vielleicht ist das Mädchen zu seiner Mutter gegangen. Voller ... was soll ich sagen? Trauer? Wut? Beides? Oder sie ist erst in die Küche gegangen. Vielleicht war Maria Bergmann da schon wieder im Schlafzimmer. Es war ein bisschen Zeit verstrichen, seit ihr Liebhaber gegangen war. Zwanzig Minuten. Vielleicht hatte Maria Bergmann sich in den Schlaf geweint. Und vielleicht hatte das Mädchen etwas in der Küche geholt. Ein Messer. Das größte und schärfste im ganzen Haus. Wir wissen, dass sie oft gesehen hatte, wie ihr Vater, Adam Bergmann, den sie vergötterte, Hühnern den Hals durchtrennt hatte. Vielleicht war sie den Tod gewohnt. Vielleicht war er für sie etwas ... Alltägliches. Ein einfacher Schnitt. Da steht ein kleines Mädchen mit einer Masse von Gefühlen, die es nicht versteht. Und sie weiß, dass man einfach einen Schnitt machen muss, damit das Huhn tot ist. Und dass das niemandem leidtut. Das Huhn zuckt noch herum, vielleicht flattert es ein paar Meter. Und dann isst man es. Wer weiß? Es braucht schon einen Erwachsenen, um die Rangordnung zu verstehen, mit der wir die unterschiedlichen Morde einteilen. Abtreibung, Vergehen an Tieren, Mord, Krieg. Was ist was? Vielleicht war es deshalb – genau deshalb – gar nicht so schwer für das Mädchen, das Messer an die zarte Halsschlagader ihrer schlafenden Mutter zu legen.

Sie musste nicht mal fest zudrücken. Das Messer war schwer und scharf und machte die Arbeit fast von selbst. Vielleicht wachte die Mutter auf? Vielleicht rannte sie sogar wirklich noch im Haus herum, bis sie irgendwann an dem Blutverlust starb? Oder was glauben Sie, Bentzon? War es so etwas, das Sie gesehen haben? Drüben, auf der anderen Seite?«

Niels spürte ein schwaches Zittern in seiner Hand. Als hielte er das Messer in den Fingern. Als würden wir all unsere Taten gemeinsam begehen.

»Wer sagt denn, dass ich etwas gesehen habe?«

»Bergmann. Er hat es in Ihrem Blick gesehen.«

Niels wollte dem Alten gerne helfen. Ihm Frieden geben. Er räusperte sich: »Lassen Sie uns für einen Augenblick mit dem Gedanken spielen, dass es da auf der anderen Seite tatsächlich etwas gibt.«

»Ja.«

»Das würde bedeuten, dass es einen Sinn gibt. Für alles. Einverstanden?«

»Hm, ja.«

»Dann gibt es vermutlich auch einen Grund dafür, warum das Leben derart wasserdicht abgeriegelt ist. Dass wir uns auf der Erde um das Leben hier auf Erden kümmern sollen. Und nicht so viel darüber reden, was uns drüben erwartet.«

Es wurde still zwischen den beiden.

Irgendwann war ein Zug zu hören. Der Alte lächelte. Stand auf und nahm seine helle Windjacke vom Stuhl. Er gab Niels die Hand.

»Aber vielleicht ist Ihre Theorie gar nicht so verkehrt«, sagte Niels und hielt seine Hand eine Weile fest. »Das würde ja auch erklären, warum sie aufgehört hat zu sprechen.«

Der Alte sah Niels in die Augen.

»Um den Mörder nicht zu entlarven«, sagte Niels.

Der Zug hielt.

EINEN MONAT SPÄTER

43.

Bispebjerg-Klinik – Zentrum für Kinder- und Jugendpsychiatrie, 09.50 Uhr

In einer halben Stunde wartete Hannah mit den Koffern vor dem Thorvaldsen-Museum. Genau wie er es von ihr gewünscht hatte. Aber vorher musste er noch etwas hinter sich bringen. Die Nachricht für Silke. Von ihrer Mutter. Es war an der Zeit, sie ihr zu überbringen.

»Entschuldigung. Ich suche nach Silke Bergmann«, sagte Niels zu einem Mann in einem weißen Kittel. »Wissen Sie, ob sie in ihrem Zimmer ist?«

»Worum geht es denn?«, fragte der Mann.

»Nur ein kurzer Besuch«, sagte Niels und zeigte ihm seinen Polizeiausweis.

»Silke ist immer in ihrem Zimmer.«

Niels bog um die Ecke, ging das letzte Stück bis zur Tür und klopfte an.

Worum geht es denn?

Er wartete ein paar Sekunden und drückte die Klinke herunter. Die Tür war offen. Silke saß auf dem Bett. Sie sah in den Park – ihr Blick hing irgendwo zwischen Schaukel und den alten Eichen. Ihre nassen Haare waren nach hinten gekämmt, sie musste gerade erst im Bad gewesen sein. Es duftete nach Nadelbäumen und Honig.

»Hallo, Silke«, sagte Niels und setzte sich ihr gegenüber auf die Tischkante. »Erkennst du mich? Ich war hier, als ...«

Niels musste sich anders hinstellen, um ihre Augen zu sehen. Zu guter Letzt setzte er sich neben sie aufs Bett.

»Ich weiß, dass Leute hier waren, um mit dir über deinen Vater zu sprechen. Und dass du ihn noch immer sehen wirst. Dass er hier zu dir zu Besuch kommen darf.«

Wieder spürte er ein Zögern in sich aufkeimen. Was wollte er ihr sagen? Wie sollte er ihr das sagen? Er entschloss sich, einfach weiterzureden. Lass deinen Mund die Arbeit machen, ohne zu viel darüber nachzudenken. Vertrau der Macht der Worte.

»Das, was dein Vater getan hat«, begann Niels. »Mich auf die andere Seite zu schicken, um mit deiner Mutter zu reden. Das war verkehrt, sehr verkehrt. Und das weißt du.«

Niels wartete eine Reaktion ab. Nur eine Nuance. Ein Zittern der Nerven. Eine Bewegung mit der Hand. Nichts.

»Aber trotzdem habe ich eine Nachricht für dich, Silke. Von deiner Mutter. Sie vermisst dich. Und sie ist dir nicht böse. Du bist noch immer bei ihr. Egal, was damals passiert ist. Egal ...«

Niels bemerkte, dass er ihre Hand genommen hatte. Oder hatte ihre Hand die seine gefunden?

»Egal, was damals geschehen ist«, redete er weiter. »Egal, was du getan hast. Sie vergibt dir. Und sie liebt dich. Verstehst du, Silke?«

Noch immer keine Reaktion.

»Du bist noch immer ihr kleines Mädchen. Und du wirst das immer bleiben.«

Niels sah zu Silke. Suchte nach etwas in ihrem Blick. Ein Zeichen, dass sie ihn gehört hatte, dass sie ihn verstand. Aber vergeblich. Schließlich gab er es auf und drückte ihre Hand zum

Abschied. In der Tür drehte Niels sich noch einmal um und warf einen letzten Blick in das Zimmer, in dem das Mädchen saß und nach draußen auf etwas starrte, das nur sie sah.

44.

Thorvaldsen-Museum, 10.30 Uhr

»Warum treffen wir uns hier?« Hannah stand ungeduldig mit den zwei kleinen Koffern vor dem Eingang des Museums. Sie sah aus wie eine Touristin, die sich verlaufen hatte.

»Weil ich dir was zeigen will«, sagte Niels und küsste sie schnell.

»Schaffen wir das denn?«

»Wir haben noch zwei Stunden bis zum Abflug.«

»Ja, aber ...«

Hannah redete vom Einchecken und Taxfree-Shoppen und wie man vom Flughafen in Venedig in die Stadt kam. Sie wollte einfach nur weg.

Sie hatten das Museum fast für sich allein. An einem Tag, an dem der Himmel die Sonne ganz für sich allein hatte, fanden nur wenige Zeit für einen längst verstorbenen Bildhauer.

»Es dauert nur einen Augenblick«, beharrte Niels und reichte ihr die Hand. »Es ist gleich hier im Anbau.«

Sie kamen in den Raum, in dem *Die Nacht* an der Wand hing. Sie waren allein.

»Thorvaldsen hat das Relief als Auftragsarbeit gemacht«, sagte Niels. »Aber inspiriert haben ihn seine Erlebnisse und Gefühle nach dem Tod seines Sohns.«

Hannah sah erst zu Niels und dann auf das Relief. Fasziniert, aber auch erschrocken. »Und warum soll ich das sehen?«, fragte sie. »Soll mir das mit Johannes helfen?«

»Das war eigentlich gar nicht das, was ich dir zeigen wollte«, sagte Niels, fasste vorsichtig an ihre Schultern und drehte sie langsam um 180 Grad herum.

»Das hier solltest du sehen.«

Ein anderes Relief. An der gegenüberliegenden Wand.

Thorvaldsen hatte es gleich danach gemacht.

»Das hier heißt *Der Tag*«, sagte Niels.

Hannah sagte nichts. Sie sah den Engel mit dem Kind des Lichts auf dem Rücken. Wach. Offene Augen. Strahlend. Das Leben. Sie legte ihren Arm um Niels. Zog ihn an sich und starrte auf die Hoffnung, die direkt vor ihnen durch die Luft schwebte.

A. J. Kazinski bedanken sich bei:

Weil sie uns noch einmal den Weg zu den Sternen gewiesen hat: Anja. C. Andersen, Astrophysikerin, Niels-Bohr-Institut.

Für eine gründliche Einführung in die Kunst, Menschen zu betäuben: Lars Kjeldsen, Oberarzt, Amager-Hospital.

Für anregende Gespräche über den Schlaf: Søren Berg, Schlafforscher und Oberarzt, Schlafklinik Scansleep.

Weil sie uns die verborgenen Winkel im Kongelige Teater gezeigt haben: David Drachmann, Theatermaler, und Camilla Høy-Jensen, PR-Verantwortliche.

Dafür, dass sie uns so wohlwollend teilhaben hat lassen an ihrem fantastischen, faszinierenden, schmerzhaften Leben als Balletttänzerin: Amy Watson, Solotänzerin am Kongelige Teater.

Für Gespräche über das Zerlegen toter Menschen: Hans Petter Hougen, Rechtsmediziner, Rechtsmedizinisches Institut.

Für einen großzügigen Einblick in die schwindelerregende Forschung über die Entstehung des Lebens: Eske Willerslev, DNA-Forscher und Professor am Zentrum für GeoGenetik der Universität Kopenhagen.

Für einen düsteren Blick in die allerdunkelsten Ecken der menschlichen Psyche: Anne Hørup, Qualitätskoordinatorin, Zentrum für Kinder- und Jugendpsychiatrie, Bispebjerg-Klinik.

Und ein herzlicher Dank an Anne-Marie Christensen, Lene Juul, Charlotte Weiss – und all die anderen im Politikens Forlag –, wo wären wir ohne euch?